馔
工厂

圣埃克苏佩里

—— 作品集 ——

①

[法] 圣埃克苏佩里 著　李玉民 译

中国友谊出版公司

图书在版编目（ＣＩＰ）数据

圣埃克苏佩里作品集 ／（法）圣埃克苏佩里著 ；李玉民译. —— 北京 ：中国友谊出版公司，2022.11
ISBN 978-7-5057-5332-7

Ⅰ．①圣… Ⅱ．①圣… ②李… Ⅲ．①中篇小说－小说集－法国－现代 Ⅳ．①I565.45

中国版本图书馆CIP数据核字(2021)第188778号

书名	**圣埃克苏佩里作品集**
作者	[法] 圣埃克苏佩里
译者	李玉民
出版	中国友谊出版公司
发行	中国友谊出版公司
经销	新华书店
印刷	北京中科印刷有限公司
规格	880×1230毫米　32开
	29.75印张　450千字
版次	2022年11月第1版
印次	2022年11月第1次印刷
书号	ISBN 978-7-5057-5332-7
定价	228.00元（全4册）
地址	北京市朝阳区西坝河南里17号楼
邮编	100028
电话	(010) 64678009

版权所有，翻版必究
如发现印装质量问题，可联系调换
电话 (010) 59799930-601

名家论圣埃克苏佩里

《小王子》是最伟大的存在主义小说。

——海德格尔

尼采和康德孕育了一种道德，并用美妙的文学冲动表现出来，而唯独圣埃克苏佩里一人，在危险和充实中体验了这种道德。

——法国《费加罗报》

希望与人同在，但又与人一同消失在虚无之中，这就是人的悲剧。在圣埃克苏佩里身上，希望也同样与人同在，但却像人的美德那样世代相传，而人则能在遥远的地方看到一抹微光，一束神光。

——马塞尔·米若

圣埃克苏佩里有几副面孔?

　　每人一张脸,却不止一副面孔,否则就太单调了。譬如父母双亲,通常有专职的两副面孔:慈父慈母、虎爸虎妈,缺一副就有失职之嫌。这里指的是真实的面孔,假面不在此列,尽管在生活中,尤其各种正式场合,假面比比皆是,似开假面舞会。

　　《圣埃克苏佩里的五副面孔》,友人乔治·佩里西埃医生写了这样一本书,给圣埃克苏佩里画出五张面孔,应该真实可信。世人最熟知的两副面孔,当然是飞行员和作家,可以称为他的标准像了。余下的三副,"男子汉"想必没有争议。他那男子汉气概,无论在履职中还是著作里,都表现得淋漓尽致。至于"发明家"和"魔术师",恐怕就鲜为人知了。

　　不过,即便是熟知的面孔,又有多少人了解其特征呢?飞行员兼作家,就界定圣埃克苏佩里是"行动文学作家"了。可是，综观圣埃克苏佩里的著作，就能发现一种意想不到的特征：每次行动仅仅是引子，引发的思考层出不穷。以篇幅和分量而论，思考远远超过行动。可惜没有"思考文学作家"这种说法，只好作罢。

最没有争议的是"男子汉"面孔。然而细细看来又会发现，圣埃克苏佩里变脸术是他的拿手好戏。如果说父母通常有两副面孔，那么圣埃克苏佩里出于天性，也有天职的两副面孔。他在小说中驾驶飞机，的确男子汉气概十足，可是每到危难关头，他转脸就变成孩童，到永恒的童年记忆中寻求救助和灵感。尤其《战斗飞行员》，将战场变成儿童游乐场，他那童年的游戏又玩出新花样，同敌人密集的高射炮火周旋。他在写给母亲的信中，更是大耍孩子脾气，必要时装出男子汉气概，说大话也是孩子语气。他跟伙伴们在一起时，高兴起来就大谈他童年有趣的游戏，如何争当火焰堡的阿克兰骑士。更为绝妙的是，他这两副面孔演起双簧，演绎出一部《小王子》，分身化为年轻飞行员和外星来客小王子。在沙漠中相处一周，通过小王子的口，宽容地讲述大人世界何等荒唐，他们挤进高速火车的车厢里，却不知道追求什么，丧失了原有的智慧。

"发明家"和"魔术师"，这两副面孔又是一对好搭档，相得益彰。发明家要拿出发明成果，是看得见的硬实力，而魔术师的法术，则是看不见的软功夫。圣埃克苏佩里在预备班学习几年，基础知识非常扎实。而他又凑巧天赋发明创新的才能，本可以走科学研究之路。但是囿于职责在身，他不能专职研究，却是够专业，申请了十余项航空领域的发明专利，算个名副其实的发明家。顺便说一句，他的发明专利，美国航空制造和导航系统全用上了。

值得一提的是，他的十余项发明专利集中在1935—1940年间，正是他最黯淡、最苦闷的时期，因为他爱飞行上不了蓝天，重友谊而没有战友，想写作出不来作品。不料，他却像变戏法似的，变出十多项科学发明，岂不是魔术师吗？要知道，也正是在这段艰难时期，他写出一本记事和五本笔记，记录了他的思考和见解，内容涉及科技人文各个领域，总能提出自己独特的想法。他和懂行的人谈论生物学、遗传学、天文学、政治学、文学创作、音乐美术等话题，总能深入探讨，大家都受益。一般都认为他学识渊博，这话不错，但更重要的是，各种知识他总要融会贯通。这就是魔术师的一绝。

魔术师还有一绝，就是他的直觉。圣埃克苏佩里在研究发明的路上，有时就凭直觉，达到认识的飞跃，比起那些经过长时间进行科学计算的研究人员来，更接近正确的结果。例如他的一项专利，"可压缩流体内的推进及升力"，有点儿费解，其实就是涉及喷气发动机的原理："他虽然并未肯定地计算出这种强度，但是分析了喷气现象。"（梅特拉尔语）

这三对六副面孔，应当说鲜明地交织在圣埃克苏佩里这几本著作中。好事者还可以找出别种面孔，如：亲善大使、道德典范、爱国者、人类文明的种子……甚或战斗英雄、劳动模范，有何不可呢？至少，每位读者都可以从书中发现自己喜爱的面孔，难说不会找到自我。

李玉民

目 录
CONTENTS

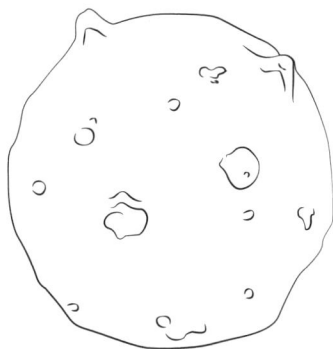

南方邮航

COURRIEI SUD

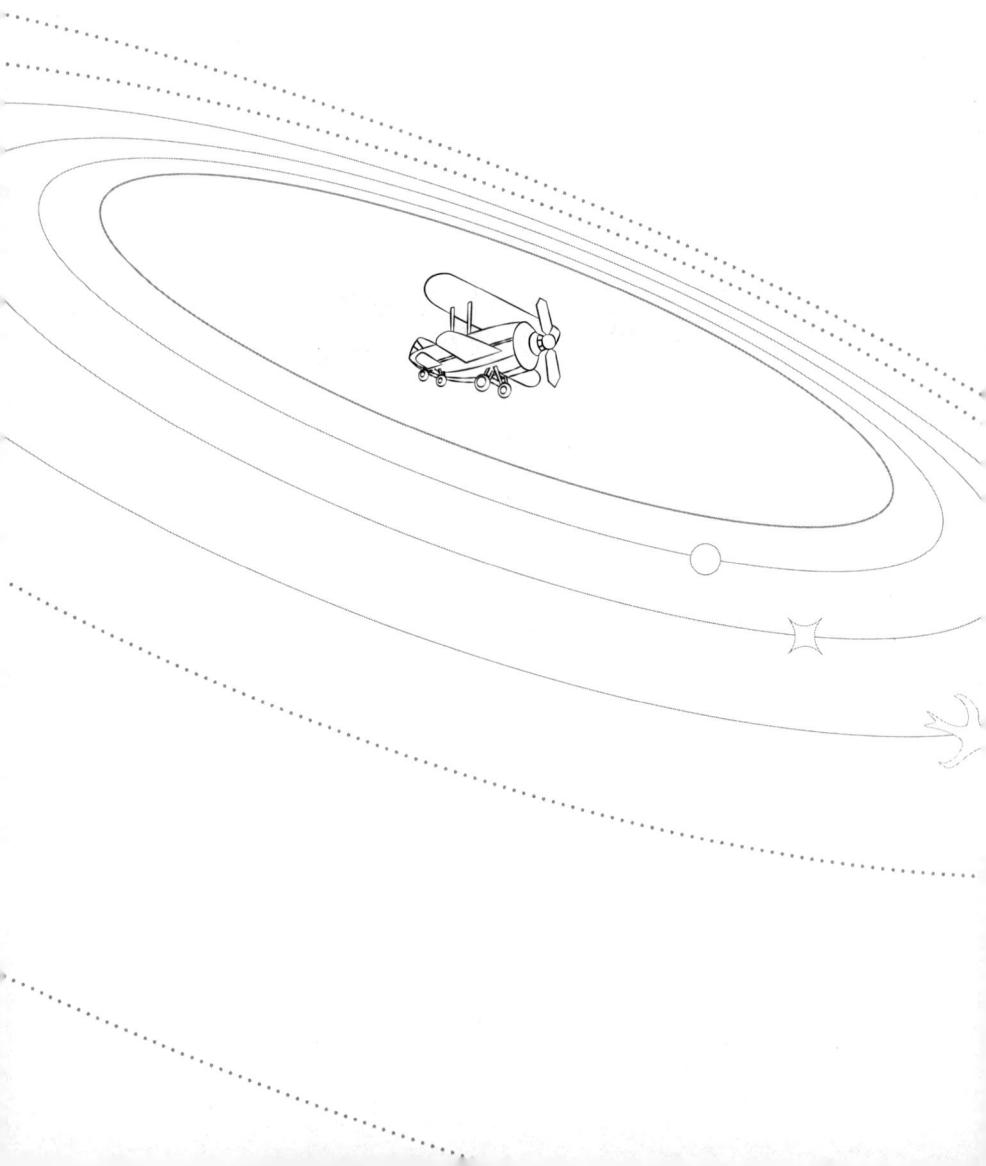

译自法国巴黎伽利玛出版社 1929 年版

初 版 序 言

安德烈·伯克莱①

　　像安东尼·德·圣埃克苏佩里这样的人，朋友和上司交口称之为天才，这就总让我联想到阿兰②《关于静止的谈话》中的说法："力量的真正特征，是耐力，一如沉思的特征：又聋又哑，面对各种事物持续不断的打击，绝不像动物那样窥伺而又恐惧，而是仅凭意志来视听，这才是英雄。"这样一个坚毅刚强的汉子，在民航飞行员的大家庭里，也受到了应得的赞扬："……这个年轻人，屡屡通过这种奋勇之举，每周都带来更为大胆进取的捷报，在这个里奥德奥罗的荒漠国度，他将久久成为传奇人物。"这种评语以公告的方式发表出来，

---

① 安德烈·伯克莱（1898—1985），法国作家，出版《无名城》（1921）等多部小说。1948 年出版的《吉岁杜的分分秒秒和其他回忆》一书，有一部分专写圣埃克苏佩里。

② 埃米尔·阿兰（1868—1951），法国随笔作家。

丝毫没有添加道德和浪漫的内容。

圣埃克苏佩里身材高大，性情却谦抑而腼腆。别人说他什么都触动不了他，因为，不论赞扬还是恐吓，他那身体都敬而远之。他自己不讲，要说也顾左右而言他：一个人既有英雄胸怀，就总能保持常态，高度地保持缄默的贵族气质。那么，就由我们来书写：在我们眼中，他是邮航公司最优秀的飞行员。

有人也许会奇怪，这个年轻人还写书。当然，圣埃克苏佩里并不是作家，而飞机对他来说，也从来不是一种文学消遣。然而，往往被实干家置于智力之上的性格和毅力，在行动的念头中，正是发端的异乎寻常的源泉，因此，天生就称得上"飞天"的一位飞行员，或许能应我们的要求，谈一谈那些非同一般的感受，在始终不断的冲击中的真切感受，其精确的程度超过结构最严谨的小说。况且，有军魂的人，也就是说英雄，总有一种美妙的语言，根本不用搜索枯肠，何等鲜活生动，能不引人入胜吗？

圣埃克苏佩里的那家邮航公司，在诸多服务业务中，确保连接欧洲和南美洲，通常航程长达一万三千千米：那条虚拟线路始终是相同的，要飞越无数道障碍，赞叹声应当远胜过那么多的强盗故事，只因那些故事中的英雄行为不受这样纪律的束缚。卡萨布兰卡—达喀尔这段航线的飞行员，尤其生活在这种悲剧频发的单调之中，他们的勇气首先要用钟点来计算：星期五早晨必须离开图卢兹，务必于星期六傍晚飞抵目的地。

圣埃克苏佩里任站长的朱比角中途站，位于大西洋和撒哈拉之间，开辟这条航线的险历，有些片段已为我们熟知。他从朱比角出发，前往内陆，找到并修好失事的飞机。须知飞行员每次航行，都要飞越两千三百千米的沙漠，其间约一千五百千米是里奥德奥罗地区：那是不驯服的区域，危险长存，还时有龙卷风和大雾的恶劣天气。这片尚未开发的毛里塔尼亚，充斥着狂热崇拜和部族仇杀，而飞行员生活在那里，遭遇危险，只能向三座西班牙要塞求援。我们仅仅从简报中了解他们的业绩，而那些简报类似这本书的最后几行。

以里盖尔为例，他为了救助飞行员古尔，驾机降落到那些伤了古尔，杀害了他几个伙伴的不驯服的土著人中间。

吉约迈、里盖尔、雷纳和安东尼，也赶往反叛地区，救护了在那里失事的一架乌拉圭水上飞机的机组。

科莱也从那些人手中，救出一只帆船的遇难者。

圣埃克苏佩里正是这场无章可循，又得步步为营的战争的主角之一，这不仅是因为他在雷纳和塞尔被俘四个月期间，表现出的果敢和胆识，还因为他身上体现了天生的勇敢和洒脱的英雄气概。他继西蒙和科莱之后，前往分立区域，找见了飞机出了故障五天、快要渴死的勒布里；他还救了飞机坠落在里奥德奥罗的西班牙飞行员，他带着一名翻译，独自驾机，冒着生命危险随处降落；还有一回，他修复救起一架因故障被遗弃在撒哈拉的飞机，而在一场武装冲突中，他还鼓舞和他在一起的土著人士气。

这样一位身兼战士的飞行员，还有余暇写作，这似乎是件新鲜事。其实，这正是一个实干家的特权，换件事做做就是休息了，而我们的乐趣，并不是看到英雄身上惊现作家，而是在作家身后找见他本人。重要的是接触这位战士，跟随他持续不断地搏斗，倾听他讲述勇气的肺腑之言。

这支笔下的传奇故事更加直截了当，没有经过现代读者所熟知的艺术加工，而是当即就呈献给我们，读罢仿佛从一种比我们经历的更为高尚、更为纯洁的现实中归来；也不追求风格，仅仅保持产生于一种高尚职业，并服从于毅力的那种敏感和那种坦诚。

李玉民 译

第一部分

一

"发报。六点十分。图卢兹通知各中途站：法国—南美洲航班，五点四十五分离开图卢兹。句号。"

*

碧空如水，星辰漂浮而显现。继而，夜幕降临。月光下，沙丘连着沙丘，撒哈拉无限延展。照到我的额头的这盏灯光，照不清物体，却能显示其轮廓，给万物以浓厚的柔和。在我们发声微弱的脚步下，正是厚积沙层的奢华。我们光着脑袋行进，解脱了烈日的重压。黑夜，这个居所……

然而，怎么能相信我们安宁呢？信风毫不停歇，一阵阵朝南滑过去，擦过海滩时，发出窸窣的丝绸声。不复为欧洲的风了：回旋，消停，刮到这里便跟定了我们，犹如跟定了飞驰的特别快车。夜晚，风吹着我们，往往特别硬，我们面朝北，后背依靠着风力，就感觉被裹走，随风而上，升向一个幽暗的目的地。多么匆忙，多么慌张！

太阳回环，又带来白天，摩尔人不大动弹。那些贸然逼近西班牙要塞的人，指手画脚、挥枪舞棒如同拿着玩具。从幕后观望，撒哈拉就是这样：拒不归顺的部落丧失其神秘性，放出来一些小角色。

我们抱团一起生活，圈子极狭小，面对我们自己的形象。这就是为什么，我们在大漠，却不知何为孤单：必须回到自己家中，想象我们远在天涯，从远景中才能发现我们孤苦的境况。

我们走出去不过五百米，就进入叛离区：我们成了摩尔人和我们自身的俘虏。我们最近的邻居，也在七百千米远的锡兹内罗斯①，一千千米远的艾蒂安港②，同样困在撒哈拉，犹如囚在脉石中。他们绕着同一座要塞运行。我们知道他们的外号，了解他们的喜好，然而，我们就像居住在不同的星

---

① 锡兹内罗斯：今称达赫拉。
② 艾蒂安港：今称努瓦迪布，1907—1970年称艾蒂安港。

体，相隔同样遥深的渊默。

那天早晨，世界开始为我们骚动起来了。无线电发报员终于转发给我们一份电报——两根插进沙地的天线杆，每周一次将我们同这个世界联系起来：

"法国—南美洲航班五点四十五分离开图卢兹。句号。十一点十分经过阿利坎特。"

图卢兹说话了。图卢兹，始发站。远方的上帝。

十分钟工夫，这条消息通过巴塞罗那—卡萨布兰卡—阿加迪尔，传达给我们，然后又传向达喀尔。五千千米的航线上，机场都接报而动。晚上六时，再次向我们通报：

"二十一点航班在阿加迪尔降落，二十一点三十分向朱比角进发，载着米其林飞机轮胎着陆。句号。朱比角准备常规火光。句号。命令同阿加迪尔保持联系。签发，图卢兹。"

我们孤零零，在撒哈拉腹地，从朱比角观象台追随一颗遥远的彗星。

傍晚将近六点钟，南方动起来了：

"达喀尔呼叫艾蒂安港、锡兹内罗斯、朱比角：紧急通报航班消息。"

"朱比角呼叫锡兹内罗斯、艾蒂安港、达喀尔：十一点十分途经阿利坎特，再无消息。"

一台发动机在某处轰鸣。从图卢兹一直到塞内加尔，大家都力图捕捉那隆隆声。

二

图卢兹，五时三十分。

机库对着雨夜敞着大门，机场汽车开到门口戛然停下。几只五百瓦的电灯，强光照得物体像展台的展品，赤裸裸的，线条生硬，轮廓分明。在机床的拱顶下，说话字字有回声，余音袅袅，充斥着寂静。

钢板亮晶晶，发动机没有半点油污。飞机看上去崭新。机械师以发明家的手指，触摸着精密仪器。全部仪表调试完毕，现在他们离开了。

"抓紧，先生们，抓紧……"

邮包一个接着一个，塞进飞机的底舱。快速清点：

"布宜诺斯艾利斯……纳塔尔……达喀尔……卡萨布兰卡……达喀尔……总共三十九包。准确吗？"

"准确。"

飞行员急忙穿衣：套头羊毛衫、领巾、皮草飞行套服、毛皮靴子。他睡眼惺忪，身子还发沉。有人叫他："好啦！快点儿。……"双手满把是手表、高度计、地图夹，还戴着厚手套，手指动弹不得，他的动作非常笨拙，爬上飞机驾驶舱座位，活像个浮出海面的潜水员，然而，一旦坐定，他整个人就轻松了。

一名机械师爬上来对他说：

"六百三十千克。"

"好的。乘客呢？"

"三位。"

他只是记录，并不见他们。

机场经理转身走向操作台。

"这个发动机机罩是谁盖的？"

"是我。"

"罚款：二十法郎。"

经理最后扫了一眼：事物井然有序，操作规范，犹如一场芭蕾舞演出。这架飞机，无论在机库，还是五分钟后升上高空，都有其准确的位置。这次飞行，也同轮船出航一样，都经过了精确的计算。这台发动机机罩不盖严，就会出大娄子。这些五百瓦的大灯泡、这些精审的目光、这样严格的规定，全为了保证这班邮航一站一站飞行，一直到布宜诺斯艾利斯，或者智利的圣地亚哥，达到通过弹道那样一种效果，而不是碰运气似的执行一项任务。就是不顾暴风雨、大雾、龙卷风，不顾阀门的弹簧、气门摇臂和器材层出不穷的漏洞，也要务必追上、超越，并且远远抛开那些快车、特别快车、货船、汽轮！用创纪录的时间抵达布宜诺斯艾利斯，或者智利的圣地亚哥……

"起飞。"

有人交给飞行员贝尔尼一张字条：战斗方案。

贝尔尼看到：

"佩皮尼昂城报告晴天，无风。巴塞罗那：暴风雨。阿尔坎特……"

图卢兹，五时四十五分。

强劲有力的飞机轮子碾过垫木。螺旋桨的疾风扫荡，连机身后二十米远的草坪似乎都在流动。贝尔尼一扭手腕，就能掀起或者遇上风暴。

反复发动之后，机器声现在厚实了，最终变成一片几乎牢固的沉重声场，团团裹住飞行员的身体。他一旦觉出声场往他体内灌注了此前尚未实足的某种东西，随即就想："行啦。"然后，他瞧了瞧发动机黑色防护罩，逆光中仿佛炮口伸向天空。螺旋桨后边，颤动着黎明的景色。

飞机迎着直立的风，缓缓滑行一阵之后，他就一拉操纵杆，加大油门，飞机就被螺旋桨揪住往前冲，往有弹性的空气上跳了几下，地面终于显得绷紧了，在飞驰的轮子下，犹如一条传输带闪闪发亮。飞行员自有判断：空气起初难以捕捉，继而化为流质，现在变成固态了，于是，他攀爬而飞升了。

夹护跑道的树木纷纷闪避，让出了天际。升到两百米高时，还俯身望望一座儿童乐园、园中挺立的树木、彩绘的房屋，而森林依然那么郁郁葱葱：人居的大地……

贝尔尼调试着靠背的倾斜度、臂肘适当的位置，这对他心神恬静必不可少。图卢兹的低压云，在他身后还能映现航空港的幽暗大厅。现在，飞机还在飞升，他放松几分控制，稍微让手中掌握的力量释放出来。他动一动手腕，一股一股气浪就托举带他上升，冲击波也传遍他的周身。

飞行五个多小时，就到阿利坎特（西班牙），今晚能抵达非洲。贝尔尼在畅想。他的心情十分平静："我都归拢好了。"昨天，他乘晚班快车离开巴黎，多么奇特的假期。他恍惚还记得一阵隐隐的心乱。有他难受的时候，眼下，一切他都抛于脑后，就好像那一切自行继续，与他无关了。眼下，他似乎随着升起的晨曦诞生了，似乎帮助晨光哟，共同创建这一天。他想道："我何止是个工人，我还建起了非洲的邮航。"而每一天，对工人来说，开始建设世界，世界就开始了。

"我都归拢好了……"在公寓最后那个夜晚。叠好的报纸，放在书堆的四周。信件该烧毁的烧毁，该保留的分门别类整理好；家具都用罩布盖上。每件事物一旦圈定，就从他的生活中抽出去，置于空间了。他的心为这些东西纠结，就没有意义了。

他为第二天所做的准备，就好像要出门旅行似的。他投身第二天，就如同踏上一片美洲大陆。多少事情尚未了结，还一直牵扯着他。突然一下子，他就自由了。贝尔尼发现自身这样无牵无挂，虽死无憾，心里几乎有点害怕了。

卡尔卡松城，紧急降落的中途站，就在他下方漂移。

什么世界会如此井井有条——三千米。安排在盒子里赛似羊圈。房舍、运河、道路，都是人的玩具。划分好的世界，分成方块的世界，每块田地绿篱为界，园子由墙壁相隔。卡尔卡松城，每家服饰用品铺子的老板娘，无不重复自己老祖母的生活，圈子里的卑琐幸福。人的玩具，整整齐齐码放在橱窗里。

橱窗里的世界，过分暴露，过分炫耀，一座座城市，排列在卷起来的地图上，而缓慢的大地，以潮信的准确，将这样的世界呈送给他。

他想到自己孤单一人。海拔高度表盘上闪耀着阳光。一颗明亮而冰冷的太阳。踏一下操纵杆，整个景物就漂移。这阳光是矿物质，这土地仿佛也是矿物质：消除了赋予生命体以柔和、芳香、软弱的成分。

然而，这身皮衣里面，是温暖的肉体，而且脆弱——贝尔尼。在厚厚的手套里，是美妙的双手，日奈维埃芙，这双手多会用手指背抚摩你的脸……

到了西班牙。

三

　　雅克·贝尔尼，今天，你飞越西班牙上空，怀着主人的平静心情。了然于胸的印象，就要逐个呈现在眼前。你从容不迫，动一动臂肘，就游走于暴风雨缝隙之间。巴塞罗那、巴伦西亚、直布罗陀，都一一送给你，又一一带走了。这样也好。你一路将扫清地图，再卷起来，完成的工作就堆在身后。不过，我还记得你首航的前夕，你跨出的头几步，我给的最后忠告。拂晓时分，你就得张开双臂，满满抱起一个民族的沉思。满抱在你细弱的手臂里。如同长袍里怀揣宝物，抱着沉思录闯过无数艰难险阻。邮件珍贵，有人对你这样说过，邮件比生命还要宝贵，又十分脆弱。稍有差错，就要焚毁，烧成灰被风吹散。我记得那次出征的前夜。

　　"那次怎么啦？"

　　"那次你试图飞到佩尼斯科拉海滩。你不要指望渔船。"

"还有呢？"

"还有，直到巴伦西亚，一路你总能找到紧急降落的机场——我用红笔全标出来了。万不得已，你就降落到干涸的河床上。"

贝尔尼在这盏绿罩的灯光下，摊开这几张地图，神思又回到中学时代。可是，他今天的老师，从每个地点都为他发掘出一个鲜活的秘密。那些陌生的国家不再提供死的数字，而是开满鲜花的实际田野——恰恰在那里，千万小心这棵树——还提供真正海岸沙滩——而那里，傍晚时候，一定得躲开渔民。

雅克·贝尔尼，你已经知晓，我们永远也不可能了解格拉纳达①、阿尔梅里亚②、阿尔罕布拉宫，永远也不可能了解那些清真寺，但是，一条小溪、一棵橘子树，以及溪流橘叶的絮语，我们必须熟知。

"你听好了：这里如果天气晴朗，你就径直飞过去，如

---

① 格拉纳达（Granada）：西班牙省会城市，历史名城，公元 11 世纪，摩尔人在该城建立格拉纳达阿拉伯王国，直到 1492 年被天主教国王攻取。城中古迹有阿尔罕布拉宫和花园。

② 阿尔梅里亚：西班牙省会城市。

果赶上坏天气，你飞得低，那就压向左边，进入这座山谷。"

"我进入这座山谷。"

"飞一会儿，你出这山谷就到大海。"

"我出这山谷就到大海。"

"要当心你的发动机：山间有巉岩峭壁。"

"发动机若是不给我干活了呢？"

"你就想法整治吧。"

贝尔尼微笑起来：年轻飞行员总好幻想，打弹弓游戏，一颗石子飞来，要了他的命。一个孩子跑来，一只手兜头盖脑将他拦住，掀倒在地。……

"不会的，老兄，不会的！总有办法弄好。"

对这种教育，贝尔尼很得意：他童年时没有读过《埃涅阿斯纪》①，无从获取一条脱险保命的秘诀。学校老师指着西班牙地图的手指，并不是巫师的魔指，既揭示不出宝藏或者陷阱，也不能在这片牧场上变出这个牧羊女。

---

① 《埃涅阿斯纪》：古罗马诗人维吉尔（公元前70—前19）所作的史诗。长诗描写特洛伊英雄埃涅阿斯在特洛伊城池被敌人攻陷后，经过千难万险，到意大利创建新的邦国的经历。

这盏灯今天多么温馨，流淌出一种油亮的光。这条油亮的灯光，在海中取静。外面刮着风。这个房间在人世真是座孤岛，犹如一家海员客栈。

"来点波尔图酒①？"

"那还用说……"

飞行员的房间，流动的旅店，往往还得重新建造。头天傍晚，公司通知我们："某某飞行员调往塞内加尔……调往美洲……"于是，当晚务必切断联系，钉好箱子，从他的房间将自己清空，带走他的照片、图书，身后留下的印迹，还不如住过一个幽灵。也要在当晚，有时还得拉开搂住不放的双臂，耗尽一个女孩子的气力，并不是开导她，她们个个都那么固执，而是跟她爱个够，将近凌晨三点钟，才把她轻轻放下去睡觉：她不是屈从了离别，而是认可了她的伤悲。心下便想道：她还是接受了，伤心流泪了。

雅克·贝尔尼，后来你跑遍世界，学懂什么了呢？飞机吗？在坚硬的水晶里，缓慢地往前掘洞。那些城市，也一座

———————

① 波尔图酒：葡萄牙生产的一种甜葡萄酒。

一座逐渐替换，必须着陆，身临其境，才会有城市的面貌。现在你知道了，这些财富呈送来，又化为乌有，被时光湮没，犹如被海水冲荡。然而，你头几次飞行归来，就想到自己变成了什么样的男子汉，为什么还这么渴望对比一个幽灵似的温柔男孩呢？你一获准休假，就拉着我回中学："贝尔尼，我在撒哈拉等着你经过，也是从那里忧伤地回忆那次对我们童年的拜访。"

松林中间，一座白色别墅，一扇窗户点亮了灯，接着又一扇窗户。你对我说：

"那是自习室，我们头几首诗就是在那里写的……"

我们从遥远的地方归来。我们厚重的大衣覆盖了世界，而我们旅行者的灵魂，却守护在我们自身的中心。我们飞抵那些陌生的城市，要咬紧牙关，戴着手套，保护好自己。人潮向我们流动，但是并不触碰我们。我们的白色法兰绒长裤和网球衫，要留待到驯服的城市穿，就是到了卡萨布兰卡、达喀尔、丹吉尔，我们上街不必戴帽子，而在这座沉睡的小城里，无须穿戴得那么整齐。

我们回来了，成为肌肉发达、结结实实的男子汉了。我们拼搏了，吃过苦头，我们飞越了无边无际的大地，我们也爱过几个女人，有时还拿命跟死神赌起输赢，这仅仅是为了消除控制我们童年的那种恐惧：怕罚作业，罚留校，也是为了星期六晚上去听宣布分数时，再也受不到伤害。

有人在门厅就交头接耳了，随后招呼名字，接着，急急忙忙走过来几个老人。他们过来了，全身披着金黄色的灯光，干瘪的脸颊布满皱纹，但是眼睛特别明亮：喜气洋洋，又善意迎人。我们当即就明白，他们知道了我们已经脱胎换骨：是啊，老校友返校，通常都扬眉吐气，迈着雄健的步伐。

因为，他们感到我握手如此有力，看见雅克·贝尔尼目光那么坚定，都毫不惊讶，因为，他们直截了当就把我们视为男子汉了，还因为，他们跑去拿来一瓶陈年萨莫斯酒，却从未向我们透过口风。

大家入座吃晚饭。他们挤在灯罩之下，如同乡下人围拢着火炉，这就告诉我们，他们年迈体衰了。

他们年老体衰，因而变得宽容了，因为我们从前的懒惰，本可以把我们引向歧途，引向贫穷，现在看来只是小孩子的一个缺点，他们由衷地微笑起来；还有，我们的傲气，他们非要压下去，无所不用其极，而那天晚上，他们倒赞扬起来了，说那是高尚的。就连哲学老师也向我们吐了真话。

笛卡儿的思想体系，也许建立在一个尚待证明的判断上。帕斯卡尔……帕斯卡尔很残忍，亲手结束了自己的性命，他虽然锲而不舍，还是未能解决人类自由的老问题。而哲学老师，他本人，竭尽全力保护我们，反对决定论，反对泰纳①，在他看来，对于刚走出校门的孩子，最凶残的敌人莫过于尼采，他也向我们承认，他产生过有罪的温情。尼采……尼采本人，令他心绪不宁。而物质的实在性……他真弄不懂了，心里惴惴不安……就这样，他们一再询问我们。我们走出这间暖房，进入生活的暴风雨，我们应该对他们讲一讲，大地上真实的天气。男人如果爱上一个女人，是否真的会像皮洛斯②那样变成她的奴隶，或者像尼禄那样，变成她的刽子手。非洲，及其浩瀚的荒漠、湛蓝的天空，是否真的符合地理老师的教授呢。（就说鸵鸟，闭上

---

① 泰纳（1828—1893），法国哲学家、历史学家和文学批评家，著有《现代法国的起源》（1875—1894）、《论拉封丹寓言诗》（1853）、《英国文学史》（1864）、《艺术哲学》（1866）。

② 皮洛斯：希腊神话传说人物，阿喀琉斯之子。父亲战死后，"他继续参加对特洛伊的战争，在战斗中所向披靡，杀死了特洛伊王普里阿摩斯。瓜分俘虏时，他要了特洛伊主帅赫克托耳的妻子安德洛玛刻。书中所指，系他对安德洛玛刻的崇拜。"

眼睛是为了自保吗？）雅克·贝尔尼微微点头，他肚子里装满了大秘密，不过，老师们总有办法给套出来。

他们还要了解他行动中陶醉的心情、他那发动机的轰鸣，了解我们为了追求幸福生活，再像他们这样，傍晚修修玫瑰枝就不够了。现在又轮到他解释卢克莱修①或《传道书》，同时提出忠告。贝尔尼则抓住话题，及时告诉他们，必须带足食物和水，以防飞机发生故障困在沙漠中，自己饥渴而死。贝尔尼还急忙抛给他们最后的忠告：从摩尔人手中救出飞行员的秘密、飞行员逃出大火的本能反应。他们连连点头，还颇为不安，但是已经放了心，也为将这些新生力量投放世界而自豪。老师们一直赞赏这些英雄，现在终于用手指触碰到他们，终于了解他们，也就死而无憾了。他们还提起了少年恺撒。

不过，我们对他们说劳而无功之后有多失望，休息时咀嚼着苦涩味道，还真怕惹他们伤心。可是，由于年纪最长的还在神往，这让我们难受，千真万确，唯一的真理，或许就是书中的和平。然而这个道理，老师们早就知道。他们的人

---

① 卢克莱修（约公元前98—约前55），拉丁诗人，著有哲学诗篇《物性论》。

生经验是残酷的，只因他们向人教授历史。

　　"你们为什么还要回乡呢？"贝尔尼没有回答，但是老教师们了解人心，他们挤眉弄眼，想到了爱情……

四

　　大地，从高空看下去，显得光秃秃的，而且死气沉沉；飞机下降：大地有了装束。树林重又覆盖地面，山谷、丘陵，则赋予地势波浪的形态：大地在呼吸。他飞越一座高山，那巨人的胸膛鼓起来，几乎接近他了。

　　现在贴近地面，物体流动加速，犹如桥下一条湍急的水流。这是一体世界的崩溃。树木、房屋、村庄，纷纷脱离平滑的地平线，朝他身后漂移而去。

　　阿利坎特地面上升，左右摇晃，位置确定，飞机轮子擦着地面，好似接近一台轧钢机，在上面磨砺……

　　贝尔尼下了机舱，双腿沉甸甸的。他闭了闭眼睛，脑袋里还充斥着发动机的轰鸣和活跃的景象，四肢还仿佛灌足了飞机的震荡。随后，他走进办公室，缓慢地坐下，一臂肘推开墨水瓶和几本书，拉过来 612 航班飞行笔记。

"图卢兹—阿利坎特：飞行五小时二十五分钟。"

他停下笔，任由劳顿和神游控制自身。忽然传来一阵模糊的声响。有个女人在什么地方嚷嚷。福特车司机打开车门，连声道歉，赔着笑脸。贝尔尼一本正经地扫视这几面墙壁、这扇门，以及这个自然体量的司机。他的神思搅进这场争执长达十分钟，听不明白争论什么，只看见周而复始的那些动作。眼前的景象并不真实。门前栽植的一棵树，已有三十年了。三十年来的形象坐标。

"发动机：无异常。飞机：向右倾斜。"

他撂下笔杆，随意想道：我困了。紧紧箍住他这太阳穴的梦幻，又变本加厉了。

琥珀色的阳光下，景物特别清亮，耙得平整的田地和草地。一座村庄坐落在右边，一小群羊布列左边，背景合龙的是蓝色的天穹。"一户人家。"贝尔尼想道。他猛然醒悟，感到记得这景物、这天空、这片土地，恰恰构成一个家园。熟悉的家园，整整齐齐。每样东西都直上直下竖立着。这个景象完全一致，天衣无缝，毫无威胁，他恍若就身处这景物之中。

那些老妇人就是这样，伏在她们客厅的窗前，便自以为是永恒形象了。草地清新，园丁动作缓慢，正在浇花。她们望着他那令人安心的背影。光亮的地板散发涂蜡的气味，她们闻着好开心。房间整洁，充满温馨：时光流逝，冲走每日的阳光和风雨，无非凋谢了几朵玫瑰花。

"时间到了，别了。"贝尔尼重又上路。

贝尔尼冲进暴风雨。暴风雨肆虐，像拆房工人的尖镐，一下一下捣着飞机。见得多了，总能闯过去。贝尔尼只剩下最基本的念头了，指导行动的念头：飞出环抱他的群山，这里下冲的龙卷风裹住他往下沉，而暴雨密匝匝汇成黑夜，跳出这堵墙，飞到海洋。

一下撞击！断裂啦？飞机突然压向左边。贝尔尼一只手拉住，接着上两只手，接着用上整个身体。"真邪门！"飞机重又发沉下坠。这回贝尔尼彻底交待了。再过一秒钟，不待他弄明白，他就会被抛出这间遭受冲撞的房子，永远坠入沉渊。平原、森林、村庄，旋转着朝他喷射过来。看似一股烟，盘旋的烟，烟！羊圈翻筋斗似的撞击天空的四角……

"噢！吓着我了……"脚后跟一磕，分开一条电缆。操纵杆卡住了。怎么，有人破坏？不对。绝没有的事儿：动一动脚后跟，世界就恢复了秩序。好险啊！

一次险历？那一秒钟，在嘴里只留下一股味道，一股肉酸味。唉！可是，那道缝隙所见！那一切纯粹是幻影：道路、水渠、房屋、人的玩具……

通过了。没事儿了。这里，天空晴朗。气象预报报过了。"天空四分之一分布卷云。"气象预报？等压线？鲍尔森教授的"云系"理论？百姓节庆的天空：对，七月十四日^①的天空。应当这样说："在马拉加，这天是节庆！"每个居民都独自拥有上万米的晴空。天空一直晴到卷云。从未见过如此清亮、如此巨大的水族馆。赛船的一天傍晚，海湾就是这样：天空湛蓝，大海湛蓝，上尉的衣领和眼睛也湛蓝湛蓝。假日这么光辉灿烂。

完事了，三万封信送达。

邮航公司一再强调：邮件非常珍贵，邮件比生命还宝贵。不错，三万名情人赖以为生的东西……耐心等待吧，情人们！在夜晚的灯光里，有人会朝你们走去。在贝尔尼的身后，阴云密布，被龙卷风吸进罐子里搅拌。他面前的大地阳

---

① 七月十四日是法国国庆日。

光灿烂，草地换上鲜亮的衣衫，树林则盖上了毛毯，而大海披上了吹皱的轻纱。

　　飞到直布罗陀，夜幕就降落。从那里往右一转，飞向丹吉尔，贝尔尼就要脱离欧洲，那漂移的巨大冰山……

　　再经过几座褐土滋养的城市，就到非洲了。再经过几座由黑色淤泥滋养的城市，就到撒哈拉了。这天傍晚，贝尔尼将要观赏大地的卸妆。

　　贝尔尼疲倦了。两个月前，他北上巴黎，要去征服日奈维埃芙，他收拾好败局，昨天返回邮航公司。这些平原、这些城市、这些灯火，都纷纷离去，那正是他本人抛弃的，是他卸的妆。再过一小时，就能望见丹吉尔灯塔的亮光。雅克·贝尔尼，直到望见丹吉尔灯塔之前，还要沉溺在回忆中。

第二部分

一

　　我就该回顾一下，讲一讲近两个月是怎么度过的，否则还会留下什么呢？我要讲述的事件所激起的小小波澜，泛起的层层涟漪，渐渐地平复了，波及的人物也随之从事件中消失，而我关心他们的事，开头不免焦虑，继而心焦减缓，最终也就释然了，我重又觉得这个世界靠得住了。故地重游，回想起日奈维埃芙和贝尔尼，我本该心碎的地方，我这不是可以散步了吗，不是也没有触发憾恨吗？

　　两个月前，他北上巴黎，殊不知离开的时间太久，再也找不到自己的位置了：一座城市总要人满为患。也只有雅克·贝尔尼，还穿着一件散发樟脑味的西服上衣。他走起路来，身子僵硬而又笨拙。他那军用旅行箱整齐地摆放在房间一角，里面装有他的全部所需物品，表明他生活的不稳定性和临时性：这个房间还没有被白床单、被书籍征服而归属。

"喂……是你吗？"他联系所有朋友。大家都惊呼，连声祝贺他：

"好哇！哪阵风把你吹回来啦！"

"哦，是啊！什么时候见见面？"

人家今天不巧没有工夫。明天呢？明天打高尔夫球，他也去吧。他不想去？那就后天，共进晚餐，八点钟准时见。

他脚步滞重，走进一家舞厅，来到那些小白脸中间，还穿着他那件探险服似的大衣。他们就在这封闭的小场子里度过夜晚，犹如养在鱼缸中的鲍鱼，对女人满嘴恭维话，跳一阵舞，再回身喝饮料。在这种不三不四的地方，唯独贝尔尼还保持理智，他像脚夫那样，感到身体沉重，分量都径直落到双腿上。此刻他的思想毫无亮点。他走向桌子中间的一个空位。那些女人的目光，一碰到他的目光就移开，仿佛熄灭了一般。年轻人身子灵活，都闪开让他过去。真像黑夜里，巡逻军官一路查岗，哨兵纷纷丢掉手指夹的香烟。

这个世界，我们每次回来重又见到，正像布列塔尼水手重睹他们在明信片上的村庄，以及过分忠于他们的未婚妻，重逢时不怎么见老。一本儿童书的插图版画，每次翻看都一样。我们认出由命运安排，一切都各得其所，井然有序，还真担心隐伏着什么东西。贝尔尼打听一位朋友，得到的回答："是啊，还是那样子。他不怎么顺利。总之，你知道……这就是生活。"人人都是自身的囚徒，身受约束，又看不见牵制的东西，谁能像他，这个逃逸者，这个穷小鬼，这个魔术师。

两个冬季、两个夏季，并没有怎么消损他朋友们的面容。在酒吧角落的那个女人，他认出她来了。她总要面带微笑，却没有怎么显出疲惫之态。酒吧伙计，还是原来那个。贝尔尼害怕被人家认出来，就好像那一声招呼，会让他身上一个故去的贝尔尼复活：那是个没有翅膀的贝尔尼，一个尚未逃出樊篱的贝尔尼。

在回家的过程中：他周围逐渐筑起了景观，仿佛一座监狱。撒哈拉的沙海、西班牙的山岩，犹如戏装一样，渐渐脱下，即将显示出真正的景物。终于，一越过边境线，便是佩皮尼昂展现的平原。这片平原还滞留着夕阳，流泻的光线，倾斜而拖长，每分钟都拉得更细弱；各处芳草披着的金色衣衫，每分钟也越发单薄，越发透明了，最后不是熄灭，而是蒸发了。这时候，蓝蓝的天空下，呈现绿色的泥土，暗淡而又温和。这背景一片宁静。发动机减速，向这海底下潜，下面一切都安适，一切赛似一道墙壁那样鲜明而持久。

从机场乘车前往火车站的这一路程。面对他的这几张面孔，都绷得紧紧的，毫无表情。这几双手，雕刻上他们的命运，平放在膝盖上，显得多么沉重。擦肩而过的这些农民，下田干活归来。这个立在门前的少女，正从千百万的人中守候一个男人，她早已放弃千百万个希望。这位母亲在摇着一个孩子，她已经成为孩子的囚徒，不能逃脱了。

贝尔尼直接寄身于事物的奥秘，从最隐秘的路径回到家园，双手插在兜里，没有旅行箱，航线飞行员。在这个恒定不变的世界里，要想动一动一堵墙壁，要扩展一块田地，那就得打上二十年的官司。

非洲的景色犹如海面，总是变幻莫测，但是待上两年之后，一一窥得真相，这片古老大地的景象便暴露无遗，唯一的、永恒的景色，他现在走出来，踏上一片真正的土地，这个伤心的大天使。

"一切还是原样……"

他本来担心会看到事物不同了，而现在心里难受的是，发现事物还那么相似。同人交往和友谊，除了一种隐约的无聊，他再也无所期待了。真难以想象。那种种柔情，出发时便抛之身后，心上却带着灼伤，但是也怀着一种奇异的感觉，仿佛把财宝埋藏在地下。这样的逃离有时就证明怀有太多吝惜的爱。一天夜晚，撒哈拉繁星灿烂，他正遐想着那些遥远的柔情蜜意，热乎乎的，就像播下的种子，覆盖着夜晚和时光，猛然地，他产生一种感觉：拉开一点距离，是为了观赏睡容。他靠在出了故障的飞机上，面对沙丘的这条弧线，地平线的这段豁口，他好似个牧羊人，在守护他的挚爱。

"这就是我重又见到的！"

有一天，贝尔尼给我写来这样一封信：

　　我不是跟你谈我归来的情况：我一激动起来，就自以为能主宰事物了，但是，我一点激动也没有唤醒。我正像那名朝圣者，晚了一分钟到达耶路撒冷：他的渴望、他的信念刚刚死去，他只找到了石头。来到这里，这座城市，只看见一堵墙。我就想起身离去。你还记得那头一次启程吧？我们一起驾机飞行。穆尔西亚、格拉纳达卧在下面，好似橱窗里的小摆设。只因我们没有降落，那景象就湮没在过去中了。抽身的世纪岁月，就把那景象寄放在那里了。发动机轰鸣，独自表明存在，而后面的景物静悄悄过去，犹如一部无声电影。还有那种寒冷，因为我们在高空飞行：这些城市都冰冻起来了。你还记得吧？

我保留着你给我的那些字条：

"注意这种奇怪的响动……如果响动大了，先不要进入海峡。"

两小时之后，在直布罗陀："等一等，到塔里法再穿越，那样更好。"

在丹吉尔："停留时间别太久，场地土质松软。"

简单明了。就靠这几句指点，赢得了世界。

我发现这些简短的命令，会使得一种战略无比强大。丹吉尔，这座不起眼的小城，是我征服的第一个地方。这也是，要知道，也是我第一次入室抢劫。不错。开头，直冲下去，但是离地面很远。接着，在降落中，草场、花坛、房屋都纷纷绽放。一座被岁月湮没的城市，被我拉出来见了天日，恢复了一派生机。突然间，这一神奇的发现：飞行五百米高，地面上，有个耕种的阿拉伯人，让我给拉过来，培养成跟我一样的人，他实实在在是我的战利品，或者是我的创造物，或者是我的赌注。我抓住了一个人质，非洲就属于我的了。

两分钟后，我站在草地上，我多年轻，就像落到哪颗星球上，哪里便重新有了生命。生活在这新气候里。我身处这样的天地之间，就恍若自己是个阿拉伯青年，而飞行产生这种极大的饥渴，我舒展四肢，迈开大步，活动筋骨，消除驾驭飞机的劳顿，我哈哈大笑，一降落，我又会合了自己的身影。

还有这年春天！你还记得图卢兹凄风苦雨之后的春天吗？万物之间畅流着这般清新的空气。每个女人都怀有一个秘密：一种口音、一种动作、一种沉默。而所有女人都秀色可餐。再者，你了解我，这样匆忙又出发了，去远方寻找我有所预感却又弄不清的东西，因为，我就是那个为打井寻找水源的人，拿着遇到地下水源就会抖动的榛树枝，走遍全世界，坚持找到宝藏为止。

不过，你要告诉我，我在寻找什么，为什么倚在我的窗前，背靠着的这座城市有我的朋友们、我的渴望和我的回忆，我还这样绝望呢？为什么我第一次没有发现水源，就感觉离宝藏特别遥远呢？有人向我做出的这个糊涂许诺，而一个糊涂神也没有秉持，究竟是什么呢？

我找到了泉眼。你还记得吗？正是日奈维埃芙……

读贝尔尼的这句话时，日奈维埃芙，我闭上了眼睛，重又见到您少女时的模样。那时我们十三岁，而您十五岁。在我们的记忆中，您怎么会变老呢，您始终是那个脆弱的女孩。我们听人说起您时，更惊讶地发现，我们在生活中邂逅的，正是那个女孩！

就在别人将一个已婚女子推向祭台的时候，贝尔尼和我在非洲腹地，却跟一个小女孩定了亲。当年您是个十五岁的孩子，最年轻的母亲。在那个年龄，别的女孩还光着腿肚子被树枝擦破皮，您却要求一副真正的摇篮，豪华的玩具。您那些亲人还猜不透这件奇事，而您在生活中做出了女人最普通的举动，对我们而言，你生活在一篇童话中，您是从魔幻之门走进人世——仿佛进入一场化装舞会，一场儿童舞会——装扮成妻子、母亲、仙女……

只因您就是仙女。我还记得，您居住的那幢老房子墙体很厚。我眼前又浮现您的身影：臂肘支在凿得如枪眼的窗户上，正窥视月亮。月亮升起来了。平野开始有了声响，蝉翼发出吱吱声，青蛙的肚子发出咕噜咕噜声，而从田地归来的牛脖子上铜铃铛铛作响。月亮还往上升。有时，村庄敲响一阵丧钟，给蟋蟀、小麦、蝉送去不可名状的死亡。您探出身子，仅仅为订了婚的人心感不安，因为希望比什么都更容易受到威胁。可是，月亮越升越高。这工夫，林鸮发情呼唤的声音盖过丧钟。野狗围上去，冲月亮狂吠。于是，每棵树、每株草、每根芦苇都活跃起来，而月亮还在上升。

于是，您拉住我们的手，要我们聆听，因为这是大地的声音，大地之声，美妙动听，能安抚人心。

您住在这幢房子里十分安全，周围还有土地这件有生命的长袍护佑。您同椴树、橡树、羊群订了许许多多盟约，因此，我们把您称为它们的公主。到了傍晚，这个世界都归拢好准备过夜了，您脸上的神情也渐渐平静下来。"农夫都把牲口赶回圈了。"您望见远处牲口棚的灯光就全明白了。隐隐一阵声响。"关门上闩了。"无不整整齐齐。最后，七点钟的晚班快车，狂风暴雨般驶过，穿越全省，奔逃而去，终于将如卧铺车窗前一张脸那样的不安、移动和不确定的东西，从您的世界一扫而光。餐室太大，照明不好，晚饭座位上，你又变成夜晚的王后，因为我们形同密探，不断地监视你。四周镶着细木墙板，你坐在老年人中间，默不作声，往前探着身子，仅仅将你的长发送到金黄色灯光下，戴上了光亮的冠冕，你就是王后。在我们的心目中，你是永恒的，同万物紧密相连，稳稳把握住各种事物、你的思想、你的未来。你就是王后。

然而，我们很想知道，有没有可能让你受点痛苦，紧紧搂住你，直到你喘不上来气，因为我们感到，你心上有个人存在，我们渴望把他拉出来亮亮相。一种柔情、一种忧伤，我们渴望引到你的明眸上。贝尔尼将你搂在怀里，你就脸红了。贝尔尼搂得更紧，你的眼睛也随之泪水晶莹，不过，你的嘴唇却没有像老妇人哭泣那样难看。贝尔尼私下对我说，那些眼泪突然从心里漫溢出来，比钻石还要宝贵，谁能吮吸咽下肚，就会永生。他还对我说，你避居在你的身体里，如同这个在水中的仙女，他懂得千百种法术，能把你引到浮面上来，其中最拿手的就是引逗你流泪。我们就是这样窃取了你的爱。可是，一等我们放开了你，你就笑起来，而这笑声让我们满心迷惑。犹如一只鸟，一放松就飞走了。

"日奈维埃芙，给我们念念诗吧。"

你念得很少，而我们认为你已经全会了。我们从未见过你流露出惊讶的神情。

"给我们念念诗吧。"

你念诗，而对我们来说，就是了解世界，了解生活，教我们的不是诗人，而是你的智慧。恋人的忧伤和王后们的哭泣，都变成了平静的大事。在你的声音中，人那么镇定地为爱而死……

"日奈维埃芙，人为爱情而死，是真的吗？"

你中断念诗，神色凝重地思考起来。你一定是从蕨类植物，从蟋蟀，从蜜蜂那里寻求答案，于是，你回答说："是真的。"因为蜜蜂就是为爱而死去。这是必须的，也是沉静的事。

"日奈维埃芙，一个情人是什么呀？"

我们就是故意让你红红脸。你的脸却没有红。只是稍稍敛容，正面凝望月光颤动的池塘。于是我们想，一个情人，对你就是这月光。

"日奈维埃芙，你有情人吗？"

这回你准得脸红啦！还是没有红。你毫不局促地微微一笑。你摇了摇头。在你的王国里，一个季度催开鲜花，秋天结出果实，一个季度带来爱情。生活很简单。

"日奈维埃芙，你知道将来我们会做什么吗？"我们就是成心让你艳羡不已，以便称你：弱女子。"将来，弱女子，我们会成为征服者。"我们向你解释人生。征服者满载荣誉而归，要找他们所爱的女人当情人。

"到那时，我们就是你的情人了。女奴，给我们念念诗吧……"

可是，你不肯再念了，推开了书本。你突然感到，你的生活确定无疑了，如同一株小树会觉出，自身在阳光下生长发育。这完全是自然而然的事了。我们是寓言中的征服者，可是你呢，你依靠你的蕨类植物、你的蜜蜂、你的山羊、你的星星，你倾听你那些青蛙的鸣声，你从这种种上升的生命中汲取了信心：这种生命在夜晚的恬静中弥漫在你周围，从你脚踝到后颈传遍周身，只为这种难以言表而又把握十足的命运。

月亮已经高悬，该睡觉了，你关上窗户，月亮在玻璃窗里面闪闪发光。我们就对你说，你像关窗户一样关上了天空，将月亮和少许星星关在里面，要知道，我们通过各种象征，通过各种陷阱，力图将你从表象下拉到海洋的深底，我们的不安呼唤我们的地方。

*

……我找到了水源。她正是我所需要的，航行回来得以休息。她总在场。其他女人……有些女人，我们说做爱之后，她们就被远远抛上星球，她们除了一种心的构造，就什么也不是了。日奈维埃芙……你记得，我们说她是往下来的。我又找见她了，如同找到事物的意义，在一个我终于发现其内涵的世界里，我走在她身边。

她从事物一方面来走向他。她充当媒介，上千次离异之后，又为了上千次结合。这些栗树、这条林荫路、这座喷泉，她都一一还给他。每件事物，在她的灵魂寓居的中心，重又负载着这个秘密。这座园子也不再像在一个美国人手中那样，梳理修剪得光秃秃的，恰恰相反，走在小径上还能碰到这种乱象：这些枯叶、情侣散步丢下的这条手帕。于是，这座园子变成一个陷阱。

二

　　她对贝尔尼，从未提起她丈夫埃尔兰，可是那天晚上，她却说："晚餐真无聊，雅克，那么多人，你来跟我们一起用餐吧，我就不会那么孤单了。"

　　埃尔兰爱比比画画，太过分了。在亲朋中间，干吗这样赤裸裸显不自信呢？她不安地注视他。这个人太能装相，幻化出一个人物上前表演。倒不是出于虚荣心，而是自以为是。"太对了，亲爱的，您的看法对极了。"日奈维埃芙扭过头去，觉得恶心：这种圆滑的手势、这种腔调、这种装样子的确信！

　　"跑堂的，雪茄。"

　　她从未见过他如此张罗，仿佛醉心于自己的权力。在一家餐馆，坐在吧台的高凳上，就可以指挥世界了。一句话触碰一种意念，就将其掀翻。一句话触及餐馆伙计、主管，就弄得他们团团转。

日奈维埃芙似笑非笑：干吗组织这种政治饭局？这半年来，干吗热衷于政治？这个埃尔兰，只要感到头脑里闪过高见，感到自身产生高妙的姿态，就自认为无比高强。于是，他喜不自胜，便稍稍脱离自雕像，孤芳自赏起来。

日奈维埃芙由他们自娱自乐，转身对贝尔尼说：

"浪子，给我讲讲沙漠吧……您什么时候回到我们身边，就再也不走了呢？"

贝尔尼注视她。

贝尔尼看出，在这陌生女人的背后，有个十五岁的女孩冲她微笑，就像童话故事中的仙女那样。一个女孩藏匿起来，又做出这种举动，自报家门：日奈维埃芙，我记得这种法术，必须一把将您抱住，搂得紧紧的，直到弄疼了您。正是她，又拉到阳光下，就要流泪了。

那些男人，穿着胸甲似的白色衬衣，现在俯向日奈维埃芙，干起引诱女人的行当，好像单凭意念，单凭说得天花乱坠，就能得女人心，好像女人是这种竞技的奖品。她丈夫也献起殷勤，渴望晚上与她交欢。他发现她，是在其他男人渴望得到她之后。也是她穿了晚礼裙，光彩照人，还乐得取悦于人，以这个女人为表象，光艳中还真有几分浪相。她心下暗道：他爱的就是庸俗的一面。为什么从来就没有人囫囵个儿爱她呢？别人爱她本身的一部分，将另一部分弃置于幽暗中。别人爱她就像爱音乐，爱奢侈品，她那么风趣，或者多愁善感，别人就觉得她秀色可餐。然而，她信仰什么，她有什么感受，心中有什么想法，等等，没人当回事儿。她对自己孩子的温情，她那些极合情理的思虑，所有这些弃置于幽暗中的部分，别人都视而不见。

每个男人在她身边，都变得低首下心，什么都感同身受，随着她气愤，随着她感动，为了取悦她似乎在表示：我才是那个您要找的男人。是这么回事儿。对此，他毫不在乎。他在乎的就是跟她睡觉。

她并不总是想着爱情：没有时间啊！

她还记得订婚后的最初日子。她面露笑容：埃尔兰猛然发现他坠入情网，（恐怕他早已忘记了吧？）他要跟她谈话，驯化她，征服她。"嗳！我没有工夫……"她沿小径走在前面，拿着一根木棍，伴随哼歌的节奏扫着小树枝。湿土散发着清香。枝叶雨点般落到脸上。她反复说："我没有工夫……没工夫啊！"首先得跑到暖房照料她养的花。

"日奈维埃芙，您真是个狠心的女孩！"

"对呀，当然了。您瞧瞧我这些玫瑰花，都沉甸甸的！好看极了，沉甸甸的花朵。"

"日奈维埃芙，让我拥抱您一下吧……"

"当然了。为什么不可以呢？您爱我的玫瑰吗？"

男人无不爱她的玫瑰。

"嗳，不对，不对，我的小雅克，我并不悲伤，"她半个身子探向贝尔尼，"我记得……那时候，我是个怪怪的小姑娘。我依照自己的念头创造出一个上帝。小时候碰到事想不开，我觉得不可挽回，我痛哭一整天。可是，到了夜晚，一吹灭了灯，我就又去见我的朋友。我祷告着对他说，我碰上了麻烦事，又太软弱了，生活毁了无法弥补。但是，我把一切都给您，您比我坚强得多。您好自为之吧。我要睡着了。"

再说，在没有多大把握的事物中，却有那么多非常顺从。她统御着书籍、鲜花、朋友们。她跟这些都订了盟约。她知道什么信号能引起微笑，知道唯一的联络暗号："哦！是您啊，我的老星相师……"或者，贝尔尼一进来，"坐下吧，浪子……"每人都由一种秘密同她相连，还有这份被人发现、受到牵连的甜蜜。最纯洁的友谊，变得像一桩罪案般丰富多彩。

"日奈维埃芙，"贝尔尼说道，"您一直统御着事物。"

客厅的家具，她稍微挪动一下，这张扶手椅，她往近拉了拉，坐上去的朋友很惊讶，终于觉得这是他在人世间真正的位置。一整天生活下来，曲终人散，摧折的残红，何等寂静的狼藉：友谊蹂躏后在大地留下的一片惨景。日奈维埃芙却不声不响，重建她这王国的和平。贝尔尼感到曾爱过的这个小女俘，心思那么遥远，防守得那么严。

不料，有一天，事物造起反来了。

三

"让我睡觉吧……"

"真不可思议。起来。孩子喘不上气了。"

她被抛出睡眠，跑向婴儿床。孩子睡着，小脸蛋烧得发亮，呼吸短促，但还算平静。日奈维埃芙半睡半醒中，想象拖轮呼哧呼哧急促的喘息。"多么劳苦！"这情况已经持续了三天！什么都不能想了，身子俯向病儿。

"你干吗对我说他喘不上来气，干吗吓唬我？……"

她这一惊，心还在怦怦狂跳。

埃尔兰回答说：

"我就是这么以为的。"

她知道他说谎。他遇事就慌，不能独自承受，就要让人分摊这份惶恐。他心情一不好，看这清平世界也变得受不了。可是，日奈维埃芙一连守护了三个夜晚，她总归需要歇息一小时。已经昏头涨脑，不知道自己处于什么状态了。

她宽宥这类层出不穷的讹诈，因为说说又如何……有什么当紧的吗？说来可笑，睡个觉还这么计较！

"你真不通情理，"她只说了这么一句，随后，为了平抚他的情绪，"你还像个小孩子……"

她话锋一转，直接问女护士时间。

"两点二十分。"

"哦！是吗？"

日奈维埃芙重复道："两点二十分……"就好像面临一件紧迫的事。其实不然。无事可做，只需等待。正如在旅途上。她轻轻地拍拍床，整理一下药瓶，又动了动窗户。她在创造一种无形而神秘的秩序。

"您应该睡一会儿了。"女护士说道。

随后一片静默。接着，重又产生旅途上的那种紧迫感：看不清的景物飞驰而过。

"这个孩子，看着他一天天活泼，特别疼爱……"埃尔兰理直气壮地说。他渴望赢得日奈维埃芙的同情。这个可怜巴巴的父亲角色。

"别待着，老兄，干点什么事儿！"日奈维埃芙和声细语地劝道，"生意上你有个约会：那就去吧！"

她推推他的肩膀，可是，他还在培育着自己的痛苦。

"有什么办法！在这种时候……"

在这种时候，日奈维埃芙喃喃自语，可是……可是，比任何时候都重要！她有一种奇异的感觉，需要归拢东西。这只挪动了的花瓶、搭在家具上的埃尔兰的这件大衣、托架上落的灰尘，这就是……这全是敌人得寸进尺，隐隐预示溃乱的征兆。她要跟这种溃乱抗争。金光闪闪的摆设、排列整齐的家具，正是一目了然的浮面现实。凡是健康的、整洁而明亮的东西，在日奈维埃芙看来，都自行提防黑暗的死亡。

医生就说过："会好起来的，孩子体质很健壮。"当然了。他睡觉的时候，还握着两个小拳头，紧紧抓住生命不放。这样多美啊。这样多结实啊。

"太太，您就该出去散散步，"女护士说道，"随后我也出去走走。要不然，我们会挺不住的。"

这情景实在怪异，一个孩子闹得两个女人筋疲力尽。是啊，双眼紧闭，呼吸短促，就把她们拖到世界的尽头。

日奈维埃芙出了门，就是要逃避埃尔兰。他对她夸夸其谈："我的最基本的义务……你的傲慢……"她困得不行，这套话她一句也没听懂，不过，有些词从耳畔飘过，如"傲慢"，倒叫她深感诧异。为什么傲慢呢？在这里讲这种话干什么呢？

医生不免惊异，这位少妇不哭天抹泪，不讲一句没用的话，给他打下手赛似规范的女护士。他很赞赏这位娇小的生活的女仆。同样，在日奈维埃芙看来，他来出诊是一天中最好的时光。倒不是安慰她，他什么话都不说。然而，恰恰因为这孩子的身体完全装在他的心里，也因为一切严重的、模糊的、有害的症候都表露出来了。在同黑暗的这场搏斗中，这是多么有力的保护啊！甚至包括前天那场手术……埃尔兰待在客厅里呻吟。她则留在现场。外科大夫身穿白大褂走进房间，如同白昼平静的力量。住院医生和他一起战斗，速战速决。干巴巴的词，指令："麻醉剂"，然后"夹紧"，然后"碘酒"，低声而干脆，丝毫不带感情。如同贝尔尼驾驭他的飞机那样，突然间，她灵光一现：战略对路，胜利在望。

"您怎么能看得下去，"埃尔兰说，"你这个母亲，难道没有心肝吗？"

一天早晨，她当着医生的面，身子从扶手椅里缓慢滑下去，人已昏迷了。等她苏醒过来，医生一句鼓励和希望的话都没讲，也丝毫没有向她表示怜悯。他正色看着她，说道："您劳累过度。这样可不严肃。我命令您，下午要出去。不是去看戏：人的眼界太狭隘，也看不明白，但还是做点类似的事情。"

他不免想道：

"这是我所看到的再真实不过的事情了。"

出乎她的意料，林荫大道很清爽。她边走边回忆自己的童年情景，内心便感到极大的安宁。树木、平野，一些简简单单的事物。很久以后，有一天，这个孩子出世了，这件事不可思议，又再简单不过了。比其他明显的事更加打眼。她将这孩子带到事物的表面，来到其他活物中间。没有什么词语能描述她当时的感受。她觉得自己……不错，正是这个字眼：聪明。她有了自信，同一切都紧密相连，成为一场大型音乐会的组成部分。傍晚，她让人抱到窗前。树木生机勃勃，蹿高了，从泥土中拔出一片春意。她跟树木可以相媲美，她身边的孩子呼吸微弱，而这正是世界的发动机：他微弱的呼吸，却增添世界的生气。

可是，这三天来，简直惊慌失措了。多么细小的举动——开窗，关窗——都会带来严重的后果。真是无所措手足了。动一动小药瓶、床单、孩子，却不知道这举动在幽暗世界会引起什么反响。

日奈维埃芙经过一家古玩店。她想到自家客厅的小摆设，相当于捕捉阳光的陷阱。凡是留住阳光的东西，她都喜欢，一切浮出表面、充满阳光的事物。她驻足赏玩这只水晶瓶中一种无声的微笑，陈年葡萄佳酿中流光溢彩的笑意。她将阳光、健康、生活的坚信，掺进了她疲惫的意识中，而且回到正要逃逝的孩子的房间，渴望这道反光像金钉一样钉住。

四

埃尔兰又发动攻击："你还有闲心出去玩，去逛古玩店！你这么干，我绝不会原谅！这……"他在想词儿："这真是骇人听闻，让人难以置信，不配当母亲！"他下意识地取出一支烟，手上还摇动着红烟盒。日奈维埃芙还听到"要自重"。她心里也在猜测："他会点着他这支烟吗？"

"是的……"埃尔兰缓慢地放话，最后才亮出这张王牌，"是的……母亲出去寻开心，孩子在家吐血呢！"

日奈维埃芙脸色煞白。

她想要离开房间，但是他堵住门口。"别走！"他呼吸急促，好似头野兽。这种惶恐不安，原先他独自扛着，现在要她付出代价！

"你要弄疼我了，事后自责就晚了。"日奈维埃芙只随口说这么一句。

但是，这句话一针见血，戳破这个鼓足气的皮球，指明他遇事的不中用，可这也是决定性的一鞭，彻底激怒了他。他慷慨激昂起来。是的，她轻佻，爱卖弄风情，对他所做的努力始终无动于衷。是的，他，埃尔兰，把全部精力都放在她身上，却长时间受骗。是的。然而，这一切不算什么：他独自忍受痛苦，人在生活中总是孤独无助……日奈维埃芙忍无可忍，转过身去，他就把她强扭过来，面对面说给她听：

　　"不过，女人要为自己的过错付出代价。"

　　她还力图避开，埃尔兰见状，用一句侮辱的话制止：

　　"孩子一旦死了，这就是上帝的惩罚！"

　　仿佛杀了一个人之后，他的怒气顿消。这句话一出口，他自己都傻了。日奈维埃芙面失血色，朝门口跨了一步。他猜得出来，她带走他的是一副什么凶相，而他想要唯一塑造的是高尚的形象。他心生渴望，要抹掉这种凶相，做些弥补，强行把一副温和的形象塞进她的头脑里。

　　他的声音突然嘶哑了：

　　"对不起……回来吧……我一时昏了头！"

　　她的手按在插销上，朝他侧过身去。在埃尔兰看来，她就像一只野兽，只要他一动就会逃掉。他一动不动。

"过来……我有话对你说……真是很难……"

她原地不动：她究竟怕什么呢？他恼火，几乎就是因为一种毫无来由的恐惧。他要对她讲他昏了头，冷酷无情，蛮不讲理，唯独她实事求是，但是她首先得靠近，表示信赖，把自己交出去。于是，他在她面前才会放下身段。到那时她会明白……但是，她已经转动门闩了。

他一伸手臂，突然抓住她手腕子。她极度轻蔑地注视他。他还不肯善罢甘休，现在不惜一切代价，也要把她控制住，向她显示自己的力量，对她说："你瞧，我放手了。"

他起初还是轻轻地，随后就狠狠地拉她柔弱的手臂。她举手要扇他耳光，但是被他一把抓住动弹不得。现在，他弄疼了她。他感到自己弄疼了她。他想到孩子们抓住一只野猫，强行要驯服它，为了强行抚摩它，几乎将它掐死。要温和一点儿。他深深吸了一口气："我把她弄疼了，一切全完了。"有几秒钟的工夫，他感到一种疯狂的渴望，连同日奈维埃芙一起，将他自我塑造的，甚至让他本人惊骇的形象消除掉。

他的手指终于松开，有一种无可奈何而又空虚的奇特感觉。日奈维埃芙不紧不慢地脱离，就好像他真的不可怕了，突然有什么东西将她置于安全之地。他不复存在了。她慢慢悠悠的，从容地拢了拢头发，挺直了身子，走了出去。

晚上，贝尔尼来看她时，她对贝尔尼只字未提。这种事情，不便告诉别人。不过，她要他讲讲，他们共度童年的往事，他本人在远方的生活。她提这种要求，就是有意将一个需要安慰的小女孩托付给他，用童年的图景安慰他们。

她那额头偎在他肩上，贝尔尼则认为，日奈维埃芙整个人，从他这里找到了避风港。自不待言，她也相信是这样。自不待言，他们并不知道，在亲热的表示中，自身并不冒什么风险。

五

"这么晚了，您到我这儿来，日奈维埃芙……您的脸色这么苍白……"

日奈维埃芙沉默无语。挂钟的嘀嗒声响，令人难以忍受。灯光已经掺进了曙光，如难喝的饮料，更刺激情绪。这扇窗户看着都恶心。日奈维埃芙提了提精神！

"我看见灯还亮着，就来了……"她就再找不出别的话说了。

"对，日奈维埃芙，我……我在看书，您瞧……"

排列的简装书组成黄、白、红等色块。"一片片花瓣。"日奈维埃芙心想。贝尔尼等待。日奈维埃芙依然不动弹。

"我坐在这扶手椅上，就是遐想来着，翻开一本书，再翻开另一本，全有印象，都看过了。"

他装出这副老粗，以便掩饰心内的兴奋，声音也十分平静地问道："您有话要对我讲吧，日奈维埃芙？……"

其实，他内心深处却在想："这是爱情的一种奇迹。"

日奈维埃芙还在同唯一的念头较劲：他不知道……于是惊讶地看着他。她高声补充道：

"我来这儿是……"

她抬手捂住额头。

窗户泛白了，透进房间一种鱼缸般的光亮。"灯光暗淡了。"日奈维埃芙心中暗道。

继而，突然哀伤地说道：

"雅克，雅克，带我走吧！"

贝尔尼面失血色，一把将她抱在怀里，轻轻地摇晃。

日奈维埃芙闭上眼睛：

"您走就带上我……"

时光从这肩上流逝，没有造成伤害。一切都放弃，几乎成了一种乐事：顺其自然，顺水漂流，他就觉得自己的生命在流淌……流淌。她的梦呓："没有给我造成伤害。"

贝尔尼抚摩她的脸，她却忆起了什么事："五年，五年……总归可以啦！"她还想道："我为他付出那么多……"

"雅克！……雅克……我儿子死了……"

"您瞧，我逃离了家庭，我实在需要安宁了。我还是不理解：我还没有难过。我是个没心肝的女人吗？其他人都哭了，还想要安慰我。他们那么善良，连自己都受了感动。可是，你瞧……我连记忆还都没有。

"对你，我什么都可以讲出来。死亡降临，一片大混乱：针头、纱布、电报。一连几夜没睡觉，人就跟做梦一般。在诊治的时候，脑袋空空的，靠在墙上。

"还有，同我丈夫争执，多可怕的噩梦！今天，稍前一点儿……他抓住我的手腕子，我以为他要给扭断了。闹到这个地步，就因为被刺痛了。不过，我心里清楚，还不是时候。随后，他想要我原谅，但是，这不重要了，我回答：'好吧……好吧……让我去找我儿子。'他堵住房门：'原谅我……我需要你的原谅！'真是随心所欲。'嗳，让我过去。我原谅你了。'他却说：'嘴上说说，不是心里话。'纠缠个没完，把我给逼疯了。

"当然了，事情完结的时候，也没有痛不欲生。这么平静，这么沉默，几乎有点奇怪。当时我想……我想……孩子安息了。不过如此。还有一种感觉：乘船行驶很远，天蒙蒙亮时下了船，不知到了什么地方，也不知道该干什么了。我想：'到达了。'我瞧瞧那些针管、那些药品，心中说道：'这些都没有意义了……已经到达了。'随即我就昏迷过去。"

她突然惊讶起来：

"我真是疯了，跑这儿来了。"

她感到黎明冲淡了那边的一场大灾难。床铺冰凉而凌乱。毛巾乱丢在家具上，一张椅子掀翻在地。她必须赶紧抗击事物的这种大溃乱。必须赶紧把这张椅子搬回原位，这只花瓶、这本书放回原地。她必须……耗尽气力，恢复生活周围事物的常态，尽管已是徒劳的了。

六

吊唁的人来了。说话都那么装腔作势。他们搅动起她心中可怜的回忆。随后又极不得体地失语，让她独自抚平伤痛……她始终挺直了腰板。她坚定不移地讲出别人轮番说的那些话，讲出"死亡"这个词。她不愿意别人拿话试探，再窥视在她心中引起的反响。她定睛直视，逼使别人不敢看她，可是，一等她垂下目光……

而其他人……他们从容平静，一直走到前厅，可是，从前厅到客厅。匆急地走了几步，便同她拥抱在一起，身子仿佛失去平衡。一句话也不讲。她不会对他们说一句话。他们却把她的悲痛压下去：他们将一个全身抽搐的女孩紧紧抱在胸前。

现在，她丈夫说要卖房子了。他说道："这些伤心的回忆，会让我们生活在痛苦中。"他说谎，痛苦差不多成了朋友。可是，他总爱折腾，就喜欢大举动。当天晚上，他就要动身去布鲁塞尔。稍后她再去会合："要知道，家里乱成了什么样子……"

她的过去整个乱套了。这间客厅，是她长期耐心布置好的。这些家具，不是家里主人，也不是供货商，而是时间摆放在那里的。装点客厅的不是这些家具，而是她的生命。这把扶手椅从壁炉远远挪开，这张涡形脚桌也远离了墙壁，一切便从过去跌落，第一次显露出一张赤裸的面孔。

"怎么，您也又要走了吗？"她那动作好不绝望。

成千上万的盟约解除了。难道一个孩子同世界有千丝万缕的联系，这个世界是围绕他排列的吗？怎么，一个孩子死了，就是日奈维埃芙的惨败吗？她就走一步看一步了：

"我真难受……"

贝尔尼柔声对她说："我带您走就是了。我要把您劫走。您还记得吧？我对您说过，总有一天我会回来。我对您说过……"贝尔尼紧紧搂着她，而日奈维埃芙则微微仰头，眼里泪光晶莹：此刻，贝尔尼怀里搂着的女俘，纯粹就是这个眼泪汪汪的小女孩了。

朱比角，日期……

贝尔尼，老伙计，今天是邮航班机飞来的日子。飞机已经离开了锡兹内罗斯，很快就要经过这里，会给你捎去这几点责备。关于你的几封信和我们俘获的公主，我想了很多。昨天漫步在海滩上，那荒滩空荡荡的，光秃秃的，永世受海浪冲刷，于是我想到，我们就类似这片海滩。我也说不准我们是否存在。有些暮晚，落日的凄凉时分，你也看到过，在映着余晖的海滩中，整座西班牙要塞隐没了。但是，这样一种神秘蓝色的反光，跟要塞不是同一种沙粒。那是你的王国。不大真实，也不大可靠……至于日奈维埃芙，就由她怎么生活吧。

是的，我知道，如今她正陷入慌乱状态。然而生活中，鲜有戏剧性故事发生。要清理的友情、温情、爱情也少之又少。不管你对埃尔兰评价如何，一个男人占不了多大比重。我相信……生活依赖别的东西。

那些习惯、那些约定俗成、那些法则，一切你并不感到必不可少的东西、一切你逃脱的东西……正是这些会给她一个生活环境。要想生存，周围必须有长久的现实相伴。管它荒诞不荒诞，公正不公正，这些不过是一种说法。而日奈维埃芙，一旦被你带走，就徒有虚名，不复为日奈维埃芙了。

再者说，她需要什么，自己清楚吗？对好运依赖的习惯本身，她并不知晓。金钱，可以获取福利，外在生活的刺激——而她的生活是内在的——然而好运，就是能让事物持久的东西。这是看不见的地下河流，一百年来，维系着一座住宅的四壁，维系着人的记忆，即灵魂。你要将她的生活清除一空，无疑就像从一套公寓搬走上千件物品：那些物品不见了，但仍然是这个住宅的架构。

当然，我能想象得出，爱情在你看来就是诞生。你会以为带走的是一个新生的日奈维埃芙。对你而言，爱情就是你有时在日奈维埃芙眼中看到的颜色，像一盏灯那样容易点燃。不错，在特定的时刻，最简单的话语，似乎也具备这种力量，极易哺育爱情……

生活，无疑是另一码事儿。

七

日奈维埃芙不免有些拘谨，轻轻地抚摩这窗帘、这把扶手椅，就好像刚刚发现了界碑石。直到此刻，手指的这种触摸不过是一种游戏。直到此刻，这仿佛是舞台的布景，按时随意出现和消失。她有笃定的品位，绝不会揣摩这块波斯地毯、茹伊的这幅油画究竟是什么。直到今日，这些物品构成一间室内的图景——而且十分温馨——现在她与之相遇了。

"这无关紧要。"日奈维埃芙心中暗道，"我还是个外来人，进入并不属于我的生活环境。"她仰坐到一张扶手椅上，合上了眼睛。这样，就产生身在特别快车车厢里的感觉。每一秒钟，房舍、树林、村庄都抛向身后。然而，从卧铺上睁开眼睛，就只看见一只铜环，总是同一只铜环。人在不知不觉当中就变了。"一周之后，我再睁开眼睛，就焕然一个新人：他带我走了。"

"您觉得我们的住房怎么样？"

为什么把她叫醒了呢？她张望一下，还不知道如何表达
自己的感受：屋里布置缺乏持久性，整个构架也不牢固……

"到近前来，雅克，你才是真实的存在……"

单人公寓的沙发、帷幔光线幽暗。摩洛哥的装饰壁布。
所有这些东西，五分钟就能挂上，取下来。

"您为什么遮挡墙壁，雅克，您为什么隔开，手指不能
接触墙体呢？"

她喜欢用手掌抚摩石头，抚摩房中最实在又最长久的部
位。像只航船那样能长久承载你的东西。

他亮出他的宝物：一些纪念品……她一看就明白。她认
识一些从殖民地回来的军官，在巴黎过着幽灵般的生活。他
们又在林荫大道上相遇了，吃惊彼此都还活着。走进他们的
家，好歹还能认出在西贡，在马拉喀什^①的那个房屋。大家
在这里谈女人，谈战友，谈晋升，然而这些帷幔，在海外甚

① 马拉喀什：摩洛哥中部的城市。

至就是墙壁的血肉，挂在这里就成了死物。

她用手指触摸着薄片的铜器。

"这些小玩意儿，您不喜欢吗？"

"对不起，雅克……这真有点儿……"

她没敢说出"俗气"。不过，她的品位如此确当，来自她只认、只喜爱塞尚[①]的真品，而不是赝品，只喜欢地道的家具，而不是仿制品，因而潜意识中就看不上这类小玩意儿。她出自极度慷慨之心，准备牺牲一切，哪怕生活在粉刷白灰的斗室里，似乎也忍受得了，可是现在她却感到，自身的一部分受到了损害。倒不是富家子弟的那种娇贵，而是自身的爽直，多怪的念头。贝尔尼看出她的尴尬，却未能理解她的心思。

"日奈维埃芙，我没有能力给您准备非常舒适的条件，我不是……"

"嗳！雅克！您胡说，想到哪儿去啦！我并不在乎，"她紧紧偎依在他怀里，"只不过，比起你这地毯，我更喜欢普

_____

① 保罗·塞尚（1839—1906），法国印象派独树一帜的画家，被誉为"现代艺术之父"。他的绘画力求表现坚实感和深度感，画面给人以平稳和沉静的感觉。

通的、打光蜡的地板……这些，我来给您安排吧……"

她没有说下去，已经意识到她渴望光秃秃的地板，其实要奢侈得多，需求的物品远远超过这种大面上的遮饰。她童年时玩耍的那间大厅、那种亮晶晶的胡桃木地板、那些历经几个世纪也不会过时和陈旧的实木桌子……

她感到一阵莫名的伤怀。倒不是为失去富裕生活，为她同意的事情而遗憾：她对多余的事物的了解，当然还不如雅克，但是她恰恰明白，自己在新生活中，丰富起来的正是多余的东西。她并不需要。她对持久性的这种坚信，就再也谈不上了。她想道：物品要比我持久，但是，人家接纳了我，陪伴我，还保证日后照顾我，因此，现在我比物品更加持久了。

她还想道：我回乡下的时候……透过浓密的椴木丛，那座房子重又浮现在眼前。那是浮到表面的最稳固的东西：宽大的石阶一直延伸到地里。

在那里……她想到冬季。冬天扫掉叶子，光秃秃的树林间，展现房舍的每个棱角，世界的架构也一览无余了。

日奈维埃芙一路走，吹口哨呼唤她的狗，每一步都踏得枯叶咯吱脆响。然而她知道，经过冬季的这种筛选，这种大清理之后，春天又将弥漫天地，爬上树枝，催放花蕾，重新搭建这些绿色的拱廊，形成的绿荫有水深和流动感。

在那里，她儿子的身影并未完全消失。有时，她走进食物储藏室，翻动五成熟的木瓜，儿子似乎刚刚逃离：噢！我的小宝贝，你这么疯跑，也该老老实实睡一觉了吧？

她在那里，了解死者的迹象，并不害怕。每人的沉默都汇入房子的寂静中。眼睛从书本抬起来，屏住呼吸，叹赏着那声余音止息的召唤。

消逝的人？在行踪不定的人中间，唯独他们持久存在：他们的遗容无比真实，再有什么事也永远抹杀不掉了！

"现在，我要跟随这个男人走了，要忍受其苦，怀疑其言行。"须知人性如此，温情和排斥交织混杂，成分已定，理不顺也解不开。

她睁开眼睛，贝尔尼陷入深思。

"雅克，一定得保护我，我要净身出户，一文不名了！"

假如贝尔尼不那么能干，那她就得艰难度日，住在达喀尔这间屋里，混迹到布宜诺斯艾利斯的人群中，而在那个世界里，只有毫无必要的凑合，生活的情景也并不比书中的描述真实多少……

这时，他俯身向她，柔声细语地说话。她愿意极力相信他亮出的这种形象、他表达的这种圣洁的情感。她还确实喜爱这副爱情的形象：她也只有这副微弱的形象借以保护她了。

今天夜晚，她将在欢情中，找到这副单弱的肩膀这个脆弱的庇护所，把脸埋在里面，犹如一只等死的牲口。

八

"您这是拉我去哪儿呀？为什么带我到这儿来？"

"这家旅馆您不喜欢，日奈维埃芙？那我们离开，再去找找？"

"好吧，再去找找……"她胆怯地回答。

车灯照不清路面。他们艰难前行，在黑夜里仿佛陷入黑洞中。贝尔尼时而往身边瞥一眼，日奈维埃芙脸色苍白：

"您冷了吧？"

"有点冷，没什么。我忘记带毛皮大衣了。"

她是个粗心大意的小女孩，她不禁微笑了。

现在，又下起雨来。"这个鬼天气！"贝尔尼心中骂了一句，不过，转念又一想，快到了人间天堂。

行驶到桑斯①附近，发动机火花塞出故障，不得不更换。可是，他忘了带照明灯：又是一个疏忽。他用一把滑牙扳手，冒雨摸索着修理。"就应该乘火车了。"他不厌其烦地在心中嘀咕。他驾车的兴致更高，就是要给人一个自由的形象：好快活的自由！而且，从这次私奔一开始，他就不断地干蠢事：这样丢三落四！

　　"您能修好吗？"

　　日奈维埃芙来到他身边。她忽然感到自身成了囚徒：一棵树、两棵树，好似哨兵，更有那个碍眼的养路工人的小棚屋。上帝啊！多怪的念头！……难道她要在这里生活一辈子吗？

　　修好了，贝尔尼抓住她的手：

　　"您发烧啦！"

　　她微微一笑……

　　"是啊……我有点累，就想睡觉。"

　　"那您为什么下车，淋在雨里呀！"

　　发动机运转总不正常，夹杂着突然暂时停顿和咔嗒咔嗒

---

① 桑斯：法国中北部小镇。

的声响。

"我们到得了吗，我的小雅克？"她半睡半醒，浑身发起烧，"我们到得了吗？"

"当然了，心爱的，桑斯马上就到了。"

日奈维埃芙叹了口气。她试图做什么已经力不从心。这一切全怪这个气喘吁吁的发动机。每棵树都费了牛劲拉近，每棵树，一棵接着一棵。总这样周而复始。

"这怎么能行，"贝尔尼心想，"还得抛锚。"他一面对这样的故障就慌了神。他怕的就是景物静止不动了。她萌生的一些初念就会释放出来。他惧怕某种正在显露的力量。

"我的小日奈维埃芙，不要想这个夜晚了。想想很快就……想想……西班牙。您喜爱西班牙吧？"

一个细微的声音，远远传来回答他："是的，雅克，我很幸福，但是……我有点害怕强盗。"他看见她微微笑了。这句话让贝尔尼心里难受。这句话本来没有什么意思，无非表露出：这趟西班牙之行，这个童话故事……没有信念。一支没有信念的军队，一支没有信念的军队不可能赢得胜利。"日奈维埃芙，是这个夜晚，是这场雨摧毁了我们的信心……"他猛然意识到，这个夜晚类似一种慢性病。这种病症的苦味，就在他的口中了。这样一个夜晚，没有黎明的盼头。他还抗争，在心里铿锵地说："只要天不下雨，黎明就能痊愈……只要……"有什么毛病出在他们自身，可他没有认识到，还以为土地腐烂了，黑夜生病了。他盼望黎明，好似那些死囚说："等到天亮，我要出去呼吸新鲜空气。"或者："等春天来了，我就会年轻了……"

"日奈维埃芙，想一想我们那边的家……"他随即意识到，他永远不该说出这样的话。在日奈维埃芙的心目中，什么都不可能建立起家的形象。"是啊，我们的家……"她在试声说这个词。她的热忱滑落了，她的风趣也逃逸了。

日奈维埃芙搅动着自己都不清楚的许多想法，就要化作言词，许多想法令她畏惧。

贝尔尼不熟悉桑斯的旅馆，就在一盏路灯下停车，查看旅行指南。一盏快要燃尽的煤油路灯下，晃动着几个身影，也显现了灰白墙上的一块招牌，褪色的招牌字迹："Vélos①……"他觉得从未见过如此蹩脚、如此庸俗的词。象征一种平庸的生活。现在他看清了，他在那边的生活中，

———————

① 意为"自行车"。

俗事物很多，但是他并没觉察出来。

"借个火，城里客……"三个骨瘦如柴的男孩注视他，都嬉皮笑脸。"这些美国人，不认路……"接着，他们又打量日奈维埃芙。

"都给我滚远点儿。"贝尔尼吼了一声。

"是你的妞儿，还有模有样。可是，你瞧瞧我们二十九号那位！……"

日奈维埃芙有点惊慌失措，身子靠向贝尔尼。

"他们说什么？求求您了。我们快走吧。"

"可是，日奈维埃芙……"

他忍住了，把话咽下去。一定得给她找家旅馆……这些喝醉了的小青年……理他们干什么。他随即想到她发了烧，浑身难受，本应该避免让她碰到这种事。他病态似的一味自责，不该让她搅进这类丑事中。他……

环球旅馆关了门。所有这些小旅店，夜晚看上去，全像缝纫店。敲了许久店门，直到响起拖沓的脚步声。守夜人将门打开一条缝儿：

"客满。"

"求您帮帮忙，我妻子病了。"贝尔尼不肯罢休。店门重又关上，脚步声消隐在走廊里。

全都串通一气，处处碰钉子。

"他怎么说，"日奈维埃芙问道，"为什么，为什么他连一句话都不肯回答？"

贝尔尼真想让她好好瞧瞧，这里不是巴黎的旺多姆广场，开小旅馆的人一旦吃饱了晚饭，就躺下睡觉了。这再正常不过了。他一声不吭，又坐下来，脸颊闪着冷汗的光亮。他不启动车子，只是直愣愣地盯着反光的铺石路面，头发上的雨水顺脖颈流下来，他似乎感到，必须摇撼整个大地，才能打破这种惰性。那个愚蠢的念头又浮上脑海：一等到黎明……

在这种时刻，确确实实要讲句体贴的话。日奈维埃芙就试图劝道：

"亲爱的，这一切都算不了什么。我们为了幸福，就必须这样辛劳。"

贝尔尼定睛凝视她："是啊，您真的非常宽容。"他心受感动，特别渴望拥抱她。怎奈这雨水、这窘境、这劳顿……不过，他还是握住她的手，感到她烧得越发厉害了。每一秒钟这个肉体都在被侵蚀。他想象各种情景，好让自己的情绪平静下来。"我要让人给兑一杯滚烫的格罗格酒①。不会有什么事的。一杯滚烫的格罗格酒。我再用被子把她裹起来。到那时，谈起这次艰难的行程，我们就会相视大笑了。"他隐约产生一种幸福感。然而，眼下的境况同他想象的情景大相径庭。另外两家旅店也都装聋作哑。想象的情景，每次都得重过一遍，而每过一遍，就丧失一点真切感，所包含的具象的能力也越发微弱了。

日奈维埃芙沉默无语了。贝尔尼觉得，她不会抱怨了，再也不会说什么了。他就是开车一连行驶几小时，一连行驶几天，她也不会发一句牢骚，永远也不会了。哪怕我扭她的胳臂，她也不会讲任何话。"我在胡说八道，我在胡思乱想！"

"日奈维埃芙，我的小乖乖，您还难受吗？"

"不难受了，过去了，现在感觉好多了。"

这一阵子，许多事情，她渴望而不可得，都放弃了。为了谁呢？为了他。都是他不能给予她的。这句"感觉好多了"……就是绷断的弹簧。更加顺从了。这样下去，她的感

---

① 格罗格酒：英国的一种兑水的烈酒，用朗姆酒或威士忌兑水制成。

觉会越来越好。她干脆就放弃了幸福。等到她完全好了……

"好嘛！我也太犯傻了：我还做什么美梦。"

英格兰希望旅馆，商务旅客特价。"您靠着我的胳臂，日奈维埃芙——当然了，一间客房。太太病了。快点儿，一杯格罗格酒！格罗格酒，要滚烫的。"商务旅客特价，这句话为什么这么别扭呢？"在这张扶手椅上坐下，这样会好些。"格罗格酒，怎么还不送来呢？商务旅客特价。

上了年纪的女佣非常殷勤。"这就来了，我的年轻太太，可怜的太太。她浑身直发抖，脸色这么苍白。我去给她烧壶开水。十四号客房，一间漂亮的大屋……先生能不能登记一下？"

贝尔尼手指握住一支肮脏的蘸水笔，这才注意到他们姓氏不同。于是，他想说服日奈维埃芙同意是主仆关系。"全怪我，没有品位。"还是她帮他解了围。她说道：

"就填情人，这不是很有情味吗？"

他们想到了巴黎，想到了绯闻。他们也看到各种面孔都活跃起来。对他们而言，某种困难的事才刚刚开始，但是他们彼此绝口不提，唯恐想到一处去了。

不过，贝尔尼也明白，直到眼下，还什么也没有发生，没出任何事，只是发动机不大给力，天下了几滴雨，找旅馆耽误了十分钟。他们耗尽精力似乎才克服的困难，其实来自他们自身。日奈维埃芙就跟自己较劲。她要从自身根深蒂固的东西中挣脱，不待撇清心力就已经交瘁了。

贝尔尼拉起她的双手，但他还是明白，说什么话也无济于事。

她睡着了。他也不想求欢。但是，他满脑子怪异的梦幻。一些模糊的回忆。油灯的火苗，必须赶快添油，同时还得注意，不让大风吹灭了灯火。

再者，尤其那种无所谓的态度。他倒希望她渴求财富，即因物痛苦，被物所打动，吃东西时像孩子一样欢叫。他尽管贫穷，还是能给予她很多。然而，这个女孩根本就不饿，他可怜巴巴，要跪下求她吃东西。

九

"不，没什么……别管我……哦！已经？"

贝尔尼起来了。他在睡梦中的举动，就像纤夫那样沉重，也像一名传教士的举动，极力将您从内心深处拉到阳光下。如同一个舞者的舞步，他每一步都饱含意义。"唔！心爱的……"

他来回踱步：实在可笑。

这扇窗户让曙光涂脏了。这个夜晚，幽蓝幽蓝。灯光下的夜色，如蓝宝石一般深邃。这个夜晚，幽深得径直透出星光。人进入梦幻，进入想象的空间。就像伫立在船头观望。

她收回双膝，抱在胸前，身子如没有烤好的面包，整个儿软绵绵。心跳也过速，觉得难受。在车厢里的一种感觉。列车飞驰，轮轴声响打着节拍，声声如心脏的跳动。额头顶着车窗，景物从眼前流过：流逝的景物终于化作一团团黑影，由天际接收，逐渐笼罩在宁静之中，宛若死亡一般平和了。

她很想冲这个男人呼喊："拉住我！"爱情的双臂能容纳您的现在、您的过去、您的未来，爱情的双臂能把您收拢在一起。

"不。别管我。"

她起身下床。

十

"这个决定,"贝尔尼心想,"这个决定,是抛开我们做出来的。彼此没有交谈,一切就定下来了。"这次回返,仿佛是事先就商定了。病成这样,谈不上继续行程了。以后再说吧。离家时间这么短,埃尔兰又出了远门,这件事会妥善处理好。贝尔尼不免惊诧,一切都显得如此轻而易举。可他心里明镜似的,其实并非如此。倒是他们可能不肯出力了。

再说,他也怀疑起自己来了。他完全清楚,他还抱着一些想象的情景不放。然而,这些想象的东西,来自何等深度呢?今天凌晨醒来,对着低矮灰暗的天花板,他立时就想道:

"她的家就是一条船,运载着一代又一代人,从此岸渡到彼岸。无论在这里谈还是别处谈,旅行都没有意义,但是,有了船票、舱位和黄皮旅行箱,人能从中得到多大安全感。

一旦上了船……"

自己会不会痛苦，还不得而知，只因他沿着一道斜坡下去，还未抓住迎面而来的未来。人一旦顺其自然，就不会徒生烦恼了。同样，人一旦耽于悲伤，也就不再痛苦了。或许将来，回首前尘往事时，还会隐隐作痛。他就这样弄明白了，扮演后半部分的角色，他们会游刃有余，因为他们内心某处已有预判。他一边在心里这样盘算，一边调试运转还不大好的发动机。终究能够抵达，顺坡而下。头脑里一直萦绕着这个斜坡的景象。

快要行驶到枫丹白露了，日奈维埃芙感到口渴。一路每处景致，都是旧相识。他从容地停好车。他那样子让人安心。这是一个应需的环境，得以浮上白昼。

坐到这家小餐馆，侍应给他们端上来牛奶。何必匆匆忙忙呢？她小口小口抿着牛奶。何必匆匆忙忙呢？该发生的事必然会在他们身上发生：总离不开这个必然的意象。

她相当温柔，在许多事情上都感激贝尔尼。比起昨天来，二人的关系自由多了。她微笑着，指着在门前啄食的一只小鸟。她这副面孔，在他看来焕然一新，他在哪儿见过呢？

在旅游者身上见过。那些要去旅游的人，再过几秒钟，就将脱离你们这样的生活了。在站台上。一张张脸已经可以微笑了，向往着那未知的激情的游历。

他又抬起眼睛。她侧着面，正低头遐想。她再稍稍扭过头去，他就瞧不见这张面孔了。

想必她还一直爱他，但是，他不好过分追问一个柔弱的小女孩，他当然也不能说："我还给您自由。"同样不能讲类似荒唐的话，只能谈谈自己打算做什么，自己的前景。在他自己经营的生活中，她不是个囚徒。她将小手搭到他的胳臂上，要向他表示感谢："您就是一切……我的全部爱。"这是真心话，不过，他从这话里也能听出来，他们二人不是天作之合。

固执和温柔集于一身。近乎冷酷、残忍、不公正，但她却一无所知。动辄不惜一切代价，要保护某种并不重要的利益。文静而温柔。

她和埃尔兰同样不是天生的一对。贝尔尼清楚这一点。她说还要接着过她的生活，这话一向只能伤他的心。她究竟为什么来到世上？她好像并不觉得痛苦。

二人又上路了。贝尔尼的头略偏向左侧。他心下十分清楚，自己也不觉得痛苦，但是，恐怕他身上的某种兽性受了伤害，流下的眼泪无法解释。

　　到了巴黎，没有任何反响：他们并没有搅乱了什么。

十一

何必呢？这座城市，在他周围徒然地一片忙乱。他心里完全明白，他再也不能从这种混乱中获取什么了。他逆着陌生的人群，缓步而行，心中暗道："就好像我不是这里的人。"不久他就要离开了：这样也好。他知道因工作关系，他同四面八方都有联系，而那些联系非常具体，能让他恢复一种现实感。他也明白，在日常生活中，每一小步都关系重大，而精神危机也就丧失一点意义了。中途站上的说笑逗趣，甚至还回味无穷。说来奇怪，但也确实如此，然而，他对自己并不感兴趣。

他从巴黎圣母院旁边经过，便走了进去，不免惊讶，里面竟如此拥挤，只好躲到一根大柱子后面。他为什么来到教堂呢？他扪心自问。不管怎样，他来到这里，因为在这里待上一阵子，总能引向某种事情，而在外面，时间再也不能引向什么了。正是如此："在外面，时间再也不能引向什么了。"他也感到需要重新认识自己，并且寄托于信仰，将信仰随便当作一种思想体系。他心中暗道："如若找到一种模式，既能表述我，又能总括我的方方面面，那么对我来说，倒是真的了。"接着，他又沮丧地补上一句："可是，我也不会相信。"

猛然间，他又觉得是在海上旅行，他耗尽一生企图逃脱。布道开始，这令他不安，仿佛是一次出发的信号。

"天国，"神父开始布道，"天国……"

他双手撑在讲道台的宽沿上，俯身对着信众。聚拢的人群要吸纳一切。精神食粮。有些形象涌入脑海，具有极其明白无误的特征。他想到被捕获装进鱼篓的鱼，随即又毫无联系地补充道：

"当伽利略的渔夫……"

现在，他只使用引导一长串回忆再现而能持续的词语。他似乎向信众缓慢地施加压力，逐渐延长他的冲劲，如同长跑赛手的步伐。"你们若是知道……你们若是知道有多少爱……"他停下来，有点气喘：他的情感过于丰满，反而难以表达了。他明白最简单的词，最常见的词，在他看来都承载太多的含义，再也分辨不出当下最恰当的词语了。在烛光中，他那张脸看似蜡像。他挺起身子，双手撑住，高抬额头，人笔直而立。他这样伸直放松的时候，下面的听众也略微活动，如起伏的海面。

继而，词语又纷至沓来，他又开口说话了。他讲话，那种确信口气令人惊讶。他那种活泼的劲头，正如感到自身力量的装卸工。他讲完一句话时，意念就会在他身外形成，投奔他来，好似传给他的一副重担，而他事先就感到心中隐约升起的形象，在形象中再放入那个模式，从而传给信众。

现在，贝尔尼在倾听布道。

"我是一切生命之源。我是潮水，涌进你们心中，激励你们，然后再退去。我是恶，闯入你们心中，撕裂你们的心。然后再离开。我是爱，进占你们心中，就永驻永继了。

"你们前来，会用马吉安①，用第四部《福音书》反对我。

---

① 马吉安（约 110 —约 160），基督教异端神学家，约 140 年到罗马，宣传他的教义，史称马吉安主义。

你们前来，会对我大谈篡改的教义。你们前来，会拿你们人类可怜的逻辑来反对我，而我却是逻辑之外的人，我正是要把你们从逻辑中解救出来！

"囚徒啊，你们要理解我！我来帮你们摆脱你们的科学、你们的方法、你们的法律，摆脱这种精神的奴役、这种宿命更严酷的决定论。我是盔甲上的缺陷。我是牢房的天窗。我是计算中的错误。我是生命。

"你们用积分法算出星球的运行，实验室的一代啊，你们却不了解星球。星球成为你们书中的一个符号，不再是光明了：你们的知识还不如一个小孩子。你们有许多发现，甚至发现了掌控人类爱情的规律，然而，这种爱情本身却逃脱你们的符号：你们对爱的了解，还不如一个少女！好吧，还是到我这儿来吧。光明的这种温馨、爱情的这种光明，我都全部还给你们。我不会奴役你们，而是拯救你们。首先计算一颗苹果坠落的那个人，把你们关进了这场奴役中，我来解放你们。我所在的地方，是你们唯一的出路，出了我这里，你们会落到什么地步呢？

"出了我这里，离开这条船，你们会落到什么地步！要知道，在我这条船上，时间的流逝充满了意义，犹如海水冲击发亮的艏柱的流淌。海水的流淌无声无息，却负载着岛屿。海水的流淌。

"到我这里来吧，行动毫无结果，对你们只有苦涩。

"到我这里来吧，思想只能引向法律，对你们也只有苦涩……"

他张开了双臂：

"因为，我是接纳者。我承载了人世的罪孽。我承受着人世的苦难。我承受着你们这些丧失幼崽的野兽的悲痛、你们的不治之症，你们从而就得到了宽慰。然而今天，我的子民，你们的苦难更加深重，更难补赎，不过，我还将一力承担，如同其他苦难。我还要戴上精神的更加沉重的锁链。

"我是肩负人世所有重担的人。"

在贝尔尼看来，这个人已经绝望，因为他叫喊不是为了获得一种"天意"。因为他就没有呼吁"天意"。因为他是自问自答。

"你们将是一群玩耍的孩子。

"你们终日劳而无功，白白耗尽精力，到我这里来吧，我会赋予你们的努力一种意义，你们将努力在你们心中构建，我将使之成为一项人的事业。"

话音落入人群，贝尔尼听不见了。只觉得话语传递什么东西，犹如返回来的一种动机。

"我将使之成为一项人的事业。"

他显露不安的神色。

"如今的情侣们，到我这里来吧，我将把你们枯索的、残忍而绝望的爱情，变成一项人的事业。

"到我这里来吧，我要将你们肉欲的匆忙、回归的悲伤，变成一项人的事业……"

贝尔尼感到越发苦恼了。

"……因为，我就是那个对人大加赞赏者……"

贝尔尼的思想濒临崩溃了。

"我是唯一能使人回归本真的人。"

神父住了口。他疲惫不堪，转向祭台。他崇拜他刚刚树立起来的这个上帝。他觉得自身卑微，就好像奉献了一切，连肉体的疲惫也算一份献礼。他不知不觉，就以基督自居了。他转向祭台，又接着说，语调缓慢得令人恐惧。

"圣父，我相信了他们，因此，我献出了自己的生命……"

最后一次俯身对着听众：

"因为，我爱他们……"随后他浑身颤抖起来。

贝尔尼一时觉得静得出奇。

"以圣父的名义……"

贝尔尼心想："多么绝望！信德在哪儿呢？我就没有听见信德，只听到完全绝望的叫喊。"

贝尔尼走出教堂。孤光灯即将点亮。他沿着塞纳河河岸走去。树木都纹丝不动，纷乱的枝叶仿佛粘贴在暮色中。贝尔尼信步走着。白昼既尽，他的心绪也宁静下来，让人以为是问题得到解决的缘故。

然而，这个暮晚……背景未免过分戏剧化了，已经用于帝国的覆灭、大溃败的夜晚，也曾用于脆弱爱情的完结，明天还将用于其他戏剧的演出。如果夜晚很平静，如果生活节奏迟缓，那么，这道背景就会令人不安，因为弄不清要上演什么戏了。啊！总得有什么东西，能把他从如此寻常的不安中解救出来……

孤光灯同时都点亮了。

十二

出租车。公共汽车。熙来攘往不可名状的乱腾，贝尔尼迷失其间，不是适得其所吗？一个迟钝的笨家伙呆立在柏油路上。"喂，闪开！"一生只能遇见一次的女人：唯一的机会。蒙马特尔区那边，明晃晃的灯火更加招人。烟花女已经开始揽客了。"仁慈的上帝！快点呀！……"那边，还有一些女人。那是西班牙女郎，形同珠宝盒，女人即使缺少姿色，满身珠光宝气，也就有了贵重的肉体。价值五百张票子的珍珠链挂在腹部，还有戒指，多么耀眼！真是奢华的一团肉。又一个焦虑不安的姑娘："放开我！你呀！我认出你了，皮条客，滚开！让我过去，我还要好好活着呢！"

那个女人，坐在他前面吃晚饭，身穿鸡心低领的晚礼衣裙，后背裸露。他只能看到她的颈部，两个肩膀，以及这个肩背：后背的肌肉总在快速地颤动流窜。这部分肌体不断变动，重新组合，难以捕捉。那女人叼起一支烟，拳头撑着下颏儿，垂着脑袋：在贝尔尼看来，那无非是一片沙漠。

"一堵墙。"他心下暗道。

舞女们开始献艺了。舞步富有弹性，芭蕾舞魂赋予她们一颗灵魂。贝尔尼喜欢这种让她们凌空而又保持平衡的节奏。跳跃的动作难度极大，但是她们总能掌握平衡，准确熟练的技巧十分惊人。她们撩人的感官惴惴不安，总是不待那造型最终确立，刚要停歇，刚要进入死点，便毅然拆解，又化为连续的动姿。这正是欲望的体现。

他面前这个神秘的后背，光滑宛若湖面，可是稍欲动弹，心生一念或者打个寒战，便激起扩展开来的阴影涟漪。贝尔尼心想："我就需要那下面隐隐的躁动。"

舞女们仿佛在沙地上画出又抹掉神秘的符号，舞罢谢幕。贝尔尼向那个最轻盈的舞女打了个手势。

"你跳得真好。"他揣测她的体重，就像估摸水果的果肉。发现她身体相当重，这对他是一种启示、一笔财富。她坐下来。她那目光专注，而刮过的后颈有股牛劲。那是她全身最不灵活的接合部。她那张脸丝毫也不清秀，但是周身从上往下，散发出一种极大的沉静。

继而，贝尔尼注意到，她的头发被汗水粘连了。脂粉中裂出一道深纹。一件旧首饰已经褪色。她离开舞台，如鱼离开水，就显得憔悴而失其灵便了。

"你想什么呢？"她打个笨拙的手势。

这种夜生活的乱腾，却具有一种意义。酒店伙计、出租汽车司机、饭店主管那样忙碌，他们是在从事自己的行业，归根结底，还是把这杯香槟酒、这个疲惫的姑娘推到他面前。贝尔尼从后台观看生活，一切都是职业。这里没有罪恶，没有美德，也没有忧烦的冲动，只有一种劳作：这种劳作同一个班子的人协作一样，都是中性的，都照章办事。甚至这套舞蹈，编排的动作语言，也只是讲给观众的。唯有观众欣赏时才发现一种结构，而当事者，他们和她们早已忘得干干净净。同样道理，一位音乐家上千遍演奏同一支乐曲，他也就无视其中的含义了。在这舞台上，舞女们在聚光灯照射下，一招一式跳着舞步，变换着表情，可是天晓得用了多大心。这个舞女只关注她那条疼痛的腿，而那个舞女，也只惦念着演出后的一个约会——噢，实在不值一提！这个在想："我差一百法郎……"而另一个，或许一直在想："我好疼。"

他心中的全部热情，都已经化作青烟。他思忖道："你给不了任何我所渴望的东西。"然而，他孤独得实在难熬，还是需要她。

十三

　　她怕这个沉默的男人。深夜醒来时，她躺在这个熟睡者身边，就恍若被遗忘在一片荒凉的海滩上。

　　"你倒是搂着我呀！"

　　其实，她还有情欢的冲动……但是，这个陌生的生命体却闭合了。坚硬的额骨中隐匿着不为人知的梦想。她横卧在这个胸脯上，感到这个男人的呼吸起伏如波涛：这是渡海的一种惶恐。耳朵如果贴到他的肉体上，就能听见怦怦的心跳，好似运转中的发动机，或者拆房工人的刨镐声，她感到是一种快速的逃离，难以捕捉了。她讲句话，把他从睡梦中拉出来。依然是沉默。她讲这句话，计算着要过多少秒钟等来回答，如同等暴风雨：一秒……两秒……三秒……他的神思还在乡野之外。如果他闭上眼睛，她就用双手捧起这颗死人般的沉重脑袋，如同搬起一块铺路石。"我的情人，多让人扫兴……"

神秘的旅伴。

二人并排躺着，都默默无语，只感到生命穿过身体，宛如一条河流。令人眩晕的流逝。躯体：这只漂流的独木舟……

"几点钟了？"

还要对对时间，好怪的旅行。"我的情人哟！"她紧紧搂住他，脑袋后仰，头发凌乱，仿佛刚刚出浴。女人刚睡醒，或者刚做完爱，就是这副模样：这绺头发黏在脑门上，这张脸憔悴苍白，好似刚从海里捞上来。

"几点钟了？"

嗳！为什么呀？这些钟点过去，颇像外省的小站点——午夜、一点、两点——抛到后面，消隐了。留也留不住，有什么东西从手指缝漏出去了。暮年老景渐近，这也无所谓。

"我完全想象得出，你白发苍苍，而我呢，还是乖乖做你的女友……"

暮年老景渐近，这也无所谓。

然而，这一时刻糟蹋了，这样久久静默，还要拖延下去，这种状况才累人呢。

"跟我说说你的家乡吧？"

"那边……"

贝尔尼知道，这根本办不到。城市、海洋、家乡：统统都一样。有时，就那么一瞥，隐约可见却不理解，更无从言说了。

他伸手摸摸这个女人的腰肢，这部位的肉体毫无防范。女人，光溜溜鲜活的肉体，闪亮着极柔和的光泽。他思索这个神秘的生命，像一颗太阳，像一种内在的气候。给她活力，还给她温暖。贝尔尼并不认为她温柔，也不认为她长得美，但是她温暖。温暖如一只动物，活力十足。而且，这颗心一直在跳动，不同于他的生命之源，就封闭在这躯体内。

他想到这种肉欲的快感，在他心中扇动了几秒翅膀：这只疯鸟拍动着翅膀便死去。而现在……

现在，窗户映现抖颤的天空。女人哟，做爱之后，已成残花败柳，失落了男人性欲之冠。被抛进冷寂的群星之间。心境的景象变幻如此迅疾……瞬间穿越性欲，瞬间穿越温情，瞬间穿越火焰流。现在，纯洁了，却冷却了，摆脱了肉体，站到了驶向大海的船头。

十四

　　这间客厅整齐有序，赛似一座月台。登上快车之前，贝尔尼在巴黎度过了荒漠般的十多小时。现在，他的额头顶着车窗，观望熙熙攘攘的人流。他被这条河流隔开了。每个人自有打算，无不行色匆匆。世事的纠葛与拆解，他已置身圈外了。这个女人路过，刚走十步，便退出了时间。这群人，曾经是生命之躯，以眼泪和欢笑丰富你的生活，现在却形同一群行尸走肉了。

第三部分

一

　　欧洲、非洲，廓清了白天暴风雨的零星残余，相隔不久
都准备迎接黑夜了。格拉纳达的夜晚，风轻雨霁，而马拉加
（西班牙）的夜晚，则暴雨转为小雨。还有几个角落，狂风
还揪住树枝，仿佛抛掷着长发。

　　图卢兹、巴塞罗那、阿利坎特，分别送走了邮航班机，
便收好辅助设备，飞机开进机库，关闭库门。马拉加接待白
天的班机，也就无须准备灯火了。再说，班机不见得降落，
可能继续飞行，当然低空飞向丹吉尔。今天，还必须距海面
二十米的空中飞越海峡，望不见非洲海岸，完全靠罗盘导
航。西风强劲，吹得海面凹陷下去，压碎的浪涛变成白色飞
沫。所有下锚停泊的船只，无不船头迎风，像在大海中航行

那样，船体铆钉都绷足了劲儿。东面英格兰悬崖①形成了一个低气压带，正倾泻着滂沱大雨。西面的云层又升高一级。海的对岸，丹吉尔在雨中热气腾腾，如注的大雨在冲刷城市。地平线上的积云密密层层，而拉腊什②那边，净空一片清澈。

卡萨布兰卡对着晴空畅快呼吸。帆船桅杆标志出港湾，仿佛是海战之后。暴风雨扫荡之后，海面上唯余均匀的长浪，呈扇形展开。田野的绿色显得更加鲜艳，夕照中深如水色。城区亮晶晶的，多处广场还有积水。在发电机房，电工们都闲待着。阿加迪尔的电工们在城里吃晚饭，还有四个钟头才上班。艾蒂安港、圣路易③和达喀尔等地，电工们可以睡安稳觉了。

晚上八点钟，马拉加的无线电台通报：

"班机飞过，没有降落。"

卡萨布兰卡机场试用照明设备。成排的信标红灯，切割

---

① 又称直布罗陀悬崖，18世纪，直布罗陀被英国占领，故有其名。

② 拉腊什：摩洛哥城市，又称阿拉伊什。

③ 圣路易：塞内加尔北部港口城市。

出一块夜场，一块长方形的黑色场地。零星有的灯不亮，仿佛缺了颗牙齿。然后，第二道开关则打开了导航灯。一道道光束射到机场中央，形成一片乳白色水洼。就差歌厅的演员了。

有人在移动一面反射镜。无形的光束挂到一棵湿漉漉的树上。犹如水晶，只有微弱的闪光。随后，那光束又晃见一个白色木板房，而木板房立时显得奇大，影子在旋转，接着全部毁掉。那光晕终于下行，找到了确定的位置，投射一条白色的边界限定飞机。

"好了，"站长说道，"关灯。"

站长回到办公室，查阅最新材料，又盯着看了一眼电话，心里没了底。拉巴特① 很快会打来电话。一切准备就绪。几位机械师，有的坐在油桶上，有的坐在木箱上。

阿加迪尔站完全不解了。根据计算，航班早已飞离了卡萨布兰卡。随时可能到达，大家翘首以待。不知有多少次，错把金星看成了飞机的灯光，还有北极星，恰恰也位于正北方。大家期待着，只要出现一颗多余的星，就打亮探照灯了，

---

① 拉巴特: 摩洛哥首都。

期待看到那颗游荡的星，那颗在星空中找不到位置的星。

站长还拿不定主意。飞机到站，他是否放行呢？他担心南面大雾弥漫，可能一直蔓延到努恩河，甚至到了朱比角，可是无线电台怎么呼叫，朱比角始终静默。黑夜沉沉，总不能让"法国—南美洲"班机冲进棉絮堆里！这个撒哈拉中途站，总保持它的神秘性。

然而，我们在朱比角站，也与世隔绝了，我们像一只遇险的航船，不断发出求救信号：

"通报航班消息，通报……"

我们不再回答用同样问题烦我们的锡兹内罗斯站。我们之间相隔上千千米，总向夜空抛出徒然的怨声。

二十点五十分，紧张的气氛一下子缓解了。卡萨布兰卡和阿加迪尔通上了电话。至于我们的发报机，相互也都联系上了。卡萨布兰卡站说话了，讲出来的一字一句，都接力传递，一直传达到达喀尔。

"班机二十二时，将启程飞往阿加迪尔。"

"阿加迪尔呼叫朱比角：班机将于零点三十分飞抵阿加迪尔，完毕。我们能否放行，继续飞往你们那里？"

"朱比角呼叫阿加迪尔：雾大，等待白天。"

"朱比角呼叫锡兹内罗斯、艾蒂安港、达喀尔：班机将在阿加迪尔停留过夜。"

飞行员在灯下眨着眼睛，正在签署到卡萨布兰卡的航行记录。刚才飞行中，他每次凝目观望，收获总是甚微。有时，贝尔尼也应该感到庆幸，总还有海陆交界处的白色浪花在引导他飞行。此刻，在这间办公室里，满眼都是档案柜、白纸、厚重的家具。这是一个物质丰富的紧凑世界。门外，则是个被黑夜清空的世界。

他脸色通红，只因面颊由疾风按摩了十小时。头发上还往下掉水珠。他走出黑夜，犹如管道工走出地道，还穿着笨重的靴子、皮衣服，头发贴在脑门儿上，一个劲儿地眨眼睛。他停下来：

"唉……您打算让我继续飞行吗？"

站长翻动着航行记录，态度有点粗暴。

"等会儿告诉您，您照办就是了。"

站长已经知道，他不要求接着飞了，而飞行员也知道，他还要求起飞。每人当然都想表明，唯独自己有权裁定。

"您就把我的眼睛蒙上，连同一根油门操纵杆一起，关进一个壁橱里，再让我把家具运到阿加迪尔吧：这就是您要我做的事。"

贝尔尼内心生活太丰富，容不得一秒钟去想个人出事：心里空虚的人才会萌生这类念头，倒是壁橱这个喻象让他喜不自胜。有些事情不可能办到，然而他照样马到成功。

站长推开一道门缝儿，将他的香烟扔进黑夜。

"喏！看得见……"

"什么？"

"星星。"

飞行员恼火了：

"我才不管您什么星星呢——看得见三颗。您又不是派我去火星，而是飞阿加迪尔。"

"月亮，过一小时就会升起来。"

"月亮……月亮……"

一提月亮，他更恼火了：他夜间飞行等过月亮吗？难道他还是学员吗？

"好了，就这样吧，嘿，您就待着吧！"

飞行员平静下来了。他打开头天晚上的三明治包装，安安静静地咀嚼起来。二十分钟后，他就可以起飞了。站长脸上绽开笑容，他用手指轻弹着电话，心里清楚自己会早早给出这趟班机起飞的信号。

一切准备就绪，现在却出现无事可干的一段空白。时间，有时就像这样停顿了。飞行员坐在椅子上，油污的黑手放在双膝之间，前倾着身子一动不动，目光盯住他和墙壁之间的一个点。站长侧身坐着，嘴巴微张，似乎在等待一个秘密的信号。女打字员打了个呵欠，用拳头撑住下颏儿，感到要被困意压倒了。无疑有个沙时计在漏下时光。随后，远处一声叫喊，犹如拇指按下机械的启动键。站长扬起一根手指。飞行员微笑了，站起身，胸膛灌满了一股新鲜空气。

"嘿，再见！"

放映一部影片，有时就这样断了。静止不动了，就像有人昏迷过去，每过一秒钟都更加严重，继而，生命重又起步了。

起初，他觉得不是要起飞，而是关进了一个潮湿的洞里，充斥着他的发动机的隆隆声响，犹如汹涌的海浪。接着，他被不起眼的东西抬起来。如果是白天，一座圆顶的山峦、一条弧形的海湾线、一片湛蓝的天空，便构成容纳你的世界；然而此刻，他身处这一切之外，进入一个元素混沌而正在形成的世界。平原退去，带走了最后几座城市：马扎甘、萨菲和摩加多尔^①，城中的灯火像玻璃天棚，从下面把他照亮。继而，最后几家农户的光亮，大地边缘的最后几点灯火。猛然间，他什么也看不见了。

"好嘛！这回麻烦可大啦。"

他注意看倾斜指示器、高度仪，飞机自动下降以便钻出云层。一只灯泡微弱的红光晃眼睛，他便熄灭了。

"好了，出来了，还是什么也看不见。"

阿特拉斯山脉^②的头几座山峰不见踪影，寂静无声，本来在两条河流之间，像冰山一般漂流：他猜得出来近在咫尺。

"得，情况不妙。"

他转过身。一名机械师，唯一的乘客，一只手电筒放在膝上，正在看书。机舱里只露出他低垂的头和一些倒影。那脑袋从里面照亮，如一盏灯笼，贝尔尼看着挺怪异。他大叫一声："嘿！"可是，他的声音却消隐了。他又用拳头敲打机身板：那个灯光照出来的人依旧在看书，而在翻页的时候，

---

① 均为摩洛哥城市。马扎甘是杰迪代的旧称。

② 阿特拉斯山脉：位于北非的山脉。

那张脸就在光影中扭曲了。"嘿!"贝尔尼又喊了一声。相隔两臂远,两个人就遥不可及了。他只好放弃联络,身子又转回前方。

"估计应该接近吉尔角了,可是,干脆吊死我也好……情况肯定不妙。"

他思索起来:

"我可能过分偏离海岸了。"

他用罗盘校正航向。他有一种奇怪的感觉:自己怎么就被抛向大海,犹如一匹惊马,偏向右边,仿佛左侧真有高山压过来。

"大概下雨了。"

他伸出手,感到雨点的击打。

"二十分钟我就飞回海岸,那里是平原,更加安全……"

刹那间豁然开朗,完全放晴!净空扫尽乌云,星斗洗过一般,格外清新。月亮……月亮哟,明灯中的明灯!阿加迪尔机场明亮了三倍,好似灯光广告牌。

"我才不稀罕灯光呢!我这儿有月亮!"

二

朱比角拉开了白天的大幕，出现在眼前的舞台空荡荡
的。没有中景，背景也没有阴影。这座沙丘始终固定在原地，
还有这个西班牙要塞、这片沙漠。这里缺少细微的运动，而
这种运动，即使风平浪静时，也会给草原和大海平添无限风
光。游牧族群行进缓慢，能看得到沙粒的变化，夜晚搭起帐
篷，总对着全新的背景。我本可以感受到，移动极其微小的
沙漠的这种浩瀚，但是，这种持之不变的景象，形同蹩脚的
彩色画片，禁锢了人的思想。

这口水井，同三百千米远的水井遥相呼应。外观上看，
同样的井、同样的沙子，连地皱的布列也毫无二致。不过，
在那里，事物的成分却是新的，犹如大海的浪花飞沫，相同
而每秒钟都在更新。要到第二口井，我才会感到孤寂：到了
下一口水井，抵抗部落才能真正显示其神秘性。

白天平安无事，过得平淡无奇。这是天文学家的太阳运转。这是大地之腹朝向太阳的数小时。在这里，话语渐渐丧失我们人类赋予的意义，只包含沙粒了。最沉重的字眼，诸如"温情""爱"，在我们心中已不复为压舱物了。

　　"五点钟就从阿加迪尔起飞，你早应该着陆了。"

　　"五点钟从阿加迪尔起飞，他就应该着陆了。"

　　"不错，老兄，不错……可刮的是东南风啊。"

　　天色黄澄澄的。由数月北风塑造成型的这片沙漠，再过几小时，风向一变，就会完全搅乱。混乱不堪的时日，东南风斜吹着沙丘，沙子顺风势拉成一条条长垅，而每座沙丘像解线团似的拆散，在稍远处重新造型。

　　注意聆听。不，这是海洋。

　　一架邮航班机在途中，根本就不算什么。在阿加迪尔与朱比角之间，在这个未开拓的抵抗区上空失联，这个战友就无处可寻了。过一会儿，一个不动的信号，似乎就要在我们的天空出现了。

　　"五时从阿加迪尔起飞……"

　　大家隐隐约约想到出事了。一架班机出了故障，也没什么大不了的，只不过延长等待的时间，可是争论起来就有点激动，难免要变味走调。随后，时间变得过分充裕，用一些小动作，以及有一搭无一搭的闲聊，就难以填满了……

突然，有人一拳砸在桌子上，嚷了一句："上帝呀！十个钟头了……"大家不约而同，霍地站起来：一个战友落入摩尔人手中。

无线电报务员联系拉斯帕尔马斯[①]。柴油机轰隆轰隆响个不停。发电机的轰鸣声，也不亚于一台涡轮机。他的眼睛盯住电流表，注视显示的放电。

我站着等待。报务员侧身坐着，左手伸给我，右手还一直在操作。过了半晌，他冲我喊：

"什么？"

我什么也没说。二十秒钟过去了。他又嚷起来，我什么也听不见，只得应道："啊，是吗？"我周围一切都明晃晃的，半开的百叶窗透进一缕阳光。柴油机油湿的传动杆不断闪光，同那缕阳光搅和起来。

报务员整个身子终于转向我，摘下耳机。发动机打了几

---

① 拉斯帕尔马斯：西班牙首府城市。

个喷嚏便停机了。我听到的最后几个字，是寂静下来抓住的，他仍然冲我喊出来，就好像我在百米开外：

"……根本就没有理睬！"

"谁呀？"

"他们呗。"

"哦，是吗？您能联系上阿加迪尔吗？"

"还不到再联络的时间。"

"不妨试一试。"

我在笔记本上草草写了：

"班机未到。是否未按原计划起飞？问号。确认起飞时间。"

"发给他们。"

"好吧，我呼叫看看。"

于是，喧响嘈杂声再起。

"怎么样？"

"……待。"

我走了神儿，不免胡思乱想：他是想说"等待"。这趟班机驾驶员是谁？真是你吗，雅克·贝尔尼，你就这样飞出空间，飞出时间吗？

报务员让大家肃静。他安上插头，戴上耳机。他拿着铅笔敲着桌子，瞧了瞧时间，很快打起呵欠。

"怎么还会出故障呢？"

"我怎么知道呢？"

"这倒是，嗳！……没什么。阿加迪尔没有听到？"

"您还要试试吗？"

"再试试看。"

发动机震动起来。

阿加迪尔始终哑默。现在我们窥伺它的声音。假如它正跟另一个站点交谈，我们就参加进去。我坐下来，实在无事可干，就抓起一副耳机，当即坠入鸣声嘈杂的鸟栏中。

长音、短声、极快速的颤音，这种鸟语我难以破解，但是向我提示了，我原以为荒凉冷落的天空，却回荡着那么多声音。

三个站点在说话。有一个住声了，另一个又登上舞台。

"啥？波尔多在自动电话线上。"

尖厉的琶音，急促而又遥远。还有一个声音，更为缓慢，更为低沉。

“这是啥？”

“达喀尔。”

那音调很懊恼。声音中断，又响起来，再次中断，重又开始了。

“……这是巴塞罗那呼叫伦敦，而伦敦不应答。”

圣阿西斯①非常遥远，在什么地方低沉地讲述着什么。

这算撒哈拉的什么聚会！全欧洲，各国首都聚齐了，用鸟声相互交心。

近处响起一阵滚动声。调解开关切断了这些噪音，线路肃静下来。

“是阿加迪尔吗？”

“正是阿加迪尔。”

不知为什么，报务员眼睛总盯着挂钟，他开始呼叫。

“他听见了吗？”

“没有，不过，他在同卡萨布兰卡通话，等一下就知道了。”

---

① 圣阿西斯，法国一处通信中心，位于默伦市附近。

我们在窃听天使的秘密。铅笔在犹豫，猛地下戳，钉住一个字母，然后两个，然后十个，速度极快。词语形成，仿佛破茧而出。

"给卡萨布兰卡的通知……"

混蛋！特内里费岛①把我们同阿加迪尔捣混了。它那声音还特别大，充斥着耳机，又戛然中断了。

"……降落六时三十分。又飞往……"

特内里费岛真不识相，还跟我们捣蛋。

没关系，我已经大半明白了。六点三十分，班机折回阿加迪尔……有雾？发动机不正常？……只能七点钟再起飞……没误点。

"谢谢！"

---

① 特内里费岛，西班牙的一个岛屿。

三

雅克·贝尔尼，这一回，不等你飞到，我就会揭开你的身份。从昨天起，无线电波就给你确切定位，你要按照规定，在这里停留二十分钟，我会给你撬开一盒罐头，打开一瓶葡萄酒，你会避而不谈爱情、死亡，也不谈任何真正的问题，而是对我们讲讲风向、天气状况、你的发动机。你会让一名机械师的俏皮话逗笑，也会抱怨天气炎热，就跟我们当中随便哪个人一样……

你会谈谈你完成的是怎样的航行。你是如何揭开了表象。你走在我们身边，步伐为什么跟我们的不同。

我们一起走出了共度的童年，而此刻，在我的记忆中，突然又竖起那面爬满常青藤、摇摇欲坠的老墙。我们是胆子大的孩子："你怎么怕了呢？推开门呀……"

一面老墙，摇摇欲坠，爬满了常青藤，长年暴晒，干透，晒透，晒酥了，岁月老去的明证。在枝叶间爬行，窸窣作响的蜥蜴，我们称作蛇，甚至那时就已经喜欢上这种逃窜，亦即死亡的形象。这一侧，每块石头都热乎乎的，像鸡蛋一样受孵化，也像鸡蛋一样浑圆。每块土地、每根树枝，在太阳照射下，无不脱尽神秘。老墙的另一侧，一片丰饶富足的夏季田野。我们望见一座钟楼。我们听到一台脱粒机的声响。天的湛蓝，填满了所有空间。农民收割小麦，神父给葡萄喷洒硫酸铜，父母待在客厅打桥牌。这些人从生到死，在这个角落的土地上生活六十年，固守着这颗太阳、这些麦子、这座老宅，终生与家园相守的这一代代人，我们称为"看守队"。只因我们喜欢发现身陷最危险的小岛上、在惊涛骇浪的两大洋之间，也介于过去和未来之间。

"拧这把钥匙……"

这扇小绿门，颜色像破旧老船的船板，不准孩子推开，而这把大锁被时光锈住，如海中的古锚，也不准孩子碰一碰。

不用说是担心我们：墙里有个敞篷蓄水池，水塘里淹死个孩子就太可怕了。这扇门后，睡着一塘水，我们说千年未动了，每当我们听人提起死水，就会想到这个水塘。落进去的圆圆小树叶，给池塘披上了绿衣：我们往里抛石子儿，就能打破几个洞。

树下多阴凉啊，特别古老、特别粗重的老树枝，承载着太阳的重压。从来就没有一束阳光溜下去，染黄土堤上柔嫩的草坪，触碰如此珍贵的锦缎。我们抛出去的石子，也会像星球一样，开始运行了，因为在我们眼里，这水塘深不见底。

"咱们坐下吧……"什么声响都传不到我们耳畔。我们体味着凉爽、清香、潮湿，只觉得肌肤焕然一新。我们迷失在世界的边陲，因为我们已经知晓，旅行，首先就是更新肌体。

"这里，正是事物的反面……"

反面之于如此自信的这个夏天，之于这片田野、这些面孔：正是这些把我们扣留囚禁了。因此，我们憎恶这个强加的世界。该吃晚饭的时候，我们往回家走，怀着沉甸甸的秘密，就像印度潜水采珠人。日落时分，太阳悬在天边即将倾覆，水面一片粉红的霞光，我们听到了让我们心烦的话：

"天儿长了……"

我们感到重又陷入这种老套中，陷入四季衔变、假期、红白喜事的这种生活中。全是浮面的狗苟蝇营。

逃离，这才是重要的事。我们十岁上，就找到了庇护所，溜进顶楼的屋架下。只见几只死鸟、几只开了膛的旧箱子、一些奇装异服：颇似生活的后台。我称之为藏匿的这种财宝，老宅的这种财宝，跟童话中描绘的一模一样，有蓝宝石、乳白石、钻石。这些宝物只发出微弱的光，却是每面墙壁、每根梁木存在的理由。这些粗大的梁木保护房屋，天晓得要对抗什么危险。不错。对抗时间。须知在我们这里，时间就是最大的敌人。人往往靠传统来对抗时间。崇拜过去。粗大的梁木。然而，唯独我们了解，这座楼层犹如启航的一条船。唯独我们察看船舱和底舱，知道哪处漏水。我们熟悉房顶的漏洞，鸟儿滑下来就得死掉。我们也熟知房梁上的每道裂缝。下面客厅，客人在交谈，漂亮的女人在跳舞。好个平安无事的假象！当然还会有人送上美酒。黑人男仆，戴着白手套。过客哟！而我们，在上面，观赏从房顶缝隙透进来的蓝夜色。这个小洞，刚好能容一颗星落到我们头顶。这是从整个天空为我们摘取来的。这样的星看着不舒服。我们不禁转过身去：正是这颗星能带来死亡。

我们猛一惊抖。物体内在隐秘的活动。梁木因藏宝物而开裂。每次听到破裂声，我们就要探查一番。无非是豆荚要破开，放出豆子。我们并不怀疑，物体的老壳里，还隐藏着别的东西。哪怕只是那颗星，那颗坚硬的小钻石。有朝一日，我们要向北走，或者往南行，抑或在我们内心，去寻找那颗星，逃离。

那颗催眠的星星，被房顶石板瓦遮住，现在绕出来，清楚得像个信号。我们下楼回房间，在还睡意蒙眬的长途旅行中，带着这种认识：在那个世界里，那块神秘的石头在水中永无休止地滚动，好似光在太空中行进，潜行上千年才抵达我们这里；在那个世界里，这座楼房在风中嘎嘎作响，如一条航船遭遇危险；在那个世界里，因那件宝物隐秘的作用，物体一个接着一个爆裂。

"你快坐下。我还以为你出了故障呢。喝吧。我真以为你出了故障，要出发找你去。飞机已经开到跑道上：瞧哇，阿伊特－图萨人攻击了伊扎尔金人。我还以为你落入那场混战中，着实为你担心。喝吧。想吃点什么？"

"让我走吧。"

"你还有五分钟。看着我。跟日奈维埃芙发生了什么，你笑什么呀？"

"嗳，没什么！在机舱里那会儿，我忽然想起一首老歌，顿时觉得自己年轻得很。"

"日奈维埃芙呢？"

"我也不清楚了。让我走吧。"

"雅克……回答我……又见到她了吧？"

"是啊……"他犹犹豫豫，"返回图卢兹的途中，我还是绕道去看她了……"

接着，雅克·贝尔尼对我讲述了他这段经历。

四

　　这可不是外省的一座火车小站点，而是一道暗门。表面上看去是朝向田野。在一名检票员的平静目光下，下车的乘客踏上一条白色公路，毫无神秘感，只见一条小溪、几簇蔷薇花。站长正在护理玫瑰花。一名货运员正装模作样，推着一辆空车。一个神秘的世界，由这三个伪装的人守护。

　　检票员用手指轻轻弹着车票：

　　"您从巴黎上车去图卢兹，为什么在这里下车？"

　　"我乘下一趟车继续赶路。"

　　检票员上下打量他，并不是犹豫放行，让他踏上这条路，看到一条小溪和几簇蔷薇花，而是要不要交出这个王国，因为自梅林 ① 以来，大家都善于伪装，前来探赜索隐。

---

① 梅林：克尔特人传说和亚瑟王史诗中的魔术师。

他终于在贝尔尼身上看出，从俄耳甫斯①以来旅行所具备的三种品质：勇敢、青春、爱情。

"请过去。"他说道。

这个站点快车不停，只相当于立着的一幅假景，如同那些不三不四的小酒吧，用装饰画的小伙计、音乐人、酒吧招待来撑门面。贝尔尼换乘慢车走，就已经感到生活节奏慢下来，改变了方向。现在，他同这个农民并排坐在木板车上，越发远离了我们。他深入了神秘的国度。这个男人，一过了三十岁，便满脸皱纹，此后再也不见老了。他指向一片田地：

"长得真快！"

小麦追逐着阳光的奔跑，我们看不见，该是多么匆急啊！

贝尔尼还发现我们更加遥远，更加瞎折腾，更加可怜了，那是那个农民指给他看一堵墙的时候：

"那是我祖父的祖父垒起来的。"

贝尔尼已经触摸到一道永恒的墙，触摸到一棵永恒的树：他估量应该到地方了。

---

① 俄耳甫斯：希腊神话人物，色雷斯的诗人与歌手，曾到阴间寻找死去的妻子。

"就是这地方了。要不要等您？"

水下沉睡的传奇王国，贝尔尼在这里过上一百年，就等于在世间消磨一小时。

当天晚上，木板车、慢车、快车又将协助他：这种绕弯子的逃离，将我们带回有了俄耳甫斯，有了睡美人的世界。继续赶往图卢兹的路上，他要表现得跟其他旅客一样，苍白的面颊贴在车窗上。然而，他的心头却添了一段不能讲述的记忆，"月色""时光色"。

怪异的探访：没有一声欢叫，没有一点惊喜，一路脚步声低沉。他一如既往，跳过篱笆：小径的草长高了……啊！这是唯一的差异。树木掩映的那所房子，在他看来是白色的，但是像梦中那样遥不可及。即将抵达的时候，还疑惑这是海市蜃楼吗？他登上宽敞的石台阶：按照建筑的要求，台阶的线条十分流畅。

"这里，任何部分都没有弄虚作假……"门厅昏暗，椅子上放着一顶白帽子：是她的吧？这种凌乱又多招人喜欢：不是弃置不管的一种凌乱，而是有意为之，表明有人动用的凌乱。还保持着动态的迹象。一把椅子微微后移，显然是坐着的人手扶桌子站起身的缘故：他看见了那起身的动作。一本翻开的书：是谁刚刚离开呢，为什么呢？最后那句话，也许还萦绕在某人的意识中。

贝尔尼微笑了，想到房屋里千百种琐事、千百种小动静。屋子里终日来回走动，应对同样的需求，整理同样乱放的东西，人间悲剧在这里微不足道：只有旅客、外乡人，对此才会哑然失笑。

"不管怎样，"贝尔尼想道，"每天夜晚降临，这里同别的地方一样，整整一年，完成一个周期。第二天，又重新开始生活。人们走向夜晚。再也没有一点忧虑：百叶窗关严了，图书整理好了，挡火板也放好位置。赢得的这种休息，本可以是永恒的，也有这种意趣。我的夜晚则不然，比喘息的时间还要短暂……"

他悄无声息地坐下，他不敢造次，自报来访：一切显得十分宁静，十分平稳。遮帘细心放低，只透进一缕阳光。贝尔尼不免想道："一道裂缝，这里的人，不知老之将至……"

"我会了解到什么呢？……"隔壁房间的脚步声，引起整座房子聆听，脚步声很平静。修女的脚步，去整理祭坛的鲜花。"做的什么事这么细腻呢？我的生活，如同一部悲剧似的紧迫。而在这里，每个动作之间，每个念头之间，有多少流通的空气，又有多大空间……"他到窗口，俯身望向田野。在阳光照耀下，田野延展开去，有一条白色公路，要走好多千米，才能去祈祷，去打猎，去寄一封信。远处有一台打谷机隐隐作响，但是稍微倾注才听得见。一名演员声音太微弱，全场观众都感到压抑。

那脚步重又响起来："有人在收拾小玩意儿，那些东西逐渐塞满了玻璃柜。每个世纪退潮的时候，总留下这些贝壳……"

有人说话，贝尔尼倾听：

"你看她能挺过这周吗？医生……"

脚步走远了。贝尔尼惊呆了，一时无语。谁要死了？他一阵揪心。他求助于生命的各种证据：白帽子、翻开的书……

又有人说话了。这些声音则充满爱意，但是又极平静。说话的人知道，死亡已经守在这屋顶下，大家就当作知交接待，并不扭头不理。没有什么可大惊小怪的。"一切都这么简单，"贝尔尼想道，"活着，就整理小玩意儿，死了……"

"客厅摆的花，你采来了吗？"

"采来了。"

说话声音压低，语调委婉，但不失平稳。他们谈起无数日常琐事，而即将发生的死亡，仅仅给这些事染成灰色调。一声笑迸发出来，又自生自灭。没有根基的笑声，却又是故作的庄重抑制不住的。

"不要上去，"那个声音说，"她睡着了。"

贝尔尼就坐在这痛苦的中心，身处一种窃取的亲密里。他害怕被人发现。有外来客人，就难免详尽介绍，一种痛苦就不那么低调了。有人会高声对他说："您了解他，爱过他……"他就得把垂危的女人抬到她当初的风采中，这是令人不能容忍的。

按说，他有权进入这种秘密关系："……就因为我爱过她。"

他需要再见她一面，偷偷上楼，打开了房门。室内夏意盎然：浅色的墙壁、白色的床铺，敞开的窗户充满了阳光。远处钟楼的钟声悠缓，节奏恰如心跳，当然是没发高烧的心跳。她在梦乡。仲夏时节，真是好睡啊！

"她要离世……"他走上前，踏着洒满阳光的打蜡地板。他不理解自己何以这样平静。这时，她呻吟了：贝尔尼不敢再靠近了。

他觉出来，身边有个巨大的存在：病人的灵魂在伸展，占满了房间，而房间就好似一个伤口。让人不敢走动，怕碰着家具。

寂静无声，没有苍蝇的嗡鸣。远处一声呼唤打破宁静。一阵清风，软软的，在房中流动。贝尔尼心想：已经傍晚了。他想到即将关上的护窗板，要点亮的灯。很快就要入夜了，病人要跨越这受罪的阶段。长明灯如幻景，迷人心性：毫不变换的物体的暗影，从同一角度要看上十二小时，最终要深深印在脑海里，成为难以承受的压力。

"谁在那儿？"她问道。

贝尔尼走到跟前。心中的温存、怜悯，上升到嘴唇。他俯下身，要救护她，把她搂在怀里，给她力量。

"雅克……"她定睛看着他，"雅克……"她从脑海深处拉他上来。她并不寻求他的臂膀，而是搜寻她的记忆。她揪住他的衣袖，仿佛挣扎出来的落水者，但不是为了抓住一个在场的人，抓住一种救助，而是要捕捉一个影像……她注视着……

就这样注视中，她渐渐觉得他生疏起来，认不出这道皱纹、这种目光了。她握紧他的手指，想呼唤他，可他不可能给她任何救助。他不是她心中珍藏的那个朋友。她已经厌倦了，摊开眼前这个人，转过头去。

他已相隔无法逾越的距离。

他悄无声息地逃离，重又穿过门厅。这是一趟漫长的旅行，一趟印象模糊的旅行，他归来后也记忆不清了。他痛苦吗？他悲伤吗？他停下脚步。夜色如海水，渗入漏水的底舱，这些小摆设都要失去光泽。他的额头顶着玻璃窗，望见椴树的影子拉长，交叉起来，汇成弥漫草坪的夜色。远处一个村庄透出亮光：只有寥寥几点灯火，一把就可以抓在手里。距离不复存在：他用手指就能触摸到山峦。房屋里人声肃静：全已归拢整齐了。他没有动弹，又忆起类似的夜晚。大家站起来，身子滞重，好似潜水员。女人的光洁面孔闭合了。猛然间，大家担心未来，惧怕死亡了。

他走出宅门，回过身去，强烈渴望被人瞧见，招呼回去：那样一来，他悲喜交加，一颗心就可以融化。然而，什么也没有发生。并没有什么要留住他。毫无阻拦，他钻进树丛，跳过篱笆：这条路很艰难。现在结束了，他永远不会再来了。

五

贝尔尼起飞前，总括向我讲述了整个这段经历。

"跟你说，我也尝试过，要把日奈维埃芙拉进我的世界。我向她展示的一切，却变得灰暗，没有色彩了。头一天夜晚，就是一堵无名的厚墙，我们未能穿越。我不得不还给她原来的房子、原来的生活和她原来的灵魂。公路两侧的杨树，也一棵一棵还给她。随着我们北上返回巴黎，世界与我们之间的厚度也持续变薄。就好像我成心要把她拖入海底似的。后来，我还寻求与她会合时，就能够接近她，触摸到她了：我们之间没有了距离。距离感消失了。我不知道该怎么对你说，上千年了。我们离另一种生活，那么遥远了。她死死抓住自己的白床单、自己的夏天、自己天天见的东西不放。我没法儿带走她，那就让我走吧。"

你这个印度潜水采珠人，摸到了珍珠，却不知道如何带出来见天日，现在你还要去哪里寻宝呢？这片沙漠，我走在上边，双腿像灌了铅，被拖在地面，不可能发现任何珍宝了。可是对于你，魔术师，沙漠不过是一层沙网，一种表象⋯⋯

"雅克，到时间了。"

六

　　现在，他身子硬邦邦，还在无限遐想。从高空俯瞰，地面似乎并不移动。撒哈拉的黄沙咬噬着大海：蓝蓝的海面宛如无边无际的人行道。这条海岸线，时而向右漂移，时而又横滑过来，贝尔尼这个优秀工人，就将海岸拉入他直飞的线路上。沿非洲海岸飞行，每遇弯道，他就操纵飞机微微倾斜。飞抵达喀尔，还有两千千米航程。

　　他前面，不驯服的区域，一片耀眼的白色。时而见到光秃秃的岩石。大风扫荡沙海。随处形成均匀的沙丘。不流动的空气，像脉石一般裹住飞机。丝毫也不颠簸，丝毫也不摇摆，从高空观望，根本见不到移动的景物。飞机被风紧紧纠缠，继续飞行。艾蒂安港，头一个中转站，不是在空间，而是在时间里标示出来。贝尔尼瞄了瞄手表。在静止不动和寂静中，还要度过六小时，然后，他就钻出飞机，犹如钻出蛹壳。世界是崭新的。

贝尔尼瞧着这块能发生如此奇迹的手表，随后再看一看指针不动的转速表。如果这根指针放弃了数字，如果故障将人抛给沙漠，时间和距离就将汲取新的含义，但是他都不想弄明白。他航行在四维空间。

然而，他经历过发动机熄火的时刻。我们所有人都经历过。我们眼前闪过多少景象，唯有一种能使我们成为囚徒，具有沙丘、太阳和寂静的真正压力。一个世界倾覆在我们身上。我们是弱者，身上的武装就是挥挥手臂，夜晚吓跑羚羊。再有声音做武器，还传不到三百米远，呼救没人听得见。我们人人都有这么一天，跌落到这个陌生的星球上。

身陷此地，生活节奏便发生极大变化，时间变得过分宽裕。我们在卡萨布兰卡，约会见面，要以小时计算：每次会面都要改变我们的心情。在飞机上，每隔半小时，我们就变换一种气候：我们的躯体也随之变化。而在这里，我们就一周一周计算。

战友们把我们解救出去。如果我们的身体实在太虚弱，战友们就把我们举上机舱：他们的铁腕把我们从这个世界拉回到他们的世界。

贝尔尼要经历多少未知的事件，想处变不惊，对自己的了解还远远不够。面临饥渴、无助，或者摩尔人部落的残酷，能从他内心唤起什么呢？而且，抵达艾蒂安港中途站的时间，若是突然抛后一个月呢？他还想道：

"我无须什么勇气。"

想这么多，始终还很抽象。一名年轻的飞行员大胆练习空中翻筋斗，头朝下，不管离地面多么近。投掷过来的却不是坚硬的障碍物——最小的一块也会击得他粉身碎骨——而是流动的树木、墙壁，犹如梦中的情景。有勇气吗，贝尔尼？

然而，事与愿违，偏偏发动机颤抖起来，这种意外事故，会突然出现，取代他的位置。

这个海角、这片海湾，飞行一小时之后，终于连接上了一片中立的、没有设防的土地，螺旋桨也完成了这段航程。然而，再往前行，每一块土地，都蕴藏着神秘的威胁。

还要飞行一千千米：一定要把这块巨幅台布拉到近前。

"艾蒂安港呼叫朱比角：航班于十六时三十分到达。"

"艾蒂安港呼叫圣路易：航班于十六时四十五分起飞。"

"圣路易呼叫达喀尔：航班于十六时四十五分离开艾蒂安港，夜间继续飞行。"

东风，从撒哈拉沙漠腹地刮来，旋起一根根黄沙柱。拂晓，一轮淡白的旭日弹出地平线，在热腾腾的雾气中变了形，看似一个白色肥皂泡。不过，随着升空，太阳逐渐凝聚，对准了焦距，又变成这支灼热的火箭，这根刺进颈部的火热锥子。

东风。从艾蒂安港起飞时，天气宁静，近乎凉爽；可是，爬高到一百米，就遇到一股岩浆流。登时：

油温：一百二十摄氏度。

水温：一百一十摄氏度。

要升到两千米、三千米：显而易见！超越这股沙尘暴：显而易见！不料，爬升不到五分钟，自动点火装置和燃油阀就烧坏了。爬高：谈何容易。飞机陷入这种没有弹性的空气中，飞机深陷其中不能自拔。

东风。人成为瞎子。太阳滚进这种黄色的涡流中。它那苍白的面孔时而露出来并燃烧。只有垂直飞行，才能望见大地，也很勉强！我爬升，我俯冲，还是斜飞呢？试着看吧！还不能高出一百米。豁出去啦！往下找找看吧。

贴着地面吹着北风，犹如一条河流。这还行，一条手臂耷拉到机舱外，仿佛乘坐快艇，手指拨弄清凉的水面。

油温：一百一十摄氏度。

水温：九十五摄氏度。

清凉如河水？相对而言。飞机有点跳动，地面的每道褶皱，都形同扇来的一记耳光。真讨厌，什么也看不见。

可是，飞到蒂梅里角，东风甚至擦到地面了。哪里也找不到庇护所了。一股橡胶烧焦的气味。磁电机吗？密封圈吗？转速表的指针也不灵便了，少转了十圈。"喂，你怎么啦，你可别添乱了……"

水温：一百一十五摄氏度。

爬高十米都不可能了。瞥一眼那座沙丘，像跳板一样捅过来。再瞥一眼压力表。嗨！是沙丘引起的旋涡。操纵杆已经拉到腹部：这样坚持不了多久。保持飞机平衡，就像双手捧着盛得太满的汤碗。

距飞机轮子仅十米，毛里塔尼亚的黄沙、盐场、海滩纷至沓来，汇成海岸陈列物的洪流。

一千五百二十转。

第一次空转。犹如一记猛拳，击中了飞行员。二十千米远，有法国设的一个哨所。仅此一处。飞到那里。

水温：一百二十摄氏度。

沙丘、岩石、盐场，全部吸纳了，如同经过轧钢机的切割。管他呢！物体的轮廓扩大了，敞开了，随后又闭合。飞机轮子下：土崩瓦解的惨象。那些黑石头拥挤在一起，仿佛慢腾腾移过来，却突然加速。飞机摔在上面，将石头撞得四下纷飞。

一千四百三十转。

"我的脑壳若是摔个粉碎……"他用手指碰了碰，机身板好烫。散热器喷出一股股蒸气。飞机，超载的驳船，何等沉重。

一千四百转。

飞机轮子离地面只有二十厘米，最后一片沙子飞速掷来。快速铲沙，铲黄金。铲掉一座沙丘，露出了哨所。哈！贝尔尼切断油门。真险啊。

景物的冲刺顿时刹住，随即死灭。这个沙尘的世界重新组合。

　　一座法国小碉堡，坐落在撒哈拉。一名老中士接待了贝尔尼，他见到一个兄弟，乐得合不拢嘴。二十名士兵都是塞内加尔人，他们举枪致敬。一个白人，起码也得是个中士，如果年轻，他肯定就当上了中尉了。

　　"您好，中士！"

　　"嘿！到我这儿来，我真高兴！我来自突尼斯……"

　　他的童年、他的往事、他的灵魂，他一下子全倾吐给了贝尔尼。

　　一张小桌子，一些照片，用图钉固定在墙上。

　　"是的，这些都是亲人的照片。我并不全认识，但是明年，我要去突尼斯。那张？那是我伙伴的恋人。这张照片，我看他一直放在桌子上，他还总把她挂在嘴边。他死了之后，照片就让我拿来了。我接着摆放出来，反正我也没有恋人。"

　　"我渴了，中士。"

　　"哦，喝吧！真高兴能请您喝葡萄酒。上尉来的时候就没得喝了。他是五个月之前经过这里。后来，当然了，在很长一段时间，我产生了悲观的念头。我打报告请求派人来替换我：实在太丢人。"

"我干什么？天天夜晚写信：我不睡觉，我有蜡烛。可是，每隔六个月送一次信，我接到的就算不上回信了：我又得重新写起。"

贝尔尼想要抽烟，同老中士登上小碉堡的露台。月光下，沙漠显得多么空旷啊。他在这哨所上监视什么呢？无疑是监视星星。也监视月亮……

"星星中士，就是您吧？"

"不要拒绝，抽吧，我有烟叶。上尉来那次我就没有了。"

关于这个中尉①，关于这个上尉，贝尔尼全了解了，他甚至能够复述出他的唯一的缺点、唯一美德：缺点是爱赌，美德是心肠太好。他还了解到一个年轻中尉最近一次来哨所，看望远在沙漠腹地的一名老中士：这段回忆几乎温情脉脉。

"他对我解释了星星……"

"是啊，"贝尔尼说道，"他把星星托付给您了。"

现在，就轮到他来解释星星了。

中士明白了距离，也想到遥远的突尼斯。他了解到北极

---

① 原文如此。这个中尉或许就是这段补述的"年轻中尉"；也可能指老中士，上文有："如果年轻，他肯定就当上中尉了"。

星，就发誓一见面就能认出它来。只要把握住它靠左边一点就行了。他想到突尼斯，也是这么近。

"我们正朝那颗星星跌落，速度快得令人头晕目眩……"老中士及时地抓住了墙头。

"您无所不知啊！"

"哪里，中士。我碰见过一个中士，他甚至对我说：'您出身好人家，书香门第，受过良好教育，连飞机掉头都做不好，您就不惭愧吗？'"

"嗳！您不必惭愧，这事儿多难啊……"

对方劝慰他。

"中士，中士！你的巡逻灯……"

贝尔尼指着月亮。

"你会唱吗，中士，这支歌曲：

下雨了，牧羊女，下雨……"

他哼唱着歌曲。

"哦！是啊，我会唱，是一支突尼斯民歌……"

"告诉我接下来的歌词，中士。我还得想一想。"

"等等看:

你的白羊赶回去,

赶回你的茅屋里……"

"中士,中士,我想起来了:

在那树叶下你听,

哗啦啦的流水声,

暴风雨已经来临……"

"唔,千真万确!"中士说道。

他们懂得同样的事物……

"天亮了,中士,我们去干活吧。"

"去干活吧。"

"电嘴扳手递给我。"

"哦!好的。"

"这里用钳子夹紧。"

"嗯!您指挥……我什么都干得来。"

"你瞧，这没什么，中士，我要走了。"

中士出神地凝视着一个年轻的神仙，来自虚空，现在又要飞走。

……来了让他回想起一首歌，突尼斯，他本人。这些英俊的信使，无声无息降落，来自沙漠之外，来自哪个天堂呢？

"再见，中士！"

"再见啦……"

中士嚅动着嘴唇，连他自己都弄不清缘故。中士表述不出来，他会在心中表述出来，他会在心中保存六个月的爱。

七

"塞内加尔圣路易呼叫艾蒂安港：邮航班机没有抵达圣路易。句号。紧急向我们通报消息。"

"艾蒂安港呼叫圣路易：自十六时四十五分起飞之后，再无任何消息。立即实施搜寻。"

"塞内加尔圣路易呼叫艾蒂安港：632 号航班七时二十五分离开圣路易。句号。暂停你们的起飞时间，一直到航班抵达艾蒂安港。"

*

"艾蒂安港呼叫圣路易：632 航班十三时四十分安全到达。句号。飞行员指出，虽有足够的能见度，他什么也没有看到。句号。飞行员认为，如果失联航班在正常的航线上，他应该看到。句号。应派出第三名飞行员，分段深入搜寻。"

"塞内加尔圣路易呼叫艾蒂安港：同意。我们发出命令。"

"塞内加尔圣路易呼叫朱比角：法国—南美洲邮航班机失联。句号。紧急飞往艾蒂安港。"

*

朱比角。

一名机械师回到我身边：

"我将饮用水装在你左前箱里，食物装在右前箱里。身后有一个备用轮胎和药箱。十分钟。行吗？"

"行啊。"

记事本。交代几件事：

"我外出期间，每天写总结报告。周一给摩尔人发工钱。空油桶装上帆船。"

我凭窗远眺。每月一次给我们运送淡水的帆船，在海面上轻轻地摇晃。那样婀娜多姿。它给我这整片沙漠点染几分颤动的生气，罩上清爽的单子。我就是诺亚，在方舟里接受鸽子的造访。

飞机准备就绪。

*

"朱比角呼叫艾蒂安港: 236 号飞机十四时二十分离开朱比角, 飞往艾蒂安港。"

*

沙漠驼队的路上留着骸骨, 而我们道路的标识, 则是几架飞机的残骸: "离博雅多尔角的那架飞机, 还有一小时航程……"飞机被摩尔人洗劫一空, 只剩下一副残骸。成为坐标。

上千千米沙漠, 然后是艾蒂安港: 四座建筑立在沙漠中。

"我们等你呢。我们要立即出发, 充分利用白天这段时间。一架沿海岸, 另一架相隔二十千米, 第三架靠里五十千米。到了夜晚, 我们就停靠在小碉堡。你要换飞机呢?"

"对。阀门有些啮合。"

于是换机。

出发。

*

一无所获。那只是一块深色的岩石。我还像轧钢机一般，继续将这沙漠过一遍。每个黑点都要看一眼，令我不胜其烦。朝我滚滚而来的沙流，仅仅裹着一块深色石头。

我也看不见战友们了。他们在各自的天空区域搜寻。要有鹰隼那样的耐心。我也望不见大海了。垂悬在白炽的火海之上，见不到一点活物的影子。我又心跳了：远处有个漂浮物。

又是一块黑乎乎的石头。

我这发动机，发出汹涌奔腾的河流声响。这条奔腾的河流裹挟着我，把我折腾得精疲力竭。

我经常看见你哟，贝尔尼，蜷缩在你那无法解释的期望之上。我不知道该如何表述。我倒想起你喜爱的尼采的这句话："我的夏天炎热，短促，忧郁而又很幸福。"

极目搜寻过久，我的双眼疲惫了。一些黑点在舞动，我已经无所适从了。

*

"这么说，中士，您见过他啦？"

"天刚亮他就起飞了……"

我们在小碉堡墙脚坐下来。塞内加尔人在咯咯笑，中士还在遐想：这个黄昏，非常明亮，但是无所事事。

我们的一个人随口说道：

"如果飞机坠毁……要知道……多半是找不到的！"

"当然了。"

我们的一个人站起身，踱了几步：

"情况不妙。有烟吗？"

我们：动物、人、物体，都一起走入黑夜。

*

在一个烟头的亮光中，我们进入黑夜，而世界也恢复了实际的体积。驼队在前往艾蒂安港的途中逐渐老去。塞内加尔的圣路易，远在梦境的边陲。这片沙漠，刚才还只是堆积的黄沙，毫无神秘性。现在，一座座城市都近在咫尺，而中士久经磨炼，对付得了耐心、寂寞和孤独，可是他感到，徒有这样一种美德。这时，一条鬣狗嗥叫起来，沙漠有了生命，一声呼唤重新组合神秘性，有什么事物诞生了，逃逸了，周而复始……

不过，星际为我们测出真正的距离。平静的生活、忠诚的爱情、我们以为挚爱的女友，这些的定位，无不有赖于北极星……

不过，南十字星座，也为一种财宝设定了路标。

*

将近凌晨三点钟，我们盖的毛毯变得单薄透明了。这是月亮施的魔法。我浑身冰凉，冻醒了。我登上碉堡的露台。吸烟……吸烟……我就这样熬到黎明。

这个小哨所，沐浴着月光：一个风平浪静的港湾。满天星斗，以灿烂的笑靥欢送驾驶员。我们三架飞机，罗盘都乖乖指向北方。然而……

你最后的脚步，真的踏在这里吗？敏感的世界，就到此为止了。这座小碉堡，正是上船的码头。一道涌向月光的门槛，一跨出去，什么都不是那么真实的了。

多美妙的夜晚。你在哪里，雅克·贝尔尼？或许在这里，或许在那里？已经这么飘忽不定啦！我周围的这片撒哈拉大沙漠，负载得少之又少，只不过偶尔接待一只欢跳的羚羊，只不过在最沉重的沙窝里，抱着一个体轻的孩子。

*

中士过来找我。

"晚安，先生。"

"晚安，中士。"

他侧耳细听。一片沉寂，贝尔尼，是你的沉寂的延续。

"抽支烟？"

"好的。"

中士呸摸着烟卷。

"中士，明天，我要找到我那伙伴：你认为他会在哪儿？"

中士把握十足，向我指了指整个地平线。

一个走失的孩子，整片沙漠就无处不在了。

*

贝尔尼，有一天你向我承认："我爱上了一种自己并不很理解的生活，一种并不完全忠诚的生活。我甚至不大清楚自己有过什么需要：那是一种轻微的饥渴……"

贝尔尼，有一天你向我承认："那时我猜测出来的东西，却隐藏在各种事物的背后。我觉得再用点心，就能理解了，最终能掌握，可以带走了。然而，朋友的这种相伴，我却始终不知其详，反而搅得我意乱心烦，就只好走掉了……"

我觉得一条船倾覆了，还觉得一个孩子安静下来。我觉得船帆、桅杆和希望，都带着这种震颤驶入大海。

*

拂晓。摩尔人嘶哑的喊叫声。他们的骆驼都累趴下了。

一伙匪帮，携带三百条枪，正从北方悄悄南下，很可能突然出现在东方，屠杀一支沙漠商队。

我们若是飞向匪帮那边去搜寻呢？

"那么，我们就呈扇形飞行，同意吗？中间的那架直插正东方……"

干热风：刚升到五百米高度，这股热风犹如吸尘器，一下子就把我吸干。

*

我的兄弟……

难道珍宝就在这里：你寻找过啦！

在这座沙丘上，你交叉双臂，面向这深蓝色海湾，面向星斗的村落，那个夜晚，你的身体飘轻……

贝尔尼，你成为飞行员，驾机南下，解脱了多少系恋的缆绳，只剩下一个朋友：一根游丝勉强牵着你……

那个夜晚，你更加身轻。控制你的是一阵眩晕。在正上方的那颗星辰上，闪耀着那个珍宝，逃逸者哟！

我这友谊的游丝还勉强牵着你：不忠诚的牧羊人，我一定是睡着了。

*

　　"塞内加尔圣路易呼叫图卢兹：法国—南美洲邮航班机已经找到，是在蒂梅里角。接近敌对区域。飞行员遇害，飞机毁损，邮包完好。继续飞往达喀尔。"

八

"达喀尔呼叫图卢兹：邮航班机平安抵达达喀尔。"

夜航

VOL DE NUIT

献给狄迪埃·铎拉先生

序 言

　　航空公司要同其他交通方式拼速度。这就是航线负责人的杰出形象，里维埃尔在本书所做的解释："这对我们来说，是个生死攸关的问题，因为每天夜晚，我们又丧失了白天超越火车和轮船的航行里程。"这种夜间航班，开头受到严厉批评，经过初期冒险试航之后才获批准，进入正式运营，直到撰写本书的时候，还要冒着极大的风险：航路潜布着种种意外情况，危险无法捕捉端倪，现在又添加黑夜的凶险神秘。不管风险还有多大，我要赶紧说风险正日益减少，每趟新的航行，都为下一趟航行提供方便，多增加一点保障。不过，航空跟未知地域的探险一样，都有一个英勇的初期阶段，而《夜航》向我们描述了一位天空开拓者的悲壮险历，自然而然采用一种史诗般的语气。

　　我喜爱圣埃克苏佩里的第一本书，但是更爱这一本。在《南方航班》中，飞行员的回忆记述得准确而扣人心弦，交

夜航　　**171**

织着一种情感的心路，便拉近了主人公同我们的距离。啊！那么温情脉脉，让我们感到他充满了人性，极易受到伤害。《夜航》的主人公，当然没有非人性化，但是升华到一种超人的品德。我认为在这部感人的作品中，尤其令我激赏的是其高尚。人的软弱、无助、颓丧，我们也都熟知了，当今文学揭示起来煞是得心应手。然而，我们尤其需要别人向我们描绘的，则是由紧绷的意志力而达到的这种自我超越。

在我看来，比飞行员的形象更加令人惊叹的，是他的上司里维埃尔的形象。里维埃尔本人并不亲力亲为，而是指挥别人行动，将他的品德传给他的飞行员，最大限度地要求他们，逼使他们勇往直前。他那不容讨价还价的决定，容不得懦弱，稍微失职就要受到他的惩罚。他那种严厉的态度，乍看起来不近人情，未免过分。不过，严厉是针对不足之处，绝非针对里维埃尔要培养的人。从全书的描绘中，我们感到作者由衷的赞赏。我要特别感谢作者阐明了这样一种不合常情的真理，这对我具有一种巨大的心理分析的意义，即人的幸福不是寓于自由中，而体现在接受的一种责任里。本书的每一个人物都赤诚地、全心全意献身于自己应尽的责任，献身于这种危险的任务，唯其完成任务才能获得幸福的安恬。我们也能相当清楚地看出，里维埃尔绝不是麻木不仁（他接纳殉职者的妻子拜访的那一段，读来就无比感人），他发布命令所需要的勇气，并不亚于飞行员为执行命令所必备的勇气。

"为博得别人的爱戴，"他这样说道，"只需表示同情就够了。我不大怜悯，或者把怜悯之心掩饰起来……我对自己的权力有时也感到吃惊。"他还说道："要爱您领导下的人，但是不要对他们讲出来。"

里维埃尔的主导思想，也同样是责任感："一种责任的冥冥之感，要大于爱的情感"。人在自身绝难找到终极目的，只是替代与迎合不知什么支配人并以人为生的东西。在这里，我倒乐得重新发现这种"冥冥之感"，正是这种"冥冥之感"促使我笔下的普罗米修斯[①]不合常理地说道："我不爱人，我爱吞噬人的东西。"这便是一切英雄主义的源泉："我们的一举一动，"里维埃尔心中暗道，"总好像什么东西超过了人的生命价值……那么是什么呢？"他还思忖道："也许还存在着别的东西要拯救，而且是更为持久的东西。里维埃尔这样工作，也许要拯救人的这个部分吧。"这一点毋庸置疑。

---

① 1898 年，安德烈·纪德出版了傻剧《没有缚紧的普罗米修斯》。

这个时期，英雄主义的概念倾向于排除军队，因为在明天的战争中，男子的英雄气概有可能派不上用场了。化学家邀请我们预感未来战争的残酷性，我们不正是看到在航空中，最令人赞叹又最有功效地展现勇敢吗？

　　在战争中的英勇无畏，在按指令执勤中就不算了。按照我们通常对勇敢的看法，不断冒着生命危险的飞行员有权获得这种赞誉。圣埃克苏佩里会准许我引用他从前写的一封信，能追溯到为保证卡萨布兰卡和达喀尔之间的航邮，他飞越克里塔尼亚的时期：

　　"我说不准什么时候，近来几个月工作太繁忙了：寻找失踪的同事，抢修坠落到有争议地区的飞机，还有几趟达喀尔航班。

　　"最近我又有一个小小的业绩成功了：为了抢救一架飞机，我和一名机械师同十一个摩尔人共度两天两夜。各种各样严重的危险迹象。我头一次听见子弹从我头顶呼啸而过。我终于了解我碰到这种境况会是什么状态：比摩尔人冷静多了。不过，我也理解了一直令我诧异的观点：为什么柏拉图（或者亚里士多德）将勇敢置于品德的最后一级。勇敢不是由多么美好的情感构成的：一点点狂热、一点点虚荣、十分固执和一种庸俗的体育乐趣。尤其人体力量的激发，就跟勇气毫不搭界了。敞开衬衫，又抬起胳臂，可以扬眉吐气。这主要是一种快感。这种架势如果是在夜晚拉开，那就未免觉得愚蠢透顶了。我永远也不会赞赏一个一味勇敢的人。"

我可以将昆顿[①]的书（我并非总是赞同）凝缩一句格言，作为这段引文的题词："人勇敢如爱一样，深藏不露。"或者更确切些，"勇敢者隐藏起自己的行为，正如好人行善而不留名。他们掩饰自己的举动，或者请求原谅。"

圣埃克苏佩里讲述这一切，他无不"了如指掌"。他本人经常面临危险，因而赋予本书一种既真实又难以模仿的意味。有许多凭想象讲述战争或冒险的书，作者有时显露出游刃有余的才华，但是真正的战士或探险家读了，就不免付之一笑。这部作品，除了我同样赞赏的文学价值，也有一种文献的价值，而这两种特质，如此出人意料地交融，更赋予《夜航》它那非同凡响的重要性。

安德烈·纪德

---

① 雷内·昆顿（René Quinton,1866-1925），法国生理学家，他引进了海水浴疗法（昆顿的"血浆"）。

一

　　飞机下方，山峦已经在金色的晚照中犁出一道道阴影。平原变得明晃晃的，闪耀着一种不可磨灭的光辉。在这个国度，平原持续不断地反射着金光，而入冬之后，又同样持续不断地反射着雪光。

　　飞行员法比安装载着巴塔戈尼亚的邮件，从最南端返航，飞往布宜诺斯艾利斯。途中静谧的天空，犹如港湾宁静的水面，但是，他从静止的云海微微泛起的穀皱波纹上，同样看出夜晚临近了。他恍若驶进一个辽阔的幸运锚地。

　　他也很可能以为，自己几乎像个牧羊人，在这幽静的空间漫步。巴塔戈尼亚的牧羊人，从容不迫，从一片羊群走向另一片羊群：他从一座城市飞向另一座城市，放牧着这些小城镇。每隔两小时，他都能遇见，有的城镇在河边饮水，有的城镇则在平原上吃草。

在飞越上百公里比海洋还要荒凉的大草原之后，有时他会偶遇一座孤零零的农舍，仿佛载满芸芸众生的航船，在草原的浪涛里向后驶去。于是，他就摆动机翼，向那航船致敬。

"圣胡利安在望，我们十分钟后降落。"

航行中的无线电报，向这条航线上所有指挥台传递消息。

从麦哲伦海峡到布宜诺斯艾利斯，这条长达两千五百公里的航线上，布列着类似的中途站。但是圣胡利安这个中途站，则处于夜幕边缘，如同在非洲那样，过了这最后一个归顺法国的村庄，往前就神秘莫测了。

报务员递给驾驶员一张字条：

"暴风雨凶猛，雷电雨声充斥着我的耳机。您是否要在圣胡利安过夜？"

法比安微微一笑。天空宁静，好似一个养鱼缸，而前方所有中途站都向他们指出："晴空，无风。"

法比安回答：

"继续飞行。"

然而，报务员却认为，暴风雨已经盘踞在什么地方，犹如蛀虫钻进了水果里。夜晚天气可能好，也可能变坏。茫茫的黑夜像要腐烂的水果，他讨厌钻进去。

　　法比安减速，向圣胡利安降落，这时他感到有点儿疲惫。让人的生活变得温馨的一切景物，逐渐变大迎他而来：他们的房舍、他们的小咖啡馆、他们散步的林荫路。他正像一个征服者，在征战归来的暮晚，俯瞰帝国的大地，发现了世人平凡的幸福。法比安觉得有必要放下武器，照顾一下自己沉重的身体、疼痛的四肢。人再穷困，生活也可以很丰富，在这里做个普通人，观赏窗外此后不再变动的景物。即使一个极小的村庄，他也会接受，有选择的生活之后，现在就可以随遇而安了，能喜欢上这个小村庄：它像爱情那样圈住你。法比安真渴望在这里长期生活，在这里分享自己那份永恒，因为，他度过一个小时的那些小城镇、他穿行而过的那些古墙环抱的花园，在他看来是在他身外持续存在的永恒之物。那村庄朝机组人员迎上来，向他们张开怀抱。法比安便想到友情，想到温柔的姑娘，想到洁白桌布的亲密，想到一切缓慢化为永恒的东西。村庄已经贴着机翼向后流动，展现那些紧闭的花园围墙再也关不住的神秘。不过，法比安着陆之后心中有数，除了几个人在石墙中间缓步走动之外，他什么也没有看到。这个村庄仅凭其静止不动．就守护了自己情感的秘密。这个村庄不肯施予温情，如要赢得这份温情，就必须放弃行动。

中途站停靠十分钟之后，法比安又该起飞了。

他回头望望圣胡利安，只看见一小簇灯火了，继而，几点星光，继而，连最后一次引诱他眺望的那粒尘埃，也隐没不见了。

"仪表盘看不清了，我开灯了。"

他摁了开关，机舱的红灯亮光大大稀释了，没有给指针上色，仅仅映出蓝色的光亮。他伸手靠近一只灯泡，指头也略微着色。

"太早了。"

这会工夫，夜色徐徐上升，好似一片浓烟，已经弥漫了山谷。再也分辨不清山谷与平原了。然而，途中的村庄都已点亮灯火，各村的星光掩映呼应。法比安也用手指闪眨着他的航行灯，应答各个村庄。大地布列光亮的呼唤，每户人家都点亮自家那颗星，面对无边的夜色，就像将灯塔的亮光转向海洋。一切遮掩人的生活的东西，已经闪闪发亮了。法比安大为赞赏：这次进入夜空，犹如驶进港湾，既悠缓又顺畅。

法比安把头伸进座舱。镭针开始闪亮了。驾驶员逐一检查数据，感到很满意。他发现自己坐在天空上，稳稳当当。他用手指拂了拂机翼的钢梁，觉出生命在金属中流动：金属件哪里是震颤，而是在生活。五百马力的发动机，让机体产生一种轻微的流动，将冰冷的钢铁变成天鹅绒般的血肉之躯。在飞行中，驾驶员既没有眩晕之感，也没有心醉神迷，而是再一次体验了一个有生命力的肉体神秘的工作。

现在，重又组成一片天地，他舒展筋骨，可以高枕无忧了。

他轻轻敲了敲配电盘，逐个摸了摸开关，挪了挪身子，靠背找好位置，摆出最惬意的姿势，便于感受这五吨重的金属机械，在一片波动的夜海上漂浮所产生的晃动。而后，他摸索着将应急灯推到应在的位置，放开手，重又抓住，以确保不会滑动，这才丢下应急灯，再轻轻触摸每根操纵杆，要一抓一个准儿，训练手指不用眼睛就能操纵。等手指熟练之后，他才打开一盏灯，照出装饰座舱的精密仪表，仅仅监视着仪表盘，就仿佛潜水一样进入夜空。随后，看看哪根指针都不摇摆，既不震动，也不颤抖，看看陀螺仪、高程计和发动机的转速都一直稳定，他就稍微伸展一下腰身，脖颈仰靠到座位的皮垫上，开始了航行的这种沉思冥想，玩味一种不可思议的希望。

现在，进入深夜，他作为守夜人，发现夜能够揭示人：这些呼唤、这些灯火、这种惴惴不安。黑暗中这颗普通的星：一户人家的孤单。一颗星熄灭了：一户人家关闭在爱中。

或者关闭在愁闷中。这户人家停止向外界发出信号了。这些农民，臂肘支在桌子上，在灯前不知道自己希望什么：他们不知道，在他们周围弥合的黑沉沉的夜里，他们的渴望能传出那么远。殊不知法比安发现了他们的渴望，这正是他刚从千里之外飞来，还感到海底的涌浪将呼吸的飞机托起又摔下去的时候，正是他穿越十片雷雨区，如同穿过炮火连天的战区，而在雷雨区的缝隙之间还能看到月光下林间空地的时候，也正是他怀着必胜的豪情，一点接着一点超越这些灯光的时候。这些人还以为他们的灯光仅仅能照亮粗木桌子，哪里知道离他们八十公里远的地方，有人已经被这灯光的呼唤所触动，恍若看见他们从一座荒岛上，对着大海拼命摇晃着灯盏。

二

巴塔戈尼亚、智利和巴拉圭的三架邮航班机，就是这样从南方、西方和北方返航，飞向布宜诺斯艾利斯。那里正等待运来的邮件，好装上半夜起飞的欧洲航班。

三位驾驶员，每人都坐在沉重如驳船一般的发动机罩后面，隐没在茫茫黑夜里，思考着他们的航行，不知要从雷雨还是晴朗的夜空，缓缓向这座巨大的城市降落，酷似怪模怪样的农民从深山老林里走下来。

全航线负责人，里维埃尔，正在布宜诺斯艾利斯机场停机坪上来回踱步。他沉默无语，因为，只要这三架飞机没有返航，这一天对他就万分可怕。时间一分一秒地度过，一封封电报陆续送到他手上，里维埃尔逐渐意识到从命运手中夺过来几分运气，减少了未知的份额，能把他这几个机组从夜海中一直拉到岸边。

一名工人走到跟前，向里维埃尔报告无线电台的一条消息：

"智利的邮政航班示意，他们望见了布宜诺斯艾利斯的灯光。"

"好哇。"

里维埃尔很快就听到那架飞机的声音了：黑夜已经放回来一架，正如波涛汹涌而充满神秘的大海将久久冲荡的宝物送到岸边。过不了多久，又能从黑夜接回另外两架飞机。

到了那时候，这一天才算完事。到了那时候，疲惫不堪的机组人员就要去睡觉了，由精神饱满的机组人员来换班。然而，里维埃尔还根本不能休息：欧洲的邮航班机又该让他担心了。事情总是如此。永远如此。这位老战士不免诧异，他第一次感到疲倦了。飞机顺利到达，从来就算不上那种结束一场战争、开辟和平安宁时代的胜利。对他而言，这向来是跨出的一步，接下去还有类似的百步千步。里维埃尔就觉得很久以来，他挺直双臂举着一个极沉的重物：这种吃力支撑，既不能休息，也没有希望。"我老了……"如果他再也不能单纯从行动中获取营养，他自然就老了。他不禁诧异，现在竟然考虑起自己从未提过的问题。而且，一大堆始终受他排斥的乐趣，又一齐涌上心头，向他发出轻轻的哀怨：那是一片失去的海洋。"这一切，难道都近在咫尺吗？……"他发觉能让人生变得甜美的东西，他总是一点一点推向晚年，"等他有空闲的时候"。就好像有朝一日，真能有空闲时间似的，就好像到了生命的尽头，人还能获得那种想象中的幸福安康似的。其实，并不存在平安。或许也不存在什么胜利。不存在所有邮政航班最终都能平安到达的事情。

里维埃尔走到勒鲁面前站住。勒鲁正在干活，他是一位老工长了，也同样一干就是四十年，而且干得尽心尽力。直到晚上十点钟，甚至半夜，他才回家，但迎面看到的不是另一个世界：回家不是一种逃逸。里维埃尔冲他微笑，老工长抬起肥大的脸庞，指着一根发青的钢轴说道："这部件卡得太紧，不过，我还是摆弄好了。"里维埃尔俯身察看钢轴，他又被这种行业吸引住了。"应当告诉车间里的人，这种部件要稍微调松些。"他用手指摸了摸咬刹的磨痕，接着又端详勒鲁，看着这一道道肃穆的皱纹。一个怪问题到了他嘴边，他不由得微笑起来：

"勒鲁啊，您一生中，为爱情费过不少心思吧？"

"唔！爱情，要知道，经理先生……"

"您同我一样，从来就没有那个时间。"

"没费多大心思……"

里维埃尔细听他说话的声调，想分辨这句答话里是否带有苦涩的味道：声调并不苦涩。这位老工长回顾过去的生活，觉得心安理得，那种满意的神情，就像刚刚刨完一块光滑木板的细木匠："瞧，这活儿得了。"

"瞧，"里维埃尔心中暗道，"我的生活也得了。"

他驱散所有这些因疲倦油然而生的感伤的思绪，朝机库走去，因为从智利返航的飞机传来隆隆的吼声了。

三

远处发动机的轰鸣声越来越响了。瓜熟蒂落。信号灯点燃了。红色航标灯勾勒出一座飞机库、几根无线电天线杆、一块方形的场地。张灯结彩要过节。

"在那儿呢!"

飞机已经驶进几盏探照灯的光束中,那么明亮耀眼,跟崭新的一般。飞机终于停在机库前面,机械师和工人们都一拥而上,急忙卸邮件。然而,驾驶员佩勒兰却一动不动。

"怎么啦?等什么呢,您还不下来?"

驾驶员正潜心进行某种神秘的运思,不屑于回答。想必他还在聆听渗透他周身的飞行的声响。他慢悠悠地点了点头,身子往前探去,不知摆弄什么机关。终于,他转向头头和同事们,严肃地凝视着他们,俨然在检视自己的财物。他似乎在计数、测定、掂量着他们,心想他把他们争到手了,争到

手的还有这座节日打扮的机库、这片结实的水泥场地，还有
远处的这座城市及其骚动、女人和热度。他把这些民众当作
臣民，牢牢掌握在自己的巨掌中，可以触摸到，听见并辱骂
他们。他头一个念头要臭骂他们一顿，骂他们这么安逸，生
活无忧无虑，玩赏着明月，不过，他终归是个厚道人：

"……你们得请我喝酒！"

他这才爬下飞机。

他想讲述一下他这趟航程：

"你们哪儿知道啊！……"

大概认为自己的话够多了，他便走开，去脱掉身上皮制
的飞行服。

佩勒兰坐上开往布宜诺斯艾利斯的汽车，看着无精打采
的督察员和一声不吭的里维埃尔，他的情绪也低落下来：能
摆脱困境，安然无恙回到大地，骂骂大街固然不错。那该多
么痛快啊！可是骂过之后，再回味一下，就不免怀疑起来，
不知道有什么意思。

在飓风中拼搏，这事儿，至少是真实的，明明白白的。
事物的真实面目则不然，事物自以为单独存在时所摆出的那

副嘴脸。佩勒兰心中暗道:

"这就跟翻脸一模一样。有些面孔,才刚刚失色,就陡然变脸了!"

他努力回忆。

当时,他正从容不迫飞越安第斯山脉。冬季的积雪一片冷寂,沉沉地压在山岭上。在崇山峻岭中,冬雪所营造的这种寂静,犹如废弃的城堡中的岁月。在纵深二百公里的区域,渺无人迹,没有一点生命的气息,也没有人工的凿痕。只有飞机掠过的海拔六千米的陡峭山脊,只有垂直而下的石壁,倒是一个达到极致的清幽世界。

现在到了图彭加托山峰一带……

他略一思索。不错,正是在那里,他目睹了一场奇观。

只因刚驶进那一带,他什么也没有看到,仅仅觉得不自在,就如同一个人自以为单独一人,却不再孤单,而且有人盯着看。他始终不大明白是怎么回事,等感到自己被一股冲天的怒气所包围,就已经太迟了。就是这样。

这股怒气从何而来呢?

他凭什么能够猜测出来岩石中,积雪中会渗透出这股怒气呢?因为,周围似乎没有出现任何迹象,也没有任何风暴乘黑云袭来。然而，就地又生出一个世界，与原来的世界略有不同。佩勒兰的心莫名其妙地收紧，观望着这些与世无争的山巅、这些山脊、这些雪峰，略微呈现出灰蒙蒙之色，不料却蠢蠢欲动，宛如一大群人。

虽然无需搏斗，他还是握紧操纵杆。他一时还弄不清，肯定在酝酿什么事变。他全身肌肉绷紧，好似一只要猛扑的野兽。然而，环视周围，丝毫没有不平静的征兆。对，平静，却满载着一种奇异的能量。

继而，一切都尖锐地激化了。这些山脊、这些峰巅，全都变得尖削峭拔了，给人的感觉就像船艏一样，扎进罡风里。接着，这些峰巅又似乎围着他打起转来，回旋漂流，好似集结起来准备战斗的巨型战舰。又过一会儿，有一股尘埃掺杂进了空气中，尘埃飘摇轻飐，宛若薄纱，沿着雪坡而上。于是，为防备突发情况，他要找一条退路，回头望去，当即不寒而栗：在他身后，安第斯山脉所有山峰都仿佛骚动起来。

"我这下完了。"

前面一座山峰喷射起积雪，俨然一座喷雪火山。随后，靠右一点儿，第二座山峰也喷发了。就这样，一座接着一座，所有山峰都燃烧起来，就好像有一名无形的赛跑运动员逐个点燃了似的。正是这种时候，随着气流的第一阵涡旋，驾驶员四周的山峦都摇晃起来。

猛烈的变动留下极少痕迹，他回想不起来那些把他卷进去的巨大涡流，只记得自己在那灰色的火焰中拼命挣扎。

他思索了一下。

"飓风，倒也不算什么。总还能保住性命。可是在那之前！那是一场什么遭遇！"

在上千张面孔中间，他以为能认出某一张面孔来，不过他已经忘掉了。

四

  里维埃尔瞧了瞧佩勒兰。再过二十分钟，佩勒兰就要下车，带着疲倦和迟钝的感觉混入人群。也许他会想到："真把我累坏了……这种坑人的职业!"面对妻子，他还可能透露点儿心声，譬如："家里是比安第斯山上空舒服多了。"然而，人所特别珍视的那一切，几乎脱离他而去了：他刚刚尝到了那种苦头。他刚刚闯到世界布景的背面度过了几小时，真难说自己还能否再见到灯火中的这座城市。甚至也难说还能否再见到童年那些既烦人又可爱的女友，恢复男人所有那些臭毛病。里维埃尔心中暗道："人群当中，必有一些不为人注意的人，而他们却是超凡的信使。可是，他们自己却不知道。除非……"里维埃尔害怕某些赞赏者。他们并不理解冒险历程的神圣性，因而赞美起来就歪曲了意义，贬低了人。在这方面，佩勒兰完全保持了他那高尚的品性，只因他比任何人都更了解从某种角度看到的世界的价值，并以笨拙的轻蔑态度拒绝庸俗的赞赏。因此，里维埃尔就这样祝贺他："您怎么就马到成功了呢？"他爱听这位飞行员朴实地谈论自己的职业，爱听他谈论飞行，就像铁匠师傅讲自己的铁砧。

佩勒兰首先说明，自己的退路被切断了。他简直是在道歉："因此，没有我择机而行的份儿了。"接下来，他什么也看不见了，大雪晃花了他的眼睛。但是，强大的气流救了他，裹挟着他冲上七千米高空。整个这段航程，估计我始终在贴着山脊飞行。"他还提到了陀螺仪，通风口让雪给堵塞了，必须变换位置："要知道，已经结上冰了。"后来，佩勒兰又遇到另外几股气流，摔了下来，一直跌落到三千米高度，一时弄不明白，怎么还没有撞上什么。原来已经飞到平原了。"这种情况，我进入晴空里，才猛然发觉的。"最后他解释说，当时那一刻，他恍若从一个山洞里钻出来。

"门多萨也有暴风雪吗？"

"没有。我降落时没有风，一片晴空。不过，暴风雪倒紧紧追了我一路。"

他描述这场暴风雪，他说是因为"那景象毕竟非常奇妙"。风暴的顶端高高隐没在雪云当中，而底部则在平原上翻腾，好似黑色的熔岩，吞没一座又一座城市。"我从未见过这种景象……"说罢沉默下来，还为某种记忆所惊骇。

里维埃尔转向督察员：

"这是太平洋上生成的飓风，通知到我们太晚了。这类飓风从不超出安第斯山脉区域。"

"不可能预料到这场飓风会向东推进。"

督察员完全外行，只能点头附和。

督察员似乎拿不定主意了，朝佩勒兰转过身去，喉结移动了一下，终究还是没有开口。他经过思考之后，又恢复他那忧郁的庄严神态，目光直视前方了。

他走到哪里都带着这副忧伤，如同随身带着一件行李。他应里维埃尔的召唤，要处理一些事务，昨天才抵达阿根廷。他长着一双大手，又得保持督察员的尊严，不免时常尴尬。无论奇思异想，还是冲动激情，他都无权赞赏，只能从本职出发，称赞航班准时。他也无权同别人一起喝酒，跟别人称兄道弟，或者贸然讲一句双关语笑话，除非在同一个中途站碰见另一位督察员，而这种情况可是千载难逢。

"当个法官，"他心中暗道，"可真难啊。"

老实说，他并不审理，只是点点头。他什么也不了解，无论碰到什么问题，总是不慌不忙地点头。这种举动倒让心怀鬼胎的人慌神儿，有助于各种设备的保养。他不大受人爱戴，因为设置督察员这个职位，并不是为了爱的乐趣，而是为了打报告。里维埃尔曾写道："我们请罗比诺督察员提供报告，而不是诗歌。罗比诺督察员一定能充分利用他的权限，激励员工的工作热情。"从那以后，罗比诺就改弦更张，不再建议新的工作方法和技术问题的解决办法了。从此，他就像对待自己每天的面包那样，一心一意关注人员的工作疏忽，关注饮酒的机械师、度过不眠之夜的机场经理、降落时驾机蹦跳的飞行员。

里维埃尔这样评价他："人不太聪明，因而能做出大贡献。"里维埃尔确定的一条规则，对里维埃尔而言是了解人，可是到了罗比诺这里，就只存在了解规则了。

"罗比诺，"里维埃尔有一天对他说，"凡是推迟起飞的航班，您就应该干掉准时奖金。"

"即使因为不可抗拒的力量？即使因为大雾？"

"即使因为大雾。"

为有这样一位强势的领导，罗比诺感到几分自豪，不必担心受到不公正待遇了。就连罗比诺本人，也能从一种如此咄咄逼人的权力中汲取几分威严。

后来，他对机场经理经常重复这样的话："你们规定六点一刻起飞，我们不能发给你们奖金。"

"可是，罗比诺先生，到五点半的时候，能见度还不到十米呢！"

"这是规则。"

"可是，罗比诺先生，我们总不能扫除大雾啊！"

而罗比诺便缩回他那种讳莫如深的态度里了。他是领导班子的成员。大家都忙得团团转，唯独他懂得通过惩罚人来改善准点率。

"他什么也不考虑，"里维埃尔这样评价他，"这倒让他免得想歪了。"

一名驾驶员如果摔坏了飞机，那他就损失了无损坏奖。

"可是，飞机若是出故障，落到树林上面呢？"罗比诺询问。

"落到树林上也一样。"

于是，罗比诺就奉为圭臬。

"我很遗憾，"后来他十分陶醉地对飞行员说，"我甚至万分遗憾，不过，出故障，也得到别的地方。"

"可是，罗比诺先生，这也不是谁选择的呀！"

"这是规则。"

"规则，"里维埃尔心想，"就像一种宗教的仪式，看似很荒唐，却能造就人。"里维埃尔根本不在乎显得公正不公正。对他来说，这种话也许就没有意义。小城镇的那些小市民，晚上就围着露天音乐台打转转，里维埃尔不免想到："对他们来说公正不公正，并没有意义：他们不存在。"在里维埃尔看来，人就是用来揉捏的一块生蜡，必须给这种物质提供一颗灵魂，创造一种意志。他并不打算用这种强硬态度奴役他们，而是激发他们超脱自身。他这样不分青红皂白惩罚晚点，如果说处理不公的话，他却把每个中途站的意志引向准点起飞：他创造了这种意志。他不允许别人庆幸天气不好，仿佛天要休息，要他们时刻待命，而等待则暗暗羞辱人，连最普通的工人也不放过。正因为如此，雾霾天空稍有点儿空当，就能抓住了。"北方有豁口儿，出发！"多亏了里维埃尔，在一万五千公里的航线上，邮政航班比什么都受崇拜。

里维埃尔有时就这样说：

"这些人感到幸福，因为他们喜爱自己所做的事儿，而他们喜爱自己的工作，也是因为我严格要求。"

他也许让人吃了苦头，但是也给予他们极大的快乐。

"必须把他们推向一种艰苦卓绝的生活，"里维埃尔心中暗道，"饱尝其中的苦乐，但是唯独这种生活才值得。"

汽车进了城。里维埃尔让司机把他送到航邮公司的办公室。车上只剩下罗比诺和佩勒兰，罗比诺看着对方，开口要说话。

五

然而，今天晚上，罗比诺颇为气馁。他面对胜利返航的佩勒兰，刚刚发现自己的生活一片灰暗。他尤其发现了他，罗比诺，尽管有个督察员的头衔及其权威，但是论价值，却比不上这个疲惫不堪、闭着双眼、两手油污、蜷缩在汽车角落的汉子。罗比诺赞赏人，有生以来这还是头一遭。他需要讲出来，尤其需要赢得一个人的友谊。他厌倦了旅行和白天所受的挫折，也许还感到自己颇为可笑。今天傍晚时分，他核实汽油库，就计算得一团糟，甚至连他有意突袭找过错的那个保管员，也可怜起他来，替他算清楚了。特别出丑的是他弄混了 B6 型和 B4 型油泵，批评了 B6 型油泵的安装方式，而那些机械师也够阴的，长达二十分钟之久，听任他痛斥这种"绝对不可原谅的无知"，即他本人的无知。

他也害怕自己下榻的旅馆的客房。从图卢兹到布宜诺斯艾利斯，他下班之后，铁定要回到客房，关起门来，怀着满腹难言之隐，从手提箱里取出一令公文纸，开始磨磨蹭蹭地写"报告"，胡乱写了几行，又全撕掉了。他多么希望能把航空公司从巨大的危险中拯救出来，然而公司不存在任何危机。迄今为止，他也没有做出什么功绩，只拯救了一个生了锈的螺旋桨毂。他哭丧着面孔，当着一位机场经理的面，用手指缓慢地来回蹭着锈斑，而那位经理却回敬他一句："这架飞机刚刚飞到，您去查问上一个中途站吧。"罗比诺不禁怀疑起自己的角色来。

他想要接近佩勒兰，试探着问道：

"您愿意同我共进晚餐吗？我很想聊一聊，我干的这行，有时候还真够受的……"

紧接着订正一句，以免屈尊降格显得太突兀：

"我担当的责任太重了。"

下属不大喜欢罗比诺进入他们的私生活，每人都这样想：

"他要写报告，如果还没有找到什么材料，饿极了非把我吃掉不可。"

不过，今天晚上，罗比诺只考虑自己的苦衷：他浑身起了湿疹，奇痒难忍，这是他唯一真正的隐情，他早就想跟人讲讲，博得同情，既然在高傲中毫无慰藉，就只好不顾面子去寻求了。他在法国也有一个情妇，回国共度良宵，就对情妇讲述他视察的情况，卖弄卖弄，好让情妇在惊叹之余对他生几分爱意。谁料适得其反，人家却怨恨他了。于是，他就觉得有必要谈谈他的情妇。

"怎么样，您同我共进晚餐吗？"

佩勒兰为人宽厚，便接受了。

六

里维埃尔仍然穿着大衣，戴着帽子，总像个永远在旅途中的行客。他走进布宜诺斯艾利斯办公室的时候，秘书们正在打瞌睡。他那花白头发，衣着又没有个性，走到哪里都不显眼，再加上个头儿矮小，经过时带不起什么风，几乎没人发觉。然而，他那股洋溢的热情却能激励人。秘书们都活跃起来：办公室主任紧急查阅新来的材料，打字机也都哒哒作响了。

话务员将插头插入交换机，并将电报记录在厚厚的本子上。

里维埃尔坐下来看记录。

智利的航班经受了考验之后，里维埃尔重读了这幸运一天的故事——事情都自行解决了，航班经过一个一个中途站，拍发出来的全是简明的捷报。巴塔戈尼亚返航的邮班行进的速度很快，赶在了时刻表的前面，只因南风劲吹，强大的气流向北推进，有利于飞行。

"把气象资料递给我。"

每座机场都炫耀那里天清气朗，能见度好，风力不大。金灿灿的黄昏笼罩了美洲大地。里维埃尔欣喜万物的这种火热的气氛。这架邮政航班，正在夜空的险途中搏斗，但是一定会有惊无险、平安返航。

里维埃尔推开了记录本。

"还行。"

里维埃尔离开时，又扫了一眼值夜班人员，他们正在监视着半个世界。

里维埃尔停在一扇敞开的窗户前，理解了黑夜。黑夜囊括了布宜诺斯艾利斯，而且像一个无边的窟窿，也囊括了整个美洲。这种宏大之感，他并不觉得诧异：智利圣地亚哥的天空，固然是一片陌生的天空，然而，邮政航班一旦飞往智利圣地亚哥，从始发到终点的整个航线，我们就生活在同一个深邃的穹隆之下了。就在此刻，有人在无线电耳机中监听另一架邮航班机的音讯时，巴塔戈尼亚的渔民可能望见那架飞机闪光的航行灯。一架飞行中的班机所引起的不安，在重压着里维埃尔的同时，也携带着隆隆的马达声，照样沉沉压向那些首都和各省地区。

这个夜晚如此晴和，里维埃尔满心欢喜，他不免回想起那种混乱的夜晚。当时他觉得飞机深陷险境，极难救援了。大家从布宜诺斯艾利斯无线电站的声波中，追踪那架飞机搅着暴风雨杂音的呻吟。无线电波最美妙的乐曲，隐没在铺天盖地的浑浊嘈杂声中了。一架邮航班机，好似盲目发出的箭，射向黑夜的重重障碍，吟咏出的小调该是多么悲哀啊！

里维埃尔认为，在迎候班机的夜晚，督察员应该守在办公室里。

"派人去把罗比诺给我找来。"

罗比诺就要同一名飞行员交上朋友了。回到旅馆，他当着飞行员的面，打开了自己的手提箱，展现出来的日常琐碎用品，表明督察员同常人差不多：几件毫无品位的衬衫、一套梳洗用品，还有一张清瘦女子的照片，由督察员用图钉钉在墙上。他就这样向佩勒兰坦吐了他的需求、情感和遗憾。他这些宝贝胡乱排列，从而在飞行员面前展示了自己的困苦，精神上也患了湿疹。他在展示自己的牢狱。

不过，对所有人来说，都存在着一线光明，罗比诺也不例外。他从箱底掏出一只精心包扎的小口袋，就感到了极大的欣慰。他一言不发，抚摩了许久，双手终于放开了小口袋。

"这是我从撒哈拉带回来的……"

督察员敢于如此开诚相见，不禁脸红了。他遭遇的种种挫折、婚姻的不幸、生活现实的一片灰暗，就从这些黑灰色小石子上得到安慰，正是这些石子为他打开一扇通往神秘世界之门。

他的脸又红了一层，"在巴西也能找见同样的石子……"

这时，佩勒兰拍了拍俯身神游虚无缥缈世界的督察员的肩膀。

出于谨慎，佩勒兰问道："您爱好地质学吗？"

"这是我的酷爱。"

在现实生活中，唯独石子对他是温存的。

有人来呼唤的时候，罗比诺神色不禁黯然，不过随即又变得庄重起来。

"我只好同您分手了。里维埃尔先生要我去商议几个重要决定。"

等罗比诺走进办公室的时候,里维埃尔早已把他置于脑后了。他正沉思,凝视着墙上挂的用红线标出的航邮网的一张地图。督察员等待他发命令。过了好一阵,里维埃尔头也不回就问他:

"罗比诺,您怎么看这张地图?"

他从沉思中醒来,有时就好提一些莫名其妙的问题。

"这张地图嘛,经理先生……"

老实说,督察员没有任何看法,但是他却一本正经地注视着地图,以督察员的眼光统观欧洲和美洲。况且,里维埃尔只顾继续沉思,并不跟罗比诺谈自己的看法:"这张航邮网的面目,既美丽又严峻,让我们许多人,许多年轻人付出了生命的代价。现在,这张网已具规模,确立起来,但是也给人提出多少难题!"不过,在里维埃尔看来,目的高于一切。

罗比诺站在他身旁,眼睛始终直盯着面前的地图,他慢慢又挺起了身子,从里维埃尔那儿就指望不上丝毫怜悯。

倒是有那么一回,他想碰碰运气,承认他这可笑的湿疹毛病把他的生活搅得一团糟。里维埃尔却回答他一句俏皮话:

"这毛病如果妨碍您睡眠的话，总还能激发您的活力。"

这句俏皮话半真半假。里维埃尔总好下这样的断语："一位音乐家失眠，如果能促使他创作出美妙的乐章，那就不失为美妙的失眠了。"有一天，他指着勒鲁对罗比诺说："您瞧瞧这样子，多英俊啊，这种排斥爱情的丑陋……"勒鲁身上的所有出众之处，也许全亏了他天生的尊荣，正是这副尊容，将他的生活压缩为职业生涯了。

"您同佩勒兰的关系很密切吧？"

"哦！！……"

"我并不是责备您。"

里维埃尔转过身去，低垂着头，踏着碎步走着，也拖着罗比诺同他一道走。他嘴唇泛起一丝苦笑，罗比诺却不明白是何缘故。

"只不过……只不过，您是头儿。"

"是的。"罗比诺应了一声。

里维埃尔心想正是这样，每天夜晚，天空里就会集结一个悲剧式的事件。意志稍一放松，就可以导致失败，从现在起到天亮，也许还得连续拼搏。

"您应该保持自己的身份。"

里维埃尔一板一眼，强调这句话：

"也许明天夜晚，您就命令这名飞行员启程，去执行一项危险的飞行任务：他必须服从命令。"

"是的……"

"您几乎掌握着这些人的生死，掌握着一些比您有价值的人的生死……"

他略显犹豫。

"这事，这可事关重大。"

里维埃尔一直踏着碎步，他沉默了几秒钟。

"他们若是出于友情服从命令，那您就是欺骗了他们。您个人无权要求他人做出任何牺牲。"

"是的……当然了。"

"还有，他们若是以为仗着您的友谊，就能免掉一些苦差事，那您也是欺骗了他们。不管怎样，他们必须服从。请您坐那儿吧。"

里维埃尔用手把罗比诺轻轻推向他的办公桌。

"我这就把您放到自己的岗位上，罗比诺。您若是感到疲倦了，可不能向这些人寻求支持。您是头儿。您的软弱表现就未免可笑了。您写吧。"

"我……"

"您就这样写：'督察员罗比诺出于什么缘由，给飞行员佩勒兰处以什么惩罚……'您可以随便找个什么缘由。"

"经理先生！"

"写吧，罗比诺，就当您理解了。要爱您领导下的人，但是不要对他们讲出来。"

罗比诺劲头又十足了，可以吩咐人去擦拭螺旋桨毂了。

应急机场从无线电通告："飞机在望。飞机发出信号：'减速，准备着陆。'"

恐怕还要耽误半小时。里维埃尔有体会，当特快列车临时停车时，就会感到心情急躁，时间一分一分流逝，却不见向后退去的一片片田野。时钟的大针现在跨越一片盲区：在圆规的这个跨度，本来可以容纳许多事件。里维埃尔走出办公室，转移一下焦急等待的心情，望着黑夜空空荡荡，犹如一座没有演员的剧院。"多好的夜晚，就这样浪费过去！"他愤然眺望窗外晴朗的夜空、满天的星斗，这神妙的灯标系统，还有这月亮，空度良宵的黄金时光。

不过，对里维埃尔来说，等赴欧洲的飞机一起飞，这又是个令人激动的美丽夜晚了。这夜晚的腹心负载着生命。里维埃尔十分关切。

"你遇到了什么天气呢？"他让人询问机组人员。

十秒钟过去了。

"天气很好。"

继而，又传来飞越的几个城市名字，而在里维埃尔看来，这就是在这场战斗中，攻陷的一座座城池。

七

巴塔戈尼亚邮航班机上的报务员，一小时之后，就觉得好像被一只肩膀徐徐托起来了。他扫视周围，周围乌云密布，遮蔽了星光。再俯瞰大地，搜寻乡村的灯火，类似草丛中萤火虫的光亮。然而，这片草原黑乎乎一片，不见一点闪亮的踪影。

他感到沮丧，隐约看到一个艰难的夜晚：行进，退后，占据的地盘又丢掉。他真不理解驾驶员采取的是什么战术，总觉得就要撞上一堵墙似的厚厚的黑夜。

现在，他望见前面地平线上，一点闪亮似有若无，仿佛铁匠炉的火光。报务员捅了捅法比安的肩膀，可是驾驶员一动也不动。

远方暴风雨的涡流风头，开始袭击飞机了。金属机身缓缓地被托举起来，挤压着报务员的肉体，继而，又似乎化为乌有，消融了。而有几秒钟的工夫，他就无依无托，独自飘浮在夜空里。于是，他双手便紧紧抓住钢铁的翼梁。

除了座舱的那盏红灯，就再也看不见任何东西了，因而他不寒而栗，就觉得自身坠入黑夜的腹心，孤立无援，仅仅受一盏矿灯的护佑。他想问又怕打搅，不知驾驶员做何决定，只好紧紧抓住钢铁的翼梁，身子往前探，注视着驾驶员幽暗的脖颈。

灯光幽幽，仅仅浮现出一动不动的驾驶员的脑袋和肩膀。他的形体完全成为一团黑影，稍微靠向左侧，直面对着暴风雨，每道闪电都冲刷着他的脸。但是他那张面孔，报务员什么也看不见。为了迎击一场风暴，所有情绪都聚到他这张脸上：这种负气、这种意志、这种愤怒。在这苍白的面孔和那边短促的闪电之间，相互交流的所有本质的东西，对报务员来说，始终是深不可测。

不过，他还是能推测出来，这静止不动的身影中所凝聚的力量。他所喜爱的这种力量，在维护他的同时，无疑也将他带向暴风雨。那双手紧握着操纵杆，无疑已经压向暴风雨，如同按住一只野兽的颈项，而那副运足力量的肩膀岿然不动，让人感到那深厚的蓄力。

报务员心想，毕竟驾驶员担负责任。现在，他是骑在驾驶员的马背上，一同冲向大火，品味着眼前这个幽暗的身影所体现的沉甸甸的质感和恒久性。

　　左侧，又有一个火炉发光了，微弱的光宛如一座闪光灯塔。

　　报务员轻轻抬手，触了触法比安的肩膀，提示他一下，可是，他却看见法比安扭头直视那新的敌人，长达好几秒钟，然后才缓缓地恢复原先的姿势。那副肩膀始终岿然不动，那脖颈靠在皮椅上。

八

里维埃尔出来走一走，想消除重又袭上心头的烦躁情绪。他这个人，只为行动，只为一种戏剧性的行动而活着，现在却感到奇怪，戏剧性在转移，变为他个人的事了。他认为小城镇的市民，围着他们的露天音乐台所过的那种生活，表面上很安静，有时也充满戏剧性，诸如病痛、爱情、丧事，而且，也许……他本人的心病也教会他许多事情。"这就打开了好几扇窗户。"他想道。

继而，快到夜里十一点钟，他呼吸舒畅了一些，便朝办公室走去。他微微晃动肩膀，缓慢地分开聚在电影院门前的人群。举目仰望星空，只见星光洒在狭窄的街道上，几乎被明亮的广告给抹掉了，他不免心想："今晚有我两架邮航飞机在飞行，整个天空我都要负起责任。这颗星就是一个信号，它在人群中寻找我，终于找见了。因此，我真觉得有点局外人之感，有点孤寂。"

这时，一个乐句又在他的耳畔回旋，那是昨天他和几位朋友一起欣赏的一首奏鸣曲的几个音符。他的朋友不理解："这种艺术，我们听着无聊，您也无聊，只是您不承认罢了。"

"也许吧……"当时他回答道。

那时，他就像今天晚上这样，感到有点儿孤独，但是很快就发现了这种孤独的丰富内涵。那支乐曲的信息，携着一种神秘的温馨，重又回荡在他的耳畔，在芸芸众生中，独独眷顾他这个人。那颗星的信号正是如此，在多少人的头顶对他讲话，讲一种唯独他听得懂的语言。

走在人行道上，挤挤挨挨，他不禁又想道："我不会感到恼火。我就像有一个病孩的父亲，小碎步走在人群中，惦记着自己那个沉寂的家。"

他抬眼望望人群，想从中辨认出怀着发明或者爱情漫步的人，同时联想到灯塔看守者的孤独。

他喜欢各个办公室的肃静。他缓步穿过一间又一间办公室，周围唯有他的脚步声。打字机盖着布罩睡大觉。卷宗排列整齐，大柜子把档案都关得好好的。这是他们十年的探索和劳动成果。忽然萌生一个念头——他这是在参观一家银行的金库，地下室堆满了财富。他心中暗道，这些登记薄每一本积累的价值都超过黄金：一种生机勃勃的力量。既生机勃勃，又在沉睡的力量，犹如银行地库里的黄金。

他走到某处，可能碰见唯一值班的秘书，一个人在那儿工作。为使生活持续不断，意志持续不断，就这样，一个中途站连着一个中途站，从图卢兹到布宜诺斯艾利斯，链条永远不会中断。

"这个人不知道自己有多伟大。"

邮航班机在某个地方搏斗。夜航在持续，好似一种疾病，夜晚必须守护。必须协助这些人——他们用双手和双膝，胸膛顶着胸膛，正在迎击黑夜。他们什么也辨认不出来，什么也不认识了，眼前只有活动而无形的东西，必须依靠盲目的臂力摆脱，就像从汹涌澎湃的海洋中摆脱出来一样。有时候，讲句实话该有多么骇人："我照亮了双手才看得见……"双手沐浴在摄影师红色的灯光里，仅仅显示出天鹅绒般的质地。这就是世界存留下来的，必须拯救的东西。

里维埃尔推开开发部办公室的门。只点着一盏灯，在一个角落里创造出一片光明。只有一部打字机发出嗒嗒的声响，不是填补寂静，而是赋予一种意义。电话有时响起颤抖的铃声，值班秘书便站起来，走向那固执重复的悲凄的呼唤。他拿起听筒，于是那无形的惶恐就释然了，变成幽暗角落里的一场非常惬意的对话。继而，值班秘书若无其事，回到自己的办公桌，脸上的孤独和睡意，锁住了一种讳莫如深的秘密。两架邮航班机还在飞行的时候，来自黑暗夜空的这种呼唤，会报来什么威胁呢？里维埃尔联想到那些触及晚上聚在灯光下的家庭的电报，继而又联想到不幸的消息，而在近乎永恒的静止的几秒钟里，这个不幸还是停留在父亲脸上的一个秘密。首先传来微弱的电波，从那么遥远的地方发出的呼喊，又那么平静。而每一次从这审慎的电话铃声中，里维埃尔总能听到电波微弱的回声。同样，每当这位因孤独而动作变得像游泳那样迟缓的秘书，从阴影中返回灯光下，犹如潜水者浮上水面的时候，里维埃尔就觉得他的举动沉积着秘密。

"您别动，我去接。"

里维埃尔拿起听筒，接收到外界的嘈杂声响。

"我是里维埃尔。"

一阵微弱的纷乱之声，接着，一个声音说道：

"我给您接上无线电站。"

又一阵纷乱的声响，是插头插进电话交换机的响动。随后，另一个声音说道：

"这里是无线电站，我们向您转达收到的电文。"

里维埃尔记录下来，同时频频点头：

"好……好……"

没有什么重大的情况，是些例行的公文：里约热内卢询问一件事，蒙得维的亚谈到天气，而门多萨涉及物资。无非是家常琐事。

"邮航班机怎么样？"

"正遭遇暴风雨。我们听不见飞机的信号。"

"好吧。"

里维埃尔心想，这里夜空澄净，星光灿烂，可是，那边的无线电报务员却在同一个夜空中，发现了遥远暴风雨的气息。

"回头见。"

里维埃尔起身，秘书则走过来，对他说道：

"值班记录，先生，请您签个字……"

"好的。"

里维埃尔发觉，自己对这个人怀有深挚的友谊，因为他也承担着黑夜的重负。"一位战友，"里维埃尔心中暗道，"恐怕他永远也不会了解，这次值夜班多么紧密地把我们团结在一起。"

九

里维埃尔双手捧着一摞文件，又回到自己的办公室。恰好这时，他感到胸部左侧一阵剧痛：这个毛病折磨他已有几周了。

"不妙……"

他靠墙站了一秒钟。

"真有点儿可笑。"

接着，他坚持挪到自己的扶手椅上。

他再次感到，自己如同一头衰老的狮子，动弹不得了，内心不禁万分怆痛。

"过分劳累，结果累垮啦！我才五十岁，五十年我就填满了一生。我成长起来，奋斗拼搏，也扭转过事态的进程，可是现在，却是这毛病占据我、填满我，重要性超过了整个世界……这太可笑了。"

他等了等，擦了一把汗，疼痛终于缓解，便又开始工作。

他细细地审阅文件。

"我们在布宜诺斯艾利斯看到，在拆卸 301 型发动机的过程中……我们拟给予该负责人以严重处分。"

他签了字。

"佛罗里亚诺包利斯中途站没有遵循指令，因此……"

他签了字。

"我们将给予机场场长理查德纪律处分，调动工作，因其……"

他签了字。

后来，胸部侧面疼痛已经麻痹了，不过，在他身上是一种新的存在，仿佛生命新添了一种意义，逼使他考虑自身，想想颇感苦涩。

"我究竟公正不公正呢？不得而知。如果我施以惩罚，事故就会减少。该负责的不是人，而是一种潜在的力量；如果不触动所有人，就永远触动不了这股力量。如果我事事讲公正，每班夜航都可能有伤亡。"

他多么艰苦卓绝，开辟了这条航线，却忽然产生了某种厌倦，心想怜悯毕竟是好事。他一直翻阅着公文，神思却徜徉在梦乡。

"至于罗布莱，自今日起，他就不再是我们的工作人员了。"

他眼前又浮现出那位老人家，以及那天晚上的谈话：

"一个事例，有什么办法，这是一个儆戒别人的事例。"

"可是，先生……可是，先生……一次，就这一次，您想想啊！我这可是干了一辈子呀！"

"必须惩一儆百。"

"可是，先生……您瞧瞧啊，先生！"

这时，那个破旧的皮夹子和那张旧报纸，又出现在他的眼前，报上刊登了年轻的罗布莱站在飞机旁的照片。

里维埃尔看到一双衰老的手，颤抖地指着这份纯朴的荣誉奖状。

"这是1910年的事儿，先生……这是我，在这里，组装起了阿根廷的第一架飞机。从1910年起，就干起航空这行……先生，算起来有二十年啦！因此，您怎么能说……先生，那些年轻人，他们在车间里，会怎么笑话呀！噢！他们一定会笑话死人的！"

"这个么，这我不管。"

"还有我的孩子，先生，我有孩子呀！"

"我给您说过了：我给您一个普通工的岗位。"

"我的资格呢，先生，我的资格呢！想一想，先生，航空这行我搞了二十年，像我这样一个老工人……"

"一个普通工人。"

"我不干，先生，我不干！"

他那双衰老的手在发抖。里维埃尔移开目光，不再看那起了皱纹、厚实而好看的肌肤。

"当普通工人。"

"不，先生，不……我还要对您说……"

"您可以走了。"

里维埃尔心想："我这么粗暴，辞退的不是他，而是事故祸害，事故也许不该由他负责，但是通过他发生的。"

"就因为事件，是由人指挥的，"里维埃尔又想到，"事件服从人，由人创造出来。而人也是可怜虫，同样由别人创造出来。换句话说，当事故通过他们发生时，就要把他们抛弃了。"

"'我还要对您说……'这个可怜的老头还要说什么呢？说别人剥夺了他老年的欢乐吗？说他爱听用工具敲打钢铁机身发出的声响吗？说别人剥夺了他生活中的崇高诗意，然后……还怎么活下去呢？"

"我疲惫不堪了。"里维埃尔想到,体温在缓缓上升。他轻轻拍打那张纸,又想道:"这个老伙计的面孔,我一直还是很喜爱的……"那双手又浮现在眼前,里维埃尔想到那双手合拢时的细微动作。只要说一句"好吧,好吧,您就留下来吧",就皆大欢喜了。里维埃尔想象那种喜悦如同暖流,会涌入那双衰老的手掌。由那双工人的老手,而不是由那张脸所能表现,或者即将表现出来的欢喜,在里维埃尔看来才是世间最美的事。"这份材料,我要不要撕掉呢?"想想这老人的家庭,想想他晚上回家的情景,以及那份朴实的自豪。

"要不,就把你留下?"

"瞧瞧!瞧瞧!阿根廷第一架飞机,可是我组装的呀!"

这样,年轻人就不再笑话了,老人挽回了声誉。

"我撕不撕呢?"

电话铃声响起,里维埃尔摘下听筒。

等了好一会儿,才听见这种回响,由风和空间给人类声音带来的深邃之声。终于有人说话了:

"这里是机场。谁在接电话?"

"里维埃尔。"

"经理先生,605班机驶进跑道。"

“好。”

“总之，一切就绪，不过，在最后时刻，电路接触不良，我们只好重新拉了一条。”

“好。原先的电路是谁安装的？”

“我们会查清的。如果您准许的话，我们要给予惩罚：航标灯出了故障，会造成严重后果！”

“当然了。”

里维埃尔心中暗道：“祸根不除，无论在什么地方碰到，信号灯就会发生故障。发现隐患而轻易放过，那就是犯罪。罗布莱还得走人。”

秘书什么也没有看到，一直在打字。

“这是什么？”

“半月的账目。”

“为什么还没有做好？”

“我……”

“再说吧。”

“好奇怪呀，事故的势头这么盛，显示出这么强大的无形力量，酷似原始森林蓬勃的生机，四处蔓延，在伟大的事业周围不断生长壮大。”里维埃尔联想到那些神庙，因爬满了小小的藤蔓而塌毁了。

"一桩伟大的事业……"

他为了确立信心，又这样想道："所有这些人，我全喜爱。我打击的不是他们，而是通过他们作祟的东西……"

他的心跳加速，感到难受了。

"不知道我的所作所为好不好。我不了解人生的确切价值，也不了解公正、忧伤的准确意义。我说不准一个人的快乐价值几何，也说不准一只颤抖的手、怜悯、温情的分量有多重……"

里维埃尔陷入沉思：

"生活矛盾重重，人只能想方设法对付生活……不过，要持续，要创造，要以自己的有限之躯去换取……"

里维埃尔思索着，继而叫了电话。

"打电话给飞往欧洲的邮航飞行员，让他行前来见我。"

他心下暗想：

"这架邮航班机行至中途，千万不要白白折回来。我若是不调动起手下人，那么黑夜总会让他们惴惴不安。"

十

　　飞行员的妻子被电话铃声吵醒。她瞧了瞧丈夫，心想："还是让他多睡一会儿吧。"她爱怜地欣赏这副袒露的呈流线型的胸膛，联想到一艘漂亮的船。丈夫睡在这宁静的床上，好似停歇在港湾，妻子绝不让什么打扰他的睡眠，连床单的这条皱褶，都要用手指抚平。抹去这阴影，如同用神指抹平海上的涌浪。

　　她起身打开窗户，迎面吹来夜风。这间屋居高临下，能俯瞰布宜诺斯艾利斯。毗邻的房舍正在跳舞，随风飘来几段悠扬的乐曲，只因这是娱乐和休息的时刻。这座城市将居民塞进十万个城堡里，一切都那么平静，那么安稳。然而，这个女人却觉得只要有人大喊一声"拿起武器"，挺身而出的只有一个人，那就是她的丈夫。她的男人还在休息，但这是预备队投入战斗前的那种可怕的休息。这座城市已经入睡，不会保护他，这个年轻的神一旦从这片光尘中腾空而起，全城的灯火对他就毫无意义了。妻子凝视着这两条结实的胳臂，再过一小时，这双胳臂就将掌握欧洲邮航班机的命运，担负起某种伟大的事业，譬如负责一座城市的命运。她不免心慌意乱。在数百万个男人当中，只有这个男人准备做出这种奇特的牺牲。她为此感到悲伤。这个男人也就此脱离她的温存。她曾给他做好吃好喝的，百般照顾并爱他，不是为了他本人，而是为了要把他拉走的夜晚。为了什么搏斗，为了焦虑不安，为了胜利，而这些她一概不知。这双温柔的手是驯顺的手，它的真正工作却神秘莫测。她熟悉这个男人的微笑、情人般的体贴，却不了解他在暴风雨中那种神圣的愤怒。她用种种绳索——音乐、爱情、鲜花——意图拴住他，然而，每到出发时刻，看似他受束缚而并不感到痛苦的这些绳索，却纷纷脱落了。

他睁开眼睛。

"几点钟了？"

"半夜十二点。"

"什么天气？"

"不知道……"

他起身，伸着懒腰，缓步走向窗户。

"看来我不会太冷。什么风向呢？"

"我怎么会知道呢？"

他探出身子：

"南风，好极了。至少到巴西，会一直刮南风。"

他注意到月亮，预测这次会很圆满。接着，他垂下目光，俯看市区。

他认为这座城市既不温馨，也不明亮，也不温暖。他已经看到全城的灯火像沙尘一样流散。

"你想什么呢？"

他想到阿雷格里港那一带可能有雾。

"我心里有谱，知道怎么绕过去。"

他一直俯着身子，深深呼吸，就好像全身一丝不挂，准备纵身投入大海似的。

"你一点儿也不难过……你这一走，要多少天啊？"

八天、十天，他也说不准。难过吗？不会；为什么难过呢？那些原野、那些城市、那些山脉……他不是受谁的指示才去征服它们的。他还想到，一小时之内他就将征服布宜诺斯艾利斯，然后又把它抛在后面。

他微微一笑：

"这座城市……我很快就会远离而去。夜间起飞很痛快。加油杆一拉，面朝南，十秒钟之后，景物掉了个头，朝北飞行，这座城市就化为一片海底了。"

妻子想的则是，他去征服而必须抛弃的这一切。

"你不爱这个家吗？"

"我爱自己的家……"

可是，妻子已经感到他踏上了征程，这副宽阔的肩膀已经在同天空抗衡了。

她指着天空让他看。

"你碰上了好天气，你这一路布满了星星。"

丈夫笑了：

"是啊。"

她抬手搭在这副肩膀上，温暖的感觉令她激动——这副血肉之躯会有危险吗？……

"你很棒，但是也得小心谨慎！"

"小心谨慎，当然了……"

他又笑了。

他穿上衣服。这是个节日，他挑选了最粗糙的布衬衣、最沉重的皮外套，那副打扮像个农民。他越是变得笨重，就越能赢得妻子的欣赏。妻子动手帮他扣好皮带，穿上靴子。

"这双靴子有点紧。"

"给你换一双。"

"给我找根绳子，好系住我那应急灯。"

妻子端详着他，亲手给这身披挂调整好，一切都妥帖了。

"你很帅。"

妻子看到他细心地梳头。

"是给星星看吗？"

"我不想有衰老之感。"

"真让我嫉妒……"

他又笑了，亲了亲妻子，紧紧地把她搂在怀里，压着自己笨重的衣服。然后伸臂将她举起来，就像举一个小女孩。他始终笑吟吟的，将她放在床上：

"睡吧，亲爱的！"

他随手关严了房门，来到街上，在陌生的夜行人中，跨出他征战的第一步。

妻子躺在床上，黯然神伤，看着这些鲜花、这些书籍、这种温馨——对他来说，这一切都化为一片海底了。

十一

里维埃尔接待了他：

"您上次出航，跟我开了个玩笑。气象很好，您却中途返航：您本来能够飞过去的。当时您害怕了吗？"

飞行员猝不及防，一时无语。他来回缓慢地搓着自己的双手。然后，他又抬起头，直面里维埃尔：

"是的。"

里维埃尔十分同情这个小伙子。他那么勇敢，居然也有害怕的时候。飞行员试图辩解。

"当时我什么也看不见了。当然了，更远的地方……气象也许好……无线电报告……可是，机舱的照明灯暗下来，我都看不见自己的手了。我本想打开航行灯，至少瞧得见机翼呀：还是什么也看不见。就觉得自己掉进了一个大洞的深底，再难上去了。而且，我的发动机也开始震动了。"

"不对。"

"不对？"

"不对。后来我们检查了发动机。完全正常。其实，人害怕的时候，总觉得发动机在震动。"

"换了谁不怕呀！一座座高山向我压下来。我想拉高飞机，却碰到强劲的涡流。您也知道，人一旦什么也看不见了……那下旋的涡流……我拉升，飞机反而跌落一百米。就连陀螺仪、气压表，我都看不见了。我觉得发动机转速慢下来，还发热了，油压也降了……这一切，全发生在黑暗中，好似突发急症。我又望见一座城市的灯火，真是太高兴了。"

"您的想象力太丰富了。去吧。"

飞行员走了。

里维埃尔蜷缩在扶手椅上，一只手插进花白的头发里。

"这是我手下最勇敢的人。那天晚上他成功飞行，干得很漂亮，不过，我把他从恐惧中救了出来……"

继而，心慈手软的念头又反复了：

"为博得别人的爱戴，只需表示同情就够了。我不大怜悯，或者把怜悯之心掩饰起来。我倒希望自己周围聚拢人际间的友谊和温情。一位大夫在行医中就能遇到这种友谊和温情。然而，我处理的是事件，必须锻炼人，好让他们做好事情。夜晚，我在办公室面对航线图时，这条隐形的规律，我体会得有多深啊。我若是放任自流，若是放任安排好的事自行发展，那么神不知鬼不觉，就会发生事故。就好像单凭我的意志力，就能阻止飞机在飞行中撞毁，或者阻止风暴延误航班的行程似的。我对自己的权力，有时也很吃惊。"

接着，他又思忖道：

"也许这是明白无误的。园丁就是这样，要持续不断地在草坪上搏斗。他单单靠自己手掌的重量，就把大地永世培育的原始森林推回土壤里。"

他想到这位飞行员：

"我把他从恐惧中救了出来。我打击的并不是他这个人，而是通过他让人面对未知事物坐以待毙的这种阻力。假如我听信他，同情他，假如我认真对待他的险历，那么，他就会以为自己到一个神秘国度走了一遭，而人们畏惧的恰恰是这种神秘。一定得让人下到这种黑暗的深井，上来后说他们什么也没有碰见。一定得让这个人深入黑夜最隐秘的腹心，深入茫茫黑夜中，甚至连一盏只能照见自己的手或机翼的小矿灯也没有，但是晃晃膀子就能排除未知之物。"

然而，在这种搏斗中，在他们内心深处，有一种默契的情谊将里维埃尔和他的飞行员连在一起。可以说他们同舟共济，同样满怀克敌制胜的渴望。不过，里维埃尔不免想起，为了征服黑夜，他还进行了别种战斗。

在官场上，人人都惧怕这个幽暗的领域，视为没有开发的荆棘莽林。派遣一个机组，以二百公里的时速，冲向由黑夜笼罩而不露痕迹的雷雨、浓雾，以及种种物质障碍。他们认为这种飞行作为军事目的，还有情可原：飞机趁晴朗的夜晚，前去袭击轰炸，再返回驻地。然而，正常的航班，夜间飞行必败无疑。里维埃尔当时就反驳道："这对于我们来说，却是个生死攸关的问题，只因飞机白天超过火车和轮船的进度，到了夜晚我们就丧失殆尽了。"

有人大谈资产负债表、保险，尤其是舆论，里维埃尔听得不胜其烦，便驳斥道："舆论……那是随意操纵的呀！"现在想来："耽误了多少时间！有的事情……就是比什么都重要。但凡有生命的东西，为了存活，什么都顶撞，而且为了存活，还创造自己的法则。这是不可抗拒的。"里维埃尔不知道什么时候，也不知道如何开辟商业性夜航，但是这件事势在必行，一定得着手准备。

他还记得会议桌的绿台布，自己用拳头托着下颏，倾听那么多异议，却有一种浑身充满力量的奇特感觉。他认为那些异议都是徒费口舌，事先就被生活淘汰了。他感到自身积聚的力量犹如磐石。"我的理由极有分量，我一定能胜出，"里维埃尔心中暗道，"这也是大势所趋。"有人叫板，要他拿出能排除所有危险的完美方案。他就回应说："实践经验能得出规律，而认识规律永远也不能先于经验。"

经过长达一年的论争，里维埃尔终于获胜。有人说："多亏了他的信念。"还有人说："多亏了他坚持不懈，也多亏了他勇往直前的气势。"可是，照他的意思，就很简单：只因他方向正确，说话才能服众。

不过，起步阶段，多么小心谨慎啊！飞机仅仅在天亮前一小时起飞，日落后一小时就着陆。等到里维埃尔判断试航更有把握了，他才敢于将邮航班机推进深邃的黑夜里。几乎没人跟进，甚至受人诟病。现在他仍然孤军奋战。

里维埃尔叫了电话，要了解航班在行程中的最新消息。

十二

这期间，由巴塔戈尼亚返航的班机正遭遇雷雨云团。法比安放弃了绕行的打算，认为雷雨区域太宽阔，闪电连成长线，深入这个国家的内地，映现出重重堡垒似的乌云团。他想从雷雨层下方通过，如果飞行遇阻，就决定中途返航。

法比安读了高度表：一千七百米。他掌心用力压操纵杆，开始下降。发动机震动得厉害，连机身也抖动起来。法比安判断一下，调整下降的角度，再核实地图上标明山岭的高度：五百米。他计划好余量，按七百米的高度飞行。

他牺牲飞行高度，就如同有人拿钱财赌博。

飞机又遭遇一股涡流，往下沉降，机身抖动得越发剧烈。法比安感到了威胁，无形的灭顶之灾正向他袭来。一时间，他幻想着掉头返航，重又望见灿烂的繁星。不过，他稳操方向盘，没有偏转一度。

法比安估计各种可能的遭遇：这场暴风雨也许只是局部地区，下一个中途站特雷利乌发出信号，乌云覆盖了那里四分之三的天空，这就意味要在这黑黑的混凝土中生活二十来分钟。不过，飞行员还是惴惴不安。他向左探出身子，迎着罡风气团，想辨明是什么发出了朦胧的亮光，还在深不可测的夜色中游走。其实，那已经算不上亮光了，只是在幽暗的深邃中，浓厚度细微的变化而已，抑或眼睛疲劳产生的幻觉。

他展开报务员递过来的一张字条：

"现在我们在什么方位？"

若能了解在什么方位，法比安什么都能豁出去。他回答说："我也不知道。我们是靠指南针穿越雷雨云区。"

他又探下身去，觉得气管喷出的火焰不大对头：火焰如一束白花，挂在发动机上，十分惨淡，能被月光抹去，可是在这浩渺的虚空，这束淡淡的白光却吸纳了有形世界。他凝视着，只见火焰随风带起浓烟，好似一支火把。

法比安每隔三十秒，头就伸进座舱，核对陀螺仪和罗盘。舱里那几盏小红灯，灯光虽微弱，却使他久久眼花缭乱，好在仪表指针发出的荧光，能发出淡淡的晕光。驾驶员的目光停留在那儿，停留在指针和数字之间，就感到一种虚假的安全，如同浪涛汹涌，躲在船舱里的那种感觉。黑夜，裹挟着一切类似岩石、沉船、山峦的骇浪，也冲荡着这架飞机，营造了同样惊心动魄的境遇。

"我们在什么方位？"报务员又问道。

法比安再次冲出来，他靠向左侧，重又紧盯死守。需要多长时间，花费多大力气，才能摆脱重重的黑暗羁绊，他心里没谱了，几乎怀疑还能否脱身，只把自己的性命押在这个脏兮兮、皱巴巴的小字条上。这张字条，他展开来看了上千遍，以便维系自己的希望："特雷利乌：乌云覆盖了四分之三的天空，西风微弱。"特雷利乌的天空，如果说还有四分之一没有乌云，那么从云隙间就能望见那儿的灯火了。除非……

远处，充满希望的这团白光引导着他继续飞行。不过，他还是有些疑虑，便潦草地给报务员写了张字条："不知道我能否闯过去。告诉我后方天气是否一直晴好。"

答复把他惊呆了：

"科摩多罗发来信号：返回此地'不可能。有风暴'。"

法比安开始推测，一场异常的风暴，正从安第斯山脉猛烈扑向大海，未等飞机抵达，飓风就会横扫那些城市。

"询问一下圣安东尼奥的天气。"

"圣安东尼奥方面答复：'刮起西风，西面有风暴。全地区阴天。'噪音干扰得厉害，圣安东尼奥方面听不清楚，我也听不清楚。看来由于放电，我只得抽回天线了。您要掉头返回吗？您做何打算？"

"别打扰我。再询问布兰卡港的天气……"

"布兰卡港方面回复：'我们预料二十分钟之内，布兰卡港西部上空，会有一场强暴风雨。'"

"询问特雷利乌的天气。"

"特雷利乌方面答复：'由西向东的飓风，每秒三十米，伴随暴雨。'"

"请通知布宜诺斯艾利斯方面：'我们四面受困，风暴扩展到上千公里区域，什么也看不见了。我们该怎么办？'"

在飞行员看来，这黑夜横无际涯，既不能引向一个空港（似乎所有空港都不能着陆），也不能引向黎明：一小时四十分钟之内，汽油就将用完，飞机迟早要坠入这深不可测的夜空。

如能坚持到天亮……

法比安想到黎明，如同想到金色沙滩，在艰难一夜过后可以降落的地方。在遇险飞机的下方，可能会出现平原地带。宁静的大地怀抱着沉睡的庄园．以及羊群和山丘。所有在黑暗中滚动的海滩漂流物，再也不会造成伤害了。如有可能，他多想游向黎明啊！

法比安想道，自己被困住了。在这沉沉的黑夜中，是好是坏，总会有个结果。

的确如此。天渐渐亮起来时，他往往相信会有转机出现。

然而，两眼望穿太阳所在的东方又有何用，在他和太阳之间，还横亘着如此深邃的黑夜，根本无法逾越。

十三

　　"亚松森的邮航班机航行顺利，约莫凌晨两点抵达。巴塔戈尼亚的班机处于困境，估计要大大晚点。"

　　"好的，里维埃尔先生。"

　　"我们不等巴塔戈尼亚的航班抵达，就可能让欧洲的班机起飞了：只要亚松森的班机一到，您就听我们的指示，做好出发准备吧。"

　　现在，里维埃尔再次浏览北方各中途站的护航电报。这些电报为欧洲的班机开辟了一条明月高照的航线："天空澄净，望月，无风。"在明亮的夜空中，巴西的崇山峻岭轮廓分明，那黑森林的浓发径直映入大海的银涛中。月光的清露不知疲倦地洒向片片森林，却并没有使之着色。海中岛屿同样黑魆魆的，好似漂浮的海难沉船的残骸。那月亮宛若光的喷泉，永不枯竭，喷洒在整个航道上。

假如里维埃尔下令起飞，那么欧洲邮航的机组人员，就会驶入一个稳定的世界，整个夜晚沐浴在似水的柔光里。没有任何东西能威胁这光影平衡的世界。就连这轻拂的和风，也不能渗透进去，这和风一旦越界，几小时之内就可能搅乱整个天空。

不过，面对这种清明世界，里维埃尔反倒犹豫起来，就像一位勘探者突然看到禁止开采的金矿。南方发生的变故，表明夜航的唯一捍卫者——里维埃尔——判断错误。如果巴塔戈尼亚的班机不幸酿成灾难，他的对头们就可能从中获取一种道义上的强势，而里维埃尔单凭信念，今后也许就无力抗衡了。要知道，里维埃尔的信念并没有动摇：他的事业出现一道裂缝，导致了悲剧。但是，这场悲剧只显出了裂缝，却不能证明别的什么。"在西部，也许有必要建几个气象观测站……这件事要考虑。"他又想道："我有同样过硬的理由坚持己见：可能引发事故的原因，暴露出来一个就减少一个。"失利令强者更坚强。不幸的是，大家玩的一种游戏，与人对立，不计事物的真正意义，只算毫无价值的分数，仅凭表面现象论输赢。于是，人就被表面的失败捆住了手脚。

里维埃尔叫了电话。

"布兰卡港方面，一直没有用无线电通报什么吗？"

"没有。"

"给我接上这个中途站的电话。"

五分钟过后，他询问道：

"你们怎么什么也不告诉我们呢？"

"班机没信号了吗？"

"我们也不知道。暴风雨太猛烈。班机上即使发报，我们也听不到。"

"特雷利乌的信号听得见吗？"

"我们听不见特雷利乌的信号。"

"用电话联系。"

"我们试过了：电话线断了。"

"你们那儿什么天气？"

"天气恶劣。西面和南面电闪雷鸣。气压非常低。"

"有风吗？"

"风力还小，不过，十分钟之后就要加强了。雷电加速逼近了。"

沉默片刻。

"喂，布兰卡港，您还在听吗？好吧，过十分钟再跟我们通话。"

接着，里维埃尔又翻阅南方各中途站的电报。所有中途站都说那架飞机没发出信号。有几个中途站不再回应布宜诺斯艾利斯的电话。沉默省区的范围在地图上越扩越大，那些小城市已经遭受飓风的袭击，家家户户房门紧闭，街道上没有照明，每座房舍都与世隔绝，像一只船似的迷失在黑夜中，只等待黎明的来临。

这会工夫，里维埃尔俯身查看地图，还抱着一线希望，能发现一隅晴空的庇护所。他通过电报，向外省三十多个城市的警察局了解天气状况，各地的回复开始传到他手上。两千公里范围内的无线电站都接到了命令，无论哪个无线电站接收到飞机的信号，务必在三十秒内通知布宜诺斯艾利斯，等收到布宜诺斯艾利斯指定的避难方位后，立即转告法比安。

凌晨一点钟，几位秘书应召回到各自的办公室。他们到了岗位上，神秘地获悉，夜航可能中止，飞赴欧洲的邮航也要等到天亮才能起飞。他们窃窃私议，谈到法比安，谈到飓风，尤其大谈里维埃尔。他们猜得出来，头儿就在这儿，近在咫尺，他被大自然的无常渐渐压垮了。

不过，议论的声音戛然而止：里维埃尔刚刚出现在门口。他紧紧裹着大衣，帽子依然压得很低，一副永远在旅行的打扮。他步伐镇定，走向办公室主任：

"现在一点十分了，欧洲邮航班机的材料都备齐了吧？"

"我……我原以为……"

"您用不着以为，只需执行。"

他双手反剪在背后，转身缓步走向一扇敞开着的窗户。

一名秘书走到近前：

"经理先生，我们收不到多少答复了。有人告诉我们，内地许多线路都毁坏了……"

"嗯。"

里维埃尔伫立不动，凝视着黑夜。

由此可见，每条信息，都威胁着那架邮航飞机。每座城市，只要电话线还未毁损，还能回话，无不强调飓风像敌军入侵那样推进。"飓风来自内陆，来自安第斯山脉，一路扫荡，冲向海洋……"

里维埃尔认为星星过分明亮，空气也过分潮湿。多么怪异的夜晚啊！夜空会一块一块突然变坏，就如同一个鲜亮的水果的果肉那样。星斗满天，仍然眨眼俯瞰着布宜诺斯艾利斯，但这里不过是一块绿洲，还是暂时的。即便是个避风港，也处于那架班机机组人员的活动范围之外。危机四伏的夜晚，一股恶风刮起，便转为恶劣天气。难以战胜的夜晚。

在沉沉黑夜中，一架飞机在什么地方遇险：机组人员徒然地忙乱着。

十四

法比安的妻子打来电话。

每逢丈夫返航的当天晚上，她就会计算从巴塔戈尼亚起飞的班机的航程："现在他应该从特雷利乌起飞了……"随即重又入睡，过了一会儿，"估计他快到圣安东尼奥了，能望见那里的灯火了……"于是她起身，拉开窗帘，观望天色，"所有这些云彩都会妨碍他……"有时候，月亮好似一个牧人，在夜空中游荡。少妇望着这轮月亮、这些星星，望着这些在她丈夫周围的万千存在物，终于放下心来，回头又倒下睡觉了。约莫凌晨一点钟，她感到丈夫快到了："他不会很远了，大概望得见布宜诺斯艾利斯了……"于是，她又爬起来，给丈夫准备饭菜，再烧一杯滚烫的咖啡，"天上那么冷……"她总是这样迎接丈夫，就好像他从雪峰上下来似的，"你不冷吗？""不冷。""还是暖和暖和吧……"将近一点一刻，全都准备妥当。于是，她就打了个电话。

今天夜晚一如往常的夜晚，她在电话里询问：

"法比安着陆了吗？"

秘书听她的话音，不免有点慌张：

"您是哪位？"

"我是西蒙娜·法比安。"

"唔！请稍等……"

秘书什么话也不敢讲，将听筒递给了办公室主任。

"请问您是谁？"

"我是西蒙娜·法比安。"

"唔！夫人，您有什么事儿吗？"

"我丈夫着陆了吗？"

一时间沉默无语，令人费解。继而，主任干脆地回答：

"没有。"

"晚点了吗？"

"对……"

又是一阵沉默。

"对……晚点了。"

"啊！……"

这一声"啊！"是从受伤的肉体里发出来的，晚点倒无所谓……无所谓……然而，如果拖延下去……

"啊！……那么，他几点钟能到达呢？"

"几点钟到达？我们，我们也不知道。"

现在，她撞到一堵墙上，只能得到她的问题的回响。

"我求求您了，回答我！现在他到哪儿啦？"

"现在他到哪儿啦？等一等……"

这样吞吞吐吐的口气，着实让她难受。这堵墙后面，一定出了什么事儿。

对方决心实说了：

"他十九点三十分从科摩多罗起飞。"

"后来呢？"

"后来嘛……耽误了很久……天气不好耽误了很久……"

"啊！天气不好……"

太不公平了，这么骗人，这轮明月，多么悠闲，高悬在布宜诺斯艾利斯的上空！少妇猛然想起来，从科摩多罗飞往特雷利乌，要不了两个小时。

"他飞往特雷利乌，已经用了六个小时！他总归给你们发了电报呀！他是怎么说的？……"

"他是怎么对我们说的？不用说，天气这么坏……您完全明白……他发的电报收不到。"

"天气这么坏！"

"好吧，就这么办，夫人，我们一有什么消息，就给您打电话。"

"啊！你们什么也不知道……"

"再见，夫人……"

"不！不！我要跟经理通话！"

"经理先生很忙，夫人，他正在开会。"

"哼！我不管！开会不开会，我不管！我就要跟他通话！"

办公室主任擦了擦汗：

"请稍等……"

他推开里维埃尔办公室的门：

"法比安夫人想要跟您通话。"

"好吧，"里维埃尔暗自叫苦，"怕什么来什么。悲剧的情感因素开始登场了。"起初他想回避这些因素，不能让母亲和妻子进入手术室。船只遇险，也容不得感情冲动。冲动帮不上忙，也救不了人。不过，他还是同意了。

"电话接到我的办公室来吧。"

他一听到这种细弱而颤抖的遥远声音，当即就明白了，他答复不了这个女人。他们二人对簿公堂，不会有结果，绝不会有结果。

"夫人，听我一劝，镇定下来。干我们这行，久久等待消息是家常便饭。"

里维埃尔达到的这种境界，摆出来的问题是行动本身，而不再是个人的小小不幸了。挺立在他对面的是生命的另一种意义，而不是法比安的妻子。这种细微的声音，这种无限哀伤，但是含有敌意的悲歌，里维埃尔只能倾听，只能表示同情。因为，行动和个人幸福互犯冲突，哪一种都不准打折扣，这个女人也以绝对的二人世界的名义，议论她的权利和义务。那是夜晚由台灯照亮的世界，一个肌肤彼此呼唤、充满希望、温情和记忆的国度。她要求自己的幸福，也自有其道理。而里维埃尔也同样，自有他的道理，只不过，他不能拿出任何一点来驳斥这个女人的道理。他发现如果放到普通家庭的灯光下，他的道理就不近人情而难以表达了。

"夫人……"

她不听了。她倒下去了，几乎就倒在他的脚下，用她软弱无力的拳头击打着这堵墙，耗尽了最后的气力——这就是里维埃尔的感觉。

　　记得有一天，在一座桥梁的施工工地上，里维埃尔和一位工程师俯身查看一名受伤者，那位工程师当时就对他说："一个人的脸都砸烂了，这座桥梁值得吗？"这座桥梁为农民接通道路，免得从另一座桥过河绕道而行，但是哪个农民也不会同意为此把一个人的面孔毁成这副惨相。然而，一座座桥梁还在建造。工程师还说道："总体利益是由个体利益构成的，这就不用再解释什么了。"不过后来，里维埃尔却回答他说："诚然，人的生命是无价的，可是，我们的一举一动，总好像有什么东西超过了人的生命价值……那是什么呢？"

　　于是，里维埃尔想起了那个机组，不由得心头一紧。行动，即使建造桥梁之举，也要毁掉一些人的幸福。里维埃尔不能不扪心自问："这么做凭什么呢？"

　　"这些人，"他心中暗道，"也许会消逝，他们本来可以生活得很幸福。"他眼前又浮现出几张面孔，映在夜晚灯光照亮的金殿里。"我以什么名义，把他们从那种神圣的地方拉出来呢？"他凭什么，把他们从个人幸福窝里拉走呢？人类的第一条法则，不就是保护这种幸福吗？然而他本人，却在摧毁这种幸福。不过，那些金殿无异于梦境幻景，终有一天会化为乌有。衰老和死亡摧毁起这些幸福来，比他还要残酷无情。也许还存在着别的东西要拯救，而且是更为持久的东西。里维埃尔这样工作，也许要拯救人的这个部分吧，否则的话，行动就不能顺理成章了。

"爱，一味地爱，绝境怎么行得通！"里维埃尔隐约感到一种责任，比爱的责任更伟大。抑或也是一种温情，又与一般的温情大相径庭。他忽然想起一句话："关键是让他们进入永恒……"这句话是在哪儿读到的呢？"你们自身所追求的正在死去。"他的脑海中又浮现出秘鲁古代印加人的一座太阳神庙，只剩下矗立在山顶的这些石头。除此之外，还能留下什么呢？那盛极一时的古代文明，仅以这些石块压在今天人类的心头，仿佛表示一种憾恨。"古代的领导者凭着何等严酷之心，或者以何等奇特的爱心，逼迫民众在高山上建造这些神庙，从而强使他们建起自己的永恒丰碑呢？"里维埃尔在冥想中，又看到小城镇的居民晚上围着露天音乐台消遣，不由得心中暗道："这种类型的幸福，这种鞍辔……"古代的领导者，也许并不怜悯生者的痛苦，但是无限怜惜他们的死亡。不过，怜惜的不是一个个人丧命，而是将被漫漫黄沙吞没的全人类。于是领导者便率领民众，至少造起沙漠埋葬不了的石头建筑物。

十五

这张折成四面的纸条或许能拯救他，法比安展开来，牙关咬紧了。

"与布宜诺斯艾利斯联系不上。我甚至都无法操作，手指一接触发报机就生电火花。"

法比安挺恼火，正想写回条，双手刚放开操纵杆，就有一股强大的气浪浸透他的周身，涡流摇晃着将他连同五吨重的金属机体托举起来。他只好放弃回答。

他双手重又握紧操纵杆，以便驾御并减弱气浪的冲击。

法比安呼哧呼哧喘着气。报务员收回天线，如果是怕暴风雨的话，等飞机着陆之后，法比安非打他个满脸开花不可。不惜任何代价，也得同布宜诺斯艾利斯联系上，就好像那里从一千五百公里开外，还能抛来一条绳索，把他们从这深渊里救出去似的。连一点颤动的灯火，一家小旅店的灯光也没有，那虽然无济于事，但总归能表明大地还像一座灯塔，即便如此，他至少也需要听到一个声音，来自已不存在的世界的一点点声音。驾驶员抬起拳头，在红灯光晕里晃了晃，要让身后的报务员明白这种可悲的现实。可是，报务员并不理解，他只顾俯身，凝神观望横遭洗劫的空间、深深埋葬的城市、死灭了的灯火。

任何主意，法比安都会听从，只要叫喊着能让他听到。他心下暗想：“有人要我兜圈子，我就兜圈子；要我朝正南飞……”这天底下，总归有安宁的地方，月光融融的地方。他那些同事，在那边都了解，他们跟学者一样博学多才，在美如鲜花的灯光下，正在埋头查看地图，一个个都是全能选手。而他呢，又知道什么，只能面对一股股涡流，面对以崩塌之速催动漆黑的湍流冲击他的黑夜。他们总不能袖手旁观，把两个人丢在这种龙卷风和乌云翻滚的电火中不管。他们不可能无作为，一定会命令法比安：“航向240……”他就会调转机头，对准240。然而，他还是孤单一人。

法比安能感觉出来，连机器也反抗了。每次沉降，发动机就震动得特别厉害，连整个机身都仿佛气得颤抖起来。法比安头探进座舱，注视着陀螺仪的地平线，全力控制飞机，只因在外面再也分辨不出天高地厚，完全迷失在一片混沌中，回到宇宙之初的情景。然而，方位指示仪的指针摆动得越来越快，很难跟上了。驾驶员遭受指针的愚弄，在苦苦挣扎中，丧失了高度，渐渐沉入这片黑暗里。他读了一下飞机的高度："五百米。"这正是山峦的海拔高度。他感到山梁令人眩晕的浪涛向他滚滚袭来。所有的山丘，仿佛都从地面连根拔起，失去了控制，像醉鬼一般开始在他周围旋转，跳起一种遥深莫名的舞蹈，舞圈越收越紧。他心里也明白，哪怕撞上最小的一个，也能把他击得粉身碎骨。

于是，他把心一横，决定冒着撞击的危险，把飞机迫降到随便什么地方，起码也得避开山丘。他射出他仅有的一颗照明弹，照明弹燃亮了，飞旋着照见一片平原，随即在那里熄灭。那可是大海。

他迅疾地想道："完了。我虽然矫正了四十度，还是飘移了，肯定是飓风的缘故。陆地在哪儿呢？"他转向正面，不免想道，"现在，没有照明弹了，我就等于自杀。"

这种情况，总有一天要发生。而他的伙伴，身后的这位……"他收回了天线，肯定是的。"不过，驾驶员不再怨恨他了。就说他本人，随便一松手，他们的生命就会消失，犹如一粒微不足道的尘埃。他同伴的跳动的心和他自己的心，都握在他手中。猛然间，这双手令他畏惧起来。

在涡流好似攻城撞锤般频频打击下，他用尽全力抓紧方向盘，以便减轻它的震动，否则就可能磨断操纵索。他双手一直抓得紧紧的，因用力过度而失去知觉几乎感觉不到了。他想动一动手指，以便获取信息：手指是否还听从指挥。胳臂末端仿佛是别的什么东西，仿佛是软绵绵而无知觉的肠衣薄膜。他想道："我得极力想象自己紧紧抓住……"他不知道这种意念是否传达到手上，只能凭肩头的疼痛来接收方向盘的震动："我要抓不住了……双手要松开了……"随即心头大惊，自己竟然讲出这种话，他感到自己的手这回服从了想象的隐形力量，在黑暗中慢慢松开，要丢下方向盘了。

他本来还可以抗争，碰碰自己的运气：外在的命数并不存在。但是有一种内在的命数：刚才一瞬间，发现自己命悬一线，就像一阵眩晕，受到失误的诱引。

恰巧这工夫，透过他头顶的暴风雨的裂缝，闪过几颗星星，犹如陷阱深底的一个致命的诱饵。

他判定那是个陷阱：望见云洞中有三颗星星，便升上去追寻，上去就下不来了，只能滞留在那儿啃噬星星……

不过，他的渴望太强烈了，于是飞升去追逐光明。

十六

多亏了星星提供的坐标，法比安逐渐升高，并且尽力躲避涡流的干扰。淡淡的星光，磁石般吸引着他。多长时间，他苦苦追寻一点亮光，哪怕是极为模糊的光亮也不放过。更不用说一家客店的灯火了，他会绕着那渴望的信号盘旋，一直到死亡。现在，他正爬高，飞向光明的原野。

他在头顶张开又闭合的这口井里，以螺旋线型渐渐升高。他越往上飞，乌云就越丧失那种乌黑的烂泥色，迎面飘过，好似越来越纯净而洁白的浪涛。法比安浮现出来了。

他惊讶极了，周围那么明亮，一时眼花缭乱，眼睛只好闭上几秒钟。他怎么也想不到，夜晚云层会如此耀眼。正是望月和满天星斗，将云层照成明晃晃的浪涛。

就在他浮出来的一瞬间，飞机也一下子平稳了，异乎寻常地平稳，不受一点儿气流的冲击而倾斜。宛如小船过了堤坝，划进了平静的水库。他闯入一片陌生而隐秘的天空，仿佛福地岛屿围住的海湾。暴风雨在他脚下，组成了另一个世界，一个厚达三千米、雷电交加而雨骤风狂的世界，却把一张水晶和白雪的面孔朝向星空。

他的双手、他的衣服、机翼，一切都变得通明透亮，法比安还以为到了奇妙的仙境。因为，这光芒不是繁星倾泻下来的，而是他下方四周这些白色云团散发出来的。

法比安下方的云团，反射了吸纳月亮的全部雪光。左右两边那些高塔似的云柱，也同样光芒万丈。机组人员沐浴在一种流动的乳白色的光辉中。法比安回过头去，看见报务员露出笑容。

"这下好多啦！"他嚷道。

然而，他的声音消失在飞行的轰鸣中，唯独微笑可以传递。"我还笑呢，"法比安想道，"完全发疯了，我们玩儿完了。"

这工夫，数以千计隐形的手臂放开了他。他就像一名囚犯那样，由人松了绑，可以独自一人，在花丛中走一会儿。

"太美了。"法比安心中赞道。繁星密密麻麻，恍若堆积如山的珍宝，他漫步其间，这个世界除了法比安和他的伙伴，就再也没有别的生命了。他们就像传说中的城市窃贼，困在堆满金银财宝的房间里，再也出不去了。他们漫游在冰冷的宝石中间，无比富有，又必死无疑。

十七

　　巴塔戈尼亚的中途站，科摩多罗·里瓦达维亚的一名无线电报务员，突然打了一个手势，所有在无线电站守夜而又无所作为的人，随即聚拢到这个人周围，纷纷俯身观看。

　　他们俯身观看一张强光照射的白纸。收报员的手还在犹豫，摆弄着铅笔。捕捉到的字母还握在手上，但是他的手指已经发抖了。

　　"遭遇暴风雨？"

　　报务员点了点头。暴风雨的噪声阻碍他听懂对方的信号。

　　接着，他记下几个难以辨认的符号，随后记下几个词，终于连缀成文了：

　　"我们受困在风暴之上，三千八百米高空，现在我们向正西，朝内陆飞行，只因我们飘移到海上。下方，完全堵塞不通了。不知道我们是否还在海洋上空飞行，请告知风暴是否扩展到内陆。"

这封电报，由于暴风雨的阻隔，只能一站一站传到布宜诺斯艾利斯。这条信息在夜间行进，不啻从一座塔楼到另一座塔楼点起的火焰。

布宜诺斯艾利斯方面要求回答：

"风暴覆盖内陆。你们还有多少燃油？"

"还够半小时用。"

这句话，又通过一个一个值班报务员，一直传回布宜诺斯艾利斯。

这个机组陷入绝境，三十分钟之内必然卷入飓风之中，偏离航线，直掼到地上。

十八

里维埃尔陷入沉思。他不再心存希望了：这个机组一定会在某处坠入黑夜。

里维埃尔想起儿时给他留下深刻印象的一个场景：有人为找到一具尸体，抽干一个池塘。这片黑暗还未从大地消逝之前，这些沙漠、平原、麦田还未重见阳光之前，同样什么也不会找到。一些普通农民也许会发现两个孩子用臂肘遮住脸，躺在草丛间，周围一片静谧，金灿灿的，仿佛在睡觉。不过，黑暗降临时，就会把他们淹没。

里维埃尔想到那些财宝，埋葬在类似传说中海洋那样黑夜的渊底……那些鲜花盛开的黑夜苹果树，带着尚未结果的繁花等待日出。富饶的黑夜，弥漫着芳香，处处酣睡的羔羊，尚未吐艳的花朵、肥沃的田垄、湿漉漉的树林、清新的苜蓿草，都渐渐挺起来迎接阳光。然而，在那些不再险恶的山峦，在草地和羔群中间，在这清平的世界里，这两个孩子似乎要长睡不醒了。看来有某种东西，从可见的世界潜入另一个世界。

里维埃尔了解，法比安温柔的妻子焦虑不安，这份爱情她刚获不久，就像一个穷人家的孩子得到一件玩具。

里维埃尔又想道：法比安握着操纵杆的手，还有几分钟能掌控自己的命运。那只曾经爱抚过的手，那只曾经放在一个胸脯上抚平骚动的手，宛如一只神圣的手。那只曾经放在一张脸上而改变其面容的手。那正是一只神奇的手。

法比安在光辉灿烂的云海之上夜游，而下面便是永恒。他独自居住并迷失在星际之间。他的手还掌握着世界，胸口紧贴住平衡。他在方向盘上，紧紧抓住重重的人生财富，从一颗星球漫游到另一颗星球，必须归还这无用的财宝却无望实现。

里维埃尔又想到，还有一座无线电台能收到法比安的声音。还能将法比安同这世界连起来的，只有一种音乐的声波，一种细微的旋律。没有一声哀怨，没有一声呼喊，完全是由绝望发出的最纯净的声音。

十九

罗比诺把他从冥思中拉出来：

"经理先生，我想过……也许可以试试……"

他什么主意也没有提出来，但是这也表明了他的善意。他特别希望想出一个解决办法，就有点儿像猜谜似的。他倒是总能想出办法来，里维埃尔却从来不采纳："您该明白，罗比诺，生活中就没有解决的办法，只有往前冲的动力：必须创造出动力来，办法也就随之跟上了。"因此，罗比诺也就限定了自己的角色，在机械师的圈子里创造动力，也就是防止螺旋桨壳生锈的微薄动力。

不料. 这天夜晚事态的发展，罗比诺就束手无策了。他这督察员的头衔，无论对暴风雨还是对一个幽灵似的机组，都毫无影响力了。现在，那个机组奋力拼搏，再也不是为了拿准点奖金了，而是为了逃脱唯一的惩罚，即取消罗比诺所有惩罚的死亡。

罗比诺现在一无用处，无事可干，只好在办公室里踱来踱去。

法比安的妻子跑来求见了。她受焦虑不安的驱使，在秘书办公室里等候里维埃尔接见。秘书们不时偷眼瞧她的脸。她不免感到有点儿羞愧，心存几分畏惧环顾周围：这里一切都拒绝她。这些人继续工作，仿佛在踏着尸体前进。这些档案材料，里面记载的人的生命、人的痛苦，只残留了冷酷的数字。她寻找着曾经向她讲述法比安的一些标记。在家里，什么都表明人不在了：半掀起来的床被、煮好的咖啡、一束鲜花……而到这里，她没有发现一点迹象。这里一切都抵制怜悯、友谊、回忆。大家在她面前说话，压低着嗓门儿，她唯一听见的一句话，还是那句脏话。一名职员需要清单，只听见他说道："……发电机清单，活见鬼！我们发往桑托斯的清单。"少妇一副无限惊讶的表情，抬眼瞧瞧那个人，目光随即移向挂在墙上的地图。她的嘴唇微微哆嗦了。

她浑身不自在，猜出自己到这里表明一种敌对的真情，几乎后悔闯来了，真想躲起来，竭力忍住咳嗽和哭泣，生怕过分引起注意。她发现自己来这地方，不合时宜，行为异常，就仿佛赤身露体暴露于人。然而，她的真情十分强烈，吸引来偷窥的目光，不厌其烦地从她的脸上读出来。这位女子仪态娇美，她向这些男人揭示了幸福的神圣世界，还揭示了大家在行动中，会不知不觉触及什么令人敬畏的问题。在这么多目光注视下，她闭上眼睛，从而揭示了他们无意中足以毁掉什么样的安宁。

里维埃尔接见了她。

她怯生生地为自己辩护，说她摆好鲜花，煮好了咖啡，年轻的肉体期待着。她在这间办公室里感觉更冷，她的嘴唇微微颤抖。她也发现在另一个世界里，自己的真情无法表达。涌上她心头的忠贞爱情，那么热烈，近乎狂野的一切表现，在这里似乎换上一副令人生厌的自私面孔。她恨不能溜掉。

"我打扰您了……"

"夫人，"里维埃尔对她说道，"谈不上打扰。但不幸的是，夫人，您和我一样，我们别无他法，最好还是等待。"

少妇微微耸了一下肩膀，里维埃尔明白这动作的意思："点亮的那盏灯，做好的那顿晚餐，还有那些鲜花，我何必再去面对呢……"记得有一天，一位年轻的母亲向里维埃尔倾诉："我孩子死了，我还是不理解。最难受的就是那些小物件、小事儿，我又见到他那些衣物，夜间醒来时，心头不由自主升起的那股柔情，可是同我的奶汁一样，此后再也用不上了……"对于这位女子，情况也一样，法比安的死，也许到了明天，才会从每个此后再无意义的举动中，从每件物品中渐渐表现出来。法比安会缓慢地离开自己的家。里维埃尔抑制住由衷的怜悯。

"夫人……"

少妇抽身走了，脸上还带着近乎谦恭的微笑。她并不了解自己的力量。

里维埃尔坐下来，心情略感沉重。

"真的，她帮我发现了我所探求的东西……"

他魂不守舍，手指轻轻敲着各中途站发来的护航电报。他心中暗道：

"我们并不求永生，但是也不能眼看着所有行为和做的事情突然丧失其意义。于是，弥漫我们周围的空虚就显现了出来……"

里维埃尔的目光落到电报上：

"死亡就是通过这种渠道，通过这些已无意义的电文，潜入我们心头的……"

他瞧了瞧罗比诺。这个平庸的小伙子，现在毫无用处，也就没有意义了。里维埃尔几乎恶狠狠地对他说：

"还得我亲自给您找事儿干吗？"

接着，里维埃尔又推开通秘书办公室的门。有些标记，法比安夫人是看不懂，里维埃尔却一目了然，惊叹法比安失踪了。法比安驾驶的那架飞机，RB903 号机的卡片，在图表上已经移到失控的设备栏内了。秘书们知道欧洲航班起飞时间推迟了，为航班准备材料的工作也松懈下来了。机场打来电话请示，机组人员漫无目的地守候，不知该如何安排。生活的职能慢了下来。"死亡，果然来了！"里维埃尔心中暗道。他的事业好似一只出了故障的帆船，停留在无风的海上。

他听到了罗比诺的声音：

"经理先生……他们结婚才六个星期……"

"去工作吧。"

里维埃尔一直注视着秘书们，越过他们也一直注视着普通工人、机械师、飞行员，所有怀着创业的信念，在他的事业中协助过他的人。他想到了从前的那些小城镇，那里的居民听说了"岛屿"，就建造了一只船，装载他们的希望，能让人看到他们的希望扬帆行驶在大海上。人人都高大起来，人人都超脱了自我，人人都被一条船解放了。"目的也许说明不了什么，但是行动却能让人摆脱死亡。这些人凭着他们的船只得以长存。"

同样，里维埃尔也要对抗死亡。他将恢复电报的充分意义，让值班的机组人员常备不懈，重新赋予飞行员那种悲壮的目的，直到生命激励这项事业，就像风推动帆船在海上行驶。

二十

科摩多罗·里瓦达维亚无线电站再也听不到任何信号了。可是二十分钟之后，布兰卡港在千里之外，却收到第二封电文：

"我们下降，进入云层……"

随后，特雷利乌无线电站收到一份电文，晦涩难懂，只辨认出几个字：

"……什么也看不见……"

短波就是这样，那边收到了，这边却成了聋子。继而，无缘无故，又完全变了。这个机组的方位无从判定，在世人的心目中，也就在时空之外了，而在无线电站的空白纸页上，已经是幽灵在书写了。

究竟是汽油燃尽了，还是驾驶员打出最后一张牌，对付故障，降到地面上没有撞毁呢？

布宜诺斯艾利斯方面命令特雷利乌：

"问明他的情况。"

无线电接收站好似一间实验室，装备了镍制、铜制器材、压力计、导线网。值班的报务员身穿白色工作服，默不作声，似乎俯身监视一个简单的实验。

他们敏感的手指触摸着各种仪器，探索着磁性的天空，酷似寻找金矿的探测师。

"没有回音吗？"

"没有回音。"

也许他们能捕捉到这种标志生命的音符。那架飞机及其航行灯，如果再次飞升到星际之间，他们也许会听到那颗星的歌声……

时间一秒一秒流逝，真像鲜血在流淌。飞机还在飞行吗？每一秒钟都带走一分生机。就这样，时光流逝，仿佛正在摧毁一切。岁月用了二十个世纪，触摸一座神庙，在花岗石墙壁中开路，将神庙粉碎成尘埃。而现在，这么多世纪的侵蚀力凝聚在每一秒钟，威胁着一个机组。

每一秒钟都带走点什么东西。

那便是法比安的声音，法比安的欢笑、那种笑容。寂静扩大地盘，越来越沉重的一种寂静，压向这个机组人员，如同大海那样厚重。

忽然，有人指出：

"一小时四十分钟了。到了燃油极限。他们不可能还在飞行。"

于是，大家都安静下来。

嘴唇泛起一种苦涩空乏的味道，犹如旅行结束时的感觉。有什么事儿已经了结，可是谁都一无所知，一件颇令人厌恶的事。在所有这些镍片铜线中间，大家感到这废弃的工厂笼罩着悲哀的气氛。所有这些器材，似乎都变得笨重无用，丧失了性能，如枯树枝那样沉甸甸的。

无事可干了，只有等待天明。

再过几小时，全阿根廷就将重见光明，而这些人待在原地，就像守在河滩上，面对着往上拉的渔网，不知道慢悠悠拉上来的网里会有什么。

里维埃尔在自己的办公室里，感受到了这种松弛。只有面临大灾大难，人已无力回天时，才能产生这种感觉。他让人报了警，通报了全省警察局。他再也做不了什么了，只好等待。

即使是临时停放尸体的场所，也必须秩序井然。里维埃尔示意罗比诺：

"给北方各中途站发电报：预计巴塔戈尼亚的邮航班机严重晚点，为了不过分拖延欧洲航班，巴塔戈尼亚的邮件将随下一班欧洲邮航运走。"

他微微弯下身子。不过，他还是振作一下精神，想起了一件事，十分紧要。哦！是的。赶紧处理，以免忘记：

"罗比诺。"

"里维埃尔先生？"

"您起草一份通知。禁止驾驶员提速超过一千九百转：那样会毁了发动机。"

"好吧，里维埃尔先生。"

里维埃尔的身子又弯曲了一点儿。他首先需要的是独自待一会儿。

"去吧，罗比诺。去吧，老弟……"

在幽灵面前，这样称兄道弟，罗比诺不禁感到害怕。

二十一

罗比诺现在心情抑郁，在各个办公室里游荡。公司的生活停顿了，安排两点出发的邮航班机可能要取消，要等天亮之后才可能起飞。职员们一个个板着面孔，倒还在值班，但是徒劳无功了。他们还按时接收北方各中途站的护航电报，不过，电文上的"晴空""望月""无风"等字眼儿，唤起的是一个贫瘠王国的形象。月光下的一片石头荒漠。罗比诺自己也不知道为什么，翻阅起办公室主任整理的一份材料，他忽然瞧见办公室主任就站在对面，等待他还回材料，尊敬的态度透出傲慢，分明在说："您愿意的话就还给我，好吗？这是由我……"一个部下采取这种态度，督察员心里颇为恼火，但又没有想出一句反驳的话，只好悻悻地把材料还给人家。办公室主任带着凛然不可侵犯的尊严，回到自己的位置坐下。"我真应该打发他走人。"罗比诺心中暗道。这时，他要沉得住气，又踱了几步，思索着这场悲剧。这一事件会导致一种政策的失效。于是，罗比诺不免心泣这双重悲哀。

继而，里维埃尔的形象又浮现在他眼前。那个称他"老弟"的里维埃尔，还关在自己的办公室里。一个人孤立无援，从未到这种地步。罗比诺对他萌生出极大的怜悯，头脑里酝酿着几句委婉同情与安慰的话语。他认为这是一种非常美好的感情，深受鼓舞，于是轻轻敲门。没人应声。周围这样肃静，他不敢敲得更重，就推开了房门。里维埃尔在办公室里。罗比诺走进去，第一次差不多以平等的身份，有点像朋友，在他的思想里又有点像那名中士：冒着枪林弹雨救出负伤的将军，护送将军撤退，并且在流放中成为将军的兄弟。"不管出现什么情况，我都和您一起。"罗比诺似乎想表达这种意思。

里维埃尔沉默无语，低头看着双手。罗比诺一站到他面前，就不敢讲话了。雄狮，即使在困顿状态，也让他望而生畏。他心里想的话，忠诚的意味越来越浓厚，可是他每次抬起眼睛就看到这颗低垂的头，这花白的头发，这两片忍住多大苦痛而紧闭的嘴唇！终于，他下了决心：

"经理先生……"

里维埃尔抬起头，瞧了他一眼。里维埃尔刚从一种十分幽深、十分遥远的梦境中醒来，可能还没有注意到罗比诺的存在。绝没有人知道，里维埃尔到底做了什么梦，有何感触，心中饱含着多大哀伤。里维埃尔久久注视着罗比诺，仿佛看着某件事的活见证。罗比诺浑身不自在起来。里维埃尔越是看罗比诺，嘴唇上就越是泛起一种难以捉摸的嘲讽意味。里维埃尔越看，罗比诺就越脸红，于是里维埃尔就越是感到，罗比诺怀着善意来到这里，只可惜是自发的善意，要向他证明人的愚蠢。

罗比诺心里一阵发毛。什么中士，什么将军，什么枪林弹雨，统统都失灵了。于是出现了某种难以解释的情况。里维埃尔一直望着他，这时，罗比诺不由自主，改变了一下姿态，左手从衣兜里抽出来。里维埃尔仍旧望着他。直到这时，也不知道为什么，罗比诺极其窘迫地说道：

"我是来听您指示的。"

里维埃尔掏出怀表，干脆地说道：

"现在是两点钟，亚松森的邮航班机两点十分着陆。您去安排，欧洲航班两点一刻起飞。"

罗比诺立即去宣扬这条惊人的消息：夜航没有中止。罗比诺还对办公室主任说道：

"您那份文件拿来我审查一下。"

等到办公室主任站在面前，他却说道：

"请等一等。"

办公室主任只好等待。

二十二

亚松森的邮航班机发信号即将着陆。

即使在最严峻的时刻，里维埃尔也通过一封一封电报，关注这个航班顺利飞行。在这种惶恐不安的时刻，这对他无疑是明证，是对他信念的回报。这次顺利的航行，以其一封封电报宣告其他上千次航行也会同样顺利。"不会每天夜晚都刮飓风。"里维埃尔还想道，"航路一旦开通，就不能不继续下去。"

邮航班机从巴拉圭一个中途站又一个中途站飞下来，好似飞越一座繁花似锦、矮舍遍布、溪流缓缓的赏心悦目的花园。飞机溜边绕行飓风圈，沿途没有一颗星星被飓风遮蔽。九位乘客裹着旅行毯，额头顶着窗口，真像顶着陈列珠宝的橱窗，只因在天空星辰淡淡金光的照耀下，阿根廷那些小城镇的夜间灯火，已经遍地连缀起了金光。坐在前面的驾驶员，双手托住宝贵的人命，睁大了眼睛，饱览月色清辉，形同一个牧羊人。布宜诺斯艾利斯粉红色的灯火，已经映照天际，无需多久，全城的珠宝就会大放异彩，不啻传说中的宝库。最后几份电报，从报务员的指间发出，犹如他在天空乘兴弹出一支奏鸣曲的最后几个音符。里维埃尔听得懂这支歌曲，随后，报务员便收起天线，稍微伸伸懒腰，打了个呵欠，微笑起来：都到了。

飞机着陆之后，驾驶员又看到欧洲邮航的驾驶员，只见他双手插在兜里，背靠在自己的飞机上。

"是你接续飞吗？"

"是我。"

"巴塔戈尼亚的班机到了吗？"

"失踪了，不等那架班机了。天气好吧？"

"非常好。法比安失踪了吗？"

他们的话很少。他们有深厚的情谊，往往代替话语。

从亚松森运来的邮袋，又搬上飞赴欧洲的班机，而驾驶员一直站在那儿未动，后颈靠着座舱，仰头望着天上的星星。他感到自身产生出一种巨大的能量，从而感到无比欢欣。

"装完了吧？"有人问道，"那就发动吧。"

驾驶员还不动弹。有人替他启动了马达。驾驶员肩膀靠着飞机，马上就要感到这架飞机活起来了。他终于放下心来，那会儿虚假的消息听了不少：要起飞……不会起飞……真要起飞啦！他微微张开口，露出的牙齿在月光下闪闪发亮，宛如一只年轻猛兽的牙齿。

"喂，夜间飞行要当心！"

他没有听见伙伴的忠告。他两手插在兜里，扬着头，面向云彩、山脉、河流和大海。忽然间，他开始哑笑了，笑得很轻，但是传遍周身，仿佛微风吹拂一棵树，从头到脚都颤动了。一阵轻笑，而威力却胜过那些云彩、那些山脉、那些河流和大海。

"你怎么啦？"

"里维埃尔这个笨蛋，居然对我……他以为我害怕了呢！"

二十三

一分钟后，班机即将飞越布宜诺斯艾利斯，而里维埃尔继续战斗，要听到它的声音。听到它启动，隆隆作响，然后消逝，如同一支军队向星际进发，响彻云霄的脚步声。

里维埃尔叉着双臂，从秘书们中间走过，停在一扇窗前，倾听并遐想。

哪怕他暂停一次起飞，夜航的事业便会毁于一旦。明天，那些懦夫又要兴师问罪，但是里维埃尔抢在前面，当夜又放飞了另一个机组。

胜利……失败……这些毫无意义的字眼。生活，在这样一些形象下面，已经在孕育新的形象。一场胜利能削弱一个民族，一次失败会唤醒另一个民族。里维埃尔也许就是真正接近胜利的一个保证。事业，唯有前进才是正道。

五分钟之后，无线电站就都通知了各中途站。在一万五千公里的航线上，生命的悸动能抚平所有问题。

一支管风琴的乐声已经响起来了，那是飞机。

里维埃尔脚步沉稳，从那些被他严厉的目光逼得低下头去的秘书中间穿过，返回工作岗位。伟大的里维埃尔，决胜的里维埃尔，沉重的胜券在握。

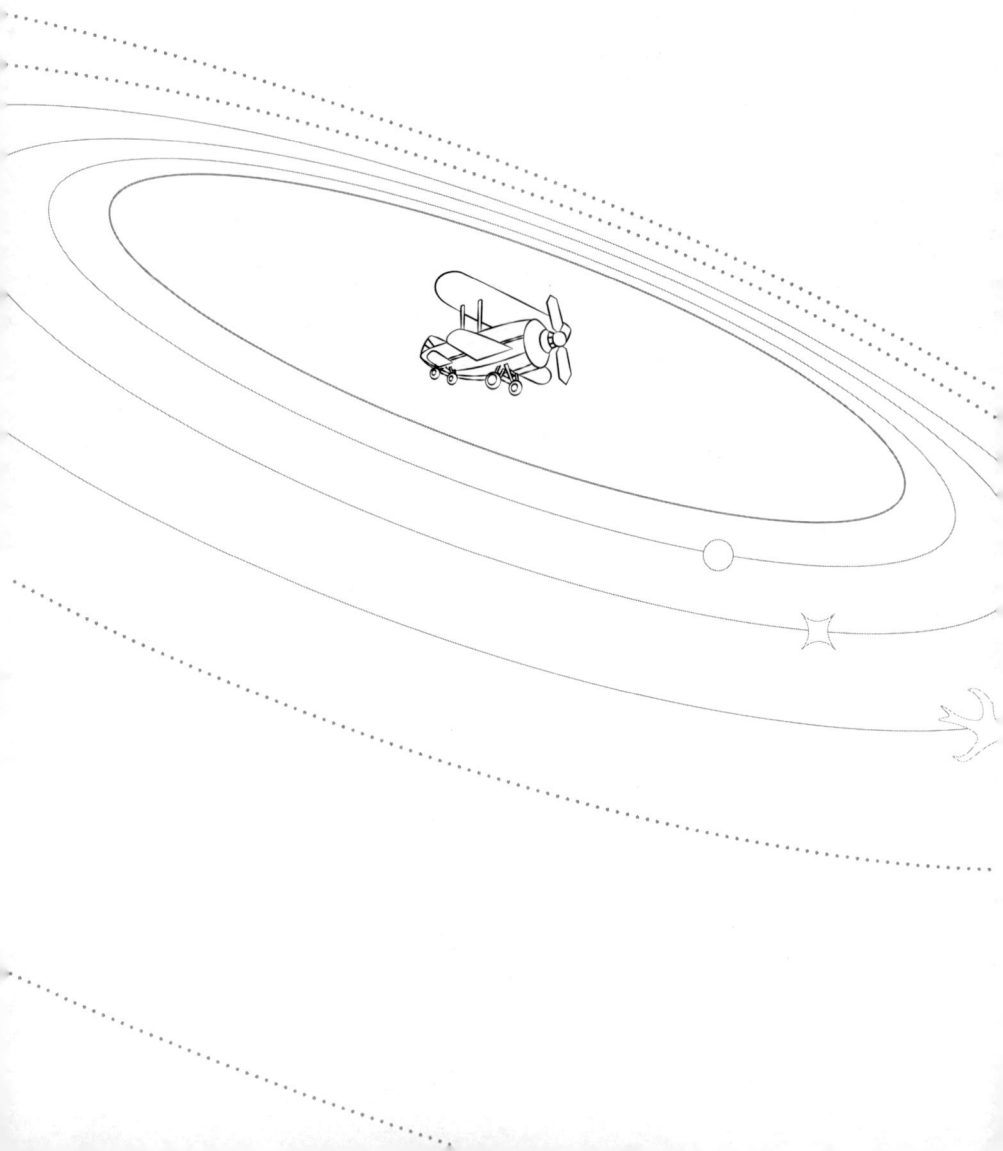

出品人：许　永
出版统筹：林园林
责任编辑：许宗华
特邀编辑：王佩佩
封面设计：李嘉木
印制总监：蒋　波
发行总监：田峰峥

发　　行：北京创美汇品图书有限公司
发行热线：010-59799930
投稿信箱：cmsdbj@163.com

官方微博

微信公众号

圣埃克苏佩里

作品集

②

[法]圣埃克苏佩里 著　李玉民 译

中国友谊出版公司

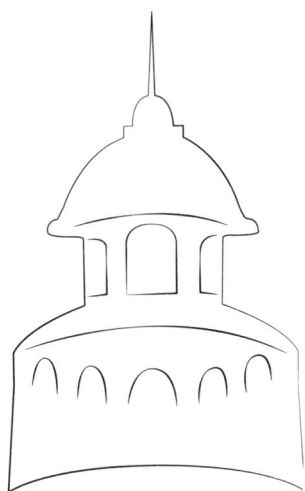

人的大地

TERRE DES HOMMESE

目 录
CONTENTS

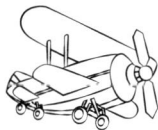

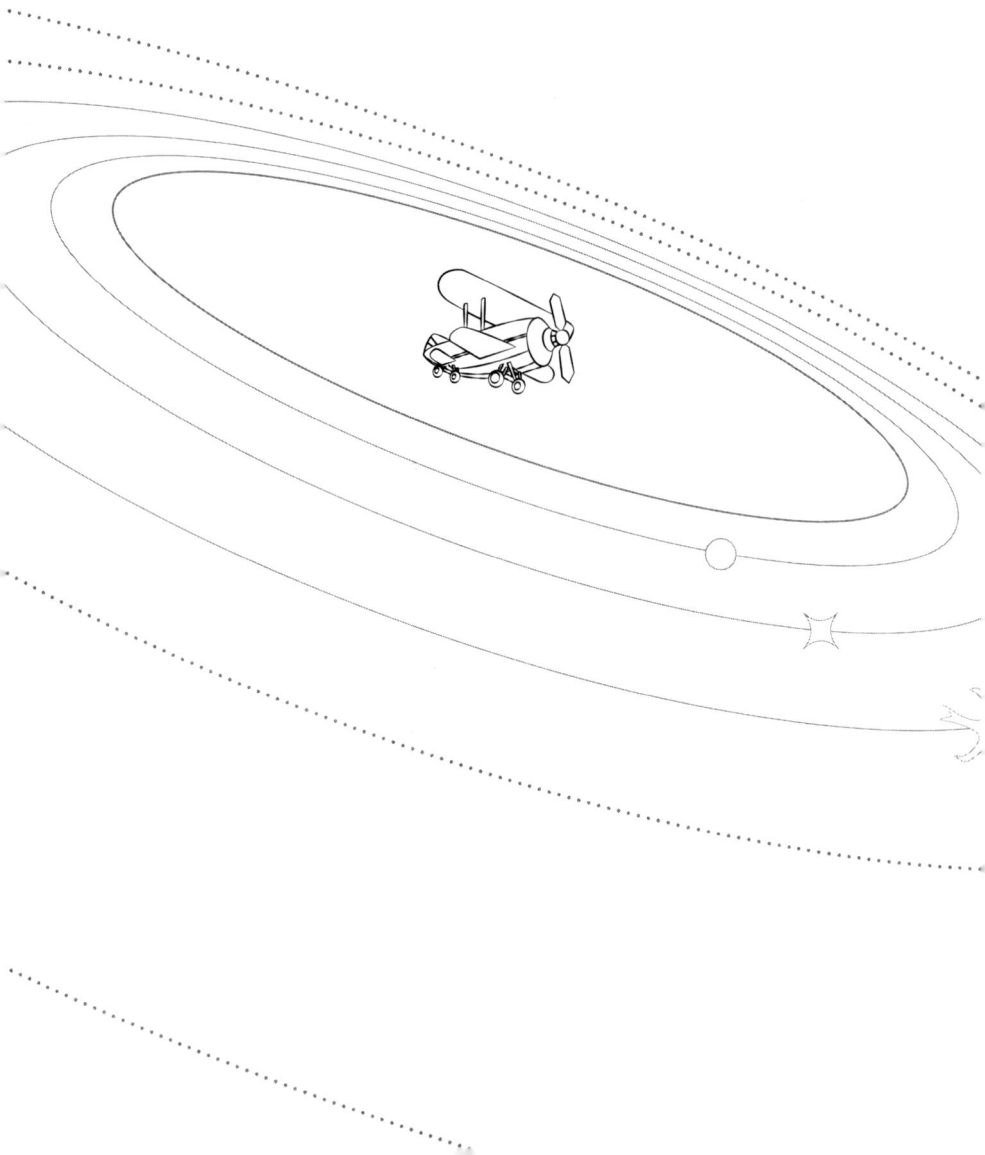

谨以此书献给我的战友

亨利·吉约迈

大地教会我们认识自身，胜过所有书本，只因大地抗拒我们。人同障碍较量时，才发现自己。不过，为达此目的，人就需要一种工具，需要一把刨子，或者一副犁铧。农民劳作时，一点一点捕捉到大自然的一些奥秘，从中悟出的真理具有普遍意义。同样，飞机，作为航线的工具，也把人搅进所有这些老问题中了。

　　我在阿根廷夜间首航的情景，时时浮现在我眼前：那个漆黑的夜晚，唯见散布在平原上寥寥的灯火，像星光一样闪烁。

　　夜海茫茫，每处灯火都标志着一种思想意识的奇迹。这户人家，有人在看书，有人在思索，有人在继续促膝交谈。另一户人家，也许有人试图探测空间，不厌其烦地计算仙女星系的星云。那里，人们在相爱。田野上这些灯火远远相隔，暗淡欲灭。甚至包括那些最隐蔽的灯火：诗人的、小学教师的、木匠的灯火。但是，在这些生命的星光中间，还有多少关闭的窗户、多少熄灭的星光、多少进入梦乡的人……

还是应该尽量会合。还是应该力求联络田野上这些稀疏的灯光。

第一章　航线

那是 1926 年，我很年轻，刚刚进入拉泰科埃尔公司，当上飞行员。在空邮公司和法国航空公司相继创建之前，拉泰科埃尔公司就确保了图卢兹和达喀尔之间的联系。我在这个公司完成职业学习之后，也跟同学们一样，接受年轻人必须经历的见习期，然后才能荣任空邮飞行员一职。在图卢兹和佩皮尼昂之间往返试飞，在寒冷的飞机棚里上枯燥乏味的气象课。那时，我们非常敬佩老飞行员，也十分惧怕西班牙的山脉。

那些老飞行员，我们在饭厅里见得到，他们不大好接近，脾气有点粗暴，指点我们时也是一副居高临下的样子。老飞行员当中的一个，每次从阿利坎特或者卡萨布兰卡返航，皮夹克已被雨水淋透，回到我们中间没有赶上饭点，而我们当中一名见习生胆怯地询问他这趟航行的情况，回答总是很简短：暴风雨的日子为我们建造一个神奇的世界，处处是陷阱、险境，猛然显现的悬崖峭壁，能将高大的雪松连根拔起的滔天漩涡。黑龙把守着山口，闪电的光束笼罩着山峰。这些老飞行员以其才干，始终赢得我们的敬重。然而，他们当中时而有人回不来了，敬重就变成永久的景仰。

老飞行员布里，后来在科比耶尔山中殉难。我还记得这位老飞行员一次返航，坐到我们中间，一声不吭埋头吃饭，臂膀累得仍然抬不起来。那天晚上，天气十分恶劣，整条航线天空一片混乱，山峦似乎全在滚动，如同古代战舰上断了绳索的大炮在甲板上翻滚。我瞧了瞧布里，咽了口唾沫，最后还是大着胆子问他，这趟航行是不是很艰难。布里没有听见，皱着眉头只顾吃饭。要知道，驾驶敞篷飞机，碰到坏天气，为了看得清楚些，脑袋往往要探出挡风玻璃，疾风长时间在耳畔呼啸。布里终于抬起头，仿佛听见了我的话，想了想，突然爽朗地大笑两声。布里平时难得一笑，这笑声令我惊讶，而短促的笑声也一扫他的倦容。他胜利归来，只这么一笑，没有再做任何解释，又低下头去，默默地咀嚼起来。然而，在饭厅的晦暗中，在忙碌一天来此放松的小职员之间，这位臂膀厚重的同志，在我看来异常高尚：他那粗犷的外表，掩蔽不了曾战胜恶龙的天使。

终于轮到我了，那天晚上经理叫我到办公室，他只是对我说了一句：

"明天你出发。"

我站在原地不动，等待他吩咐我离开。可是，他沉吟了一下，又说道：

"各种规定你都熟悉了吧？"

那个时期的飞机发动机非比今日，毫无安全保障，时常连点儿征兆都没有，就突然稀里哗啦一阵乱响，一下子就抛下我们不管了。飞机失去了控制，就要冲向西班牙并不提供避难所的岩石嶙峋的地面。我们经常说："飞到这里，发动机出事儿，唉！飞机也就跟着失事了。"不过，一架飞机损毁了，还可以换一架。重要的是，首先不要盲目靠近岩山。因此，公司明令禁止我们在山区上空云海中飞行，否则给予严惩。飞行员钻进乱云堆里，飞机一旦出故障，因为看不见就很可能撞上山头。

这就是为什么那天晚上，经理声音缓慢，最后一次强调公司的规定：

"在西班牙上空的云海中，凭着指南针飞行，这当然很美妙，可是……"

他的声音越发悠缓了：

"……可是，你要牢记：云海下面……那就是永恒。"

钻出云层，发现这个十分平坦、十分单纯的宁静世界，对我来说突然有了一种陌生的价值取向。这种宁静，甚至会变成陷阱。我时常想象铺展在我脚下的这个无垠的白色陷阱。那下面，可能像有人以为的那样，既没有他人的喧闹沸腾，也没有城市的车水马龙，只有一种更为绝对的寂静，一种更为终极的清平。这种黏胶状的白色云层，在我的心目中就变成了真实与失真、已知和不可知之间的分界线。我认识到，一种景象，如果不透过一种文化、一种文明、一种职业来观察，也就毫无意义了。山区的居民同样熟悉云海，然而他们并没有发现这道神奇的帷幕。

我走出经理办公室的时候，像孩子似的心里感到了一阵自豪。现在轮到我了，明天天一破晓，我就要负责运送旅客和非洲邮件了。不过，我也特别感到心虚，觉得自己准备不够充分。西班牙境内缺乏备降机场，万一出故障有危险，我担心找不到飞机迫降的场地。我埋头查看地图，空荡荡的地图上没有发现我所需要的帮助。我正是怀着这种既胆怯又自豪的复杂心情，来到我的同事吉约迈的寝室，度过这战斗的前夜。吉约迈飞这些航线比我早。他如数家珍，熟悉西班牙的山山水水。必须请吉约迈领我入门。

我一走进他的房间，他就微笑道：

"我知道消息了。你高兴吗？"

吉约迈走到橱柜前，取出波尔多葡萄酒和酒杯，回到我面前，一直那么笑呵呵的，说道：

"咱们干一杯。你就瞧好吧，一定会非常顺利。"

他散播信心，就像灯塔放射光芒一样。也正是这个伙计，后来飞越安第斯山脉和南大西洋，打破了邮航的纪录。几年前的这个夜晚，他只穿着衬衣，叉着双臂，在灯光下始终面带友善的笑容，简单地对我说道："暴风雨、大雾、大雪，有时会给你带来很大麻烦。到时候你就想一想，在你之前碰到这种情况的所有人，只需念叨这么一句：别人能干成的事，自己也总可以干成。"不过，我还是展开我的几张地图，让他跟我一起察看这条航线。就这样，我在灯光下偎依着老飞行员的肩膀，重温了上学时期的宁静。

可是，我上的这堂地理课竟是那么奇特！吉约迈并不向我讲解西班牙，而是把西班牙作为一位朋友介绍给我。关于西班牙，他既不谈天文地理，也不谈民众，也不谈当地的动物。他不跟我讲瓜迪斯，却向我讲起了那附近地头长着的三棵橘子树。"你可得当心那三棵树，要在你的地图上标出来……"从那以后，在我的地图上，这三棵橘子树所占据的位置，就超过了内华达山。他也不跟我谈洛尔卡，而是谈洛尔卡附近一个普通的农舍，一个有人居住的农舍。谈那个农夫，谈那个农妇。于是在遥远偏僻的地方，离我们有一千五百公里，这对夫妇却有了不可估量的重要性。他们在半山腰安家落户，好似灯塔的守护人：他们在星光照耀下，随时准备救助别人。

我们就是这样，把一些不为任何地理学家所知的具体情况，从它们被人遗忘和难以想象的遥远地方提取出来。因为，只有埃布罗河浇灌的大城市，才能引起地理学家们的兴趣。至于莫特里尔西边那条隐没在草丛中，滋润着三十来株野花的小溪，他们是不会感兴趣的。"你可得当心那条小溪，它把那片田野泡坏了……把它也标在你的地图上。"唔！我要记住莫特里尔的那条蛇！它那样子倒没什么，只不过发出潺潺的流水声，迷住几只青蛙。它休息时也仅仅闭上一只眼，从两千公里之外窥伺着我，舒舒服服地躺在野草下面，让人以为那是飞机迫降求援的天堂。只要遇上机会，它就会把我变成一团火焰……

还有那三十只好斗的绵羊。它们散布在山坡上，摆开阵势，随时准备进攻。"你以为那片草场很宽敞,可是,呼啦一下,三十只绵羊都冲到你的飞机轮子下……"我惊讶地微微一笑,算是回答一种恶毒的威胁。

在灯光下,我这地图上的西班牙,就逐渐变成了一个童话王国。那些避难场所和陷阱,我都打上记号,也记下了那座农舍、那三十只绵羊、那条小溪。我在准确的位置标出了地理学家忽略的那个牧羊女。

我告别了吉约迈,觉得需要在这冰冷的冬夜里走一走。我拉起大衣领子,怀着一颗年轻火热的心,走在不知情的行人中间。我心里装着秘密,自豪地跟这些陌生人擦肩而过。这些未开化的人,他们不知道我是谁,然而,他们的忧虑、他们的冲动,都要委托给我,装在邮包里,明天一早就运走。他们的希望,也都要交到我的手中。我就这样紧紧裹着大衣,以保护者的步伐走在他们中间,可是他们根本不了解我的孤独。

而且,他们也没有收到我所收到的夜间信息。因为,或许正在酝酿的这场暴风雪,关系到我的肉体,也给我的首次航行增添了变数。星星一颗接着一颗熄灭,这些散步者怎么会了解呢?唯独我知道其中的奥秘。那是战斗之前向我通报敌军的工事……

然而,这些激励我去战斗的庄重号召,我是在明亮的商店橱窗前接受的。橱窗里陈列着光彩夺目的圣诞节礼物,就仿佛这天夜晚,世间的全部财富都集中到这里了,我从中品味到了自我献身的自豪与陶醉。我是一个赴险的战士,不在乎这些为节日夜晚准备的五光十色的玻璃制品和罩下的灯光、书籍。我已经沐浴在茫茫的云海中,作为飞行员,已经开始啃食夜航的苦果。

凌晨三点钟,有人把我叫醒。我一下子推开百叶窗,看到城里正下着雨,我神情严肃地穿好衣服。

半小时之后,我就来到因雨水而闪亮的人行道上,坐在自己的小手提箱上等待公司的班车。我之前有多少伙伴,在受命首航的这天,也曾这样心情颇为紧张地等待。街头终于出现那辆老式汽车,一路发出铁器的叮当响声,就像先前那些伙伴一样,我也有权上车,坐到长椅上,挤在还睡眼惺忪的海关职员和几名公务人员之间。这辆老厢车散发着一股霉味,类似厚积灰尘的行政场所,一个人的生命葬送在里面的老办公室。这辆车每行驶五百米就停一下,多拉上一名秘书、一名海关人员,或者一名督察员。车上的人只是在迷糊中嘟囔一声,算是回应新上车的人的问好,而新来者尽可能挤进人堆里坐下,随即也打起瞌睡来。这辆破车够寒酸的,又行驶在图卢兹高低不平的铺石马路上。飞行员混在公务员中间,一时也难以分辨……不过,路灯一盏盏闪过去,机场越来越近了。这辆摇摇晃晃的老汽车无非是一只灰色蛹壳,一个新人要从里面蜕化而出了。

每个同事都如此,在一个类似的清晨,还要承受这名督察员恶毒的目光,都会感到自身要从这副易受伤害的低级职员的外表下,诞生出西班牙和非洲邮航的机长,三小时后,就要在闪电中同奥斯皮塔莱特①的巨龙搏斗……四小时后战胜恶龙。他将拥有全权,自主地决定,是取道海上,还是直接穿越阿尔科伊高原,冲击暴风雨、高山和海洋。

每位同事都如此,在类似的一天清晨,在图卢兹冬季阴霾的天空下,混迹在默默无闻的人堆里,无不感到自身在成长,五小时之后就会成为主宰,将北方的雨雪抛在身后,驱散了寒冬,操纵发动机减速,开始降落在盛夏阿利坎特②灿烂的阳光里。

那辆老式汽车已经寿终正寝,但是它那朴实无华的外观、它那不舒适的座椅,始终鲜活地留在我的记忆里。它特别象征

---

① 奥斯皮塔莱特:巴塞罗那的郊区城镇。
② 阿利坎特:西班牙南部地中海港口城市。

着我们这个职业苦中作乐的必要准备阶段。在这辆车里，一切都朴实到了极点。我还记得三年后，正是在这辆车上，交谈还不到十句话，我就获悉飞行员列克里万的死讯，数百名同事像他一样，在一个大雾弥漫的白天或者晚上，就永远退休了。

事情就是这样，发生在凌晨三点钟，周围同样是一片寂静，我们忽然听见昏暗中经理提高嗓门儿对督察员说：

"昨天夜里，列克里万没有在卡萨布兰卡着陆。"

"啊！"督察员回答，"啊？"

督察员正在睡梦中，被这声音拉出来，他振作一下，想要清醒过来。为了表示他的关切，又问了一句：

"啊！是吗？他没有飞过去吗？中途掉头了吗？"

对这句问话，车厢深处只传来这样简单的回答：

"没有。"

我们还在等待下文，可是一句话也没有等来。随着一秒钟一秒钟过去，也越来越明显，这句"没有"不会有下文了。这是终审判决：列克里万不仅没有在卡萨布兰卡着陆，而且永远不会在任何地方着陆了。

那天凌晨，我首次邮航的拂晓就是这样，也轮到我参加就职的神圣仪式，而我心里不怎么踏实，隔着车窗望出去，只见路灯映照着碎石马路闪闪发亮。还看得见路面上的一片片水洼，大风一阵阵扫过。见此情景，我不免心想：我这首次邮航……真的……运气不太好。"我抬眼朝督察员望去："天气很坏吗？"督察员眼神倦怠，望了望窗外："还说不准。"他最后嘟囔了一句。我又不禁暗自琢磨：坏天气有什么迹象能辨别出来呢？昨天晚上，吉约迈只是微微一笑，就一扫老飞行员压在我们心头的所有不祥之兆。可是，他们又在我的脑海中浮现："谁若是不能一块石头一块石头地熟悉航路，那么一旦碰上暴风雪，我会为他感到惋惜……啊！不错！我为他感到惋惜！……"他们必须维护自己的威信，于是他们定睛看着我们，带着几分颇令人尴尬的怜悯连连摇头，就好像在感叹我们如此无知而天真。

的确，这辆车曾为我们当中的多少人，充当过最后的庇护所？六十人，八十人？在下雨的清晨，由同一个沉默寡言的司机送走。我瞧了瞧四周：昏暗的车中有点点亮光，点燃的香烟标志着思索。上了年纪的职员在想些家庭琐事。这些伴侣，曾为我们当中多少人组成了送殡队伍？

我也偶尔听见他们低声交谈的私事。大多关于疾病、金钱，以及日常忧虑的事。这些家庭的隐私，好似死气沉沉的监狱的高墙，将这些人禁闭在里面。猛然间，命运向我显露了真容。

这车上就有我的一个伙伴，一位老公务员。你呀，从来就没有任何越狱的念头，而这根本就不怪你。你建起你的安逸生活，就像白蚁那样，极力用水泥堵死所有通向光明的缝隙，才创造了内心的平和。你在墨守的成规中翻滚打转，这正是你这外省人令人窒息的陈规陋习；你筑起一道谦卑的高墙，用以抵御大风、潮水和星辰。你根本不愿意关心重大问题，力图忘掉你作为人应有的地位。你根本不是这颗行星上的居民，你不会提出没有答案的问题：你只是图卢兹的一个小市民。在还来得及有所作为的时候，谁也没有抓住你的肩膀。做成你这躯体的黏土，现在已经风干，变得坚硬了，从今往后，谁也不可能唤醒你身上沉睡的音乐家，或者诗人，或者起初也许寄寓在你身上的天文学家。

我也不再抱怨阵阵风雨。职业的魔力，将为我打开另一个世界的大门——过不了两小时，我就要去搏击黑龙，搏击蓝色闪电笼罩下的群峰。夜幕降临之后，我更是无拘无束，在满天星辰中间辨认我的航路。

经过这一番职业洗礼，我们就开始航行了。大多数的时候，这些行程平安无事。我们平安降落，就像职业潜水员那样，潜入我们领域的深层。如今，航空领域已经进行过详尽的勘测，飞行员、机械师和报务员无须再冒险了，只要关在操作舱里就行了。他们遵从仪表指针的跳动，不必再观察移动的景物了。机舱外面，崇山峻岭隐没在黑夜中，高山不复为高山了，成为一种无形的力量，必须计算它们靠近的距离。在灯光下，报务员认真记录数据，机械师就在地图上标出飞机的方位。如果偏离群山的话，如果他本想从左侧绕过的山峰，却正面排开阵式，不声不响准备战斗的话，飞行员就得修正航线。

至于地面监听的报务员，也在同一秒钟，在笔记本上如实记录他的同事在空中口授的数据："午夜零点四十分。航向230。机上一切正常。"

如今机组人员就是这样航行的，根本感觉不到自己在运行，远离任何标志，如同夜晚在海上那样。然而，明亮的机舱里却充斥着马达的震颤声响，从而有了实质性的变化。然而，随着时间流逝，在这些仪表盘上，在这些无线电指示灯里，在这些指针上，仍然继续着一整套肉眼看不见的神秘炼金术。每过一秒钟，这些秘密的动作、这些压低声音的话语、这种全神贯注，都在准备创造奇迹。单等时辰一到，飞行员就可以把额头贴近玻璃窗，准能发现黄金从虚无中炼出来，在中途站的灯光信号中放射光芒。

我们都经历过这样的航行，有时距离中途站还有两小时的航程，就突然感到我们飘逸而去，即使飞往印度也感觉不到如此遥远，再也无望飞回来了。

梅尔莫兹就遇到过这种情况。当时他首次驾驶水上飞机飞越南大西洋，将近日落时分，正飞到波多诺瓦地区，忽见正前方几条龙卷风的尾部，一分钟比一分钟逼近，那情景好似四周筑起一堵墙，继而，天色完全黑了，将几条龙卷风隐匿起来。一小时之后，他钻到云层下方，就发现进入了一个神奇的王国。

几条龙卷风吸起的水柱高高地耸立着，聚在那里纹丝不动，看上去就像一座神庙黑色的石柱。这些水柱顶端膨胀开来，支撑着携带暴风雨的昏暗下垂的穹隆。然而，几片亮光透过穹隆的裂缝倾泻下来，那是盈月在水柱之间，照射到冰冷的石板似的海面上。梅尔莫兹继续飞行，穿过这片阒无人迹的废墟，拐来拐去，从一片光影飞到另一片光影，绕过这些从海面隆隆升起的巨大水柱，沿着流泻的月光飞行了四小时，才到了神庙的出口。那景象压得人喘不过气来，梅尔莫兹飞过了波多诺瓦地区，才发觉他当时都没顾得上害怕。

我也记得这样一个时刻，我们穿越了真实世界的边缘。那天整个夜晚，撒哈拉各中途站无线电测定的方位都不准确，把我的无线电报务员奈里害苦了。我从雾海深处的缝隙中望见闪亮的水面，便猛地掉头，驾驶飞机驶向海岸。我无法计算，自己飞向远海有多长时间了。

我们能否飞回海岸，已经没有把握了，也许燃油不够了。不过，一旦飞回海岸，我们还得找到中途站。当时月亮西沉了，我们已经成了聋子，还没有参照的角度飞行，我们又逐渐变成了瞎子，在茫茫白雪一般的浓雾中，月亮终于隐熄了，宛如一块苍白的炭灰。我们的头顶也布满了乌云，此后我们就在这云雾的海洋中，在一个没有任何光亮、没有任何实物的世界中飞行。

回答我们的中途站，却放弃报告我们的方位："方位不明……方位不明……"因为，他们听到我们的声音来自四面八方，也就不是任何一处了。

我们已经丧失了希望，猛然间，远方冒出一点亮光，在偏左的前方。我百感交集，内心一阵欣喜。奈里朝我俯过身来，我听见他哼着歌！那亮光只能是中途站，只能是中途站的灯塔，因为到了夜晚，撒哈拉大沙漠光亮全部熄灭，形成一大片死亡的领地。然而，那亮光闪了一下，随即熄灭了。原来我们是飞向一颗星星，它在云层和雾层中间沉落时还清晰可见，但是仅仅持续了几分钟。

这工夫，我们又望见升起别的亮光，于是怀着一种盲目的希望，轮番飞向每一点亮光。当亮光持续时间长了，我们豁出命来也要试一试，奈里向锡斯内罗斯中途站发令："前方有灯火。你们熄灭灯塔，再连续亮三次。"锡斯内罗斯倒是熄灭了灯塔，再重新点亮，然而，我们所监视的亮光连眨也不眨，持续不灭，原来是一颗恒星。

尽管燃油渐渐耗尽，我们每次看见金钩，还是要紧紧咬住，每次都以为那是真正的灯塔的亮光，每次都以为那是中途站和生命的象征。接着，我们又不得不换一颗星星追逐。

于是，我们感到已经迷失在太空了，我们在上百颗无法接近的行星中间，寻觅那颗唯一真实的行星，属于我们的星球，也唯独这颗星球能够容纳我们熟悉的景物、亲切的家园、我们的脉脉温情。

唯独这颗星球，容纳……我要对你们讲讲，这颗星球在我眼中的形象，你们听了也许会感到幼稚可笑。不过，在危难关头，我们总还保持着人的七情六欲：我又饥又渴。假如我们能够找到锡斯内罗斯，加满了汽油，再继续航行的话，那么我们就可以在清爽的早晨，飞到卡萨布兰卡着陆。那么，任务就完成了！我和奈里就可以进城。黎明时分，就能找到已经开门的小酒馆……我和奈里走进去就座，总算安全了，对着热乎乎的牛角面包和牛奶咖啡，我们就会谈笑风生，讲起昨夜的经历。我和奈里会收到生活的这份清晨的礼物。老农妇也是如此：她的上帝也仅仅体现在一张画片、一枚天真的徽章、一串念珠上。要想让我们理解，就应该跟我们讲简单的语言。因而，生活的乐趣对我来说，就落到这样的实处：第一口香喷喷滚烫的牛奶咖啡，一种牛奶、咖啡和面包混合的味道。由此联想到宁静的牧场、异国的种植园和庄稼，由此联想到整个大地。在众多星球中间，只有一颗能在黎明时分制成这碗香甜可口的早餐，我们拿起来就可以食用。

然而，在我们的飞机和这颗有人居住的地球之间，横亘着难以逾越的距离。世间的全部财富，都寄寓在一粒迷失在星际的尘埃中。懂得星相学的奈里一直企求那些星星，力图认出我们这颗星球来。

忽然，奈里用拳头捅一下我的肩膀，随即给了我一张字条。我念道："一切顺利，我收到一条极好的信息……"我的心怦怦直跳，等待他最终传给我能救我们脱险的五六个词。终于，我收到了这份天赐的礼物。

这电报是从我们头天晚上飞离的卡萨布兰卡发来的，转发中误了时间，现在才到了我们手上，而我们却远在两千公里之外，迷失在海上的云雾之间了。发这封电报的人是驻卡萨布兰卡机场的国家代表，全文如下："德·圣埃克苏佩里先生，我不得不请求巴黎方面处罚您：您从卡萨布兰卡起飞时，飞机拐弯过分靠近机库了。"不错，我起飞拐弯时，过分靠近机库了。这个人恼火，履行职责，也同样不错。如果是在机场办公室里，我会俯首接受这一指责。怎奈这种指责在不适宜的场合送达我手中，响彻在这稀落的星辰、茫茫的云雾、凶险逼人的海天之间。我们手中掌握着我们自身、邮件和航机的命运，现在正大伤脑筋，费力驾驶以求生，这个人却冒出来，向我们发泄他那微不足道的怨恨。不过，奈里和我，非但没有恼火，反而突然感到无限喜悦。在这里，我们是主人，正是他让我们发现了这一点。这名守在机场的下士，难道没有从我的袖章上看出，我已经升为上尉了吗？他打扰了我们的梦幻，殊不知我们正在踱步，从大熊星座走向人马星座；殊不知此刻，唯一可能会令我们操心的事情，就是月亮的这次背信弃义……

当务之急，这个有所表现的人所在的地球上，唯一的职责就是向我们提供准确的数据，好让我们在天体之间进行计算。然而，现在的数据都是错误的。至于其余的事情，这个星球暂时还是闭嘴为好。奈里让我看了他写的字条："他们最好还是把我们引到什么地方，不要拿这种蠢事寻开心……"奈里所指，"他们"总括为地球上的各国人民，他们的议会、参议院、海军、陆军和他们的皇帝。我又看一遍那个不近情理想找我们碴儿的人的电文，于是转舵飞向水星。

我们获救纯属最奇特的偶然：到了绝难再返回锡斯内罗斯，放弃希望的时刻就干脆径直飞向海岸，我决定把稳这个航向一直到燃油耗尽。我这样做，就可能保留几分运气，不至于葬身大海。倒霉的是，我误认为是灯塔的那些星星，天晓得把我们引向哪里。同样倒霉的是，我们在茫茫的黑夜，又陷入重重的迷雾中，往好里想，就算迫降着陆，不酿成灾难的概率也是极小的。然而，我们没有选择的余地。

局面非常清楚了，当奈里塞给我那张字条的时候，我不禁忧伤地耸了耸肩膀。这条信息如果早到一个小时，也许能救我们脱险。锡斯内罗斯决定再为我们导航，锡斯内罗斯指出："方位可能是216度……"锡斯内罗斯不再隐匿在黑暗中了，它已清晰可见，就位于我们的左侧。不错，可是相距多远呢？奈里和我，简短商议一下。我们意见一致：太迟了。再朝锡斯内罗斯飞行，那就更加危险，我们恐怕连海岸都要错过。于是奈里答复："燃油仅够一个小时，只能飞向93度。"

这期间，中途站也一个一个睡醒了。阿加迪尔、卡萨布兰卡和达喀尔的声音，都参与了我们的谈话。每座城市的无线电台都给机场报了警。机场的头头们又警示了地勤人员。他们逐渐聚拢到我们周围，就好像围住一个患者的病床。不顶用的热情，毕竟是热情。不切实际的建议，特别温暖人心！

突然间，图卢兹出现了。图卢兹，这条航线的始航站，远在四千公里之外。图卢兹一下子确立在我们中间，也没有开场白，直接问道："您驾驶的飞机是不是F……（编号我已忘记）？"

"正是。"

"那么，机上还有两小时行程的油量。这架飞机的油箱不是标准油箱。航行目标是锡斯内罗斯。"

一种职业不可避免发生的状况，就这样改变并丰富了世界。其实，根本无须类似的夜晚，飞行员就能从旧景象中发现新意境。旅客看厌的单调景色，在机组人员的眼中则是另一番情景。这一大片挡住去路的云层，对机组人员来说不再是一种装饰，而是能让飞行员的肌肉紧张起来，并且给他们制造难题的东西。飞行员已经考虑到了，他目测这片云层：一种真正的语言，把他同这片云层联系起来。那边有一座山峰，距离尚远，它会是一副什么面孔呢？在月光下，它就能成为实用的航标。然而，如果飞行员盲目飞行，难以纠正偏航，又拿不准自己的方位，那么山峰就能变成火药库，整个夜晚都将构成威胁，犹如一颗隐没在水里的水雷，随波漂流，威胁着整个海面。

海洋也同样变幻莫测。在普通的旅客看来，风景是无影无踪的：从高空观察，浪涛根本呈现不出起伏状，浪花飞沫也似乎凝固不动。唯见巨大的白色棕榈叶铺展在海面，叶脉和毛边都清晰可辨，仿佛是冰冻的形状。然而，机组人员则认为，这种海面，无论如何也不能降落。在机组人员看来，这些棕榈叶就好似有毒致命的硕大花朵。

即使一次航行很顺利，驾驶飞机飞向某地的飞行员，在他那段航线上所见的也不是一般的景象。天地间的这些色彩、海洋上的这些风的踪迹、暮晚的这些彩霞，飞行员根本不欣赏，而是思考琢磨。就好比一个农民巡视自己的田地，他要根据无数的迹象预见春天的脚步、冰冻的威胁、雨水的降临。职业飞行员也同样，要根据各种迹象辨识是否会下雪，是否会起雾，会不会是一个平安的夜晚。飞行开始提供的数据，似乎为他排除了危险，却把他置于更为严峻的境地，要面对自然的这些重大问题。这名飞行员独自一人，置身于一场风暴的天空为他组成的寥廓的法庭，要跟三种自然神——高山、大海和暴风雨——争夺他的邮件。

第二章　伙伴们

01

梅尔莫兹等几个伙伴，穿越"不屈的撒哈拉"[①]，开辟了从卡萨布兰卡到达喀尔的法国航线。当时的发动机不大耐用，有一次出了故障，梅尔莫兹就落到了摩尔人[②]的手中。那些摩尔人犹

[①] 19世纪中叶，法国侵入非洲建立殖民地。20世纪初，企图从塞内加尔的陆路向西北非洲行进，打通毛里塔尼亚、摩洛哥、阿尔及利亚这一条道路。在所谓"和平进驻"失败后，实行"军事平定"。1905年到1910年，迫使生活在非洲这些地区的大部分部落承认法国的宗主权。不愿降服的部落退向山区和绿洲，不受法国管辖。这些继续抵抗的部落在法国称为tribus dissidents，本书内译作抵抗部落，他们占据的地区称为抵抗地区。这里"不屈的撒哈拉"即是指此。1934年，撒哈拉才完全被法国征服。

[②] 摩尔人：指马格里布的伊斯兰教徒，即西北非的突尼斯、摩洛哥和阿尔及利亚三国的伊斯兰教徒。

豫要不要杀掉他，关了他十五天之后，终于把他转卖出去。梅尔莫兹这才得以重上蓝天，仍在同一地区飞行。

在开辟美洲航线时，梅尔莫兹一马当先冲锋在前，负责探索从布宜诺斯艾利斯到圣地亚哥这一段的航线。他在撒哈拉大沙漠的上空架起一座桥梁后，又要在安第斯山脉上空架起一座长桥。提供给他驾驶的飞机，最高能爬升五千二百米。然而，科迪勒拉山系的山峰却高达七千米。于是，梅尔莫兹驾驶飞机去寻找山口。梅尔莫兹同沙漠打过交道之后，又去冲击高山，而那些山峰在风中挥舞着雪花的披肩，彰显暴风雪前夕万物的苍白色，那些迂回曲折穿行在两道悬崖绝壁之间异常艰险的长廊，逼迫飞行员进行一场肉搏战。梅尔莫兹对敌手一无所知，就投入了这种搏斗，不知道自己能否活着回来。梅尔莫兹是在为别人"试航"的。

他一再"试航"，终于有一天，他发现自己成了安第斯山的阶下囚。

飞机降落在海拔四千米高的坪台上，四周全是陡峭的石壁，他和机械师费尽心机，两天时间也未能脱险逃离。于是，他们准备最后一次碰碰运气，驾驶飞机冲向虚空，在起伏不平的地面剧烈颠簸，一直冲出悬崖。飞机在坠落中终于达到一定速度，重又听从操纵了。面对一道山脊，梅尔莫兹赶紧提升，飞机擦着山顶岩石飞过，水从夜间冻裂的管道流出，飞了七分钟就出了故障，好在他发现下面是智利平原，到了一块福地。

第二天，他们又开始探路飞行了。

安第斯山区探测完毕，穿越航行的技术一经确定，梅尔莫兹就把这段航线交给他的伙伴吉约迈，他本人又去探路夜航了。

我们航线的中途站还没有照明设施，飞机在黑夜着陆时，地勤人员就在梅尔莫兹的飞机前方，用汽油一字排开点燃三处微弱的火光。

梅尔莫兹就这样解决难题，开辟了夜航的线路。

夜航的问题摆平之后，梅尔莫兹又尝试飞越大西洋。从1931年起，从图卢兹寄发的邮件，破天荒四天之内就能送达布宜诺斯艾利斯。梅尔莫兹返航时，飞到南大西洋腹心区域，供油系统出了故障，飞机迫降在波涛汹涌的海面上。幸亏被一艘航船救起，保住了邮件，保住了他和机组人员的性命。

就这样，梅尔莫兹相继开辟了沙漠、山脉、黑夜和海洋航线。飞机多次发生故障，他不止一次陷入沙漠、山区、黑夜和海上的绝境。他每次返航，总是为了再次出发。

梅尔莫兹工作了十二年，最后那次，他再度飞越南大西洋，途中发了一条短信，说他关闭了右后侧的发动机。随后便沉寂了。

这条消息也没有引起什么不安，然而，沉寂十分钟之后，从巴黎到布宜诺斯艾利斯，全航线的所有无线电台都开始警觉起来。要知道，如果在日常生活中，延误十分钟本不算什么，可是在邮航中延误十分钟，那就非同小可了。这段死一般寂静的时间，锁定了一个不为人所知的变故。这个变故，是无关紧要还是不幸的灾难，总归已成事实。命运已经宣判，再也不能上诉改判了：一只铁掌控制了机组成员，飞机迫降有惊无险还是机毁人亡。然而，这份判决书并没有向等待着的人宣读。

这种越来越微茫的希望、这种如不治之症越来越严重的沉寂，我们当中谁没有经历过呢？起初我们还抱有希望，可是随着时间流逝，渐渐地，为时已晚。我们终于明白，我们的伙伴回不来了，他们安息在他们经常在其上空耕耘的南大西洋里。毫无疑问，梅尔莫兹躺在他的机舱里，犹如收割者同他的麦束捆在一起，一同倒在他的麦田里。

一个伙伴这样死去的时候，他的死亡似乎仍然属于职业范畴的一种行为，也许不如别种死亡那样让人伤心。自不待言，这个人最后一程突然生变，远远离去了，但是我们并没有极痛深悲，少了他没有像少了面包那样。

我们确实养成了长久分离等待重逢的习惯。因为，从巴黎到智利圣地亚哥，这条航线上的伙伴们分散在各地，都是各自为战，有点像不能交谈的几处岗哨。这个职业的大家庭分散的成员，必须等待航行之间的偶然机会，才能在这里或那里聚一聚。多年不通音信的朋友，在卡萨布兰卡，在达喀尔或布宜诺斯艾利斯相逢，大家围坐着晚餐的餐桌，又能七嘴八舌地交谈，通过回忆往事而彼此恢复联系。然后，他们重新出发。大地就是这样，既荒凉又富饶。说富饶，是因为大地富有这些秘密的花园，隐秘而难以抵达，但是迟早有一天，职业总能把我们引到那里。职业也许会把我和伙伴们分开，忙碌无暇多想念，但是他们总归在什么地方，别人不大清楚在哪儿，没有音信并被人遗忘，但是又那么忠于友情！如果在途中相遇，他们就欢天喜地，摇晃我们的臂膀！当然了，等待，我们已经习以为常……

然而，我们渐渐会发现，某个人爽朗的笑声，我们永远也听不见了，我们会发现那座花园永远禁止我们进入。于是，我们才真正开始哀悼，而这种哀悼绝不是撕心裂肺，只是有几分苦涩。

的确，没有任何东西能够替代失去的同伴。老友故交，不是一时得来的。那么多共同的回忆，那么多同甘苦、共患难的日子，那么多次失和与和解，那么多内心的冲动，世上有什么东西能比这些更加宝贵？这些友谊，也不可能重新构建。刚刚栽下一棵橡树，就希望马上乘凉，这无异于痴人说梦。

生活就是这样的过程。起初，我们栽植了几年树木，变得富有了；后来的岁月，又毁掉这种成果，砍伐我们的林木。那些伙伴，一个一个撤走他们遮护我们的荫凉。而且从此以后，我们的哀悼中又掺杂了年华逝去的叹息。

这就是梅尔莫兹和其他一些人给我们的教诲。一种职业的崇高，也许首先在于团结人：世间只有一种真正的奢望，那便是人与人之间的诚挚关系。

如果仅仅为物质利益而工作，那么我们就是给自身建造监狱。我们关在里面，孤孤单单，守着不能给我们任何生活价值的冥钱。

我若是在记忆中搜寻给我留下长久回味的往事，总结一下我所经历的重要时刻，那么可以肯定，我忆起的那些时刻，都不是任何财富能提供给我的。金钱买不到梅尔莫兹这样一个同伴的友谊，是共同经历的考验把我们永远连接在一起。

那次夜航和相伴的千万颗星星，那种宁静，那几小时绝对自主的权利，也都是金钱所买不到的。

经历过艰难阶段后世界所呈现的新景象，那些树木、那些鲜花、那些妇女、那种拂晓生还而绽开的灿烂的笑容、那种给予我们报偿的种种小事的协奏曲，也是金钱所买不到的。

还有重新浮现在我眼前，在抵抗区度过的那个夜晚，也同样是花钱买不来的。

那是日落时分，我们航邮公司的三架飞机都迫降在黄金海岸。我的伙伴黎盖勒由于飞机传动杆断裂，首先降落。接着，另一位伙伴布尔加也跟着降落，以便接应出事飞机的机组人员。然而，他的飞机也出了点故障，虽不严重，却不能起飞了。最后，我的飞机也降落了，但是夜幕已经降临。我们决定抢修布尔加的飞机，要想顺利修好，只能等待天亮之后。

一年前，我们的同事古尔和埃拉布勒恰好飞到这里出了故障，迫降后被反叛武装杀害了。我们知道今天也有一支拥有三百支枪的武装匪帮，驻扎在博哈多尔角一带。我们三架飞机降落的情景，很远就望得见，有可能惊动了他们，于是我们开始守夜，也许这是我们今生最后一个夜晚了。

我们安顿下来准备过夜，从行李舱里搬下五六只货箱，取出货物，将空箱子围成一圈儿，每只箱子里都点着一支小蜡烛，不大避风，就像在一个小岗亭里面。我们在光秃秃的地壳上，在茫茫的沙漠中，身处世界初创时期的孤寂境地，就这样建起了一个村落。

这块沙地，由我们箱子里摇曳的烛光照亮，就是我们村子的大广场，夜晚我们聚集在广场上等待。我们要等来可能救我们的黎明，或者摩尔人。我也说不清为什么，这个夜晚有点圣诞节的意味。我们讲述往事，相互打趣取乐，还一齐高唱歌曲。

我们就像参加一场精心准备的节日盛会，体会到了同样轻松而热烈的气氛。然而，我们却一贫如洗，只有夜风、沙子和星星。这种苦修的作风，不亚于特拉普会修士①。不过，在这片昏暗的大地上，六七个除了自己的回忆便两手空空的男子汉，一起共享着无形的财富。

我们终于相聚了。长久以来，大家走在平行线上，并行不遇，各自封闭在缄默中，顶多交换几句无关痛痒的话。但是到了危难时刻，我们就肩靠着肩，相濡以沫。大家发现都属于同一个团体，坦诚相待换来了推心置腹。大家相视而笑，特别开心，就像一个获释的囚徒，面对茫无涯际的大海，不由心驰神往。

---

① 特拉普会：创建于十七世纪的天主教西多会的一个支派，实行节食忏悔，坚守缄默。二十世纪初在英格兰、苏格兰、加拿大、美国、澳大利亚和南非等设立隐修院。二战后在法国和美国发展显著。

02

吉约迈，关于你我要讲几句话，但是我绝不会喋喋不休，渲染你多么勇敢，或者业务多么精干，让你觉得不自在。我想讲点儿别的事，描绘你冒险生涯中最精彩的一段。

有一种品格，根本安不上名称。也许可以称之为"严肃"，但是这个词不能令人满意。因为，这种品格也可以伴随笑口常开的快乐。木匠也有同样的品格，即以平等的身份，站到他的木料跟前，抚摩并测量木料，绝不掉以轻心，而是以浑身解数来对待。

吉约迈，从前我读过一篇赞扬你的冒险精神的文章，现在我要跟这种不忠实的形象算老账了。那篇文章把你看成一个爱讲俏皮话的伽弗洛什①，就好像在性命攸关的最危险的时刻，你的勇敢降格到中学生式的嬉笑。别人并不了解你，吉约迈。你没有感到这种需要，在较量之前先嘲笑对手。面对一场恶劣的风暴，你就判定："这是一场恶劣的风暴。"你承认并估量它的危害。

————————

① 伽弗洛什：雨果长篇小说《悲惨世界》中的人物，典型的巴黎流浪儿的形象。

吉约迈，以我的回忆，在这里为你做证。

那年冬季，你在飞越安第斯山脉的一次航行中，失踪了五十个小时。我从阿根廷的巴塔哥尼亚终点站返航，到门多萨同德莱伊会合。我们二人驾驶飞机，在崇山峻岭中接连搜寻了五天，没有发现一点儿踪迹。我们两架飞机根本不够。这样广袤的群山，峰巅高达七千米，要想把每个角落都搜寻遍，在我们看来，那得派出一百个飞行中队搜索上百年。我们丧失了全部希望。在那片地区，甚至走私贩子、为五法郎就敢犯罪的强盗，都不肯为我们组成救护队，冒险登上山梁的余脉。"我们要拿命去冒险，"他们对我们说，"大冬天，走进安第斯山里，就休想活着出来。"德莱伊和我，我们架机在圣地亚哥着陆时，就连智利的军官们也劝我们停止搜寻，"这可是冬季。你们的同事在飞机坠落时，即使幸免于难，他也熬不过山区的夜晚。人在那里过夜，非冻成冰块不可。"因此，我再次驾机穿行在安第斯山区峭壁和巨柱之间，就觉得不是继续寻找你了，而是在守护着你那安息在冰雪大教堂中的遗体。

到了第七天，终于有了消息。当时我刚飞行了一趟，吃完午饭还要再次起飞，我坐在门多萨的一家餐馆里，忽听有人推门进来，嚷着说，哦！话很简短：

"吉约迈……活着!"

餐馆里所有人,包括陌生的顾客,都相互拥抱。

十分钟之后,我就起飞了,带上两名机械师,勒弗布尔和阿布里。四十分钟之后,我就沿着一条公路降落,不知道根据什么认出是你,由一辆从圣拉斐尔方向驶来的汽车拉着,也不知道要把你送往哪里。真是一场惊喜的重逢啊,我们都流下眼泪,紧紧把你搂在我们怀里,祝贺你生还,死里逃生,创造了自身的奇迹。正是在这个时候,你讲出第一句清晰的话,表达了作为人的无比自豪:"我所做的事,任何动物都绝对做不到。"

后来,你向我们讲述了这个意外事件。

一场暴风雪持续了四十八小时,安第斯山脉智利一侧山坡积雪厚达五米,堵塞了整个空间,泛美航空公司的美国飞行员都掉头返航了。然而,你却照样起飞,要在天空寻找一条裂缝。你在偏南方向果然发现了一条通道,那是一个陷阱。这时,云层最高升到六千米,只有几座山峰钻出云层,你爬升至六千五百米的高度,飞向阿根廷。

下沉的气流,往往能使飞行员产生一种奇特的不适之感。发动机运转正常,可是飞机却往下降。你就拉升,以便保持高度,结果飞机减速,变得动力不足,而且总在下沉。你担心提升得太猛，干脆放手，任由飞机左右飘移，好靠近有利的山峰，像跳板一样接受风的推动。然而，你的飞机还在下沉，似乎整个天空都在往下沉，只觉得身不由己，陷入一场宇宙的大变动中，无处躲藏了。你驾机想要掉头，返回原来的区域，那里的大气像柱子似的坚固而充实，然而无济于事。再也没有支柱了。一切都解体了，飞机在这种分崩离析中，滑向缓缓升起、升到你的头顶、将你吞没的云海。

"差一点我就被困住了，"你对我们说道，"但是，我还不服气。在看似稳定不变的云层上面遇到下降的气流，原因很简单，就是在同样海拔高度上，云团无休止地聚散，变幻不定。在高山上，一切都那么诡异……

"多么怪异的乌云啊!……

"飞机一旦失去控制，我就放弃操纵，只是紧紧抓住座椅，以免被抛出座舱。飞机摇晃得十分剧烈，安全带勒伤了我的肩膀，几乎要绷断了。再加上仪表盘蒙上一层霜，根本看不清指针的方位。飞机像一顶帽子似的滚落，高度从六千米降到三千五百米。

"到了三千五百米，我望见一片横卧的黑色物体，从而得以重新调整飞机。我认出那是钻石湖，知道它坐落于一个漏斗状的谷底，而湖的一侧正是迈波火山，海拔六千九百米。我虽然摆脱了云团，可还是什么也看不见，眼前是漫天飞舞的大雪。我若是飞离钻石湖，很可能撞上漏斗一侧的山体，从而机毁人亡。于是，我只好在离湖面三千米的低空盘旋，直到耗尽汽油。这样盘旋了两小时之后，我才降落，飞机倾覆了。我刚爬出机舱，就让风暴掀倒了。我费力站起来，又被掀倒了，无奈只好钻到飞机下面，在积雪里挖出一个藏身洞。我用邮袋裹住身体，就这样等待了四十八小时。

"四十八小时之后，暴风雪停住了。我便出发，徒步走了五天四夜。"

经历了这样的磨难，你还剩下什么呀，吉约迈？我们又把你完整地找回来了，然而你被烧焦了，干瘪了，抽巴了，变成了一个老太婆！当天傍晚，我就驾机把你带回门多萨，在那里给你盖上多少层白被单，就像给你全身涂上镇痛的香膏。然而，白被单治不好你的伤痛。你这躯体过分透支，浑身酸痛难忍，在床上辗转反侧不能入眠。你的躯体忘不了岩石和风雪。岩石和风雪给你打的烙印太深了。我观察你这张面孔，又黑又肿胀，活似一个熟透而摔破的果实。你那模样太丑了，真让人可怜。而且，你的双手一直僵硬，不能再灵敏地操纵工作上的仪器了。你想坐到床边喘口气，冻伤的双脚耷拉下去，就像两个死沉的秤砣。你这趟艰难的行程甚至还没有结束，你还在气喘吁吁，即便躺下，你也在枕头上翻来翻去，想要平静下来歇息一会儿，可是一连串失控的景象，暗中早就按捺不住，立刻在你的头脑里翻腾起来，一幕一幕浮现，不知多少次你重新投入战斗，同那些死灰复燃的敌人拼搏。

我喂你喝汤药：

"喝吧，老伙计！"

"要知道……最让我惊奇的是……"

你是个获胜的拳击手，但是也有挨了几记重拳的印迹。你重温这次奇异的险历，只是零零碎碎讲述出来。在你夜晚讲述的过程中，我看见你冒着零下四十度的严寒走在山间，没有冰镐，没有绳索也没有食物，攀爬海拔四千五百米的山口，或者沿着陡峭的岩壁一点点行进，双脚、膝盖和双手都磨出了血。你的血液、你的精力、你的神志，都渐渐衰竭了，你却一直往前走，像蚂蚁那样顽强，碰到障碍就折回去再绕行，摔倒了就爬起来，有的山坡只通向绝境，走下去还得重新爬上来。总之，你根本不让自己歇一歇，因为，一躺在雪铺的床上，你就再也起不来了。

的确如此，你就是滑倒了，也得赶紧爬起来，以免冻得像石头一样僵硬。严寒随时都能把你冻僵，你摔倒之后，为了多享受一分钟的休息，再要起来，就不得不活动一阵僵死的肌肉。

你抗拒着种种诱惑。你对我说："人在冰天雪地里，就会丧失一切自卫的本能。走了两天、三天、四天之后，就一心想睡觉。我就是特别想睡觉。但是我在心里念叨：我妻子，如果相信我活着，就准相信我还在走。伙伴们也会相信我在行走，他们全都那么信任我。如果我不走了，我就成了一个混蛋。"

因此，你不停地行走，每天都用小刀尖将鞋帮划开一点儿，好容得下你那冻伤肿胀的双脚。

你还向我透露了这样一件奇特的事：

"你想想看，从第二天起，我的大部分精力都用在阻止自己思考。我太受罪了，我的境况太绝望了。要想有勇气走下去，我就不应该考虑自己的处境。只可惜，我管不住自己的头脑，我的脑子像一台涡轮机那样不停地运转。不过，我还能为自己的脑子选择影像。我集中想一部电影、一本书。这样，这部电影，或者这本书的情节就在我的脑海里一幕幕迅速地闪过。然后，又把我拉回眼下的处境。势必如此。于是，我又放开思想，去回忆别的事情……"

然而有一次，你滑倒了，摔了个大马趴，你卧在雪地上不肯起来了。你就像被一拳打倒的拳击手，全部激情顿时丧失，躺在一个陌生的世界里，听裁判一下一下唱秒，掷地有声，一直听到无可挽回的第十秒为止。

"我已经竭尽全力了，根本没有希望了，何必这么固执，白白受这份儿罪呢？"只要你双眼一闭，就能造出清平世界，就能从这世上抹掉悬崖峭壁、坚冰和积雪。这奇妙的眼皮刚一合上，什么打击，什么坠落，什么肌肉拉伤，什么冻得灼伤，就连像老牛拉车一样拖着生活的重负，比一辆坦克车还沉重的生活负载，都统统化为乌有了。你已经品尝到了，这种变成毒药的寒冷滋味，有如打了吗啡，现在让你百体通泰了。你的生命退缩到心脏周围。有某种温存而珍贵的东西，蜷缩到你自身的中心。你的意识渐渐放弃这个躯体的遥远区域，而一直疼痛难忍的躯壳，现在已经进入大理石般麻木不仁的状态。

就连你的种种顾虑，也都平息下来。我们的呼唤，再也达不到你的耳畔。确切点儿说，在你听来，变成梦中的呼唤了。你在梦中愉快地回应，迈起轻快的大步，毫不费力地走向原野的乐园。你多么潇洒，悄然进入一个对你变得如此温存的世界。吉约迈，你这个吝啬鬼，你竟然决定拒绝回到我们中间来。

你的潜意识又萌生了愧疚。一些明确的念头突然掺进了梦境。"我想到了妻子。我的保险公司将保障她的生活不会陷入困境。不错，可是保险金……"

在一个人失踪的情况下，要过四年才能确认法定死亡。这个细节出现在你的脑海里，特别鲜明，顿时排除了其他念头。当时你趴在陡峭的雪坡上。到了夏天，你的遗体就会被融雪的泥浆冲下去，进入安第斯山区数不清的沟壑中。你知道这种后果。而且你也知道，在你前方五十米远的雪中屹立着一大块岩石。"当时我就想：我若是爬起来，也许就能走到那儿。如果我紧紧靠住那块岩石，到了夏天，有人就能找见我的遗体。"

你一旦站起来，就走了两夜三天。

然而，你当时并没有想往远处走：

"我从许多迹象看出，我走到终点了。其中有这样一个迹象。我大约每走两个小时就不得不停一停，以便把我的鞋帮划开一点儿，用雪搓搓我两只肿胀的脚，或者只是为了让我的心脏歇一歇。而且，临到最后那几天，我丧失了记忆。我重新出发，走了很久之后，忽然意识到这种情况：我每次停下来，总要遗落点儿什么东西。头一回，是丢下一只手套，在这种寒冷的气候，这是件很严重的事。手套就放在我面前，我起身走时没有拾起来。接着我又丢掉了手表。随后，又是我的水果刀。再后来就是我的指南针。我每停一次，就要变穷一点儿……

"朝前走一步，就能得救。再走一步。周而复始的总是同样的一步……"

"我所做的事，我敢发誓，任何动物都绝对做不到。"我又想起你讲的这句话，这是我所听到的最高尚的一句话：这句话给人定位，赋予人以荣誉的地位，确立了真正的等级。你终于入睡了，你的意识消失了，不过等你醒来时还会再生，重新控制你这散了架子，伤痕累累的躯体。可见，躯体无非是件好工具，躯体无非是个仆人。而这件好工具值得骄傲，吉约迈，你也善于表达出来：

"断绝食物，你想象得出来，走到第三天头上……我的心脏，跳动就无力了……果然！我正沿着一面陡坡往上爬，身体悬在半空，挖几个小洞好放稳手脚，我的心脏突然出了故障。犹豫半晌，才又开始跳动，怦怦狂跳起来。我感到心脏再多迟疑一秒钟，我也就撒开手了。我不再动弹，倾听心跳。这几分钟，我感到自己命悬于我的心脏，而我驾驶飞机的时候，从来没有感到自己如此心系我的发动机。我对这颗心说：'好了，加把劲儿！尽量再跳动起来……'老实说，这颗心脏真是好样的！它迟疑了一会儿，随即又跳了起来，然后就一直跳动不停……恐怕你不知道，这颗心脏多么让我自豪啊！"

在门多萨的病房里，我守护着你，见你终于睡着了，但是呼吸很急促。我心中暗道：如果有人向他说起他多么有勇气，吉约迈可能要耸耸肩膀。然而，若是就此赞扬他的谦虚，那也同样违背他的意愿。他远远超越谦虚这种一般的品质。他之所以耸肩，那是出于诚实。他知道，人一旦陷入事故的险境，也就不恐惧了。只有不明的事物，才让人心惊胆寒。未知的境况，无论谁一旦身临其境，就不再是未知的了。尤其我们能头脑清醒，认真地观察面临的境遇。吉约迈的勇气，首先是他光明磊落的一种表现。

他真正的品格绝不在于此。他的伟大在于他的责任感。对他本人负责，对邮件负责，对满怀希望的伙伴们负责。他掌握着他们的痛苦或者欢乐。也对他应该参加的、活着的人那边正在构建的新事业负责。同时，在他工作的范畴里，对人的命运负起责任。

吉约迈属于慷慨大度的一类人，愿意用自身茂密的枝叶，荫护广阔的境域。做人，恰恰就要负责任。就是面对一件似乎不取决他的苦难也要引以为耻。就是要为伙伴们取得的胜利倍感骄傲，就是要添上自己这块石头，感到自己为建造世界做出了贡献。

有人想把这种人同斗牛士或者赌徒混为一谈，夸耀他们都是不怕死的人。可是，对于不怕死，我却不以为然。傲视死亡，如果不是根植于一种自愿承负的责任，那就只能是头脑贫乏或过分幼稚的体现。我认识一个自杀的青年，记不清是怎样失恋的伤痛促使他对准自己的心脏开了一枪。我不知道他受了什么文学作品的迷惑，自杀时还戴上了白手套，只记得他那种可悲的炫耀的行为，给我的印象不是什么高尚，而是一种卑怯。可见，在他那张可爱的面孔后面，在他的脑壳内里，除了一个跟其他姑娘相似的傻女孩形象之外，就空无一物了。

面对这样渺小的人生，我想起一个人真正有价值的死亡。死去的是一个园丁，他曾对我说："您可知道……我翻地有时候汗流浃背。我患了风湿病，抬腿很吃力，不免诅咒病痛对我的这种束缚。就拿今天来说，我很想翻一翻地，挖一挖土。翻地，我觉得太美妙啦！人在翻地的时候，简直自由极了！往后，我这些树木，谁来修剪呢？"他留下了一片有待开垦的土地。他留下了一颗有待开垦的星球。他的博爱普惠所有土地和地球上的所有树木。他是个慷慨的人，奉献自己的人，是伟大的主人！他以创世的名义同死亡做斗争的时候，也跟吉约迈一样，是个勇敢的人。

第三章　飞机

　　吉约迈，你白天黑夜忙碌，不管是检查压力表，还是保持回旋仪的平衡，不管是倾听发动机的喘息，还是肩倚在十五吨重的金属机身上，干什么都一样，摆在你面前的问题，归根结底是人的一些问题，而你立刻就感染了山里人的高尚品德。你如同一位诗人，懂得欣赏黎明的来临。你往往从难熬的黑夜的深渊，企盼从东方黑暗的土地上，出现这束淡淡晨曦，喷涌这片光明。这种神奇的喷泉，有几回在你以为要死的时候，在你面前缓缓融化开来，并且治愈了你的痛疾。

　　使用精密的机具，也没有把你变成一名干巴巴的机械师。我认为对我们的技术进展过分恐惧的那些人，他们混淆了目的和手段。无论谁，如果只希望为物质利益而奋斗，那他确实收获不到人生任何有价值的东西。其实，机器并不是一种目的。飞机不是一种目的，而是一件工具，跟犁铧一样，是一种工具。

我们之所以认为机器坑害人，也许是因为我们没有退几步来研判，我们受到如此迅猛的变革有什么后果。比较二十万年的人类发展史，这一百年的机器历史又算什么呢？在这采矿和修建发电站的新环境中，我们也是刚刚安顿下来，也是刚开始住进这座尚未完工的新房子里。我们周围的一切：人际关系、劳动条件、风俗习惯，都变化得太快了。我们的心理本身，从最切身的基本层面受到冲击。分离、缺席、距离、返回等这些概念，如果还是原来的词，却不再包含同样的现实内容了。为了掌握今天的世界，我们还得使用为昨天世界所确立的语言。我们觉得，从前的生活更符合我们的天性，只因那种生活更符合我们的语言。

每一种进步，都会驱逐一点我们刚形成的习惯，我们称得上真正的移民，还没有创建起自己的家园。

我们全是未开化的小孩子，还对我们的新玩具惊叹不已。我们驾机飞行，也毫无别种意义。那玩意儿飞得更高更快。我们忘却了为什么要驾机飞行。飞行反而暂时胜过了目的。事情历来如此。对于一个要创建帝国的殖民者来说，生活的意义就是军人瞧不起拓殖者。然而，这种征服不就是让拓殖者安家落户吗？我们在热情高涨的科技进步中，就使用人去修铁路，建工厂，钻探油井，有点儿忽略了我们大搞建设是要为人民服务的初衷。在征服的过程中，我们的道德观念就是军人的道德观念。不过，现在我们必须进行殖民，必须给这座尚没有面貌的新房子增添人气儿。真理，对一些人来说，就是建房子，而对另一些人来说，就是居住进去。

自不待言，我们的新房子会逐渐富有人情味。机器本身，越改进也越精巧，只突显其作用了。人在工业领域的全部努力、所做的全部计算、俯在图纸上熬过的全部夜晚，明显的特征，似乎只为了达到单纯，就好像要通过几代人的实践，才逐渐总结出一根柱子、一副船体，或者一架飞机机身的曲线，最终臻于人的胸脯或肩膀那样的纯美。工程师们、制图师们、计算师们，坐在研究室里工作，从表面上看，似乎只为磨合，减少并消除这种人拼接的痕迹，平衡了机翼，直到机翼再也引不起注意了，同机身完全融为一体，而不像硬挂在机身上的一个部件。总之，蜕掉粗糙的表层，已经浑然天成，神秘结合起来，展示完美的形状，那种高质量比得上诗歌。那种完美所达到的程度，不是无须再增添任何东西，而是不能再减掉任何东西了。机器演变的终点，就是藏而不露了。

创造发明达到完美，也就近乎销声匿迹了。同样，工具的任何机械表象逐渐抹掉，摆到我们面前就像海水冲刷的鹅卵石，那也就巧夺天工了。而机器在使用过程中，甚至渐渐被人忘记它原本是一台机器，这也同样令人赞叹。

从前，我们参观过一家复杂的工厂，到如今，我们已经忘记有马达运转了。马达的功能就是运转，就跟心脏跳动一样，我们也根本不注意自己的心脏。注意力不再被工具所吸引。我们超越工具，并且通过工具，重新发现古老的大自然，即园丁、飞行员，或者诗人的大自然。

飞行员起飞之后，就要同水，同空气打交道。发动机一旦启动，水上飞机一旦在海上破浪前进，机身受激浪拍击，发出铜锣般的鸣响。人可以在颠簸摇晃中工作，随着一秒钟一秒钟加速，他就感到飞机积蓄了能量，感到这个重达十五吨的物体渐渐准备就绪，可以起飞了。于是，飞行员握紧操纵杆，手掌就像接受礼物一样接收这种能力。随着接收过来这种礼物，操纵杆的金属部件就变成这种能量的使者了。等到这种能量趋于饱满，飞行员一个动作，比摘个果子还要灵活，飞机立时离开水面，飞行在空气中了。

第四章　飞机与地球

01

　　飞机当然是一部机器，但是这件工具多么值得分析！我们借助这件工具，发现了地球的真面目。多少世纪以来，道路的确欺骗了我们。我们就像从前的那个女君主：她要看望她的臣民，了解他们是否满意她的统治。那些大臣为了蒙蔽她，便沿路布置幸福的景象，雇些人在那里莺歌燕舞。除了这条细细的导线，女君主没有看到她王国中的任何情况，根本不知道在广阔的农村，那些快要饿死的人正在诅咒她。

　　我们正是这样，沿着蜿蜒曲折的道路往前走。那一条条道路绕开了不毛之地、岩石和沙漠，迎合人的需要，从一处水源通向另一处水源。那些道路引导乡下人从谷仓走到麦地，在牲口棚门口接待还睡意惺忪的牲畜，在曙光中将它们赶到苜蓿牧场里。道路也将这座村庄同另一座村庄连接起来，因为两村庄彼此通婚。即使有哪条路贸然穿越一片沙漠，那它也不惜绕多少弯子，流连那些沙漠绿洲。

道路的三弯九转，犹如同样多的善意谎言，就这样将我们欺骗。我们沿着这样的道路旅行，经过多少灌溉良好的田地，见到多少果园、多少牧场。长久以来，我们一直美化我们这座牢笼的形象。这个地球，我们还以为它又湿润又温和。

然而，我们目光敏锐起来，我们取得了一种残酷无情的进步。我们有了飞机，就学会走直线了。我们刚刚驾机起飞，就丢开那些通向饮水槽和牲口棚的道路，或者那些连接城市的迂回曲折的道路，从此摆脱那些可人的束缚，不再需要水源，飞向我们遥远的目标。直到这个时候，我们才从笔直航线的高空，发现了大地的主要基底，是由岩石、沙漠和盐碱地构成的，大片大片地面的生命迹象，有点儿像废墟低洼处长出的苔藓，偶尔才能见到零星的花朵。

于是，我们都成为物理学家、生物学家，考察那些点缀在山谷河谷深处的文明，有时还真能看到奇迹，在气候适宜的地方，文明也像花园似的鲜花盛开。于是，我们就能够以宇宙的高度，以我们舷舱为研究工具来观察人类，从而重新研读我们的历史。

02

　　飞行员驾机飞向麦哲伦海峡，要飞越加耶戈斯河南岸一条古老的熔岩流遗迹，那片平原的岩浆层厚达二十米。接着，飞行员又遇见第二条、第三条这样的熔岩流遗迹，再往前飞行，每过一个土包，每过一座高不过二百米的小丘，都发现侧面均有火山口。绝非维苏威火山那般高傲，只是分布在平原上的炮弹坑。

　　但是到了今天，都完全平静下来了。在这种百孔千疮的景象中，人们不禁吃惊地感受着这份寂静。想当初，这里上千座火山喷发，此呼彼应，各自从地下巨大的管风琴里发出轰鸣。如今飞越上空，唯见一片镶缀黑色冰川的沉寂土地。

　　不过，再远一点儿，火山群更为古老，已经披覆金黄色的草坪。有时，在洼兜里还长出一棵树来，好似旧瓦罐里插的一朵花。在一种黄昏色彩的光照下，浅草茸茸铺成的平原显出文明的气息，像花园一般绚丽多彩，唯有巨大的火山口周边略微有点突起。一只野兔如离弦之箭逃逝，一只鸟儿飞起，生命占领了一颗新星球，星球的表层终于积淀了沃土。

最后，在临近蓬塔阿雷纳斯城①，最后几处火山口都被填平了。连成片的草地覆盖了弧线形的火山：从此以后，这些火山只呈现出温和的面貌。每一条缝隙，都由这种柔软的纺线补缀好了。地面平坦，坡度又小，已经失去了原初的模样。山丘坡上的这种草坪，抹去了凄惨的标记。

这就是世界最南端的城市，偶然有了一点泥土才可能建成，坐落在原始熔岩和南极冰川之间，离黑色熔岩流遗迹很近，让我们感到这真是人类的奇迹！奇异的相遇！真不知道这位旅客是怎么回事儿，为什么来参观这些天然的花园，殊不知这里宜居期非常短暂，即使一个地质纪吧，也只是悠悠岁月中天赐的一天。

我在傍晚的温馨中降落。蓬塔阿雷纳斯啊！我背靠着一处公用水泉的护墙，瞧着那些年轻姑娘。离她们的芳容两步远，我更加切身地感到人的奥秘。在这个世界上，生命与生命紧密相连，鲜花借助风的床铺与鲜花相混杂，天鹅认识所有的天鹅，唯有人在编织自己的孤独。

人与人之间在精神方面，保留了多大距离啊！年轻姑娘的梦

---

① 蓬塔阿雷纳斯：智利最南端的城市。

想将我与她隔绝，如何与她沟通呢？一个脚步慢腾腾往家走的女孩子，眼睛低垂，暗自微笑，已经满腹心事和鬼主意了，别人又能了解她什么呢？她用情人的种种念头、话音和缄默来为自己建造一个王国，从此在她眼里，除了她的情人，就全是野蛮人了。我感到她隐匿在自己的秘密中，隐匿在自己的习惯和记忆的悦耳回音里，胜似身处另一颗星球。昨天她刚诞生于火山、草地或者海洋的盐碱滩，现在已经半人半神了。

蓬塔阿雷纳斯啊！我背靠着一处公共水泉的护墙。几位老妇人来汲水，关于她们悲惨的身世，我只能了解到这种奴仆式的举动。一个孩子，脖子顶着墙在抽噎，他留在我的记忆里，只能是一个永远安慰不了的傻孩子。我是个局外人，什么也不了解，走不进他们的王国。

人类的仇恨、友谊、欢乐的这场大戏，在多么狭小的布景中表演啊！偶然生活在一片尚有余温的熔岩上的人们，就已经受到未来沙漠的威胁，受到冻雪的威胁，他们又能从哪里获取这种永恒的感觉呢？他们的文明不过是薄薄的镀金层：一次火山喷发、一片新的海洋、一场风沙，就会抹掉这层文明的装饰。

这座城市似乎坐落在真实的土壤上，大家以为土层很厚，像法国博斯平原那样，却忘了这里跟别处一样，生活是一种奢侈，在人的脚下，哪个地方的土层都不深。我倒是知道，离蓬塔阿雷纳斯十公里的地方有一片水塘，那片水塘就向我们表明了这一点。水塘很不起眼，就像农场院子里的一片水洼，周围长着七扭八歪的矮树，盖有几间低矮的房舍，令人不可思议的是，池塘里的水却受潮汐的影响。在众多平静的现实事物中，在这些芦苇、这些玩耍的儿童中间，水塘却服从别的一些法则，夜以继日地进行缓慢的呼吸。在平静的水塘下面，在固定不动的冰层下，在仅有的一只破船下面，月球的引力在起作用。在深深的水下，海洋的涡流在搅动这大片黑色水域。从水塘周围一直到麦哲伦海峡，在长着青草和鲜花的薄薄泥土层下面，持续地进行着离奇的消化运动。人来到这座城市定居，自以为找到了自己的家园，确立在人的大地上了，殊不知城门外这片宽不过百米的水塘，却跟大海脉息相连。

03

我们居住在一颗行星上。多亏有了飞机，这颗星球才不时向我们展示它的原貌：同月球相关联的一片水塘揭示出隐秘的亲属关系——而且，我也了解别的一些征象。

我们飞行在摩洛哥的朱比角和锡斯内罗斯之间，沿撒哈拉海岸线渐飞渐远，只见沿岸布满圆锥形的高地，大小不等，小至宽仅数百步，大的宽达三十来公里，但是高度出奇的一致，都只有三百米。这些高地不仅高度相等，而且还呈现同样的色彩、同样的泥土颗粒、同样形状的峭壁。如同一座庙宇被黄沙掩埋，仅仅露出柱子，还能表明平台崩塌后所余的遗迹。同样，这些林立的圆锥体柱子也能证明，从前它们是连成一体的大片高原。

在开通卡萨布兰卡—达喀尔航线的最初几年，那个时期机械设备还比较脆弱，时常出故障，就必须搜寻和救援，我们不得不经常降落在敌对的地区。而且，沙地往往给人以假象：我们以为地面结实，结果飞机陷了进去。还有那些古老的盐碱地，看似跟沥青地面一样坚硬，走上去踏得嘎嘎响，但是承受不了飞机轮子的压力。盐碱地的白色表层一塌陷，就涌出臭烘烘的黑色沼泥。因此，只要条件允许，我们就选择这些高地的平坦表面，高地上面绝不会埋伏着陷阱。

多亏一种坚韧的粗重沙粒层，即微型贝壳的巨大堆积提供保证，覆盖在高地的表面还完好无损。沿着山脊走下去便发现小贝壳的分离聚合。在高原的基底最古老的沉积层，这些贝壳已经构成了纯粹的石灰岩。

然而，在雷纳和塞尔两位伙伴被当地人俘虏的时候，我恰巧就降落在这样一处安全的高地上，以便放下一个充当使者的摩尔人。同他分手之前，我和他一起寻找一条能够下去的路。可是我们这块高地，哪面都是陡峭的悬崖，披着皱褶的层岩，濒临深渊，根本就无路可走。

不过，我还要在这里逗留一阵，然后再起飞去寻找另一块场地。这样一片处女地，还从来没有人或动物玷污过，而我踏上自己的足迹，就感到一种也许颇为幼稚的快乐。没有一个摩尔人能够攻取这个堡垒，也从来没有欧洲人勘探过这片土地。我大步流星，走在这无比原始的沙地上。我是第一人，抓起一把贵重金屑似的贝壳粉，任其从一只手掌流淌到另一只手掌。我也是第一个打破这片寂静的人。我就像一粒种子，被风刮到这个亘久寸草不生的极地冰川似的地方，成为生命的第一个见证。

天空已经跃出一颗亮星。我凝望着那颗星，心想千百万年以来，这片白茫茫的大地面，仅仅呈现给星星，似铺展在澄净天空下一块无瑕的桌布。我心头猛然一震，仿佛面对一种重大发现似的，在离我十五米至二十米的桌布上，我发现了一颗黑石子。

我停留在厚达三百米的贝壳积层上，这一大片地表，就好像一种不容辩驳的证据，根本不可能存在任何石头。也许沉睡在地层深处的燧石，由于地球缓慢的进化而演化，然而又是通过什么奇迹，其中一块燧石竟然一直蹿到这块崭新的地表呢？我的心怦怦直跳，走过去拾起我发现的物体：原来是一块坚硬的黑石头，拳头大小，沉甸甸的，富有金属质地，铸成一滴眼泪的形状。

一块台布铺在苹果树下，只能接收到苹果，而一块台布铺在星空下，那就只能接收到星体的残骸。任何一颗陨石，都没有如此明显地表明它的来历。

我自然而然地抬起头来，心想从天宇的这棵苹果树上，还应该坠落另外一些苹果，我一定能在坠落的地点找到它们。既然千百万年以来，这些苹果不可能受到丝毫打扰，也绝没有同其他物体相混杂。于是，我立即开始搜寻，以便证实我的假设。

果然得到了证实。差不多从每公顷的面积，我都能收获一块陨石，全是熔岩凝结而成的模样，都跟黑钻石一般坚硬。我就是这样，在我这流星雨量计的顶端，看到了这场缓慢的流星雨激动人心的缩影。

04

不过，最为奇妙的事，就是站在这颗星球的圆背上，在这块带磁性的巨幅台布和这些星体之间，有一个人的意识，而这种陨石雨进入人的意识里，就像映现在一面镜子里那样。躺在矿床上，做一场梦就是一个奇迹。还记得我做了这样一场梦……

还有一回也是这样，我被迫降落在一个沙层很厚的地区，等待黎明。金黄色的沙丘，将明亮的坡面呈献给月亮，而阴暗的坡面一直升高到阴暗的分界线。这片阴影和月色参半的荒凉的工地，笼罩着停工后的一片宁静，也是没有陷阱的一种寂静，而我就在这寂静的腹心进入梦乡。

我醒来时，映入眼帘的只有一池夜空，因为我正躺在一道沙丘脊上，双臂叉在胸前，面对这一池星斗。我还弄不清水深几许，一时觉得头晕目眩。在我和这深渊之间，没有一条可以抓住的根须，没有个房顶相遮护，也没有一根树枝可攀缘，我已经全无羁縻，就要像潜水员一样沉没下去了。

不过，我根本没有跌落。我发现自己从头到脚都紧连着大地。我的体重托付给大地，心里感到很安稳。万有引力在我看来，同爱情一样至高无上。

我感到大地托住我的腰身，支撑并托起我，将我运送到夜空中。我发觉自己贴在这个星球上，而吸引我的一种力量，类似车子转弯时拉住人身体的向心力。我亲身体验了这种令人赞叹的依托、这种牢靠、这种安全，而我能猜得出来，我身下就是我的航船的弧形甲板。

我非常清楚地意识到自己在乘船航行，听见从地下深处传来的机械声响也不吃惊，那是传动中齿轮咬合的呻吟、老帆船返航的呜咽、迎风破浪的驳船的尖厉长啸。然而，厚厚的地层持续静默。可是，这种引力，在我肩膀上有所显露，十分和谐，十分持久，永远那么均衡。我实实在在寄身于这个家园，如同死去的苦役犯的尸体，坠上铅块沉到海底。

于是我思考自身的境况：身陷沙漠，处境危险，赤裸裸躺在黄沙和星空之间，一片沉寂将我隔开，远离我生活的主体。我知道如果哪架飞机也没有找到我，如果明天摩尔人没有杀害我的话，那么我得花上数日、数周、数月，才能回到伙伴们身边。我在这里一无所有。我不过是个凡人，迷失在黄沙和星空之间，唯一欣慰的是意识到自己还在喘气……

然而我却发现，自己充满了梦想。

这些梦想宛如地下泉水，来时悄然无声，起初我还未弄明白，一种温馨之感已经沁入我的心田。无声无形，却有什么来到身边的感觉，一种近在咫尺的友谊，已能猜出五分。继而我明白了，于是合上双眼，忘情地徜徉在我记忆的美妙幻境中。

某地有座园子，长满了黑冷杉和椴树，还有一座我喜爱的老房子。那座房子离得远近，能否为我取暖，容我栖身，这都无关紧要。在这里仅仅伴随我的梦想是：只要有这样一所房子存在，陪伴我度过夜晚就行了。这样，我就不再是身陷沙漠的落难者，自己有了方向，我就是这所房子里的孩子，记忆中充满家里的气味、门厅的清爽、房间里喧闹的欢声笑语。甚至沼泽里的蛙鸣，也一直传到我的耳畔。我需要这类千百种标记，以便确认我自己，体味在这沙漠中缺少什么，以便探求这里连青蛙都沉默、万籁俱寂的这种寂静的意味。

不，我不再露宿在黄沙和星空之间了。我从外界也只接收到寒冷的信息。甚至这种永恒的感觉，我原以为来自天体，现在发现其来源了。我又看到房子里气派非凡的大壁柜，半开的柜门露出一摞一摞叠整齐的雪白床单，另一边半开的柜门，则露出雪白的冰冻食品。年迈的女管家像老鼠似的，迈着小碎步，从这个柜子走到另一个柜子，总是忙着清点、展开、叠好、重新计数浆洗好的床单内衣，每当发现一处要磨损的迹象，威胁到这所房子的永恒，便高声叹道："哎呀！上帝啊，多么不幸啊！"于是，她立即跑到灯下，不惜熬红眼睛，也要缝补好祭坛的台布、三桅船的帆布，也要侍候比她伟大的不知什么东西：一位上帝或者一艘船。

唔！我应该用一页篇幅写写你。我头几班航行返回时，小姐，我看见你仍然手上拿着针线，双膝淹没在白色袍襟的波浪里，看你脸上的皱纹一年多似一年，头发也一年白似一年，看你总是亲手操劳，为我们睡觉熨平这些床单，为我们吃饭铺好没有补丁的桌布，为过节准备这些彩灯照明。我到你的熨衣室看望你，坐到你对面，向你讲述我的生命受到威胁的危险经历，以便打动你，让你睁开眼睛看看世界，想要腐蚀腐蚀你。而你却说，我没有怎么变。我小时候，就已经戳破了自己的衬衫。——噢！真能折腾！——我的膝盖搓破了皮。然后，就像今天晚上这样，我回家让人给我包扎。不对，不对，小姐！这回我可不是从园子里头，而是从世界尽头回来的，我随身带回来孤独的辛辣滋味、沙尘暴的旋风、热带地区明晃晃的月亮。你却对我说，当然了，男孩就是爱跑，弄不好骨折，还自以为很健壮。不对，不对，小姐，我可见识过比这园子远得多的地方！你哪里知道，这园子的树荫就算不了什么！如果放到地球上的沙漠、岩山、原始森林和沼泽地中间，恐怕就看不见了。你可知道世界上还有这样的地方，那里的男人如果碰见你，立刻就冲你举起枪来吗？还有，你可知道世界上这样的沙漠，小姐，一个人没有床铺，没有被褥，睡在露天地，度过寒冷的夜晚……

你却说道：哼！野蛮人。

我动摇不了一名教堂女佣的信念，也同样动摇不了这位老管家的信念。不过，我还是为她惋惜：卑微的命运使她眼睛看不见，耳朵听不着……

然而，这个夜晚，我在撒哈拉沙漠，赤裸裸躺在黄沙和星光之间，使我纠正了对她的看法。

不知道自己身上发生了什么变化。这种地心引力把我同土地连在一起，而那么多星球都有磁力。另一种引力又把我引回自身。我感到自身的重量把我拉向那么多事物！比起这些沙丘、这轮月亮，比起这些眼前的事物来，我的梦想更为真实。啊！一所房子的奇妙用处，绝非让人栖身、给人温暖，也不是让人拥有四壁，而是这个家缓慢地往我们心上存放了这种温馨的感受。这个家在我们内心深处，形成这片模糊不清的高地，而梦想就像泉水一样，从这片高地诞生……

我的撒哈拉，我的撒哈拉啊，由于出现一个织毛衣的女人，你就完全化为了仙境！

第五章　绿洲

我向你们大谈特谈沙漠，在接着讲下去之前，我还是愿意描述一下一片绿洲。

重新浮现在我面前的绿洲，绝不是一副隐没在撒哈拉沙漠腹地的形象。而且，另一个奇迹，飞机把人直接投进神秘的中心。你这个生物学家，从机舱上研究人类聚居的地方。你以一颗冷漠的心，审视这些坐落在平原上的城市，位于这些呈星形辐射的公路中心，并通过这些血管似的道路，吸取田野的营养汁液。这时，气压表的指针突然抖动了一下，飞机下方那片绿丛变成了一洞天地，你就当了一座沉睡园子里那片草地的俘虏。

远近不是由距离来衡量了。我们这个园子的围墙，可能比中国的长城还封锁了更多的秘密，而一个沉默中的少女的心思，远远胜过围住绿洲的撒哈拉无边的沙漠。

我要讲一讲在世界某地一次短暂的停留。那是在阿根廷的康科迪亚附近，其实也可以在任何别的地方：这种神秘的事已经传遍世界各地了。

我在一片田野上降落，当时还根本想不到，自己要进入一个童话世界。我搭乘的那辆老式福特汽车毫无特别之处，同样，接待我的那对和气的夫妇，也毫无特别之处。

"我们可以留您过夜……"

汽车一拐过弯道，月光下便展现出一片灌木丛，树后面就是那户人家。好怪异的房子！矮墩墩的，坚固壮实，形同一座堡垒。一跨进门廊，这座传奇式的城堡就向我提供了一个庇护所，跟一座修道院一样宁静，一样安心，一样安全。

恰在这时，出现两位少女。她们在打量我，那种严肃的神态，就像把守一座禁止擅入的王城大门的两位执法官。那个小一点儿的撇了撇嘴，用一根绿色木棍戳了戳地面。接着，经过介绍之后，姐儿俩一句话未说，伸出手同我握了握，面露好奇而挑战的神情，随即消失不见了。

我感到很开心，也很愉悦。这一切都十分自然，默默而悄然进行，犹如一件秘密透露了头一句话。

"嘿！嘿！她们是野丫头。"父亲顺口说道。

我们走进屋子。

在巴拉圭，我挺喜爱那种颇有嘲弄意味的青草，在首都街道的石头缝里钻出头来。它们来自世人看不见而又确实存在的原始森林，到城里来瞧瞧，是不是人总占据着城市，是不是到了该跟这些石头捣捣乱的时候了。我喜爱这种破败的形貌，这完全表明了一种极大的财富。但是这里，更让我惊叹不已。

因为这里，一切都那么破败，令人赞叹，如同一棵老树，树身因年深日久而有些裂纹，还长满了青苔，又像一条长木椅，已有十多代的情侣在上面坐过。墙围子的木板已经用旧磨损，门窗都虫蛀斑斑，椅子也缺掌儿少腿。不过，这里虽说什么也不修理，但总是勤打扫，勤擦拭。房中一切都很洁净，像打了蜡，闪闪发亮。

客厅的面貌给人特别强烈的印象，宛如一位老太婆布满皱纹的脸。墙壁的裂纹、天花板的裂缝，我无不欣赏，尤其是地板，东塌一点儿，西翘一块，好像走在跳板上，但总是亮晶晶的，纤尘不染。多有意思的房子，看不到一点疏忽，毫无放任自流的迹象，而是显示一种特殊的敬重。这所房子，无疑每年都要增添一分魅力，外观变得更为繁复，气氛变得越发友善而热诚，而且也增加了变数，譬如从客厅到饭厅，走这一段路便称得上危险的旅程。

"当心！"

这里有个洞。主人让我注意，脚踏进这样一个洞里，很容易造成骨折。

这个洞不是任何人的责任，而是岁月的杰作。这家主人不屑于找任何借口，完全是一副大老爷的气派，并不对我说："我们有钱，完全可以把这些洞堵死，可是……"他同样不会对我说——事实也的确如此——"这房子是向市里租来的，租期三十年，要修也得市政派人来。大家都各执一词……"根本不屑于解释，如此豁达，真让我赞赏不已。主人顶多提醒我一句：

"嘿！嘿！是有点破旧了……"

说这话的口气特别轻松，我不免怀疑这些朋友并不在意，没有为这种事伤神。若是真来一队人马，由泥瓦匠、粗木工、细木工和粉刷工组成，他们在这样一处历史建筑里肆无忌惮地挥舞他们的工具，一周时间就把你的房子搞得面目全非，你还以为到了别人家里，这种情景你能想象吗？一所房子没有秘密，没有犄角旮旯，脚下没有坑洼陷阱，也没有暗道密室，那不成了市政厅的一间会客厅吗？

在这样一所魔幻式的房子里，两位少女消失不见，也是自然而然的事。客厅已经容纳了阁楼里的财富，那么阁楼还有什么用场啊！透过随便哪个壁橱微开的门，就能推测出，里面堆满了一捆捆发黄的书信、一捆捆曾祖父遗留下来的各种收据，还有比家里的锁多出许多的钥匙，当然哪把钥匙跟哪把锁都配不上。这些钥匙妙就妙在用不上，却把人的思想搅乱，让人梦想那些地下室、那些埋藏的珍宝箱、那些路易金币。

"吃饭去吧，您说好吗？"

于是我们坐到餐厅。我经过一间又一间屋子，闻到一股像香炉散发的香味，这种旧图书的气味比得上世界上所有的芳香。我尤其喜爱移动的灯火。真正笨重的灯盏，从一间屋推到另一间屋，映出奇妙的影子在墙壁上晃动，灯火放出几束光亮并投下几片黑暗。然后，灯盏一旦置放到位，一片灯光也就固定不动了，在周围留下大片夜色，黑暗中传来咯吱咯吱的木头声响。

两位少女消失又出现，都同样神秘，同样悄然无声。她们到餐厅坐下，神态很庄重。刚才她们一定喂了她们的狗儿、鸟儿，打开窗户，迎进明亮的夜色，品味了晚风中花草树木的气息。现在，她们各自展开餐巾，谨慎地用眼角的余光审视我，心里琢磨能不能把我算进她们相处熟悉的动物之列。因为，她们还拥有一条蠼蜴、一只猿、一只狐狸、一只猴子和一群蜜蜂。所有这些动物都一起杂居，相处十分融洽，构建了一个新的人间天堂。她们统辖所有这些大自然创造的动物，用她们的小手爱抚它们，喂食、饮水，还给它们讲故事，不论是獴还是蜜蜂，都在静静地聆听。

不出所料，我看到如此活泼的两个姑娘，调动她们的全部批评精神、全部洞察力，要给她们面前的这个男人一个快速的、秘密而最终的评价。在我童年时，我的姐姐们就是这样，给初次光临我家吃饭的客人打分。在谈话停下来的时候，寂静中忽然听见一声亮嗓儿：

"十一分①！"

在座的除了我和姐姐们，谁也体味不出这话多么美妙。

我有这种游戏的经历，就不免有点心慌。尤其局促不安的是，我感到这两位审判官非常内行。善于分辨的审判官，知道哪些动物天真，哪些动物弄虚作假，也能从她们的狐狸的脚步上看出它情绪是不是好。也就是说，她们深刻了解动物的内心活动。

她们特别敏锐的眼睛、特别正直的小小心灵，我都喜欢，但是我更希望她们换一换玩法。然而，我怕得"十一分"，就不免放下身段，殷勤地给她们递盐，给她们倒酒，可是我抬眼一看，发现她们温和的脸仍然透着严肃，一副不可收买的审判官

---

① 法国教育体制，评分二十分为满分，十二分及格，这里打的"十一分"自然是不及格。

的神态。

就连讨好奉承都不顶用。她们不知虚荣为何物，毫不虚荣，却不乏值得称道的自尊。她们用不着我帮腔，对自己的评价，远胜于我敢讲出来的恭维话。至于夸耀自己的职业，连想都不要想，因为爬上梧桐树的树梢儿，那是特殊的勇敢，只为了看一下那窝雏鸟是否羽毛丰满，也是要向朋友们问声好。

我的这两位沉默不语的仙女，始终密切地监视着我吃饭，我经常遇见她们偷窥的目光，于是我就不说话了。餐厅一时沉默下来，寂静中有什么东西在地板下发出唑唑的轻微叫声，餐桌下也有轻微的动静，继而又静默下来。我不免奇怪，抬起眼睛。这时，那个妹妹大概对审查感到满意了，还要用最后一块试金石：这个野丫头一边用小牙齿啃着面包，一边简单地向我解释了一句，希望以她那天真而直率的态度惊吓野蛮人，假如我恰巧是个野蛮人的话。

"就是几条蝮蛇。"

她住声了，讲了这么一句就满意了，就好像只要不是太笨的人，这样一点就明白了。她姐姐闪电似的瞥了我一眼，以便评价我的第一反应。小姐俩都俯向自己的餐盘，两张小脸温柔而天真到了极点。

"嗯！就是几条蝮蛇……"

这句话，我自然是脱口而出。这东西钻到我的两腿之间，擦着我的腿肚子，这东西竟然是蝮蛇……

幸好我脸上还挂着微笑，而且也不是硬挤的：她们应该感觉得出来。我微笑，是因为我心情愉快，是因为这户人家，毫无疑问，每分钟都让我多喜欢一分，也因为我渴望了解一点蝮蛇。那个姐姐主动帮我了：

"桌子下面有个洞，就是蛇窝。"

"晚上十点钟，蛇就回洞了，"妹妹补充说，"白天它们出去捕食。"

现在，轮到我偷偷打量两个小姑娘了。她们的心思是那么缜密，她们不动声色的脸后面在窃笑。我非常赞赏她们管理的这个王国……

今天，我还心向往之。这一切已很遥远了。那两位仙女现在如何呢？估计都结婚了。这么说，她们都变了吧？从少女进入为人妻的状态，这种转变非同小可。她们在一户新家做什么呢？她们同野草和蛇的关系怎么样了呢？当初她们参与了某种普遍性的事物。然而，这一天总要来临：少女情窦初开，向往着把心意抛给一个十九岁的青年。一个十九岁的青年时常浮现心头。于是出现一个傻瓜蛋。那么敏锐的目光，第一次看走了眼，一时眼花缭乱。那个傻小子，如果会背上几句诗，就以为他是诗人。还以为他理解地板的破洞，以为他喜爱獠那样的动物，以为餐桌下一条蝮蛇在他两腿之间游走的那份信赖能讨他欢心。姑娘这颗心是一座野花园，要交给他，交给只喜欢精心照料园子的傻小子。傻小子就这样，带走了甘心为奴的公主。

第六章　在沙漠中

01

这样的温馨时刻，对我们是禁绝的，只因我们是撒哈拉航线的飞行员，要几周、几个月、几年成为沙漠的俘虏，从一个小堡垒飞向另一个小堡垒，一去不复返。这片大沙漠绝没有类似的绿洲：花园和少女，多美的传说！当然了，在遥远的地方，等我们的任务完成，我们就可以去那里重新生活，上千名姑娘等待着我们。当然，在那里，有她们的獴或者书籍相伴，她们耐心地陶冶性情，会有一颗富有情趣的心灵。当然了，她们长得很美……

然而，我了解孤独。三年的沙漠生活，已让我饱尝了孤独的滋味。在这种无机世界的景物中，丝毫也不担心消磨青春，然而，在远离自己的地方，似乎整个世界都在变老。树木结出果实，大地长出小麦，女人也已风韵多姿。可是，时序变迁，年复一年，也该赶紧归去了……可是，时序变迁，年复一年，人还羁留在远方……而大地的财富，却像沙丘上的细沙一样从指缝间流走了。

时间的流逝，通常不会引起人什么感觉。他们生活在暂时的安宁中。可是我们这些飞行员却感觉得到，每次在中途站着陆，总是劲吹的海洋信风给我们相同的压力。我们就像乘坐快车的旅客，黑夜中满耳充斥着隆隆的车轮声响，隔着车窗望出去，闪过的一束束灯光眼花缭乱，可以猜出如溪水流过的田野、村庄迷人的地方，然而人在旅行中，什么也挽留不住。我们飞行员同样如此，总有那么点兴奋，尽管中途站很平静，我们仍然觉得身在空中，耳畔还回响着飞机的呼啸。我们也同样发现，我们被自己的心跳带着，穿越风的王国，飞向另一种未知的前景。

孤寂的沙漠，再加上敌对的部落。朱比角的夜晚，每隔一刻钟都要鸣钟报时似的，哨兵们依次高声吆喝，彼此以口令示警。西班牙人占据的朱比角堡垒，陷于敌对部落的包围中，就是这样防备着未知的威胁。而我们，不过是这只盲目航船的过客，我们倾听着越来越响亮的呼叫声，就像海鸟在我们头顶盘旋。

话虽如此，我们还是爱上了沙漠。

沙漠给人最初的印象，无非是空旷和沉寂，那是因为沙漠根本不接受匆匆过客。就连我们家乡的一个普通村庄，也已经远远逃避了。如果我们不能为这个村庄舍弃世界的其余地方，不能回到它的传统中、它的习俗里，不能参与它的竞争，那么我们就根本不会明白它为何会成为某些人的家园。更能说明问题的事例是：这个人只离我们两步远，禁锢在自己的幽室里，遵照不为我们所知的生活规则，一个真正的孤独者，就像生活在与世隔绝的西藏，生活在飞机也永远不会把我们送到的遥远的地方。我们要去瞧一瞧他的幽室吗？屋里是空的。这个人的王国在内心。可见，沙漠绝不是由沙子构成的，也绝不是由图阿雷格人①，更不是由带枪的摩尔人构成的……

可是今天，我们感到口渴了。那口井我们熟悉，不过直到今天我们才发现，它惠及一方土地。一个女子的身影，也能让整个房子蓬荜生辉。一口井跟爱情一样，能够系恋远方。

沙漠首先荒无人烟，继而有一天，我们担心土匪来袭，于

———————————

① 图阿雷格人：撒哈拉地区的游牧民族。

是从沙地上看出土匪身披大氅的皱褶。土匪也改变了沙漠的相貌。

我们接受了游戏规则，游戏就把我塑造成它的形象。撒哈拉，就表现在我们身上。接触撒哈拉，根本不是参观绿洲，而是要把一口水井变成我们的宗教。

02

我初次航行，就领略了沙漠的韵味。黎盖勒、吉约迈和我，我们的飞机迫降在努瓦克肖特的小堡垒附近。毛里塔尼亚的这个小哨所，当时完全与世隔绝，形同海中的一座孤岛。在这里过着封闭生活的一名老中士，手下有十五名塞内加尔士兵。他接待我们就像迎接天外来客：

"啊！能跟你们说说话，这可真是给我做好事……啊！这可真是给我做好事！"

这可真是给他做好事，他流泪了。

"这六个月以来，你们是头一批客人。每隔六个月，上边给我们送给养来，有时来的是中尉，有时来的是上尉。"

我们还感到昏头涨脑。离达喀尔还有两小时的航程，准备到那里吃午饭，不料连动杆出现故障，命运便随之改变。我们在一名流泪的老中士面前，扮演了天使的角色。

"嘿！干杯，真高兴能请你们喝酒！想想，那次上尉来时，我连酒都拿不出来招待客人。"

我在一本书里讲述过，而这绝不是虚构的故事。他对我们说道：

"就是上次，我想碰碰杯都碰不成……当时我惭愧极了，就请求换防。"

碰杯！跟另一个人，跟一个汗流浃背、从单峰驼上跳下来的人干一大杯！整整熬了半年，只为这一时刻。一个月前，他们就已经开始擦拭枪支，打扫哨所，从底层到阁楼清扫得干干净净。而且几天前，就已经感到喜日子临近了，他们从平台顶上瞭望远方，不敢稍有懈怠，以便当阿塔尔机械巡逻队出现时，能及时发现车子卷起的尘土……

可是酒没有了，没法庆祝这个好日子。不能碰杯祝酒了。主人发现很失面子。

"真盼望他快点儿来。我等着他呢……"

"他在哪儿呢，中士？"

中士指了指沙漠：

"说不准，上尉呀，他到处转！"

在小堡垒的平台上度过的那个夜晚谈论星星，同样确有其事。没有什么好警戒的，而满天星星却一览无余，好似在飞机上，只是从平台上望去，星星都稳定不动。

从飞机上观赏，夜空美极了，我们就不大操纵了，任由飞机飞行，而飞机就逐渐向左倾斜。我们还以为飞机是在水平飞行呢，忽然发现右机翼下方有一座村庄。沙漠中根本就没有村落。那就是漂浮在海面上的一队渔船。可是，在撒哈拉大沙漠上，也根本没有打渔船队，那到底是什么呢？于是我们相视而笑，原来看错了。缓缓地，又拉升飞机。村庄又恢复原位。我们曾任其坠落的一片星星，重新挂回夜空。村庄呢？不错。是星星的村庄。不过，站在小堡垒的平台上，星空完全像冻结的沙漠，纹丝不动的沙浪，星座牢牢地挂在上面。中士对我们讲起那些星座：

"你们瞧！我辨得清我的方向……对着那颗星飞行，就能一直飞到突尼斯！"

"你来自突尼斯？"

"不是，我表妹在那儿。"

大家沉默了许久。不过，中士倒是什么也不想对我们隐瞒：

"总有一天，我会去突尼斯。"

自不待言，要走另一条路了，而不是径直朝那颗星走去。除非远行，有一天干渴难耐，一口干涸的井把他置于诗兴大发的谵妄状态。于是，那颗星，那位表妹和突尼斯便会混淆起来。于是开始了受诗兴启示的这段旅程，而凡夫俗子则认为这是痛苦的旅程。

"有一次，我向上尉请假，要去突尼斯看我表妹。而他回答我说……"

"他答复你啦？"

"他答复我了：'满世界都是表妹。'他就打发我去了达喀尔，只因达喀尔近一些。"

"她长得漂亮吧，你的表妹？"

"突尼斯那个吗？当然漂亮了。她一头金发。"

"不，我是问达喀尔的那个表妹，怎么样？"

"她是个黑人姑娘……"

中士，就冲你这句有点气恼又有点忧郁的回答，我们真想拥抱你。

撒哈拉对你意味着什么呢，中士？意味着一个永远向你走来的上帝。同时也意味着沙漠那边五千公里之遥的那位金发表妹的甜美。

沙漠对我们意味着什么呢？意味着在我们心中诞生的东西。也意味着我们对自身的了解。那天夜晚，我们也同样爱上了一位表妹，爱上了一位上尉……

03

艾蒂安港 ① 还算不上一座城，坐落在未征服的领土的边缘，只有一个小堡垒、一座飞机库，以及存放从我国运来的设备的一个木棚。四周一望无际，唯见沙漠，因此，艾蒂安港守备力量虽然薄弱，却是难以攻取的。阿拉伯武装匪帮要想来攻击，必须先穿越黄沙和火焰的宽阔地带，到达这里时早已断水断粮，精疲力竭了。不过，根据人的记忆，在北方某个地方，总有一小股匪徒向艾蒂安港进发。上尉要塞司令每次到我们这儿来喝茶时，总要在地图上指给我们看那股匪帮的行进路线，就好像在讲述一位美丽公主的传说。然而，那股匪帮始终没有到达，就跟一条河似的，渗进黄沙里了。因此我们称之为幻影匪帮。傍晚司令部分发给我们的手榴弹和子弹，就原箱躺在我们的床脚下睡觉。我们首先有贫困来保护，而且除了寂静，就再也没

① 艾蒂安港：毛里塔尼亚城市，今称努瓦迪布。

有别的什么敌人好防备的了。机场场长吕卡，夜以继日地播放着留声机。在离现实生活如此遥远的地方，留声机跟我们讲一种半遗忘的语言，勾引起一种无来由的忧伤，而且相当离奇，类似饥渴的感觉。

那天晚上，我们在小堡垒里用的晚餐，上尉要塞司令给我们欣赏了他的花园。他的确收到从法国运来的三箱土壤，也就是说跨越了四千公里。土壤里长出了三片绿叶，我们当作奇珍异宝用手指抚摩。上尉一提起来就说："这是我的花园。"等一刮起风沙，什么都能干枯的时候，他的花园就搬进地窖里了。

我们的驻地离要塞一公里，晚饭后，我们乘着月色往回走。月光下，沙漠呈现粉红色。我们感到自己一无所有，可是沙地却是粉红色的。忽听哨兵一声吆喝，又把这世界拉回到凄凉中。整个撒哈拉都在警惕我们的身影，哨兵盘问我们，只因有一股匪帮正向这里推进。

哨兵的吆喝声回荡在沙漠的上空。沙漠不再是一座空房子：一队摩尔人的商旅，就使沙漠之夜充满了磁性。

我们可以自认为很安全，殊不知疾病、事故、匪帮，多少威胁逼过来！人在地球上，有可能成为无数秘密射手的靶子。

倒是那名塞内加哨兵像个预言者，在提醒我们这一点。

我们回答："法国人！"便从黑天使的面前走过去。于是，我们呼吸更加畅快了。这种威胁，使我们变得多么高尚……噢！这种威胁还十分遥远，还很不急迫，还隔着那么大片沙漠作为缓冲地带。尽管如此，这个世界也不再是原来的世界了。这片沙漠，又变得壮美了。一股在某处行进的匪帮，永远也不会到达，却使撒哈拉神圣化了。

现在是夜晚十一点钟。吕卡从无线电站回来，告诉我达喀尔的航班半夜到达，飞机上一切正常。邮包换到我的飞机上之后，我将于零点十分起飞，飞往北方。我对着一面破镜子仔细刮胡子。我脖子上还围着毛巾，不时跑到门口，望望黄沙漫漫的沙漠：天气很好，风也停了。我回到镜子前，不免想到，一连刮了几个月的风，一旦停了，往往要打乱整个天空的布局。现在，我就要准备妥当：救急灯扣到我的皮带上，还带上高度仪、铅笔。我得去看看奈里，他今夜当班，是我飞机上的话务员。他也正在刮胡子。我问了他一句："还行吧？"眼下还行。飞行前的准备工作，是航行中最不难办到的。我忽然听到轻微的噼啪声响：一只蜻蜓撞到我的救急灯上。不知为什么，我心头一紧。

我又出去观望一番，天地一片澄净。机场边缘的一道峭壁，鲜明地映在天际线上，就好像天亮了似的。沙漠犹如非常规整的屋宇，笼罩在一片寂静中。然而，却有一只青蛾、两只蜻蜓撞到我的救急灯上。我又隐隐产生一种感觉，也许是喜悦，也许是疑惧，而且完全发自内心，一时还模糊不清，刚刚有所显露。有人从遥远的地方跟我说话。这是本能的感应吗？我又走到外面。风完全停了，天气一片清爽。可是，我收到一条预警。我推测，并且以为推测出了我等待的情况。我的推测对吗？无论天空还是沙漠，都没有向我显示任何征兆，但是，两只蜻蜓，还有一只青蛾告诉了我。

我登上一座沙丘，面向东方坐下。如果我推测得对，"这情况"要不了多久就会发生。这些蜻蜓，从沙漠深处的绿洲飞了数百公里，飞到这里来寻找什么呢？

冲到海滩上的沉船残骸，可以证明一场飓风曾在海上肆虐。同样，这些昆虫向我表明，一场沙尘暴正在推进，一场来自东方的风暴，已横扫了远方的棕榈林，将那里栖息的青蛾驱赶殆尽。它卷起的飞沫已经溅到我身上，东风一起，就来者不善。说它来者不善，因为它是一种征兆，因为它是一种严重威胁，也因为它正孕育着一场大风暴，它的微弱喘息也刚刚达到我这里。我是风暴能触及的最前沿界标。我身后二十米，一块布条也不会飘动。它的灼热气息已经包裹了我，以前有一次，唯一的一次，类似死神的抚摩。然而，我心里清楚，再过几秒钟，等撒哈拉喘过气之后，又要发出第二声叹息。过不了三分钟，我们库房的通风管就会摇晃起来。十分钟之内，沙尘就要弥漫天空。而过一会儿，我们就将在这场大火中，在沙漠复燃的烈焰中起飞了。

不过，让我激动的并不是沙漠风暴，而是仅仅凭借只言片语便领悟了一种秘密语言，嗅到一种迹象，像原始人那样，通过轻微的骚动便能预知全部未来，通过一只蜻蜓拍动的翅膀便读懂了这场怒吼的风暴。这使我内心充满了一种野性的喜悦。

04

我们在那边，还要跟不肯归顺的摩尔人打交道。我们航行时，要穿越那些禁区的上空。他们从那些禁区的腹地溜出，贸然来到朱比角或者锡斯内罗斯要塞，购买糖块或茶叶，然后又潜入他们神秘的区域。我们趁他们来的机会，力图跟他们当中的一些人混熟。

如果碰见有影响的头领，我们有时征得航线领导部门的同意，就让他们乘上飞机，以便让他们看看世界，以此挫辱他们的傲气，因为他们俘虏并杀害我们的人，鄙视的动因超过仇恨。他们在要塞的外围碰见我们时，并不辱骂我们，只是转过身去，背对着我们吐口唾沫。他们这种高傲，源于他们自以为强大的幻觉。依仗拉起一支三百条枪的军队，他们当中多少人一再对我说："算你们幸运，住在法国，要去攻打得行军一百多天……"

我们还带他们去观光，结果有三个人就这样参观了陌生的法国。他们属于这样一个种族：有一次他们陪同我去了塞内加尔，发现了树木而流下了眼泪。

后来我去他们的帐篷又见到他们时，他们大肆赞美裸体女郎在花丛中跳舞的游艺场。这样一些人，生来就没有见过一棵树、一眼水泉，也没有见过一株玫瑰，仅仅从《古兰经》上了解到有潺潺流水的花园存在，也就是所谓的天堂。这个天堂及其美丽的女奴，他们过了三十年的苦日子，忽遭暗算挨了一枪，悲惨地死于沙漠之后才能得到。上帝真是欺骗了他们，因为所有这些珍宝，上帝给了法国人，却根本没有要求以饥渴与死亡为代价。这就是为什么，现在老酋长们开始梦想了。这就是为什么，他们凝望帐篷四周延展的撒哈拉人沙漠，直到死也只能提供给他们如此微薄的快乐，便不由自主地讲出心里话：

"你可知道……你们法国人的上帝……对待你们法国人，要比我们摩尔人的上帝对待我们摩尔人慷慨多了！"

几周之前，有人带他们去了法国的萨瓦地区，向导领他们来到一股大瀑布跟前。瀑布好似编织起来的一根水柱，发出哗哗的咆哮声。

"你们尝尝吧。"向导对他们说道。

这是甘甜的水。水啊！可是在这沙漠上，要走多少天，才能到达最近的水井，如果找到了，还要花多少小时挖出塞满的沙子，一直挖到掺和着骆驼尿的稀泥！水啊！在朱比角，在锡斯内罗斯，在艾蒂安港，摩尔人小孩拿着一个空罐头盒，他们并不乞讨钱，而是要水喝：

"给点儿水吧，给点儿……"

"你要是乖点儿的话。"

水贵如黄金。一小滴水，就能使沙子里长出一株绿油油的小草。如果什么地方下了雨，大批移民便蜂拥而至，撒哈拉也随之热闹起来。部落要迁往三百公里之外长出草的地方……雨水，极其吝啬，十年来艾蒂安港就没下过一滴雨，可是在那里，水声如雷，就好像一个蓄水池破裂，全世界的蓄水都流泻出来。

"咱们走吧。"向导对他们说。

但是他们却不动弹。

"再让我们……"

他们住了声，神情严肃，默默地观赏这种庄严的神秘水流。从高山的腹中倾泻出来的，正是生命，正是人的血液。一秒钟的流量，足以救活多少沙漠商旅，而那些商旅渴得昏了头，便永远陷进无边的盐湖和海市蜃楼中。上帝在这里现身了：人不能转过身去不予理睬。上帝打开了他的闸门，显示他的威力：三个摩尔人站在那里一动不动。

"你们还要看什么呀？走哇……"

"还得等一等。"

"等什么呀？"

"等水流完了。"

他们要等上帝挥霍累了的时刻。上帝很快就要后悔，他是个吝啬鬼。

"可是这瀑布，流淌了上千年啦！"

因此，那天晚上，他们就不再坚持守在瀑布跟前了。看到一些奇迹，最好是缄默甚至连想都不要多想，否则就什么也弄不明白了。否则，就要怀疑上帝了……

"法国人的上帝，你瞧瞧……"

其实，我很了解他们，我那些未开化的朋友。他们在那里，信仰被搅乱，心中困惑起来，从此以后，就很容易归顺了。他们幻想着由法国总督供应大麦，由法国驻撒哈拉部队保证他们的安全。的确如此，他们一旦归顺，就能获得很大的物质利益。

然而，他们三个人，可有特拉尔扎人的埃尔米，埃尔·马姆安的血统（我记录他们的姓氏恐怕有误）。

这个人，我认识他的时候，已经成为法国的臣民。他因效力而受到官方的嘉奖，靠历任总督发了财，受到各部落的敬重。看得见的财富，他似乎什么也不缺了。不料一天夜晚，在毫无征兆的情况下，他在沙漠中杀害了他所陪伴的几位军官，夺取了骆驼队、枪支弹药，又去投奔那些没有归顺的部落。

这样突如其来的反叛、逃逸，既英勇又绝望的行为，我们称之为背叛。这样一个头领，从此在沙漠中不受法律保护，短暂的荣华富贵很快烟消云散，说不定哪天就撞到阿塔尔巡逻队的枪口上。这种疯狂之举，实在令人诧异。

然而，埃尔·马姆安的经历，也是许多其他阿拉伯人的经历。埃尔·马姆安年纪渐老。人一上了年纪就爱思考。有一天晚上，他就这样发现自己背叛了伊斯兰的上帝，在同基督教徒手把手交易中弄脏了自己的手，也丧失了一切。

的确，大麦与和平，对他又算什么呢？他是个变节的战士，变成了牧羊人，他还记得住在撒哈拉，沙丘的每一道皱褶都潜藏着无数他加以掩饰的危险，黑夜里在沙漠行进，要派出先遣哨，而且围着篝火过夜，听到敌人活动的消息，心就不禁怦怦直跳。他还记得那种航海的乐趣，人只要体会一次，终生也不会忘记。

可是如今，他没有了荣耀，游荡在绥靖了的、空无魅力的广袤大地上。只有今天，撒哈拉才是一片沙漠。

他要杀害的几位军官，也许他还挺敬重他们。但是，对真主的爱胜过一切。

"晚安，埃尔·马姆安。"

"愿上帝保佑你！"

军官们身子裹在毯子里，躺在沙地上，恍若躺在木筏上，面向星空。所有星辰缓慢地移转，整个天空在标示时间。月亮也倾向沙漠，由智慧女神引回太虚。基督教徒就要入睡了。再过几分钟，天空就只有闪亮的星光了。为使衰败的部落重振往日的雄风，为使这种唯一能让沙漠大放光芒的追逐再度兴起，只需这些基督徒微弱地叫喊两声，就能把他们淹没在自己的睡眠中了……再过几秒钟，就将从无可挽回的事件中，诞生一个世界……

几位漂亮的中尉军官，就这样在睡梦中被杀害了。

05

今天，在朱比角，克马尔和他的兄弟穆亚恩邀请我，到他们的帐篷里喝茶。穆亚恩面纱垂到嘴唇上，默默地注视着我，虎视眈眈。只有克马尔跟我说话，向我大献殷勤：

"我的帐篷、我的骆驼、我的女人、我的所有奴隶，都属于你了。"

穆亚恩眼睛始终盯着我。他俯身对他哥哥讲了几句话，随即又沉默不语了。

"他说什么？"

"他说：'博纳富偷了勒盖巴尔部落一千头骆驼。'"

博纳富上尉是阿塔尔骆驼巡逻队军官，我并不认识。不过通过摩尔人的讲述，我了解了他那些有名的传说。摩尔人一提起他，都非常气愤，但又好像谈论上帝似的。有他存在，沙漠就有了价值。今天他又神不知鬼不觉，突然出现在向南进发的匪帮身后，偷了他们数百头骆驼，迫使匪徒们掉头来对付他，以便夺回他们原以为很安全的财富。他率领的这支天使般现身的队伍，既解救了阿塔尔，又在一块石灰岩的高地安营扎寨，现在昂然挺立在那里，就像一种看得见的保障，因而他的光辉十分耀眼，逼使各个部落朝他那把高悬的剑进发。

穆亚恩注视我的目光更加凶了，他又讲了一句话。

"他说什么？"

"他说：'明天我们出发，一起攻打博纳富。有三百条枪呢！'"

这情况我已经猜出了几分。近三天来，那些骆驼都赶到井边饮水，还有那些人久久交谈，情绪那么激动，似乎正在装备一艘无形的战船。海风已经刮起来了，这艘战船就要扬帆而去。由于去攻打博纳富，每向南方行进一步，都满载着光荣。我已经无法判定，这样的进发所包含的是爱还是恨。

要在世上杀掉这样一个劲敌，这实在是件扬眉吐气的事。他出现在哪里，附近的部落就纷纷卷起帐篷，赶着骆驼逃之夭夭，唯恐同博纳富正面撞上。然而，离得最远的那些部落，却像热恋时那样神魂颠倒，抛开帐篷的宁静生活，挣脱女人的拥抱，放弃香甜的睡眠。他们发现世上最美的事，莫过于冒着沙尘暴向南方行进，忍着极度疲劳和焦渴，还要继续蹲守，这样折腾两个月之后，在一天拂晓，能突袭阿塔尔巡逻队，如果天遂人愿，就杀掉博纳富上尉。

"博纳富很厉害。"克马尔向我承认。

现在我了解他们的秘密了。正如渴望女子的男人，他们梦见她散步那种漫不经心的脚步，就整夜辗转反侧，而她继续在他们的梦中漫不经心地散步，伤害他们的自尊，撩得他们心急如焚。同样，博纳富遥远的脚步也在折磨他们。这个化装成摩尔人的基督徒，把各部落的武装都引向他，率领二百名摩尔海盗，深入没有归顺的地区。在那里，他手下最差劲的人，也可能摆脱法国人的束缚，从奴役的状态中觉醒过来，将博纳富推上石头祭台献给自己的上帝。可在那里，他只凭自己的威望就能笼络住他们。甚至他的弱点也令他们畏惧三分。这天夜晚，他若无其事，在他们打着呼噜的睡眠中走来走去，他的脚步声响彻大漠腹地。

穆亚恩坐在帐篷里端，一直纹丝不动，他那思考的神态，好似蓝色花岗岩的一幅浮雕像。只有他的双眼闪闪发亮，亮晶晶的还有他那把银匕首，那可不是件玩具。自从联合了匪帮之后，他的变化多大啊！他从来没有像现在这样，感到自己很高尚，对我极端鄙视，因为他要朝博纳富进发，因为拂晓时分他就要起程，而推动他的那种仇恨，却具有爱的所有特征。

他再次俯向他哥哥，眼睛仍然盯着我，压低声音说了几句话。

"他说什么？"

"他说如果在远离要塞的地方遇见你，他就会朝你开枪。"

"为什么？"

"他说：'你有飞机和无线电，你有博纳富，但是你没有真理。'"

穆亚恩戴着蓝色面纱，一动不动，酷似雕像纹褶，他在审判我：

"他说：'你就跟羊一样吃生菜，跟猪一样吃猪肉。你的女人不知羞耻，都抛头露面。'他见到过。他还说：'你从来不祈祷。'他说：'如果你没有真理，你的飞机、你的无线电、你的博纳富，对你又有什么用处呢？'"

我很赞赏这个摩尔人，他不必保卫自己的自由，因为人在沙漠里总是自由的，他也不必保卫看得见的财宝，因为沙漠总是光秃秃的，但是他要保卫一个秘密王国。在黄沙波涛的沉寂中，博纳富好似一个老海盗，率领他的巡逻队驰骋，也多亏了他，朱比角这个营盘，就不再是游手好闲的牧人之家了。博纳富的风暴压迫着它的侧翼，由于他的缘故，每个晚上人们都挤在帐篷里。在南方，这种寂静也叫人胆战心寒——这是博纳富的寂静。而穆亚恩，这个老猎手，在倾听他走在风中的脚步。

一旦博纳富回到法国，他的这些敌人非但不会兴高采烈，反而要伤心流泪，就好像他一离去，随身带走了沙漠的一根磁极，也带走了他们人生的几分情趣，于是他们就要说：

"你那位博纳富，他为什么走了呢？"

"我也不知道……"

博纳富跟他们赌命，而且一赌就是很多年。他把他们的规则拿过来，当成他自己的规则。他睡觉的时候，脑袋枕着他们的石头。在无休无止的追逐中，他像他们那样，了解《圣经》所描绘的、由星斗和风组成的黑夜。他临走时却要表明，他在这里的赌博算不上最重要的。于是，他就随意离开了赌桌，丢下摩尔人让他们自己玩去吧。而摩尔人无心再玩，对生活便丧失了信心。不管怎样，他们还是愿意相信博纳富：

"你那个博纳富，他还要回来。"

"我可不知道。"

他还要回来，摩尔人都这么想。欧洲那些游戏，再也不能满足他了，无论军营里的桥牌、军衔的晋升，还是女人，都满足不了他了。他心中萦绕着他丧失的辉煌，还要回到这里，只有在这地方，每走一步都会心跳，好似向爱情跨进一步。他很可能以为，在这里仅仅过一种冒险生活，还得回那边找到人生的真谛。可是他将不无厌恶地发现，他唯一真正的财富，是在这里，在大沙漠里才拥有过——沙漠的这种魅力、黑夜、沙漠的寂静、风和星斗的家乡。一旦博纳富回来，当夜消息就会传遍抵抗区。摩尔人也能知道，他就睡在他那两百名海盗中间。于是，他们就悄悄地牵着单峰驼到井边饮水。他们要准备大麦食物，再检查枪栓。推动他们的是这种仇恨，抑或这种爱。

06

"你把我藏在飞机里，带到（摩洛哥的）马拉喀什去吧……"

在朱比角，每天晚上，摩尔人的这个奴隶，总要这样祈求我一句。他也是对生活尽了力，祈求完了，他就盘腿坐下，为我烧茶。此后，这一天就消停了，他认为把自己的心病告诉了唯一能治好他的医生，也祈求了唯一能救他命的神明。此后，他俯身看着水壶，回味他这一生的普通影像、马拉喀什的黑土地、他的粉红色房子、被剥夺了的基本财产。他并没有因为我避而不答，也没有因我迟迟不救他而怨恨我。我这个人跟他不同，我是一种可以启动的力量，是一阵可以借力的风，有朝一日刮起来，就能给他送去好运。

然而，我只是一名普通的飞行员，在朱比角当了几个月的机场场长，全部家当，只有靠着西班牙堡垒搭建的木棚子、一个脸盆、一只灌有咸水的水壶、一张超短的床铺。因此，我对自己的强势不抱太大幻想。

"老巴尔克，以后瞧吧……"

所有奴隶都叫巴尔克，因此他也叫巴尔克。虽然被俘已有四年，他还是不甘心，他忘不了自己曾经是国王。

"巴尔克，你在马拉喀什的时候，是干什么的？"

他的妻子和三个孩子，无疑还生活在马拉喀什，当年他在那里从事的职业很风光：

"那时我是赶牲口群的，名叫穆罕默德！"

当地的法官时常召见他，说道：

"我有一群牛要卖掉，穆罕默德。你去山里赶出来吧。"

或者说："平原上我有上千只羊，你去赶羊群到山上牧场。"

于是，巴尔克手持橄榄牧杖，统领着迁徙的牲口群。他独自一人，要照管一大群母羊，考虑许多母羊要下羊羔，就遏制一下动作最灵活的羊的脚步，同时也激励一下那些犯懒的羊。他走在羊群中间，得到羊群的信赖和服从。唯独他了解羊群上山，要去什么样的福地，唯独他在星斗下能辨认道路。他掌握的丰富科学知识根本无法与这群羊分享，他就全凭智慧独自决定，什么时候休息，什么时候饮水。夜晚他站在睡觉的羊群中间，沐浴在没膝的羊毛波浪中，对如此多无知的弱小生灵，他满怀着怜悯之情——巴尔克作为医生、先知和国王，为他的臣民祈祷。

有一天，一些阿拉伯人上前跟他搭话：

"你跟我们一起去南方赶牲口吧。"

那些人带着他走了很久，三天后走进一条山涧的小路，临近抵抗区。当时，那些人伸手往他肩膀上一搭，就这么简单，给他取名叫巴尔克，把他给卖了。

我还认识另外一些奴隶。每天我都去帐篷里喝茶。我光着脚，躺在厚厚的羊毛毡毯上，回味着这一天的旅行。羊毛毡毯是游牧人家的奢侈品，在上面建立他们几小时的家居。在沙漠里，人感到时光在流逝。在炎炎的烈日下，牲畜和人朝这个大饮水站前进，就跟走向死亡一样确定无疑。因此，悠闲自在从来算不上虚掷时光。哪一天都显得十分美好，就像这些通往大海的道路。

这些奴隶我都熟悉，等头人从百宝箱里取出炉子、烧水壶和玻璃杯，他们就走进帐篷。这口百宝箱特别沉重，里面装着各种各样莫名其妙的物品，如丢了钥匙的锁头、没有花的花瓶、三苏钱就能买到的镜子、旧武器等等。这些东西如果丢在沙漠里，就能让人以为是遇难船只冲上岸的遗物。

奴隶走进帐篷，一声不吭，将细枯枝塞进炉子，吹旺火苗，再将水壶灌满水。他那身强健的肌肉，能连根拔起一棵雪松，现在却干这种小女孩干的活儿。他被这种游戏规则套住了：烧茶、照料骆驼、吃饭。白天顶着火辣辣的太阳走向黑夜，而在冰凉赤裸的星空下，又盼望白昼的烧灼。北方各国是幸运的，四季分明：夏季叫人憧憬白雪，冬季又叫人盼望煦阳。热带地区就太惨了，就跟在烘烤箱里一样，总也没什么变化。撒哈拉还算幸运的，白天黑夜单调地轮回，让人从一种希望转换到另一种希望。

有时候是个黑人奴隶，蹲在门口，体会着晚风的侵袭。在这个俘虏滞重的躯体内，再也浮现不起记忆来了。在他现时的夜晚，他几乎想不起什么时候遭绑架，想不起挨的那些拳打脚踢、那一声声惨叫，把他掀倒在地的那些汉子的手臂。从那一刻起，他就陷入一种奇怪的睡眠中，像瞎子一样，看不见他那塞内加尔水流缓慢的河流，或者他那南摩洛哥的白色城市。像聋子一样，听不到熟悉的声音。这个黑人，精神受到了创伤，他并不觉得不幸。一旦跌入游牧部落的生活圈子，那就完全被绑定了，随着他们到处迁徙，沿着他们在沙漠上画出的生活轨迹转悠。那么，他同过去，同家庭，同妻子和孩子，此后还有什么共通之处呢？对他来说，妻子和孩子不是跟死人一样死去了吗？

长期在深爱中生活，然后又丧失了这种爱的人，有时也会厌倦他们风光的独身生活。他们低声下气地靠近生活，即使一种平庸的爱也会令其心满意足。处处退让，受人驱使，凡事但求平安，他们倒觉得这样的生活很温馨。奴隶能给主人生旺炉火，就引以为傲。

"拿着，喝吧。"主人有时对奴隶说道。

这是主人对奴隶发善心的时刻，因为这时，主人完全消除了疲劳，从烈日高温中缓过劲儿来，主仆并肩走进了清凉世界。于是，他赏给奴隶一杯茶。奴隶感激涕零，为了这杯茶就会趋前亲吻主人的膝盖。奴隶从来就不戴脚镣。没有什么必要！奴隶多么忠诚啊！他多么明智，否认自己是被剥夺权利的黑人国王：他完全成了一个幸福的奴隶。

可是，终有一天，主人会放了他。等他年纪老了，不值得供他吃穿了，就给了他无限自由。他挨着帐篷一家一户走，请求人家收留，一连三天也没人要，身体一天天衰弱，到了第三天晚上，他依然会驯服地躺在沙地上。我在朱比角，就看到这样一些奴隶，赤身裸体死在沙地上。他们要很长时间才能咽气，摩尔人从他们旁边走过，倒也不显得残酷无情，而摩尔小孩子就在被遗弃的可怜人身边玩耍，每天清晨就当好玩似的，跑来看看人还能不能动弹，但是对这样的老奴并无嘲笑之意。这也是自然而然的事。这就好像他们对老奴说："你干活干得很好，现在你也有权睡下了，你就去睡觉吧。"而老奴就那么一直躺着，只是感到阵阵眩晕般的饥饿完全化为眩晕，但是仍然感觉不到唯一折磨人的不公正。他渐渐融入土地，被太阳晒干，被大地接受。辛劳三十年，就有这种长眠和入土的权利了。

我遇到的第一个这样奄奄一息的奴隶，并没有听见他呻吟——他没有可以抱怨的对象。我能猜得出来，他暗暗抱着一种满意的心情，正如迷失在山中的山民，实在精疲力竭，便倒在积雪中，用梦幻和积雪将自身包裹起来。引起我心绪烦乱的并不是他的痛苦，我不大相信他会痛苦。然而，随着一个人死去，一个不为人知的世界也死去了。我不禁想到，随同他化为乌有的是一些什么影像呢？逐渐湮没在记忆中的是塞内加尔的什么种植园，还是南摩洛哥那些白色城市呢。我无法了解，在这黑人的躯体中，是不是仅仅消失了一些微不足道的思虑：烧茶，牵牲口到井边饮水……是不是仅仅安息了一颗奴隶的灵魂。或者，是不是因回顾往事而再生，带着人的尊严死去。在我看来，他那坚硬的脑壳酷似一口陈旧的百宝箱。我不知道究竟是什么颜色的丝绸，什么节日的图片，什么早已过时、在沙漠里根本没用的遗物，装在箱子里逃过一劫呢？这口箱子摆在那儿，关得严严实实，也显得很沉重。我不知道世界的哪一部分，在最后几天巨人般的睡眠过程，在这个人的体内分解了，在这个人的意识和肉体中分解了，而这意识和肉体也要逐渐变成黑夜和根须。

"那时我是赶牲口群的，我名叫穆罕默德……"

巴尔克，黑人奴隶，是我认识的头一个反抗者。摩尔人夺走了他的自由，一日之间，把他变成一个在世上比新生儿还要赤条条的人。这些还不算什么。上天的狂风暴雨有时也会这样，一个小时就能毁掉一个人的收成。可是比起财产来，摩尔人还严重地威胁到他的人身。巴尔克并不愿放弃，而许多别的奴隶早把做过可怜的放牧人的往事忘得干干净净了！放牧人不也得常常辛劳才能换来每日的食物！

有的人等不下去了，就安于平平常常的幸福，巴尔克则不然，他不肯安于奴役状态。他不愿意靠奴隶主的慈悲来获取当奴隶的快乐。穆罕默德曾经居住过的那所房子，他一直保存在自己的心里。这所空房子很凄凉，但是任何别人都不能住进去。巴尔克就像这个头发斑白的老看门人，在路径长出的荒草和凄清的寂寞中，至死也在忠实地守护。

他不说"我是穆罕默德·本·勒哈乌桑"，而是说"我名叫穆罕默德"，幻想着有那么一天，这个被遗忘的人物又复活了，而且他仅凭着复活，就能驱逐奴隶的表象。在夜深人静的时候，他的所有往事时常又在脑海中浮现，像一首儿歌那样完整。"半夜里，"我们的摩尔翻译向我们讲述，"半夜里，他提起了马拉喀什，随即就流泪了。"在孤独中，没人能逃得脱这种追忆。另一个人也没打声招呼，就在他身上醒过来，伸了伸懒腰，就寻找躺在身边的妻子。在这沙漠里，从来没有任何女人接近过他。巴尔克还聆听泉水的歌声，可是在这里，从来就没有流淌过泉水。巴尔克一闭上眼睛，就以为住在每夜都由同一颗星照耀的白房子里，而这里所有人都随风飘荡，睡在临时搭建的棕色粗呢帐篷里。巴尔克满怀着神秘活跃起来的旧日温情，就好像这些情感的源头近在咫尺。他跑来找我，想要对我说他准备好了，他的全部情感都准备好了，为了一一落实，他只能回到自己的家中，而这事只需我点个头就行了。巴尔克笑呵呵的，向我提供高招儿，当然是我没有想到的：

"明天就有航班……你就把我藏在飞机里，带到阿加迪尔去……"

"可怜的老巴尔克！"

我们是生活在抵抗区，怎么可能帮助他逃走呢？果真这么做，第二天摩尔人就要报复这种偷逃与侮辱的行为，天晓得会酿成怎样的一场大屠杀。我原打算赎买巴尔克，并且得到中途站几位机械师洛贝尔格、马夏尔、阿布格拉勒的赞助，可是摩尔人不会天天碰到欧洲人物色奴隶这种事，他们就乘机敲诈：

"付两万法郎。"

"你耍弄我们呀？"

"你瞧瞧他这两条粗壮的胳膊……"

四个月就这样过去了。

最终，摩尔人的要价降下来了，我给法国一些朋友写信求助，看看差不多能买下老巴尔克了。

这笔生意谈判很漂亮，持续了一周。这一周时间，十五位摩尔人和我，我们就围坐在沙地上谈判。其中一个强盗，赞·乌尔德·拉塔里，既是巴尔克的主人的朋友，也是我的朋友，他暗中帮助我，按照我的主意对主人说：

"卖了他，要不你也得失去他。他有病，疾病潜伏在体内，暂时还看不出来。总有一天，他会突然全身发肿的。赶紧把他卖给这个法国人吧。"

我还向另一名强盗拉杏保证，他若是能帮我促成这笔交易，就能拿到一笔佣金。于是，拉杏也力劝主人：

"你拿到这笔钱，就可以用来买骆驼，买枪支弹药，拉起队伍，向法国人开战。打到阿塔尔，你还能从那里带回来三四个全新的奴隶。把这个老家伙清理掉吧。"

就这样，他把巴尔克卖给了我。上飞机之前六天，我把他锁在我们的木棚里，因为他若是出去溜达，摩尔人又会抓住他，把他卖到更远的地方。

不过，我已经解除了他的奴隶身份，为此还举行了一次漂亮的仪式。来参加的有伊斯兰教的隐士、巴尔克的原主人和朱比角的司法官易卜拉辛。这三名海盗，仅仅为了拿我寻开心，就会在要塞城堡外二十米的地方，砍下巴尔克的脑袋，现在都同巴尔克热烈拥抱，共同签署了正式文件。

"现在，你是我们的儿子了。"

根据法令，巴尔克也是我的儿子。

于是，巴尔克拥抱了他的所有父亲。

巴尔克在我们的木棚里过了一段十分美好的囚禁生活，一直到出发的时刻。每天他得让我给他描绘二十次，这趟旅行多么容易：他在阿加迪尔下飞机，在这个中途站，会有人给他一张去马拉喀什的汽车票。巴尔克扮演自由人，就像小孩子搞探险那样好玩——这次要开始新生活。他要看到那辆客车、那一群群人、那些城市……

洛贝尔格代表马夏尔和阿布格拉勒来找我谈事儿。巴尔克下了飞机之后，可别吃不上饭而饿死。他们拿出一千法郎，由我交给巴尔克，这样他就可以从容找工作了。

我联想到那些做慈善事业的老妇人，她们"行善积德"，施舍二十法郎，并要求人感激。洛贝尔格、马夏尔、阿布格拉勒，这些飞机机械师拿出一千法郎，并不是行善积德，更不要求感激。他们这样做也不是出于怜悯，不同于那些梦想幸福的老妇人。他们只不过要为一个人恢复尊严做些贡献。他们跟我一样清楚得很，返回家园的陶醉心情一旦过去，头一个跑来迎接巴尔克的忠实女友，很可能就是穷困——不出三个月，他就会在某个地方的铁路线上做苦力，拆除枕木。他的生活还不如在沙漠里同我们在一起幸福了。然而，他有权回到自己人中间，恢复他本来的身份。

　　"好了，老巴尔克，去吧，要像条汉子。"

　　飞机已经发动了，准备起飞。巴尔克最后一次俯瞰朱比角的无边凄凉。飞机前聚集了两百多名摩尔人，他们倒要瞧瞧，一个奴隶到了生活的门口会是一副什么嘴脸。飞机若是没飞出去多远就出了故障，他们还要把他抓回来。

　　我们挥手，同我们这个五十岁的新生婴儿告别，这样让他去闯世界，不免有点儿心神不安。

　　"别了，巴尔克！"

　　"不。"

　　"怎么不啊？"

"不。我叫穆罕默德·本·勒哈乌桑。"

我们最后一次了解有关巴尔克的消息，还是通过阿拉伯人阿卜达拉赫。他是应我们之托，在阿加迪尔帮助巴尔克的。

长途客车要到晚上才发车，因此，巴尔克有一整天的空闲时间。他首先逛逛小城，游荡了很长时间也不说一句话，阿卜达拉赫看出他心中的不安，便动了恻隐之心，问道：

"你怎么啦？"

"没什么……"

巴尔克突然度起长假，时间太宽裕了，他还没有觉出自己的复活。他倒是隐约感受到一种幸福，但是除了这种幸福感，在昨天的巴尔克和今天的巴尔克之间，并没有多大差异。不过，从今往后，他可以平等地和所有人分享这阳光，也有权坐在这里，坐在这家阿拉伯咖啡馆的凉棚座上。他坐下来，为阿卜达拉赫和他本人要了茶。这是他摆谱的头一个举动，他行使自己的权利时，一定有点儿失态。但是，服务员并不惊讶，给他倒了茶，就好像这种举动很平常。服务员倒茶的时候，并没有感到他在恭敬一个自由人。

"咱们到别处走走。"巴尔克说道。

他们上坡走向俯瞰阿加迪尔的卡斯巴赫山丘。

柏柏尔族的跳舞女郎迎着他们走过来。她们显得特别柔顺，让巴尔克觉得他要重生了。正是她们在不知不觉中欢迎他回到生活。她们拉起他的手，向他献茶，显得那么亲热。不过，她们向谁献茶都是同样的态度。巴尔克很想讲讲他的新生，她们温柔地笑笑。既然他满意了，她们也为他感到满意。为了让她们惊讶，他又补充一句："我名叫穆罕默德·本·勒哈乌桑。"但是，她们听了并不吃惊。人人都有姓名，许多人也是从非常遥远的地方回来的……

他又拉着阿卜达拉赫进城，在犹太人开的店铺门前溜达，又望望大海，想到自己是自由的，想往哪儿走就往哪儿走……但是，这种自由让他觉得辛酸，尤其使他发现：他同世界缺乏联系到了何等地步。

恰好一个小孩路过，巴尔克轻轻地抚摩他的脸蛋儿。那孩子笑了。他可不是为了讨好才抚摩主人的一个孩子。巴尔克主动抚摩的是一个羸弱的小孩。孩子还在微笑。巴尔克被这孩子唤醒了，他感到自己在这世上重要一点儿了，因为他能逗一个羸弱的孩子笑起来。他开始隐约看到点什么，现在走路步子拉大了。

"你寻找什么？"阿卜达拉赫问道。

"不找什么。"巴尔克回答道。

不过，在一条街的拐角，他碰见一群正在玩耍的孩子，就站住了。就是在这里，他静静地望着那些孩子，继而，他走开了，去了犹太人的店铺，买来满抱的礼物。阿卜达拉赫一看就火了：

"傻瓜，你的钱留着点儿！"

但是，巴尔克不听他的了。他一本正经，向每个孩子招手。一只只小手伸过去，要玩具，要手镯，要镶金边的拖鞋。每个孩子拿到宝贝，便撒腿逃掉了。

阿加迪尔城的其他孩子得知这消息，都朝他跑来，巴尔克给他们穿上镶金边的拖鞋。阿加迪尔周边的孩子听到这种传闻，也都行动起来，叫嚷着跑向黑皮肤的上帝，揪住他当奴隶时穿的旧衣服，讨要他们那一份。巴尔克钱花光了。

阿卜达拉赫认为他"乐疯了"。但是我认为，巴尔克并不是要与人分享一种满溢的喜悦。

他既然自由了，就拥有了主要财富，即拥有了受人爱戴、走南闯北并自食其力的权利。这笔钱又有什么用呢……就像一种深度饥饿感那样，他迫切需要成为世人中间的一员，同世人紧密相连。阿加迪尔的那些舞女对老巴尔克那么温情脉脉，他也同去的时候一样，轻易地离开了她们：她们并不需要他。那家阿拉伯咖啡馆的伙计、街上这些行人，大家都尊重他这个自由人，同他平等地分享阳光和空气，但是谁也没有表示需要他。他是自由的，而且无限自由，结果他都感觉不到在这大地上有什么分量了。他身上缺乏那种制约人活动的人脉关系的砝码，诸如那些眼泪、那些告别、那些责备、那些喜悦。总之，一个人每次有所举动，或爱抚，或撕毁的一切，那些把他同别人联系起来，并使他有了重量的千丝万缕的关系。不过，已经有上千种希望，压在巴尔克的身上。

巴尔克的统治，在阿加迪尔落日的辉煌中开始，在这一片清爽中开始。而这种清爽，很久以来正是他期待的唯一的温馨，唯一的栖身。巴尔克朝前走，沐浴在孩子们的这种浪潮中，就像从前沐浴在他的羊群中间，在世间趟出他第一条行迹。明天，他就可能回到他家人的贫困中，要养活那么多人，恐怕是他老胳膊老腿承担不起的重负，而且在这里，他已经称过自己的真正分量。就好比一个体重太轻、不能过人间生活的大天使，通过作弊手法，将铅块缝在自己的腰带上那样，巴尔克也步履艰难，被上千个急需金边拖鞋的孩子拖向地面。

07

　　沙漠就是这样。一种游戏的规则，便把沙漠变成游戏王国。一出秘密剧正在可能空荡荡的撒哈拉的腹地演出，搅动着人的各种狂热的情绪。沙漠的真正生活，并不是由为了寻找牧草而迁徙的部落构成的，而是体现在仍然进行的这场游戏。在这片大沙漠上，已归顺地区和未归顺地区之间，游戏的内容又有什么差异！对所有人来说，不也是如此吗？面对这片改了观的沙漠，我忆起了我童年的游戏：那座阴影和金色阳光相间的园子，由我们置满了各路神仙，而只有一平方公里的园子，由我们建造成没有边际的王国，我们始终未能完全熟识，始终未能穷尽探索。我们自成一体，成为一种封闭的文明。在这种文明里，脚步有其情趣，事物有其意义，都不可能存在于任何别的文明中。一个孩子长大成人，生活在别种法律制度之下了，那么他童年那座时而冰冷时而灼热、阴影幢幢的神秘园子，还剩下什么了呢？他现在重返故园，怀着一种绝望的心情，在园外沿着灰石砌的小围墙走走，不免深感诧异，发现他从前营造的无限大的天地，不过封锁在如此狭小的圈子里，于是他憬悟，绝不要再回到这种无限中来，因为回来追寻的是游戏，而不是园子。

况且，现在也没有抵抗区了。朱比角、锡斯内罗斯、坎萨多港、萨吉亚阿姆拉地区、多拉、斯马拉，都不再有神秘可言了。我们朝着奔驰的地平线，一条接一条消失了，如同那些昆虫，一旦落入温暖手掌的陷阱里，就丧失了鲜艳的颜色。然而，追逐这些地平线的人，也不是一种幻想的玩具了。我们追求这些发现的时候，也并没有看错。《一千零一夜》中的苏丹同样没有弄错，他追求那么微妙的一种物质，以至于他刚一接触，那些美丽的女奴便丧失了她们翅膀上的金粉，在黎明时分一个接着一个在他的怀里化为泡影。我们从沙漠的魅力中吸收了营养，而别人来到沙漠，可能为了打油井，靠他们的产品发财。不过，他们来这里就太晚了。因为，人迹罕至的棕榈林，或者原始贝壳的粉末，已经把它们最宝贵的部分献给了我们：它们只能贡献一小时的热忱，而正是我们亲身感受了这种热忱。

沙漠吗？有一天，它给了我接触它心脏的机会。1935 年，在飞往印度支那的一次远程航行中，我再次飞临埃及上空，在与利比亚接壤的地方陷入沙漠中，就好像被黏住了似的，我认为必死无疑了。下文就是这段历险。

第七章　沙漠的中心

01

我飞到地中海上空，遇到几片低云。飞机降到离海面二十米的高度。暴雨砸在挡风玻璃上，大海仿佛烟气腾腾。我极力想看清有什么东西，千万别撞到船的桅杆上。

我的机械师，安德烈·普雷沃，给我点着了好几支香烟。

"来点儿咖啡……"

他去了飞机后舱，拿了保温瓶回来。我喝了咖啡。我不时轻轻推一下节气门的操纵杆，以便保持两千一百的转速。我扫视一眼仪表盘：我的臣民都很听话，每根指针都在准确的位置上。我又望了一眼大海，只见海面在雨中冒出蒸汽，好似一个巨大的温水池。我驾驶的如果是水上飞机，看到海洋如此"低潮"，就会感到很遗憾。低潮不低潮，反正我也不能降落。可是不知道为什么，这让我产生一种荒唐的安全感。海洋不属于我的世界的范畴。飞机在这里出现故障，就不关我的事，甚至威胁不到我什么——我的装备根本不是用于海上飞行的。

飞行了一个半小时之后，雨渐渐小了。但云层还很低，不过，太阳已经穿过乌云的裂缝，露出大大的笑脸。我赞赏酝酿大晴天的这种缓慢过程，我推测出在我的上方，有薄薄一层白絮云。我斜向飞行，避开一段雷雨区——再也没有必要从雷雨区中心穿行了。第一道云隙出现了……

我没有看见，却预感到了这道云隙，因为我望见前边的海面上，有长长一条草场色带状影子，看似一片明亮的深绿色的绿洲，又像我从塞内加尔返航，穿越三千公里沙漠之后，到南摩洛哥望见那片令我心头一紧的大麦田的颜色。我感到这里也一样，是可以迫降的一个住人的地区，不禁有几分欣喜，便转身对普雷沃说：

"过去了，还不错吧！"

"是啊，还不错……"

在突尼斯加满了汽油，我签了几份单据，正要离开办公室的当儿，忽听"扑通"一声跳水的声响。是那种低沉的响动，没有回音。我当即想起听见过类似的声响——汽车库发生的一次爆炸。在这种哑声咳嗽中,两个人丧了命。我转向与飞机跑道并行的车道,只见升起一股烟尘。两辆快车相撞,就仿佛冻在冰里似的,突然固定不动了。有些人跑向那边,也有人朝我们跑来,边跑边喊:

"快打电话……叫医生……伤了脑袋……"

我感到一阵揪心。在平静的晚照中,厄运一次突袭得手,毁了一个美丽的形象,一个聪明的脑袋,或者一个生命……强盗们也是如此,在沙漠里行进,谁也听不见他们踏着沙子的柔软脚步声。在宿营地抢劫,喧闹声很短暂。随后,金色沙漠重又沉入寂静。同样安宁、同样寂静……我身边有人说头盖骨破裂了。我丝毫也不想了解那颗血淋淋而不再动弹的头颅,转身离开那条路,回到自己的飞机上。可是,一种受威胁的感觉还存留在我的心中。而这种声响,不久我又辨认出来。正当我以时速二百七十公里飞越黑色高原时,我又将辨认出同样哑声的咳嗽,命运的同样一声"嗨!",在等待我们赴约。

我们飞向利比亚的班加西。

02

　　飞行途中。白天还有两小时。进入的黎波里地区时，我已经摘下了墨镜。沙漠金光灿烂。老天啊，这颗星球多么荒凉啊！我再一次认为，河流、森林和人的居所，完全是一种巧合。岩石和沙漠占了多大面积！

　　但是，这一切与我无关，我生活在飞行的领域。我感到夜幕就要降临，夜间飞行就像关在神庙当中，同基本礼仪的秘密关在一起，进行一种毫无意义的思索。整个红尘凡世，已经逐渐消隐，并将消失。全部景色仍然沐浴着金黄的晖光，但是已有什么东西烟消云散了。我不知道能有任何东西，我的意思是：任何东西都不如这一时刻珍贵。凡是亲身体验过这种难以言说的飞行之爱的人，对我这句话都能心领神会。

　　且说我逐渐舍弃了太阳。我舍弃了万一出故障就能接待我的这金黄色辽阔的地面……我舍弃了能够引导我的方位标。我也舍弃了能够使我避开暗礁的那些映在天空的高山侧影。我进入了黑夜。我继续航行，眼前只有闪亮的星星……

　　世界这样归寂，过程相当缓慢。光亮一点一点暗下来，天地逐渐融合。大地悬浮，仿佛水汽一般扩散。初跃的几颗晚星，宛若在绿水中颤动。还需要等很久，那些星星才能化为坚硬的钻石。我也要等很久，才能目击流星的无声游戏。在某些深夜里，我看见那么多火星流窜，真以为星际之间刮起了狂风。

普雷沃挨个儿试了试常用灯和救急灯。我们用红纸将灯泡罩起来。

"还要厚一点儿……"

普雷沃又加了一层纸，打开开关。灯光还是太亮了。就像在照相馆里那样，强光能够遮掩外部世界的苍白形象。强光还会破坏夜色有时附着在事物表面的这层柔和。今天的夜色弥合了，但还不是真正的夜生活。有一弯新月挂在天边。普雷沃钻进后舱，拿来一个三明治。我只是嚼着吃了一串葡萄。我不饿。我既不饿也不渴。我也根本不觉得累，仿佛就这样再驾驶十年也撑得住。

月亮隐去了。

在漆黑的夜里，快要到班加西了。班加西静卧在沉沉的黑暗中，没有点缀一点光亮，我飞抵上空才看见这座城市。我正寻找机场，忽见机场红色灯标亮了，照明灯清晰地剪出一个黑色的长方形。我盘旋飞行。探照灯光束直射天空，犹如一根火柱。光束转动着，并在地面上画出一条金光大道。我还在盘旋，以便看清障碍物。这个中途站的夜间设备令人称赞。我缩小圈子，开始下降，就好像潜入黑水中似的。

飞机着陆，正是当地时间二十三点。我驾机朝探照灯滑过去。军官和士兵都极有礼貌，他们从暗处走到探照灯的强光下面，身影时隐时现。有人查看我的证件，有人开始给飞机加满汽油，规定我在中途站只停留二十分钟。

"您起飞后绕一圈，经过我们的头顶，否则我们不知道起飞是否完成。"

上路。

我奔驰在这条金光大道上，冲向没有障碍的豁口。我这架西姆安型飞机还远没有冲到跑道尽头，沉重的机身就腾空而起。探照灯跟随着我，这就妨碍我转弯。地勤人员猜出了灯光晃我的眼睛，终于放开了我。我冲高转了半圈儿，这时探照灯又打到我的脸上，但是刚一接触就移开了，那支金黄色的长笛便指向别处。照顾得如此周全，让我感到莫大的礼遇。现在我掉头，向沙漠飞去。

巴黎、突尼斯和班加西的气象台都通知我，顺风的时速为三四十公里。我打算飞行时速达到三百公里，并且把稳方向，沿着连接亚历山大和开罗的直线居中飞行，从而避开海岸的禁区。虽然会发生我感觉不到的飘移，但是无论左侧还是右侧，我都有这两座城市灯火的指引，或者笼统地说，得到尼罗河流域灯火的引导。如果风速不变，我将飞行三小时二十分钟。如果风速减弱，那就要飞三小时四十五分钟。于是我开始飞越一千零五十公里的大沙漠。

没有月亮了。沥青般黑漆漆的夜色，一直扩展到星辰的边缘。再也望不见一点灯火，也求助不到任何方位标，无线电联络信号也中断了，飞到尼罗河之前得不到地面的一点信号。除了我的罗盘和斯佩里回旋罗盘，我甚至都不想观察任何别的东西。此外，除了晦暗的仪表盘上一条窄窄的荧光缓慢的运转周期，我对什么也不感兴趣了。在普雷沃走动的时候，我就稍微调整了一下重心的变化。飞机升到海拔两千米，按照我收到的信息，这个高度的风有助于飞行。每隔很长一段时间，我便打开一盏灯，观察不发光的几个发动机的表盘。不过，绝大部分时间，我就封闭在黑暗中，同我的微型星座相伴。我的微型星座跟天上的星星，都发出同样的矿石般的荧光，同样秘密而经久的光，也讲同样的语言。我也像天文学家那样，在读一本天体力学的书。我也一样，感到自己又勤奋又纯洁。外部世界全都熄灭了。普雷沃挺了很久，还是睡着了，我能更好地品尝我的孤独滋味了。只有发动机发出轻微的轰鸣声，眼前的仪表台上则显现出这些静谧的星星。

然而，我陷入思索。我们借助不上一点月光，又断了无线电联络。我们同人世再也没有任何联系了，不管多么细微的联系也没有了，直到我们闯入尼罗河的灯火网。我们置身于一切之外，仅仅凭着我们的发动机，就持续悬浮在黑漆漆的夜空。我们在穿越童话故事中所描述的黑暗大山谷，要人经受考验的大山谷。在这里，呼天天不应，叫地地不灵。在这里，出了差错绝没有后悔药。我们只能听天由命了。

一线光亮，从电讯仪表台的一道接缝处透出来。我叫醒普雷沃，让他把那光亮熄灭。普雷沃就跟一头熊似的，在黑暗中动起来，身体抖动着往前走。他全神贯注，不知用手帕和黑纸怎么拼凑塞缝儿。那道亮光消失了。在这个世界里，那亮光形成一道裂缝，它跟淡淡而遥远的荧光根本不是同一品性。那是夜总会的光，而不是星光。尤其是它晃花了我的眼睛，遮蔽了其他的亮光。

飞行了三小时。我觉得我的右侧射出一道亮光。我仔细一瞧，那是我一直看不见的机翼末端灯拖着的一条长长的航迹。这条光带不断变幻，时现时隐，我又飞进了云层，是乌云反射于机翼的灯光。我更喜欢我的方位标附近是一片晴空。光晕照亮了机翼。光亮固定不动了，照耀周围，在那里形成一道玫瑰色的光束。深沉人力的气旋冲撞着。我行驶在一片密集云层的大风里，也不知道这块积云有多厚，于是拉升到两千五百米高度，还没有钻出云层。我重新降到一千米。玫瑰花束一直存在，岿然不动，而且越来越明亮。好吧，随便，无所谓。我想想别的事儿。走着瞧，总有飞出云层的时候。不过，我真不喜欢这种破烂小旅店的灯光。

我在盘算："我在这一段跳跳舞，倒也是正常的。然而，尽管天空澄净，又位于这样的海拔高度，我在航线上还总碰到气旋。风根本没有平息，我的时速恐怕超过了三百公里。不管怎么说，一点儿明确的情况我也不掌握，只有等到钻出云层，我再尽快辨清自己的方位吧。"

终于飞出云层，光束玫瑰突然消隐了。正是光束消失向我宣告了这种变化。我眺望前方，极目望去，什么也看不见，只有一道天空的峡谷和邻近的积云墙壁。光束重又点亮了。

这是例外的几秒钟，我再也飞不出这胶状的云层了。三个半小时的飞行，积云层开始引起我的不安，因为在我的想象中，我这样往前飞，就快到尼罗河了。如果有几分运气，我也许能通过云隙长廊望见尼罗河，只可惜长廊并不多。我不敢再下降了：万一时速不如我想象的那么快，我就仍然飞在几片高地的上空。

我倒一直没有感到怎么不安，只是担心可能耽误了时间。不过，我给自己的沉着设定了一个极限：四小时一刻钟。超过了这个时间，即使没有一丝风，我也飞过了尼罗河流域，而没有一丝风也根本不可能。

我飞到云层边缘时，就见那光束明灭闪动越来越急速，继而一下子熄灭了。我可不喜欢夜魔搞的这种密码联络。

我的前方出现一颗绿色的星，像灯塔一般放射着光芒。那是一颗星还是一座灯塔呢？我同样不喜欢这种超自然的亮光，这颗三王星危险的邀请。

普雷沃醒来。他打开灯，照亮发动机仪表盘。我赶紧打发掉他和他的灯。我刚巧钻进两块乌云的缝隙之间，乘机瞧一瞧下方。普雷沃又睡着了。

其实，也没有什么好瞧的。

飞行了四小时零五分钟。普雷沃过来，坐到我身边，说了一句：

"应该到开罗了……"

"我想也是……"

"那是一颗星，还是一座灯塔？"

我略微减慢了发动机的速度，这无疑唤醒了普雷沃。飞行声响的各种变化，他都非常敏感。我开始缓慢地下降，以便到云层下面滑行。

刚才我查看了地图。不管怎样，我到达了。标号地区，不会有任何危险了。我一直下降，转向正北方。这样，我从窗户里，迎面就能望见城市的灯火了。我一定是飞过了城市，因此，城市的灯火会在我的左边出现。现在，我在积云层下方飞行。不过，我还得贴着我左侧更低的另一片云层飞行。我调了朝北偏东方向，以免误入这片云网。

这片云层势必垂得更低，遮住了我的整个视野。我不敢再降低飞行高度了。我的高度表显示，我已经降到标高四百，但是不清楚这里大气压是多少。普雷沃俯过身来，我冲他喊道："我要一直飞到海上，最终在海面上降落，以免猛烈撞击……"

然而，也没有任何迹象证明，我绝没有偏离航线飞临大海。这片云层下面漆黑一片，什么也看不见。我紧贴着窗户，极力辨认下方，想发现灯火、信号什么的。我这个人连灰烬也要翻找个遍，想极力从炉底找出生命的炭火。

"一座航海灯塔！"

这个忽现忽隐的陷阱，我们同时看到了！多荒唐啊！在哪儿呢，这座幽灵灯塔，这种黑夜的创造物？因为，就是在同一秒钟，我和普雷沃都俯下身去，想在机翼下方三百米的地方重新找到它，不料猛然……"

"啊！"

我确信当时再也没有说任何别的话。我也确信当时没有感觉到别的什么，只听咔嚓一声巨响，从根基上动摇了我们的世界。我们以两百七十公里的时速撞上了地面。

我确信当时没有等待别的什么，在随后百分之一秒钟的瞬间，只等待爆炸的巨大的紫色火球，将我们俩全吞噬进去。无论我还是普雷沃，谁都没有感到丝毫惊慌。我观察内心唯有无限的等待。我等待那颗灿烂的星一闪现，我们就在同一秒钟消失。可是，紫火球根本没有出现，只有类似地震一般，震垮我们的机舱，掀掉窗户，将机身的金属碎片抛出去百米远，轰鸣之声灌满了我们的五脏六腑。飞机剧烈地抖动，就像从远处抛出的一把刀插入硬木上那样。这种震怒把我们搞蒙了。一秒，两秒……飞机一直在抖动，我万分焦急地等待，机载的燃油能让飞机像颗手榴弹似的爆炸。不过，地下的震动持续不断，却没有最终引发爆炸。而我一点儿也弄不懂这种看不见的运转，既不明白为什么这样抖动、为什么这样震怒，也不明白为什么无休止推延……五秒、六秒……突然，我们感到一阵天旋地转，猛烈的撞击，又把我们的香烟抛出窗外，撞碎了右侧的机翼，继而，便完全静止了。完全静止了，跟冻成冰块似的固定不动了。我冲普雷沃大喊：

　　"快跳出去！"

　　他也同时嚷道：

　　"起火啦！"

　　我们已经从震飞的窗户缺口翻出来，跑出二十米远的地方站定。我对普雷沃说道：

"没伤着吧？"

他答道：

"一点儿也没伤着！"

不过，他在揉膝盖。

我对他说：

"你好好摸一摸，活动一下身体，向我保证你绝没有伤筋动骨……"

他回答我说：

"没什么，撞到应急泵上了！……"

而我却以为，他会突然瘫倒，从头到肚脐给劐开了。可是，他眼睛盯着飞机，重复道：

"是撞到应急泵上了！……"

而我却想道：他准是疯了，要手舞足蹈了……

飞机算是免遭火焚，普雷沃的目光终于从飞机移开落到我身上，又重复道：

"没什么，是应急泵刮了一下膝盖。"

03

我们都活了下来,这事儿真解释不通。我拿着手提电灯,返回察看飞机在地面留下的痕迹。在飞机着落点的二百五十米远处,我们找到了扭曲的金属部件和薄板,当时这些残片飞掷出去,一路溅起沙尘。天亮之后我们才看清,我们的飞机撞到一座沙丘顶部,几乎蹚出一条平缓的坡道。撞击点有个沙坑,就像犁铧插出来的洞。

幸好飞机没有翻跟头,而是气势汹汹,摇着尾巴,肚皮着地冲出一条路,以二百七十公里的时速前进,一定是这些黑色卵石救了我们的命,它们在沙地上自由滚动,就形成了一个滚珠台架。

普雷沃拔掉蓄电池的线路,以免事故后发生短路而酿成火灾。我背靠着发动机,考虑这次事故:在四小时零一刻钟时间内,我在高空遭遇时速五十公里的大风,我也确实感到飞机抖动了。然而,如果在预报之后,这风有变化,我就根本不知道改变的风向了。估计我处于方圆四百公里的地方。

普雷沃走过来,坐到我身边,他对我说道:

"真是非比寻常,咱们还活着……"

我没有应声，而且一点儿也高兴不起来。一个小小的念头萌生了，在我的头脑里推进，已经搅得我心烦意乱了。

我让普雷沃打亮他的灯，作为方位标志，我则拿着手提电灯径直往前走。我仔细察看地面，走得很缓慢，绕了大半圈儿，数次改变方向。我一直搜寻地面，就好像在寻找一只失落的戒指。前不久，我也曾这样寻找过生命的炭火。我始终走在黑暗中，注视着我移动的白色光圈。果然如此……果然如此……我又缓步回到飞机那边，在机舱旁边坐下，思索起来。我在寻找一种希望的理由，根本没有找到。我在寻找生命提供的信号，而生命根本没有向我发出信号。

"普雷沃，连一根草我也没看见……"

普雷沃沉默不语，我不知道他是否听明白了。等夜幕收起，天亮之后，我们再谈这件事。我只是感到十分气馁，心想："将近四百公里，在大沙漠里……"我猛然跳起来：

"水！"

汽油箱和机油箱全漏了。我们的备用冰箱也未能幸免。沙地全给喝干了。我们找到一只打破的暖瓶，里面残留着半升咖啡，另一只暖瓶还残留着四分之一升白葡萄酒。这两种饮料过滤一下，再掺和起来。我们还找到一点葡萄和一个橘子。然而我一算计："在沙漠里，顶着烈日走五小时，这点儿东西就消灭光了。"

我们进了机舱，等待天明。我躺下来，要睡一会儿。我在入睡的过程中，还要整理一下我们这次险历——我们根本不知道自己所处的位置，我们的饮料不足一升。假如我们还处于这条支线附近，那么别人就能在八天之内找到我们，我们也不可能有更好的指望了，而那就太迟了。假如我们偏离太远，那么别人要找到我们就得半年。飞机也指望不上——驾飞机要在方圆三千公里的范围寻找我们。

"噢！真遗憾……"普雷沃对我说道。

"为什么？"

"一下子完蛋，也就干净利索了！"

还不应该这么快就认输，普雷沃和我，我们又镇定下来。获得空中救援是个奇迹，这种机会不管怎么微乎其微，也不应该放弃。同样也不应该坐以待毙，有可能错过附近的绿洲。今天我们要走一整天，然后再回到飞机这里。我们出发之前，在沙地上用大写字母表明我们的计划。

我蜷缩起身子，想要一直睡到天亮。我实在太幸运了，居然还睡着了。也是疲倦的缘故，我就觉得身边有许多人。我并不是孤单一人落到沙漠里，半睡半醒中陪伴着许多声音、许多往事和交心的私语。我还不渴，感觉挺好，我放心睡觉，就好像去探险似的。现实碰到梦，也甘拜下风。

噢！天一亮，事情可就大不一样了。

04

一直以来，我很喜爱撒哈拉。我在抵抗区也曾度过好些夜晚。我一觉醒来，看到身处这种金黄色的荒漠上，一望无际，由风刻出海洋一般的浪涛。我躺在机翼下睡觉等待救援，满不是那么回事儿。

我们行走在此起彼伏的沙丘坡上。沙地上面覆盖着一层油黑发亮的石子，仿佛披着金属鳞片，只见我们周围所有圆丘顶都像披着盔甲似的闪闪发亮。我们落入一个矿物世界，困在一个钢铁的景区里。

我们翻过头一道沙梁，远处又是一道类似的沙梁，黑油油、亮晶晶的。我们边用脚踏出印记，留下导线好方便原路返回。我们迎着太阳前进。我决定朝正东方向走，完全违反逻辑，因为气象预报、我的飞行时间，一切都引导我相信，我们已经飞过了尼罗河。我倒是试着向西走了一小段，可是感觉不适，也根本无法解释。于是，我就把西行推到第二天。我也暂时舍弃了能通向海洋的北方。三天之后，我们陷入半魔怔状态了，决定彻底遗弃我们的飞机，一直朝前走，直到倒下为止，也就是说，我们仍然朝东方进发。更准确点儿说，朝东偏北方向走去。这样做还是违反常理，也没有任何希望。后来我们获救后，发现如果选择任何别的方向，我们就不可能回来了，因为往北走，我们就会筋疲力尽，同样走不到海边。我们的做法无论多么荒谬，可是今天我觉得，在缺乏任何迹象可供我们参考的情况下，我选择这个方向唯一的理由，就是那次在安第斯山区，我极力搜寻，正是取这个方向救了我的朋友吉约迈。这个方向对我来说，隐约变成了生命的方向。

走了五小时之后，景色就变了。一条流沙河似乎流入谷地，我们就取道谷底，大步朝前走，尽可能走远一些，如果毫无发现，赶在天黑之前返回就行了。我突然站住了：

"普雷沃。"

"怎么啦？"

"脚印……"

我们有多长时间忘记了身后留下的一串足迹啦？如果我们找不到留下的足迹，那就意味死亡。

我们拐向右边，绕了半圈儿，走得相当远了。我们朝最初的方向径直走去，就会切入我们走过留下的足迹的地方。

我们接上了这条线，重新出发。大气热起来，随着温度升高，就出现了海市蜃楼。不过，这还只是初现的海市蜃楼，形成大片大片湖泊，待我们走近时又消失了。我们决定穿过沙谷，再登上最高的沙丘圆顶，以便眺望远方。我们已经走了六小时，这样大步流星，总共也该走出三十五公里了。我们终于登上了这座黑色沙丘的圆顶，默默地坐下来。我们脚下的沙谷通向没有石头的沙漠，白茫茫一片，明晃晃刺眼。空荡荡的，一望无际。不过在天边，阳光经折射，形成了海市蜃楼，景象已经更加令人神往了。有堡垒和尖塔、线条笔直的几何图形。我还注意到一大片黑影，酷似一大片树林，不过上方悬着一团乌云，那仅仅是积云的影子。那团乌云，是白天消散、傍晚再生的云层边缘的一块。

没有必要再往前走了，这种尝试不会达到任何目的。必须回到我们飞机那里，机身上的红白航标，有可能被寻找我们的伙伴发现。尽管我对这种寻找不抱任何希望，但是在我看来，这毕竟是我们唯一能获救的机会。尤其是我们的最后几滴饮料还放在那边，我们无论如何要喝了。为了活命，我们也必须返回。短促的耐渴力这道铁箍，完全把我们限制死了。

然而，也许走向一条生路的时候，再掉头返回该有多艰难啊！那些海市蜃楼的后边，那远方也许满布真正的城市、淡水河渠和草场。我知道我要回转是有道理的。然而，这样来个急刹车，我却有一种随船沉没的感觉。

我们就睡在飞机旁边。我们已经走了六十多公里，饮料完全喝光了。往东探索一无所获，哪个伙伴也没有飞越这片土地。我们还能坚持多久呢？我们已经渴到了极点……

　　我们拾来撞碎的机翼残片，准备点起一大堆篝火，再洒上汽油，放上镁薄板，火焰就能蹿起强烈的白光。我们等天色完全黑下来再点燃篝火……可是，人又在哪里呢？

　　现在，火焰升腾。我们虔诚地注视着我们的信号灯在大漠中燃烧。我们注视着我们无声而灿烂的信号在黑夜中光芒四射。我心想，这信号既传递着一种已经感人的呼叫，也传递着深厚的爱。我们需要喝水，但是我们也需要联络。但愿另一堆火也在黑夜中燃起，唯独人能掌握火，但愿他们回应我们！

　　我又看见我妻子的眼睛。只有这双眼睛，其余什么也看不见。这双眼睛在询问。我又看见所有那些也许在牵挂我的人的眼睛。这一双双询问的眼睛，众目睽睽，在责备我为何沉默。我回应！我回应！我全力回应，我只能往黑夜里投下更加灿烂的火焰！

　　我尽了自己所能，我们也尽了我们所能：几乎没有喝水，走了六十公里。现在，我们没有水喝了。我们不能等很久的话，难道是我们的过错吗？我们也可以乖乖地待在原地，吮吸我们的水壶。然而，从我吸干锡壶底的那一秒钟起，一只时钟开始走动了。从我吸干最后一滴的那一秒钟起，我就开始走下坡路了。时间犹如江河流淌，如果把我冲走，我又能怎么样呢？普雷沃哭了。我拍了拍他的肩膀，安慰他说：

"该完蛋就完蛋……"

他回答我说：

"如果你以为我是哭我自己……"

唉！当然了，我已经发现了这种明摆着的事实。没有什么是不可容忍的。明天，乃至后天，我都将了解，确实没有什么不可容忍。我对遭罪只是半信半疑。我针对自身已经考虑过这种情况。有一天，我憋在机舱里，以为自己要淹死了，也没有感到多么痛苦。有几回我以为，自己的脑袋开瓢了，可是我根本不觉得这是多么大的事儿。这回也同样，我并没有惶惶不可终日。明天在这方面，我还要了解到更为奇特的情况。天晓得我虽然生起了大火，我是不是已经放弃让世人听到我的声音！……

"如果你以为我是哭我自己……"是的，是的，正是这一点不可容忍。我每次又看见这一双双期待的眼睛，就感到火烧火燎。一种强烈的愿望猛然攫住我：我要当即爬起来，径直跑过去。那边有人呼救，有人溺水啦！

角色颠倒了，实在奇怪，然而我一直认为，事情就是这样。不过，我需要普雷沃，以便完全肯定这一点。不错，普雷沃也同样，面对别人向我们侈谈的死亡，他绝不会惶惶不可终日。但是有某种东西他不能容忍，我也容忍不了。

唔！我情愿接受睡觉，睡这一夜或者长眠多少世纪。我若是睡着了，就不知道有什么差异了。而且，多么安宁啊！可是那些呼唤声，要在那边响起，那是绝望的巨大火焰……我受不了这种景象。面对那些遇难的船，我不能袖手旁观！每一秒钟的沉默，都伤害一点我所爱的人。一种无法遏制的怒火，在我的心中扩展。为什么让这些锁链绊住，不能及时赶到，救起那些要沉没的人呢？我们燃起的大火，为什么没有把我们的呼叫传到天涯海角？耐心一点儿！……我们赶来啦！……我们赶来啦！……我们是救生员！

镁薄板烧完了，篝火发红了。现在只剩下够我们俯身取暖的一堆炭火了。结束了，我们发出的巨大而明亮的信号。这信号在地上推动了什么？唉！我很清楚，它什么也没有推动。说到底，它不过是一段祈祷，未能上达天听。

那好吧，我就睡觉了。

05

黎明时分，我们用一块抹布擦拭机翼，收集一玻璃杯底杂有油漆和汽油味的露水。尽管令人作呕，我们还是喝了下去了。没有好喝的，我们至少可以润润嘴唇。这顿美餐用罢，普雷沃就对我说：

"幸好还有这把手枪。"

我突然感到气愤，转过身去，恶狠狠地注视着他。此时此刻，我最痛恨的事，莫过于流露感情了。我特别需要看什么都很平常。出生于世很平常，长大成人很平常，干渴而死也很平常。

我用眼角的余光观察普雷沃，如有必要，我就发狠话伤害他，以便让他闭嘴。可是，普雷沃跟我说话十分平静。他就像谈论一个卫生问题。他提起这个话题，就如同对我说一句"我们应该洗洗手"似的。于是，我们达成一致意见。昨天我看到手枪皮套时就已经考虑过了。我的想法合乎理性，并不感情用事。只有社会关系才感情用事。我们无能为力，不能安慰我们应当为之负责的人。这与手枪无关。

他们一直没有来找我们，再准确点儿说，他们肯定在别处寻找我们。大概是在阿拉伯半岛。况且明天之前，我们也不可能听到任何飞机的声音，而到那时，我们就已经放弃我们这架飞机了。这唯一的航班，来自那么遥远的地方，飞越这里对我们也无所谓了。我们这几个黑点，在沙漠里混杂在万千个黑点中间，我们不可能指望被人发现。事后别人臆断我所受这种折磨的种种说法，一点儿也不靠谱。我不会受到任何折磨。要让我看，救生员们是在另一个世界行动。

　　一架飞机在大约三千公里之外的沙漠中失事，丝毫也不了解情况，那得搜寻半个月才可能找到。然而现在，他们大约从的黎波里到波斯湾区间寻找我们。不过，对这一星半点运气，今天我还抱有希望，既然根本不可能存在别种机会，我干脆改变策略，决定独自一人去探索。普雷沃留下来，捡些生火的材料，一旦有来访者就生起火来，可是，不会有人来拜访我们的。

　　于是我动身了，我甚至不知道自己是否还有力量返回来。我又回想起我所了解的有关利比亚沙漠的情况。撒哈拉沙漠的湿度还保持在百分之四十左右，而这里则降至百分之十八，生命就跟蒸汽一般容易挥发。贝都因人、旅行家、殖民地军官都告诉人们，人不喝水能坚持十九小时，一过了二十小时，眼睛就冒金星，生命也就开始完结了。干渴的作用就跟遭受雷击一般。

　　然而，这种东北风，这种异乎寻常的风欺骗了我们，完全出乎预料，把我们死死钉在这片高地上，现在当然也该延续我们的生命。但是在我们眼睛初冒金星之前，这种东北风肯给我们多长的宽限期呢？

我就这样走了，可是我觉得，我这是要乘独木舟漂洋过海。

不过，好在曙光初现，眼前的景象并不凄惨。我首先双手插兜，往前溜达，形同一个偷窃者。昨天傍晚，我们在几个神秘地洞的洞口设了网套，偷猎者在我身上苏醒过来。我先去察看一下：那些圈套一无所获。

野味的血也根本喝不上了。老实说，我也并没有心存那种希望。

如果说我并不怎么失望的话，反之，这倒引起我的好奇。在沙漠中，这些动物靠什么生活呢？估计是一些"犬耳狐"或者沙漠狐，它们是小型食肉动物，个头儿有兔子大小，长着两只大耳朵。我萌生渴望，便克制不住，沿着一只狐狸的足迹找下去。足迹将我引向一条狭长的沙河，河床上的足迹就十分明显了。我很欣赏扇形三趾足印所形成的美丽棕榈叶，不免想象我那位沙狐朋友在黎明时分，碎步轻轻地跑动，舔食石头上的露珠。到这里，足迹拉大了——我的沙狐跑起来。在这里，一个伙伴同它会合，它们俩并肩慢跑。我就是这样，带着一种奇特的乐趣，目睹了这种清晨散步。我喜爱生命的这些迹象。我口渴的事一时丢在了脑后……

我终于摸到了我这些狐狸的食品柜。这里每隔一百来米，就贴着沙地长出一株微型灌木，干硬干硬，长成汤盆状，枝上爬满了金黄色的小蜗牛。拂晓，沙狐就来用餐。我在这里碰巧发现了自然界的一大秘密。

我这只沙狐并不是碰到每株灌木都停下脚步。有些灌木上爬满了蜗牛，它倒是不屑一顾。有些灌木，它围着转一圈儿，显然十分谨慎。而有些灌木，它就光顾了，但也不是一扫而光，仅仅挑两三只蜗牛吃了，随即又换家餐馆。

难道沙狐在嬉戏，不是一下子吃饱，要拖长清晨散步的乐趣吗？我并不这样认为，它的嬉戏同一种必不可少的策略紧密相关。沙狐碰到第一棵灌木，就饱餐一顿，那么两三餐下来，这棵灌木上的蜗牛就会被吃个精光。这样，一棵灌木接着一棵灌木吃下去，就会摧毁蜗牛的繁衍。因此，沙狐特别当心，绝不妨害蜗牛的传宗接代。沙狐不仅每餐限量，只吃百来只这种大量滋生的棕色贝壳动物，而且从不挨着吃一根枝上相邻的两只蜗牛。整个过程，就好像沙狐意识到面临的风险。如果毫不顾惜，顿顿饱餐，那么蜗牛就该绝种了。如果蜗牛绝了种，沙狐也就没了踪影。

我循着沙狐的足迹，又来到它的洞穴。沙狐一定就躲在洞里倾听，它被我滚雷般的脚步声响吓坏了。我就对它说："我的小狐狸，我算是完蛋了，可是怪得很，这并不妨碍我对你的生活习性产生浓厚的兴趣……"

我在那儿沉浸在梦想中，就觉得人什么都能适应。一个人想到也许三十年之后会死去，这并不会毁了他生活的乐趣。三十年，三天……这只是个展望时间长短的问题。

不过有些景象.还是置于脑后为好……

现在，我要继续赶路，但是伴随着疲倦，我的心里已经发生了某种变化。海市蜃楼，如果根本不存在的话，那我就发明创造出来……

"喂，喂！"

我挥动手臂高呼，可是向我招手的那个人不过是一块黑色岩石。沙漠中万物都活跃起来。我想唤醒那个酣睡的贝都因人，他却变成一截黑树干。化为树干？这倒让我吃惊，我俯身看去，想要拾起一根断树枝：树枝却是大理石的！我又抬起头来扫视周围，看见另外一些黑色大理石。史前的一片森林，断木残枝覆盖地面。这片森林，在十万年之前，遭创世纪飓风的重创，像一座大教堂似的倾覆了。岁月的洪流将这些巨大的断柱冲磨锻造成钢铁部件、玻璃化石，色如墨汁，一直冲到我的面前。

我仍能辨认出树节，看得出生命的扭曲，计数树干的年轮。这片森林原本百鸟鸣唱，谁料遭受厄运的打击，变成一片盐碱地。我感到这景物对我有敌意。这些庄严的遗骸，比沙丘的铁甲还要黑，不肯接纳我。我一个大活人，来到这些永不腐蚀的大理石中间，有什么可干的呢？我这个易朽之躯，到时候就要化为尘埃，我到这永恒之地来干什么呢？

从昨天算起，我大约已经走了八十公里。无疑是由于干渴，我感到头晕目眩。也可能是太阳烤的。在阳光的照射下，这些树干仿佛烤出了油。这片甲壳在阳光下也闪闪发亮。这里没有沙子，也没有狐狸。这里什么都没有了，只有一块硕大无比的铁砧。我走在这块铁砧上，感到太阳在我的头脑里震响。啊！那边……

"喂！喂！"

"那边什么也没有，你别激动了。那是幻觉。"

我就这样自说自话，因为我需要唤起我的理智。我眼睛所见，要拒绝实在困难。你瞧！……就在那边……那支行进的骆驼队，我忍住不跑过去也实在很难！……

"傻瓜，你明明知道，那是你自己的臆想……"

"这么说，这业上什么也不是真实的了……"

什么也不是真实的，除了离我二十公里的山丘上那个十字架。那个十字架，或者那座灯塔。

然而，那不是通向海边的方向。可见，那是个十字架。我曾查看地图，琢磨了一整夜，白费工夫了，我连自己处于什么方位都弄不清楚。不过，我还是贴近了，仔细辨认所有向我标示有人居住的记号。果然，我在某处发现一个小圆圈儿，画在一个类似的十字架的下面。我查了一下图例，只见上面写道："宗教设施。"在十字架旁边，我还看到一个黑点。我又查图例，只见上面写道："自流井。"我的胸口猛然挨了一击，我又高声念道："自流井……自流井……自流井！"阿里巴巴和他的那些宝藏，难道能比得上一口自流井吗？稍远一点儿，我又注意到两个白圈，看见图例上写道："间歇井。"这就差劲多了。再查看四周，就什么也没有了。空空如也。

这正是我的宗教设施啊！修士们在山丘上立起一个大十字架，就是为了召唤那些海上遇难的人！我只需走向那十字架……我只需跑向那些多明我会的修士……

"可是在利比亚，只有科普特修道院。"

"……跑向那些勤恳的多明我会修士。他们拥有红砖地厨房，又清爽又漂亮，院子里有一个生了锈的美妙水泵。在生锈的水泵下面，你们可能已经猜出来了……在生锈的水泵下面，就是那口自流井!哈!等我去敲门的时候,等我去拉响大门铃的时候,那里就会像过节一样了……"

"傻瓜,你所描述的,是普罗旺斯地区的一所房屋,可是那里根本没有大门铃。"

"等我去拉门铃的时候,看门人就要举起双臂,对我高声说:'您是上帝派来的使者!'于是他招呼所有修士。修士们都纷纷跑来,会把我当成穷家孩子那样款待。他们推拥我去厨房,还会对我说:'稍等一下,稍等一下,我的孩子……我们去自流井那儿……'"

而我呢,我会非常幸福,激动得发抖……

然而,我可不愿意流泪,只因为那山丘上不见了十字架。

西方给人的希望无非是谎言。我又转向正北方。

北方,至少响彻大海的歌声。

啊!翻过这道山梁,视野就开阔了。那是世界最美丽的城市。

"你明明知道,那是海市蜃楼……"

我当然知道,那是一种海市蜃楼的幻景。别人骗不了我!然而,我若是高兴,就愿意深入那幻景呢?我若是高兴,就愿意抱有希望呢?我若是高兴,就喜爱那座建有城墙雉堞、阳光灿烂的城市呢?我若是高兴,迈着轻快的步子走过去呢?既然我感觉不到累了，既然我很幸福……普雷沃和他那把手枪，真让我觉得好笑！我还是偏爱自我陶醉。我确实醉了。我渴得要命！

黄昏让我清醒过来。我戛然止步，感到自己走出这么远，不禁害怕起来。在暮色中，海市蜃楼消失了。什么水井，什么宫殿，什么修士服，统统从天边消失了。茫茫沙漠，一眼望不到边。

"你走得太远了！你要被黑夜攫住，只好等到天亮了，而明天，你的脚印就全没了，哪里都不会有你这个人了。"

"那就干脆，一直朝前走好了……何必还走回头路呢？我也不愿意突然转向，说不定我就要张开双臂，我就要张开双臂迎接大海了……"

"你看见哪儿有海呀？况且，你永远也走不到海边。你和大海之间，无疑相隔三百公里。而普雷沃呢，此刻正守候在西姆安型飞机旁边。他也许被一支骆驼队发现了……"

对，我要回转，但是先要跟世人打声招呼：

"喂！"

这颗星球，慈悲的上帝啊，这可是住着人的呀……

"喂！来人啊！……"

我嗓子哑了，发不出声音。我感到这样喊叫实在可笑……我再召唤一声：

"来人啊!"

我这样喊,声调显得夸张而自负。

我随即掉头回转。

走了两小时之后,我望见普雷沃生起的篝火:他以为我迷路,便惊慌失措,点起了冲天的篝火。啊!……这对我简直无所谓了……

又走了一小时……还有五百米。还有一百米。还有五十米。

"啊!"

我不禁惊愕,停下脚步,心中一阵狂喜,我克制住强烈的冲动。普雷沃映着火光,正同两个背靠飞机发动机的阿拉伯人交谈。他还没有看见我。他过分沉溺在自己的喜悦中了。啊!假如我跟他一起等待……那么我早就获救啦!我兴奋地喊道:

"喂!"

那两个贝都因人惊跳起来,注视着我。普雷沃离开他们,独自朝我迎过来。我张开手臂。普雷沃扶住我的胳膊肘。我要跌倒了吗?我对他说:

"总算行了。"

"什么呀?"

"阿拉伯人来了!"

"什么阿拉伯人?"

"同你在一起的阿拉伯人啊！……"

普雷沃怪模怪样地看着我，给我的印象是他极不情愿向我透露一个沉重的秘密：

"根本就没有来什么阿拉伯人……"

自不待言，这回轮到我哭了。

06

在这地方不喝水，可以活十九小时。可是从昨天晚上，我们喝了什么呢？拂晓搜集的几滴露水。不过，这里一直刮着东北风，我们身体挥发水分的速度也就减缓了。这道风障还有利于生成高空乌云。啊！乌云如能一直飘移到我们头顶，如能下起雨来该有多好！然而，沙漠里从来不下雨。

"普雷沃，咱们把降落伞裁成三角形，再把三角形布片铺在地上，用石头压住。如果风向不变的话，等到天亮，我们就把这些布片上的露水拧出来，收集到一个汽油箱里。"

我们在星空下，将六块白布排列铺开。普雷沃拆下一个汽油箱。一切就绪，就单等天亮了。

普雷沃在残骸碎片中，还发现了一个神奇的橘子。我们平分了。我一时心潮澎湃，然而，我们需要二十升水，这个橘子算得了什么。

我躺在篝火旁边，端详着亮晶晶的水果，心中暗道："世人并不认识一个橘子的价值……"我还想道："我们难逃此劫，确信这一点，还是照样剥夺不了我的乐趣。我握在手里的半个橘子，却带给我平生最大的一种快乐……"我仰卧在地上，吮吸着我这水果，同时数着流星。就是在这一分钟内，我感到无限幸福。我心中又想道："我们生活在有秩序的世界上，如果不是深受其困，陷入绝境，就不可能看透这个世界。"今天我才明白，死囚行刑前抽支香烟、喝杯朗姆酒的意义。原先我不理解，他怎么会接受这种可怜巴巴的恩赐。然而，他从这烟酒中获得很大乐趣。如果他微笑，别人就会想象他很勇敢。其实他微笑，是因为喝了朗姆酒。别人并不知道他是否改变了观点，他是否把这最后的时刻当成人的一生。

我收集到大量的水，也许有两升。结束了，干渴！我们得救了，我们能喝上水啦！

我从油箱里灌了一小锡壶水，水色鲜艳，呈黄绿色。我刚喝一口，就觉得味道可怕极了，我虽然渴得要命，在咽下去之前，还是深深吸了口气。不管怎样，我还是喝下这泥水，而这金属毒性的味道，比我的干渴还要厉害。

我看着普雷沃在打转转，眼睛盯着地面，就好像聚精会神找什么东西。突然，他弯下腰去，开始呕吐，但是没有停止转圈儿。三十秒钟之后，就轮到我了。我一阵绞痛，十分猛烈，不得不跪倒在地，手指抠进沙子里。我们彼此不说话，这样折腾了一刻钟，仅仅呕出一点儿胃液。

总算完了。我只是隐隐感到有点儿恶心了。可是，这最后的希望我们也丧失了。我弄不清我们这次失败，应该归咎于降落伞的涂料，还是淤垢在油箱里的四氯化碳。当初我们就应该用另一种容器，或者另一些布料。

好了，我们得赶紧！天亮了。上路吧！我们要逃离这片可恶的高地，拉开大步向前进，直到倒下去为止。我这是效仿吉约迈在安第斯山区的榜样，从昨天起，我就特别想念他。我违背了必须守着失事飞机残骸的明文规定，别人在这里找不见我们了。

可是，我们将再次发现，我们并不是海难的遇难者。遇难者，正是等待我们的人！那些受到我们的沉默威胁的人。那些被一种可恶的过错撕肝裂胆的人。我们不能不跑去救他们。吉约迈也是如此，他从安第斯山区回来，向我叙述说，他跑去救那些遇难者！这是一条普遍的真理。

"我在这世界上，"普雷沃对我说，"如果孑然一身，那我就躺下了。"

我们径直朝东偏北方向走去。我们若是已经过了尼罗河，那么每多走一步，就会更加深入阿拉伯半岛的沙漠。

那一天的情景，我回忆不起来了，只记得我匆匆赶路，赶往随便什么地方，直到跌倒起不来了。我还记得一路看着地面，我已经被海市蜃楼骗得沮丧了。我们不时用指南针来校正所走的方向。我们有时也躺一躺喘口气，我留着过夜的橡胶雨衣，也在半路扔掉了。此外就什么也不记得了，直到傍晚带来清凉，我的记忆才能重新连接起来。我也跟沙子一样，一切在我的心中都已经模糊了。

我们决定日落时分宿营。我心里清楚，我们还应该往前走：这个无水的夜晚，终将结束我们的生命。不过，我们还随身带着用降落伞裁成的三角布，如果布上的涂料没有毒，那么明天清晨，我们还可能喝上水。我们应当再一次在星空下，布好捕获露水的陷阱。

可是这天晚上，北面的天空晴朗无云。风已经变了气味，也改了方向。沙漠灼热的气息已经拂到我们了。这表明猛兽醒来了！我感到这气息舔到我们的手和脸……

然而，如果继续赶路，我也走不出去十公里了。三天没有喝水，我已经走了一百八十多公里了……

　　就在暂停的时候，普雷沃对我说道：

　　"我向你保证，那是一片湖水。"

　　"你疯了？"

　　"在这种时候，天快黑了，那还能是海市蜃楼吗？"

　　我什么也没有回答。我早就不相信自己的眼睛了。那不是海市蜃楼，也许吧，那么，就该是我们神经错乱的一种产物。普雷沃怎么还能相信呢？

　　普雷沃却固执己见。

　　"也就是二十分钟的路，我去瞧一瞧……"

　　见他这样固执，我便恼火了：

　　"你就去瞧吧. 你就去散心吧……这对身体大有好处。不过，你说的湖泊，如果存在的话，那也是咸水湖。管他咸水淡水，都是见鬼的事儿。关键是那根本不存在。"

　　普雷沃两眼直勾勾的，已经走远了。我有体验，这种勾魂摄魄的诱惑！我又想道："有些梦游者也同样，他们就直接扑到火车头的轮子下。"我知道普雷沃回不来了。那种空幻的景象迷住了他的心窍，不可能回转了，走不出多远就会倒下去了。他死在那边，我死在这边。这一切实在不足挂齿！……

我产生的这种无所谓的态度，我可不认为是什么好兆头。我曾经快要淹死的时候，也感受过同样的平静。不过，趁这机会，我倒可以趴在石子地上，写一封遗书。我的遗书写得很优美，非常出色。遗书中提出大量明智的忠告。我重读的时候，还隐隐有点儿自鸣得意。将来有人会说："这封遗书真令人赞叹！多可惜，写遗书的人死了！"

我还想了解自己到了什么状态。我尽量蠕动嘴，想分泌点儿唾液：有多少小时我没有吐唾沫了？我不生口水了。我的嘴若是闭上，就有黏黏的东西糊住嘴唇，在唇外干结，形成一个硬圈儿。不过，我还是把这分泌物吞咽下去，而且成功了。我的眼睛还没有乱冒金星。一旦让我欣赏到这种灿烂的景象，那么我就只有两个小时的活头了。

天黑了。从昨天夜晚起，月亮逐渐丰盈。普雷沃没有回来。我仰卧在地上，反复思量这些明摆着的事实。我又想起一个旧有的景象，想尽量使之明晰起来。我那次是在……是在……我那次是在船上！前往南美洲，我就是这样，躺在甲板上。桅杆梢头在星斗之间缓慢地晃动。这里缺一根桅杆，不过，我觉得还是在船上，驶向一个目的地，不再取决于我的努力了。一些黑奴贩子将我捆绑住，丢到一条船上。

我想到还没有回来的普雷沃。我没有听见他发过一声怨言。

这非常好。我就听不得怨声怨气。普雷沃是条汉子。

啊！离我五百米远，他在那摇晃灯呢！他找不到回来的路了！我没有灯回应他，便站起来呼喊，可是他听不见……

第二盏灯又点亮了；距他那盏灯有二百米，接着第三盏灯。仁慈的上帝，那是搜索队呀，他们找我来啦！

我喊道：

"喂，喂！"

但是他们听不见我的声音。

那三盏灯，接续打出呼叫的声音。

今天晚上，我的神经可没有错乱。我感到自己的状态良好。我很平静。我注意看去，离我五百米有三盏灯。

"喂，喂！"

可是，他们始终听不见我的声音。

于是，我一时惊慌起来。这将是我唯一惊慌的瞬间。啊！我还能跑得动："等一等……等一等……"他们要掉头啦！他们要走远了，要去别处寻找我了，而我就要跌倒了！我要跌倒在生命的门口，有人伸出手臂本来可以接住我！……

"喂，喂！喂，喂！"

"喂，喂！"

他们听见了我的喊声。我喘不上气来，我喘不上气来，可是我还在跑。我跑向那"喂，喂"声音的方向，瞧见了普雷沃，便一头栽倒了。

"啊！我一望见所有那些灯！……"

"什么灯啊？"

确确实实，他独自一人。

这一次，我丝毫也没有感到绝望，只是暗暗恼火。

"你的湖泊呢？"

"我越往前走湖越远。我朝湖那边走了半小时。走了半小时之后，看看还是太远，我就回来了。但是现在我确信，那就是湖……"

"你疯了，完全疯了。噢！你为什么要这么干呢？……为什么呀？"

他究竟干了什么？他为什么要那样干？我气得要哭，却不清楚自己干吗气愤。普雷沃声音哽咽，向我解释道：

"我太想找到水喝了……看你的嘴唇太苍白啦！"

唔！我的怒气顿消……我抬手捂住前额，就好像忽然醒悟似的，我感到悲哀。于是，我轻声讲述：

"我明明看见了，就像现在看见你这样，我清清楚楚看见了，不可能有错，一共三盏灯……跟你说，我看见了，普雷沃！"

普雷沃先是沉默不语：

"唔，是啊，"他终于承认，"情况确实不妙。"

大气中没有水汽，土地很快就闪光发亮了。天气已经非常冷了。我站起来走动走动，可是，很快我就受不了，浑身瑟瑟发抖。我的血液严重失水，循环不畅，而这种刺骨的寒冷，也并不仅仅是夜晚的严寒。我的牙齿咯咯打战，浑身不住地颤抖，手也晃得厉害，连手电筒都拿不稳了。我一向不怕冷，然而现在，我却要冻死了——饥渴产生多么怪异的后果！

我的橡胶雨衣，在大热天总带在身上，实在烦透了，就在途中随手扔掉了。不料现在，寒风越刮越猛了。而且我发现，沙漠中绝无藏身之所。沙漠就跟大理石一般光滑。白天烈日下没有一点躲避的荫凉，夜晚就把人赤裸裸交给寒风。没有一棵树，没有一道篱笆，没有一块石头可供我避风。寒风就像一队骑兵，在开阔地带向我冲锋。我打着转儿想躲避寒风，我躺下又起来，无论躺倒还是站立，我都照样挨寒风的鞭笞。我不能奔跑了，浑身力气用尽了，躲避不了这些凶手，只好双手抱住头，跪倒在屠刀下。

过了一会儿，我意识到这种情况，又站起身来，径直朝前走，浑身始终在打哆嗦！我在什么地方？唔！我刚一动身，就听见普雷沃的呼唤！正是他的呼唤把我叫醒……

我返身走向他，全身还一直在战栗，一直在痉挛。我心中暗道："这不是寒冷，而是另有缘故。这是生命的完结。"我已经失水过多。前天一同探路，昨天我又单独出去，这两天我走路也过多了。

想到自己会冻死，心里很难受，我宁愿沉醉于内心的幻景中。那支十字架、那些阿拉伯人、那些灯。不管怎样，那些幻景开始引起我的兴趣。我不喜欢像奴隶一样挨鞭子……

我仍然跪伏着。

我们随身带了一点药物：一百克纯乙醚、一百克九十度的酒精和一瓶碘酒。我尝试喝了两三口纯乙醚，那感觉就像吞下几把刀子。接着，我又喝了一点儿九十度的酒精，喉咙顿时就封死了。

我在沙地里挖了一个坑，躺了进去，再用沙子埋住全身，只有脸露在外面。普雷沃发现几根小树枝，点起一堆火，但是火苗很快就烧完了。普雷沃不肯埋在沙子里，他宁愿跺着脚暖身子。可是他错了。

我的喉咙一直发紧，这是个不祥之兆，不过我倒是觉得舒服了点儿。我感到平静了。我这是不抱任何希望的平静。我身不由己在旅行中，捆绑在装运奴隶船只的甲板上，在星空下漂流。其实，我也许算不上很不幸……

只要一动不动，我就不觉得冷了。这时，我就忘掉了我这睡在沙子下面的躯体。我不再动弹，这样就永远也不会感到痛苦了。况且，老实说，人感到痛苦极有限度……在所有这些折磨的后面，还有疲惫和精神狂乱的大规模作用：一切都转换成画册，转换成颇为残忍的童话故事了……那会儿，寒风围剿追杀我，我为了逃避，就跟一只野兽似的团团打转。后来，我又呼吸困难：一个膝盖死死顶住我的胸口。一个膝盖。而我在天使的重压下挣扎。我在沙漠中，从来就不是孤单一人。现在，我再也不相信周围的一切了，退缩到自身，凝神内敛，闭起眼睛，连一根睫毛也不动。我感觉到了，图像的滚滚洪流把我冲向一种安宁的梦境：江河流入深沉的海洋，也就平静下来了。

别了，你们这些我爱过的人。如果说人体三天滴水不进就坚持不住的话，那绝非我的过错。真没想到，我会如此依赖水源。我也没有想到只有如此短暂的自主权。大家总认为人可以勇往直前，大家总以为人是自由的……可是谁也没有看到还有一根绳子，把人拴在水井边，像脐带一样把人拴在大地的肚子上。谁超越一步必死无疑。

除了给你们造成的痛苦，我别无任何遗憾。总的看来，我这一生算是得天独厚了。我若是能够生还，还要从头做起。我需要这样生活。在城市里，已经谈不上人生了。

我这里讲的绝非指航空。飞机，并不是一种目的，而是一种手段。人不是为了飞行而去冒生命危险。同样，农民也不是为了犁铧而去耕地。然而，人乘坐飞机，就可以离开城市及其会计师，重新找到一种乡村的真谛。

我们所做的，是人的一种工作，也就是体会人的忧虑。我们要接触风、星辰、黑夜、沙漠、海洋。我们同大自然的力量斗智斗巧。我们等待黎明，如同园丁盼望开春。我们向往中途站，就像向往一块福地。我们在星际之间寻找真理。

我不会怨天尤人。这三天来，我走了很多路，我渴得要命，我在沙漠中追踪足迹，我也把露水当成我的希望。我力图找到同类，可我早已忘却他们住在大地何处了。这正是世人的忧虑。而我不能不认为，择居的忧虑，比晚间选哪家音乐厅更重要。

我理解不了那些乘坐郊区火车的民众。他们自以为是人，却在一种他们感觉不到的压力下，像蚂蚁似的忙忙碌碌而不自知。当他们有空支配他们荒谬而短促的星期天时，他们怎样来度过呢？

有一回在俄罗斯，我到一家工厂听了演奏莫扎特作品的音乐会。我写了一篇报道文章，便收到二百封辱骂的信。我并不责怪那些偏爱低级咖啡馆音乐的人。他们根本不了解别种歌曲。我要责怪开设这种音乐咖啡厅的人。我讨厌把人引入歧途。

我从事这种职业很幸福。我感到自己是这些中途站的农民。我临终时刻如果在郊区火车上，跟在这里的感觉大相径庭！在这里，归根结底，多么痛快啊！……

我无所遗憾。我赌过了，赌输了。干我们这一行，这是正常的。而且，大海刮来的风，我毕竟呼吸到了。

无论谁，只要品味过一次海风，就忘不掉这种养料。对不对呀，我的伙计们？并不是说生活就要去冒险，这种说法未免自负了。我不大喜欢斗牛士，我所喜爱的不是危险。我知道自己爱什么。我爱的是生活。

我觉得天色泛白了。我从沙子里伸出一条胳膊，手边就铺了一块三角布，我摸了摸，布是干的。再等一等吧。要到黎明时分，才会降露水呢。可是天光大亮了，我们铺的单子一点儿也没有湿。于是，我的思绪有点儿混乱了，听见自己口中念念有词："这里有一颗干涸的心……一颗干涸的心……一颗根本不会流泪的干涸的心！……"

"上路吧，普雷沃！我们的喉咙还没有封死，还得走啊。"

07

刮起了西风——十九个小时之内，西风就能把人吹干。我的食道还没有封死，但是已经变硬而有痛感。我推测出里边有什么东西在摩擦。不久就开始咳嗽了——这种咳嗽我正等着，也曾有人向我描述过。我的舌头碍事了。不过，最严重的情况就是，我已经看到了亮点。等亮点变成了火星儿，我就要寿终正寝了。

我们走得很快，充分利用拂晓的清爽。我们完全清楚，正如人们所说，烈日当空，我们就走不动了。烈日当空……

我们没有权利出汗，连等待的权利也没有。这种清爽的湿度也不过是百分之十八。风是从沙漠深处刮来的，在这种骗人的和风爱抚下，我们的血液会全部蒸发。

第一天，我们吃了几粒葡萄。三天以来，每人只吃了半个橘子，后来又吃了半个。我们还哪儿有唾液来咀嚼食物呢？不过，我一点儿也不饿，只觉得干渴。但是从这时开始，我感到干渴的后果，似乎比饥饿厉害得多。喉咙僵硬，舌头跟石膏一样。嘴里不是滋味，稍一张合就沙沙摩擦。这些感觉是我新尝到的。喝水当然能消除这些感觉，然而我根本不记得用这种药方治疗了。干渴越来越不像一种渴求，越来越成为一种病症了。

水泉和水果向我提供的形象，似乎也不那么诱人了。我忘记了橘子鲜艳的光泽，同样，我仿佛早已忘记了自己的情感。也许我已经把什么都忘了。

我们坐下来，可是还得继续赶路。我们放弃了走很远才歇一歇的办法，每走五百米，便累得瘫倒在地。我能躺一躺，就是极大的享乐。然而还得上路。

景色变了。地面的石子逐渐稀少，现在我们走在沙地上。前面两公里的地方出现几个沙丘，那些山丘上影影绰绰，似有低矮的植物。我喜爱沙子，而不是钢盔铁甲。这是金黄色的沙漠。这是撒哈拉。看来我认出它了……

现在，我们走二百米就耗尽力气了。

"不管怎样，我们还得往前走，至少一直走到灌木丛那里。"

那是极限了。八天之后，我们乘车沿着我们的足迹返回，去找那架西姆安型飞机，就验证了我们最后这次努力，又走了八十公里。可见，我已经走了将近二百公里，怎么还能接着走下去吗？

昨天，我走出去不抱什么希望。今天，这种话已经丧失了意义。今天，我们走只是为了走而走。牛耕田无疑也是这样。昨天我梦想橘树林天堂。可是今天，天堂对我不复存在了。我不相信世上还有橘子。除了一颗干涸的心，我在自己身上再也发现不了什么了。我眼看就要倒下，却毫无绝望之感，甚至感觉不到痛苦了。我不免遗憾，就连伤心我都会觉得像水一样甘甜。人可以自怜自惜，可以像朋友似的可怜自己。然而，我在这世上没有朋友了。

后来别人找到我的时候，见我两眼火红，还以为我曾经大声呼喊，痛苦不堪。可是冲动，可是懊恼，可是伤感，这些还算是财富。清纯少女，她们在初恋的夜晚，就会因伤感而哭泣。感伤同生命的悸动紧密相连。而我已不再伤感了……

沙漠就是我。我形成不了唾液，而且，我也同样形成不了我可以对之哀叹的温馨形象。烈日晒干了我身上的泪腺。

可是，我发现什么啦？一股希望之风拂面而过，仿佛一阵风掠过海面。这是什么信号，先警示我的本能，再敲打我的神志呢？什么也没有改变，然而什么都变了。这片平坦的沙地、这些丘冈、这一块块淡淡的绿斑，不再是组成一种景色，而是构成了一个舞台。一个仍然空空的舞台，但是一切已准备就绪。我瞧了瞧普雷沃，他也跟我同样惊讶，也同样不明白自己是何感受。

我可以向你们发誓，确实要发生什么情况……

我可以向你们发誓，沙漠活跃起来了。我可以向你们发誓，这种空旷、这种寂静，突然比广场的喧闹更让人激动……

我们得救了，沙地上有人迹！……

噢！我们早已失去了人类的踪迹，我们同人类社会完全隔绝了，在这世上落了单，被迁徙的众生遗忘，而我们突然发现，沙地上赫然印着人的神奇足迹。

"这儿，普雷沃，有两个人分手……"

"在这儿，有骆驼跪过的印迹……"

"在这儿……"

然而，我们还没有获救。我们光等待还不够。再过几小时，别人想救也救不了我们了。干渴的步伐太快了，一旦咳嗽起来，就会快得出奇。而我们的喉咙……

但是，我相信这支骆驼队，一定在沙漠某个地方游荡。

我们还是往前走，突然我听到了鸡鸣。吉约迈对我说过："到了最后，我在安第斯山区听见鸡叫声。我也听见隆隆的火车声响……"

我听见鸡鸣的同时，就想起吉约迈讲述的经历，于是心中暗道："起初，是我自己的眼睛欺骗了我。无疑这是干渴的后果。我的耳朵坚持得更好些……"这时，普雷沃一把抓住我的胳膊：

"你听见了吗？"

"什么呀？"

"公鸡叫啊！"

"这么说……这么说……"

这么说，傻瓜，当然是有人了……

我最后还产生了一种幻觉：有三条狗在相互追逐。普雷沃也四下张望，却什么也没有看到。但是，我们俩都朝那个贝都因人张开了双臂。我们俩冲着他用尽了我们胸膛的全部气息。我们俩兴奋得哈哈大笑!……

可是，我们的声音传不出三十米远。我们的声带已经干了。我们彼此说话声音极低，而这种情形，我们甚至没有注意到！

不料，那个贝都因人和他的骆驼刚从沙丘后面露头，却又缓慢地，缓慢地走远了。那个人也许独自一身。一个残酷的魔鬼让他在我们面前一闪现，又把他抽走了。

可是，我们再也跑不动了！

沙丘上又出现另一个阿拉伯人的侧影。我们吼叫，声音却很小。于是，我们就挥动手臂，而我们当时的印象，就觉得天空满是我们发出的巨大信号。但是，那个贝都因人一直注视着右前方……

只见他不紧不慢，身子转了四分之一圈，就在他即将面向我们的那一秒钟，大功就会告成。就在他即将把目光投向我们的那一秒钟，他就已经消除了我们的干渴、死亡和海市蜃楼。他身子转动的四分之一圈，就已经改了世界。他只需转动一下身子，只需扫上一眼，就能创造生命。在我看来，他就是一个天神……

真是个奇迹……他就像天神在海上凌波，在沙地上向我们走来。

这个阿拉伯人随便瞧了瞧我们，他抬手按了按我们的肩膀。我们完全顺从他，趴到地上。此时此地，再也不分什么种族、语言、差异了……只有这个游牧的穷人，将大天使的双手放到我们的肩上。

我们额门顶在沙地上等待着。现在，我们腹部着地，脑袋探在水盆里，像牛犊似的饮水。这个贝都因人看着害怕了，时时逼使我们稍停一停。可是，只要他一放开，我们的脸马上又扎进水中了。

水！

水啊，你无味无色，也不芳香，人们无法给你下定义，都在品尝而又不了解你。你不是生命不可或缺的——你就是生命。你传遍我们周身的快感，用感官是绝对解释不了的。我们所放弃的所有能力，跟随着你又回到我们体内。多亏你的润泽，我们内心全部干涸的源泉又都流畅了。

你是世间最大的财富，你在大地的腹中多么纯洁，也是最精美的财富。人可以死在含镁的水泉边，也可以死在离盐湖两步远的地方。两升露水，悬浮着过量的盐分，人喝了就会毙命。你绝不接受混杂，你也绝不容忍变质，你是一位敏感多疑的神灵。

不过，你给我们周身传遍了一种无限单纯的快感。

至于你，救了我们性命的利比亚贝都因人，你反倒从我的记忆中永远抹掉了。我永远也想不起你的面容。你是大写的人，你同时以所有人的面孔出现在我面前，你根本没有仔细打量过我们，可你已经认出我们了。你是亲爱的兄弟。而我也同样，会从所有人身上认出你来。

你哟，伟大的主，有权给人水喝，你在我的心目中，全身披着高尚和善良的光彩。我的所有朋友、所有敌人，都聚在你身上朝我走来，而在这世上，就再也没有一个敌人了。

第八章　人

01

我再一次贴近一个我不理解的真理。我本以为自己算是交待了，我认为已经触到绝望的深渊底，一旦认了，放弃了，我就体会到宁静。在那些时刻，人就仿佛发现了自己，变成了自己的朋友。再也没有什么比得上一种充实饱满的感觉，这种感觉满足了我们身上所不曾了解的、我也说不清是什么的基本需求。现在我可以想象，博纳富在风中跑得精疲力竭，就体验到了这种安宁。吉约迈在冰天雪地里跋涉，也有过这种感觉。而我本人埋在沙坑里，一直埋到脖颈，缓慢地被干渴扼杀，在斗转星移的夜空下，我的心感到特别温暖，这情景我又怎能忘记呢？

怎样才能促进我们内心的这种解脱呢？人完全是一个矛盾体，这一点谁都清楚。你保障这个人的面包，好让他去创造，他吃饱了却昏昏欲睡；一个征服者大获全胜，他就过上萎靡不振的生活；一个慷慨的人，如果让他发了财，他就变得一毛不拔了。那些声称能让人得到充分发展的政治学说，如果我们不能首先了解要让什么类型的人得到充分发展，那些政治学说对我们又有什么用呢？将要诞生的是什么人呢？我们并不是养得膘肥体胖的牲畜，一个穷苦的帕斯卡尔 ① 的出世，要比诞生几个富贵的庸人更有分量。

主要的东西，我们无法预见。我们每个人都有过这种经历：在完全意想不到的场合，尝到最温暖的快乐。这种快乐让我们深深地缅怀，如果我们在苦难中得到这种快乐，那么我们甚至会怀念当时的苦难。我们重新找到伙伴的时候，大家都在回忆磨难中品尝到的极大欢愉。

我们知道有些未知的条件在培育我们成长，除此之外，我们还了解什么呢？人生的真谛，究竟寓居在哪里？

真谛，绝非是自我标榜的。如果是在这块土地上，而不是在另一块土地上，橘树能牢牢扎根，枝繁叶茂，结出累累果实，

---

① 帕斯卡尔（1623-1662），法国数学家、物理学家、哲学家。

那么这块土地，就是橘树的真谛。如果是这种宗教、这种文化、这种价值标准、这种行为方式，而不是别的什么东西，有利于人这样充分发展，能让人释放出自己意识不到的高贵品格，那么这种价值标准、这种文化、这种行为方式，就是人生的真谛。那么逻辑呢？让逻辑向生活自圆其说去吧。

在本书讲述的过程中，我列举了一些人，他们似乎服从一种崇高的使命，选择了沙漠或者邮航，如同有的人选择了修道院。如果我首先鼓励你们赞赏人，那么我就违背了我的初衷。首先应该赞美的是，造就人的土地。

自不待言，使命也发挥其作用。一些人固守着自己的店铺，而另一些人则朝一个既定的方向急切地赶路，我们在他们童年的经历中，就能找出解释他们命运的那些激情的苗头。然而，一个人的历史，事后读起来，总会让人产生幻觉。那些激情，我们几乎在所有人身上都能找到。大家都认识一些店铺老板，他们在沉船或者发生火灾的某个夜晚，表现得比他们本身要高大得多。他们绝不会误解他们高尚的品质，这场火灾将是他们终生难忘的夜晚。可是，由于缺乏新的机遇，缺乏有利的园地，缺乏严格的宗教，他们并不相信自身的伟大，重又恢复旧观，进入昏睡的状态。当然，使命能帮助人解脱。但是，同样有必要把使命解脱出来。

航空之夜，沙漠之夜……这种机会少而又少，不可能人人都能遇上。然而，一旦受到环境的鼓舞，他们所有人都会表现出同样的需要。我若是讲一讲在这方面给我教益的那个西班牙之夜，也绝没有离题。我讲一些人的篇幅太多，我还是愿意谈谈所有人。

我那时作为记者，去马德里前线①采访。那天晚上，在一个地下掩蔽所，我跟一个年轻的上尉同桌吃饭。

02

我们正在聊天，电话铃忽然响了。一场长时间的对话开始了：这是共和政府在当地发起进攻的命令，而这样一次荒谬而无望的攻击，旨在夺取这个工人居住的城市郊区几座改为水泥碉堡的房子。上尉耸了耸肩膀，又回到我们跟前，说道："我们中间打头阵的人要表现了……"说着，他把两杯科涅克酒一杯

---

① 指西班牙内战。1936 年 2 月，左翼人民阵线在大选中获胜，成立共和政府。7 月，右翼民族主义军官佛朗哥将军起来反对政府，挑起持续三十二个月的内战。人民阵线得到各国进步人士的支持，直到 1939 年 3 月，合法政权才被推翻。

推向我，一杯推向在场的一名中士，并对中士说道：

"你头一个跟我去。喝了，然后去睡一觉。"

中士去睡觉了。我们有十个人，围坐在这张桌子四周守夜。这间地下掩蔽所封闭得非常严实，一点光线也透不进来，里面的灯光特别强烈，晃得我直眨眼睛。五分钟前，我从一个枪眼朝外望了一眼。我掀开遮住枪眼的布片，望见月亮倾泻的辉光形成的深渊，吞噬了鬼魂出没的房舍的废墟。我再次撂下遮布的时候，就像擦掉一片油渍似的抹去了月光。我的眼前现在仍然保留着那阴森森的碉堡景象。

这些士兵，一出击就回不来了，但是他们出于自重而默不作声。这次进攻是执行命令消耗碉堡里的人力，如同消耗谷仓里的谷粒，撒出一把谷粒就是播种。

我们喝着科涅克酒。我右面有人在斗棋，左面有人在开玩笑。我这是在什么地方？一个喝得半醉的人走近了，他将着凌乱的胡子，温和的眼睛滴溜溜地看着我们。他的目光溜向科涅克酒，移开，再回到科涅克酒，带着哀求的神色转向上尉。上尉嘿嘿笑着。那人看看有望，也笑起来。旁观者也都随之轻声嬉笑。上尉缓缓地拉着酒瓶后撤，那人的目光便装出绝望的神色。一场天真的游戏就这样开场，在浓浓烟雾中表演一出无声芭蕾剧，消磨这不眠之夜，即将展开的进攻的场景，就这样化为梦境。

我们在船上闷热的底舱，关起门来玩游戏，也不管外面爆炸声像海上的怒涛，一阵紧似一阵。

再过一会儿，这些人在战争之夜的王水中，就将洗尽他们的汗水和酒气，消除他们等待时的滞胀与烦闷。我感到他们的灵魂十分接近涤罪的时刻。然而，他们跳舞，只要有可能，就还要继续跳下去，表演醉汉和酒瓶的芭蕾舞。这盘棋无论还差多远，他们也要继续下完。他们就这样，尽可能让生活持续。不过，他们已经给放在搁板上的闹钟定了时，到时候闹钟就要响起来。于是，这些人就要站起来，伸一伸懒腰，扎紧皮带。待上尉拔出手枪，那个醉汉也就醒酒了。于是，所有人都不慌不忙，沿着这条徐徐升高的走廊，一直走到淡蓝色的矩形出口。他们会随便说点儿什么，就像这样简单的话："该死的进攻……"或者："天儿挺冷！"然后，他们就钻入黑夜。

时间到了，我目睹中士醒来。他就睡在地下室杂物中间的一张铁床上。我也看到他的睡姿，觉得我也亲身体验过这种无忧无虑、怡然自得的睡眠。由此我想起飞机在利比亚失事头一天的情景：我和普雷沃落难沙漠，没有水，也难逃一劫，可是在感到极度干渴之前，我们睡了一个好觉，唯一的一次，整整睡了两小时。当时我睡觉的感觉，就是行使一种令人赞叹的权利：拒绝现实世界的权利。这个躯体由我做主，还能让我安逸，我的脸一旦埋在双臂之中，这一晚对我来说，跟任何一个幸福的夜晚就毫无差异了。

这位中士就是这样，他躺在床上蜷成一团，没有了人形。那些来叫醒他的人点亮一支蜡烛，插在一只酒瓶的口上，开头我还是分辨不出这不成形的一堆是什么，只看见了两只粗制的靴子。靴子很肥大，钉了铁钉铁掌，是打短工和码头工人穿的那种靴子。

这个男人脚下穿的是劳动工具，而且，他全身无一不是工具：子弹带、手枪、皮背带、腰带。他还戴着驮鞍、脖套，干活的马所需要的全套马具。在摩洛哥，可以看到瞎马拉磨。而在这里，在摇曳不定的淡红烛光下，他们唤醒的也是一匹瞎马，好让它去拉磨。

"嗨！中士！"

他缓慢地动了动，抬起他那张睡眼惺忪的脸，嘴里还不知道嘟囔着什么。他翻了个身，对着墙又睡着了。他不肯醒来，重又扎进深沉的睡眠中，就像在安宁的娘胎里，又像在深深的水下，双手时而握拳，时而张开，仿佛在抓什么黑色的海藻。一定得掰开他的手指。我们坐到他的床沿上，有个人将胳膊轻轻伸进他的脖颈下面，微笑着托起这颗沉重的头颅。这情景就像在暖烘烘的马厩里，马匹交颈厮磨那样温馨。"喂！伙计！"

我生来从未见过如此温存的场景。中士还是做了最后努力，以便返回他那幸福的梦乡，拒绝我们这个充满枪炮声的世界，这个耗尽人力物力的寒夜世界。然而太迟了。外界有什么东西强加进来。正如星期天，中学里的钟声慢慢唤醒受处罚的孩子。他在睡梦中早已忘掉课桌、黑板和罚做的作业，梦到在田野里嬉戏。但是无济于事。钟声响个不停，毫不容情地将他拉回不公正的人世。中士也像那个孩子，一点儿一点儿打理他这疲惫不堪的躯体。这个躯体他本不想要了，在醒来的寒冷中，不久又要尝到关节的酸痛，接着又要负起全套马具的重压，接着又要负重奔跑直至死亡。死也不那么痛快，双手还要浸到黏糊糊的血泊中，挣扎着爬起来，呼吸艰难，周围一片冰冷。死也不那么痛快，还要活受慢慢死去的罪。我看着中士，心里一直在想我自己那次醒来的忧伤，想我又要受干渴、烈日、沙漠的折磨，又要担负起生命的重压，这是人不愿选择的一场梦。

然而，他站起来了，直视我们的眼睛：

"到时间了？"

正是这种时刻，人出现了。正是这种时刻，他摆脱了逻辑的推理——中士微笑起来！这是受到什么诱惑呢？我想起在巴黎的一个夜晚，忘了是祝贺谁的生日，梅尔莫兹和我，以及几个朋友，我们拂晓时分还在一家酒吧的门口相聚，由于说话过多，喝酒过量，无谓耗得精疲力竭而感到恶心。但是，天色已经泛白，梅尔莫兹突然抓住我的胳膊，抓得特别紧，让我感到他那指甲的刺痛："想想看，这个时候，在达喀尔……"这个时候，在达喀尔，机械师们就揉着眼睛，取下螺旋桨的罩子。而飞行员就去查询天气预报，地面上全是我们忙碌的伙伴。朝霞已经染红半边天，大家正准备庆贺，但是为别人准备，已经铺好宴席的台布，可我们绝不是受邀请的宾客。另一些人要去冒生命危险……

"这里，太肮脏了……"梅尔莫兹一言以蔽之。

你呢，中士，你应邀参加什么宴会，值得去送命呢？

你已经跟我谈过心了。你向我讲述了你的身世：你从前在巴塞罗那某个地方当个小会计，整天排列数字，不大关心国家如何分裂。但是，一个伙伴投入进去，接着第二个、第三个伙伴投入进去，而你倍感惊奇，接受了奇异的转变：在你看来，你的会计工作逐渐变得没有意义了。你的欢乐、你的忧虑、你的小安逸，这一切都时过境迁。关键还不在这里。终于传来你们一个伙伴的死讯，他在马拉加一带丧命。他根本算不上一个你誓欲为他报仇的朋友。至于政治，也从来没有打扰过你。然而，这条死讯像一阵海风扫荡了你们，扫荡你们狭窄的天地。那天早晨，一个伙伴看着你，说道：

"去干吧？"

于是，你们就"去了"。

我头脑里倒产生一些形象，可以用来解释你不善于用言语表达，却明显指导你的这个真理。

野鸭群在迁徙的季节，沿途飞越的区域就引起好奇的骚动。家鸭仿佛受到那飞行的三角大阵势的吸引，也笨拙地开始张翅跳跃。野鸭的呼叫，在家鸭身上不知唤醒了什么残存的野性。于是，农场里的鸭子一时间都变成了候鸟。在它们僵化的小脑袋里，本来只变换着沼泽、虫子、家禽饲养场的普通形象，现在则展现辽阔的大陆、浩荡的长风和海洋的面貌。家鸭哪里知道，自己的头脑还有相当大空间，能容纳这么多奇妙的东西，于是拍打起翅膀，鄙视谷粒，鄙视虫子，想要变成野鸭。

不过，我眼前又浮现出我的羚羊——我在朱比角养了几只小羚羊。我们在那里人人都养羚羊，我们把羚羊圈在四面透风的木栅棚里，因为，羚羊比什么动物都娇气，必须待在通风的地方。小羚羊捕来驯养，生活习惯了，能到你手掌里吃食。它们让人抚摩，湿润的鼻子伸到你的手掌心里。大家都以为它们驯服了。大家以为使它们规避了羚羊未知的悲伤命运：最幼小时的夭折和无声无息的消亡……然而终有一天，你就会看到它们面对沙漠的方向，用小角用力顶围栏。它们那是受了磁力的吸引，并不知道它们在逃避你。它们还照样喝你给的牛奶，照样让你抚摩，还更亲热地将鼻子伸进你的手心……可是，你刚一放开手，就会发现它们撒欢儿完了，又去用小角顶围栏。如果你不管的话，它们就待在那里，甚至并不想同围栏搏斗，只是梗着脖颈，用小角顶着围栏，至死方休。这是因为到了发情季节，还是仅仅需要奔跑到上气不接下气呢？它们并不知道。它们被抓获的时候，连眼睛都还没有睁开呢。它们根本不了解沙漠里的自由，也不了解雄性的气味。按说，你比它们聪明，应该知道它们所追求的，正是能让它们得到充分发展的广阔空间。它们要长成羚羊，欢跳羚羊舞。它们要以一百三十公里的时速奔跑，体验直线逃逸的乐趣，而且不时猛然蹿跳，就好像躲避沙中冒出的火焰。有豺狼也无所谓，反正羚羊的真谛，就是品味恐惧，唯独恐惧能逼使它们自我超越，逼出它们最高的飞跃！有狮子也无所谓，反正羚羊的真谛，就是在阳光下被狮子一爪扒开胸膛！你看着这些羚羊，不禁想到，它们患了思乡病。思乡，就是渴望的不知是什么……渴望的对象，固然存在，但是又根本不能用语言表达出来。

至于我们，我们又缺少什么呢？

中士，你在这里能找到什么，赋予你不再违背自己命运的感觉。也许是这只友好的胳臂，托起你沉睡的脑袋，也许是这种温情的微笑。只求共享而无意怜悯吧？"喂！伙计……"怜悯，这还是两个人的事。这还是分割开来。其实，还存在一种高姿态的人际关系，无论感激还是怜悯，都将丧失其意义。有了这种姿态，才能像获释的囚犯那样呼吸了。

我们两架飞机为一组，在飞越（西撒哈拉的）尚未归顺的里奥·德奥罗地区上空时，就体会到了这种团结关系。我从未听见海上遇难者向搭救者表示感谢。大多情况甚至相反，我们把一袋袋邮件从一架飞机搬到另一架飞机上，累得筋疲力尽，就往往相互责骂："混账东西！我这次出了事故全怪你，你发什么疯，在两千米高度逆风飞行！你若是跟随我飞低一些，咱们就能抵达艾蒂安港了！"而另一位呢，冒了生命危险，却发现自己成了混账东西而感到惭愧。我们到底应当感谢他什么呢？我们保住性命，也有他一份功劳。我们是同一棵树上的枝丫。是你救了我，而我为你感到骄傲。

中士，那个让你准备去送死的人，为什么还要可怜你呢？你们相互承担这种风险。在这种时刻发现的这种一致，就无须言语表达了。你出发我理解。如果说你在巴塞罗那受穷，下班后也许还孤单一人，如果说你连个栖身之所都没有，那么在这里，你就有了实现自我的感觉，你融入了集体。你这个贱民，你也被爱接受了。

我才不屑于了解，那些也许把你当作种子撒下去的政客的豪言壮语是否真诚，是否合乎逻辑。如果那些话把你当作能发芽的种子，那也是因为这正迎合了你的需要。只能由你自己来判断。还是土地善于辨认麦子。

03

一个置于我们身外的共同目的，将我们同弟兄们捆绑在一起。也只有这样，我们才能畅快地呼吸，而且凭经验也晓得，爱绝不意味我们相互注视，而是一齐展望同一个方向。称得上同志的，必是联结在同一条登山绳索上的人，他们朝同一座山峰攀登，并且在峰顶会合。否则的话，我们生活在这个安逸的世纪，在沙漠中分享我们最后的食物时，为什么还会感到那么兴高采烈呢？那些持相反观点的社会学家的预言，又有什么价值呢？我们当中凡是在撒哈拉沙漠出过事故的人，在排除障碍之后那种欢欣鼓舞的劲头，就觉得任何别的乐趣都无足挂齿了。

或许这就是为什么，今天的世界在我们周围开始分崩离析。人人都慷慨激昂，要捍卫向他们许诺这种圆满命运的宗教。我们所有人都使用彼此矛盾的语言，表达同样的激情。我们的分歧表现在方法上，而不是目的上。目的是一样的，而方法则是我们推理的结果。

因此，我们就不必大惊小怪了。一个人没有觉察出沉睡在自己身上的陌生人，他只要去了一次无政府主义者在巴塞罗那地下室的聚会，听信了牺牲、互助和正义的严厉形象的言论，就会感到这个陌生人醒来了，于是他就只会认识一个真理，即无政府主义者的真理。有的人一旦站了岗，守着西班牙的修道院，保护一大批跪在里面惊恐万状的小修女，那么这样的人就将为教会献出生命。

当梅尔莫兹怀着必胜的信心，沿着安第斯山麓飞向智利的时候，如果你向他提出异议，说他错了，也许不值得为一封商人的信去冒生命危险，梅尔莫兹就会嘲笑你。真理，在他飞越安第斯山时，就在他身上诞生了。

如果你要以战争多么恐怖为由来说服一个不惜一战的人，那你切勿把他看成野蛮人——力求先理解他，然后再给予评价。

请看在摩洛哥的这个法国军官的经历。在里弗战争①期间，

---

① 里弗是摩洛哥北高原，长约 350 公里。里弗人阿布德·埃尔一克里姆率领起义，先是反抗西班牙占领军（1921—1924），后是反抗法国占领军（1925—1926），史称里弗战争。

这名军官指挥的前沿哨所，就夹在由抵抗武装占领的两座山头之间。一天傍晚，他正接待西山下来的谈判代表，照礼节请客人喝茶，忽然枪声大作，原来东山头的部落向哨所发起了攻击。上尉准备迎战，要打发走敌方谈判代表，对方却回答说："我们今天是你的客人。真主不允许我们抛弃你……"于是，他们和上尉的士兵并肩作战，守住了哨所，然后上山返回他们的鹰穴。

但是，轮到西山部落进攻的日子，发动攻击的前夕，他们又派使者来见上尉，说道：

"那天傍晚，我们帮助了你……"

"不错……"

"我们给你助战，打了三百发子弹……"

"不错……"

"三百发子弹，理所当然要还给我们。"

上尉是个豁达大度的人。他不能占人家高尚行为的便宜，就如数补偿，而对方要用这些子弹再来进攻他们。

人的真谛，就是要使一个人称其为人。一个人认识到人际关系中的这种尊严、为人处世的这种正直、视为生命的这种相互敬重的禀赋，他能达到这种高尚的品德，并且拿来比较那种庸俗的和气、那种哗众取宠的方式，即见到同样的阿拉伯人表示友好，用力拍拍肩膀，在恭维他们的同时又侮辱他们。对这样一个人，如果你们也非难的话，那么他对你们，只会感到一种略带鄙夷的怜悯。他那种态度也自有道理。

同样，你们憎恨战争，也自有道理。

如若理解人及其需要，如若从本质上了解人，就不应该把你们两方面明显的真理对立起来。是的，你们有道理。你们全有道理。逻辑能证明这一切，有人甚至要把世间的苦难归罪于驼背人，那他们也是对的。我们若是跟着向驼背人开战，那么很快就能学会慷慨激昂，疾恶如仇。我们就要报复驼背人的罪行。而且自不待言，驼背人也犯了罪。

要想努力得出这种本质，就必须暂时撇开分歧，而这些分歧一旦被人接受，就能导引出一整部充满不可动摇的真理的《古兰经》，以及由此引出的狂热：可以把人分成右派和左派，分成驼背和非驼背，分成法西斯分子和民主分子，而这种区分也无懈可击。不过，你们也知道，真理，就是把世界简单化，而不是制造混乱的东西。真理，就是得出普遍性的语言。牛顿绝不是以猜谜的方法，"发现"了一条长期隐蔽的法则，他是进行了一次创造性的实验，创立了一种人的语言，既说明苹果坠落到草地的现象，又说明太阳升起的现象。真理，绝不是自我证明的东西，而是简化的东西。

何必争论意识形态呢？如果所有的意识形态都能得到证明，

又都相互对立，那么这样的争论只能让人对解放感到绝望。而无论何处，还是我们周围，人人都在表达同样的需要。

我们都要获得解放。扬起镐头的人，就要想了解一镐刨下去的意义。苦役犯刨下一镐就是屈辱，而勘探者刨下一镐就是伟业，两者绝不能同日而语。苦役犯监狱绝不在挥镐的地方。并不存在什么物质的恐怖。苦役犯监狱就在抡镐毫无意义，又不能把抡镐的人同人类总体联系起来的地方。

因此，我们要逃离苦役犯监狱。

欧洲有两亿人口，生活毫无意义，想要有个新生。工业把他们从农村传统的语境中夺走，关进大片大片的贫民窟，类似挤满一列列黑色车厢的调车场的居民区。他们在工人居住区的角落里渴望觉醒。

另外还有大批人，搅进了各种职业的齿轮中，禁绝了开拓者的快乐、宗教的快乐、学者的快乐。有人认为，只要满足他们吃饭穿衣和所有生活需求，就能让他们成长起来，结果逐渐把他们培养成为库特林①式的小市民：乡村的政客、内心生活

---

① 库特林（1861—1929）：法国喜剧作家，创作一系列讽刺喜剧和滑稽短剧，大多剖析市民和小资产阶级的生活。

闭塞的技术员。如果说向他们灌输了大量知识，却再也不给他们文化教育了。有人还形成了一种庸俗的见解，认为教育就在于背诵名言名句。理科的一名差生，在自然和自然法则领域，掌握的知识比笛卡尔和帕斯卡尔还要多，然而，他们能够进行同样的思维活动吗？

所有人，或多或少都有生的欲望，但是有些方式是骗人的。给人穿上军装，当然就能鼓舞人，他们就会高唱战歌，战友之间分享面包。他们很可能找到他们所追求的东西，即普遍性的见解。不过，他们吃了军粮，就要去卖命。

人们可以从土里挖出木雕偶像，借以复活那些好歹经受过考验的古老神话，也可以复活泛日耳曼主义或者罗马帝国的神秘主义。人们可以煽动德国人陶醉于生为德国人和贝多芬的同胞，甚至连做苦工的也能灌得醉意醺醺。这当然要比从做苦工的中间培养一个贝多芬要容易得多。

不过，这样的偶像是食肉偶像。一个人为知识的进步或者医治疾病而死，那么他死亡的同时，就在为生命服务。为扩张领土而牺牲，也许很壮烈，但是如今的战争，正在摧毁它所声援的东西。现在已经谈不上洒点热血就能振兴整个族类了。场战争，自从使用上飞机和芥子气，就成为一次名副其实的大流血手术了。每一方都躲避在水泥工事里，每一方都别无良策，只能一夜一夜派出成批的飞机，去捣毁敌方的心脏，炸毁供养中心，使敌方的生产和贸易陷于瘫痪。胜利属于最后垮掉的一方，而战争的双方会同时垮掉。

在一个变为沙漠的世界上，我们渴望重新找到伙伴，伙伴之间分享面包的乐趣使我们接受了战争的价值。但是，我们并不需要战争，只想获取肩并肩奔向同一目标的热情。战争欺骗我们。仇恨根本不能激励人奔向目标。

我们为什么要相互仇恨呢？我们休戚与共，同在一颗星球上，是同一条船上的船员。几种文明对立，以促成新的综合文明，这固然好，但相互残杀就惨绝人寰了。

为求解放，我们只需帮助我们意识到一个能把我们联结起来的目标，既然如此，那就莫不如看哪方面能把我们所有人团结起来，就去哪方面寻求。外科医生诊视患者，并不听患者诉苦，他力求通过患者而治愈人。外科医生讲的是一种普遍的语言。物理学家也同样，他思考那些近乎神圣的方程，通过方程式既掌握原子，又掌握星云。直到最普通的牧羊人也是如此。因为，牧羊人在星空下，老老实实地看护几只羊，他若是意识到自己的角色，就会发现自己不是个用人，而是一个哨兵。而每名哨兵，都要为整个帝国负责任。

你们认为那个牧羊人就不希望觉悟吗？我在马德里前线，参观过距离战壕五百米的一所学校，课堂就在一座山丘上一堵矮墙的后面。当时，一名下士正在讲授植物课。他拿着一朵丽春花，用双手肢解花的娇嫩器官，吸引来一些胡子拉碴的香客，他们从泥土里钻出来，不顾纷飞的炮弹，要上山朝圣，都向他聚拢过来。他们围着下士排了一圈儿，一旦盘腿坐好，便用拳头顶住下巴，用心听他讲。他们皱着眉头，咬紧牙关，听不大懂所讲的内容，但是曾经有人对他们说过："你们都是无知的野蛮人，刚刚从洞穴里爬出来，要赶紧追上人类啊！"于是，他们就加快了沉重的脚步，以便追赶上人类。

　　我们一旦意识到自己的角色，哪怕是最不起眼的角色，只有到了那种时候，我们才会幸福。只有到了那种时候，我们才能安稳地生活，安详地死去。因为，生有了意义，死也就有意义了。

　　死亡来临，如果顺乎事物的规律，那就是件特别温馨的事。就拿普罗旺斯的老农来说，他当家到终结时，便把自己经营的那份家业，山羊群和橄榄园，交到几个儿子手中，再由他们传给他们的子孙。在农民的谱系里，人是不会完全死去的。每个人一生都如同豆荚，总有爆开，放出里面种子的时候。

有一回，我同三个农民并排坐着，面对他们母亲的灵床。这当然是哀痛的时刻。脐带第二次剪断了，一个连接上一代和下一代的纽结，第二次脱结了。这三个儿子发觉自己孤单了，一切还要学习，失去了节日期间全家团聚的餐桌，也失去了他们所有人赖以重聚的磁极。不过我也发觉，在这种断裂中，也可能赋予了第二次生命。这三个儿子也轮到机会，要成为一家之主了，成为有威望的长者，凝聚全家人的中心点，直到临终时刻，他们也要把家族的指挥权，交给眼下在院子里玩耍的这帮孩子。

我注视着那位母亲，老农妇的脸安详而坚韧，双唇紧闭，那张面孔已经化为石刻面具了。我从面具上还能认出几个儿子的面貌。这张面模曾经用来印制他们的面孔，这具躯体也曾用来塑造这些躯体，这些男人健美的形象。现在，人已摧折，躺在那里，好似取出果实的一个空壳。将来，她的子女又轮到机会，要以他们的肉体生育孩子。在农家，人死而不亡。母亲过世了，母亲万岁！

这种一代一代传递的景象，哀痛吗？是的，但又极其自然。在家族的人生路上，丢下一具具白发的漂亮遗体，通过一代代脱胎裂变，走向我们无从揣测的人生真谛。

因此，那晚上小村庄敲响的丧钟，在我听来并不是传播绝望，倒是蕴含一种审慎而温婉的喜悦，以同样的钟声来庆贺葬礼和洗礼，再次宣告从一代人过渡到另一代人。人们听到这位老妇人同大地的结婚颂歌，只能感到一种极大的安宁。

这样一代一代传递，就跟树木的缓慢生长一样，这就是生命，而且也是觉悟。多么神秘的升华啊！我们是个奇迹，脱胎于一道熔流、一块陨石、一个活细胞，我们又逐渐生长，一直到能谱写康塔塔乐曲，能探究银河系。

母亲绝不是仅仅传递生命，她还传授给儿子一种语言，并将几个世纪缓慢积累起来的家当交到他们手中。这份精神遗产，也是她亲手从前辈手里接过来保存的，而这一小份传统、观念和神话的遗产，恰恰构成了牛顿或莎士比亚区别于穴居野蛮人的全部差异。

我们饥饿的时候产生的这种饥饿感，促使西班牙士兵冒着枪林弹雨去上植物课，促使梅尔莫兹飞向南大西洋，促使另一个人去写诗。这是因为创世根本没有完成，对我们本身和这个宇宙，我们还必须认识清楚。在黑夜里，还必须搭上跳板。唯独那些自认为聪明，把冷漠当作利己的人，才无视这一点。其实，一切都在揭穿这种聪明！战友们，我的战友们，我请你们做证：我们什么时候感到过幸福呢？

04

本书写到最后一节，我想起那些年老的职员。当时我们很幸运，得到任命，准备脱壳成人，首次邮航的那天拂晓，正是他们组成了欢送我们的队列。按说，他们同我们一样，但是他们根本没有认识到自己有过饥饿。

沉睡不醒的人真是比比皆是。

几年前，我有一次乘火车长途旅行，在这个国度里关了三天，当了三天囚犯，满耳充塞着海浪滚动鹅卵石的隆隆声响，我倒想参观一下这个行进中的国度，于是从卧铺起来。当时是凌晨一点钟，我从头至尾穿行了整列火车。卧铺车厢是空的，头等车厢也是空的。

但是，三等车厢却挤满了人，有数百名在法国劳动的波兰工人，被解雇要返回波兰。

我跨过旅客的身体，沿过道往车前走，停下来瞧一瞧。我站在夜间照明灯下，看到这节没有隔间的车厢，就像一大间工人宿舍，散发着兵营或警察局的那种气味，里边乱哄哄的，挤满了人，身子都随着奔驰的火车摇晃，所有人都深陷噩梦境中，又回到困苦的生活。剃成光头的大脑袋在木椅靠背上滚来滚去，男人、女人、孩子都在左右晃动，就好像躲避噪声的攻击，在他们忘掉现实的睡梦中，还受到这一阵阵震荡颠簸的威胁。他们在睡眠中也得不到殷勤接待。

他们这种样子，在我看来已经丧失了一半人格，被经济浪潮从欧洲的一端冲到另一端。他们背井离乡，割舍在北欧的小房子、小花园，以及我从前注意到的波兰矿工家窗台上摆的三盆天竺葵。他们携带的包裹捆绑粗糙、鼓鼓囊囊，有的胀破了，装的全是厨房炊具、被褥和窗帘。然而，他们在法国居住了四五年，曾经爱抚过或者喜爱过的一切，如猫、狗和天竺葵，都不得不舍弃了，只能随身带走这些炊具。

一个婴儿在吃奶，而那位母亲困乏极了，仿佛睡着了，生命也在这种旅途的荒唐而混乱中传递。我瞧着那位父亲，光秃而沉重的头颅跟石头一样。他睡得很不舒服，蜷缩的身子裹着劳动服，形成鼓包和凹陷，整个人像一团泥。一些在菜市场过夜的流浪汉也是如此，躺在椅子上身子没了人形。因此我想到：问题绝不在于这种贫困，不在于这种肮脏，也不在于这种丑陋。须知这同一个男人和同一个女人，当初相识那天，男人肯定对女人微笑了，他下班之后，也肯定给女人送了鲜花。男人腼腆而笨拙。他也许战战兢兢，怕遭到对方的鄙视。女方生来爱俏，也自信很有姿色，也许乐得逗他玩，总让他心里不踏实。那男人自然感到一种甜蜜的惶恐，而如今完全变成了一部机器，挖土机或者铆钉机。令人不解的是，他们二人都变成了两团泥。他们经过了什么可怕的模子而留下印记，就像被冲床冲压过似的？一只年迈的动物仍保持其风采。而人的漂亮形象，为什么就毁得面目全非了呢？

我继续在人群当中旅行，看他们的睡眠也是污浊的，好似走进一个乌烟瘴气的地方。半空飘浮着一片模糊的喧扰，有嘶哑的鼾声、含混的呻吟、半边身子压痛而翻身时粗制皮靴的摩擦声，还有一直暗暗伴随的海浪无休无止冲击鹅卵石的声响。

我坐到一对夫妇的对面。在那男人和女人中间，孩子勉强挤出个空儿来睡觉。他在睡梦中不时翻动，小脸蛋显露在车灯下。啊！多么可爱的小脸蛋！这对夫妇生了一个金果般的孩子。这样愚笨邋遢的两个人，却生出如此可爱喜人的宝贝。我俯过身去，端详这个光洁的额头、这两片微微噘起的嘴唇，心下暗道：这是一副音乐家的面孔，这是童年的莫扎特，这是生命的美好期望。传说中的小王子跟他也毫无差异——受到保护，受到照顾，受到教育，他将来会多有出息！花园里一旦培育出一个新品种的玫瑰，所有园丁都会激动起来，这株玫瑰，马上就单独移栽，精心培育，给予特殊照顾。然而，根本没有园丁培育人。童年的莫扎特，也要像其他孩子一样，打上冲床的轧印。莫扎特将在音乐咖啡厅的乌烟瘴气中，把演奏腐朽的音乐当成最大的快乐。莫扎特也就名存实亡了。

我回到自己的车厢，心中不免想道：这些人并不为自己的命运而感到痛苦。目睹这种情景，搅动我的心绪的绝不是慈悲。对于再次打开的永恒创伤，问题根本不在于同情。带着创伤的人并没有感觉。这种创伤，受到伤害的不是个人，而是全人类。我不大相信怜悯。萦绕我心头的，正是园丁的观点。萦绕我心头的，绝不是这种穷困：人处于穷困状态，久而久之就跟懒惰一样自然了。东方人世世代代生活在穷苦卑贱中，仍能自得其乐。萦绕我心头的，正是向穷人施舍所无法治愈的。萦绕我心头的，既不是那些鼓包、那些凹陷，也不是那种丑陋，而是在这些人的身上，都有一点儿被扼杀的莫扎特的影子。

唯经智慧的吹拂泥胎才可能变成人！

出品人：许　永
出版统筹：林园林
责任编辑：许宗华
特邀编辑：王佩佩
封面设计：李嘉木
印制总监：蒋　波
发行总监：田峰峥

发　　行：北京创美汇品图书有限公司
发行热线：010-59799930
投稿信箱：cmsdbj@163.com

官方微博

微信公众号

馔厂

圣埃克苏佩里

—— 作品集 ——

③

[法] 圣埃克苏佩里 著　李玉民 译

中国友谊出版公司

目 录
CONTENTS

译本序

　　"我就是在做梦。"这是《战斗飞行员》开篇头一句话。

　　"古今如梦,何曾梦觉,唯有旧欢新怨。"这是苏轼的人生感叹。常见的俗话,倒可以表明,对人生的认识,千百年来没有多大变化。

　　在我翻译的法国作家的作品中,给我的印象,梦觉而未忘言者居多,记述里有深度的思考,圣埃克苏佩里就是突出的一位。这令我格外喜爱和珍视。自愧"给点儿阳光就灿烂",忘掉没有阳光的日子,顶多用几句牢骚套话搪塞过去,懒于思考,更谈不上静观了,还自诩豁达,轻飘飘活在当下,丧失了厚重的存在。两相比较,感触尤深。

　　圣埃克苏佩里在山河破碎,人心涣散,五分之三领土被德军占领之际，从空军复员，不愿在法西斯政权下讨生活，1940年岁末毅然流亡到美国，寻求救国之策。当时美国舆论一片哗然，对欧洲文明崩溃，法国沦丧大惑不解，非议颇多。流亡到美国的法国知识界集体失声，而各社团将政治内斗带到美国，相互指责，向美国人民发出错误的信号。唯一有实力干预欧洲战事的美国，当局仍在观望，态度暧昧。

圣埃克苏佩里从法国的败局来到世界舆论的旋涡，以一己之力，奔走呼号，收效甚微。其时，他的《人的大地》，英译本名为《风沙星辰》，同美国作家约翰·斯坦贝克的《愤怒的葡萄》，在美国十分畅销。美国知识界期待新作，以便了解法国的真相。圣埃克苏佩里便潜心写作，1942年1月在纽约出版了这本《战斗飞行员》，英译本定名为《飞往阿拉斯》。从他两部小说英译本取名来看，美国人更加务实。

的确，小说故事的主线，就是写法国空军某侦察大队的一个机组，奉命飞往阿拉斯，侦察敌占区一座城市的布防。这样一次例行的侦察任务，即使是在1940年5月23日，法国山体滑坡式的大溃败时期进行的，也不足以牵动全法国的乱局、欧洲的战事，乃至全人类的神经。一个三人机组的侦察故事，远非一次扭转战局的大战役，即使写得再精彩，也不足以说明法国的真相，不能扭转世界，尤其不能改变美国舆论的看法。

然而《战斗飞行员》一出版，在美国就引起巨大反响，在图书排行榜名列前茅长达一年多。有的评论家甚至认为："这本书与丘吉尔的演说，是民主国家对希特勒《我的奋斗》做出的最好回答。"

这本书的成功，很容易解释为是信念的胜利。这通常说来是不错的。不过，挺立在大滑落的山体上，丧失了主动能力，唯有决心一死的信念，这当然令人敬佩，却很难激发世界人民对法国恢复信心和希望。的确，圣埃克苏佩里所属的空军侦察大队，二十三个机组已经丧失了十七个，最终就是全部牺牲，也阻止不了德国机械化部队的快速推进，阻止不了法国土崩瓦解，阻止不了贝当政府求和投降。法国的乱局，谁都看不懂，谁都理解不了。虽说军令不理解也要执行，但是在失败的大局中，为谁牺牲，为什么牺牲，这个问题已经尖锐地摆在所有法国人面前了。书中写道：

> 全法国，我们仅有五十个机组。法国军队的整个战略，就落到我们肩上啦！无边的森林大火熊熊燃烧，要牺牲几杯水去灭火，那就牺牲掉吧。
>
> 这场战争的收尾阶段（1940 年 5 月，指法国求和投降），给人的所有印象中，有一种主导的印象，那就是荒谬。我们周围一切都崩塌了，一切都倾毁了。如此全面彻底，甚至连死亡本身都显得荒谬。在这样天下大乱中，丧失生命都欠缺严肃性。

不错，各机组的战斗员都想不到抱怨，他们接受出战任务时，只回答："是的，长官。是的，我的长官。谢谢，长官。明白了，我的长官。"参谋部只管下达命令，命令是荒谬的，他们也知道。就是为了让这场战争像一场战争，没有别的明确目标了。可是，"谁都不承认，这场战争什么都不像，一点意义也找不出来"。全法国都陷入无比尴尬的境地，陷入一种失调、厌烦，尤其是浅薄短视的失败氛围中。

顾不得严肃不严肃、荒谬不荒谬，问题潮水般涌来，势欲吞没法国。为了解决这些问题，就穷折腾还能支配的部队，还穷折腾老百姓，下令撤离家园，焚毁村庄，让千百万难民堵塞在路上……圣埃克苏佩里不理解自己的国家了。

> 一个国家，并不等于山河、风俗习惯与资源财富的总和，这些全是我的智力抓得住的东西。国家是一种生命体。我经历这样的时刻，忽然发现自己对生命体存在视而不见了。

同样，他们无不是有天赋个性的战斗员，他们以独特的方式观看事物或者不看某些现象，他们也以各自独特的方式思考、走路、饮酒、微笑，而他们这些生命个性，却被指挥他们的人当作一座大建筑上的砖瓦了，可以随意投掷舍弃。圣埃克苏佩里接受飞往阿拉斯低空侦察任务时，心里嘀咕一句："敢死队的任务。"他觉得这样送死，"既不严肃，也不崇高；既算不上英勇，也不会痛断肝肠。死亡，只是混乱的一种标记，混乱的一种结果。"

这不是信念的动摇，而是认识碎片化了。在全局分崩离析中，整个国家，以及各种机构、团体、个人、思想、认识判断，无不碎片化了，成为万花筒。稍一摇晃，就乱花飞舞，迷人眼目。无论当事人还是旁观者，都看不出真相，只见一片乱相。且看作者自道：

并不是说我不考虑战争、死亡、牺牲、法兰西，不考虑任何别的事，但是我缺乏主导的概念、明晰的语言。我的思考中矛盾重重。我求的真理碎片化，只能一个碎片一个碎片来察看。我若是能活下来，就等到夜晚进行思索。钟爱的夜晚。夜晚，理智入睡了，唯独单纯的事物存在。真正重要的事物就能恢复原状，没有被白天的分析毁掉而幸存下来。人拼合了自己的碎片，重又变为平静的树。

这里树的形象，象征人的本体。本体往往被纷乱的表象所掩蔽。人在精神沉睡时，就向智力的理性让步了。要流露出不解的愠怒（连做人达到完美境界的奥什德，都有这种反应），还会产生各种想法。但是，这些都无足轻重，在失败的事业中，就别指望有什么激情，重要的是责任担当。这是为精神、为信念设立的目标。驾机起飞，就顾不得明显的事实、判断推理和各种反应。有了这份儿真诚，置身事中，尽了职责，才能恢复平静的本体，泰然审视复现原状的事物，得以静观思索，逐渐看清明白无误的真理，品味透了自己国家的亲情，也就说得清楚文明的进程、国家的前途、人类的命运了。

我觉得从今往后，更能看清什么是一种文明了。一种文明就是信仰、习俗和知识的一笔遗产，是多少世纪缓慢积累起来的，往往很难用逻辑来解释，但是这些遗产本身就足以证明了。就好比道路，能通向什么地方，这些遗产则能打开人的内心境域。

拙者的文学作品，向我讲述必须逃避。当然，逃避到旅途，去寻找广阔的境域。但是，这种境域是找不到的，而是建造而成的。逃避从来就通不到任何出路。

　　一种文明，如果很强盛，就能让人充实，即使这个人没有行动……也体现出一种厚重的存在。

　　内心的境域一打通，就一通百通了。他找到了触及所有人的所有渴望的共同尺度。爱，能给人带来海阔天空的感觉。他讲述当年在撒哈拉邮航站点，夜晚篝火附近突然出现阿拉伯人，警告他们远处有险情，于是沙漠便联结成一体，建起了一种有意义的疆域。音乐如果美妙动听，自有乐曲的天地。老宅旧衣柜也如此，简单的气味就能唤起许多回忆。总之，触动心扉，就是境域感。

　　境域感似乎与厚重的存在分不开，也就是说，更能成其为人。例如，显微镜的视野赋予巴斯德的境域，画稿的山体赋予塞尚的境域：

巴斯德屏息专注，在显微镜上观察的时候，也是一副厚重的形象。巴斯德只有在观察的时候，才比任何时候都更能体现为人。于是，他才有所进展。于是，他才抓紧时间。于是，他尽管静观不动，却以巨人的步伐前进，而且，他发现了广阔的境域。塞尚①也是这样，他面对自己的画稿，一动不动，默不作声，正是一种难以估量的存在。他只有在沉默、感受并判断的时候，才更能体现为人。于是，对他而言，他的绘画变得比海洋还要辽阔苍茫。

有了境域感，一切都改观了，周围一切就与个性生命息息相关。作者从阿拉斯低空望下去，扫视一眼他为之付出的大群人，他好似牧羊人，接近他们，尽数点过，于是，他们

---

① 塞尚（1839-1906），法国印象派画家，被称为"现代艺术之父"。他的作品画面给人以平稳而沉静的感觉，主要表现厚重感和深度感，获得深度感而不失鲜艳，布局有秩序而不失深度感。

不复为一群人，而是成为人民。他属于人民——滋润他的根的泉水，人民也属于他——他责任担当的境域。就仿佛参加一场圣事仪式，心中怀着那种庄严而持久的喜悦，怎么可能没有希望呢？他们这些战斗飞行员，在山河破碎，人心涣散中经受磨炼，哪个执行完任务返航，身上不着附着胜利者呢？

他们曾经错怪的大队长，阿利亚斯少校，是大队中头一个，一丝不苟恪守一种职责的人。在精神蒙上阴影的时候，他出于本能，要求全大队战斗员不失常规，保持战斗姿态，派遣他们出击，不是去争取不可能的胜利，而是"浴火成长"。

圣埃克苏佩里和战友们跨越了失败的全过程，本体免遭一丝一毫的损失，心灵豁达开朗了。他们好似那些朝圣者，已经到了圣城，能够随心而寓，在沙漠跋涉不觉其苦了。他们迟归了，匆匆奔向全队战友，就像赶赴一个节庆：

阿利亚斯少校，阿利亚斯少校……你们之间的这种团体精神，我体会到了，如同火之对于盲人。盲人坐下来，伸出双手，不知道他的舒服感来自哪里。我们执行任务回来，准备得到一种滋味陌生的报偿，而这种报偿，无非就是爱。

我们认不出来这就是爱了。我们通常想到的爱，是一种非常感人，激动不已的爱。然而在这里，提出真正的爱，是助人成长的一面关系网。

圣埃克苏佩里跨越了失败的全过程：这一整天，从接受任务开始，他就不停地唠叨，而这个唠叨者，原来是个代理人，并不是他的本体。随后，真正的人出现，在他自身准备的寓所安顿下来。于是，他望见流离失所的人群，便看到了一国人民。于是，他跑向大队，如同奔向一堆大火。就这样，通过他这双明目观看，人，真正的人，就成为他和这国人民的共同尺度，也成为战友们的共同尺度。"人，各国人民和各个种族的尺度。"

作者甚至谈到人类大家庭，不过语焉不详，似乎提出一种自然明了的事理，但随即又表示，自然明了的事理根本不存在。可是他又相信，不同国家种族的人走到一起，同样为人，是人将他们联结成一体，互不抵触，可以弘扬各自的习俗，彼此会充实而更加丰富。"树木也是如此表达一体的思想：树枝长得不像树根。"

圣埃克苏佩里长途跋涉朝圣之路，到终点什么也没有发现，仅仅如梦方醒，重又看见先前不再看的东西。阿拉斯的炮火击穿了一层外壳，露出本体来，这便是埋在人的沃土中，生命力极强的种子。单凭这颗种子，他就敢说能成为胜利者了。

　　唯独一种胜利我不能怀疑，那就是蕴含在种子生命力中的胜利。种子播入广阔的黑土地里，就已经胜利在望了。当然仍需假以时日，以待种子获胜，长成麦子。

　　今天早晨，还只有一支溃不成军的军队、一群流散的难民。其实，一群流散的难民，哪怕出现一个意识醒悟的人，就已经有了纽带，不再是一盘散沙了。石料，如果丢弃在工地，就是散乱的石头，只要有一个人想建大教堂，这种散乱就只是表面现象了。散乱的泥土块，如果收容了一颗种子，我就不为之担心了。种子必能引导泥土块成为建筑大厦的材料。

作为译者，我引述到此处，忽然发觉我比作者还急切，急切证明《战斗飞行员》的价值，就在于围绕着一次敢死队式的飞行任务，作者以深沉的思考和痛彻的剖析，引导世人透过法国在二战初期溃败的表象，认识深层次的法国，匡正混乱的观点，恢复对法国的信念和希望。算来第二次世界大战爆发有近八十年了，而这部中篇小说出版也有七十六年了，现在读来仍有新鲜感，毫无翻阅老皇历的感觉，倒像看一本经典的散文作品，经常遇到见解精辟的段落，乐得抽出来与有心的读者共赏，好在援引的不是故事情节，算不上剧透。

圣埃克苏佩里在法国文学史上占有一定地位，尤其成为"经典也流行"的作家。他同加缪一样，因意外事故英年早逝，而身后在世界范围内，却拥有与日俱增的读者。法国文学史将他列为"行动派作家"，只因他是职业飞行员，他的小说基本上都取材于他的职业生涯。他和伙伴们驾机开辟邮政航线，出入极境，飞越撒哈拉大沙漠，飞越南美洲的安第斯山脉，在山间遭遇飓风和暴风雨，冒险的航程往往成为极限的考验，搏斗的场面惊心动魄。

《战斗飞行员》则是战争小说。作者认为战争是一种疾病，赌上自身的生与死，是掷硬币的简单游戏，称不上冒险。这是与他前几部小说的最大不同。《夜航》等几部小说中的冒险，是敬业精神的体现，基于所建立的众多协作关系，面临许多困难和问题，不断引发各种创新，呈现一种意气风发的精神状态。《战斗飞行员》则相反，他们在失败的大局中丧失了胜利的信念，执行任务疑虑重重，将战争当作生死游戏了。

正因为如此，这部战争小说非常独特，只有混乱的场面而没有残酷的景象，全书战争的气氛也不是恐怖，而是弥漫着尴尬与荒诞。还有一个突出的特点，没有正面的战争描写，圣埃克苏佩里机组出击，也是碎片化的叙述，同敌人也是远距离接触。类似隔空喊话，颇具调侃意味，尤其经过作者游戏笔触的描绘，执行任务的过程如梦如幻，往往流露出诗意的情调。且看这段文字，侦察机在万米高空飞行，"拖了一条珠白色的长带，宛若新娘的纱裙"。疑似有德国歼击机追踪。作者接着写道：

> 其实，我们有没有被追踪，从地面是否看得见我们拖曳的一大缕长长的游丝，我一概不得而知。
>
> "游丝"令我浮想联翩。我的脑海浮现一个倩影，一开始就觉得十分迷人："……我们好似高不可攀的绝色佳人，正追寻自己的命运，身后缓缓拖曳着冰星的长裙……"
>
> "往左踏一踏操纵杆！"
>
> 这话，才是现实。然而，我还是回到自吟自唱：
>
> "……这一转弯儿，引起满天的追求者随之转向……"

往左踏踏……往左踏踏……可也得办得到啊！（因高空低温冻住）

绝色佳人转身未成。

圣埃克苏佩里就是这样，飞行一路，思考一路，打趣一路，开心一路：

然而，我还继续飞行，一丝不苟，十分认真。我以每小时八百公里，每分钟三千五百三十转的速度，朝德国军队俯冲。

为什么？还用问！吓唬他们！迫使他们撤出法国领土！既然期望我们搜集的情报毫无用处，这种任务不会有别种目的。

调侃这场"怪诞的战争"，他们有这个权利，因为所有牺牲，他们都承担下来了。高兴了就开开这场战争的玩笑，也有权打趣自己的死亡，有权玩赏这种反常现象：为什么还以百折不挠的信念冲向一个自动屠宰场？作者理直气壮地写道：

> 我有全部权利，只因在这一瞬间，我完全清楚自己的所作所为。我接受死亡。我接受的不是冒生命危险。我接受的也不是战斗。我接受的是死亡。我明白了一个伟大的真理。战争，并不是接受危险，并不是接受战斗。在某些时刻，战士纯粹就是接受死亡。

作者驾驭侦察机，仿佛载着读者梦游，边飞行边讲故事，将他所参加的战争演变成他童年游戏的延续。充分显示他的双重性格，一身兼备成人和孩子的两种特性。这种性格虽非他独有，但是在他身上表现得尤为明显，在他的作品中也有充分的展现。

风靡世界的《小王子》是作者成年后，对明澈无畏的童心童趣的怀恋，也是对现代文明荒诞趋向的批判。作者分身化为飞行员和小王子，二重唱呼唤人世当初的淳朴的爱和纯真的性灵。

《夜航》《人的大地》《南方邮航》三部小说，奠定了他行动派作家的地位。驾机飞行是他一生的爱好，也是他倾心投入的职业生涯。三部小说无论写他钦佩的人还是他本人，都洋溢着他成长的欢欣，冒险精神的激情，以及献身于责任的幸福感。纪德就赞道："《夜航》的主人公，当然没有非人性化，但是升华到一种超人的品德。我认为在这部感人的作品中，尤其令我激赏的是其高尚。"

《人的大地》则是作者思想认识的升华。短短四五百字的卷头语，就表明他开悟的历程："大地教会我们认识自身"；"农民劳作时，一点点捕捉到大自然的一些奥秘，从中悟出的真理具有普遍意义"；"飞机，作为航线的工具，也把人搅进所有这些老问题中了"；"夜海茫茫，每处灯火都标志着一种思想意识的奇迹"……

作者在最后一章，讲述他在火车三等车厢里所见的情景；面对变成两团泥似的一对夫妇，他发出一声感慨："一只年迈的动物仍保持其风采，而人的漂亮形象，为什么就毁得面目全非了呢？"

全文收笔，称得上格言警句："唯独大写的灵气，如果吹拂了泥胎，才可能创造出大写的人。"铿锵有力，演示了他的未来作品的精神主旨。

《人的大地》，是1939年初他在美国养伤时创作出版的。此前几年，他还写了五本笔记，类似"思想录"，记录了他日常思考的火花，为他创作转型打下思想基础，写出行动和思考并重的作品《人的大地》。可以说，从此以后，圣埃克苏佩里成为善于思考的行动文学作家了。

《战斗飞行员》标志作者的转型臻于完成，极其和谐地发挥了他那双重性格的优势，用他特有的多彩的笔，游刃有余地转换，时而回忆，时而现实，时而游戏，时而沉思，时而观察，时而剖析，围绕着法国败局和飞往阿拉斯这条航线，将这一切交织在一起。举重若轻，化解了诸多难题。

无解的谜题，就如不通向任何真理的歧路，闯进去势必陷入无止境的纷争，就是出上百部专著，也解释不了法国那种乱局而令世人信服。其实，在大战爆发之前，圣埃克苏佩里就有所预料："显然，德军创建的初衷，就是要发动闪电般的进攻，以前所未有的破坏力，以惊人的速度取胜。短则几小时，长则数日，德军就能使我军丧失战斗力。"然而，作者并不仗恃一点明见就强做解人。他在《战斗飞行员》中，作为一名普通法国人，一名战士，亲身经历这场战争，一路不是破解，而是化解世界大战，化解法国惨败和前途，化解人类命运的迷局。

他的化解之道，可以反套用《红楼梦》的"满纸荒唐言，一把辛酸泪"两句诗，改为"一颗真诚心，满纸荒唐事"，用在《战斗飞行员》上，应是作者所定的调子。他怀着一颗真诚的心，满篇讲述大战初期，他身处的荒唐世界。

我们记得小说开端一句话："我就是在做梦。"说得很肯定，还交代他十五岁，念初中，耐心地解着几何题……说着说着，一位学监开门叫走两名同学。接着写道："他们的中学时代完结了，让人丢进了生活。"正感叹大家进入人生，四分五散，能肯定后会有期吗？房门忽又打开，宣判似的声音叫道："圣埃克苏佩里上尉、杜泰尔特中尉，到大队长办公室。"

中学时代结束了，这就是生活。作者接着写道："既然召去，那么我们肯定要出发执行任务。现在是5月底，正是大撤退、大溃败阶段。要牺牲飞行队，如同拿几杯水去浇森林大火。到了天翻地覆的时候，还怎么掂量危险呢？"

开篇就制造梦幻的氛围，将跨出中学大门和进入战斗状态嫁接，让读者有所准备，这个三十九岁的汉子驾机执行战斗任务，途中随时都可能变回十五岁少年，往往不合常规，不着边际，还经常插嘴，打趣调侃世间大事，夺过成年人的话语权，甚至讲述童年永恒的记忆。

圣埃克苏佩里驾机，沉浸在朦胧的梦幻中，以便排遣弥漫全国的悲观主义和耍花枪的困惑，将尖利的胡峰似的敌歼击机，幻想成为"爱上我们的求婚者，已尾随我们拖拽的长裙"，他的脑海忽然浮现一件遥远的往事，还奇怪怎么会在一种命运中萦回不已，搅得他心绪不宁呢：

我要追溯到遥远的童年。童年，这片广袤的土地，是每个人的由来！我从哪里来？我是从我的童年来的。我从童年来，犹如我来自一个故乡。……

那时他五六岁，住在老宅。冬季八点孩子该睡觉了，大人把小安东尼给忘了。他溜进黄昏的门后，探索这个神秘的世界。他因恐惧，便爬上一张贴墙的桌子，靠墙壁坐下，恰巧这时，他怕得要命的两位叔父走出一间客厅，没有发现他。他们在无边无际地走远。带走大人的秘密，孩子便在心里重复："如今这年头儿……"他们如潮水又卷回来，带着让人猜不透的财宝：

"真荒唐，"一位叔父对另一位说，"荒唐透顶了……"我拾起这句话，当作珍奇之物，我要来试探一下，对我这五岁孩子的头脑有什么效力，我缓慢地默默重复："真荒唐，荒唐透顶了……"
就这样，潮水将叔父冲走。潮水又把他们冲

回来。这种现象，如星辰一般反复出现，如同万有引力的现象：这开阔了我的视野，让我看到人生还不清晰的前景。我固定在墙桌上，永生永世，偷听一场密谈，而两位叔父无所不知，郑重讨论，参与世界的创造。这座宅子还可能挺立一千年，两位叔父也会像钟摆似的，慢慢悠悠，继续给这门厅增添永恒的品位。

多优美的童话，含义隽永，发人深省。"人生不明晰的前景"，就同"真荒唐，荒唐透顶了"一起，叠印在他童年的记忆中，成为荒诞世界永恒的佐证。

童年纯真的性灵，伴随成人深沉的思考，一同飞往阿拉斯，"一百七十四度"，同时还带去一种回忆的回忆，一种伟大的爱，幼年的保姆，蒂罗尔人波拉：在荒诞的战争中，又多了一层保护罩。

那就前往一百七十四度。墓志铭述得改写。

好奇怪，一生的经历，怎么一股脑儿聚到一起。我在给自己的回忆打包。这些回忆，从此再也用不上了，对谁都毫无用处了。我还记得一种伟大的爱。妈妈常对我们说："波拉在信上写了，让我代她拥抱你们所有人……"于是，妈妈就代波拉，一个个拥抱了我们。

作者以一个机组之力，去对抗怪诞的战争，有去无回，十死无生，他的真诚就在百折不挠的信念上，交于不败之地了。然而，他一生多次身陷绝境，最终还是生还了。绝望中抱有希望，同样是他的信念。怪诞战争已让法国人技穷，多损失一个机组并无意义。老套路完全失效，他要施展一切花招儿，用怪招儿来对付怪诞的战争，难说不会闯出一条新路。至少，他要在这场颇为滑稽的战斗中，拼上一生的经历，打完他心目中的这场怪诞战争，即戳破怪诞的外表，逼使其显露真相，大白于天下……

"曲折飞行，我的上尉！"

这是游戏的新花样，波拉！右侧踏一脚，左侧踏一脚，引逗他们乱射炮。我若是摔了一跤，身上就得肿大包，你肯定用山菊油给我敷肿。要知道，这总归是……暮晚的蓝光真奇妙！

情况更糟，不过，我深入了事物内部。我也掌握自己的全部回忆，以及我的全部积蓄、我的全部爱，我还同样掌握自己的童年：我的童年犹如树根，消隐在黑夜中了。……

阿拉斯的火势扩大了……我感觉得出来，即是燃烧着密集的，近乎超重压的肉体，时而有一阵风摇动，仿佛吹斜一棵树。正是……一棵树。这棵树把阿拉斯紧紧缚在它的根系网中。就这样，阿拉斯的全部营养，阿拉斯的全部储存，阿拉斯的全部精华，都化为汁液，升上去供养这棵树了。……

大火不仅焚毁肉体，同时也焚毁肉体的崇拜。人不再对自身感兴趣了。唯独自己的真实情况才是命根子。他不再割裂了，如果死了，便融合了。他没有丧失自我，而是回归本原。这绝非伦理学家的夙愿。这是一种司空见惯的真理，每天的真理，却被每天的幻象遮蔽了。……

我的肉体哟，我真不把你当回事儿啦！我从你这躯体排出来了，我已没了希望，也没了念想！我否认直到这一瞬间我的全部表现，那并不是我在思考，也不是我在感受。那是我的肉体。……

肉体瓦解之日，便是本质显露之时。人不过是一个联系纽带。唯有联系对人才至关重要。

真真的浴火重生，远远超过飞行队大队长"浴火成长"的期望。

从"我就是在做梦"一句开篇，圣埃克苏佩里接受飞往阿拉斯的任务，接着用十七章的篇幅，一路铺陈过来，精彩纷呈，期待的战斗情节达到高潮。从飞临阿拉斯区域到脱险返航，长达五章，将荒诞的战争示演成火焰城堡式的儿童游戏。上面援引的四个片段，是五章中的四个点，勉强能连成一线——战斗飞行的思想轨迹。但是我要说，这样描绘一场战斗的全过程我从未见过，既真实又虚幻，并不采用夸张的语句，但技法奇特：真实的描述却产生虚幻的效果，而虚幻的笔法反而达到真实的目的，真实和虚幻同样给人留下极深的印象。

以上全是我个人的体会，更多的感受还是留给读者。譬如，在那种来不及感到恐惧的时刻，感受每一秒钟都似乎连着永恒，每一秒钟都获取生命的奇妙。再譬如，战斗的陶醉化为生命的陶醉，化为生命的源泉，陶醉其中又是什么样感觉？如此等等。

诚如作者所言："认识，绝不是分析，也不是解释。要进入静观的状态。当然，要静观，首先要身临其境。这是一种艰难的学习过程……"圣埃克苏佩里做到了，实现了第三次升华，精神的升华，才能写出这样一段话。

《战斗飞行员》的主要内容，就是论述了这种艰难的、命悬一线的学习过程。圣埃克苏佩里找到了他所需的概念和语言。他认为任何职责都能助人成长。责任担当，身临其境，他也有明确的表述：

> 我飞越阿拉斯上空，再一次考验自己的真诚。我的肉体，整个肉体，全投入这场冒险中。我就打算全部输掉。就按照这种游戏规则，我毫无保留，全拿出来，只为使其转变，不再成其为游戏规则了。我争取到了……参与其中的权利……超越自我的权利……

难能可贵的是，在别人为法国败局的结果所困的时候，他却能净空一切，否定自己的全部表现，由外往内静观，终于摆脱躯壳的役羁，回归本源，回归人的本质——真正的命根子。他回归通明透亮的本体，在这样的精神境界看世界，一切也就通透了：

现在，我判断事物就更加明晰了。从我感到自己属于法国之后，我就不再抱怨其他法国人了，同样，我也不再设想，法国可以抱怨其他国家。每个人要为所有人负责。法国要为世界负责。法国原本可以向世界提供能够团结的共同尺度。法国原本可以充当世界的拱顶石。设使当时，法国仍保持其品位，保持其光辉，那么全世界就可能通过法国，组成抵抗阵营。从此我否认我曾对世界的指责。如果世界缺乏灵魂，法国就应该担当这种角色。

对这样的态度，世界还有什么可说的呢？

最后六章，故事的结尾，读起来像优美的散文，用他深切的体会而非臆想的静观的思路，编织出一面人类命运的互联网。全方位的思考和剖析，不留任何死角，心底身外无处不可触及，丰实的内涵和深厚的底蕴，对人的灵魂，对人的思考和认识，至今仍富有启迪的作用。

同一本好书，每个人的欣赏、感受和感动，都不尽相同，各有内在的原因。我特别赞赏作者解释行为的话：

> 必不可少的行为，在这里有个名称，叫作牺牲。
>
> 牺牲并不意味割爱，也不意味苦修。主要还是一种行为。就是将自身献给要成为的人。唯独为产业做出了一份牺牲，为守业而搏斗过，又为美化它而付出过辛劳的人，才能懂得什么是产业。这样，对产业的爱也就油然而生了。一份产业不是收益的总和，这样看就错了。这是奉献的总和。

产业、事业，不是收益的总和，而是奉献的总和。牺牲、奉献的精神，这年头儿已成稀缺之物，特别值得尊重。圣埃克苏佩里以自己的行为，将一生奉献给要成为的人，言出必行。1943 年，作为战斗飞行员，他已超龄八九岁，本可以坦然地继续他那已入佳境的文学创作，可是，他不顾伤残的身体，通过各种关系请求重返战机，为解放法国效力。1944 年 7 月 31 日，他第二次复出后第十次驾机执行飞行侦察任务，返航时降低高度，遭遇敌歼击机，一台发动机被击中。他因旧伤不能跳伞自救，为国捐躯。

圣埃克苏佩里以其常人难以做到的行为，在责任上、思想上和精神上，三个层面都做到了他要成为的人。

生命有多大价值，死亡就有多大价值。

圣埃克苏佩里的牺牲，印证了他的话：

消失的人在记忆中都很美。人们永远只记得他们最亮丽的笑容。

圣埃克苏佩里给人类留下的不仅是奉献时的笑容，他还给文明留下了生命力极强的种子。

李玉民

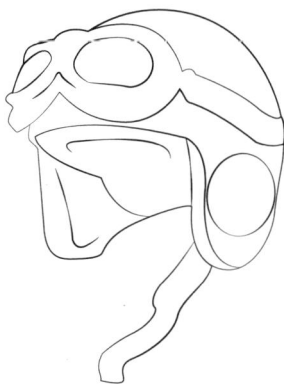

战斗飞行员

PILOTE DE GUERRE

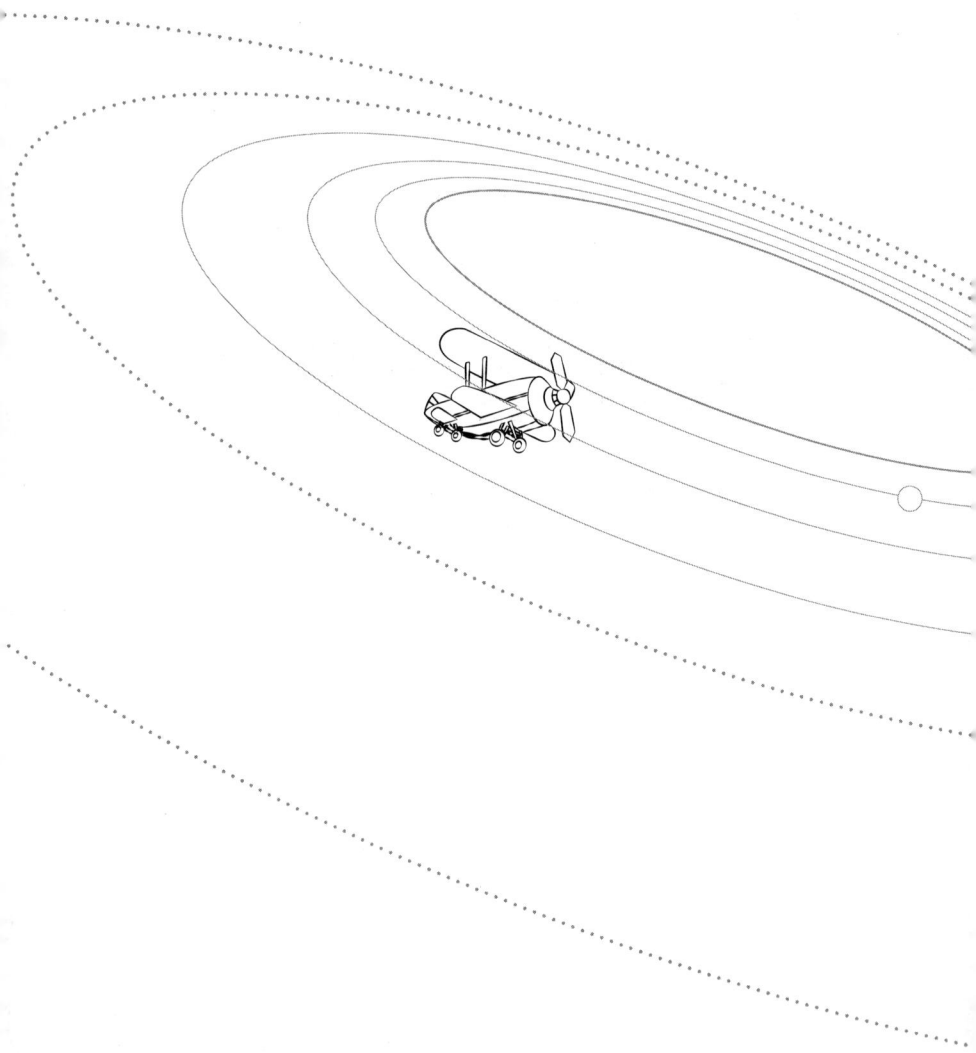

献给空军 2-33 飞行侦察大队司令阿利亚斯，献给我的所有战友，尤其是侦察上尉莫罗、侦察中尉阿赞伯尔和杜泰尔特，从 1939 年至 1940 年，在我所有作战飞行中，他们轮流成为我的同机战友，而我则是他们终生不渝的友朋。

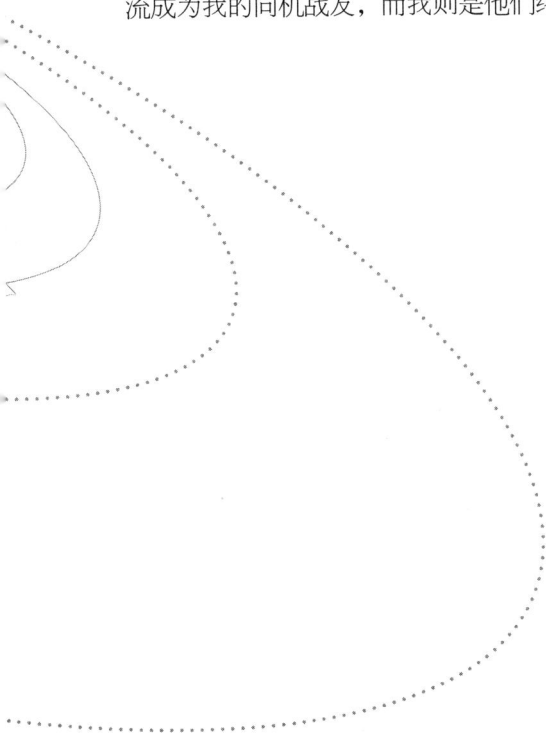

第一章

　　我就是在做梦。我十五岁了，正念初中。我耐心地解着几何题。我双肘支在黑色课桌上，规规矩矩地使用圆规、尺子、量角器。我安安静静，也很用功。身边有些同学小声说话。有个同学在黑板上写出一排数字。还有几个不大用功的同学在玩桥牌。我不时陷入沉思，张望一眼窗外。阳光下摇曳着一根树枝。我注视了许久。我这个学生，思想溜号了……我乐得玩味这阳光，犹如细品课桌、粉笔、黑板的这种童年气味。我无比喜悦，沉湎于这种备受保护的童年里。我完全清楚：首先是童年、学校、同学，接着考试的日子来临。随后来临的日子，拿到文凭，跨出某一道门，不免一阵揪心，出了门当即就是男子汉了。脚步踏着大地，也随之加重了。已经走上人生之路了。在自己的路上迈出头几步。终于要真刀真枪，跟真正的对手较量了。尺子、量角器、圆规，要用来建造世界，或者用来战胜敌人。结束了，游戏！

我懂得，一个中学生通常不怕面对生活。一个中学生，还跺着脚急不可待。男人一生的磨难、艰险、辛酸，吓唬不住一个中学生。

不过，我这个中学生倒挺怪，我这个中学生尝到了幸福，并不怎么急于面对生活……

杜泰尔特走过来，让我给叫住。

"你坐下，拿着扑克牌，让我给你露一手……"

我真开心，把他的黑桃 A 抽出来。

杜泰尔特在对面，跟我这同样的黑色课桌，垂着两条腿。他笑起来。我只是谦虚地微笑。佩尼科也过来了，手臂搭到我的肩头：

"怎么样，老伙计？"

天哪，这场面充满温情！

一位学监（真是学监吗？……）开门叫走两名同学。他们丢下尺子、圆规，起身出去了。我们目送他们走出教室。他们的中学时代完结了，让人丢进了生活。他们学到的知识有了用途。他们要像男子汉那样，用他们计算的绝招儿，在对手的身上试试身手了。好怪的中学，要一个一个离开。也没有隆重的告别仪式。这两名同学，甚至都没有看我们一眼。殊不知生活难料，也许偶然的安排，把他们送往比中国还遥远的地方。遥远得很啊！中学毕业后，大家进入人生，四分五散，他们能肯定后会有期吗？

我们低下头。我们剩下的人，还生活在孵化器的温暖平安的环境里。

"听着，杜泰尔特，今天晚上……"

这时，那扇门第二次打开，我听见宣判一样的声音：

"圣埃克苏佩里上尉、杜泰尔特中尉，到大队长办公室。"

中学时代结束了，这就是生活。

"你呀，早就知道，该轮到我们啦？"

"佩尼科今天早晨试飞过。"

既然召去，那么我们肯定要出发执行任务。现在是5月底，正是大撤退、大溃败阶段。要牺牲飞行队，如同拿几杯水去浇森林大火。到了天翻地覆的时候，还怎么掂量危险呢？全法国空军侦察部队，还有我们五十个机组。五十个三人组合的机组，我们2-33飞行大队就有二十三个。三周时间，二十三个机组中，损失了十七个。如蜡烛一般，我们融化了。昨天，我还对加瓦勒中尉说：

"等战后再瞧吧。"

加瓦勒却回了我一句：

"我的上尉，您总不至于指望战后还活着吧？"

加瓦勒不是开玩笑。我们都十分清楚，现在别无选择，只能把我们投进火坑，哪怕是无用之举。全法国，我们仅有五十个机组。法国军队的整个战略，就落到我们肩上啦！无边的森林大火熊熊燃烧，要牺牲几杯水去灭火：那就牺牲掉吧。

就应该如此。谁还会想到抱怨呢？在我们这里，听到别的什么话了吗？只有"是的，长官。是的，我的长官。谢谢，长官。明白了，我的长官"。然而，这场战争的收尾阶段，给人的所有的印象中，有一种主导的印象，那就是荒谬。我们周围一切都崩塌了。一切都倾毁了。如此全面彻底，甚至连死亡本身都显得荒谬。在这样的天下大乱中，连丧失生命都欠缺严肃性。

我们走进阿利亚斯司令官的办公室。（现今他在突尼斯，仍然指挥同一个 2-33 飞行大队。）

"你好，圣埃克斯。你好，杜泰尔特。请坐吧。"

我们坐下来。司令将一张地图铺到办公桌上，转身对勤务兵说：

"去把气象报告给我拿来。"

然后，他就拿铅笔轻轻敲打桌子。我观察他，只见他满面倦容，显然没有睡觉。他坐汽车东奔西跑，寻找一个幽灵参谋部：师参谋部、军分区参谋部……他向军需库力争，给他们提供零配件。他还困在公路上，挤得水泄不通。

他也指挥了飞行大队最后这次转场，最后这次驻扎。要知道，我们总被迫换驻地，就像可怜的穷人总被一个毫不容情的执达员追赶。阿利亚斯一次一次保全了飞机、卡车和十吨的物资。不过，我们也能猜想出，他的体力和精神完全透支了。

"唔，事情是这样……"

他一直敲着桌子，并不看我们。

"真难办……"

他随即耸了耸肩。

"这次任务特别难办。但是参谋部他们坚持这么安排。他们态度很坚决……我争论过了，但是他们坚持不变……事情就是这样。"

我和杜泰尔特张望窗外：天空一片宁静。我听见母鸡咯咯的叫声，因为大队部就设在农场里，情报室则设在一所学校里。夏天，水果成熟，小鸡长肉，小麦拔高，我不会拿这些去抵触面临的死亡。我看不出夏日的宁静怎么就会驳斥赴死，也看不出事物的温馨怎么就具有嘲讽意味。

但是，我萌生了一个模糊的念头："这个夏天要弄糟了。一个出了故障的夏天……"我见过那么多遗弃的打谷机，遗弃的割捆机。在路边的沟里，那么多抛锚而被遗弃的汽车。那么多村庄被抛弃了。空荡荡的村子，还有水龙头在流水。清水积成了水塘，而当初花费多少人工修建管道才得到清洁的水。猛然间，我脑海里浮现出一幅荒谬的图景。这便是停摆的钟。所有钟都停摆的图景。村庄教堂的钟。火车站的钟。空空壁炉上的座钟。离家逃难的钟表匠的橱窗里，一大堆死钟表的骷髅。战争……不再给钟表上弦了。甜菜烂在地里没人收了。列车车厢也没人修理了。而引来的水，用以饮用，或用以清洗村女礼拜穿的花衣裙，如今在教堂前积聚成水塘。而且，人要死在这夏天。

好像我生了病似的，这位医生对我说："真难办……"于是，就得想到公证人，想想留在世上的人。其实，杜泰尔特和我，我们都明白，这是一个敢死队的使命。

"鉴于当前的局势，"少校最后说，"就不能过多顾虑危险了……"

当然，"不能过多顾虑"。不能怪任何人。不能怪我们有些感伤。不能怪少校很不自在。也不能怪参谋部下达命令。少校执行得非常勉强，因为这种命令很荒诞。荒诞的命令，这一点我们知道，其实，参谋部本身也知道。他们下达了命令，只因这命令必须下达。在一场战争中，参谋部就只管下达命令。命令下达给英武的骑兵队，或者到了近代，下达给摩托化部队。哪里一片混乱，局面失控，哪里就会飞驰而来英勇的骑兵，纷纷跳下汗气腾腾的马背，指明未来，犹如指引三王朝圣的那颗亮星①。骑兵带来了真理，而下达的命令就是为重建世界。

这就是战争的图解。表现战争的彩色画片。人人都尽心尽力，要让战争像个战争的样子。

正是为了让这场战争像一场战争，就得牺牲他们这些机组，并非要达到什么明确目标。谁都不承认，这场战争

---

① 据《圣经·新约》，耶稣在伯利恒降生后，有三名博士来到耶路撒冷，他们说在东方看到犹太人之王的星在这里，特来拜谒。

什么都不像，一点意义也找不出来，什么图解也不对路，有人还一本正经地操纵木偶，殊不知拉动的线绳已经断了。各级参谋部仍然那么自信，发出这些命令，却下达不到任何地方。他们要求我们提供的情报，也根本不可能搜集到。航空兵承担不起向参谋部解释战争的重任。侦察机通过观察，可以核实一些假象。然而现在，假象都不复存在了。他们却敦促这五十个机组，给一场面目全非的战争塑造一张脸谱。他们求助我们，如同向一群用纸牌算命的女人求卜。我瞧着杜泰尔特，我的侦察员算命师。昨天，他对师部的一名上校提出异议："飞机以五百三十公里的时速，离地面十米高飞过，我怎么能给您标出阵地的位置？""喏，您总能看清谁朝你们开炮！如果有人向你们开炮，那准是德军阵地。"

"我好一阵打趣。"争论过后，杜泰尔特一句总结。

要知道，法国士兵从来就没见过法国飞机。法国飞机虽有上千架，但是从敦刻尔克散布到阿尔萨斯，说白了，这些飞机都消融在无限中了。因此在前线，只要有飞机呼啸而来，那肯定就是德国战机。不等它投炸弹，最好抢先把它干掉。飞机单凭轰鸣声，就足以成为高射机关枪和速射高炮的目标。

"采取这种方式，"杜泰尔特补充道，"他们获取的情报肯定特别宝贵！……"

肯定会受到重视，因为在战争的图表中，必须重视情报！……

"是啊，不过，战争也就诡谲多变了。"

好在——我们心里明镜似的——根本没人理睬我们的情报。我们也传递不上去。公路必定堵塞。电话难免出故障。参谋部准得紧急转移。关于敌人阵地部署的重要情报，将由敌人亲自提供。就在几天前，我们在拉昂①讨论了战线的可能位置，便派一名中尉联络官去见将军。从我们的基地到司令部的途中，中尉的汽车撞见一辆压路机横在公路上，而压路机后面隐蔽着两辆装甲车。中尉的车刚掉头，

---

① 拉昂：法国东北部埃纳省省会。

一阵机关枪扫射过来，当场打死了中尉，伤了司机。那是德军装甲车。

其实参谋部就好比一个桥牌手，隔壁房间有人问他："我这张黑桃皇后怎么办？"

这个落单的人耸耸肩膀，他根本没有看到牌局，怎么回答呢？

可是，参谋部则无权耸肩了事。参谋部只要还控制一部分军队和装备，就得安排行动，以便牢牢掌握在手中，而且，只要战争还在继续，就得碰碰各种运气。尽管盲目，参谋部也必须行动，并且下令行动。

当然，事情也很难办，不能随意分配给黑桃皇后一种角色。按说，我们已经看到了，起初十分诧异，继而又视作我们本来能预料到的一种明显事实，就是大崩塌一开始，便无事可做了。人们以为，战败者是被问题汇成的一股湍流淹没的，而为了解决这些问题，就穷折腾自己的步兵、炮兵、坦克、飞机……其实，失败首先掩盖了问题。面对这种牌局，他们完全蒙了头，不知道该如何派用飞机、坦克、黑桃皇后了……

脑汁已经绞尽，他们只好随意将黑桃皇后掷到桌子上，以便发现这张牌究竟起什么作用。整个情绪不是振奋，而是无比尴尬。唯有胜利才能让人欢呼雀跃。胜利就能组织部署，胜利就能建设。人人都搬运石头，累得气喘吁吁。反之，失败就把人泡进一种失调、厌烦，尤其是浅薄短视的氛围中。

因为，要求我们完成的任务，首先就是短视浅薄的。而且，这种情况日甚一日了。越发血腥，也越发离谱了。那些下命令的人，已经一筹莫展，就只得将最后几张王牌摔到桌子上，以图阻挡整座山体滑坡。

我和杜泰尔特都是王牌，我们听从少校的调遣。他向我们阐明了下午出战的计划。他派我们在万米高空长途飞行，再折回来，从七百米低空飞越坦克停放场地，他那话语的声调，就好像随口对我们说：

"你们就按照我说的，走右边第二条街，一走到广场的边角，就能看到一家烟草店，进去给我买几包火柴来……"

"好的，少校。"

这项任务，谈不上更有用，也谈不上更没用。交代任务的话语，谈不上更深情，也谈不上更薄情。

我心下暗道："敢死队的任务。"我想……我想到好多事情。我要等到夜晚，如果还活着的话，夜晚再多多思索。但是，那得活着……任务容易办的时候，三个人只能回来一个。任务有点难办时，那显然就更难回来了。而在这里，在司令的办公室里，我觉得赴死既不严肃，也不崇高；既算不上英勇，也不会痛断肝肠。死亡，只是混乱的一种标记，混乱的一种结果。侦察大队要失去我们，就好像有人乘火车，在换车的混乱中丢失行李那样。

并不是说我不考虑战争、死亡、牺牲、法兰西，不考虑任何别的事，但是我缺乏主导的概念、明晰的语言。我的思考中矛盾重重。我求的真理碎片化，只能一个碎片一个碎片来察看。我若是能活下来，就等到夜晚进行思索。钟爱的夜晚。夜晚，理智入睡了，唯独单纯的事物存在。

真正重要的事物就能恢复原状，没有被白天的分析毁掉而幸存下来。人拼合了自己的碎片，重又变为平静的树。

　　白天用来家庭吵闹，可是夜晚，争吵的夫妇又找回了恩爱。因为，爱情比口角这阵风更强大。男人在窗口支着臂肘，在星光下，重又担负起责任，要管睡觉的孩子、度日的面包、歇息的妻子：她在那儿打瞌睡，显得多么脆弱、娇嫩，人世的过客。爱，就容不得讨论。就是现实存在。让夜晚来临吧，让值得爱的明白无误的真理向我显现吧！让我思考文明、人的命运、在我的国家友情的品味。让我期待服务于某种不可抗拒的真理，尽管眼下，也许还说不清楚……

　　眼下，我活似一个被圣宠抛弃的基督徒。我还会老老实实，跟杜泰尔特一起，扮演好自己的角色。这是确定无疑的，不过，也就像维护已空无内容的宗教仪式。只因上帝抽身走了。如果能活着回来，我就等夜晚来临，到大路上走一走，沿路穿过笼罩在我所钟爱的孤独之中的村庄，想通我为什么应该赴死。

第二章

　　我从冥想中醒来。少校提出一个怪异的建议，大大出乎我的意料：

　　"这么着，这次任务，您若是觉得烦透了……您若是觉得身体状况不佳，我可以……"

　　"瞧您说的，少校！"

　　少校也清楚，这种建议是荒谬的。然而，当一个机组没有返航，大家这才想起出发时，他们神情那么凝重。大家将那种凝重的神情解释成一种预感的表露，当时忽略了，想想真该自责。

　　少校如此顾虑，倒让我想起以色列。那是前天的事，我在情报室窗前吸烟，瞧见快步走过的以色列。他那鼻子红红的。一个犹太人标准的大鼻子，还那么通红。看着以色列的红鼻子，我就觉得心头凛然一惊。

我对总是注视自己鼻子的这个以色列，有一种深挚的友谊。他是全队最勇敢的飞行员之一。最勇敢的一个，也是最谦虚的一个。别人总向他大谈犹太人如何谨慎，他听多了，恐怕就把他的勇敢也当作谨慎了，他就这么谨慎而每每成为胜者。

且说我注意到他那红红的大鼻子，但是一闪而过，只因脚步很急，一下子就把以色列连同他的鼻子带走了。我毫无开玩笑的意思，回身对加瓦勒说：

"他怎么长这样一个鼻子？"

"那是他母亲给他的。"加瓦勒回答。

不过，他又补充一句：

"低空侦察，好怪的任务。他走了。"

"噢！"

那天傍晚，我们不再等待以色列返航了，我当然就想起他那个鼻子，植于一张毫无表情的面孔上，以一种天赋灵性，独自表露出最沉重的忧虑。如是由我命令以色列出战，那么，他那个鼻子的形象就挥之不去，久久萦绕在我的脑际，宛若一种责备。自不待言，以色列接受出发的命令，不会有半句异议，只有"是的，少校。好的，我的少校。明白，我的少校"。同样，以色列也不会放任脸上肌肉有一丝抽搐。不过，那个鼻子，却缓缓地、隐隐地、自作主张地发亮了。以色列控制住了面部的表情，却管不了鼻子的颜色。鼻子便有机可乘，不声不响替他表态。在以色列不知不觉中，鼻子就向少校表示了强烈反对。

或许正因为如此，少校不爱派他想象中会被预感压垮的人出战。预感几乎总是给人错觉，但也的确给战斗命令附上一种判决书的声调。可阿利亚斯是一位长官，而非法官。

有一天，这种情况就出现在军士身上。

以色列有多勇敢，军士 T 就有多胆怯。他是我所认识的唯一真正感到恐惧的人。有人向 T 传达参战命令，便在他身上引发一种眩晕的怪异升级。这是一种简单而缓慢的、无法抑制的现象。T从双脚开始，传向头部，缓慢地僵硬起来。他的面部仿佛洗净了一切表情。但是，眼睛开始发亮了。

以色列的鼻子，在我看来那么懊丧，因以色列可能送命而懊丧，同时又大为恼火；T则恰恰相反，他根本就没有内心活动。他不是反应，而是蜕变。别人交代完任务时，就发现在T身上仅仅点燃了惶恐。惶恐在他的脸上散布开来，透出一种均匀的亮光。而且，从那一刻起，T就好像遥不可及了。别人感到有一片冷寂的沙漠，在宇宙和他之间逐渐扩大。在世上任何地方，任何人身上，我都从未见过灵魂出窍的这种形态。

"那天，无论如何我也不该放他走。"后来，少校还这么说。

那天，少校向T宣布出战命令，他不仅面失血色，还开始微笑。就那么干笑。刽子手行刑时做得如果太过分，受刑人或许也会这样。

"您状态不佳，我把您替换下来……"

"不，我的少校。既然轮到我了，那就该我去。"

T立正站在少校面前，直勾勾看着他，却一动不动。

"不过，如果您觉得心里没底……"

"轮到我了，少校，轮到我了。"

"瞧您说的，T……"

"我的少校……"

这个人，活似一块顽石。

阿利亚斯说道：

"于是，我就让他出发了。"

后来发生的情况，始终得不到解释。T是战机的机关枪手，遭遇敌一架歼击机企图袭击。但是敌机的机关枪卡壳了，便掉头飞走。飞行员和T返航，一路说话，接近基地了，飞行员没有注意到有什么异常。差五分钟就到达了，他却得不到回声了。

傍晚时分，我们找到了T：他的脑壳被飞机尾翼撞碎。飞机全速飞行，他是在危难的条件下跳了伞，而这事却发生在我方控制的领土上，已没有任何危险威胁了。遭遇的那架敌歼击机起了作用，仿佛一种不可抗拒的召唤。

"你们去穿好衣服，"少校对我们说，"五点三十分起飞。"

"再见，我的少校。"

少校略微打了个手势，代替回答。是迷信吗？我的香烟灭了，我徒然摸索一阵衣兜。

"您怎么就从来不带火柴呢？"

这话一点不错，而我在这告别声中跨出门槛，心中自问：

"我怎么就从不带火柴呢？"

"他挺讨厌这次任务的。"杜泰尔特指出。

而我，心中却想："他才不在乎呢！"我冒出这句不公正的赌气话，当然不是针对阿利亚斯。我恼火是因为这样一个明摆着的事实，谁也不承认：精神的生命时断时续。唯独智慧的生命持之以恒，或者近乎如此。我的各种分析能力，鲜有起伏变化。但是精神毫不重视事物，只看重事物内在联系的意义，是透彻观察到的面目。精神从面面俱到的视觉，过渡到绝对的盲目。人总要经历这样一种时刻：爱自己专业的人，忽然发现各种物件是一堆杂合；爱自己妻子的人，忽然看到恩爱中只有忧虑、挫折和束缚；而欣赏某一乐曲的人，就忽然听不到一点优美的旋律了。同样，我现在就是经历这样的时刻：再也不理解自己的国家了。一个国家，并不等于山河、风俗习惯与资源财富的总和，这些全是我的智力抓得住的东西。国家是一种生命体。我经历这样的时刻，忽然发现自己对生命体的存在视而不见了。

阿利亚斯去见将军，通宵讨论纯逻辑问题。纯逻辑，这要毁了精神生命。然后，他在路上，又无休无止堵车，弄得精疲力竭。接着，回到大队，又面对层出不穷的物质困难，都是一点一点销蚀你身心的难题，如同无法遏止的山体滑坡所产生的难以估量的后果。最后，他把我们召去，好把我们抛进不可能完成的使命中。我们就是分崩离析中的物件。我们，在他眼里，并不是天赋个性的圣埃克苏佩里或者杜泰尔特，他无视我们以独特的方式观看或者不看事物，以独特的方式思考、走路、饮酒、微笑。我们只是一座大建筑物的砖瓦，而那大建筑物，则需要多些时间，多些静默，多后退几步，才能够发现。如果我的面部肌肉患上抽搐的毛病，那么，阿利亚斯就只注意面部抽搐，他派往阿拉斯去的就只是面部抽搐的形象。在所提的问题一片混乱中，在全局分崩离析中，我们本身也散成了碎片，这种声音，这个鼻子，这种面部肌肉的抽搐。而这样的碎片就打动不了人心了。

这里讲的不是针对阿利亚斯少校，而是针对所有人。在葬礼的苦差事过程中，我们爱的是死者，我们并不同死亡接触。死亡是一件大事。死亡是与死者的思想、物品、习惯新建立的一个关系网。死亡是世界的一种新安排。表面上毫无变化，其实面目全非了。书的页码依旧，但书的意义已非当初。为了感受死亡，我们必须想象我们需要死者的那些时光。因而，他让人想念。想象他可能需要我们的时光。可是，他不再需要我们了。想象友朋造访的时刻，随即发现这一时刻空闲了。我们必须瞻望生命的前景。但是埋葬那天，既没有前景，也没有空间。死者仍然支离破碎。葬礼那天，我们四散踱步，跟真朋友或假朋友握手，忧虑着物资的问题。只有等到次日，死者才能安静地死去，才能亮给我们完整的死者形象，以便完整地挣脱我们的实体。到了那时，我们才会呼号，因为那个人走了，我们再也留不住了。

我不喜欢用埃皮纳勒[①]那种风格的彩图来图解战争。老兵油子不流一滴眼泪，用粗鲁的怪话掩饰内心的感情。这话不对。老兵油子什么也没有掩饰。他抛出怪话，那怪话就是他的想法。

这绝不能怪到人品上。阿利亚斯少校极富同情心。如果我们有去无回，也许他心里比谁都难受。只要是牵涉我们，而不是一大摊子纷乱的杂事。只要能让他沉静下来，在记忆中重新构建这段经历。要知道，这天夜晚，紧追不

---

① 埃皮纳勒：法国孚日省省会，一度是彩色画片的出版中心。

舍的执达员还逼迫我们迁移，在问题如雪崩的混乱中，一辆卡车爆胎抛锚，就将推迟我们去送死。那样的话，阿利亚斯也就会忘掉为此难受了。

我就是这样出发执行任务了，心中并没有想西方同纳粹的斗争，而是想眼前具体的事。我想到七百米低空飞越阿拉斯的行动多么荒谬。想到期望我们获取情报又多么虚荣。还想到我穿衣动作缓慢，就觉得是要打扮好去见刽子手。还有，想到我的手套。活见鬼，手套怎么不见啦？我的手套也丢了。

我再也看不见我居住的大教堂了。

我穿好衣服，要去侍奉一尊已死的神。

第三章

"你快点啊……我的手套呢？……不对……不是这副……在我包里找找……"

"找不着啊，我的上尉。"

"你真是个笨蛋！"

他们全是笨蛋。找不着我手套的这个人。发动这场荒唐战争的希特勒。还有参谋部的那个家伙，就是一根筋，硬要派人低空侦察。

"我要你给我一支铅笔。说了有十分钟了……你没有铅笔吗？"

"有哇，我的上尉。"

总算有个聪明人。

"铅笔拴上一根线，你再把线套进这个扣眼里……怎么了，机枪手，你好像不紧不慢的？……"

"就因为我准备好了，我的上尉。"

"哦，好哇！"

还有侦察员，我又冲他去了：

"还行吧，杜泰尔特？什么也不缺吧？航线都计算好了吧？"

"航线定了，我的上尉……"

得了。他确定了航线。一个献身的使命。我真想问问您，牺牲一个机组，只为获取没人需要的情报，这是不是明智呢？况且，即便我们有一个活着带回情报，永远也不可能送达任何人……

"参谋部那些人，就应该招聘些招魂巫师。"

"为什么？"

"就为了今天晚上，在一张旋转桌上，我们能把他们要的情报传递给他们。"

我讲这种怪话，也并不十分得意，但还是难免发牢骚：

"参谋部，参谋部，这种敢死队的使命，干脆由他们参谋部的人执行吧！"

如果估摸任务没有生还的希望，细心披挂起来就是为了去活活烧死，那么穿戴的仪式就尽量拖长了。一件一件套上三层飞行服，真得费一番气力，还得像货郎担那样，嘀里嘟噜挂满了全套附属设备，挎开氧气管、暖气管、机组人员通话线路。呼吸，我是要戴着氧气面罩。有一根胶皮管，把我同飞机相连，如脐带一般性命攸关。飞机通过管道，进入我的血液的常温中。飞机通过管道，同我进行人际交流。从一定意义上讲，有人在我和我的心脏之间，安上了一些器官。我每分钟都变得越发沉重，越发不灵便，越发难以活动了。我要全身一起转动，想俯身系皮带，或者拉开发滞的拉锁时，所有关节都嘎嘎作响。我的旧伤口也感到疼痛。

"给我另一顶头盔。我已经跟你说过二十五遍了。我不愿意戴自己的这顶，太紧了。"

因为，天晓得有什么奥秘，升到高空脑袋要发胀，头盔在地面戴着合适，到了万米高空，就会像钳子一样，紧箍着脑壳。

"您这头盔，我的上尉，就是另外那顶。我换过了。"

"哦，好的！"

要知道，我这绝对是发牢骚，但是毫无愧疚之感。我自有道理！况且，这一切都无足挂齿。在这一时刻，大家都在穿越我所讲的内心沙漠的腹地。这腹地只有我们的残骸碎片。我甚至毫不羞耻地企盼发生奇迹，从而改变这天下午的进程。譬如，传声器出了故障。传声器没有不出毛病的！全是次等货！传声器出故障，这就打消了这一献身的使命……

韦赞上尉脸色阴沉，前来找我。韦赞上尉总是这么阴沉着脸，来找我们每个要出发执行任务的人。韦赞上尉在我们这里，负责同监视敌机动向的机构联络。他的工作就是向我们通报敌机的动向。韦赞是我深深喜爱的朋友，不过，他是乌鸦嘴，我一看见他就悔之莫及。

"老兄，"韦赞对我说，"这真难办，真难办，真难办！"

他从口袋里掏出一份材料，随即狐疑地瞧着我。

"你从哪儿冲出来的？"

"从阿尔贝。"

"果然如此，果然如此。噢，这很难办！"

"你别装疯卖傻了，到底怎么啦？"

"你不能出发！"

我不能出发！……韦赞，他真好！他是从天主那里求得了传声器出故障！

"你通不过去。"

"我怎么就通不过去？"

"因为在阿尔贝上空，敌人布了防：有三架德国歼击机不间断地巡航，一架在六千米高空，一架在七千米，另一架在一万米。在接班的飞机到来之前，任何一架都不准离开防区。他们布控成设防禁区。你那是自投罗网。还有，喏，你瞧瞧！"

他展开一张纸给我看，上面草草画着看不懂的图示。

韦赞，最好别来跟我捣蛋。"设防禁区"这种说法刺激了我。我想到红灯和违章。当然，在我们的任务上，交通违章，就意味着死亡。我对"设防"特别反感，就觉得那是针对我个人的。

我的大脑一阵活跃。敌军总是"设防"保卫自己的阵地。这种话说了等于白说……而且，我才不在乎歼击机呢。我下降到七百米高度时，打下我的是高射炮。那些高射炮绝不会放过我！猛然间，我变得咄咄逼人了。

"总之，你忙不迭跑来，就是要告诉我，那里有德国战机，我出航就极不谨慎！还是跑去报告将军吧！……"

韦赞不用费什么劲，就可以友善地让我安心，只要把他渲染的敌机说成：几架歼击机在阿尔贝一带慢悠悠地遛弯儿……

不折不扣，还是同样的意思。

第四章

　　一切准备就绪。我们在机舱里各就各位，只待试试传声器了……

　　"我的声音听得清楚吗，杜泰尔特？"

　　"听得很清楚，我的上尉。"

　　"您呢，机枪手，我的声音听得清楚吗？"

　　"我……是的……很清楚。"

　　"杜泰尔特，机枪手的话，您听见了吗？"

　　"我听得很清楚，我的上尉。"

　　"机枪手，您听见杜泰尔特的话了吗？"

　　"我……是的……很清楚。"

"您为什么总说：'我……是的……很清楚？'"

"我在找我的铅笔，我的上尉。"

传声器没有毛病。

"机枪手……氧气瓶气压正常吗？"

"我……是的……正常。"

"三瓶都正常？"

"三瓶都正常。"

"准备好了吗，杜泰尔特？"

"准备好了。"

"准备好了吗，机枪手？"

"准备好了。"

"那就出发。"

于是，我起飞了。

第五章

惶恐的起因，是丧失了真正的身份。如果我等待能决定我幸福还是绝望的一个信儿，我就好似被抛进了虚空。只要心还悬着，没有确定，我的感情和我的态度，无非就是一种临时的伪装。时间不再像树木那样，分分秒秒树人，一小时之后树起寓于我身上的这个真正人物。这个陌生的我，就像个幽灵，从外部走来与我会合。于是，我感到一阵惶恐。坏消息引起的不是惶恐，而是痛苦，这就是另一码事了。

现在好了，时光不再空耗流逝了，我终于稳坐在自己的职位上，不再把自身抛进一种没有形貌的未来。我不再是那个或许要随着大火的旋涡飞旋的人。未来也不再像一个陌生的幻影那样，烦扰得我不得安生了。从此以后，我的行为就会接连组合成未来。我就是操控驾驶方向盘的人，以便保持三百一十三度。而驾驶方向盘调节着螺旋桨的转速、油箱的温度①。这都是随时操心的正事。这就是操劳家务事，一天应尽的小义务，从而消除人逐渐老去的况味。白天就化为明亮的房间、光滑的地板、充足的氧气。我也的确调节着氧气流量，只因我们爬升得很快：七千五百米高了。

"氧气，还行吧，杜泰尔特？您感觉好吗？"

"还行，我的上尉。"

"哎，机枪手，氧气可以吗？"

"我……是的……可以，我的上尉。"

"您的铅笔还没有找到？"

我也变成了这样的人：按一下按钮S，再按一下按钮A，

---

① 高空寒冷，防止油箱凝结，对圣埃克苏佩里是个很棘手的难题。

以便控制我的两挺机关枪。还有……

"哎，机枪手，您向后射击^① 的范围，没有太大的城镇吧？"

"唔……没有，我的上尉。"

"那就开火，试试您的机枪。"

我听见嗒嗒嗒的枪声。

"发射正常吧？"

"发射正常。"

"几挺机关枪都正常？"

"哦……对……都正常。"

我也打了机枪。我心中暗道，在我方广阔的田野上空，毫无顾虑地胡乱扫射，子弹会打到哪里呢？这样射击从来不会伤害任何人。大地宽广得很。

就是这样，每分钟都为我增添新的内容。我这样的生物体，就像正在成熟的水果，无须焦虑什么。我周围的飞

----

① 机枪手面朝机尾，与驾驶员座位反向，朝机身后面射击。

行条件，当然会起变化。条件连带问题。不过，我已全身心投入，创造这种未来。时光在一点一点塑造我。儿童绝不会恐惧慢慢成为一个老人。孩子玩孩子的游戏，我也玩我的游戏。历数起来，我这王国有仪表盘、手柄、按钮、操纵杆，还有一百零三个部件要核对，要拉动，要拧转，要推进（我把操作机枪算作两个，枪上有保险栓，这也算不上弄虚作假）。今天晚上，我要逗弄逗弄我寄宿的农场主。我要问他：

"如今的飞行员，要操纵多少器件，您知道吗？"

"这您让我怎么知道。"

"没关系。您说个数吧。"

"您想让我说多少呢？"

这个农场主，还真不懂得凑趣。

"您就随便说个数吧。"

"七个。"

"一百零三个。"

看他那惊呆的样子，我会非常开心。

将我围住的所有这仪表器物，无不各就各位，显示其意义，这也有助于我平复心态。这些管道线路，如同人体的内脏，构成了循环系统。我就是飞机伸展的一个机体。飞机为我创造舒适的状态；我一拧动某个旋钮，我的衣服和吸入的氧气就逐渐转暖了。可是，氧气一过热，就熏烤我的鼻子。氧气供给也有一个复杂的装置，随着飞行高度自动调控。是飞机供给我营养。飞机起飞之前，在我看来是不通人性的，而现在，我得到飞机的喂养，就感到一种亲子般的柔情，一种吃奶婴儿的亲情。至于我的体重，已经分配到各个支撑点上。我这套了三层的厚重飞行服、我这背上沉重的降落伞，全都靠在座椅上。我这双肥大的鞋子放在脚踏操纵杆上。我的双手戴着又厚又板的手套，在地面显得特别笨拙，操纵方向盘却十分自如。操纵方向盘……操纵方向盘……

　　"杜泰尔特！"

　　"……尉？"

　　"先检查一下您那儿的接头。我只能断断续续听到您的话。我说话您听见了吗？"

"……听……您……上……"

"把您那破玩意儿晃一晃！您听见我了吗？"

杜泰尔特的声音重又变得清晰了。

"听得非常清楚，我的上尉！"

"好哇。对了，今天，操纵系统还是有点冻结：方向盘转动费劲，而脚踏操纵杆完全卡住了！"

"真开心。高度多少？"

"九千七。"

"有多寒冷？"

"零下四十八摄氏度。您呢，氧气行吗？"

"还行，我的上尉。"

"机枪手，氧气行吗？"

没人应声。

"机枪手，嘿！"

没人应声。

"杜泰尔特，听见机枪手的声音了吗？"

"什么也没听见，我的上尉……"

"招呼他！"

"机枪手，喂！机枪手！"

没人回应。

不过，在俯冲之前，我先猛地摇晃一下飞机，他若是
睡着了，就能摇晃醒。

"我的上尉？"

"是您吗，机枪手？"

"我……哦……是的……"

"您不大肯定？"

"不是！"

"刚才您为什么不回答？"

"我试试无线电，就把插头拔了！"

"您真是个浑球！那得先打声招呼！差一点我就俯冲
了：我还以为您死了呢。"

"我……没有。"

"您这话我相信。别再跟我来这套把戏！拔插头之前，

他妈的，先跟我打声招呼！"

"对不起，我的上尉。没问题，我的上尉。以后打招呼。"

要知道，人体对缺氧并不敏感，起初隐隐还觉得挺惬意，但是几秒钟工夫，人就进入昏迷状态，只需几分钟便死去。可见，经常检查氧气输送情况是必不可少的，同样，飞行员也必须询问机上人员的状况。

因此，我不时掐一掐头盔上的输气管，以便品味冲鼻子的一股股供养生命的热气。

总之，我在从事自己的行业。富有意义的这些举动，本身就自得其乐，我从中只产生身体的快感。我既不觉得面临巨大危险（我穿飞行服时，却曾极度不安），也未感到在履行重大职责。西方与纳粹的斗争，这一次就纳入我的范畴，仅限于扳动手柄、操纵杆，动一动开关。情况就是这样。圣器管理员对上帝的爱，就转化为爱点燃蜡烛。圣器管理员走路四平八稳，走在他视而不见的教堂里，让枝形烛台一枝一枝绽开花朵。烛台全部点亮之后，他搓搓双手，感到挺自豪。

我呢，也同样出色地调节好螺旋桨的转速，航向的偏差保持在一边。若能让杜泰尔特看一眼罗盘，他一定会惊叹不已。

　　"杜泰尔特……我……罗盘航向……还行吗？"

　　"不行，我的上尉。漂移太大。朝右调一调。"

　　自讨没趣！

　　"我的上尉，飞过了前线，我开始拍照。您那高度表上海拔多少？"

　　"一万米。"

第六章

"上尉……罗盘！"

果然，我朝左偏航了。这绝非偶然……是阿尔贝那座城市在推移我。离这么远，我就猜出它在前方。它那"设防禁区"的全部重量，已经沉重地压向我的身体。这厚实的肢体里，究竟隐藏着何等记忆！我的肉体记得突然坠落，颅骨开裂，像糖浆一般黏稠的昏迷，医院中的黑夜。我的肉体怕受到打击，试图避开阿尔贝城。我一时疏于监视，就往左倾斜了，就像一匹老马往左用劲：一旦被障碍吓着了，终生都不忘提防。我指的是我的躯体，而不是我的精神……稍不留神，我的躯体就打鬼主意，趁机避开阿尔贝城。

因为，我现在丝毫也感受不到有多艰难了。我不再期望有什么变故而错过这次任务了。我觉得那会儿，我曾萌生了这种期望，心下暗道："传声器会出毛病。我很困倦。我要去睡觉。"我将懒惰这张床想得妙不可言。不过，我内心深处也知道，错过一次任务，休想期待什么，只会咀嚼一种苦涩的失意。犹如必经的一次蜕变却失败了。

我不免想起念中学时……那时我还是个少年……

"……上尉！"

"什么？"

"不，没什么……我以为望见……"

我可不怎么喜欢他以为望见的东西。

是的……还是少年，念初中，起床太早了。清晨六点钟起床。天又寒冷。起来揉着眼睛，先就为无聊的语法课而愁苦了。因此就幻想病倒该多好，醒来就躺在病房里，有戴着锥形白帽的修女护士将甜药汤端到床前。这样的乐园让人无限遐想。那时候，我若是感冒了，当然就故意用劲咳嗽。我在病房里醒来，听见为别人敲钟。我弄虚作假如果过分了，也会受到那口钟的惩罚：将我变成鬼魂。外面的钟声报真正的时刻：严肃的上课时间，喧闹的课间休息，温暖的饭厅吃饭的时间。大钟在那外面，为活着的人营造一种高密度的生活，其中富含烦恼、急躁、欢欣、懊悔。可是我呢，我成了躯壳，被人遗忘，喝着乏味的药汤，躺在潮乎乎的病床上，度过没有面目的时光，实在感到恶心。

错过一次任务，休想期待什么。

第七章

当然，也有时候，像今天这样，任务不尽如人意。事情太明显了：我们在玩一场模仿战争的游戏。我们在玩警察与小偷的游戏。我们恪守我们历史书中的伦理道德，恪守我们教科书中宣扬的规则。昨天夜晚就是这样，我驱车行驶在营地。哨兵面对这辆车交叉起刺刀，哪怕开过来的是一辆坦克！我们在玩举刺刀阻拦坦克的游戏。

在这种颇为残酷的动作字谜游戏中，我们只是扮演十分明显的跑龙套的角色，而这龙套还有人要求我们一直跑到死，这怎么能让我们激情满怀呢？死，这事太严肃了，一种动作字谜游戏承受不起。起床穿衣服，谁会激情满怀呢？没人。就连奥什德 [①] 也算上，而他称得上圣徒，他那持之以恒的耀眼天赋，无疑达到做人的完美境界。奥什德本人，也要逃避到缄默中。战友们穿戴飞行服时，都沉默不语，一副愠怒的神色，这绝非英雄的持重。这种愠色并不掩饰任何激情，就是自然的流露。我一眼就能看出来，这是管家的那种愠色，根本不理解外出的主人给他的指令。可是，他又忠心耿耿。所有战友都向往宁静的房间，但是我们那里，没有一个人会真的选择去睡大觉。

要知道，重要的并不是满怀激情。在失败的事业中，就别指望有什么激情。重要的是整装待发，登机起飞。至于每人有什么想法，都无足轻重。一名学童一想到语法课就兴奋不已，在我看来既做作又可疑。在当下还不明确的目标中，重要的是尽力而为。这个目标的设立，不是为智力，而是为精神。精神懂得爱，但是处于睡眠状态。诱惑，是怎么一回事，我跟教父一样懂得。受到诱惑，就是精神

---

① 奥什德：法国空军少尉，1944 年，驾机在阿尔及尔上空飞行时，因飞机失事而殉职。

沉睡时，向智力的理性让步了。

在整座山体滑坡中，我搭上自己的性命有什么用呢？我实在不了解。他们向我重复了一百遍："派您去哪儿就去哪儿。那就是您的位置。您在这儿，比在空军中队更有用武之地。飞行员，可以数以千计培养出来……"这种论调是不容置辩的。所有这类论调都不容置辩。我的智力赞同，但是，我的本能要胜过智力。

这种推理，既然我没有提出任何异议，为什么在我看来是虚假的呢？我心中暗道："知识分子就是要保留起来，如同一瓶瓶果酱，摆在宣传部门的搁架上，以便战后再食用……"这是答非所问！

今天亦然，我同战友们一样，驾机起飞了，顾不得全部推理、全部明显的事实，也顾不得当时的各种反应。到时候再说，我会认识到当时我抵制理智是很理智的。我还向自己许诺，如能活着回来，夜晚我就去散步，穿行我居住的这个村子。到那时，或许我终于能适应了。到时候瞧吧。

或许瞧出什么来，我也无话可说。我觉得一个女子美丽，对她的美也没什么要说的。我看到了她的笑容，如此而已。知识分子要分析她的相貌，要将五官拆开了解释，这样，他们也看不见她那笑容了。

认识，绝不是拆分，也不是解释。要进入静观的状态。当然，要静观，首先要身临其境，这是一种艰难的学习过程……

整个白天，我对村子都视而不见。在执行这次任务之前，村子不过是几堵草泥土墙、一些多少有些脏的农民。现在也不过是一小堆砾石，在我十公里的下方。这就是我的村庄。

然而今夜，一条护院狗也许会醒来，汪汪叫几声。一个小村庄的迷离梦境，被唯一的护院狗的吠声送上明月夜的高空，我始终品味不够那种魅力。

我丝毫也不期望让人理解。对此我根本就不在乎。只需这村子展现在我面前，关闭的门里谷物丰登，家畜兴旺，保持习俗，收拾得整整齐齐才进入梦乡！

农民下地回来，吃过晚饭，照料孩子们睡下，吹灭油灯，便都融入了乡村的寂静中。周围一切不复存在了，唯有浆硬好看的乡村被子下面，缓缓起伏的呼吸，犹如暴风雨之后，海上长浪的余波。

夜晚结账期间，上帝就暂停了财富的使用。这样我就看得更清楚积存的财产：人休息的时候，由于不可抗拒的睡眠的作用，一直到天明，手指都放松，手掌全张开了。

于是，我可能要关注那些无名的事物。我要像盲人那样走路，由掌心引向火堆。盲人描绘不出火的样子，却能找到火。这样一来，那些需要保护的东西就会显现出来，那些根本不见的却是持久的东西，宛若农村夜晚灰堆里埋着的火。

我对逃避的一次任务毫无期望。要想弄清楚一个普通的村庄，那首先一定得……

"上尉！"

"嗯？"

"六架歼击机，六架，左前方！"

简直是一声霹雳。

"一定得……一定得……可我还是愿意及时得到报答。我还是愿意享受爱的权利。我还是希望确认为谁而死……"

第八章

"机枪手！"

"上尉？"

"您听见了吗？六架歼击机，左前方！"

"听见了，上尉！"

"杜泰尔特，他们看见我们了吗？"

"看见我们了。转向我们了。他们在我们飞行线路下方五百米。"

"机枪手，听见了吧？他们在我们飞行线路下方五百米。杜泰尔特！还远吗？"

"……几秒钟。"

"机枪手，听见了吗？几秒钟他们就追上了。"

就在那儿，我看见了！小不点儿。一群毒蜂。

"机枪手！他们横插过去了。过一秒您就看得到。在那儿！"

"我……什么也没看见。啊！我看见啦！"

我却看不见了！

"他们在追击我们吗？"

"他们在追击我们！"

"爬升快吗？"

"不知道……不见得……不快！"

"您做何决定，我的上尉？"

是杜泰尔特在讲话。

"您让我怎么决定！"

大家都不吱声了。

没什么好决定的。这纯粹是上帝的事。我若是一转弯，迎着敌机飞行，就会缩短距离。由于我们是朝向太阳直飞，而敌机要爬升五百米，就势必冲出几公里远，同猎物拉大了距离，等他们再恢复追击的速度，我们已经消失在阳光中了。

"机枪手，一直追？"

"一直追。"

"咱们超过他们？"

"嗳……不……对！"

这就要看上帝和太阳的威力。

准备战斗（一群歼击机，与其说是战斗，不如说是谋杀），我浑身肌肉都绷紧，全力踏开冻住的脚踏操纵杆。我有一种奇异的感觉，不过，那些歼击机还在眼前。我将全身分量都压在僵滞的操纵杆上。

我再次注意到，我在这次行动中，尽管被逼到一种荒谬等待的份儿上，还远远没有像穿飞行服时那样激动。我也感到一种愤怒，一种催人奋进的愤怒。

但是，毫无准备牺牲的那种陶醉。我真想咬人。

"机枪手，甩掉他们了吗？"

"甩掉了，我的上尉。"

天从人愿。

"杜泰尔特……杜泰尔特……"

"我的上尉？"

"不……没事儿。"

"有什么不对头吗，我的上尉？"

"没事儿……我原以为……没事儿……"

我什么也不会对他们讲的。

可不能跟他们开这种玩笑。

假如我旋转下坠，他们就会看得清清楚楚。他们会清楚地看到，我开始旋转下坠……

在零下五十摄氏度，我却大汗淋漓，这就不正常了。是不正常。唔！我已经明白出了什么情况：慢悠悠，我昏迷过去。慢悠悠……

我看见仪表盘。我看不见仪表盘了。我双手绵软，搭在方向盘上。我连说话的气力都没有了。我放松了。顺其自然。

我掐了掐胶皮管。一股生命的热气流扑鼻而来。输氧管没出故障。问题……是啊，当然了。我脑袋不转弯了。问题出在脚踏操纵杆。我踏动时，使足了装卸工、卡车司机的力气。在万米高空，我却像街头卖艺的摔跤手那样卖块儿，而氧气有限，我必须节制使用。随便挥霍要遭报应……

我呼吸频率极高。我心跳很快，极快，就像一只声音微弱的小铃铛。我什么都不会对机组讲。假如我忽然旋转下坠，他们马上就会明白了！我瞧见了仪表盘……又看不见仪表盘了……我浑身汗水湿透，心里感到一阵悲哀。

我又逐渐恢复了生命力。

"杜泰尔特！……"

"我的上尉？"

我真想跟他说说发生了什么。

"我……原……以……为……"

可是，我放弃了，不想解释了。说话耗费过多氧气。刚说几个字就喘起来了。我身体衰弱，是个衰弱的康复病人……

"刚才怎么啦，我的上尉？"

"没……没事儿。"

"我的上尉，您真会故弄玄虚！"

我故弄玄虚。但是我活着。

"没……追上……我们……"

"嗯，我的上尉！这也是暂时的！"

是暂时的，还有阿拉斯呢。

就这样，有几分钟，我以为回不去了，然而，我没有
觉出内心那种惶恐焦虑。据说一阵焦虑头发就全白了。我
想起了萨贡，想起了萨贡的见证。那是两个月前，他被击
落在法国区域的那场战斗之后几天，我们去看望他。他被
歼击机围住，盯死了，可以说把他钉在行刑柱上了，他萨
贡断定，还有十秒钟的活头儿，当时是什么感受呢？

第九章

　　他躺在医院病床上的模样儿，还十分真切，历历浮现在我眼前。他跳伞过程中，膝盖挂着飞机尾翼而粉碎性骨折，可是，萨贡却没有感到撞击。他的面部和双手都受了重伤，不过总体看来，他的伤势没有哪处堪忧。他慢条斯理，讲述这场经历，平淡的声调，仿佛在做汇报那样的苦差事。

　　"……我明白，他们看见我围在照明弹中间，就一准开炮了。我的仪表盘炸飞了。随后，我发现有点烟，唔，烟不大，似乎从前面冒出来的。当时我想，那一定是……你们知道，那里有一根连接管……唔，那火苗不算大……"

　　萨贡努了努嘴。他还斟酌着这个问题，说火烧大了还是不大，他认为很重要。他还在犹豫。

"不管怎么说……冒了火苗……于是我让他们跳伞……"

只因火一蔓延，十秒钟工夫，就会把飞机变成火炬！

"就这样，我打开了跳伞舱门。我错了。放进来空气……火着起来了……妨碍到我了。"

一辆火车头的锅炉，朝你腹部喷射火焰，还是在七千米高空，你只是说妨碍到你了！我不会违反萨贡的意愿，夸耀他的英雄主义或廉耻心。他既不会承认英雄主义，也不会承认廉耻心。他就会说："嗳！不对！是妨碍到我了……"而且，他显然尽力表达得准确些。

我也十分清楚，人的意识区域特别狭小，每次只能容纳一个问题。假如你跟人家动起了拳脚，而你全神贯注于打斗的招数上，就感觉不到挨拳的疼痛了。有一次，我驾驶水上飞机出了事故，真以为要淹死了，倒觉得冰冷的水挺温暖的。或者，说得再准确些，我的意识并没有注意到水温，完全被别的焦虑吸引住了。在我的记忆中，水温没有留下一点痕迹。可见，萨贡当时的全部意识，也被如何跳伞逃生的技术考虑占据了。萨贡的思维空间仅限于控制活动舱门的那个手柄、决定降落地点的打开降落伞的那个按钮,以及机组人员决定命运的跳伞技术。"你们跳了吗?"无人回答。"机上没人了吧?"无人回答。

"我自信仅剩我一人了。我确信我可以离开了……(他的脸颊和双手已经烧伤)我站起来,跨出机舱,先是扶稳站在机翼上。一旦站稳,便向前探身,没有看到侦察员……"

侦察员当场死在歼击机的扫射下,倒在座舱的边角。

"于是,我朝后退退,我也没有看到机枪手……"

机枪手也同样中弹倒下了。

"看来只剩下我一个人了。"

他思索了一下:

"早知道如此……我本可以回到机舱……火势并不是那么猛……我就这样,久久呆立在机翼上……我要离开机舱时,就先把飞机调控到爬升状态。飞行很平稳,风力也可以承受,而我也觉得相当轻松自在。唔!对,我在机翼上停留许久……不知道该做什么了……"

萨贡倒不是面临厘不清的问题，他确信飞机上只剩他一人，飞机在燃烧，而几架歼击机忽来忽往，不断扫射过来。萨贡要向我们表明的意思，就是他没有感到任何欲求。他没有任何感受。他在支配自己的全部时间。他沉浸在一种无穷的闲逸中。于是，我一点一点认出这种异乎寻常的感受：一种意想不到的闲适，有时就陪伴着临终的时刻……这种真实的经历，完全戳破了臆想的那种仓皇逃命！萨贡就伫立在他的机翼上，仿佛已被抛出时间之外！

　　"后来，我跳下去，"他说道，"跳的动作不好。我看到自己的身体打旋。我怕过早打开降落伞，把自己身子缠住。我等待降落平稳了。唔，我等了很久……"

　　就是这样，萨贡这场历险自始至终保留的记忆就是等待。等待火燃得更旺。后来又等待在机翼上，不知等待什么。最后，自由降落，垂直冲向地面，还在等待。

　　这就是实实在在的萨贡，甚至是实实在在的草根萨贡，比平时还要平常，有点困惑的萨贡，站在深渊边上不耐烦地跺脚。

第十章

　　我们已有两个钟头，沐浴在减为三分之一的大气压环境中。机组人员的精力被慢慢地消耗。我们极少开口。有一两次，我小心翼翼地，试着踩踩脚踏操纵杆。不过，我没有坚持。每次试探，内心深处都有同样的感觉：一种精疲力竭的惬意。

　　拍照需要飞行盘旋，杜泰尔特早就给我打了招呼。我尽力而为，转动尚听使唤的方向盘，扳斜飞机，再拉向我。如此这般，我总算为杜泰尔特盘旋了二十圈。

　　"高度多少？"

　　"一万零二百米……"

我仍旧想到萨贡……人毕竟是人。我们都是人。而在我内心，我一向只同自己相遇。萨贡只认识萨贡。将死之人，死时也不失一贯的作风。一名普通矿工死了，死去的就是一名普通矿工。而小说家要写得引人入胜，就胡乱编造，可是那种神经错乱的狂态，在现实生活中何处可寻呢？

我在西班牙看到一个场面：经过几天挖掘，从被飞机炸弹摧毁的一栋房子的地下室里救出一个人来。众人都默默地围拢过来，我觉得他们突然都显得胆怯了，那人从鬼门关回来，还满身灰渣，由于缺氧和饥饿，人已半呆傻了，好似一个半死不活的怪物。有几个人壮起胆子问他，他注意听人提问的那种凄然神态，让在场的人由畏惧转而发窘了。

别人用笨拙的钥匙开启他的心扉。其实，真正的提问，谁也问不到点子上。有人问他："您是什么感觉？……您想到了什么？……您当时做了什么？……"人们随意往深渊上投掷桥板，就好像黑夜里试图救助一个聋哑的盲人，却随便使用一种沟通方法。

等那人能够回答了，他说道：

"哦，对，很长时间，我都听见爆裂的声响……"

或者还有……

"我很担心，这么长时间……噢，时间太长了……"

或者还有……

"我的腰疼，疼得很厉害……"

这个老实人对我们讲的，无非是老实人的话。他还特别对我们说他丢失的那块手表……

"我找了半天……那只表我很珍惜……可是在黑暗里……"

自不待言，生活教会他能感受到时光的流逝，或者爱护常用的物品。他这个人就凭着原本的样子感受他的天地，哪怕在黑夜里天塌地陷了。"您当时成了什么人？您心中出现了什么人？"这样的根本问题，当时支配着他的全部尝试，可是谁也不善于向他提出来，而他也只可能回答："就是我本人……"

任何境遇在我们心中，绝不会唤醒一个我们连想都想不到的陌生人。活在世上，就是缓慢诞生的过程。借用已然成形的生灵，就未免太随便了！

有时一次顿悟，似乎就能改变命运。不过，这种顿悟是缓慢铺设的一条路，只由精神猛然看见罢了。我慢慢学习语法。有人给我做语句练习，唤醒了我的情感。忽然间，一首诗闯入我的心扉。

自然，此刻我还感受不到丝毫的爱意，可是，如果今天晚上向我有所显露的话，那也是因为我为这座看不见的建筑，已经负重背去了我的石头。我筹备一个节日。我心中突然出现非我的另一人，我也无权说什么，既然这非我的另一人，正是我臆造出来的。

对这场战争的险历，我毫无期待，仅仅知道这是缓慢的准备过程。日后必有酬报，如同语法课⋯⋯

由于这种缓慢的耗损，我们心中整个生命衰减了。我们年老了。任务老旧了。飞上高空，要付出什么代价呢？在万米高空生活一小时，心、肺、血管的消耗，不是相当于在地面生活一个星期、三个星期、一个月吗？况且，这已无关紧要了。我多次进入半昏迷状态，又增添数百岁年纪；我老态龙钟，完全沉静下来了。穿飞行服时的那种激动情绪，我已经觉得无限遥远，湮没在过去中了。阿拉斯城也在无限遥远的未来。战争历险呢？战争历险何在呢？

就在十分钟前，我险些从人间消失了，可我也没有什么要讲述的，只能说说看见一群小胡蜂飞来飞去，纠缠了三秒钟。真正历险不过十分之一秒钟。而我们的飞行大队，有人没有返航，大家从来就不谈论这种事。

"稍微往左踏一踏，我的上尉。"

杜泰尔特忘了，我的脚踏操纵杆冻住了！我在想童年时期看得入迷的一幅雕刻画：在北极光衬托下，一片触目惊心的墓地，埋葬着遇难的船只，全冻结在南半球的海洋中；那是一种永恒的黄昏，弥漫着灰蒙蒙的光亮，船只伸展着水晶般的手臂；在一片死亡的气氛中，船帆还保留着风的痕迹，仿佛床铺留下肩膀温馨的窝形。但是，看画面能感觉到，那些船帆僵硬，还啪啪作响。

飞机全上了冻。我的操纵杆冻住了。我的机枪冻住了。

我问机枪手：

"您的机枪呢？……"

"不中用了。"

"好吧。"

我往连接头盔的呼吸管里吐的气，立即化为冰针。橡胶管内结了冰碴儿，令我窒息，我时而要捏捏软管，用手挤压时，能感到管内咯咯的声响。

"机枪手，氧气管行吗？"

"还行……"

"气瓶压力多少？"

"哦……七十。"

"好哇。"

对于我们来说，时间也冻结了。我们成了三个白胡子老人。毫无移动之物。毫无紧急之务。毫无残酷之事。

战争历险？有一天，阿利亚斯少校认为有必要嘱咐我一句：

"尽量当心！"

当心什么，阿利亚斯少校？歼击机如迅雷，朝你直冲过来。歼击机群在你头上一千五百米高空盘旋，发现你在下方；敌机不慌不忙，迂回包围，定准方向，确定高度。而你，还全然不知。你就是鹞鹰阴影笼罩下的小老鼠。小老鼠想象自己活得好好的，它还在麦田窜来窜去，殊不知它已经是鹞鹰眼里的囚徒了。鹰眼死死盯住胜过黏鸟胶，绝不会放过小老鼠了。

而你也同样，还继续飞行，梦想着，观察地面，恰恰在此刻，敌人视网膜上映出那个难以辨识的黑色信号，已经宣判你死刑了。

九架歼击机组，可以肆无忌惮，垂直突降进行截击。他们的时间充裕得很。他们发射的神奇的箭炮，时速高达九百公里，弹不虚发。若是我们的轰炸机队配备了强大的火力，还有机会防御；侦察机则不然，在高空孤立无援，绝难从七十二挺机枪口下侥幸逃脱，何况那些歼击机是以其齐射的弹雨光束现身的。

就在你要意识到战斗打响的瞬间，歼击机已如同眼镜蛇，一口喷出了毒液，随即高高蹿升，到了射程之外，你想还击也打不着了。眼镜蛇就是如此，竖起的蛇头摇来摆去，闪电般喷出毒液，然后再接着摇摆。

如此看来，歼击机群即便消隐了，形势也丝毫没有改变。甚至面孔都没有变化。现在有所变化，天空寂寥了，构成了清平世界。歼击机也不复为歼击机，已经完全成为一个不偏不倚的见证者了，目睹从观察员切断的颈动脉喷出第一注鲜血，从右发动机盖飘忽而出的第一团火苗。眼镜蛇也如此，身子已经蜷缩了，只因喷出的毒液已进入人的心脏，人脸的第一条肌肉开始痉挛。歼击机并不杀人，而是播种死亡，它们飞走之后，死亡便发芽了。

当心什么，阿利亚斯少校？我们遭遇歼击机的时候，我没有什么可决定的。我很可能根本认不出来。如果它们从上面控制了我，我也绝不会认出它们来。

当心什么？天空已空空如也。

大地也空空如也。

十公里开外观察，就看不见人了。这么远距离，就分辨不出人的行踪了。我们这架远焦距摄像机，在飞机上就当作显微镜使用了。显微镜下捕捉不到人——在这种仪器下，人还是显示不出来——只能发现人活动的踪迹：公路、运河、车队、驳船。人播下了培养微生物的载玻片。我是个冷冰冰的学者，在我看来，他们的战争不过是实验室的一个研究课题。

"他们开炮了吗，杜泰尔特？"

"我认为他们开炮了。"

杜泰尔特什么都不知道。炮声过于遥远，发炮的烟雾也同地面混淆起来。他们这样胡乱开炮，并不期望把我们打下去。我们在一万米高空，其实打也打不着。他们开炮，是为了确定我们的位置，也可能指引歼击机追击我们。一架歼击机消失在空中，就如同一粒看不见的灰尘。

地面上的人能分辨出我们，是凭借飞机高空飞行，拖了一条珠白色的长带，宛若新娘的纱裙。这颗流星划过高空，搅动了大气，促使周围的水蒸气结成冰晶。我们身后拉出一长串冰针的卷云。外部条件如果有利于生成云，这条卷云带就会缓缓增厚，聚成暮晚的云层，横亘在原野上。

歼击机由机上的无线电、高射炮弹炸开的花絮指引，还由我们华丽的白纱巾指引，一直追踪我们。然而，我们却徜徉在空荡荡的九霄云外。

我很清楚，我们飞行的时速为五百三十公里……可是，一切都停滞不动了。在赛马场上，表现出来的是速度。然而，这里一切都沉浸在空间了。地球便是如此，尽管每秒钟运行三十公里，围绕太阳旋转一周却很慢，要耗费一年时间，我们也一样，也许我们慢慢地，融入这种万有引力的运行了。空战的密度呢？一座大教堂里的灰尘而已！灰尘，我们可能吸引过来数十粒，或者数百粒。而全部这种尘埃，仿佛从一块地毯上抖落，缓慢地飘向太阳。

当心什么，阿利亚斯少校？我垂直往下，只瞧见另一个时代的小玩意儿，罩在纹丝不动的纯水晶下面。我恍若俯身看博物馆的玻璃罩。可是，玻璃罩却逆光了。我们正前方遥远处，想必就是敦刻尔克和海洋。但是斜看过去，我分辨不出什么来。太阳现在太低了，而我高悬在一块巨大的反光板上。

"杜泰尔特，透过这碍眼的东西，您看到什么了吗？"

"垂直望下去，看到了，我的上尉……"

"喂，机枪手，没有歼击机的消息？"

"没有消息……"

其实，我们有没有被追踪，从地面是否看得见我们拖曳的一大缕长长的游丝，我一概不得而知。

"游丝"令我浮想联翩。我的脑海浮现一个倩影，一开始就觉得十分迷人："……我们好似高不可攀的绝色佳人，正追寻自己的命运，身后缓缓拖曳着冰星的长裙……"

"往左踏一踏操纵杆！"

这话，才是现实。然而，我还是回到自吟自唱：

"……这一转弯儿，引起满天的追求者随之转向……"

往左踏踏……往左踏踏……可也得办得到啊！

绝色佳人转身未成。

"您若是唱歌……那就是转转眼珠……我的上尉。"

我唱歌了吗？

况且，我真有哼唱的雅兴，也让杜泰尔特全给打消了。

"照片我差不多拍完了。您马上就可以逐渐下降，飞往阿拉斯了。"

"我可以……我可以……当然啦！一定得利用这大好时机。"

噢！节气门控制杆也冻住了……

我心中暗道：

"这一周，执行任务的机组，三个只返回一个。可见，战争的危险系数很高。然而，纵使我们平安返航了，我们也没有什么可讲述的。从前我就历险重重：创建邮航线路，撒哈拉的抵抗区域，南美洲……可是，战争根本算不上真正的冒险，不过是冒险的代用品。冒险基于所建立的众多关系、所提出的许多问题、所引发的各种创新。仅仅掷硬币的正反面的简单游戏，赌上自身的生与死，不足以将一件事转变为冒险行为。战争不是一种冒险。战争是一种疾病，譬如伤寒。"

或许日后我会明白，我唯一真正的战争历险，发生在

奥尔孔特的房间里 ①。

---

① 一公里见方的草场，因奥尔孔特村而得名，位于上马恩省圣迪济耶和马恩省维特里
  一勒弗朗索瓦之间，原先毫无航空设施，也没有控制塔。1939 年 10 月 1 日，这
  片场地正式成为法国第三航空队的基地。饭厅、营房全是木板房，条件十分艰苦。
  后来加入圣埃克苏佩里上尉机组的中尉杜泰尔特，以这样一段话表述他的慌恐心情：
  "我们完全陷在这片黏土中，仿佛有生以来，一直居住在这里，还要永世居住下去，
  远离我们飞越的城市。"（参照 1994 年版的《阴影骑士》，第 192 页，帕特里克·恩
  瑞哈特著。）

第十一章

1939 年冬季特别严寒，我所属的飞行大队迁到圣迪济耶驻扎，我就住在城郊的奥尔孔特村，一座柴泥墙的农舍。夜晚温度下降，乡村的水罐结了冰，而我穿衣服之前的头一件事，显然是生起火。不过，要生火就得起床，可我蜷在暖被窝里，舒服极了，不想离开。

这房间冰冷，又空荡荡，但是这张苦修士的普通床铺，给我感觉比什么都美妙。艰险繁重的一天过后，我就在这张床上体会到歇息的通体舒坦，也体会到了安全，不再受到任何威胁了。整个白天，我的身体要经受高空的严酷和高射炮弹的袭击。白天，我的身体可能变成痛苦的巢穴，被不公正地撕裂了。

整个白天，我的身体并不属于我了。别人可以截取我的四肢，可以放我的血。因为，这仍是一种战争行为：躯体变成了零件仓库，不再由您做主了。执达员来了，要收走眼睛，您就得将天赋的视觉交给他。执达员来了，要收走您的双腿，您就得将天赋行走的功能交给他。执达员举着火把来了，要取走您的整张脸，于是您接受勒索，交出您天赋的笑容和对人友好的表情，完全变成一个怪物。也是这个身体，就在白天，可能化为我的敌人，弄得我疼痛，这个身体还可能变成制造呻吟的工厂，而现在倒还是我的朋友，又顺从又亲密无间，在被窝里团成球状，迷迷糊糊，只向我喃喃诉说着生存的欢乐，让我聆听幸福的呼噜声。不过，我还是得把这身体拉出被窝，用冰水洗漱，刮脸，穿好衣服，以便一身整整齐齐去接受枪炮的喝彩。这样咬牙钻出床铺，就像孩童被人拉出母亲的怀抱，母亲的哺乳，拉出一切对童体的疼爱、抚摩和保护。

我反复斟酌，深思熟虑，又一拖再拖，终于下定决心，咬紧牙关，从床铺上一跃而起，冲到炉前，胡乱堆起劈柴，浇上汽油，点着了炉火。随即，我再次跨越自己的房间，钻进舒服的暖窝，将鸭绒被一直拉到左眼，监视着生火的壁炉。起初，火很微弱，继而，几次短促蹿起火苗，照亮了炉膛顶部，随后，火势稳定了，如同一场节庆筹备妥当。接着，毕毕剥剥声起，呼啦呼啦作响，炉火开始欢唱。好似乡村婚礼上，大家举杯祝贺，渐渐酒酣耳热，磕头碰脑好不热闹。

再不然，我有这温厚的炉火守护，身边就像有一条活跃、忠实而勤奋的牧羊犬，特别忠于职守。我凝注炉火，心底深处不胜喜悦。

天花板上光影舞动，节庆的气氛达到高潮，演奏起这支金黄而热烈的乐曲，而在角落里，火焰勾画出那么多建筑。这工夫，我的房间充满了烟和树脂的神奇气味。于是，我跃身离开一个朋友，去会另一个朋友，从床铺上跑到炉火边，去亲近最慷慨者，可我还拿不定主意，先烤烤肚子还是先暖和这颗心。我受到两种诱惑，真不争气，我顺从了最强大、最光鲜的诱惑，就是善于喧嚷和咋呼，最会打广告的那个。

就是这样，要有三次，先是为生火，重又钻进被窝，再去收获火焰的成果。我要有三次，牙齿咯咯打战，穿越室内寒冷的荒原，略微体验到极地的探险。我穿越荒漠走向温暖人心的中途站，我得到了酬报：这炉旺火在我眼前欢舞，为了我，像牧羊犬那样欢蹦乱跳。

这段经历，看来毫不出奇。然而，这是一场大冒险。假如有一天作为游客，我参观这座农舍，就绝不可能发现这个房间此刻向我通透显露的情景。它向我这个游客提供的，只能是平常的房屋，空荡荡的，仅摆一张床，仅有一只水罐、一个破旧的壁炉。我在房间里逗留几分钟，就可能打呵欠了。我怎么会一一分辨出它的三个区域，它的三种文明呢？这便是睡眠的文明、火的文明和沙漠的文明。我怎么会预感到身体的这种历险呢？具体说来，首先是搂在母亲怀里，备受喜爱和呵护的孩童身体，接着是受得了大苦大难的战士的身体，最后是由火的文明增添快乐的人的身体，而火正是原始部落的核心。火给主人增光，并用以款待他的伙伴。他们来看望朋友，就分享火的盛宴，拉过来椅子坐到他周围，跟他谈一天的问题、种种担心和一些苦差事，他们搓着双手，装满烟斗，连声说道："一堆火，归根结底，就是能带来欢乐！"

然而，再也没有让我相信温情的火了，再也没有让我相信历险的冰冷房间了。我从梦幻中醒来。这里只有绝对的空无。这里只有极度的衰老。这里只有一个声音对我说话，杜泰尔特的声音，执着地表达他虚幻的愿望：

"往左踏一踏，我的上尉……"

第十二章

我干本行无可指摘，但也难免是个失败的机组。我陷入失败当中。失败无处不渗透，连我的手都沾着失败的痕迹。

节气门控制杆冻住了。我没辙了，只能全速飞行。现在，我操纵的这两个铁杆儿，给我制造了层出不穷的难题。

我驾驶的这架飞机，螺旋桨的转数增大没有多大限制，我不能说全速飞行，时速不逼近八百公里，发动机不会超负荷。而发动机超负荷运转，就会有损毁的危险。

万不得已，我倒是可以直接熄火，但是，我这样就等于制造了一个终极故障。这种故障会导致任务失败，甚至可能机毁人亡。飞行时速一百八十公里要接触地面，不是随便什么场地都能着陆的。

关键还是扳动节气门控制杆。我猛一用力，总算拉动了左边的控制杆，但是右边那根还一直坚挺。

以允许的航速降落，现在我还可能做得到，至少左发动机我能操纵，只需减速。不过，左发动机减速，又必须中和右发动机的侧向拉力。在这种侧向拉力的作用下，飞机显然要朝左转。我必须控制住这种旋转。可是，要这样操作，脚踏杆也同样完全冻住了，中和侧向拉力根本不可能。如果我给左发动机减速，那么飞机就会打旋。

因此，我别无他法，只能是在降落时冒险，超过理论上毁损的限度。三千五百转：毁损的危险。

这一切都是荒诞的。什么都不对路。我们的世界，是由一些彼此不合当的齿轮组成的。这根本不是材料的问题，而是钟表匠的问题。缺少真正的钟表匠。

九个月的战事之后，军工部门仍然没有为我们改进，解决机枪和操纵杆适应高寒气候的问题。我们所碰到的障碍，并不是人员工作马虎。大多数人还是踏实做事，勤勤恳恳。他们的惰性，十有八九是他们效率低下之果，而非其因。

效率低犹如一种命数，沉重地压在我们所有人身上。沉重地压在用刺刀抵御坦克的陆军士兵身上。沉重地压在以一抗十的战斗机组身上。甚至沉重地压在那些担负改进机枪、操纵杆任务的人员身上。

我们就是生活在一个行政机构自闭的腹中。一个行政机构就是一台机器。行政机构越完善，越能排除个人的专断。在一个完美无缺的行政机构中，人起着齿轮的作用，偷懒耍滑，不公正的现象就没有泛滥的机会了。

然而，制造出来的机器，就是按照设计定型的程序运转的，同样，行政机构也丝毫不进行创造，只是管理。它对某种过错施以某种惩处，给什么问题提供什么解决方法。一个行政机构的设立，并不是为了解决新问题。如果将木料送进冲床里，出来的肯定不是家具。若想让机器适应新要求，改装者必须有权拆卸。然而，行政机构的顶层设计，就是为了防范有人专断的不当行为，那种机制排斥人为干预，因而拒绝钟表匠。

从 11 月份起，我被调到 2-33 侦察飞行大队。一到营地，战友们就关照我：

"今后你去德国上空遛弯儿，就不必带机枪和操纵杆了。"

随后，又安慰我一句：

"放心吧，你毫无损失。不等你瞧见，歼击机就把你打下来了。"

六个月之后，到了 5 月份，机枪和操纵杆还是冻住了。

我想到一句跟我的国家一样古老的话："看似一败涂地时，奇迹拯救法兰西。"我明白这其中的奥妙。有时一场大灾难，毁坏了出色的行政机器，这台机器显然无法修复了，万不得已，就用普通人来取代。正是人拯救了一切。

一枚航空鱼雷炸毁了空军部。形势危急，他们就会随便召见一名下士，对他说：

"您负责解决操纵杆冻住的技术问题。您全权处理，自己设法解决。半个月后，操纵装置还要冻住，您就得坐班房。"

如此一来，操纵杆就可能冻不住了。

我能列举出上百个实例，证明这种缺陷。譬如，北方某省征调委员会，征用了怀犊的母牛，结果屠宰场变成了胎牛的坟场。机器的任何齿轮，征调委员会的哪个上校，都只能作为齿轮行动，无不受另一个齿轮的制约，酷似钟表。怎么反抗都无济于事。这就是为什么，这部机器一旦失灵，就可以轻而易举地屠杀怀犊的母牛。如果失灵更为严重，就很可能开始屠杀上校们了。

全局一片破败，令我从骨子里感到气馁了。不过我觉得，没有必要让我的一台发动机很快烧毁，我就再次狠命扳动左边操纵杆。我负气操作，不免用力过度。随即我就放弃了。这次奋力又引起我心绞痛。毫无疑问，人天生不适合在万米高空劳作。这次隐隐的心绞痛，是肌体的黑夜中，一种局部的意识奇异地觉醒。

发动机要烧毁就烧毁吧，我不在乎了。我极力喘息，就觉得稍一分神，就可能停止呼吸了。我想起从前，能把火吹旺的风箱。我要吹旺我的生命之火。我真希望助它"着起来"。

我损坏了什么而不可修复了呢？在万米高空，稍用一点蛮劲，就可能撕裂心肌。一颗心脏，是非常娇嫩的，还要用上很长时间。干如此笨重的活儿伤害它，实在荒唐。这就好比用钻石生火煮一个苹果。

第十三章

这好比放火烧毁北方的所有村庄，也阻止不了德军哪怕半日的向前挺进。然而，这些数不胜数的村庄、这些古老的教堂、这些古老的房舍，还有屋里成堆的纪念物，还有漂亮的胡桃木油漆地板、柜橱里美丽的衣裙、窗户上镶花边的窗帘，一直用到今天还完好无损——现在，从敦刻尔克到阿尔萨斯，我看到全部熊熊燃烧。

从万米高空望下去，说"熊熊燃烧"是夸大其词。要知道，在村庄上空如同在森林上空，只能看到一团静止不动的烟雾，类似一层白色的霜冻。火，仅仅是一种暗中的焚化。在万米高空，时间仿佛放慢速度，因为见不到动态了。

见不到毕毕剥剥的火焰了，见不到烧得爆裂的深木、滚滚的黑烟。只看到琥珀色中，这种凝结的灰色奶斑。

这片森林还能修复吗？这座村庄还能治好吗？从我这里观察，火如同一种病症，正缓慢地吞噬。

关于这一点，还是有很多话要讲。我听人说过这种话："我们不搞农村经济了。"这话也不得不说。在战争期间，一座村庄并不是传统的纽带，落入敌人手中，就完全成为老鼠窝了。一切都改变了意义。有些树木就是这样，三百多年的古树，遮护着您家的老屋。但是那些树妨碍了一名二十二岁中尉射击的开阔地。于是，他打发十五六个人手，到您家去，砍倒这种时间的作品。十分钟的行动，就毁掉了三百年的生长毅力和阳光，三百年的家庭宗教和园子树荫下的婚恋。您恳求他：

"我家的树啊！"

他充耳不闻。他在打仗。他做得对。

是的，现在为了玩这场战争游戏，他们正烧毁村庄，也在捣毁园林，还牺牲机组，还派步兵去对抗坦克。整个气氛弥漫着一种难以言传的困窘。因为，无论怎么做都是徒劳。

敌人看出了这样明显的事实，就要大加利用。领土这么广阔，人只占据很小的地方。要用上亿名士兵，才能组成一道绵延不断的防护墙。因此，守卫领土的部队之间，总暴露许多漏洞。从原则上讲，这些漏洞可由部队的机动性弥补，不过，以装甲部队的观点看，机械化程度不高的敌军近似固定不动。这些漏洞也就成为真正的突破口。由此而形成这样一条简单的战术规则："装甲师应该行如流水，轻轻冲击敌军的壁垒，仅仅从毫无阻力的地点猛插过去。"坦克群就是这样，沿着壁垒挤压，漏洞始终存在，就总能冲过防线了。

这种坦克群的袭击，如无坦克与之抗衡，就可以横冲直撞，长驱直入，造成的严重后果难以弥补，尽管破坏的仅仅是表层的东西（如俘虏了地方部队的参谋部，切断电话线，焚毁村庄）。这种袭击起了催化剂的作用，摧毁的不是肢体，而是神经系统和淋巴结。经过这种闪电袭击扫荡过的国土上，整个军队，即使看似几乎没有受到损伤，却丧失其特性，不复为军队了。全军变成散乱的结块了。一个机构尚存的地方，也只剩下一些割断关系的构件。不管士兵多么英勇善战，在这些散乱的结块之间，敌军仍可以随心所欲地推进。一支军队，一旦成为乌合之众，就完全丧失了战斗力。

机械装备，半个月内造不出来。同样不能……军备竞赛，也只能以失败告终。我们四千万农民，要面对八千万工人。

我们迎敌，一个人对付三个人，一架飞机对抗十架或二十架飞机，而且，自敦刻尔克之后，一辆坦克对阵一百辆坦克。我们没有工夫反思过去。我们身处现时。现时就是这种样子。任何牺牲，无论什么时候，也无论什么地点，都不足以拖住德军推进的步伐。

因此，在军民两方面，从管子工到部长，从士兵到将军，普遍弥漫着一种愧疚的情绪，但是不善于也不敢明确表达出来。牺牲，如果纯粹成为一种滑稽模仿或者自杀，那就完全丧失了崇高性。自我牺牲是值得赞美的：几个人舍弃性命，救活了其他人。救火要在周围清出隔离带。等待援兵，也要阻击敌人，在战壕里战斗到死。是的，理就是这个理，然而，无论怎么做，大火还是要向各处蔓延。而且，士兵战斗也根本没有战壕可掩蔽。同样，也休想盼来救援部队。至于为那些人战斗，名义上为那些人战斗，说穿了，恐怕正是那些人让他们去送死，因为飞机在部队后方炸毁了城市，已经改变了战争的势态。

后来我听到一些外国人指责法国，有几座桥梁没有炸掉，有些村庄没有焚毁，而大批人没有死在战场。然而，情况正相反，恰恰相反的事实令我无比震惊。我们普遍都诚心诚意，捂住了眼睛和耳朵。我们不顾明显的事实，还进行绝望的斗争。尽管做什么都无济于事了，可是这场游戏还得玩下去，我们照样炸掉了桥梁。为了这场游戏，我们焚毁了真正的村庄。为了这场游戏，我们的人就去送死。

当然了，也有疏忽漏掉的！漏掉一些桥梁，漏掉一些村庄，也让一些人活下来。但是，这场大溃败的悲剧，也夺走了所有行动的全部意义。无论谁接受命令炸桥，无不怀着极度厌恶的心情去执行，这名士兵阻止不住敌人，却把一座桥梁变成废墟。他损害自己的国家，只为制作一幅美妙的战争讽刺画！

要让人满怀热忱去行动，那就必须彰显行动的意义。焚毁我们的庄稼，如能把敌人埋在灰堆里，那当然是美事。殊不知敌人有一百六十个师，有恃无恐，还在乎什么我们的大火，我们白白送死！

焚毁村庄的意义，必须等同于村庄本身的意义。然而，焚毁村庄的角色，只以受讽刺的角色形同漫画。

死亡的意义也必须配得上死亡。人在战场表现得好还是不好，这个问题本身，也同样毫无意义！众所周知，守卫一座乡镇，理论上就是三小时！可是，守军却接到死守的命令。他们无法抗敌，就主动要求敌人摧毁村庄，从而遵守了战争的游戏规则。正如下棋时，善气迎人的对手说道："你忘了吃掉这个卒子了……"

守军就向敌人挑战：

"我们是这个村子的守军。你们是攻方，那就来吧！"

问题一点就通。一支分队，脚后跟一用力，就把村子踏平了。

"好棋！"

诚然，也有人萎靡不振，但精神不振也是大失所望的未加掩饰的一种表现。诚然，也有逃兵。阿利亚斯少校本人，就有两三次拔出手枪，威胁在大路上撞见的散兵游勇：那些失魂落魄的人，说话也答非所问。一场灾难的罪魁祸首，大家多么渴望揪出来，除掉之后，就可以拯救一切了！逃兵就要为溃逃负责；没有逃兵，就绝不会出现溃逃。只要手枪对准一搂火，一切就会好转……然而这么做，就是为了消除疾病，连病人一起埋葬了。阿利亚斯少校到底还是将手枪收回兜里，他突然觉得，举把手枪，自己看着都太过招摇了，好似喜歌剧中挥舞的马刀。阿利亚斯不禁感到，这些垂头丧气的士兵，应是这场灾难的后果，而不是起因。

阿利亚斯完全清楚，这些士兵也是同样的，跟别处那些今天还要赴死的士兵一模一样。这半月来，已有十五万人接受了死亡。但是，有些固执的头脑要求，要为他们的死提供正当的理由。

这种理由很难编造。

一名赛手将和同一级别的赛手进行人生赛跑。然而，从起跑线他就发现，他的脚上拖着苦役犯的铁球。其他竞赛者身轻如燕。拼斗已毫无意义了。这个人便放弃比赛。

"这不能算数……"

"就得算数！就得算数！……"

一场不再成其为赛跑的赛跑，编造什么理由，才能说服这个人还毅然全身心投入呢？

阿利亚斯能够看透这些士兵心里想什么。他们同样认为：

"这不能算数……"

阿利亚斯收起了手枪，要寻找一个服人的答复。

只有一种服人的答复。独一无二。我敢打赌，天下没人能找出第二个。

"你们送死，什么也改变不了。失败已成定局。不过，一场失败，总要用死的人数来表述。这就应该是一种哀悼。你们就是效命扮演这种角色。"

"好的，我的少校。"

阿利亚斯并不鄙视逃兵。他心里太清楚了，他那服人的答复，到什么时候都足够了。他本人就接受死亡。他的所有机组都接受以死效命。对于我们也一样，有这个没怎么修饰，服人的答复就足够了：

"特别难办……但是，参谋他们坚持这么安排。他们态度很坚决……事情就是这样……"

"好的，我的少校。"

第十四章

我已经老得不成样子，一切都抛在身后了。我瞧瞧机舱窗户的反光镜。地面上是人群。显微镜载玻片上的纤毛虫。纤毛虫家庭的悲剧，能引起人的兴趣吗？

若不是心绞痛又活跃起来，我真像一个垂老的暴君，沉浸在朦胧的梦幻中。已经有十分钟了，我就在杜撰这种跑龙套的故事，虚假得令人作呕。当我发现歼击机的时候，我想到深情的叹息了吗？我想到的是尖利的胡蜂。这倒是真实存在。那些害人精，看上去是小不点儿。

我可以津津有味地编造这种拖曳长裙的形象。我不是想到一件拖曳长裙，只因我这飞机的航迹，我就从来没有见识过。

我置身机舱里，犹如盒子里的烟斗，动弹不得，身后的情况一概看不到。我要通过机枪手的眼睛观察后面。那也难说！如果传声器不出故障！反正我的机枪手就从未对我说过："那儿有几个爱上我们的求婚者，正尾随我们拖曳的长裙……"

说来说去，只有怀疑主义和耍花枪了。自不待言，我还真愿意相信，真愿意战斗，真愿意赢得胜利。然而，装作相信，装作战斗，装作赢得胜利也是徒然，亲手焚毁自己的家园，要让人振奋谈何容易。

能生存下来就难得很。人只是一个关系纽带。而现在，我的关系已无足轻重了。

我身上出了什么故障？交流的秘诀是什么？现在换了环境，在我看似抽象而遥远的东西，怎么还能搅得我心绪不宁呢？一句话、一个举动，怎么会在一种命运中萦回不已呢？设使我是巴斯德①，那么纤毛虫的活动就会让我牵肠

---

① 巴斯德（1822-1895），法国著名化学家，微生物学家，发现并制作出防治炭疽病和狂犬病的疫苗。

挂肚,观察显微镜载玻片,也恍若望见比原始森林还广阔的土地,俯瞰的过程,就能身历一种无与伦比的险境,怎么会发生这种情况呢?

下方那边,那个小黑点,是一户人家,怎么会……

就是这样,我的脑海浮现一件往事。

我还是小孩子的时候……我要追溯到遥远的童年。童年,这片广袤的土地,是每个人的由来!我从哪里来?我是从我的童年来的。我从童年来,犹如我来自一个故乡。且说我还是小孩子的时候,一天晚上,我有了一段奇特的经历。

那时我五六岁。到了晚上八点钟,八点是孩子该睡觉的时间。尤其冬季,早就天黑了。然而,大人把我给忘了。

在这乡间大宅的一楼,有一个门厅,在我看来特别宽阔,通向一间暖室,正是我们孩子吃饭的地方。我总怕经过这间门厅,可能是因为挂在中央的那盏小灯,没有驱走黑暗,不像灯亮,倒像打什么信号,还因为高高的护壁板,在寂静中咯咯作响,也因为冷飕飕的。要知道,从又明亮又温暖的房间一出来，就好像进入一个洞穴。

可是那天晚上，我看家人丢下我不管了，就鬼迷心窍，踮起脚尖，够着门把手，轻轻推开房门，溜进门厅，偷偷出来，探索这个世界。

这工夫，护壁板的咯咯声响，在我听来，仿佛上天发怒的一种警告。在昏暗中，我影影绰绰看到释放敌意的高大壁板。我不敢再往前走了，但还是好歹爬上一张贴墙的桌子。我背靠墙壁坐下，双脚垂在半空，心怦怦乱跳，形同遭遇海难的人坐在礁石上。

恰巧这时，一间客厅的门打开了，走出来我怕得要命的两位叔父。他们随手关上门，隔断了喧闹声和灯光，开始在门厅里来回踱步。我浑身发抖，就怕被发现。其中一位叔父，于贝尔，在我看来活似一尊威严神，神的执法者。这个人，从未用指头弹过一个孩子，每次我有了罪过，他就皱起可怕的浓眉，反复对我说："我再去美国，一定要带回一台用鞭子抽孩子的机器。美国什么物品都做得精美。因此，那里的孩子都乖得很，父母也就一点都不用操心……"

我呢，打小就不喜欢美国。

两位叔父没有发现我，他们在无边无际的冰冷门厅里来回溜达。我的眼睛跟随他们，竖起耳朵听，屏住呼吸，有些发晕了。"如今这年头儿……"他们说道。他们走远了，带走了他们大人的秘密，我便在心里重复："如今这年头儿……"继而，他们又回来，如涌来的潮水，带着让人猜不透的财宝朝我卷来。"真荒唐，"一位叔父对另一位说，"荒唐透顶了……"我拾起这句话，当作珍奇之物，我要来试探一下，对我这五岁孩子的头脑有什么效力，我缓慢地默默重复："真荒唐，荒唐透顶了……"

就这样，潮水将叔父冲走。潮水又把他们冲回来。这种现象，如星辰一般反复出现，如同万有引力的现象：这开阔了我的视野，让我看到人生还不清晰的前景。我固定在墙桌上，永生永世，偷听一场密谈，而两位叔父无所不知，郑重讨论，参与世界的创造。这座宅子还可能挺立一千年，两位叔父也会像钟摆似的，慢慢悠悠，继续给这门厅增添永恒的品位。

我望着那个黑点，在飞机下方十公里，无疑是一户人家。我什么也分辨不出来。不过，那很可能是一座乡村大宅，宅子里有两位叔父正在踱步，在一个孩子的意识中，缓慢地营造如浩瀚大海那样的神奇事物。

我从万米高空发现的这片土地，有一个省份的规模，然而，一切都极度微缩了，直至令我窒息。我在这里所占的空间，还不如当年我在那个黑点里的位置。

我丧失了境域感，对境域已经盲目了。然而，我似乎还有渴求。而且我还觉得，这里还触及所有人的所有渴望的共同尺度。

当一次偶遇唤醒了爱，在男人的心中，一切都听命于这种爱进行安排，而爱也给他带来了海阔天空的感觉。我住在撒哈拉那时候，我们篝火附近，如果夜间突然出现阿拉伯人，警告我们远处有险情，于是，沙漠便联结成一体，有了一种意义。这些信使建起了沙漠的疆域。音乐也如此，如果美妙动听，就有乐曲的天地。旧衣柜的简单气味同样如此，能唤醒并联结前尘往事。触动心扉，就是境域感。

不过，我也明白，一旦牵涉到人，什么都不能计数，什么都不能变量了。真正的境域，根本不能用肉眼观望，只能诉诸神思。这种境域相当于语言，只因语言联结起了事物。

我觉得从今往后，更能看清什么是一种文明了。一种文明就是信仰、习俗和知识的一笔遗产，是多少世纪缓慢积累起来的，往往很难用逻辑来解释。但是这些遗产本身就足以证明了，就好比道路，能通向什么地方，这些遗产则能打开人的内心境域。

拙者的文学作品，向我讲述必须逃避。当然，逃避到旅途，去寻找广阔的境域。但是，这种境域是找不到的，而是建造而成的。逃避从来就通不到任何出路。

人为了感觉到自己是人，就需要到处奔波，参加合唱队唱歌，或者进行战争，而这已经是人自我强加的关系，以便同他人，并且同世界相联系。但是，这种关系多么贫乏！一种文明，如果很强盛，就能让人充实，即使这个人没有行动。

在一座寂静的小城，一天沉浸在灰蒙蒙的雨中，我瞧见一个闭门不出的残疾女人，守在窗前沉思默想。她是谁？别人是怎么对待她的？我要判断，就是以这一厚重的形象，来判断这座小城的文明。我们一旦静默不动，还有什么价值呢？

这位祈祷的多明我修士，也体现出一种厚重的存在。此人只有这样匍匐不动的时候，才更能成其为人。巴斯德屏息专注，在显微镜上观察的时候，也是一副厚重的形象。巴斯德只有在观察的时候，才比任何时候都更能体现为人。于是，他才有所进展。于是，他才抓紧时间。于是，他尽管静观不动，却以巨人的步伐前进，而且，他发现了广阔的境域。塞尚①也是这样，他面对自己的画稿，一动不动，默不作声，正是一种难以估量的存在。他只有在沉默、感受并判断的时候，才更能体现为人。于是，对他而言，他的绘画变得比海洋还要辽阔苍茫。

童年老宅所赋予的境域，我在奥尔孔特的陋室所赋予

---

① 塞尚（1839-1906），法国印象派画家，被称为"现代艺术之父"。他的作品画面给人以平稳而沉静的感觉，主要表现厚重感和深度感，获得深度感而不失鲜艳，布局有秩序而不失深度感。

的境域，显微镜的视野赋予巴斯德的境域，诗歌所开拓的境域，唯独一种文明分给人的这些多脆弱而奇妙的财富，因为，境域适于精神，不是为了视觉，而没有语言，也根本谈不上境域。

然而，当此一切都混淆不清之际，如何激发我的语言的意义呢？当此际，园中的树木既是一个家族世代乘坐的船，又成为炮兵瞄准的障碍物。当此际，轰炸机如同压榨机，重重地挤压城市，挤出的居民像黑色浆汁沿着公路流动。当此际，法国一片混乱，成了捣破的蚂蚁窝。当此际，连战斗都抓不着对手，只是穷对付冻住的脚踏操纵杆、卡住的手动操纵杆、松扣的螺栓……

"可以下降！"

我可以下降了。我会下降的，我也会低空飞越阿拉斯。身后毕竟有上千年的文明能助我。可是，上千年的文明根本不伸出援手。要求酬报，恐怕还不到时候。

我以时速八百公里，每分钟三千五百转的速度，急遽冲下高空。

我转弯时，离开了过分红艳的极地太阳。在我前行下方五六公里，我发现一片大浮冰似的云层，正面呈笔直状，它的阴影罩住了法国的一部分。阿拉斯也处于它的阴影中。我想象这片云层下面，弥漫着一片昏暗。那正如一只大汤锅里面煨着战争。道路阻塞，大火熊熊燃烧，村庄夷为平地，乱成一团糟……无边无际的混乱。他们在乌云下面，在荒诞中惊扰纷乱，活似石头底下的鼠妇。

这种下降无异于滑向破产。我们也势必栽进他们的烂泥塘。我们又回到一种未开化的破乱状态。在那下方，全都在瓦解！我们就像富家游子，长期逗留在珊瑚和棕榈的国度，一旦钱财散尽，便回到家乡，重过平庸乏味的日子，要忍受吝啬家庭大油的菜肴，家人之间争吵的尖酸刻薄，执达员的登门，缺钱的忧心烦恼，不切实际的希望，灰溜溜的被迫搬离，客栈老板的傲慢无礼，最后贫病交加，死在救济院里发臭了。死在这高空，至少还是干净的！死在冰与火之中。死在阳光、天空、冰与火之中。反之，死在那下面，要由泥土分解消融！

第十五章

"机头南向，上尉。我们的高度，最好到法国区域再降下来！"

那一条条黑色的公路，现在已经望得见了，看那公路我就明白什么是和平。太平年头，一切都固守幽居，自得其乐。村民傍晚时分回村。庄稼颗粒归仓。衣服床单叠好，整整齐齐收进大衣柜。太平年头，每件物品都知道在哪儿能找到。每个朋友也都知道在哪儿能见面。晚上知道去哪儿睡觉。噢！生活的底线一旦扯断，人在世上没了立足之地，心爱的人不知何处能找见，出海的丈夫一去不返，到这种时候，和平也就死掉了。

当事物获取了各自的意义和地位，太平年月便会通过这些事物映现在脸上。事物还会成更大事物的组成部分，如同散布在土地中的矿物质，一旦吸纳进了树木中。

然而，现在是战乱。

我飞行在黑色公路的上空，望不到边的浆液不断地流淌。据说，那是在疏散民众。这话已经不准确了。现在民众自行疏散。这种大逃难，是一种荒唐的传染病。请问，全民流浪，要逃往何方？他们这是前往南方，就好像那里有住房和食粮，就好像那里会热情地接待他们。殊不知南方只有要挤爆的城市，棚子住满了人，而食品很快耗尽。那里最慷慨大方的人，也逐渐变得凶起来，只因这种潮水般的侵入十分荒唐，携带的泥浆流缓慢地将他们吞没了。单靠一省之力，解决不了全法国的吃和住的问题！

他们去往哪里？他们茫然不知！他们走向虚幻的站点，因为这种难民潮冲到一片绿洲，所到之处便不复为绿洲了。绿洲接连崩溃，又倾泻进了难民大潮。一座真正的村庄看似还正常生活，一旦拥入逃难的人，全村的食物当天晚上就一扫而光。这样的洗劫，就好比蛀虫清空了骨头。

敌军推进的速度比难民潮快得多。在某些地点，装甲车超过了人流，难民又原地堆积而回流了。还有些德军部队，就在这烂泥般的人群中跋涉，甚至还发生这样惊人的怪现象：这些大兵在别处杀人，在某些地点却给人水喝。

我们飞行员撤退中，曾陆续在十来座村庄驻扎过。我们就泡进过流经那些村庄的这种缓慢的泥石流：

"你们去哪里？"

"不知道哇！"

向来如此，他们一问三不知。没人知道点什么。他们只是疏散。再也没有地方可收容了。再也没有走得通的路了。他们仍然疏散。在北方，有人对蚂蚁窝猛踢了一脚，蚂蚁便四散爬开。还是那么勤勤恳恳。不惊慌，不抱希望，也不绝望，仿佛在尽义务。

"是谁命令你们撤离的？"

无非是镇长、小学教师，或者镇长助理。一天凌晨，约莫三点钟，一声令下，震动全村：

"全村撤离。"

他们已有所料。半个月以来，他们眼看着逃难的人经过，也就放弃自己家园永世长存的念头。然而，人过游牧生活已是久远的事了。建造起来的村落，历世数百年。家具都用得光滑锃亮，可以子子孙孙传下去了。老宅接他出世，载他度过一生，直至送终，随后，作为一条结实可靠的船，又渡儿子，从此岸到彼岸。但是，如今住到头了！他们离家出走，却不知道何以至此！

第十六章

多么沉重啊，我们飞行一路的经历！在同一天上午，我们接受的任务往往就是望上一眼，瞧一瞧阿尔萨斯、比利时、荷兰、法国北部和海域。不过，我们所飞越的区间，大部分还是陆地，我们的视野十有八九收缩在一个拥挤堵塞的十字路口！我和杜泰尔特就是这样，目睹了我们居住过刚离开三天的村庄，就已经破败不堪了。

这个记忆萦绕我的脑际，恐怕我一辈子也挥之不去。杜泰尔特和我一出门，就撞见难以言状的混乱。所有车库、所有货场、所有粮库，都往狭窄的街道大口吐出五花八门的车辆，有新车，也有躺在灰尘里睡了五十年的老车，还有运饲草的大板车和卡车，还有老式公共汽车和两轮马车。在这样的集市上，如果仔细寻找，还能发现古代驿车！所有安了轮子的货箱都搜罗出来了。家中的宝物全部搬空，放进几乎要撑破的包裹里，胡乱堆在小车上运向大车。宝贝家当就这样成了破烂。

这些物品构成了家庭的脸面，也是家人特别宗教的崇拜物。原本各就各位，成为生活习惯不可或缺的东西，全被记忆美化了，因其有助于营造私人家园而有了价值。但是，主人认为这些物品很珍贵，便从壁炉台、桌子、墙壁上取下来，胡乱堆在一起，随即成了旧货摊摆的东西，显露了岁月的磨损。崇敬的圣物，如果堆在一处，看着也令人作呕。

在我们眼前，有什么东西瓦解了。

"你们这里人都发疯啦！出什么事儿了？"

我们前去的那家咖啡馆老板娘耸了耸肩：

"都撤离呗。"

"为什么撤离呀？上帝啊！"

"不知道。是镇长发的话。"

她特别忙,说罢便冲上楼梯。杜泰尔特和我,我们观望街道。只见小孩子、床垫子、炊具等物,都混装在卡车上、汽车上、大板车上、出租马车上。

老汽车看着尤其让人揪心。一匹马挺立在大板车的辕木之间,能给人以健康的感觉。马根本不需要更换配件。一辆大板车,用三根钉子就能修好。可是,机械时代的这些残渣余孽!这些玩意儿,用活塞、阀门、磁电机、齿轮组装而成,能运转到什么时候啊?

"……上尉……不能帮把手吗?"

"当然可以。什么事儿?"

"把我的车从谷仓里开出来……"

我惊诧地看着她:

"您……您不会开车?"

"哦!……上了大路,开开还行……没这么难了……"

她、嫂子,还领七个孩子……

上了大路!上了大路,她每天只能行驶二十公里,每开二百米就要停一停。路上堵得一塌糊涂，每走出去二百米，就得刹闸、停车、熄火，接着再挂挡、换挡。整辆车就会让她搞散架了。还有，汽油烧完了！机油漏掉了！甚至水箱里的水，她都会忘加了：

"注意加水。您这散热器像柳条筐一样漏水。"

"是啊！这辆车可不新了……"

"在路上要跑八天……您怎么受得了？"

"我不知道……"

从这里开不出去十公里，恐怕她得撞上三辆车，结果离合器咬刹，车轮爆胎。到了那种地步，她本人、嫂子和七个孩子，就只能哭天抹泪了。这些问题大大超出两个女人和七个孩子的能力，他们无可奈何，不再做任何决定，干脆坐在路边，等待牧羊人。可是牧羊人……

牧羊人……怪了，现在这么稀缺！杜泰尔特和我，我们目睹了羊群的主动行为。这一群群羊就这么走了，携带着叮当山响的机械设备。三千个活塞、六千个阀门。所有机械吱咯乱响，剐剐蹭蹭，碰碰撞撞。有些散热器中的水都沸腾了。这支行旅就这样上路了，奋力地走在绝路上！这支行旅，没有替换的备件，没有备用的轮胎，没有汽油，也没有机械师。多么荒唐！

"你们就不能留在家里吗？"

"啊！当然，我们更愿意留在家里呀！"

"那为什么离开呢？"

"告诉我们走的呀……"

"谁告诉你们的？"

"镇长……"

又是镇长。

"当然了。我们大家都愿意留在家里。"

千真万确。在这里，我们嗅不出一丁点儿惊慌失措的气氛，只嗅到盲目吃苦耐劳的气氛。杜泰尔特和我，就趁机开导开导几个人：

"所有这些，你们还不如全抛掉。你们回去，至少还能喝上家乡的水……"

"那当然好啦！"

"你们有这个自由啊！"

我们的争取有点效果。一群人围了上来。他们听我们讲，频频点头表示赞同。

"……说得对呀上尉！"

我有几名信徒接班了。一名养路工让我劝化了，他表现出的热情比我高：

"我总是这么说嘛！跑到大路上，就只能吃石子儿。"

他们七嘴八舌讨论，终于意见一致，准备留下来。有几个人离开，去劝说别人。可是，他们又垂头丧气回来了：

"不行啊。我们也不得不走。"

"为什么？"

"面包师也走了。谁来做面包啊？"

村子已经破绽百出，无处不爆裂。全都要从一个漏洞流出去。毫无希望了。

杜泰尔特有自己的见解：

"悲剧，就是有人让民众相信，战争是不正常的。从前，老百姓待在家里。战争和生活，就是交织在一起……"

咖啡馆老板，手上拖了个口袋。

"我们三刻钟之后起飞了……我们还能喝点咖啡吗？"

"噢！可怜的年轻人……"

她擦了擦眼睛。唔！她流泪不是为我们，也不是为她自己，而是因为她已精疲力竭。她已经感到自己裹在这支行旅中，艰难跋涉，每走一公里都会更加混乱。

在远一点的田野，时有敌歼击机低空掠过，向这可怜的人群扫射。最令人诧异的是，他们通常并不恋战。几辆车起火，为数很少。也死不了几个人。仿佛显示一下，好似一声劝告。又像牧羊犬的举动，咬咬羊的腿弯催羊群快走。在这里，就是要制造混乱。那么为什么，采取这类局部的、零散的、压力不大的行动呢？敌人不必费力，就能打乱这支行旅。的确，用不着敌人来惊扰，队伍就自行乱了。汽车会自动抛锚。机械是为安定的社会设计的，可以从容不迫地使用。机械，一旦没人修理、调试、擦洗上油，老旧的速度非常惊人。今天晚上看上去，这些车辆会有千年车龄了。

我就觉得在给机械送终。

那个人挥鞭抽他的马，神态威严像个国王：他满面得意之色，高高坐在驾驶座上。想必他喝了酒。

"看样子，您挺高兴的！"

"这是世界末日！"

我隐隐感到一种不自在，心中何以产生这种念头，认为所有这些劳动者，所有这样普通人，有家有业，多才多艺，具有如此宝贵品质的小人物，今晚都要完全成为寄生虫和蛀虫了。

他们要散布到田野，将一切都吃光。

"谁提供给你们食品？"

"不知道……"

数百万难民，流落在大路上，每天只能行进五公里至二十公里，又如何提供食品呢？即使准备了食物，也无法送上去！

人与铁的这种混合体，倒让我想起利比亚沙漠。普雷沃和我，我们住在不宜人居的荒野，遍地覆盖着黑石头，阳光映照闪闪发亮，一幅铺了一层铁壳的景象……

眼前这种景象，让我油然而生一种绝望心情：一大群蝗虫飞落到一片乱石地域，能存活多久呢？

"你们等天下雨当水喝吗？"

"不知道……"

十天来，北方的难民不断地穿过他们的村庄。一连十天，他们目睹了这股川流不息的难民潮。现在轮到他们了：他们加入这支行旅。噢！没什么信心：

"我呀，我倒愿意死在家里。"

"人人都愿意死在自己家里。"

千真万确。尽管谁也不希望走，可是整个村子却像沙堆的城堡，旬然崩塌了。

法国就算有储备粮，但公路堵塞也完全阻止了粮食的运输。车辆抛锚的抛锚，相互叉在一起的也动弹不得，在十字路口形成死结。尽管如此，随着大溜儿总归还可以南下，可是，如若再北上该怎么办呢？

"根本就没有储备粮，"杜泰尔特对我说，"这就什么问题都没了……"

据传闻，自昨天起，政府就禁止村庄疏散了。然而天晓得，命令是怎么传布的。因为，公路交通已不复存在。至于电话，或是占线，或是断线，或是可疑线路。再者说，关键不在于发布命令，而是重新创造一种道德。上千年来，一直教导男人，必须将妇女儿童置于战争之外。战争是男人的事。镇长完全了解这条规则。镇长助理、小学教师也都知道。突然间，他们又收到命令，禁止疏散，这就是说，强迫妇女儿童留在飞机轰炸的地方。他们得用一个月时间，才能回过弯儿来，适应新时期。一整套思维方式，不能一下子就推翻了。而且，敌军在推进。这样一来，镇长、镇长助理、小学教师们，就把老百姓丢在大路上了。究竟该怎么办呢？真理何在？没有牧羊人，羊群就这么乱走。

"这里没有医生吗？"

"您不是这村儿的人？"

"不是，我们，都是从大北方来的。"

"找医生干吗？"

"为我妻子，她在大车上要生了……"

在这些炊具之间，在这到处是钢铁器物的荒漠中，无异于躺在荆棘上。

"您怎么不早做打算呢？"

"我们上路已经四天了。"

因为，大路成了汹涌的河流。哪儿能停靠？村庄一个接着一个被扫荡过，把他们自己腾空了，仿佛都冲进公共下水道，恐怕他们性命难保。

"不，这里没有医生。部队的医生都在二十公里远呢。"

"哦！好吧。"

那男人擦着脸上的汗。全都一团糟。他妻子只能当街，在一堆炊具中间生孩子。这种种情况，根本就不是残酷了。这首先，什么不论，太离谱了，超出了人性。没人抱怨，发怨言也毫无意义了。他妻子眼睁睁就得死掉，他没有一句抱怨的话。就是这样。就跟做了一场噩梦似的。

"至少，有个什么地方停一停吧……"

到什么地方找见一个真正的村庄，找见一家真正的客栈。找见一家真正的医院……殊不知医院也撤离了。天晓得是为什么！这是一种游戏规则。还来不及重新制定规则。在什么地方发现一种真正的死亡。然而，真正的死亡已不复存在。只有要散架的躯体，如同那些汽车。

我感到无处不弥漫着一种疲沓的急迫，一种放弃了急迫的急迫。民众每天走五公里，逃避穿行田野、一天推进一百公里的坦克，逃避时速六百公里的敌机。瓶子打翻了，糖浆流出来了。那人的妻子临产了，而他却有的是时间。这很急迫。这事儿也不再急了。急迫和永恒，就是这样悬在不稳定的平衡上。

什么事都慢慢腾腾，宛若临终之人的反应。这是数不清的羊群，在屠宰场前疲惫不堪地踏步。放逐到碎石路上，有五百万、一千万？这样一大批民众，在永恒的门槛前踏步，忍受着疲倦和厌烦。

老实说，我都无法想象，他们靠什么活下去。人不会去啃树枝果腹。他们本身也隐隐约约意识到了，但是也不怎么惊慌。他们被迫离开了自己的环境、自己的工作、自己的职责，就完全丧失了自身的意义。他们的身份也失效了。他们没有留下几分本相。他们的存在已经微不足道。日后他们回想起来，会为自己臆造出种种痛苦。可是眼下，他们尤其是腰酸背痛，只因搬运了太多的包裹，系的结太多挣开而衣物散落，车子太多要连推带拉才能前进。

只字不提失败。这是明摆着的事。构成自身实体的事物，您就感到没必要多说了。他们"就是"失败。

一幅刺眼的图景，赫然出现在我眼前：一个正在失去内脏的法兰西。必须尽快缝合。一秒钟都不能耽搁：他们必死无疑……

已经开始了。现在，他们已经要窒息，酷似捞出水的鱼：

"这里没有牛奶吗？"

笑死人啦，问这话！

"我这小孩昨天就什么也没喝上……"

那是个出生六个月的婴儿，还哭闹得厉害，但是哭闹不了多久了：离开水的鱼儿……这里根本没有奶。这里只有破烂钢铁。这里只有钢铁破烂，成堆无用的家伙，每行一公里就散落螺母、螺钉、板块，在这样超级无用的大迁徙中，将这芸芸众生送往虚无。

据传闻，敌机用机枪扫射了往南几公里的大路。甚至有人说还丢了炸弹。我们确实听到隐隐的爆炸声响。传闻肯定是确凿的。

然而，人群并没有惊慌。在我看来，他们的情绪还有点振奋。比起陷在这堆钢铁垃圾里，他们反而觉得这具体的危险更好些。

啊！将来的历史学家，能勾勒出什么样的蓝图？他们能发明出什么样的主线，赋予这一锅粥一种意义？他们会采集一位部长的话、一位将军的决定、一个委员会的讨论，将幽灵的这种滑稽表演编写成历史性谈话，彰显其高度负责和高瞻远瞩。他们将杜撰出如何担当，如何抵抗，慷慨激昂的辩护词，又如何缺乏勇气。可是我，我很了解一个部的撤离是何等狼狈。一次偶然的机会，我参观了政府的一个部，一看便明了，一个政府一旦搬迁了，就不再成其为政府了。完全像一个人体。如果你要动手将人体移位——

胃放在那儿，肝放在这儿，肠子又送到别处——这样的组合就再也构成不了一个机体。我在空军部待了二十分钟。部长还可以支配他的执达员。神奇般的支配。一根完好无损的电铃线。部长摁一下按钮，执达员便来了。

这，便是运转。

"我的车子。"部长发话。

他的权威到此为止。总得给执达员派个差事。然而，执达员一头雾水，不知这地球上是否还存在一辆部长的专车。也没有任何一条电话线，能把执达员同任何一名司机联系起来。汽车司机消失在宇宙的什么地方。这些当权者对这场战争究竟能了解多少？我们从现在起，就应该去轰炸被我们侦察到的一个装甲师，然而请示上级根本联络不上，要等上一星期才有可能。一位当权者，从这个掏空了内脏的国家，能收到什么样的律动声音呢？传递消息，每天只行进二十公里。电话不是串线，就是切断了，在超负荷中，无力传递此刻正在瓦解的国体的声音。政府沐浴在空空如也：极地的空无。政府时而也听到两三声呼叫，紧急而绝望，但是很抽象，压缩成三行字。那些政府官员怎么可能了解，上千万法国人是否濒临饿死呢？一千万人的呼叫塞进一句话里。一句话只能说：

"四点钟在某某家中约会。"

或者：

"据说，死了上千万人。"

或者：

"布卢瓦一片火海！"

或者：

"您的司机找到了。"

这些话同时说出来。一下子传到：上千万人。车辆。东部军队。西方文明。司机找到了。英国。面包。几分钟了？

我给您七个字母。《圣经》上的七个字母。您就用来给我重新编出《圣经》！

历史学家会忘记真事，却能杜撰出一些有思想的人物。而这些人物由神秘的神经连接一个可以表达的宇宙，他们都有坚实的全局观念，能依照笛卡儿①的逻辑四原则，权衡重大的决策。他们还善于分辨善的力量与恶的力量，分辨英雄与叛徒。就此，我提一个简单的问题：

"要想背叛，就得是某种事的负责人，某种事的管理者，能支配这种事物，熟悉这种事物。而如今，这恰恰表明了才能，为什么就不能将勋章授予背叛者呢？"

和平在各处已渐露端倪。这并不是非常清晰，作为历史的新阶段，以缔结和约的形式取代战争的那种和平。这一时期终结一切事物，却无名称可冠。一种再也终结不了的终结。犹如一片沼泽地，什么激情都得逐渐消沉下去。大家感觉不到临近结局，好坏姑且不论。情势恰恰相反：渐趋进入一种颇似永恒的临时状态，并将腐烂在这种状态中。什么都不会有结果了，只因再也没有纽带可以抓住这个国家了，就像抓住一个溺水者的头发那样。全面瓦解了。

---

① 笛卡儿（1596-1650），法国哲学家、数学家、物理学家。他的机械物理学和机器动物的理论打下了现代科学的基础。他对科学的贡献基于应用了新方法和新的形而上学。

即使最感人的努力，也不过是手上留下一绺头发。到来的和平，也不是人做出决断的结果。这和平不请自来，好似麻风病传染扩散。

那边，在我飞机下方，公路上的难民队列混乱了，德军装甲部队正在杀人，或者给水喝，正像沼泽地区泥水相混。和平，已搅进战争，将战争也腐蚀了。

我有个朋友，莱翁·韦尔特，在路上听到气吞山河的一句话，写进了一本重要的书中①。公路的左侧是德国军队，右侧有法国军队，两者中间缓慢涌动着难民潮。难民车辆中弹起火了，几百名妇女儿童都拼命往外逃。正巧，一名炮兵中尉身不由己，夹在阻塞的人群中，他正极力将一门七十五毫米口径的大炮拉上炮位，而敌人也正朝大炮射击，没有击中目标，却打倒了公路上的平民；那名中尉大汗淋漓，他非常固执，硬要尽他那不可思议的职守，力图挽救

---

① 指莱翁·韦尔特的著作《三十三天》。1942年，圣埃克苏佩里以为该书即将出版，故这样记述。该书因故，直至1992年才正式出版。

守不住二十分钟的阵地(他们这里只有十二个人！)。这时，几位做母亲的走向中尉：

"你们都走开！都走开！你们这些懦夫！"

中尉和那些士兵便离去。他们到处都能撞上这类和平问题。自不待言，绝不能杀害大路上的儿童。可是，每名士兵要射击，就可能击中孩子的脊背。每辆行驶或力图行驶的卡车，都可能将一大批人置于绝境。要知道，卡车逆流而行，就势必将整条街堵死。

"你们疯啦！让我们过去！孩子快死啦！"

"我们，这是在打仗……"

"打什么仗？你们上哪儿去打仗？你们朝这个方向，三天工夫，也就能走六公里。"

这几名士兵要赶往集合地点，乘坐卡车却迷失了方向，已经误了几小时。恐怕集合的目的不存在了。不过，他们一心只有自己的基本职责：

"这是在打仗……"

"……你们收留我们才是正事儿！真没人性！"

一个孩子号叫起来。

"那个孩子呢……"

那一个不再叫了。没有奶吃，也就没了叫声。

"我们，这是在打仗……"

他们愚蠢透顶，还一味重复这句套话。

"哼！打仗，你们永远也碰不上！你们也要跟我们一样，就死在这儿！"

"我们是在打仗……"

他们已经不知所云了。他们也弄不清了，自己是否在打仗。他们还从未见过敌人。他们乘卡车驶向的目标，比海市蜃楼还飘忽不定。一路上只遇到这种公共葬尸坑般的和平。

由于混乱，什么都粘连在一起，他们下不了车了，被人团团围住。

"你们有水吗？"

于是，大家把他们的水分了。

"有面包吗？……"

于是，大家分了他们的面包。

"你们就看她死了不管吗？"

那辆抛了锚被推下沟的汽车里，有个女人在捯气儿。

大家把她拖出车，抬上卡车。

"那个孩子呢？"

大家又把那孩子放到卡车上。

"还有那个快生产的孕妇呢？"

大家又把孕妇抬上车。

接着，又让另一个女人上车，只因她哭哭啼啼。

大家忙活了一个钟头，总算给这辆军车让出地方。卡车调了头，向南行驶了。军车被带动，像块浮冰，随着民众河流漂走。士兵皈依了和平，因为他们找不到战争。

因为，战争的肌肉是无形的。因为，你们打出的拳头，只打在孩子身上。因为，你们到战争的集合地，却撞到要生孩子的女人。因为，硬要传递情报，或者接受命令，就像要同天狼星讨论，同样是痴心妄想。没有军队了。只有人了。

这些士兵皈依了和平。他们被事物的力量改变成机械师、医生、牧羊人、担架队员。他们修好汽车,帮了这些根本摆弄不了钢铁家伙的百姓。这些士兵这样卖力助人,并不知道他们究竟是英雄,还是该上军官法庭受审。如果授予他们勋章,他们也不会惊讶。如果靠墙排成一队,脑壳挨十二颗枪子儿,他们同样不会感到奇怪。让他们复员也是一样的。没有什么事能让他们惊诧了。他们早就打破了奇怪的底线。

这是一大片淤泥塘,任何命令、任何行动、任何消息,也不管是什么波,都休想传出去三公里开外。村庄一个接一个倾覆,流进公共下水道;同样,这些军车被和平吸纳,一辆接一辆归顺了和平。这些士兵牺牲性命也不会退缩,但是他们面临的根本不是死亡的问题,而是接受一路遇到的义务,修好老式马车的车辙:三位修女将十二名受死亡威胁的孩子塞进车里,走上只有上帝知晓的朝圣之路,前往也只有上帝才知晓的仙洞。

我也像收枪入套的阿利亚斯,不去评判士兵放弃的行为。是一阵什么风把他们激励起来？又哪来的什么波而波及他们？能把他们召集起来的面孔在哪里？此外他们对世事一无所知，只能听到那些谣传，总是那么荒唐的谣言，却每隔三四公里的路段，就会生发出来：初现为离奇可笑的假设，在这三公里烂泥塘缓慢地传开，逐渐就变得言之凿凿了：

"美国参战了。教皇自杀了。俄罗斯飞机轰炸，柏林成了一片火海。停战协定三天前就签订了。希特勒在英格兰登陆了。"

根本就没有牧羊人，带领妇女或者孩子，同样没有人带领男人了。将军的命令只下达到他的传令官。部长的指示只下达到他的执达员。也许，他能言善辩，还能说得他动容。阿利亚斯能支配他的机组，能让他们甘愿献身。军用卡车的中士，能直接掌握十二名士兵。不过，他休想再联系上任何别的什么。设使有一位天才头领，十分神奇，一眼便纵观天下，构思出能拯救我们的方略，这样的头领要想表达自己的意图，也只有一根二十米长的电话线。他要夺取胜利所能支配的全部兵力，就只有一名执达员，这还要看电话线的另一端，那名执达员是否还在。

这些散落的士兵，在路上加入各不相干的难民群体，也是漫无目的地随大溜儿，成为名副其实的战争失业者，丝毫没有赋予爱国战败者的那种绝望神情。他们隐隐约约期盼着和平，确实如此。不承想，和平，在他们眼里并无任何别的奢求，只是结束这种难以名状的混乱，恢复一种身份，哪怕是最普通的身份。某位老鞋匠，还缅怀他打鞋钉的时期。他打鞋钉，也是在铸造世界。

再者，如果说他们径直往前走，那也是全面失调，将他们彼此分隔的缘故，并不是贪生怕死。他们什么都不惧怕：他们已空乏无物了。

第十七章

有一条铁定的法则：战败者不会就地一变而成胜利者。一旦提到一支军队开始撤退，随后又抵抗，这只是一种省略的说法，因为撤退的部队和坚持战斗的部队，并不是同一支军队。军队退却，就不成其为军队了。并不是说这些人马没有能力打胜仗，而是因为后撤摧毁了这些人之间的全部联系，包括物质和精神两个层面。让这部分士兵撤向后方，换上具有组织特征的新的后备队，由他们阻击敌军。至于逃兵，可以收罗起来，重新整编为军队。如无后备力量投入战斗，一撤退便不可收拾了。

唯独胜利才有凝聚力。失败不但分割开个人和其他人，也割裂了每个人的自身。如果说逃兵没有为崩溃的法国流泪，那是因为他们是战败者。那是因为法国失败在他们心中，而不是在他们周围。为法兰西流泪，就已经是胜利者了。

几乎对所有人而言，无论是尚在抵抗的人，还是不再抵抗的人，只有将来到了沉默的时刻，战败的法兰西面目才会显露出来。今天，每个人竭力对付的是出了麻烦，或者已经恶化的平凡小事，对付抛锚的汽车，对付堵塞了的道路，对付卡住的节气门控制杆，全是一种使命的荒唐现象。败象正是使命变得荒唐，正是阻止大崩溃的行为本身也变得荒唐了。因为，一切都自行割裂了。大家不为国难哭泣，倒是为自己掌管的，唯一触碰得到的物件损坏而流泪。法国崩溃，纯粹是面目全非的碎片汇成了洪流：无论这项使命，无论这辆军车，无论这条大道，无论这根混蛋透了的节气门控制杆，全都面目全非了。

自不待言，大溃败景象十分可悲。小人尽显其宵小。强盗尽显其强盗。各种机构残缺不全，陷于瘫痪。部队士气沮丧，又疲于奔命，在荒诞的状态中瓦解。失败导致的后果，恰如鼠疫感染了淋巴结。不过，您所爱的女人，如果被一辆卡车压了，您能嫌她伤残的样子丑吗？

失败却给受害者安上有罪的表象，这正是失败的极大不公正。失败该如何表明所付出的牺牲，恪尽职守，严于律己，日夜惕厉呢？这些都是决定战争胜负的上帝所未予考虑的方面。失败又如何表明爱情呢？失败表现出各部门领导没了权力，青壮男人如一盘散沙，民众都消极被动。有时真的无能而逃避责任，但是这种无能又说明什么呢？只需风闻俄罗斯转变了态度，或者美国干预进来的消息，人的情绪就随之改变了。有了共同希望，人也就凝聚了。这样的传闻，每次都能廓清一切，犹如刮来一阵海风。切勿以失败后果来论法兰西。

评断法国应该以其做出的牺牲。法国不顾逻辑学家论证的真理，接受了这场战争。逻辑学家对我们说："德国人口有八千万，相差四千万，我们不可能一年之内就生产出来。我们的麦田也不可能变成煤田。我们也不可期待美国的支援。德国要求占有格但斯克港①时，强加给我们的责任，为什么不是拯救格但斯克（这是不可能的），而是为避免蒙羞而自杀呢？我们人口一个对两个，拥有的土地为多产麦而不是产机器，这何羞之有呢？这份耻辱，为什么必得压在我们身上，而不是压在整个世界上呢？"他们这话有道理。战争对我们而言，就意味着灾难。然而，法国为了避免失败，就应该拒绝战争吗？我则认为不然，法国出于本能，也做出同样判断，既然这样的警告也根本未能扭转法国不惜一战。在我们国家，是精神主宰了才智。

生活一向如此，不断破除条条框框。失败虽然丑态频出，但是却能表明，这是唯一通向重生的途径。我深知必须让一颗种子在土里烂掉，才能生长出树木。抵抗的头一个行动，如果为时太晚，那就势必失败，但这毕竟是抵抗的觉醒。觉醒也像一粒种子，也许会生发出一棵树来。

---

① 格但斯克港：波兰港口，位于维斯瓦河河口，1939年9月1日被德国强行夺取，从而引爆第二次世界大战。1945年，该港又归还波兰。

法国扮演完了自己的角色。她的这种角色，就是甘愿被对方击垮，在沉默中埋葬一段时间，因为世界只是裁决，既不合作也不斗争。要冲锋就必得有人打头阵。牺牲的几乎总是打头阵的人。但是，为了组织起冲锋，死一些冲在前头的人也在所难免。

这个角色也是当务之急，既然我们不抱幻想，接受明摆着的局面：以一名士兵对阵三名士兵，以我们的农民对阵工人！我拒绝接受以失败的丑相来评断我们。那个人因接受飞行而被烧伤，别人能以烧伤变形的面孔判断他吗？他也同样能丑化。

第十八章

这场战争，具有精神意义，我们有必要进行，尽管如此，我们还是觉得在操作中，这像一场怪诞的战争。这个词，我从不羞于使用。我们刚一宣战，就开始等待，自己没有发动攻势的能力，就想等待人家来把我们灭掉！

心想事成。

我们有麦捆去战胜坦克。麦捆根本不顶用。到如今，灭掉已经完成。无论军队、后备队，还是联系系统、物资，一概不复存在了。

然而，我还继续飞行，一丝不苟，十分认真。我以每小时八百公里，每分钟三千五百三十转的速度，朝德国军队俯冲。

为什么？还用问！吓唬他们！迫使他们撤出法国领土！既然期望我们搜集的情报毫无用处，这种任务不会有别种目的。

怪诞的战争。

我不免有点夸张。我大大降低了飞行高度。操纵杆和节气门控制杆都解冻了。现在平飞，恢复了正常速度。我仅仅以时速五百公里，每分钟两千二百转的速度朝德军俯冲。真可惜，我这样不会让他们怎么怕了。

有人会责备我们，这场战争不该称为怪诞的战争。

称这场战争为"怪诞的战争"的人，正是我们！无妨，就是觉得怪诞。我们有这个权利，高兴了就开开这场战争的玩笑，因为所有牺牲，我们都承担下来了。我也有权打趣自己的死亡，如果这样我能开心的话。杜泰尔特也同样。这类反常现象，我有权品味玩赏。譬如，为什么那些村庄还在燃烧？为什么民众还散乱地抛在路上？为什么我们还以百折不挠的信念，冲向一个自动屠宰场？

我有全部权利，只因在这一瞬间，我完全清楚自己的所作所为。我接受死亡。我接受的不是冒生命危险。我接受的也不是战斗。我接受的是死亡。我明白了一个伟大的真理。战争，并不是接受危险，并不是接受战斗。在某些时刻，战士纯粹就是接受死亡。

近日，外国舆论认为我们牺牲得还不够时，我看着那些机组起飞并自毁，心中不禁问道："我们献身于什么，还能得到回报呢？"

要知道，我们仍然在付出生命。要知道，这半个月，法国死了十五万人。这么多人丧生，也许并不能表明进行了一场异乎寻常的抵抗。我丝毫也不颂扬一场异乎寻常的抵抗。这种抵抗根本不可能。倒是有几队步兵，在没有防卫设施的农场遭受屠杀。而空军机组，就像投进火中的蜡烛般熔化。

即便如此，我们2-33飞行大队为什么还接受任务，去送死呢？是为了博得世界的敬重吗？然而，敬重就意味有人裁判。我们当中谁肯把裁定的权利让给别人呢？我们是为一种事业斗争，并且认为这是我们共同的事业。自由受到挑战，不仅事关法国，也事关全世界：我们认为裁判的位置，未免过于舒服了。应当由我们来评审裁判员，我们飞行大队的人来评审裁判员。我们这些人，二话不说就起飞，任务容易时也只有三分之一能活着回来，其他飞行大队也如此；还有那位朋友，被弹片毁了容，从而一辈子别想打动一个女人，丧失了基本权利，犹如囚在牢房中，由丑陋的相貌守护着他的德操。总之，对我们这些人，休提什么观众在评判我们！斗牛士是为观众活着的，而我们不是斗牛士。如果有人断然对奥什德说："你应该出发了，好让证人观察你。"奥什德必会这样回答："说错了。应当是我，奥什德，在观察证人……"

归根结底，我们为什么还在战斗呢？保卫民主吗？如果我们为民主而战死，那么我们与民主国家就是志同道合了。因此，民主国家就该和我们并肩战斗才是！可是，最强大的民主国家，独自就有实力拯救我们，昨天却失语了，今天还没有站出来。好吧。这是人家的权利。他们就以这样的态度向我们表明，我们是为自身的利益而战斗。然而，我们完全明白大势已去。那么我们何必还去送死呢？

绝望轻生吗？可是，这跟绝望毫无关系！您若是期待从中发现绝望，那就根本不了解失败。

有一种真理，要高于聪明的夸夸其谈。有什么东西穿透了我们，支配了我们，而我接受了，却还抓不住。一棵树木根本不言语。我们纯粹就是一棵树。有些真理一目了然，尽管无法阐述。我绝不会为抵抗入侵而牺牲，因为我同我所爱的人根本没有掩体。我也绝不会为拯救一种我不承认的荣誉而死：我拒绝法官。同样，我也绝不会因绝望轻生。况且，这工夫，杜泰尔特在查地图，算出了阿拉斯就在下方一百七十五度的地方。我已有感觉，不出三十秒钟，他就会对我说：

"航向一百七十五度，我的上尉……"

我自会接受。

第十九章

"一百七十二度。"

"明白。一百七十二度。"

那就前往一百七十二度。墓志铭刻上："准确航向一百七十二度。"这种奇特挑战能维持多久呢？我飞行的高度是七百五十米。上面是密布的云层。我若是升高三十米，杜泰尔特就必然两眼一抹黑了。我必须停留在明处，当小学生的靶子由德国炮兵射击。七百米是禁飞高度。能成为整片草原射击的目标。能吸引整支部队的射击。什么口径的炮都可以打中。就这么永久待在各种武器的打靶场里。这不再是射击，而是用棍棒打。就好像挑战一千根棍子打下一个核桃。

　　我仔细研究过这个问题：跳伞绝对不成。飞机一旦被击落，便冲向地面，容不得开舱门跳伞，那得花费三十多秒钟，要扭转七圈发滞的舱门手柄。况且，急速坠落时，舱门变形就滑不动了。

　　这是实情。这一剂苦药，总有一天必须吞下去。没有繁文缛节，只需保持航向：一百七十二度。千不该万不该，就怪自己老了。就是这样。童年时期我多幸福啊！我这么讲，敢情是真的吗？当年在我家老宅的门厅里，我已经走上一百七十二度航向了。多亏了那两位叔父。

　　童年，现在变得特别温馨。何止童年，度过的全部生活均如此。从前的生活，展现在我面前，好似一片田野……

　　我就觉得我始终如一。我此刻的感受，从前也一向有这种体会。我的快乐，或者我的忧伤，当然都已经改变了对象，但是感情依旧。小时候就是如此，无论开心还是不痛快。无论受罚还是得到原谅。我有时学习成绩好，有时学习成绩差。这要看是什么日子了……

我最久远的记忆？我有一个保姆，名叫波拉，是蒂罗尔①人。不过，这恐怕算不上一种回忆，而是一种回忆的回忆。我五岁那年，进入我家门厅，波拉就已经纯粹是一种传说了。一连好几年，临近新年时，母亲对我们说："波拉来信啦！"对我们几个孩子，这可是件大喜事。说起来，我们干吗那么高兴呢？我们哪个孩子都不记得波拉了。她早已回到她的故乡蒂罗尔了，也就是说，回到她的蒂罗尔老家了。那是一种小木屋，孤零零的，远在冰天雪地。出太阳的日子，波拉就出现在门口，所有住小木屋的人莫不如此。

　　"波拉漂亮吗？"

　　"特别喜人。"

　　"蒂罗尔那儿好天儿多吗？"

　　"总是晴天。"

　　蒂罗尔常年好天气。小木屋把波拉推出去很远，远远

---

① 蒂罗尔：奥地利西部的旧省名。

推到外面，白雪覆盖的草坪上。我学会写字后，家人就让我给波拉写信。我在信中对她说："我亲爱的波拉，我很高兴给您写信……"这有点类似祈祷，既然我不认识她……

"一百七十四度。"

"明白，一百七十四度。"

那就前往一百七十四度。墓志铭还得改写。好奇怪，一生的经历，怎么一股脑儿聚到一起。我在给自己的回忆打包。这些回忆，从此再也用不上了，对谁都毫无用处了。我还记得一种伟大的爱。妈妈常对我们说："波拉在信上写了，让我代她拥抱你们所有人……"于是，妈妈就代波拉，一个个拥抱了我们。

"波拉知道我长大了吗？"

"当然了。她知道。"

波拉什么都知道了。

"我的上尉，他们开炮了。"

波拉，他们朝我开炮啦！我瞥了一眼高度表：六百五十米。乌云层位于七百米。好吧，我也无能为力。

不过，在这云层下方，世界不如我预感的那么暗黑，倒是蓝汪汪的。蓝得特别奇妙。正值暮晚时分，平野一片蓝色。有几处在下雨，是蓝色的雨光。……

"一百六十八度。"

"明白。一百六十八度。"

那就前往一百六十八度。通往永恒的路还这么曲折……但我又觉得，这条路非常宁静！世界好似一片果园。刚才显示在地图上还很枯燥乏味，在我看来全无人间烟火。等我低空飞行，就有了几分亲切感。看见了树木，有零星的独木，也有小块树丛，更有绿色的田地。还有红瓦房舍，门前还站着个人。四周还下着悦目的蓝色阵雨。波拉如遇到这种天气，肯定要催我们回屋了。……

"一百七十五度。"

我的墓志铭大大丧失其浑朴的高尚："准确航向一百七十二度，一百七十四度，一百六十八度，一百七十五度……"我这么摇摆不定，成什么样子。咦！我的发动机咳嗽了！它又冷却下来了。于是，我关闭了机罩。好哇。到了该打开备用油箱的时候。我拉动操纵杆。我什么都没有忘记吧？我瞧一眼油压表。一切正常。

"情况开始不妙了，我的上尉……"

你听见了吗，波拉？情况不妙了。然而，暮晚的这种蓝光，没法儿不让我感到惊讶。这种色彩太出奇了！这种色调太深邃了。还有那些果树，估摸是李树，列队而过。我进入了这片景区。不再隔橱窗观赏了。我跳进了围墙，要偷人家的庄稼。我大步流星，走在一块湿漉漉的苜蓿田里，要摘取人家的李子。波拉，这真是一场怪诞的战争。这是一场忧伤的、一片蓝光的战争。我有点迷路了。我逐渐垂老，才发现这个奇异国家……嗳！不然，我并不害怕，只是有点悲伤，仅此而已。

"曲折飞行，我的上尉！"

这是游戏的新花样，波拉！右侧踏一脚，左侧踏一脚，引逗他们乱射炮。我若是摔了一跤，身上就得肿大包，你肯定用山菊油给我敷肿。要知道，这总归是……暮晚的蓝光真奇妙！

我看见前方，三支长枪分路刺上来。三根长长的枪杆儿，垂直发亮。那是小口径炮发射的照明弹或者曳光弹的弹迹。金光闪闪。在蓝色的暮晚中，我忽然看见三枝的大烛台放射光芒。

"上尉！左面火力太强！斜插过去！"

踏一脚。

"噢！情况更糟……"

也许吧……

情况更糟，不过，我深入了事物内部。我也掌握自己的全部回忆，以及我的全部积蓄、我的全部爱，我还同样掌握自己的童年：我的童年犹如树根，消隐在黑夜中了。我的生命始于一种回忆的忧伤……情况更糟，不过，面对流星飞抓来的利爪，我认为产生的感觉，得不到我内心一丝一毫的认同。

我置身于一个触动我内心的国度。白昼将尽，已是暮晚时分。在左侧雨区之间，有几大块霞光，构成一扇扇窗玻璃的模样。所有美好的事物近在咫尺，我一伸手就几乎触摸得到。有结了李子的这些李树，有散发泥土香的这片土地。穿越这湿润的土地漫步，一定非常惬意。要知道，波拉，我像一辆拉饲草的大车，左右摇晃着缓缓前进。一架飞机，你认为飞得很快……当然了，如果你待在那儿思考！然而，如果你将飞机置于脑后，一心在观望，那你就只是在田野里散步了。

"阿拉斯……"

不错，正前方还很远。不过，阿拉斯不是一座城市。阿拉斯望去只呈现一抹红光，由蓝夜色衬托出来。那是风雨的背景。毫无疑问，在左侧和对面，正酝酿着一场暴风雨。这种朦胧天色，并非黄昏之故。必是聚积了大量乌云，才透射下来如此暗淡的霞光……

阿拉斯的火势扩大了。不是火灾那样熊熊燃烧，而是像病灶，向四周的好肉扩散，但是那抹红光却源源不断供应原料，犹如一盏油灯的小火苗，不急不躁，确信持久燃烧，稳稳坐在充足的油灯座上。我感觉得出来，即是燃烧着密集的，近乎超重压的肉体，时而有一阵风摇动，仿佛吹斜一棵树。正是……一棵树。这棵树把阿拉斯紧紧缚在它的根系网中。就这样,阿拉斯的全部营养,阿拉斯的全部储存,阿拉斯的全部精华,都化为汁液,升上去供养这棵树了。

我看到那团火焰过分沉重,时而丧失平衡,左倾右倒,吐出更浓的黑烟,随后又恢复原来的形态。但是,我始终辨不清那座城池。整场战争都凝聚在那团火中。杜泰尔特说情况更糟。他观察正前方比我看得清楚。尽管如此,首先让我吃惊的是,他这么轻描淡写;这片深深中毒的平原没有抛出几点星光。

不错,可是……

要知道,波拉,在童话书中,骑士要经历艰难险阻的考验,走向迷魂的神秘城堡。他攀越了冰川,跨过了深涧。他挫败了各种背信弃义的阴谋。终于,城堡出现在他面前,坐落在一片蓝色平野的中心,催马奔去,马蹄轻盈,好似踏着如茵的草坪。他已经认为自己胜利了……啊!波拉,我们不会误解童话的一种古老愿望。古今同理,那一向是最艰难的……

我就这样，奔向暮晚蓝色中的我那火焰城堡，一如从前的故事……你早早离去，不了解我们的游戏，你错过了"阿克兰骑士"。这是我们发明的一种游戏，只因我们不屑于玩别人的游戏。我们是在狂风暴雨天玩的，头几道闪电过后，从物体的气息和草木叶子的突然抖瑟，我们就感到那乌云顶很快就要破裂了。粗实的树枝，有那么一瞬间，也变成咝咝声的细弱青苔了。这是信号……任什么也不可能拉住我们了！

　　于是，我们从花园的最里端出发，朝房屋奔跑，要穿过大片草坪，跑得上气不接下气。这种阵雨的最初大雨滴，稀稀落落，打在身上特别重。身上最先挨着雨滴的孩子就得认输。随后，第二个、第三个。随后其他人。最后幸免者就表明受神的保佑，已经刀枪不入了！他有权接过"阿克兰骑士"的称号，直到下一场雷雨。

　　每次游戏，仅仅几秒钟的工夫，儿童的一场大屠杀……

　　此刻，我又玩起"阿克兰骑士"游戏，上气不接下气，缓缓跑向我的火焰城堡……

恰好这时候：

"啊！上尉。这景象我从未见过……"

我也从未从未见过。我不再是刀枪不入的人了。噢！

原先我不知道，自己还抱有希望……

第二十章

管他七百米呢，我还是抱有希望。管他坦克驻扎地呢，管他阿拉斯的火焰呢，我仍旧抱有希望。我在绝望中抱有希望。我的记忆一直追溯到童年时期，以便找回一种受神灵保佑的感觉。大人就没有任何保护了。一旦长成大人，就只能好自为之了……然而，一个孩子有万能的波拉紧紧牵着手，别人又奈他何呢？波拉，我凭借你的影子当作一面盾牌……

我凭借一切花招儿。当杜泰尔特对我说："情况更糟了……"我甚至还利用这种威胁来维系希望。我们处于战争时期：战争就必须显露真相。战争亮相时，凝缩为几道光迹："这就是阿拉斯上空所谓死亡的风险？真让我好笑……"

在死刑犯的臆想中，刽子手是个青面獠牙的机器人。眼前却是一个老实巴交的一般人，会打喷嚏，甚而还微笑。死刑犯抓住那微笑，如同抓住一根救命稻草……救命不过是一种虚幻。刽子手尽管打着喷嚏，一定还会把这颗头砍下来。不过，怎么好拒绝希望呢？

就我本人会受到什么样接待，我怎么可能不误解呢？既然呈现眼前的是一片亲切的田园景象，既然下过雨的房瓦和石板瓦，闪着那么柔和的亮光，既然没有任何东西会随时变化了，似乎不该再变了。既然只有我们三个人，杜泰尔特、机枪手和我，穿过田野缓步回家，也大可不必翻上衣领，雨也的的确确不怎么下了。既然德军防线核心地带，也没有暴露任何值得一谈的情况，同样，也绝没有理由认为，再往前战争会是另一种样子。既然敌人已经分散兵力，仿佛融化在广阔的农村中了，可能一名士兵占领一幢房子，一名士兵守一棵树，说不定哪个偶尔想起在打仗，便放上几枪。长官一再命令他们："来飞机就开枪打……"军令同梦幻混淆起来。士兵恍惚间，随意放三两枪。我从前打野鸭子也是这样：傍晚时分，只要散步颇为享受，心思并不放在打猎上。我边走边聊，随便打几枪，也不大惊扰野鸭子……

想看什么就必见什么：那名士兵瞄准我，但是心不在焉，也就打不中了。其他士兵干脆就放过飞机。那些有本事给我们撂绊的人，此刻也许正畅快地呼吸暮晚的清香，或者正在点香烟，或者刚说完笑话——他们同样放过了。至于驻守村里的其他德军，可能正伸出饭盒盛汤。"轰隆"一声响起，又止息了。是友是敌？没时间理会，他们的精神头儿全在盛满的饭盒上：他们也放过去了。而我呢，双手就插在兜里，尽管若无其事地吹着口哨，力图穿越这座游人止步的花园，好在花园的守卫一个依赖一个——全部放过去了……

我实在是不堪一击。我这种示弱本身，倒成为给他们设下的陷阱："你们何必忙活？再往前飞飞，别人自会把我揍下去……"明摆着的事儿！ "滚吧，到别处找死去……！"他们就把这苦差事推给别人，自己不想中断开的玩笑，或者只想呼吸晚风的清爽。我就是这样，利用他们的疏忽大意，趁这一时刻，仿佛天缘凑巧；这有何不可呢？他们全算上，所有人都厌战了，我就安然无事混过关去。其实，我隐隐约约，已有这种打算，混过一个一个人，一个一个小队，一座座村庄，最终一路会完全蒙混过去。归根结底，我们不过是傍晚飞过的一架飞机……甚至都不值得举头望上一眼！

自不待言，我就是希望能返航。但同时我也知道，一定会发生什么情况。一个人被判死刑，但是囚牢还沉默无语。他便紧紧抓住这种沉默。每一秒钟都类似前一秒钟。即将逝去的这一秒钟，绝对没有理由能改变世界。一秒钟承担不了这样天大的工程。每一秒钟都接续着拯救这种沉默。沉默似乎已经永恒了。

不过，大家熟知要来的那个人，脚步声听得见了。

这种田野的景象中，有什么东西迸裂了。犹如奄奄一息的劈柴，突然噼啪声响，喷射大量火星。是什么神秘的力量，促使这么一大片平原在同一时刻发作呢？春天一来，树木便抛出种粒。怎么突然出现这枪炮的春天？这明亮的洪流，怎么全方位顿时涌现，朝我们冲上来？

我头一个感觉，就是自己失慎了。一下子全搞砸了。平衡在千钧一发间，往往一眨眼，一抬手就足以破坏！登山者咳嗽一声，就可能引起雪崩。而现在雪崩确已引发，大势已去了。

这片蓝色沼泽地已经夜色弥漫，我们蹚在里面，步履沉重而蹒跚。我们搅动了这潭死水，水下立时泛上来成千上万金色泡泡。

一群杂耍演员登台表演了。一群杂耍演员连续抛掷表演，将成千万的玩物抛向我们。不过，他们抛掷来的东西没有回环变化，我们乍一看仿佛静止不动，但是却像那种圆球，娴熟的演技不是抛掷，而是缓慢地升起。我看到闪亮的泪珠穿越寂静的油质空间，纷纷朝我流淌过来。杂耍演员就在这种寂静中献技。

机关枪和速射高炮，每一波都射出数百发曳光子弹和炮弹，连成了念珠串。上千串念珠，富有弹性，直朝我们延伸，几乎要抻断，升到我们的高度就爆开了。

那些没有击中我们的子弹炮弹，从侧面看其经过，如白驹过隙，其实快得令人目眩。泪滴化为闪电。我忽然发觉身陷恍如麦田的全黄弹道中。现在我身陷长矛的密林中。现在我身受威胁：不知什么令人眩晕的密集飞针来袭。整片平原都同我联系起来，在我周围织成一面闪光的金线网罩。

啊！这会儿俯瞰地面，我发现一层层发光的水泡，如雾障一般缓缓升上来。我发现这阵缓慢的旋风卷着那么多种子：好似脱粒的小麦壳皮在飞舞。不过，横向看来，那就纯粹是一束束长枪了！是射击吗？根本不是！我受到了冷武器的攻击！我所见到的无非是明光剑！我觉得……并不关乎危险的问题！我眼花缭乱，沉浸在珠光宝气中了！

噢！

我颠起来，离座位二十公分。飞机遭受猛烈一击。飞机要断裂了，要毁成碎片……不然……不然……我感到飞机还回应操纵。这不过是第一下冲击，接着会像洪水一般袭来。然而，我根本没有看到爆炸。想必炮弹的硝烟，已经混同深暗的土色了。我举头张望。

这情势毫无生机了。

第二十一章

我俯瞰地面，却没有注意到云层和我之间，空间逐渐扩大了。曳光弹痕倾泻着麦子的金光：我怎么可能知道金光升到顶端，还一一撒播这些黑暗物质，就好像钉一根根钉子？等我发现了，那些物质已经堆积成令人眼晕的金字塔，形同一座冰山向后漂移，移动的速度十分悠缓。身处这样的方位，我就感到静止不动了。

我完全清楚这样的金字塔刚一建成，就耗尽了自身的能量。这些烟云，每一团仅在百分之一秒的瞬间握有生杀大权。可是，在不知不觉中，这些云团却把我围住了。云团出现，猛然给我的后颈巨大压力，相当于严厉的惩罚。

连续不断的爆炸，声音沉浊，被发动机的轰鸣所掩盖，反倒让我萌生一种静得出奇的幻觉。我什么都感觉不到了。等待犹如踌躇不前，空虚感在我的内心扩大开来。

我想……这种关头，我还有想法："他们射得太高了！"一仰头又望见几只苍鹰，摇摆着向后飘去，仿佛依依不舍。那些鹰也放弃了。然而，还是毫无希望。

那些枪炮没有击中我们，再次瞄准了。在我们的高度，以爆炸重又建起墙壁。每门炮几秒钟工夫，就筑起一座爆炸的金字塔，随即消隐而丢弃，移向别处再造一座。炮射并不追踪我们，而是把我围住。

"杜泰尔特，还差得远吗？"

"……如能再坚持三分钟，就可以搞定……不过……"

"也许闯得过去……"

"没门儿！"

来势汹汹，那黑灰色的怪影，放出来的一群黑色猛禽。平原一片蓝色。蓝蓝的无边无际。蓝色调的海底…

我还能期望活多久？十秒钟？二十秒？爆炸的冲击

波，持续不断地朝我袭来。近处的爆炸直冲飞机，犹如落石砸进两轮载重车里。飞机受此冲击，全身发出近乎悦耳的乐声。好怪异的叹息……不过，那是打偏的炮弹。听来就像霹雳。有些是最起码的冲撞；就是说弹片打着机身。猛兽捕杀牛，并不将其扑倒，而是准确无误，用利爪深深抓进肉里。牛就这样在利爪掌握中了。同样，弹片只是嵌进机身，就像抓进肉里。

"伤着了吗？"

"没有！"

"喂！机枪手，伤着没有？"

"没有。"

这样的冲击，总归得描述一番，但其实也不算什么。只是敲了敲外壳，打了打鼓。虽说没有打漏我们的油箱，却完全可能剖开我们的肚子。不过，就连肚子也只是一面鼓。身体，管它怎么样！首要考虑的并不是身体……这话，可真出格啦！

关于身体，我有几句话要讲。在日常生活中，明显的事情反而熟视无睹。必须出现紧急情况，明显的事才能触目惊心。要有这样密匝匝的曳光弹冲上来，要有如林的长枪袭击。总之，要搭起这座最后的审判台。这样，大家就明白了。

我穿飞行服时就曾思忖："最终时刻，会是什么样子呢？"生活每每戳穿我臆想的幻象。这一次，真可谓裸奔，任由乱拳打在身上，甚至没有抬一抬臂肘护脸。

考验，我曾考验过一次自己的肉体。我想象自己的肉体受到一次考验。我所采取的观点，自然就是我这肉体的观点。人对自己的躯体关心备至！不厌其烦地穿衣、洗漱、护理、刮胡子、吃吃喝喝。人就把自己等同于这个饲养动物。人带着它去裁缝店，去看医生，去动外科手术。人要跟着它受苦，跟着它喊叫，跟着它去爱。人一提起它，就说：这是我。如今猛然一下，这种幻象破灭了。人完全可以不在乎身体！人把它打入奴仆一类的行列了。一旦火气上来了，一旦爱情炽热起来，一旦结了仇，那么，和身体的这种铁的关系就破裂了。

你儿子困在失火的房屋里怎么办？你一定会冲进去救他！谁也拉不住你！你身上着了火！可你根本不理会。你这身皮肉，谁要用就抵押给谁。你这才发现，你并不珍惜你十分看重的东西。碰到什么障碍，你就会卖块儿，不惜用肩膀去硬撞！你就寄寓在自己的行动中。你的行为，就是你。从此你不在别处了！你的身体从属于你，它不再是你了。你要硬闯吗？谁也不能以身体受威胁为由控制得了你。你是谁？是敌人的克星。你是谁？是你儿子的救星。你变了个人。你变了却没有感到丢失什么。你的四肢算什么？就是工具。切削中工具崩坏，也没什么大不了的。你转变为敌人的克星，你儿子的救星，治愈你病人的医生，转变为你的发明创造，如果你是发明家的话。大队的这位战友受了致命伤。嘉奖令称道："当时他对同机的观察员说：'我不行了。你快走！抢救材料！'……"唯一重要的是抢救情报，治好伤病员，干掉敌人，发明创造！你生存的意义就光辉照人了。这是你的责任。这是你的仇恨，这是你的爱心，这是你的忠诚，这是你的创造发明。你在自身再也找不见别的什么了。

大火不仅焚毁肉体，同时也焚毁肉体的崇拜。人不再对自身感兴趣了。唯独自己的真实情况才是命根子。他不再割裂了，如果死了，便融合了。他没有丧失自我，而是回归本原。这绝非伦理学家的夙愿。这是一种司空见惯的真理，每天的真理，却被每天的幻象遮蔽了。我穿飞行服时，想必身体受到伤害，怎么可能料到关注的是无聊的事儿呢？唯有到了要交出这个身体的时刻，所有人总是到了这种关头，才惊奇地发现自己多么不在乎身体。自不待言，日常生活中，没有一点紧要的事情牵制，我生存的意义没有受到威胁，我就想不出有什么问题比我的身体还重要。

我的肉体哟，我真不把你当回事儿啦！我从你这躯体内排除出来了，我已没了希望，也没了念想！我否认直到这一瞬间我的全部表现，那并不是我在思考，也不是我在感受。那是我的肉体。我不得不拖着它，勉勉强强一直带到这里，而在这里我才突然发现，肉体一点儿也不重要。

我是在十五岁的时候，上了这第一课：我有个弟弟病危，几天来就朝不保夕了。有一天凌晨，约莫四点钟，他的护士叫醒我：

"您的弟弟要见您。"

"他感觉不好？"

她未予回答。我急忙穿上衣服，去看弟弟。

弟弟声调跟平时一样，对我说道：

"死之前，我要跟你说几句话。我快死了。"

他一阵痉挛，全身抽搐，只好闭了口。他发作过程中，还摆了摆手。我不明白这手势的意思，以为弟弟不想死。可是，他一稳定下来，就向我解释说：

"你不要怕……我不疼痛，我也不难受。但是我控制不了。这是我的身体。"

他的身体，异域，已经有别了。

可是，这个二十分钟后就要离世的弟弟，这会儿却一脸严肃，急切地渴望在他遗产中身后留名。他对我说："我要立遗嘱……"他脸红了，显然因行事像个大人而自豪。他若是大楼的建筑师，就会委托我接着建造那幢大楼。他若是位父亲，就会把他儿子托付给我教养。他若是战机驾驶员，就会把航行记录交付给我。然而，他只是个孩子，所能托付的只有一台蒸汽机玩具、一辆儿童自行车和一把卡宾枪。

人不会死。人在想象中怕死：担心意外发生，爆炸，人是自己吓唬自己。怕死吗？不然。同死亡一旦相遇，死就不复存在了。弟弟对我说："别忘了，把这些都写下来……"肉体瓦解之日，便是本质显露之时。人不过是一个联系纽带。唯有联系对人才至关重要。

躯体，这匹老马，人迟早要抛弃。谁在死亡中，还想着自身呢？那个人，我还从来没有见过……

"上尉？"

"什么事？"

"好家伙！"

"机枪手……"

"哦……对……"

"什么……"

我的问题给撞飞了……

"杜泰尔特！"

"……尉？"

"伤着啦？"

"没有。"

"机枪手……"

"哎？"

"伤……"

我仿佛撞上一堵铜墙，我听到：

"哎呀！哎呀！"

我举头望天，目测乌云层的距离。十分明显，我越是斜向望去，团团的乌云就越是层层叠叠堆积起来。垂直望去，云层就不那么密集了。因此我发现，我们的额头扣上了这顶黑叶饰硕大皇冠。

大腿的肌肉力道惊人，我猛一踏脚踏操纵杆，就仿佛撞开一堵墙。我将飞机抹斜抛出，突然朝左边冲去，发出一阵嗒嗒的震荡声响。那顶皇冠便滑向右边，让我从头顶摇落了。那一波炮弹被我骗过，打到别处去了。我看见打了空炮的团团黑烟聚集在右面。然而，不待我右腿发力，做出反向的动作，那顶皇冠重又企稳，已经扣到我的头顶了。是地面那些人给校正的。飞机连声吭吭，再次滚进了泥潭。这工夫，我身体的重力第二次狠压到脚踏操纵杆上，驾机反方向急转弯，说得确切些，即反向侧滑（让正确的盘旋见鬼去吧！），而那顶皇冠摇摇晃晃向左移去。

持续下去吗？这种游戏玩不久！我这样拼力猛踩脚踏操纵杆也无济于事，炮火如潮，迎着我不断地重新组合：皇冠重又组成。我的腹部又受到冲撞。往下一看，我发现又升上来一层水泡，速度缓慢得令人目眩。我们还完好无损，实在不可思议。然而我却发现，自身真的能避刀枪，自我感觉像个胜利者。我在每一秒钟获取胜利！

"伤着了吗？"

"没有……"

没有受伤。他们都刀枪不入。他们都是胜利者。我领导一个胜利者的机组。

从此以后，每声爆炸，在我看来不是对我们的威胁，而是对我们的磨砺。每一次，十分之一秒的瞬间，我想象飞机会被击碎。但是，飞机一直听从操纵，我一提就跃起，犹如骑马紧勒缰绳。于是，我身心放松，沉浸在一种暗喜之中。我没有时间感觉恐惧，仅由巨响引起肌体紧缩，但响声未止息，我已如释重负，长出一口气了。按说，我遭受冲击，应先是紧张，继而害怕，随后放松才是。其实不然！根本来不及！我感到紧张，接着便放松了。紧张，放松。缺了害怕这个环节。可见，我绝非生活在等待死亡的下一秒钟中，而是生活在走出上一秒钟而获得的重生里。我生活在一种延续的喜悦中。我生活在我的狂喜的轨迹里。从而我开始感到一种大大出乎意料的欢乐……这就好像每一秒钟，我都获取了生命。就好像每一秒钟，我的生命都变得更加敏感。我生存。我活着。我还是大活人。我始终这么活着。我已经化为生命的源泉。生命令我陶醉其中。有人说："战斗的陶醉……"那正是生命的陶醉！嘿！从地面向我们开炮的人，他们是否知道他们在锤炼我们？

机油箱、汽油箱，全打破了。杜泰尔特嚷了一声："完事儿！爬升！"我再一次目测那团烟云的距离，开始爬升。我再一次驾机，向左侧滑移，再向右侧滑移。我再一次望望地面，不会忘记那种景色：整个平原噼噼啪啪，遍布短短的火舌。肯定是速射高射炮。一串串水泡，从一大片蓝水池升起。阿拉斯的火焰呈暗红色，犹如铁砧上的一块烙铁。阿拉斯的这团火十分稳定，仗恃着地下的蕴藏得以持续，消耗着人的汗水、人的发明、人的回忆和遗产。全部集结在这束长发似的黑烟里升起，化为随风飘转的燃烧。

我已经拂着燃烧的头几片烟尘。我们四周还有飞上来的金箭，从下面穿透云烟的肚腹。我最后瞥见的景象，已经被烟云包围时，是从最后一个弹洞透过来的。在长达一秒钟里，阿拉斯的火焰看似一盏油灯，在夜晚照亮幽深的殿堂。用于祭拜，未免太奢靡了。到了明天，就会烧得一干二净。我带走了阿拉斯大火的证据。

"好了吧，杜泰尔特？"

"好了，我的上尉。二百四十米。二十分钟后，再降到云层下方。到塞纳河一带上空，再定方位……"

"还好吗，机枪手？"

"哦……是啊……我的上尉……还好。"

"没吓坏吧？"

"哦……没有……是的。"

他一无所知。他很高兴。我想到加瓦勒的机枪手。那是一天夜里，在莱茵河上空飞行，八十盏战地探照灯将加瓦勒围在交叉的光束中。敌人在他周围建起一座巨型教堂。加瓦勒听见机枪手低声自言自语（传声器可不保密）。机枪手在跟自己讲知心话："喂！我的老伙计……喂！我的老伙计……真开眼，当老百姓，就是跑断腿也找不见！……"机枪手，他真的很高兴。

我呢，我缓慢呼吸。我深呼吸。这样呼吸真畅快。有许多事情我要弄明白……不过，我首先想到阿利亚斯。不对，我最先想到的是我寄宿的那家农场主。我要问他飞机上有许多仪表……唉！有什么法儿呢！我有什么念头，就总得想个究竟。一百零三个。对了……还有油量表、油压表……油箱破损时，最好监视这些仪表。我就是这么做的。橡皮套经住了震动。这样的改进实在了不起！我也监视陀螺仪：这片乌云可不宜居住。是一片雷雨云层。云层气流狠狠地摇晃我们。

"您不认为可以下降了吗？"

"十分钟……最好再等十分钟……"

那我就再等十分钟吧。哦！对，我想到了阿利亚斯。他非常期望再见到我们吗？有一天，我们返航晚了半小时。半小时，通常说来就非常严重了……我跑去归队，大家正吃晚饭。我推门而入，重重地坐到我在阿利亚斯身边的椅子上。就在这当儿，少校用叉子挑起一绺面条，正要往嘴里送。他一惊跳，动作戛然而止，张着嘴，定睛注视我。面条垂在嘴边，纹丝不动。

"啊！……好……见到您真高兴！"

他这才把面条送进嘴里。

依我之见，少校有个严重缺点：他执意询问飞行员，出机搜集到了什么情报。他也一定要询问我的。他会瞪着眼看我，怀着极大的耐心，等待我一五一十地告诉他第一手材料。他还备好一张纸和一支钢笔，防止这灵丹妙药失落一颗一粒。这会让我想起我青年时代的事："考生圣埃克苏佩里，伯努里[①]的方程式，您怎么来求解呢？"

"嗯……"

伯努里……伯努里……在那目光的盯视下，我呆立在那儿，一动不动，酷似身子穿了根别针的一只昆虫。

这次任务搜集情报，这是杜泰尔特的事。杜泰尔特可以垂直往下观察。他看到许多东西。有那么多军卡车、驳船、坦克、士兵、大炮、马匹、车站、停在站台上的列车、车站站长。而我，观察的角度太偏斜，只看见乌云、海洋、河流、高山、太阳。我是大略那么一观望，得到一个总体

---

① 伯努里：荷兰裔瑞士数学世家，早年由荷兰逃亡至瑞士巴勒。最著名的有雅克 (1654-1705)，以及他兄弟约翰 (1667-1748)，二人都大大改进了数学计算法。还有约翰的儿子达尼埃尔（1700-1782），哲学家、物理学家和医生。

1917 年，圣埃克苏佩里在巴黎圣路易中学预科班学习，对数学产生兴趣，从此，数学成为他一生的钟爱。直到 1943 年在阿尔及尔期间，他达力图解并被称为"法老之谜"的数学谜题。

印象。

　　"您非常清楚，我的少校，作为驾驶员……"

　　"瞧您说的！瞧您说的！总归能看到些什么。"

　　"我……啊！大火！我看见到处是大火。这情况，值得关注……"

　　"不。全部焚毁了。还有别的什么？"

　　阿利亚斯的心，为什么这样残忍？

第二十二章

这次见面，他还会问我吗？

我执行任务带回来的情况，没法写在记事本上。我会像一名中学生，给"晾"在黑板上。我会摆出一副非常沮丧的倒霉相。然而，我不会是那种状态。倒霉，完结了……第一波炮火闪亮时，倒霉就不翼而飞了。如果过早一秒钟掉头飞回来，我对自己就毫无所知了。我就不可能了解我内心萌生的脉脉温情。我是返乡去见家人。我是回家。我这种心情，就好像一名主妇，出去采购完了，回家的路上还在盘算，做什么菜能让家人多享口福。她左右摇晃着食品篮子，不时还掀起盖在上面的报纸：东西全齐备了。一样也没有忘记买。想想她给家人的惊喜，不禁面露微笑，还要多溜达一会儿。她向货架上瞥了一眼。

我也会乐得瞥一眼，望望货架，如果杜泰尔特不硬让我住进这白森森的监牢，我会观赏不断闪过的田野。不错，最好还是等待：这里的风景还太恶毒，到处有阴谋陷阱。就连外省的这些小城堡，只有那么一点点草坪，有那么十数棵修剪过的树木，看上去就像单纯少女简易的首饰盒，其实那无非是战争的骗局。低飞接近，迎来的不是友好的表示，而是爆炸的弹片。

尽管深陷烟云之中，我还是从市场回来了。少校这么讲，确实有道理："你们走右边第一条街，到街角给我买几盒火柴……"我的心踏实了。火柴就揣在我的衣兜里。说得准确些，就放在我的战友杜泰尔特的口袋里。他所看到的所有情况，怎么能全部回想起来呢？这就是他的事儿了。我还得想正经事呢。着陆之后，如果我们不必乱哄哄地换营地，那我一定要向拉科代尔挑战，在棋盘上打败他。他最厌恶输棋了。我也同样。但是，我准能赢棋。

拉科代尔，昨天喝醉了。至少……有点醉意：我不希望他丢面子。他要从酒中寻求安慰。他返航时，忘了放下起落架，结果飞机腹部着地了。唉，阿利亚斯也在场，他一脸愁苦，察看飞机，但是没有开口。拉科代尔，老飞行员了，恍若还在我眼前。他等待阿利亚斯责备。他就希望阿利亚斯说他一顿。狠狠责备倒会让他心里好受些。阿利亚斯一发脾气，也会引发他的火气。他借势回击，就可以发泄满腹的愤懑。不料，阿利亚斯只是摇头。阿利亚斯一心在考虑飞机，没工夫理会拉科代尔。这一事故，在阿利亚斯看来，不过是一种无端的倒霉事，类似统计税收的差误。资格最老的飞行员，有时也难免这样犯糊涂而分心。这回实在不公正，让拉科代尔摊上了。拉科代尔技术娴熟，除了今天的差错，他干这行无可挑剔。因此，阿利亚斯只对损坏的东西感兴趣，他连想都不用想，就直接问拉科代尔损坏的程度。我感到拉科代尔压下去的火气又升上来了。您把手搭在施刑者的肩上，亲切地对他说："这个可怜的受害者……嗯……他一定很痛苦……"人心叵测。这只温柔的手恳求发善心，却彻底激怒了施刑者。拉科代尔恶狠狠地瞪一眼损坏的飞机，只恨没有彻底毁掉。

事情就是这样。我回到家中。2-33飞行大队，就是我的家。家里的人我都理解。我不可能误解拉科代尔。拉科代尔也不会误解我。这种和衷共济的关系，我感到大家都心照不宣："我们这些2-33飞行大队的人！"嘿！散乱的材料，这不已经组合起来了……

我想到加瓦勒和奥什德。我感到这种和衷共济关系把我同加瓦勒，同奥什德联结起来。我心中纳罕：加瓦勒的老家在哪儿？他表现出的乡土本质很出色。一件热乎乎的往事又浮现在脑海，突然间在我的心房芬芳四溢。我们驻防奥尔孔特期间，加瓦勒跟我一样，寄宿在一农户家。有一天，他对我说道：

"农场女主人宰了一头猪，请我们去吃肉肠。"

以色列、加瓦勒和我，我们三人大口嚼着，酥皮黑肉肠美味可口。农妇还给我们倒白葡萄酒。加瓦勒对我说："我给她买了这个，让她高兴高兴。要签上名。"这是我写的一本书。我一点也不觉得不好意思。我乐得签字，让别人也乐和。以色列往烟斗里装烟。加瓦勒搓着大腿搔痒。农妇收到一本由作者签名的书，显得特别高兴。烤肉肠香气扑鼻。我喝了白葡萄酒，有几分醉意了，我也不觉得自己是外人，尽管我在一本书上签了名，而我总觉得这种事颇为可笑。我并不感到被人另眼看待。我虽然写了这本书，但并不以作者自居，也不当个旁观者。我不是外来人。以色列亲热地看着我签名。加瓦勒依然很随便，搔着他的大腿。我对他们由衷产生一种感激之情。这本书很可能给我这种表象：一个抽象的证人。然而，书归书，我并不以知识分子，也不以见证人自居，我就是他们当中的一员。

见证人这一行业，我始终非常厌恶。我若是不参与行动，又能算什么呢？我立世做人，就需要参与其中。我从战友们的品质里汲取营养，而这种品质自我并不知晓，这倒不是谦虚，而是完全无视自身。无论加瓦勒还是以色列，从来不自我欣赏。他们同自己的工作、自己的行业、自己的责任交织成网。也同这烤冒烟的肉肠交织成网。而我也陶醉在他们厚重的存在之中。我可以沉默不语，可以自饮白葡萄酒，甚至可以在这本书上签字，但一点也不同他们疏远。这种情谊坚不可摧。

我这样讲，无意贬抑智力的作为、意识的成果。我赞赏清澈通透的聪明。但是，如果缺乏实质，人又能算什么呢？如果仅仅是一种目光，而非一个存在体，人又能算什么呢？这种实质，我在加瓦勒和以色列身上发现了。正像我在吉约迈身上发现的那样。

我从写作中所能获取的益处，譬如说，我可能享有的这种自由：一旦不满意在飞行大队的工作，我就可以辞职，另谋其他职位，可是这种益处，我避之犹恐不及，想一想都会心有余悸。这种自由，无非是虚度一生。每种职责都能助人成长。

在法国，我们险些毁于脱离实质的空壳聪明。加瓦勒是存在的实体。他有爱，有恨，图快乐，也发牢骚，他与这世界有千丝万缕的关系。就说我在他对面品味这香脆的肉肠；同样，我也品味把我们融为一体的这种工作职责。

我爱 2-33 飞行员大队。

我爱飞行大队，并不是作为发现一场精彩演出的观赏者。我爱 2-33 飞行大队，只因我是其中一员，只因大队供给我营养，我也提供营养给大队。

现在，我从阿拉斯返回，比以往任何时候都更是大队的人了。我又增益了一层关系。我在寂静中品味，从而在内心增强了这种集体感。以色列和加瓦勒所冒的风险，比我经历的可能更艰巨。以色列就失踪了。但是，今天这趟散步，按说我也是回不来的。这次经历多给了我一点权利，可以和他们同桌而坐，一起静默了。要付出极大代价，才能获得这种权利。但是，付出这么大代价也值得：这正是"存在"的权利。正因为如此，这本小书，我毫不难为情就签了名……这种牵动不会搞砸任何事。

可是，我想到等一会儿，少校要问起来，我结结巴巴的窘态，就不禁脸红了。我会感到羞愧。少校会认为我有点蠢笨。如果说为书签名这种事，我并不觉得为难，这是因为我纵然写出一图书馆的著作，也不能因此免遭威胁我的羞愧感。这种羞愧不是我玩的一种游戏。我不是怀疑论者，不遗余力，去迎合某种感人的习俗。我也不是那种城里人，去乡间度假，装扮一回农夫。我飞越阿拉斯上空，再一次考验自己的真诚。我的肉体，整个肉体，全投入这场冒险中。我就打算全部输掉。就按照这种游戏规则，我毫无保留，全拿出来，只为使其转变，不再成其为游戏规则了。我争取到了这种权利，等会儿少校询问时，我可以一脸羞愧了。也就是说，参与其中的权利，联结为一体的权利，与人休戚与共的权利，接受和给予的权利，超越自我的权利。进入这种让我十分充实的满足感的权利。感受我对战友们所感受的爱的权利：这种爱不是来自外部，也并不寻求，从不寻求表现出来，除非是在告别会餐的时候。于是，你就有点醉意了，借着酒劲儿，身子俯向同席的人，如同沉甸甸的果实给人采摘的一棵树。我对大队的爱无须表露。这是千丝万缕织成的关系，也正是我的实体所在。我属于大队。就这么简单。

　　我想到大队，就难免不想起奥什德。我可以谈谈他在战斗中多么勇敢，但是我会觉得自己挺可笑。在奥什德身上，根本不是什么勇敢的问题：他完全献身给了战争。他在这方面，可能胜过我们所有人。自始至终，奥什德都保持这种状态，这是我绝难望其项背的。我穿飞行服时口里骂骂咧咧，奥什德嘴上则干干净净。奥什德到达了我们正前往的地方。那本来就是我要去的地方。

奥什德原是一名老士官，最近才晋升为少尉。他的文化水平当然不高。他的任何想法，自己都表达不清楚。他稳扎稳打，终成正果。责任一词，用在奥什德身上，就要丧失一切赘言。别人也希望能像奥什德那样承担责任。对照奥什德，我总要责备自己放弃做些小事，责备自己粗心大意、偷懒，尤其是遇事时而冒出怀疑主义思想。这不是品德的标志，而是精心嫉妒的标志。我真希望像奥什德那样生存。一棵树，根深叶茂，十分挺拔。奥什德始终如一，同样美不胜收。奥什德不会令人失望。

奥什德执行战斗任务的情况，我却只字不提。自愿的吗？我们所有人，无论执行什么任务，总是自愿的。这是基于一种隐隐约约的需要：相信我们自己。这样，就能稍微自我超越了。奥什德的自愿，是自然而然的。他本人"就是"这场战争。少校要牺牲一个机组的时候，立刻想到奥什德，也是极其自然的："您说说看，奥什德……"奥什德在战争中磨炼，如同修士在宗教中修炼。他为什么打仗？他打仗是为自己。奥什德融入的实体亟待拯救，又是他自身存在的意义。在这种层面上，生与死就有点混淆了。奥什德把生死已经置之度外。也许他本人并不知道：他不怕死。长存，使之长存……对奥什德而言，死亡与生存相融合拢了。

他最初令我迷惑不解的是，加瓦勒要测量基准速度，想借用他的怀表时，他那么焦虑不安。

"我的中尉……不行……这会给我添麻烦。"

"你犯什么傻！就用十分钟调整一下！"

"我的中尉……队部仓库里有一块。"

"是的，可是那块表，六个星期前，就停在两点零七分，再也不肯走了！"

"我的中尉，怀表这种物件，不能借来借去……我的表，我没有义务借给人……您不能提出这种要求！"

奥什德哪管飞机刚被击中，从火焰中奇迹般逃生，按照军事纪律和等级制度，还是可以要求他登上另一架战机，立即去执行另一项极危险的任务……但是，这不等于说，他可以将一块豪华怀表交到不知爱惜的人手中：他拿出三个月饷银买了这块表，每晚上弦，像母亲一般爱护。瞧瞧这些人，伸胳膊撂腿，猜得出来他们根本不懂得表。

奥什德胜利了，终于确定了他应有的权利，他又把表揣到胸前，离开队部办公室时还气哼哼的，当时我真想拥抱他。我发现了奥什德珍爱的宝贝。他能为自己的怀表斗争，他的表就得以存在。他可以为国捐躯，他的国家就得以存在。奥什德同这些紧密相连，他本身也就存在了。千丝万缕，将他同这世界交织在一起。

正因为如此，我喜爱奥什德，又觉得不必向他表明。对吉约迈也是这样，他是我最要好的朋友，在飞行中牺牲，失去他之后，我避免谈论他。我们曾飞行在同样的邮航线路上，参加了同样航线的开拓工作。我们曾属于同一实体。

我感到自己随他也死去了一部分。我把吉约迈变成我的沉默的一个同伴。我属于吉约迈。

我属于吉约迈，我属于加瓦勒，我属于奥什德。我属于 2-33 飞行大队。我属于我的国家。飞行大队的所有人都属于这个国家……

第二十三章

我变化多大！这些天来，阿利亚斯少校，我说话很刺人。这些天来，入侵的装甲部队如入无人之境。我们大队二十三个机组，在敢死队任务中牺牲掉十七个。为了支撑这种哑角的群众场面，我觉得您是头一个，我们随后都接受了扮演死掉的角色。噢！阿利亚斯少校，那时我挺尖刻，我错了！

您是头一个，我们都一丝不苟，恪守一种责任，尽管其精神蒙上了阴影。您出于本能，推动我们，不是去夺取胜利，这是不可能的，而是浴火成长。您跟我们一样了解，获取的情报，传递不到任何人手中。然而，您就是要拯救一些常规，尽管其影响是隐蔽的。您是那么一本正经，询问我们敌军坦克驻扎地点、驳船、卡车、火车站、站台上的列车，就好像我们的汇报能派上用场。您甚至让我看出不怀好意，那种神态令人恼火：

"不对！不对！从驾驶座观察，能看得挺清楚。"

其实，您说得对，阿利亚斯少校。

我飞越的那群人，我是在阿拉斯上空望了那么一眼。我只能同我为之付出的人联结在一起。我只了解我所亲近的人。有泉水滋润我的根，我才能生存。我属于这群人。这群人也属于我。现在我从云层里降下来，在黄昏时刻，以五百三十公里的时速，从二百米的低空接近他们，好似牧羊人，扫视一眼，尽数点过，聚拢起来而成为羊群。这群人就不再是一群人：他们成为人民。我怎么可能没有希望呢？

尽管失败了分崩离析，我就像参加了一场圣事出来，心中怀着这种庄严而持久的喜悦。我在山河破碎、人心涣散中磨炼，然而我却赛似胜利者。哪个战友执行任务而返航，身上不着附着这个胜利者呢？佩尼科上尉向我讲起今天上午的出击："那些自动武器，我一发现有一种射击特别准，就掉转机关，擦着地面，朝那阵地全速直扑过去，用机枪扫上一梭子，立即扑灭那团红光，犹如一阵风刮灭蜡烛。十分之一秒钟之后，我又呼啸着冲向炮兵阵地……仿佛一颗炸了的炮弹！在我的冲击下，那群炮兵跌跌撞撞，四散奔逃。我就好像玩起了九柱戏！"佩尼科笑起来。佩尼科笑得很灿烂。佩尼科，胜利的上尉！

我知道这样的战斗任务，甚至能改变加瓦勒的那名机枪手的面貌。加瓦勒驾机闯入八十盏探照灯交叉的光束中，酷似参加军人的婚礼，穿过由利剑搭起的走廊。

"您可以调向九十四度。"

杜泰尔特在塞纳河上空定了位。我下降到一百来米的高度。大地上大片长方形的苜蓿地和麦田、三角形的树林，以五百三十公里的时速推向我们。我的飞机不知疲倦地分割、冲破那一面面镜子，我观赏镜片纷飞的地面，肢体上产生一种奇特的快感。塞纳河呈现在我面前。我斜插着飞越，塞纳河仿佛自转着往后退避。这种运转，有如大镰一挥，青草轻盈地倒下一片的景象，让我产生同样的乐趣。我坐得稳稳当当。我是这飞机的主人。油箱的油量足够回程。我要跟佩尼科掷骰子，赢他一杯酒喝，再下盘棋，击败拉科代尔。我作为胜利者，就是这种样子。

"我的上尉……他们开炮了……我们飞入禁区了……"

航线是他计算的，绝对怪不到我头上。

"炮火猛烈呢？"

"他们的劲头全用上了……"

"绕过去吗？"

"嗳，不必……"

那声调是久经考验的了。我们见识过洪水般的炮火。防空炮火打到我们这里，不过是下了一场春雨。

"杜泰尔特……要知道……在家门口让人打下来，那可愚蠢透顶了！"

"什么也打不下去……这是陪练呢。"

杜泰尔特的话很刻薄。

我不刻薄。我很高兴。我就愿意同家里人说说话。

"嘿……真的……这炮打得就像……"

咦，这家伙，他还活着！我注意到我这机枪手，还从未主动表明自己的存在。他消化了这场历险的全过程，并不想与人交流。顶多，在炮火最猛烈时，他才发出"噢！啦！啦"的感叹。但这毕竟不是要倾吐心里话的开端。

不过，现在可以发挥他的专长了：机炮。专业人员一用起专长来，那就谁也拉不住了。

我不能不对照这两个领域：航空领域和大地领域。刚才我携着杜泰尔特和机枪手，飞过了允许的界线。我们看到法兰西熊熊燃烧。我们看到海洋波光粼粼。我们在高空中见老。俯瞰遥远的火地，犹如观赏博物馆的玻璃展柜。我们在阳光中，同敌歼击机的灰尘做游戏。随后，我们又下降高度。我们投入大火中。我们什么都牺牲了。置身这种境地，我们对自身的了解，胜过我们十年的深思。我们最终走出了这十年的修道院。

这条公路，也许我们前往阿拉斯时飞越过，这会儿重又见到，路上逃难的队伍，多说走了五百米。

等他们将一辆抛锚的汽车推进沟里的工夫，要换一只轮胎的工夫，或者坐在车里不动，手指轻轻弹着方向盘，只待清理堵塞岔路口的"漂流物"的工夫，我们已经飞回了驻地。

我们跨越了失败的全过程。我们好似那些朝圣者，尽管在沙漠中跋涉，却不觉其苦了，因为他们随心而寓，已经到了圣城。

黑夜降临，要将散乱的人群驱赶进痛苦的围栏。羊群聚成一堆。他们该向什么呼救呢？而我们不言而喻，要奔向战友们，我就觉得我们急匆匆赶赴一个节庆。哪怕一间普通的木屋，只要远远望见灯光，最严寒的冬夜就会变为圣诞夜。我们去那里，准能受到款待。我们去那里，准能在晚餐的面包中相融相通。

今天，这样的冒险足够了：我又幸福又疲惫。飞机多添了弹孔，我就交给机械师去打理。我要脱掉沉重的飞行服，时间太晚了，就不跟佩尼科赌酒喝了，还是消停消停，坐在战友中间吃晚饭吧……

我们返航晚了。战友中迟归者，就再也回不来了。迟归？太晚了。让他们摊上啦！黑夜将他们翻入永恒。吃晚饭的时候，大队就计数死了多少人。

消失的人在记忆中都很美。人们永远只记得他们最亮丽的笑容。我们就不捞这种好处了。我们要采用邪恶天使的方式、偷猎者的方式，悄无声息地出现。少校会愣住，一口面包堵在喉头。他会瞪眼瞧着我们，也许会说："啊！……你们回来了……"战友们都会沉默不语。他们几乎不怎么看我们。

从前我不敬重大人，那是不应该的。人永远也不会衰老。阿利亚斯少校！人回来的时刻，也还是纯洁的："你回来了，你是我们的人……"而羞耻心则令人保持沉默。

阿利亚斯少校，阿利亚斯少校……你们之间的这种团体精神，我体会到了，如同火之对于盲人。盲人坐下来，伸出双手，不知道他的舒服感来自哪里。我们执行任务回来，准备得到一种滋味陌生的报偿，而这种报偿，无非就是爱。

我们认不出来这就是爱了。我们通常想到的爱，是一种非常感人、激动不已的爱。然而在这里，提出真正的爱，是助人成长的一面关系网。

第二十四章

我问过我那家农场主，飞机上有多少仪器。农场主回答我说："您那一摊子玩意儿，我一点也不懂。不过说起来，肯定缺了几样，几样能保证我们打赢战争的仪器……跟我们一起吃晚饭吧？"

"吃过了。"

但是他强拉我坐到他侄女和女主人之间。

"你，侄女儿，往边靠靠……给上尉腾出个位子。"

我发现自己不仅跟战友们紧密相连，通过他们，还同我的整个国家连在一起。爱，一旦生根发芽，根须生长便没有止境了。

农场主在寂静中分面包。因白日操劳，凝重的神情给他的脸平添几分高尚。他操持这种分配，如同主持一种礼拜，或许这是最后一次了。

我想到生产这面包原料的四周田地，明天就将遭敌军侵占。倒也不必担心大兵纷扰！地界太广。侵占！在这里也许只体现为一名哨兵，孤零零守望这片广阔的田野，远远看去，就是麦田边上的一颗灰点儿。表面上没有任何变化。但是，一涉及人，有一个标志，就足以使一切都另当别论。

吹过要秋收的麦田的风，酷似吹过海面的风。然而，吹过麦田的风，如果说在我们看来更为壮阔，那是因为风吹拂时，在清点一份产业，确认未来的保障。犹如文静的手，抚摩妻子的秀发。

麦子，明天就会变样。麦子远非肉体需要的食粮。人吃了，也绝不可与养肥牲口同日而语。面包的用途太广泛了！鉴于大家可以分享面包，我们便得以确认，面包是为人类大家庭所用的一件工具。鉴于面包是用汗水挣来的，我们便得以确认，面包代表劳动的伟大形象。鉴于饥馑时期，面包是用来赈济的，我们便得以确认，面包成为怜悯的主要媒介物。分享的面包滋味无可比拟。现今，诞生于这片麦田的精神面包，这种精神食粮的全部影响力，已岌岌可危了。我这家农场主，明天分面包时，也许就不再服务于同样的家庭宗教了。也许明天，这面包不再点亮同样的目光。有的面包也像灯油。油能转化为光。

我端详那侄女，相貌很美，我心下暗道：面包在她身上，转变为忧郁的文雅，转变为腼腆，转变为少言寡语的温柔。然而，同样的面包，只因麦海岸边多出一颗灰点子，明天即使供应同样一盏灯，恐怕也发不出同样的光了。面包的能力发生了本质变化。

我投身战斗，就是为了保存一种光的质量，然后才是抢救肉体的食粮。我投身战斗，就是为了我国的家家户户中，面包都转为奇异的光芒。这位沉默内向的少女首先打动我的，是那种超凡的形貌。那张脸的线条，我不知道是如何勾勒的。看她就不是看书页，而是看到洋溢于书页的诗意。

她感到有人注视，朝我抬起眼睛，仿佛冲我微微一笑……那笑容极浅，犹如一阵清风掠过脆弱的平静水面。这种情态搅乱我的心。我感到神秘的存在，这颗特殊的灵魂，属于这里而非别处。我体味到一种沉静，心下不免思忖："这是寂静王国的和平……"

　　我看见了闪耀的小麦的光芒。

　　那侄女的面容，以神秘为背景，恢复了平滑光洁。女主人叹息一声，环顾一下周围，沉默无语。农场主思虑未来的日子，自闭在谨慎中。所有人在沉默中，内心都藏有一份财富，类似一座村庄的祖业——都同样受到威胁。

　　一种显而易见的奇怪事实，让我感到应当为这些无形的财富负责。我离开居住的农舍，缓步走去，带着的这份责任，觉得温馨多于沉重，宛若偎在我的怀里睡觉的一个孩子。

　　我早就打算同我住的村庄进行这种对话。但是，我没有什么话要讲。我的焦虑情绪，在几个小时前平静下来时，我就想到了树，自己就像牢牢挂在树上的果实。我感到与自己紧密相连的是我的家人，这极其自然。我属于他们，正如他们属于我。我这家农场主分面包时，他并没有给出什么。他是在共享和交换。同样的麦子，在我们的体内运行。农场主没有因此而贫穷，反而更富有了：他吃的面包，由于转化为共享面包，也就更有营养了。今天下午，我为他们起飞去执行战斗任务，也没有给予他们什么。我们大队的人，什么也没有给予他们。我们是他们在战争中牺牲的一部分。我理解奥什德出战，为什么不说一句豪言壮语，就像铁匠为村里打铁。"您是谁？""我是村里的铁匠。"而铁匠高高兴兴地干活。

如果说现在，他们似乎陷入绝望，而我还抱有希望，但我同样并不有别于他们，我不过是他们希望的一部分。不用说，我们已经战败了。一切都中断了。一切都在崩塌。然而，我依旧感到一位胜利者的镇定。这些话相互矛盾吗？我才不在乎什么话呢！我就像佩尼科、奥什德、阿利亚斯、加瓦勒，我们都不掌握任何语言表达我们胜利的感觉。但是我们感到自己负了责任。谁也不能同时感到既负责任又绝望。

失败……胜利……我不擅长运用这类公式。有些胜利令人奋进，还有些胜利让人变坏。有些失败使人轻生，还有些失败让人猛醒。表明生命的不是状态，而是步骤。唯独一种胜利我不能怀疑，那就是蕴含在种子生命力中的胜利。种子播入广阔的黑土地里，就已经胜利在望了。当然仍需假以时日，以待种子获胜，长成麦子。

今天早晨，还只有一支溃不成军的军队、一群流散的难民。其实，一群流散的难民，哪怕出现一个意识醒悟的人，就已经有了纽带，不再是一盘散沙了。石料，如果丢弃在工地，就是散乱的石头，只要有一个人想建大教堂，这种散乱就只是表面现象了。散乱的泥土块，如果收容了一颗种子，我就不为之担心了。种子必能引导泥土块成为建筑大厦的材料。

哪个人开始静观，就会变成种子。哪个人发现一件明白无误的真理，就会扯人袖子指给每个人看。哪个人有所发明，就会立即宣扬。我不知道像奥什德这样一个人，如何表达，或者如何行动。但是这无关紧要。他那平静的信念，会向他周围扩散。获取胜利的原则，我看得更准了：一个人想在建成的大教堂里，谋求圣器管理员的职位，或者出租椅子的行当，已然就是失败者了。但是，哪个人心中有座要建造的大教堂，已然就是胜利者了。胜利是爱的果实。唯独爱才认得要塑造的面容。唯独爱能掌舵驶向心中的目标，智力为爱所用，才能展示价值。

在雕塑家的心中，他的作品沉甸甸的，即使他还不知道如何拿捏，这也无关紧要。捏了一把又一把，错了一下又一下，纠偏了再纠偏，他就通过塑造黏泥，一步一步走向他的创造物。聪慧和判断都不能创造。雕塑家如果单凭技巧和聪明，他的双手便缺少天赋。

对聪智的作用，我们错判由来已久，忽视了人的本体。我们原以为卑劣的灵魂，仗恃精妙的手段，也能助推高尚的事业走向胜利，以为油嘴滑舌的自私自利也能鼓舞牺牲精神，以为枯涩的心也可以通过花言巧语，筑造成友谊和爱的关系。我们忽视了人的本体。雪松的种子，不管怎样，终究能长成雪松。而荆棘的种子再怎样，也只能长出荆棘。今后判断人，我绝不依据他为自己的决定辩解的辞令。言之凿凿，犹如行动的指向，极易诱人上当。往家走的人，说不准是回去吵架还是回去爱。我心里会揣测："他是怎样一个人？"总体说来，人常常走向倾心的地方。

受到阳光呼唤的胚芽，总能从乱石土中寻路钻出来。纯粹的逻辑学家，如果根本没有阳光的牵引，就会沉溺在问题的纷乱中。我会牢记敌人亲自给我上的一课。装甲部队应当选择什么方向纵深推进，才能打入敌人的大后方呢？回答不上来。需要什么样的装甲部队呢？既然要冲破堤坝，那就必须有海的力量。

应该做什么？做这个，抑或相反的事，抑或别的事。未来的事根本用不上决定论。该是什么呢？这就是关键问题了。因为，唯独精神能促使聪智丰产，能让聪智孕育未来的作品。聪智则引导作品瓜熟蒂落。人要造第一只船时，该怎么做呢？要列出公式就太复杂了。总而言之，要经过成千上万次彼此矛盾的摸索，这只船才会问世。然而，这个人，究竟应该是什么样子呢？我这么设问，是抓住创造，探本求源。估摸他是商人，或者士兵，因为这种念头，必然发自对遥远土地的向往。他鼓励懂技术的人，招募工匠，终于有一天，将他的船放下水！如何做到让整座森林腾飞呢？噢！真是太难了……究竟是什么样子？一定是冲天大火！

明天我们就进入黑夜了。等到天又亮时，但愿我的国家仍然存在！怎么做才能救国呢？如何提出一种简便易行的办法？紧要的事又矛盾重重。必须拯救精神遗产，否则，民族就将丧失其天才。必须拯救民族，否则，遗产必将丧失。逻辑学家想调和这两种拯救，又缺乏这种语言，就试图或者牺牲灵魂，或者牺牲肉体。可我才不管逻辑学家那一套呢。我希望天再亮时，我的国家依然存在——精神和肉体都安好。为了我国的利益而行动，我必须心怀全部的爱，每一时刻都朝这个方向挤压。海水往一个方向挤压，毫无疑问，肯定能找出通道。

我毫不怀疑，国家保得住，我也更加理解，我的火让盲人感到的形象。盲人如果走向火，那是他内心萌生了这种需要。火已经支配了他的行为。盲人如果去找火，那就可以说他已经找到火了。同样，雕塑家如果伸手去按黏泥，那就可以说他的作品已然成竹在胸。同样道理，我们感到了我们关系的温暖：因而，我们已然是胜利者了。

我们已经感知到了我们这个整体。我们当然要表达出自己的感受，争取都加入进来。这在责任心和语言上都需要努力。不过，为了本体免遭一丝一毫的损失，我们必须装聋作哑，不靠近权宜的逻辑、讹诈和论战的陷阱。首先一点，我们不能否定我们所从属的一切。

正因为如此，我飞往阿拉斯执行任务返航，似乎豁然开朗，在乡村之夜的寂静中，靠着一堵墙，开始给自己定下几条简单的规则，终生都不会背弃。

既然我属于他们，不管他们做什么，我绝不会否认他们是自己人。我绝不会在别人面前抨击他们。如有可能为他们辩护，我就会为他们辩护。如果他们让我蒙受耻辱，我就将这种耻辱锁在心里，保持沉默。不管我对他们持何等看法，我也绝不充当原告的证人。做丈夫的，不会挨家挨户去告诉邻居，他老婆是个荡妇。他这样做，并不能挽回自己的名誉。只因他老婆是他家的人。他不能贬损她而自显高尚。回去再说，一到家里，他有权发火。

因而，我不能推卸一场失败的责任，尽管这一失败往往让我羞愧难当。我生于法兰西。法兰西培育出多少雷诺阿，多少帕斯卡尔①，多少巴斯德，多少吉约迈，多少奥什德。她也养育了一些无能之辈，一些政客，一些江湖骗子。然而，同为亲族关系，我若只认前者而否认后者，就未免太轻率了。

失败导致分裂。失败也败坏已成的事业。其中有死亡的威胁：我不会加深这些分裂，将灾难的责任推到与自己的见解不同的人头上。这类法官缺席的诉讼，不会得出任何结论。我们大家全是战败者。我呢，是战败者。奥什德是战败者。奥什德并不把失败推到别人身上。他在心里说："我，奥什德；我是法国人，成为弱者。奥什德的法国成为

---

① 帕斯卡尔（1623-1662），法国作家、哲学家、数学家和物理学家。

弱者。我因她而弱，她也因我而弱。"奥什德深知，他若是割断与同胞的关系，那不过是洁身自好。那么，他就不再是一户人家，一个家族的奥什德；不再是一个大队，一个国家的奥什德了。他就只是迷失在一片沙漠上的奥什德。

如果说，我接受因家庭而丢脸，我总还可以影响我的家庭。家庭属于我；我也属于家庭。反之，如果我拒绝蒙羞，家庭就要与我脱离关系；我保住名誉，却落个孤家寡人，独自离开，比个死人还无用了。

人生在世，首要的是承担责任。刚刚几小时前，我还形同盲人，心中一阵阵苦涩。可是现在，我判断事物就更加明晰了。从我感到自己属于法国之后，我就不再抱怨其他法国人了，同样，我也不再设想，法国可以抱怨其他国家，每个人要为所有人负责，法国要为世界负责。法国原本可以向世界提供能够团结的共同尺度。法国原本可以充当世界的拱顶石。设使当时，法国仍保持其品位，保持其光辉，那么全世界就可能通过法国，组成抵抗阵营。从此我否认我曾对世界的指责。如果世界缺乏灵魂，法国就应该担当这种角色。

　　法国本来可以促成大团结。我们 2-33 飞行大队作为志愿队，曾先后参加了挪威战争、芬兰战争。对我们这里的士兵和低级军官来说，挪威和芬兰代表什么呢？我总觉得，他们隐隐约约接受死亡，是为了某种品位，如同去参加圣诞节。在世界范围，拯救这种品位，在他们看来，值得牺牲他们的生命。设使当时，我们成为世界的圣诞节，世界就可能通过我们而得救。

　　在全世界，人类的精神大家庭，还没有起到有利于我们的作用。但是，我们若能建起这个大家庭，本来可以拯救世界和我们自身。这项任务，我们功败垂成。每人都要为所有人负责。每人都单独负起责任。每人都单独为所有人负责。我第一次懂得了宗教神秘的一种，是我认可为自己的文明的源头："担负人类的罪孽……"每个人都担负所有人的所有罪孽。

第二十五章

谁把这看成一种弱者的学说？领袖就是担起全部责任的人。他说："我打败了。"他不会说："我的士兵打败了。"真正的人就这样讲话。奥什德就会说："我负责。"

我理解屈辱的含义。屈辱并不贬低自己。屈辱恰是行动的原则。我有意宽谅自己，将不幸归咎于命数，那我就屈从于命运了。我若将不幸归咎于背信弃义，那么我就屈从于背叛了。然而，我若主动承担过错，就可以要求行使做人的权利。我行动起来，影响我所从属的范围。我就是构建人类大家庭的一部分。

要知道，我身上另有一个人，我必须与之搏斗才能成长起来。这种艰难的旅程必不可少，好歹我得以分辨出，哪个是我与之搏斗的人，哪个是正在成长的人。我不知道朝我起来的形象究竟如何，但是我心里说：那个人只是一条路。唯一重要的是，借这条路走向正果的人。

我再也不能满足于论战得出的那些真理了。何必谴责个人呢？他们仅仅是路径。我再也不会因机枪冻住而指责官员疏忽了，也不会再讲友邦人民太自私而不伸援手了。失败，当然体现在个人的种种失责中。但是，一种文明塑造了一国人。我倚仗的文明，如果因个人的过错而受到威胁，那我就有权在心里探问：这个文明为什么没有塑造出另一类人？

一种文明犹如一门宗教，抱怨信徒无所用心，正是责备自身无能。文明就应当激励起人民。同样，文明与其抱怨不忠者的仇恨，不如感召他们皈依。然而，我仗恃的文明，从前表现出色，激发了使徒的热忱，击垮了暴君，解放了受奴役的各国人民，如今却不知如何激励和感召了。假使我渴望找出我失败原因的根源，假使我有再经历一遍的雄心，那么我首先得找回我丧失的热忱。

因为，一种文明的延续，也如同麦子。麦子供养了人，而人则留下麦种，拯救了麦子。一代一代麦种的保存，好似一份遗产，是受重视的大事。

仅仅了解我渴望长成什么麦子，对我来说还是不够的。我若是想要拯救一类人——及其能力，同时也应该拯救培养这类人的原则。

然而，如果说我保留了我认可的这种文明的形象，我却丧失了传承这种文明的规则。今天晚上我发现，我先前使用的语言，触及不到事情的根本。我使用那种语言宣扬民主，就没有觉察出，我谈论人的品质和命运时，提出的不是一整套规则，而是一系列愿望。我祝愿人相互友爱，自由和幸福。这还用说，谁不同意呢？我能阐明应该"如何"做人——却没有讲清楚应该做"怎样"的人。

我谈到人类大家庭，但是语焉不详。我所提及的气候，就好像不是一种特定社会架构的产物。我似乎在提出一种自然明了的事理。自然明了的事理根本不存在。一支法西斯部队、一个奴隶市场，同样是人的群体。

这个人类大家庭，我并没有以建筑师的身份入住。我享受了这个人类大家庭的和平、宽容和福利，只是住在里面，对它却一无所知。我是作为圣器管理员，或者出租椅子的人住进去的。也就是说，作为寄生虫。也就是说，作为战败者。

邮船上的乘客便是如此。他们安享乘船之便，却不为船做任何事。他们躲在客厅里，认为这是绝对安全的环境，继续进行他们的赌博。他们不知道船体不间歇地承受着海水的压力。他们乘坐的船如果在暴风雨中解体，他们有什么权利怪罪呢？

如果人人都消沉了，如果我战败了，我能怪罪什么呢？

还是有一个共同的尺度，用以衡量我期望我这文明的人所应有的品质。还是有一条拱顶石，用以支撑他们应该建起的特定群体的大厦。还是有一条原则，从前用以导引出一切：根须、树干、枝叶和果实。是什么原则呢？那就是生命力极强的种子，埋在人的沃土中。单凭这粒种子，我就能成为胜利者。

我在村庄的这一夜非常奇妙，茅塞顿开，似乎明白了许多事。寂静到了异乎寻常的品级。极细微的声响，都好似敲钟，满空间激荡。什么响动对我都不陌生，无论牲口的这种哀鸣、远处的那种呼唤，还是一扇门的关闭，一切都仿佛通过我的身体。一种即将消逝的情感，我必须抓紧领悟其含义……

我心中暗道："这便是阿拉斯的炮火……"炮弹击穿一层外壳。这一整天，无疑我都在为自身准备寓所。我只是个不停唠叨的代理人。不停唠叨，正是原来这个人。随后，真正的人出现了，他在我的位置安顿下来，仅此而已。他望见流离失所的人群，便看到了一国人民。他的人民。真正的人，这国人民和我的共同尺度。因此，我跑向大队，就仿佛奔向一堆大火。人，通过我这双眼睛观看——人，战友们的共同尺度。

这是一种朕兆吗？我真就要相信朕兆了……这天夜晚……什么都心领神会。任何声响，在我听来都像一种信息，既清晰又模糊。我聆听，一个人平静的脚步声，响彻夜的空间：

"哎！晚上好，上尉……"

"晚上好！"

我不认识他。我们彼此打的招呼，犹如两只船相遇，船夫的一声"嗬嗨"。

我再次感受到一种神奇的亲情。今晚，寄寓我身上的人，无休无止地清点他的家人。人，各国人民和各个种族的共同尺度……

那个人，带着他那一堆思虑、想法和印象，走在回家的路上。他带回的大批货物，都锁在他的心里。我可以上前搭话，跟他聊一聊。就在村子的一条白色路上，我们交流一些记忆的往事。就像从海岛返回的商贩，相遇时交换一些珍宝。

在我这种文明中，与我相异的人，对我非但毫无损害，反而会丰富充实我。我们的一致高于我们，融会在人身上。晚上在 2-33 大队，我们的争论就是如此，绝不会损害，只能加深我们的情谊，因为谁也不愿意听到自己的回声，瞧见镜子里自己的形象。

法国的法国人和挪威的挪威人，走到一起同样为人。人将他们联结成一体，同时又弘扬他们的各自习俗而不相互抵触。树木也是如此表达一体的思想：树枝长得不像树根。因而，如果说在挪威那边，他们写关于白雪的童话；如果说在荷兰，他们爱种植郁金香；在西班牙，他们爱即兴跳佛拉芒戈舞，那么我们作为人，都更加丰富多彩了。或许这就是为什么，我们大队的人情愿为挪威而战……

现在我觉得，长途跋涉朝圣之路终于到了终点。我什么也没有发现，只是如梦方醒，仅仅又看见了原先不再看的东西。

我的文明基于通过个人而对人的崇拜。这文明几个世纪以来，就是力图表明人的概念，就如同教导我们要通过石头识别大教堂。它宣扬的这种概念的人高出个人。

因为，我这文明的人，不是以世人的标准来界定，而世人则以他的标准来界定。在他身上，如同在任何本质中，有什么成分是不能用构成它的物质来解释的。一座大教堂和一堆石头，绝对不可同日而语。大教堂体现了几何学和建筑学。这是石头所确定不了的特性，倒是教堂从自身的意义丰富了这些石头的内涵。这些石头因成为大教堂的石材而变得高尚了。五花八门的石头服务于教堂的一统了。甚至面目狰狞的兽形排水管，大教堂都吸纳进入它的赞歌。

不过，渐渐地，我忘掉了自己的真理。我原以为真正的人概括了世人，犹如石头建筑概括石头。我混淆了教堂和石堆，遗产也从而渐渐消隐了。现在，必须重树真正的人。他才是我这文化的本质。他才是我这大家庭的钥匙。他才是我胜利的原则。

第二十六章

一个社会的秩序，建立在强迫个人服从固定规则的基础上，这是容易办到的。摆布一个不知反抗、听命于主人或《古兰经》的盲人，也是轻而易举的。然而，为了解放人，就让人统御自身，这才是别样崇高的成就。

不过，解放又意味什么呢？如果我解放一个人，把他抛在大沙漠里，他什么也感受不到，获得自由又有什么意义呢？只有要前往什么地点的"某个人"，才谈得上自由。解放一个人，就是教会他懂得干渴，向他指明去找水井的路径。到了这种阶段，他才可能盘算好实施的步骤，行动就不会丧失意义了。如果不存在地心引力，解放一块石头就毫无意义。因为，石头一旦自由了，就无处可去了。

我的文明力图超越个人，将人际关系建立在对人的崇拜上，以使每个人的行为，无论对自身还是他人，都不再像白蚁群的习俗，盲目地因循守旧，而是自由地行使爱的权利。

地心引力的无形路径就解放了石头。爱的无形的斜坡也解放了人。我的文明力图将每个人都变成同一王子的使臣。它视个人为路径或使命，都胜过个人本身，给个人升华的自由提供不同的磁力方向。

我很了解这种力量场的起源。几个世纪以来，我的文明通过人瞻仰上帝。人是以上帝的模样创造的。大家敬重上帝体现在人身上。人是兄弟体现在上帝身上。上帝的这种映象，赋予每个人一种不可剥夺的尊严。人与上帝的关系，确立了每个人对他自身和他人的义务。

我的文明继承了基督教的价值观。我将思考大教堂的结构，以便深入理解它的建筑。

景仰上帝，便确立了人的平等，只因在上帝那里人是平等的。而且，这种平等有一种明确的含义。因为，只有在某种事物上，才可能实现平等。士兵和上尉，在国家层面上是平等的。这种平等如果不结合任何具体事物，那就纯粹是一句空话了。

这种平等，就是上帝通过个人的权利平等，但是我也很理解为什么不准限制个人升迁：上帝可以决定把个人当作途径。不过，由于上帝的权利平等是对个人而言，我也理解为什么个人，无论是谁，都要承担同样的义务，遵守同样的法则。在表述上帝的宗旨方面，他们都有同等的权利。在为上帝服务方面，他们也都有同等的义务。

我理解为什么，确立在上帝概念上的一种平等，既没有引起矛盾，也没有导致混乱。共同尺度缺失，蛊惑人心的主张便乘虚而入，平等的原则就蜕变为同一原则了。于是，士兵拒绝向上尉敬礼，因为士兵向上尉敬礼，敬重的是个人，而非国家。

我的文明承袭了上帝，使所有人作为人都是平等的。

我了解人与人彼此尊敬的起源。学者应该尊重司炉工本人，只因他通过司炉工尊敬上帝，司炉工也是上帝的使者。不管这个人如何优秀，另一个人如何平凡，任何人都不能借故将另一个人沦为奴隶。谁都不能侮辱一位使者。然而，对人的这种尊重，并不意味着面对个人的庸俗、愚蠢和无知，也要低三下四去迁就，因为上帝使者的这种身份，首先就受到了尊重。可见，上帝的爱是建立在高尚的人际关系之上，彼此都以上帝的使者身份相待，超越了个人的品质。

我的文明承袭了上帝，建立起通过个人来尊敬人。

我了解世人博爱的起源。人在上帝那里是兄弟。人只能在某种事物上称兄道弟。如果没有把人联系起来的纽带，人就是并行的，彼此并无关联。人不可能都是亲兄弟。我的战友和我，在2-33飞行大队"里"，我们是兄弟。法国人"在"法国是兄弟。

我的文明承袭了上帝，使所有人作为人都是兄弟。

我理解从前向我宣扬的慈善义务的意义。施善于人，服务于上帝。施善是对上帝的亏欠，不管个人有多么平凡。

这种慈善，受惠者并不屈辱，也不受知恩图报的约束，因为这份礼物不是给他的，而是呈献给上帝。行善也绝非趋奉平庸、愚蠢和无知。医生义不容辞，要冒着生命危险，给染上瘟疫的最粗俗的人治疗。医生是为上帝效劳。即使在窃贼的病床前守了通宵，他的人格并不会因此而降低。

我的文明承袭了上帝，从而将慈善当作礼物，通过个人赠送给人。

我理解要求个人谦恭的深刻含义。谦恭绝不使人低下，反而提高人的品德。谦恭能照亮他作为使者的角色。谦恭既能促使他通过他人尊敬上帝，也能促使他在内心尊敬上帝，甘愿做上帝的信使，为上帝奔波。谦恭能督促他忘记自我而变得高尚，须知个人如果过分张扬，通途立即就化为墙壁。

我的文明承袭了上帝，也宣扬尊敬自己，即通过自己而尊敬人。

最后，我理解了为什么，上帝的爱建起了人与人相互负责的观念，将希望作为美德强加给人类。既然希望把他们每个人都变成同一上帝的使者，将所有人的得救交到每个人手中，那么谁都无权绝望，即使是比自己强大者的使者。绝望就是否认在自身存在的上帝。希望的责任也可以这样表述："你就自认为如此了不起？你在绝望中，表现出何等自负！"

我的文明承袭了上帝，使得每个人对人人负责，人人对每个人负责。个人应该牺牲自己去救助集体，但是这里讲的，绝非一种愚蠢的算数考量。事关通过个人体现对人的尊重。其实，我的文明伟大之处，正在于一百名矿工应该冒生命危险，现场抢救被埋的一个矿工。他们救的是人。

有了这样的启示，我透彻地理解了自由的意义。这是树木在它种子的力量场中生长的自由。这是人上升的气候。这种自由就像航船的顺风。海上的帆船，只有借助风才是自由的。

这样培育起来的人，就具有树木的力量。树的根须延伸，什么空间不能覆盖！这样的力量，人的什么样坯子不能容纳，使之在阳光下茁壮成长？

第二十七章

但是，上述的一切，全让我扰乱了。遗产让我挥霍了。人的概念腐朽下去，我也听之任之。

为了拯救通过个人对受景仰的一位王子的崇拜，拯救这种崇拜给人际关系所创立的高品质，我的文明也确实耗费了极大的精力和可观的才华。人道主义就担负起独特的使命，阐明并坚持人高于个人的观念。人道主义就是宣扬人。

然而，一谈到人，语言就变得不灵便了。人有别于个人。一味谈石头，那么丝毫也触及不到大教堂的本质。单凭世人的品质去给人下定义，那也丝毫触及不到人的本质。人道主义就这样探索，走上一条被堵死的路。人道主义力图用一种逻辑和伦理的增量法，来确定人的概念，从而将这种概念传播到人的意识中。

任何语言的解释，也绝不能替代静思冥想。存在体的独一性，语言传达不了。如果渴望教育一些人，而他们的文明又没有爱国和爱产业一说，那么，我就拿不出任何论点打动他们。一份产业由田地、牧场和牲畜组成。每一样，或者放在一起，所起的作用就是让人富有。不过，产业中也有什么成分，无法从物资的分析计量，而有的业主出于对产业的喜爱，不惜破产也要保住。反过来说，恰恰是这种"成分"，给物资增添了一种特殊的高尚品质。因此，这些物资才成为一份产业的牲畜、一份产业的牧场、一份产业的田地……

同样，我们也成为一个国家的人，一种职业人，一种文明的人，一种宗教的人。不过，要自诩为这样的人，必须首先在自身培养这种本质。哪里不存在祖国的情感，用任何语言都不可能传递过去。只能通过行为，才能把自身培养成所应有的人的本质。人的本质不属于语言王国，而属于行为王国。我们的人道主义忽视了行动，难免在尝试中失败。

必不可少的行为，在这里有个名称，叫作牺牲。

牺牲并不意味着割爱，也不意味着苦修。主要还是一种行为。就是将自身献给想要成为的人。唯独为产业做出了一份牺牲，为守业而搏斗过，又为美化它而付出过辛劳的人，才能懂得什么是产业。这样，对产业的爱也就油然而生了。一份产业不是收益的总和，这样看就错了。这是奉献的总和。

我的文明只要依靠上帝，就能拯救这种牺牲的概念，将上帝置于人心中。人道主义忽略了牺牲的根本作用，主张用言语，而不是以行为传播人的观念。

为了通过世人来拯救人的意象，人道主义已别无他法，只能用大写字母写出一个漂亮的"人"字。这是一面危险的斜坡，我们很可能往下滑，难免有一天，就把人混同为人类的平均数或总和的象征。我们的大教堂和一堆石头，我们很可能混淆不分了。

渐渐地，我们丧失了遗产。

我们本来强调通过个人实施人权，却开始谈论集体的权利了。我们看到，一种忽视人的集体伦理观，不知不觉被采纳了。这种伦理观将明明白白地解释，为什么个人必须为整体做出牺牲，却不会再不玩弄辞藻，解释为什么一个整体应该为一个人做出牺牲。为什么要从不公正的牢房救出一个人，搭上一千条性命也是值得的。这种阐述我们还记得，但是也逐渐忘掉了。然而，我们之所以伟大，首先就体现在这种原则上，这也使我们人极明显地有别于白蚁群。

由于缺乏有效的办法，我们就从以人为前提的人道主义，滑向以人群为前提的这种白蚁群。

这类国家的或者群众的宗教，我们有什么可与之抗衡的呢？我们产生于上帝的人的伟大形象，又会遭遇什么命运呢？这种形象，通过一种空无实质的词汇，已经难以辩论了。

渐渐地，我们忘记了人，我们的伦理观就局限于个人问题了。我们要求每个人都不要触犯另一个人。每块石头不要触及另一块石头。自不待言，石头散乱地放在场地，彼此并不相犯。然而，石头相抵触，建起大教堂，也就相应地确立了自身的意义。

我们继续宣扬人人平等。可是，我们忘记了人，就再也不知所云了。我们不知道平等建立在什么基础上，只是模糊地表明这种主张，已经无法付诸实践了。在个人的层面上，文雅人与野蛮人、天才与蠢货之间，如何确定平等呢？在物质层面上，如果我们意图确认并实现平等，那就得要求所有人都占据同样的位置，都起同样的作用。这是荒谬的。平等原则退化为同等原则了。

我们继续宣扬人的自由。但是，我们忘记了人，就把我们的白由确定为一种模糊的随心所欲，仅仅设限不损害他人。这就空泛而无意义了，因为，根本没有不涉及他人的行为。我当了兵，自己弄残了身体，就要被处决。不存在独来独往的个人。谁退出，就要伤及一个整体。谁悲伤，就会给别人添堵。

从我们的权利，到这样理解的一种自由，我们怎么运用，都势必引起难以克服的矛盾。我们确定不了我们的权利什么情况可以实施，什么情况不能实施，于是就假惺惺地闭上眼睛，以便拯救一条模糊不清的原则，不理会任何社会都必然给我们的自由设置层出不穷的障碍。

至于慈善，我们甚至不敢再宣扬了。其实，从前基于生灵的牺牲，如果是通过他的人的形象为上帝增光时，就称为慈善。这种荣耀，我们通过个人，给予了上帝，或者给予了人。可是，我们将上帝或者人置于脑后，就只能给予个人了。这样一来，慈善往往就成了不可接受的手段。保证施舍物品公正的分配，应该由社会，而不应由个人好恶来决定。个人的尊严要求他，面对另一个人的慷慨，绝不能奴颜婢膝。财富的占有者，除了拥有财富，还要求非拥有者的感激，这实在是荒谬绝伦。

而且，更有甚者，我们已被误解的慈善，竟同自己的目的背道而驰了。慈善纯粹建立在对个人的怜悯行为，禁止任何教诲方面的惩罚。真正的慈善超越个人，是向人表示崇拜的行为，旨在贬抑个人，让人得以成长。

我们就是这样丧失了人。而丧失人，我们也掏空了我们文明宣扬的这种博爱的热情——即大家在某种事物上是兄弟，而非同胞兄弟。分享保证不了博爱。唯独在牺牲中，才能凝聚为博爱之情。博爱凝聚在比自身更博大的奉献中。然而，我们将任何真正存在的这个根本，混同为一种毫无原则的退让，将我们的博爱挤压得无立锥之地，降格为一种相互宽容。

我们已经停止奉献了。如果我只想奉献给自己，那么我什么也得不到，因为我自身毫无建树，我就什么也不是。如果随后有人要求我为利益而死，我一定会拒绝。首先得活着，才谈得上利益。出于什么样的爱的冲动，我才肯献身呢？人可以为一幢房子而死，不会为一些物品和几面墙而轻生。人不会为几块石头去死，但会为一座教堂而死。人不会为一群人去死，但会为一个民族而死。一个人如果是一个大家庭的顶梁柱，他出于对人的爱就会舍命。人只肯为赖以生存的根本去死。

我们的词汇似乎没有什么大变化，然而我们的言语变得空洞，失去了真正的实质，如果还要使用，就会把我们引向毫无出路的矛盾。我们万般无奈，只能闭眼不看这些争执。我们不会建筑了，万般无奈，就任由石头乱放在场地上，谈论起集体来，但又小心翼翼，不敢把话讲得很明确，因为，我们也确实言之无物。集体不结合什么事物，就是个空洞而无意义的词。数量不是存在的本质。

如果说我们的社会还有可取之处，如果说在这社会中，人还保留几分威望，也多亏了真正的文明：须知这种文明，虽然被我们的无知所背弃，它那废弃的光辉依旧伸延到我们身上，不管我们情愿不情愿，还在拯救我们。

我们自己都再也弄不明白的事情，我们的对手怎么可能懂得呢？在他们眼里，我们只是一片散乱的石头。我们已然忘记了人，就再也不知道如何界定集体了，而他们倒试图还给集体一种意义。

有些人轻而易举，一下子就得出逻辑的终极结论。他们把这套结论当成一套收藏的绝品。石头跟石头就应该同等同样。而每块石头都完全自我做主。无政府主义仍然记得人的崇拜，但是不折不扣用在个人头上。这种不折不扣的个人崇拜所产生的矛盾，比我们遇到的矛盾还要糟糕。

另一些人则把场地散乱的石头收集在一起。他们宣扬群众的权利。这种公式也难称心如意，因为，一个人施暴于群众，固然不可容忍，群众施暴于个人，也同样不能容忍。

还有一些人掌握了这些没有实力的石头，拼凑起来而成为国家。这样一个国家同样没有超越民众，同样还是数量的一种表述。这个国家的集体权力交到一个人手中。一块石头统治全体石头，还坚称与众石打成一片。这个国家明确宣扬一种集体道德观，而我们仍然拒绝，只是忘记了拒绝的唯一理由：人的概念，我们本身，还十分缓慢地，继续走向这个目标。

新宗教的这些信徒，定然反对许多矿工冒着生命危险，去救一名埋在矿井里的工人。因为这样一来，众多石头会受到损害。一名重伤员，如果拖累一支军队的行进，那就得结果他的性命。这种集体的利益，他们要以算术的方式考量——

而支配他们行动的也将是算术。如果超越自我，升华到更高境界，他们反而有所失。因此，他们要仇视一切有别于自己的事物，既然他们支配不了任何高于他们、不能与他们混同的东西。任何外来的习俗、种族、思想，对他们必将是一种冒犯。他们根本没有能力兼收并蓄。因为，要想转化人本身，不是肢解他，而应该让他认识自己，向他提供一个渴望的目标，提供一个用武之地。转化人，终归是解放人。大教堂吸纳了石头，而石头在建筑中有了一种意义。但是，一堆石头就吸收不了什么，缺少吸纳能力，只是重重地压在地面上。一堆石头就是这样——可是怪谁呢？

我不再感到奇怪：一大堆石头的重压，胜过散乱的石头。

比较而言，我是最强者。

我是最强者，如果我重又找到了路。如果我们的人道主义恢复了人。如果我们善于建立我们的大家庭，而且在建立中，我们使用唯一有效的器具：牺牲。我们的大家庭，一如我们的文明从前所建的那样，不是我们利益的总和，而是我们奉献的总和。

我是最强者，只因树强似土壤中的物质。树吸收了营养，转化为自身的生长。大教堂比石堆辉煌。我是最强者，只因唯独我的文明有能力，将形形色色的人聚拢团结在一起，丝毫也不肢解他们。我的文明力量的源泉，在不断汲取的同时，又激发喷涌不止。

我在出发的时刻，意图先接受后奉献。我的意图是妄想。这也像严格的语法课。接受必先给予——必先建房而后入住。

母亲奉献奶，建立对子女的爱。同样，我献出鲜血，建立了我对自己人的爱。说神秘就在于此。建立爱必从牺牲做起。然后，爱可能激励其他人做出牺牲，勇于牺牲而能节节胜利。人总要走出头几步。人必须先出生而后生存。

我执行任务回来，同农场主的侄女建立起亲属关系。她那微笑在我看来完全透明；透过那笑容，看到了我那乡村；透过我的村庄，看到了我的国家；透过我的国家，看到了其他国家。须知我所属的文明，选择了人为柱石。我所属的 2-33 飞行大队，愿意为挪威而战。

明天，阿利亚斯可能派我去执行另一项任务。今天，我穿上飞行服，为一尊我看不见的神效劳。阿拉斯的炮火击破了外壳，于是我看清楚了。我这里的所有人也同样看清楚了。即使黎明起飞，我也会了解这个为什么：我还战斗。

不过，我也渴望回忆我所看明白的。我要总结成简单的信条，以便记住。

我要为高于个人的人——如同高于个别的普遍——而战斗。

我相信对普遍的崇拜能激励和聚拢个人资源，建成唯一真正的秩序，即生活的秩序。一棵树体现一种秩序，尽管它的根须不同于它的枝丫。

我相信对个人的崇拜，只能导致死亡，因为这种崇拜将秩序建立在雷同上，混淆了本质的一致和组成部分的统一。而且，这种崇拜拆毁大教堂，以便把石头排列成行。谁企图将一种习俗强加于其他习俗，将一国人民强加于其他国人民，将一个种族强加于其他种族，将一种思想强加于其他思想，我就将同谁斗争。

我相信以人为本，能建立起唯一有意义的平等和自由。我相信通过个人实现的人权平等。我相信自由是人升华的自由。平等不是同一化。自由不是个人反对人的狂热。谁企图将人的自由置于个人，或一群人的控制下，我就将同谁斗争。

我相信我的文明，为确立人的统治，把情愿为人做出的牺牲称之为慈善。慈善是通过个人的平庸向人的献礼。慈善树立人。谁硬说我的慈善是鼓励平庸，从而否定人，并把个人永远囚禁在平庸中，我就将与谁斗争。

我将为捍卫人而斗争。反对人的敌人，甚至也要反对我自身。

第二十八章

　　我回到战友们中间。将近午夜时分，我们要全体集合，接受命令。2-33 飞行大队的人都困倦了。大炉中的火焰变成炭火。飞行大队看样子还在撑着。但这只是一种幻觉。奥什德愁眉苦脸，叩问他那块宝贝怀表。佩尼科坐在角落里，后颈靠着墙，闭上了双眼。加瓦勒坐在桌上，耷拉着两条腿，目光恍惚，噘着嘴像个要哭的孩子。阿赞伯尔则盯着一本书摇晃着身子。唯独少校还有精神头儿，但是脸色苍白得吓人，手上拿着材料，在一盏灯下低声同杰莱讨论。不过"讨论"只是一种表象。少校说话，杰莱点头，说："是的，当然。"杰莱一味念叨他那"是的，当然"，越来越贴紧少校的布置，犹如溺水者死搂住救生员的脖子不放。我若是少校，就会口气不变地说："杰莱上尉……天一亮，您就要被枪毙……"我还等他这样回答。

大队三天没有睡觉，像纸板搭的城堡立在那里。

少校站起身，走向拉科代尔，把他拉出梦乡：拉科代尔在梦中，也许赢了我的棋。

"拉科代尔……天蒙蒙亮您就出发，超低飞行任务。"

"好的，我的少校。"

"您应该睡一会儿……"

"是的，我的少校。"

拉科代尔重又坐下。少校拉着杰莱往外走，真像钓鱼线上拖着一条死鱼。杰莱那样子，毫无疑问，他不止三天，而是一周没有睡觉了。阿利亚斯也是如此，他不仅驾机执行战斗任务，还肩负起领导大队的职责。人的耐力是有极限的。杰莱已经透支了。然而，他们两个还得出发，救生员和溺水者，去追寻似幽灵的命令。

韦赞满脸疑云，朝我起来。韦赞本人，是站着睡觉的，好似一个梦游者：

"你睡了吗？"

"我……"

我的后脖颈仰在椅背上：一张扶手椅让我发现了。我也一样，坐下睡着了，可是，韦赞的声音在折磨我：

"难以收场啊！"

难以收场……禁止"先验"……难以收场……

"你睡了吗？"

"我……我……什么难以收场？"

"战争。"

这事儿，真新鲜！我重又沉入睡梦甜乡。我恍恍惚惚回了一句：

"什么战争？"

"怎么：'什么战争！'"

这场对话难以为继。啊！波拉，这些飞行队，如果能有几个蒂罗尔保姆，我们大队全体队员早就上床睡觉啦！

少校一阵风似的，猛推开门：

"决定了。转移。"

杰莱站在少校身后，他非常清醒。他的"是的，当然"的口头语，就留待明天讲了。还能有多少时日，他自己也不知道，反正这个夜晚还能借用一下，去干苦力活。

我们，大家都站起身，口里冒出："啊……好……"

我们还能说什么呢？

我们什么话也不说。我们要确保转移，唯独拉科代尔要等待黎明起飞，去完成他的任务。如果回得来，他就直接飞往新基地。

明天，我们同样不会说什么。明天，在证人看来，我们就是战败者。战败者就应该缄默，如同种子。

出 品 人：许 永
出版统筹：林园林
责任编辑：许宗华
特邀编辑：王佩佩
封面设计：李嘉木
印制总监：蒋　波
发行总监：田峰峥

发　　行：北京创美汇品图书有限公司
发行热线：010-59799930
投稿信箱：cmsdbj@163.com

官方微博

微信公众号

饌

圣埃克苏佩里

—— 作品集 ——

4

[法]圣埃克苏佩里 著 李玉民 译

中国友谊出版公司

目录
contents

译本序

结交小王子的启示

法国朋友克洛德·巴彦 (Claude Payen) 给我带来法文版《小王子》，他不免奇怪地问我，《小王子》在中国已经出了多种版本，为什么还要翻译。巴彦先生是英语教师，学习一年汉语，后靠自学而成为翻译家，在法国翻译出版了老舍的《二马》《老张的哲学》等多部小说。我常笑称他是翻译界的"奇迹"，也熟知他明知故问的习惯。不过，他提到对《小王子》的两种看法，倒引起我的注意。他说在法国，《小王子》家喻户晓，人人都读过，但是对这个童话故事，却有两种大相径庭的评价。一些人认为，《小王子》虽已成为世界级的儿童文学名著，但同其他童话故事没什么两样，都是浅显易懂的儿童读物；另一些人则认为，《小王子》意蕴深远，发人深省，非寻常儿童读物可比。

两种观点，哪一种更接近实际，这对翻译至关重要：要用牛刀还是杀鸡刀？带着这疑虑通读全篇，心中便释然了。开篇的两个喻象：蟒蛇吞象平面图和蟒蛇吞象透视图，可以说就是这种疑虑的答案。明显是一幅正在消化腹中一头象的蟒蛇图，那些大人看了硬说是一顶普通的帽子。后来，狐狸告诉小王子的那个秘密："本质的东西，眼睛是看不到的，只能用心去观察"，就是这两幅图最好的说明文字，也是理解《小王子》深意的钥匙。

早年一个场景让我终生难忘，甚至对我的翻译，尤其是儿童文学的翻译，产生了不小的影响。一个人初次见到同事的孩子，似乎为了讨好，说话就嗲声嗲气，装出一副天真的样子。那孩子反倒不适应，脱口说了一句："叔叔说话怎么这样逗啊？"孩子天真，真实得可爱；而大人装天真，则虚假得可笑了。这种场景，在生活中并不罕见，甚至出现在儿童文学作品的创作和翻译中。故作天真，模仿幼稚的语气，这是翻译童话故事的常备心态，结果时常露怯，让孩子们见笑了。

有鉴于此，我在翻译中，生怕效颦，绝不敢故弄姿态，与其过分紧张，不如放松身心，忘掉自己，尽量去做当事人。这次做了一回小王子，感觉特别爽，在翻译过程中受了一次再教育。这是从何说起呢？

《小王子》不是一般意义上的儿童文学作品，作者就明确表示：《小王子》是"写给大人们看的童话故事"。这就奇了，童话故事从本义上讲，就是写给孩子看的，是为了教育孩子；《小王子》却相反，是写给大人的启蒙读物，是为了教育大人的。当然，儿童读了同样受益，不仅受益，还能从大人的荒唐行为中增强自信心。看看书中是怎么说的："那些大人真够呛，他们独自从来都什么也理解不了，总让小孩子没完没了地向他们解释……"这话多给孩子们提气啊！

　　这句话不啻一记闷棍，在故事一开篇，就当头打到大人们的脑门儿上。故事的叙述者六岁时画的蟒蛇，成为他测量大人头脑的一块试金石，测试结果没有一个人合格。因此，他找不到一个人可以谈谈蟒蛇、原始森林，或者星星。后来他成为飞行员，生活一直很孤独，直到遇见小王子。

　　小王子离开他的星球，在太空旅行，拜访了好几个小行星，最后慕名来到地球，在撒哈拉大沙漠遇见故事的作者时，旅行持续将近一年了，可谓见多识广。但是，他同样没有遇见一个可以真正交谈的人，对他所接触过的那些大人，也只有一个评价，"他们都怪得很，怪得要命"。

　　大人都怪异到什么程度，小王子亲历亲见，举出了许多例证。他是个诚实的见证者，证言可信。他甚至觉得在沙漠结识的这个大朋友，考虑事情也难免沾染了大人的习气，可见他的判断不会受感情的支配，就更有可信度了。

小王子首先拜访了第 325 号小行星，上面只住着一位老国王。他自认为是全宇宙的君主，却没有一个臣仆，见到小王子好不得意，终于能在一个人面前称王了。他为了留住小王子，就封他为司法大臣，无人可审判就命他审判自己。小王子既不愿审判自己，也不愿意审判一只老耗子，不时判它一回死刑再赦免，因为那个星球难得只有那么一只老鼠。

小王子拜访的第二个星球，住着一个酷爱虚荣者。他一望见小王子，便高喊来了一个崇拜者。在他的眼里，其他人都是仰慕他的人，除了赞美之声，他从来什么也听不见。他要求小王子鼓掌，他就挥帽子致意。鼓掌，挥帽，鼓掌，挥帽，这样反复演练了五分钟，如果不是小王子玩腻了，这个酷爱虚荣者倒希望永远进行下去。

小王子还先后拜访了一个酒鬼、一名商人、一个点路灯的人、一位地理学家。那个酒鬼终日喝酒，就是为了忘掉自己酗酒的羞愧。那个点灯人每分钟要点燃并熄灭一次路灯，只因他的星球自转加速，每分钟自转一周，而给他的指令却始终未变。那名商人更绝，终日统计核实天上星星的数目，写在纸条上存入银行，这便是他所拥有的财富了。真是无奇不有，每一章都是一段精彩的黑色幽默。遵照那位地理学家的指点，小王子最后来造访地球了。

小王子寻找地球上的人类，得到的头一个答案是："他们随风飘游。他们没有根，活得很累。"小王子登上高山，发出召唤，只得到"你好，你好，你好；你是谁，你是谁，你是谁"的一连串回音，于是得出结论："人都缺乏想象力，只会重复别人对他们讲的话……"不断往返奔驰的火车，让小王子对人生之旅产生这样的印象：人人都匆忙赶路，却不知道要寻找什么，他们在车厢里，不是打哈欠就是睡觉；只有孩子们脸贴着车窗，挤扁了鼻子向外张望，知道自己要寻找什么。

作者深知，那些大人特别喜爱和相信数字，因此在讲述小王子的故事过程中，为了照顾那些大人，有时不得已也用数字说话。譬如，小王子来自 B612 号小行星，他之后拜访了第 325 号至 330 号等六颗小行星。有这些数字，大人们就能相信小王子确有其人，相信小王子见到老国王、爱慕虚荣者那些人。大人迷信数字到何等程度，作者也举了小事例。譬如你说新交了一个朋友，他们准会问你："他几岁了？有几个兄弟？他父亲挣多少钱？"只有弄清了这些数字，他们才认为了解了这个人。再譬如，你怎么描述一座红砖房有多漂亮，那些大人也想象不出那座房子到底如何，但是只要说那房子价值十万法郎，他们就会立刻赞叹："那可太漂亮啦！"

"大人们就是这种德行"，作者不止一次这样感叹。不过，他也明确表示："对那些大人们，小孩子要尽量宽容些。"宽容是教育之本。《小王子》用大量篇幅，宽容地讲述大人世界何等荒唐，归根结底还是为了启发教育大人。我认为译者，首先作为受教育者——大人世界的一员，感受到了作者的善意。他做到了自己所说的话："我一向不喜欢板起面孔，拿出一副说教者的腔调。"

其实，无论小王子还是本书作者，并没有想到去教育谁。他们还在不断地认识事物，进行反思，看到大人世界的一些现象，只是感到诧异而不可理解，并且意识到不能走他们的老路。那些人都挤进快速火车的车厢里，却不知道去寻求什么；他们在花园里栽植五千株玫瑰，同样不知道要追求什么，就因为他们丧失了原有的智慧，忘记了当初认识的真理。

人类遗忘的真理中，很重要的一条就是 apprivoiser。法文这个词原意为"驯养"（动物），在本书中则别有深意。小王子与狐狸的交往，是本书核心的部分，也是最精彩的篇章之一。小王子是跟他的那朵玫瑰花闹别扭，才离开他那星球的。他正独自伤心，遇见一只狐狸，便提出一起玩耍。狐狸说他不是"驯养"的动物，不能跟人玩耍，希望小王子驯养他。小王子问他"驯养"是什么意思，狐狸给了一个全新的定义，说"驯养"就意味"建立关系"。

"建立关系"是全新的定义，也许正合"驯养"的古意。建立关系是个渐近的过程，毫无私念和功利之心，彼此逐渐接近，逐渐消除隔阂与防范心理，最终建立起亲密无间的关系。这种关系就没有"驯养"一词通常包含的主从之分，高低之别，只有体贴和尽心尽意呵护的责任。小王子和狐狸建立起了这样的关系：对小王子而言，这只狐狸就不同于千万只狐狸了；而在狐狸的眼里，小王子也有别于千千万万小男孩了。总之，他们彼此都成为世上唯一的了。

本书作者与小王子相处一周，自然也建立起了这种关系，他从小王子透露的经历中，受到了很多启发。小王子离开他那星球之后，无限思念并牵挂他那朵玫瑰花儿，终于明白那是他世间的唯一，无论他走到哪里，那朵花儿都是他的感情寄托与归宿。作者看到怀里睡着的小王子嘴唇泛起一丝笑意，不禁想道："这个熟睡的小王子最让我感动的，就是他忠于一朵花儿；而那朵玫瑰的形象，即使在他睡觉的时候，也如一盏明灯照亮他的心田……"

作者讲述，他和小王子顶着星光，在沙漠中长途跋涉，于黎明时分发现了水井。他在辘轳的歌声中打上来井水，小王子闭上眼睛，像过节一般喝得那么甜美，经过一番努力喝到的井水，已非寻常食物可比，宛如一件礼物，能够滋润心田。

"滋润心田""照亮心田"，这就是人生幸福的源泉。心灵黑暗的人，心灵干渴的人，也许在一朵玫瑰花上，在一点点水里，就可能找到他们所缺乏的东西。这就必须用心去观察，去发现，必须投入时间、精力和感情。然而可悲的是，"人类再也没有时间去认识什么了，他们只是去商店购买所需的成品"，无论对人还是对物，再也不肯花费时间和精力，更不用说投入感情了。他们只相信盲目的眼睛，只追求无限扩大的、也无比空虚的数字。

小王子告别的场面十分感人，更有启发意义。小王子同狐狸告别时，已经醒悟，懂得了人生的真谛。作者同小王子告别时，也完全醒悟了，人生总要珍视点什么：他同小王子结成的友谊，使他拥有了一个世界。诚如小王子所说："以后你再遥望夜空的时候，由于我住在一颗星球上，由于我在那星球上发出笑声，那么在你看来，所有星星都满载笑意，你将拥有能欢笑的满天星星！"

我与《小王子》相处半月有余，首先解决了翻译的问题：无须用牛刀，也不用杀鸡刀，而是力求像庖丁解牛那样顺其自然，虽难做到"莫不中音"[1]，也尽量应和小王子的天籁之声。

我说《小王子》是写给大人的启蒙读物，主要是因为书中讲述的故事，小王子所认识和发现的事物，大抵是人类早已丧失的智慧和遗忘的真理。至少对我来说，达到了启蒙的目的。早已过不惑之年的我，有时也不免疑惑起来。究其原因，就是疏忽了"驯养"的功夫，不是总能"用心去观察"。

我用心理解《小王子》，在翻译中投入了感情，因而，我和小王子也成了知交。我会十分珍视这份情谊，以后有机会离开都市的照明，再仰望夜空时，就不会像小时候那样觉得非常神秘，也不会像当年在农村五七干校的时候那样，感到特别迷茫，而是想到小王子正在一颗星球上笑着招手，于是望见"所有星星都绽放了花朵"，我也"将拥有能欢笑的满天星星"！

李玉民

---

[1] 引自《庄子·养生主》："庖丁为文惠君解牛，手之所触，肩之所倚，足之所履，膝之所踦，砉(xū)然响然，奏刀騞(huō)然，莫不中(zhòng)音。"

根据法国巴黎伽里玛出版社

(Editions Gallimard)

1946 年版本译出

小王子

LE PETIT PRINCE

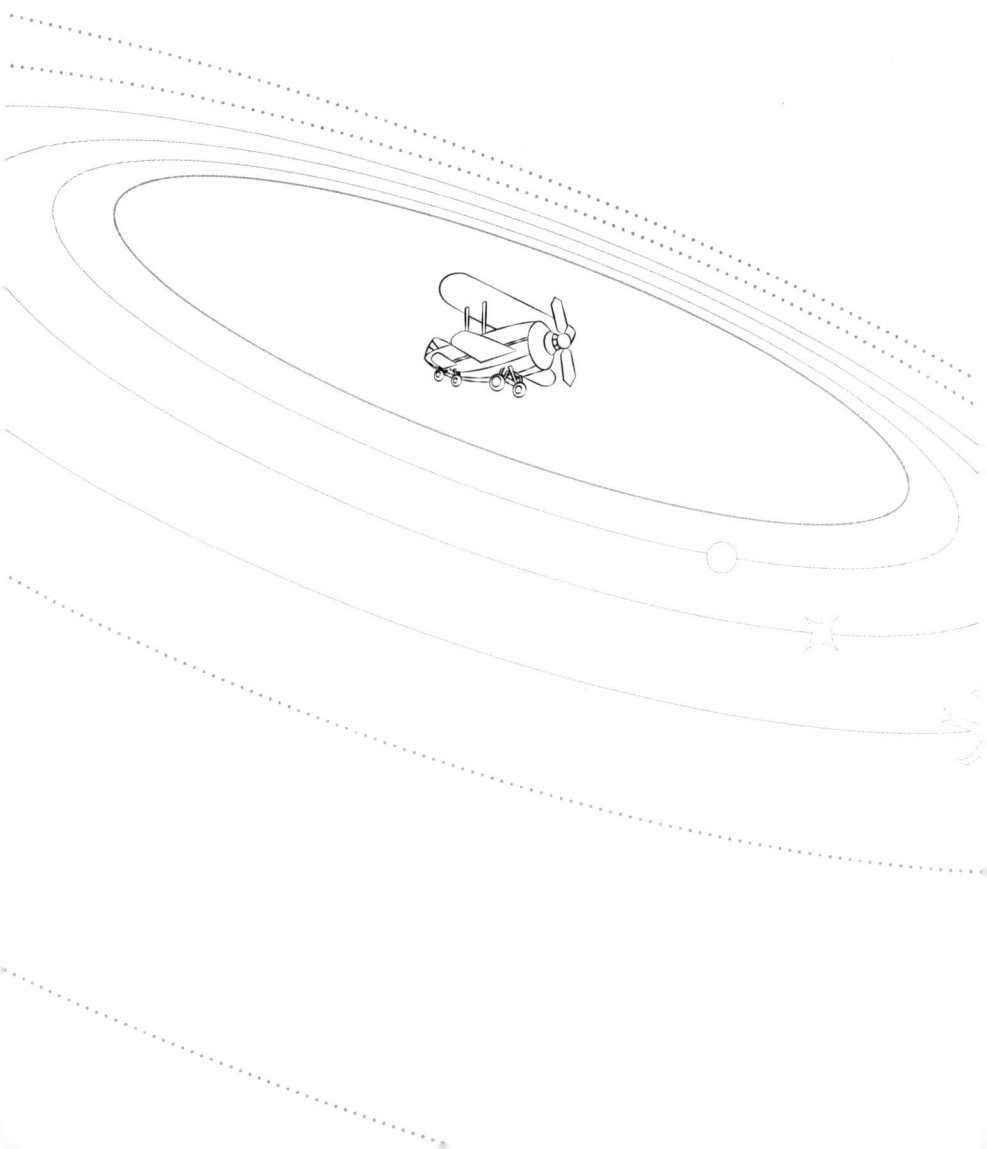

献给莱昂·维特

我这本书献给一个大人，还请所有孩子谅解。

首先，我有一个重要的情由：这个大人是我的最好朋友。还有一个情由：这个大人什么都能够理解，甚至理解为孩子写的书。我还有第三个情由：这个大人居住在法国，终日挨饿受冻，确实需要得到安慰。

所有这些情由如果还不够的话，那么这本书我倒很愿意献给这个大人成年之前的那个孩子。所有大人当初都是孩子。(不过，很少人还记得这一点。)因此，我的献词就更改为：

献给童年时的莱昂·维特

第一章

    我六岁那年，有一次在一本名为《亲历的故事》、描写原始森林的书中，看到一幅奇妙的插图，画的是一条大蟒蛇正吞食一只野兽。下图便是那幅插图的临摹。

一条大蟒蛇正吞食一只野兽

书上这样写道：

"蟒蛇逮着猎物时，总是整个儿吞下去，并不咀嚼。吞下猎物之后，蟒蛇就动弹不了了，接下来要消化食物，一连休眠六个月。"

于是，对莽林中的种种奇遇，我思索了好久。随后我也拿起彩笔，画出我生来第一幅画，即我的绘画一号作品。图像如下：

我这幅杰作拿给大人们看，还问他们看我的画害怕不害怕。

他们却回答我说：

"一顶帽子，有什么可怕的？"

我画的根本不是帽子，而是正在消化腹中一头大象的蟒蛇。为了让那些大人看得懂，我就又画了一幅蟒蛇的透视图。没办法，那些大人碰到什么事儿，都需要人向他们解释。我的绘画二号作品图像如下：

  大人们看了之后，都劝我别再画什么蟒蛇了，不管是平面图还是透视图，还是把兴趣放到地理、历史、算术和语法上。我当画家的美好前程，六岁那年就这样断送了。我的绘画一号作品和二号作品未获成功，这让我灰心丧气。那些大人真够呛，他们独自从来都什么也理解不了，总让小孩子没完没了地向他们解释，这实在太累人了。

  因此，我不得不另择一种职业，便学会了驾驶飞机。我差不多飞遍世界各地。而且地理的的确确对我大有助益。我一眼就能辨认出，那是中国还是美国的亚利桑那州。万一夜间迷航，这种本领非常管用。

  我在职业生涯中，同许多重要人物打过许多交道。我在大人中间生活了好多年，近距离观察他们，也并没有改善我对他们的看法。

  我遇到的大人中，只要觉得哪个头脑还算清楚，就测试一下，拿出我一直保存的绘画一号作品，看看他是否真的能够理解。可是，每次我都得到同样的回答："这是一顶帽子。"这样一来，我就不同他谈蟒蛇了，也不谈原始森林，更不谈什么星星了。我只能说点他能懂的，谈谈桥牌、高尔夫球、政治、领带什么的。结果，能结识我这样一个通情达理的人，那个大人非常高兴。

第二章

　　我生活就是这么孤独，没有遇见一个可以真正交谈的人。直到六年前，这种状况才有所改变。当时，我的飞机发生了故障，迫降在撒哈拉大沙漠。发动机里不知哪个部件毁坏了，而飞机上既没有机械师，也没有乘客。我独自一人，只好自己动手，解决这个难题，设法排除故障。这对我是个生死攸关的大事。飞机上携带的饮用水，只够我维持一星期。

　　第一天夜晚，我就睡在远离任何人家的沙漠上。比起抓着小木筏漂流在大洋中的遇难者来，我更加孤立无援。因此，拂晓时分，我忽然被一种奇特的轻微声音弄醒，你们就可以想象，我有多么惊讶。那声音说道：

　　"劳驾……给我画一只绵羊吧！"

　　"什么！"

"给我画一只绵羊。"

我腾地一下子跳起来，就像被雷电击中了一样。我使劲揉了揉眼睛，仔细瞧了瞧，看到一个非同寻常的小家伙，正在那儿一本正经地注视着我。

请看，这就是后来我给他画的最好的一幅肖像。

我画的这幅肖像，当然远不如他本人那么帅气。这不能怪我。早在我六岁那年，我当画家的前程，就让大人们给断送了。除了画过大蟒蛇的平面图和透视图之外，我就再也没有学习画过任何别的东西。

我惊讶不已，瞪大了双眼，定睛瞧着这个神奇的不速之客。不要忘了，当时我身陷绝境，方圆千里没有人家。可是眼前这个小家伙，我看并不像迷了路：他不是累得要死，饿得要死，渴得要死，也不是吓得要死。他根本不像一个迷了路的小孩子，跑到千里之外没有人烟的大沙漠里。等我终于能够开口说话了，我就问他：

"怎么……你在这儿干什么呢？"

他还是重复原来的话，声音极轻，仿佛是说一件重大的事情：

"劳驾……给我画一只绵羊吧……"

神秘的东西，一旦产生极大的威慑力量，谁也不敢违抗。在这有生命危险、方圆千里没有人烟的地方，听到这样的请求，不管觉得多么荒唐可笑，我还是从衣兜里掏出一张纸和一支钢笔。可是我马上想起来，我主要学习地理、历史、算术和语法了，于是，我（颇不带好气儿地）对小家伙说，我不会画画。他就回答道：

"没关系。给我画一只绵羊吧。"

"劳驾……给我画一只绵羊吧！"

我从未画过羊，只画成了两幅画，便重新画出来一幅给他看，正是那幅蟒蛇平面图。我深感意外，听到小家伙这样回答我：

"不对！不对！我不要在蟒蛇肚子里的一头大象。一条蟒蛇，实在太危险了，而大象又太庞大，太占地方了。我的家乡非常小。我就需要一只绵羊。给我画一只绵羊吧。"

我只好画了一只羊。

他仔细瞧了又瞧，然后说道：

"不对！这只羊病得太厉害了。再给我画一只吧。"

我又画出来一只。

我的小朋友亲切地微微一笑，宽厚地说道：

"你瞧瞧……这不是绵羊，而是山羊，还有犄角呢……"

于是，我又重新画了一幅。

但是，同先前两幅一样，这一幅也被他否定了。

"这只羊太老了。我想要一只能长久活着的绵羊。"

我心里着急，要动手拆卸我的发动机，便失去了耐性，随便画了几笔，赶紧抛给他一句话：

"这是只箱子，你要的绵羊就装在箱子里面。"

不料，我却吃惊地看到，我这位小鉴赏家面露欣喜，眉开眼笑了。他说道：

"这正是我想要的！你认为，这只绵羊要吃很多青草吗？"

"为什么这样问？"

"因为我的家园非常小。"

"那也肯定够了，我给你的是一只小小羊。"

他低下头看画，说道：

"也不是特别小……咦！小羊睡着了……"

就这样，我认识了小王子。

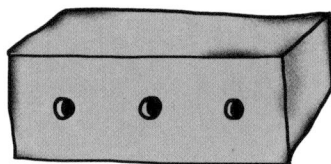

"你要的绵羊就装在箱子里面。"

第三章

　　小王子来自何方，我费了好长时间才弄清楚。小王子向我提了许多问题，可是我问什么事儿，他似乎压根儿就听不见。还是他随意讲的只言片语，逐渐向我透露了他的全部身世。例如我的飞机 (我不会把我的飞机画出来，对我来说，画飞机太复杂了)，他第一次见到时，就问我：

　　"这是个什么玩意儿啊 ?"

　　"这不是玩意儿，它能飞。这是一架飞机，是我的飞机。"

　　我还很自豪地告诉他，我能驾驶飞机飞行。他一听，就高声说道：

　　"怎么！你是从天上掉下来的 ?"

　　"是的。"我谦虚地承认。

　　"啊！这可真有意思 !……"

　　小王子随即咯咯地笑起来，笑声清脆悦耳，可我听了却十分恼火。我是渴望别人能以严肃的态度对待我的不幸遭遇。接着，他又补充一句：

"这么说，你也是天上来客！你是从哪个星球来的？"

我立刻瞥见一道亮光，能照亮他现身的秘密，于是突然发问：

"你是从另一个星球来的吧？"

他并不回答，只是注视我的飞机，轻轻地摇着头，说道：

"老实说，你乘坐这玩意儿，不可能来自特别遥远的地方……"

继而，他就沉浸在遐想之中，过了好一会儿，他又从口袋里掏出我给他画的那只绵羊，全神贯注地欣赏起他这个宝贝来。

你们想象得出，他那提到"别的星球"欲言又止的话，引起了我多么强烈的好奇心。因此，我要极力探个究竟：

"我的小家伙，你是从哪儿来的？'你的家园'在哪儿？你要把我这只绵羊带到哪里去？"

他默默地沉思了片刻，才回答说：

"你捎带给我的这个箱子可真好，夜晚小绵羊就睡在里面。"

"当然了。你若是再乖一点儿，我还可以给你画一条绳子，白天好拴住小绵羊。还得画根木桩。"

小王子听了这个建议，似乎很反感：

"拴住小羊？多怪的念头！"

"可是，小羊不拴住，到处乱跑，就会跑丢的。"

我的小朋友又咯咯地笑起来：

"你要让小羊跑哪儿去呀？"

"随便哪里，一直往前跑……"

于是，小王子非常严肃地指出：

"没关系，我的家园小极了！"

他的语气也许带着几分忧伤，又补充一句：

"小羊一直往前跑，也跑不了多远……"

小王子居住的那个星球，比一幢房舍也大不了多少

第四章

　　我就是这样了解第二个非常重要的事实：小王子居住的那个星球，比一幢房舍也大不了多少。

对此我并不感到十分奇怪，我早就知道地球、木星、火星、金星，都是命了名的大行星，此外还有成千上万别的星球，有的体积实在太小，用望远镜都难以观测到。天文学家一旦发现其中一颗，就给它一个编号作为名称，例如叫作："325 号小行星"。

我有充分的理由认为，小王子来自 B612 号小行星。那颗小行星只在 1909 年，由一位土耳其天文学家用望远镜观察到一次。

于是，他在国际天文学的一次年会上，详细介绍了他的发现。然而，由于他一身土耳其装束，谁也不相信他的论证。大人们就是这种德行。

B612 号小行星得以扬名，还多亏了一个土耳其的独裁者，他严令土耳其臣民穿欧式服装，拒不执行者以死罪论处。那位土耳其天文学家换上一身非常华丽的西服，于1920年的年会上，再次论证他的发现。这一回，所有人都同意他的看法了。

　　我这样不厌其烦，向你们讲述有关 B612 号小行星的情况，透露它的编号，也是要照顾大人们。那些大人喜爱数字。譬如你向他们提起新交了一个朋友，他们问你从来就问不到点子上，从来不会这样问你："他的嗓音怎么样？他最爱玩什么游戏？他收集蝴蝶标本吗？"他们只会问你："他几岁啦？有几个兄弟？他父亲挣多少钱？"只有弄清了这些数字，他们才认为了解了这个人。如果你对那些大人说："我看见一座漂亮的红砖房，窗户上爬满了天竺葵，屋顶上落着鸽子……"他们就想象不出那座房子到底如何。必须对他们这样说："我看见了一座房子，价值十万法郎。"

他们马上就会高声赞叹："那可太漂亮啦！"

同样，如果你对那些大人说："小王子确有其人，他特别可爱，总好咯咯地笑，他还要了一只小绵羊。当一个人想要一只羊，那就证明他是存在的。"他们听了就会耸耸肩膀，把你当成一个小孩子！反之，如果你对他们说："他来自 B612 号小行星。"他们就会心悦诚服，不再拿他们那些问题来烦你了。大人们就是这种德行。对那些大人们，小孩子要尽量宽容一些。

自不待言，我们这些人懂得生活，才不理会那些编码呢！我倒特别愿意像讲童话故事那样讲小王子的故事。我倒愿意这样开头：

"从前，有一个小王子，居住在比他大不了多少的一个星球上，他需要交一个朋友……"在懂得生活的人看来，这样讲显得真实得多。

我不喜欢别人以轻率的态度来读我这本书。提起这些往事，我感到特别伤心。我那个小朋友带着他那小绵羊，一道离去已有六个年头了。我在这里试图描述小王子，就是免得把他遗忘。忘记一位朋友，实在是件可悲的事。不是人人都能有个朋友的。况且将来，我也可能变得像那些大人，只对数字感兴趣了。也还是为了这个缘故，我买了一盒颜料和几支铅笔。我只是在六岁那年，画过一幅蟒蛇平面图和一幅蟒蛇透视图，此外从未试过画别的东西，现在到了我这个年龄，再重新拿起画笔该有多么吃力啊！小王子的形貌，我当然要尽可能画得像些。不过能否如愿，我并没有完全的把握。一幅肖像还可以，另一幅就画得不像了。他的身材高矮，我也掌握不准。这幅画上，小王子太高大；在另一幅上，他又太矮小了。他的服饰颜色，我也往往犹豫不决。于是，我就边画边摸索，这样画画，那样画画，勉勉强强画出来。最后，还有一些更为重要的细节，我也可能要出错。不过，这一点大家还应当谅解我那位小朋友从来就不解释什么。也许他认为我跟他一样。可是不幸得很，我不能透过盒子看见里面的绵羊。也许我有点像大人了。恐怕我是老了。

第五章

每天和小王子相处，我都能了解到一些情况，有的关于他那颗星球，有的则关于他如何起程，关于他的星际旅行。这是他思索时不经意流露出来，我一点一滴得到的。正是通过这样的途径，第三天头上，我了解到猴面包树的事件。

这一次，仍然得力于那只小绵羊。当时，小王子突然问我，仿佛萌生一个重大的疑虑：

"绵羊爱啃灌木，真是这样吧，对不对？"

"对，真是这样。"

"啊！那我真高兴！"

我不理解，绵羊啃灌木吃，为什么就那么重要。小王子紧接着又追问一句：

"因此，绵羊也啃猴面包树吃啦？"

我提示小王子注意，猴面包树可不是灌木，而是参天大树，有教堂那么高，就算他带回去一群大象，也休想啃掉一棵猴面包树。

一群大象这种想法，逗得小王子咯咯大笑：

"那还得把大象一头一头摞起来……"

把大象一头一头摞起来

不过，他又充满智慧地指出：

"猴面包树长成大树之前，开头也是小树苗呀。"

"这是千真万确的！可是，你为什么要让你的羊啃猴面包树苗呢？"

他回答说："嗳！瞧好吧！"就好像这是不言而喻的事情。可是，我必须绞尽脑汁，才独自想明白这个问题。

原来是这样：小王子那颗星球也同所有星球一样，生长着有益的草木和有害的草木。因此，就存在有益草木的良种和有害草木的坏种。然而，种子是看不见的，都埋在土地里休眠。直到有一天，哪颗种子突发奇想醒来，伸伸懒腰，发出无害而美妙的小嫩芽，小心翼翼地去寻找阳光。如果是小红萝卜，或者玫瑰的幼苗，那就可以任其自然生长了。万一是一株有害的植物，一旦认出来，就应该立即拔掉。而在小王子那个星球上，恰恰就有特别可怕的种子……那就是猴面包树的种子。他那星球的土壤，饱受了那种树种的侵扰。如果下手太晚的话，一棵猴面包树一旦长起来，就永远也根除不掉了。它会霸占整个星球，根须将星球穿透。假如星球太小，而猴面包树又太多的话，那个星球就非得给撑爆了不可。

"凡事都得有个规矩，"后来小王子对我说道，"每天早晨梳洗完毕，就应该认真清扫星球。猴面包树和玫瑰刚发芽的阶段，十分相似，一旦辨认出猴面包树苗，就必须及时根除。这种劳动非常枯燥，倒是也特别容易。"

有一天，小王子劝我以此为题，花点心思画一幅好图画，以便把这个道理灌输到地球孩子的脑子里。他对我这

样说道：

"将来有一天他们去旅行，明白这个道理会有用处。自己的工作往后拖拉，有时候也没有多大关系。但是，对付猴面包树若是马虎了一点儿，那必定酿成大祸。我知道有那么一个星球，住着一个懒汉，他对三棵小树掉以轻心，结果……"

于是，我按照小王子的提示，画出了那个遭了大难的星球。我一向不喜欢板起面孔，拿出一副说教者的腔调。不过，猴面包树的危害性，我们几乎一无所知，而且，一个人若是迷失在一颗小行星上，所冒的风险特别巨大，因此，我破例改变一次审言的态度。我要告诫大家："孩子们！要警惕猴面包树啊！"

正是为了提醒我的朋友们，谨防一种早已擦着身边的危险，如我本人一样尚不了解，我才尽心尽力画这幅画。我以此为告诫，也值得花费力气。

你们也许会产生疑问：这本书里的其他插图，为什么都不如猴面包树图这样宏伟。答案很简单：我也试图画得宏伟些，但是没有成功。而我画猴面包树时，怀着特别急切的心情，自然出来了效果。

"孩子们！要警惕猴面包树啊！"

第六章

　　小王子啊，我就是这样一点一点，了解到你那小小的忧伤生活！你生活中很长一段时间，唯一的乐趣就是观赏落日温馨的霞光。我是在第四天的早上，得知这一新的细节，当时你对我说：

　　"我特别爱看落日。咱俩去看看落日吧……"

　　"那得等一等……"

　　"等什么呀？"

　　"等太阳西沉啊。"

　　你乍一听，那样子非常吃惊，接着又自己笑起来。然后，你对我说道：

　　"我总以为是在自己的家园呢！"

　　确实不一样。大家都知道，在美国正午时分，在法国太阳就往下落了。要想观赏落日，必须用一分钟的工夫赶到法国才行。可惜美国离法国太遥远了。不过，你那星球小极了，只要挪动几步椅子就可以。因此，你想看随时都能看到落日……

"有一天，我看了四十三回落日呢！"

过了片刻，你又补充一句：

"要知道……人特别忧伤的时候，就爱看落日……"

"看四十三回落日那天，你真的特别忧伤吗？"

小王子没有回答这句问话。

"看四十三回落日那天，你真的特别忧伤吗？"

第七章

第五天头上，得力于那只小绵羊，小王子生活的这个秘密终于向我透露出来。好像默默思索了很久，得出了什么结果似的，他突然没头没脑地问我：

"绵羊如果啃灌木吃，那它也吃花儿吧？"

"羊碰到什么就吃什么。"

"连带刺儿的花也吃吗？"

"对，连带刺儿的花也吃。"

"那么，长了那些刺儿，有什么用啊？"

我也不知道有什么用。当时我正忙着，想要卸下发动机上一颗拧得太紧的螺丝。我忧心忡忡，开始意识到飞机的故障很严重，而喝的水快要用尽，实在担心出现最糟的情况。

"长了那些刺儿，有什么用啊？"

小王子一旦提出了问题，就非要问到底，绝不放弃。我拧不下螺丝，正恼火得要命，就随口敷衍了一句：

"那些刺儿什么用也没有，纯粹是花儿恶意的体现！"

"哦！"

他沉默了片刻之后，又带着几分恼恨，向我发难：

"你这话我不信！鲜花都是娇弱的。花儿也太天真了，总是尽可能给自己吃颗定心丸，自以为长了刺儿就没谁敢惹了……"

我没有应声。当时我正在心里嘀咕：

"这颗螺丝，如果还拧不下来，我就干脆一锤子把它打飞了。"

小王子再次打乱了我的思路：

"你怎么样，真以为花儿……"

"得啦！得啦！我什么也不以为！刚才我是随口说一句。我正忙着呢，有要紧的事！"

小王子愕然地注视我。

"要紧的事！"

他看见我手上拿把锤子，手指沾满了油污，正俯身面对一件他一定觉得很丑陋的物品。

"你这样说话真像那些大人了！"

他这话让我有点羞愧。但是他毫不留情，紧接着又补

充一句：

"什么你都混淆了……什么你都搅在一起！"

他真的非常恼火，在风中乱晃着他那头金发，说道：

"我就知道一颗星球上，住着一位红脸膛的先生。他从来没有闻过一朵花，从来没有望过一颗星星，从来没有爱过任何人。他除了做加法之外，从来就没有干过别的事情。他也跟你一样，整天重复这句话：'我是个严肃认真的人！我是个严肃认真的人！'这让他充满了自豪感。然而，那不是个人，而是一株蘑菇！"

"一株什么？"

"一株蘑菇！"

这工夫，小王子已经气得脸色煞白了。

"几百万年以来，花儿就长刺儿。几百万年以来，羊儿还是照样吃花儿。花儿费了那么大劲儿，长出了从来就毫无用处的刺儿，弄清楚这是为什么，不是很严肃的事情吗？羊儿和花儿之间的战争，不是很重要的事情吗？难道这不比那个红脸膛的胖先生的数字更严肃、更重要吗？再说了，假如世界上有一种独一无二的花儿，只生长在我那个星球上，任何别的地方都见不到，而说不定哪天早晨，一只小绵羊糊里糊涂，一口就可能将花儿毁掉，我要弄清楚这件事儿，不是很重要吗？"

小王子脸都涨红了,接着说道:

"在亿万颗星球之间,只有一朵那样的花儿,如果有谁喜爱的话,他望着繁星,就会感到非常幸福了。他会自言自语:'我的那朵花儿,就在那里,在某一颗星球上……'可是,如果羊儿吃了那朵花,这对那个人来说,就无异于顷刻间,所有星辰都熄灭了!这样的事,难道不重要吗?"

他失声痛哭,再也说不下去了。

夜幕降临了。工具都丢在一边,我的什么锤子,什么螺丝钉,还有面临的饥渴和死亡,统统都抛在脑后了。在一颗星球上,即在我这个地球上,有一个小王子,需要有人安慰啊!我就一把将他抱在怀里,轻轻地摇着,对他说道:

"你喜爱的那朵花没有危险……我再给你那只小羊画一副嘴套,给你的花儿画一副盔甲……我再……"

我实在不知道该如何安慰他了,只觉得自己的嘴太笨了。我不知道怎样才能触动他的心扉,到哪儿追寻他的情思……眼泪的国度,简直太神秘了!

第八章

　　小王子所讲的那种花，我很快就有了进一步了解。在小王子那颗小行星上，始终长着极素气的单瓣花儿，不占多大地方，也不打扰任何人。那些花儿清晨在草丛中开放，晚上就凋谢了。而他的那朵花，不知是从哪里吹来的种子发芽生长的，小王子曾经密切地观察，发现那株幼苗与众不同，一度怀疑是猴面包树的一个变种。

　　但是没过多久，这株小植物就停止生长，开始孕育花朵了。小王子目睹长出来一个硕大的花蕾，预感到会绽放出一朵奇葩。然而，那朵花儿总躲在绿色闺房里，没完没了地打扮自己。她精心挑选服饰的颜色，从容不迫地穿戴，一一校准自己的花瓣儿。她不愿意像丽春花儿那样穿出皱巴巴的衣裙，而要一出世就光艳照人，美不胜收。

　　嗯！是的。她娇媚极了！她那神奇的装束，可是连续进

小王子　　039

行了多少天又多少天。终于，在一天清晨，恰好在日出时分，她展露了自己的花容。

而她呢，经过如此精心的打扮之后，她走出闺房，还打着哈欠说道："噢！人家刚睡醒……请您原谅……还没有梳洗打扮呢……"

可是，小王子却情不自禁地赞美道：

"您真美啊！"

"是不是呀，"花儿柔声地回答，"我可是跟太阳同时诞生的……"

小王子看得出来，这花儿不大谦虚，不过，她太妩媚动人了！

"我想，这是该用早餐的时间了，"花儿紧接着补充道，
"您是否费心想到我……"

　　小王子听了，十分惭愧，赶紧去提
来一喷壶清水，给花儿浇浇。

花儿就是这样，特别爱虚荣，又有点爱耍小性子，她很快就折磨起小王子。例如有一天，她提起身上长的四根刺儿时，对小王子说道：

　　"那些老虎，张牙舞爪，要来就尽管来吧！"

　　"我这星球上没有老虎，"小王子指出，"再说了，老虎也不吃草。"

　　"我也不是一株草呀。"花儿柔声细语地回答。

　　"请您原谅……"

　　"我根本就不怕老虎，倒是特别恐惧穿堂风。您有没有屏风啊？"

　　"恐惧穿堂风……对于一株植物来说，可不是一件好事儿，"小王子早就注意到了，"这株花儿真让人难以理解……"

　　"到了晚上，"花儿又说道，"您就用罩子把我罩起

来，您这地方太冷，在这里生活真不舒服。要说我原来的那个地方……"

花儿戛然打住了话头。其实，她来的时候，不过是一粒花籽儿，根本不可能了解别的世界。本来要编造一个如此天真幼稚的谎言，一时又说漏了嘴，她不免羞愧，就赶紧干咳了两三声，以便向小王子掩饰她的失误，又连忙问一声：

"屏风在哪里？"

"我正要去找呢，您这不是还跟我说话嘛！"

这时，花儿又使劲咳嗽几声，让小王子感到点内疚。

这样一来，小王子尽管爱花儿，心存良好的愿望，也很快就产生了怀疑。本来是无关紧要的话，他也全当真了，自己反而弄得痛苦不堪。

"当时我就不该倾听她那些话，"有一天，小王子向我交心。"永远也不要听花儿说什么，只需观赏，闻着花香就行了。我的那朵花儿，芳香弥漫我的星球，我却不懂得享受。花儿讲老虎张牙舞爪的那种闲话，我听了本来应该萌生怜悯之心，反而却恼火得要命……"

小王子还向我吐露心声：

"那时候，我一点也不善解人意！我本应该根据行为，而不是根据话语来评价花儿。花儿给我的生活带来芳香，带来光彩。我绝不应该逃离！早就应该猜到，她那种小伎俩

的背后，掩藏着她的温情。花儿总是那么自相矛盾！可是，
我那时太年轻，还不知道该如何去爱她。"

第九章

想必小王子是借助于野鸟的一次迁徙，从他的家园出走的。

　　想必小王子是借助于野鸟的一次迁徙，从他的家园出
走的。临行的那天早晨，他将自己的星球整理得井井有条，

仔细清扫了他那些活火山的喷发口。他拥有两座活火山，每天早晨做饭特别方便。他还有一座死火山，不过，正如他所讲的："会不会再喷发，很难说呀！"死火山的喷发口，他也给清理通畅了。火山口保持通畅，火山就会缓慢地、均匀地燃烧，而不至于突然大爆发。火山爆发就跟我们炉膛里的火差不多。不过，在地球上，我们人显然个头儿太小，清扫不了火山口。这就是为什么，火山喷发给我们造成许多麻烦。

小王子也拔掉了新冒出来的猴面包树小苗，干活的过程中，他还有几分忧伤，以为自己一去不复返了。不过，临行那天早晨，他干这些家务活，每件都感到无比亲切。他最后一次给他那花儿浇了水，再准备给她罩上时，他发现自己真想痛哭一场。

"别了。"小王子对花儿说道。

可是，花儿没有应声。

"别了。"小王子重复说道。

花儿咳嗽两声，但不是由于伤风感冒。

"这阵子我真愚蠢，"她终于对小王子说道，"请你原谅。但愿你能幸福。"

花儿没有责备，小王子倒深感诧异。他手上的罩子举在半空，愣愣地站在那里，不理解花儿何以这样和蔼，

他仔细清扫了他那些活火山的喷发口

这样平静。

"其实嘛，我爱你，"花儿向他坦露，"可是，由于我的过错，你丝毫也不了解我的心意。现在说这话，已经毫无意义。不过，你也同我一样傻。但愿你能幸福……这个玻璃罩丢到一边去吧，我再也用不着了。"

"可是，一刮起风来……"

"我并不那么弱不禁风……夜晚的凉风对我倒有益处。好赖我是一朵花儿呀。"

"还有昆虫野兽……"

"我想认识蝴蝶，总得忍受两三条毛毛虫的骚扰。蝴蝶似乎非常美丽。没有蝴蝶，还有谁来看我呀？你嘛，你要远远离开了。至于那些大野兽，我才不怕呢。我也有利爪。"

花儿说着，天真地伸出她那四根尖刺儿。随后，她又补充道：

"别这样拖拖拉拉的了，太烦人了。你既然决定走，那就快走吧。"

花儿催小王子动身，是不愿意让他看到自己流泪。她这朵花儿，高傲到了极点。

第十章

　　小王子进入了第 325 号、326 号、327 号、328 号、329 号和 330 号小行星群的区域，逐一拜访，一方面想找点事儿干，另一方面也长长见识。

　　头一颗小行星住着一位国王，身穿貂皮大紫袍，端坐在非常简陋又不失威严的宝座上。

　　"哦！来了一个子民！"国王一望见小王子，便高声说道。

　　小王子则心中暗道：

　　"他从来就没有见过我，怎么会认识我呢？"

　　小王子哪里知道，在那些国王眼里，世界非常简化了，所有人都是他们的子民。

　　"你走近前来，让我好好看看。"国王吩咐道，他好不得意，终于能在一个人面前称王了。

　　小王子游目四望，想找个地方坐坐，可是，国王那件华丽的貂皮大紫袍，将整个星球都占满了。小王子只好原地站着，他旅途疲劳，就打起哈欠。

"在国王面前打哈欠，有违宫廷礼仪。"那位君主说道，"我禁止你打哈欠。"

"我实在控制不住，"小王子十分惭愧地回答，"我长途旅行来到这里，还没有合过眼呢……"

"那好，"国王对他说道，"我命令你打哈欠。多少年了，我还没有见过谁打哈欠呢。对我来说，打哈欠一定很有意思。好吧！再打个呵欠。这是命令。"

"这可把我吓住了……哈欠打不出来了……"小王子满脸通红，说道。

"嗯！嗯！"国王答道，"那么，我……我就命令你，一会儿打哈欠，一会儿……"

看来国王颇为生气，说话都有点含混不清了。

这是因为国王最看重的，是他的权威受到尊重，他不能容忍有人违抗命令。他是一个专制的君主，不过，他心地非常善良，下命令总要合情合理。

"假如我命令，"国王非常自然地说道，"命令一位将军变成一只海鸟，而那位将军不服从命令，那就不是将军的过错，而是我的过错。"

"我可以坐下来吗？"小王子胆怯地问道。

国王那件华丽的貂皮大紫袍，将整个星球都占满了！

"我命令你坐下。"国王回答，他以威严的姿势，往回拉了拉他那貂皮大袍的下摆。

小王子不免诧异。这个星球不过弹丸之地，国王能统治什么呢？

"陛下，"小王子对他说道，"对不起，我想问一问……"

"我命令你问寡人。"国王赶紧说道。

"请问陛下……您统治什么呢？"

"统治一切。"国王干脆地回答。

"一切？"

国王审慎地打了个手势，指了指他的星球、其他星球和天空的繁星。

"统治所有这一切？"小王子问道。

"所有这一切……"国王回答。

如此看来，他就不仅仅是一国的专制君主，还是全宇宙的君王。

"那些星辰都服从您吗？"

"当然了，"国王对他说道。"他们立刻就得服从。我绝不容忍令不行禁不止。"

这么大的权力让小王子惊叹不已。他本人若是掌握了这样的权力，那么在同一天里，他就不止能看到四十四次日落，而且能看上七十二次，甚至一百次，两百次，连座椅都不用挪一挪！现在念起他离弃的那颗小小星球，小王子还真感到有些伤心。于是，他就壮着胆子，请求国王一个恩典：

"我希望观赏一次日落……请您恩准……命令太阳落下去……"

"假如我命令一位将军像蝴蝶那样，从一朵花飞到另一朵花上，或者命令他写出一部悲剧，或者命令他变成一只海鸟，而那位将军拒不执行命令，那么他的过错，是谁造成的，是他还是我呢？"

"恐怕是您造成的。"小王子斩钉截铁地回答。

"一点不错，必须要求每个人去做他力所能及的事情。"国王接着说道，"权威，首先要建立在理性的基础上。假如你命令自己的百姓去跳海，那么他们就会起来革命。我下的命令是合乎情理的，因此才有权要求大家服从。"

"那么，我希望看到的日落呢？"小王子提醒说，他一旦提出一个问题，不得到答复绝不会忘记。

"你希望看日落，肯定能看到。我会对太阳提出要求。不过，我自有统治的技巧，要等到条件有利时再下命令。"

"那要等到什么时候呢？"小王子又问道。

"嗯！嗯！"国王一边答应着，一边查阅一大部日历，

"嗯！嗯！大约……大约……今天晚上七点四十分！到那时候你就会看到，我的命令完全得到执行。"

小王子打了个哈欠。日落是看不到了，他不免有点遗憾。而且，他在这里，也已经颇感无聊了。

"我在这里没有什么事可干了，"小王子对国王说，"我要重新上路了！"

"不要走啊，"国王有了一个子民，正得意非凡，便应声答道，"不要走，我封你当大臣！"

"什么大臣？"

"就是……司法大臣！"

"可是，审判谁，没有人呀！"

"也难说，"国王则说道，"我还没有巡视我的王国呢。我年事已高，这里又没有地方停靠马车，要我走路又太累了。"

"唉！我已经看过了，"小王子说道，俯下身去，又望了一眼星球的另一侧。"那边一个人也没有啊……"

"那你就自己审判自己吧，"国王回答，"这才是最难的事呢。评价自己，总要比评价别人难得多。正确地评价自己，假如你能做到，那你就是一个真正的智者了。"

"我嘛，"小王子答道，"我在什么地方都可以审视自己，没有必要住在这里。"

"嗯！嗯！"国王又说道，"我确信有一只老耗子，躲在我这星球的某个地方。夜间我听见它的动静。你可以审判那只老耗子，隔一段时间就判它一回死刑。这样，它的性命就由你的审判来主宰了。不过，你每回判它死刑，还必须赦免。这个星球只有这么一只。"

"我嘛，"小王子回答，"我可不爱判处谁死刑，看来我非走不可了。"

"不能走。"国王说道。

小王子已经做好了出发的准备，但他一点也不愿意惹老国王伤心，便说道：

"陛下如果希望令行禁止，那就给我下一道合理的命令。比方说，陛下可以命令我一分钟之内必须起程。下这道命令，我觉得现在条件非常有利……"

国王没有应声，小王子犹豫片刻，最后叹了口气，抬脚走了……

"我派你去当大使！"国王急忙高声说道。

国王下令时神气十足，真是无比威严。

"那些大人真是怪得很！"小王子走在路上，不禁自言自语。

第十一章

第二颗星球上，住着一个酷爱虚荣的人。

"哈！哈！一个崇拜者来拜访啦！"这个酷爱虚荣者远远望见小王子，便高声嚷道。

要知道，在那些虚荣心强烈的自负者眼里，其他人都是仰慕者。

"您好，"小王子上前打招呼，"您这顶帽子可真好玩。"

"这是用来回礼的，"自负者回答说，"有人向我欢呼的时候，我就挥挥帽子还礼。只可惜，还没有一个人从这里经过。"

"是吗？"小王子说道，他一时还没有弄明白。

"你两只手掌相互拍击。"自负者提议说道。

小王子照办了，开始鼓掌。自负者挥动帽子，谦虚地答礼。

"这可比拜访那位国王开心多了。"小王子心中暗道。于是，他又开始鼓起掌来，而那位酷爱虚荣者又是摘帽还礼。

这样玩闹了五分钟之后，小王子开始厌腻了这种单调的游戏。

"要怎么样，才能让这顶帽子掉下去呢？"小王子问道。

这个自负者哪里听得见。凡是酷爱虚荣者，除了赞美之声，从来什么也听不见。

"你真的非常崇拜我吗？"他问小王子。

"崇拜是什么意思呀？"

"崇拜，就意味承认我是这个星球上最英俊、服装最华丽、最富有、最聪明的人。"

"可是，你这星球上，只有你一个人啊！"

"劳驾，照顾一下，你还是崇拜崇拜我吧！"

"我崇拜你，"小王子说着，耸了耸肩膀，"这算什么，能让你这么看重？"

说罢，小王子便走掉了。

"没治了，大人就是这么怪异。"小王子在旅途中，心里只是这样想道。

"你还是崇拜崇拜我吧！"

第十二章

下一个星球上住着一个酒鬼。这次短暂的拜访，却让小王子深深陷入极大的忧伤中。

"你那是干什么呢？"小王子问酒鬼。他看到那人默默无言，坐在那里，面对一堆喝空的酒瓶和一堆没有开启的酒瓶。

"我在喝酒呢！"酒鬼答道，显示一副凄惨的神态。

"为什么要喝酒啊？"小王子又问道。

"为了忘却。"酒鬼回答。

"忘却什么？"小王子心生怜悯，接着问道。

"忘却羞愧。"酒鬼低下头，如实承认。

"羞愧什么？"小王子追问道，想帮他摆脱这种状态。

"羞愧喝酒！"酒鬼讲完这句话，就自我封闭起来，完全缄默了。

为了忘却喝酒的羞愧而喝酒

小王子只好离去，心中疑惑重重。

"毫无疑问，大人都怪得很，怪得要命。"小王子在旅行中，心里常这样念叨。

第十三章

第四颗星球的居民是个商人。这个商人忙忙碌碌，当小王子到来时，他都无暇抬头看一眼。

"您好，"小王子向他打招呼，"您的香烟熄灭了。"

"三加二等于五。五加七，十二。十二加三，十五。你好。十五加七，二十二。二十二加六，二十八。没工夫再把烟点着了。二十六加五，三十一。好家伙！总共是五亿零一百六十二万两千七百三十一。"

"五亿什么？"

"哦？你怎么还在这儿？五亿零一百万……下面又弄不清了……我的业务太繁重了！我呀，可是个严肃认真的人，根本没有闲心说废话！二加五等于七……"

"五亿零一百万什么呀？"小王子重复问道，他一旦提出问题，就非要问到底，从来不放弃。

那商人终于抬起头，说道：

"我住到这个星球上有五十四年了，这中间只被打扰过三次。第一次，还是二十二年前，天晓得从哪儿飞来一只金龟子，嗡嗡喧闹得厉害，吵得我在一项加法中出了四个错。第二次是在十一年前，我得了风湿痛，是因为缺少体育活动，我哪儿有时间闲逛呢。我这个人，就是认真负责。第三次……就是这会儿！我说到总共五亿零一百万……"

"零一百万什么呀？"

这个商人这才明白，他不搭理就休想清静，便说道：

"就是那些小东西，望望天空就看得见。"

"是苍蝇吗？"

"不对，是闪闪发亮的小东西。"

"是蜜蜂吗？"

"不对。是金光闪闪的小东西，能引起那些懒惰的人胡思乱想。不过，我可是个严肃认真的人！我哪儿有闲工夫胡思乱想。"

"哦！是星星吧？"

"说对了，正是星星。"

"五亿颗星星，你拿来干什么呀？"

"是五亿零一百六十二万两千七百三十一颗星星。我是个严肃认真的人，干什么都讲究准确。"

"拥有星星能让我变得很富有。"

"这么多星星，你拿来干什么呀？"

"我拿来干什么？"

"是啊。"

"什么也不干。我是拥有这些星星。"

"你拥有这些星星？"

"对。"

"可是，我见到过一位国王，他就……"

"那些国王并不拥有，他们是统治。这两者差别大着呢。"

"你拥有这些星星，究竟有什么用啊？"

"有用，拥有星星能让我变得很富有。"

"要那么富有干什么呀？"

"再购买别的星星，如果有人新发现星球的话。"

小王子不免在心里嘀咕：

"这个人啊，说起事儿来，就跟那个酒鬼差不多了。"

但是，他还是问这问那：

"怎么能拥有这些星星呢？"

"你是问归谁所有吧？"脾气暴躁的商人反问道。

"我不知道。不归任何人所有。"

"那就归我所有了，因为，我是头一个想到占有的。"

"这样就行了吗？"

"当然了。你发现一颗钻石，如果无主，那就是你的了。你发现一个岛子，如果无主，那就归你了。你若是头一个萌生一个创意，就去申请专利，这个创意，就归你专有了。我呢，我拥有这些星星，因为在我之前，从来就没有人想到要占有这些星星。"

"确实如此。"小王子说道，"那么，你拥有星星干什么呢？"

"我来管理呀。我要计算，然后再核算，"商人答道，"这个很难做呀。但我是个严肃认真的人！"

听了这样的回答，小王子仍然不满意。

"如果是我，有一条围巾，我就围在脖子上，走到哪儿都围着。如果是我，有一朵鲜花，我就摘下来，插在胸前，走到哪儿都戴着。可是你呢，不可能上天去摘星星呀！"

"那是不可能，但是我可以存入银行。"

"这是什么意思？"

"这就是说，我用一张纸条，写下我那些星星的总数。然后，我就把这张纸条锁在银行保险柜的一个抽屉里。"

"这就完了？"

"这就够了！"

"真有意思，"小王子心中暗道，"这种行为还蛮有诗意的。然而，这实在不够严肃正经。"

什么是严肃正经的事儿，小王子的看法同大人的看法相去甚远。

　　"我呀，"小王子又说道，"我拥有一株花儿，每天都浇水。我还拥有三座火山，每周都通通喷发口。其中一座死火山，我也照样保持火山口通畅，以防万一呀。我拥有火山，对那些火山也有用；我拥有那朵花，对那朵花也有用。可是你呢，对那些星星根本没用……"

　　商人张口结舌，一时无言以对。于是，小王子便扬长而去。

　　"大人们真绝了，都那么非同凡响。"小王子走在旅途上，只是这样想道。

第十四章

第五颗星球特别有意思，是所有星球中最小的一颗，刚好容得下一盏路灯和一名点路灯的人。

小王子实在无法理解，在浩瀚的太空中，一颗小小的星球，既没有房舍又没有居民，偏偏立了一盏路灯，派一名点灯人，究竟有什么用呢？不过，他还是这样自说自话：

"这个点灯人，很可能是个荒唐的家伙，但是还不如那位国王、那个酷爱虚荣的人、那个商人、那个酒鬼那么荒唐。至少，他这工作还有点意义。他点亮这盏路灯，就好像多亏了他，又诞生一颗星星，或者诞生一朵花儿。他熄灭了这盏路灯，又好像让花儿或者星星入睡了。这件工作挺了不起，既然了不起，就确实有用处。"

小王子到达这个星球时，非常有礼貌地向点灯人问好：

"早上好。你刚把路灯熄灭了，为什么呀？"

第五颗星球刚好容得下一盏路灯
和一名点路灯的人

"这是指令，"点灯人回答，"早上好。"

"什么是指令啊？"

"就是指示我熄灭路灯。"点灯人又说了一声，"晚上好。"

他说着，又把路灯点亮了。

"你怎么又把路灯点亮了？"

"这是指令。"点灯人回答。

"我不明白。"小王子说道。

"这其中没有什么要弄明白的，"点灯人说道，"指令就是指令。早上好。"

他说着，又熄灭了路灯。

接着，他拿出一块红方格手帕，擦拭额头的汗。

"这活儿能把人累死。从前还说得过去：早晨熄灯，晚上点灯；余下的时间，白天我休息，夜晚我就睡觉……"

"后来呢，指令就变了吗？"

"指令倒是没有变，"点灯人答道，"事情糟就糟在这上面。这颗星球自转一年比一年快，而指令却没有相应改变！"

"那又怎么样？"小王子问道。

"现在可倒好，每分钟自转一周，我连一秒钟喘息的时间都没有了。每分钟，我就得点一次灯，紧接着再熄灭！"

"这也太逗乐啦！你这里，一天仅仅持续一分钟！"

"这一点也不逗乐，"点灯人说，"我们说话这工夫，就已经过去了一个月！"

"一个月啦？"

"对。三十分钟。正好三十天。晚上好。"

点灯人说着，重又点亮路灯。

小王子瞧了瞧点灯人，觉得他一丝不苟，完全忠于指令，心里倒喜欢上这个人了。回想他本人，从前拖着椅子追赶落日的情景，于是，他就想帮帮眼前这位朋友。

"要知道……我了解一种办法，能让你想停歇就停歇……"

"我总是想停歇。"点灯人说道。

一个人有可能既忠于职守，又很懒惰。

小王子接着说道：

"你的星球这么小，三大步就能环绕一周。你只要走慢一点儿，就总能照着太阳。你要休息的时候，就这么走……那么一天时间，你要多长就有多长。"

"这也解决不了我多大问题，"点灯人回答，"我在生活中，还是喜欢睡觉。"

"睡觉可没有机会了。"小王子说道。

"真没有机会了，"点灯人说道，"早上好。"

他说着，又熄灭了路灯。

小王子又继续赶路，旅途中不由得想道：

"这个点灯人，可能让其他所有人，让那位国王、那个自负者、那个酒鬼、那个商人瞧不起。但是在我看来，唯独这个点灯人不那么愚蠢可笑。这也许是因为他不是为自己而忙碌。"

小王子叹了口气，心中颇感遗憾，接着又想道：

"唯独这个点灯人，我还可能跟他交个朋友。可惜他的星球实在太小，容不下两个人……"

其实，小王子没有勇气承认，他离开那个令人赞美的星球，遗憾的主要原因，还是那里每二十四小时，就有一千四百四十次日落。

第十五章

　　第六颗星球比前一颗要大上十倍，上面住着一位老先生，他正在撰写大部头的书。

　　"咦！来了一个探险家！"老先生一望见小王子，便高声说道。

　　小王子坐到桌子上，稍微喘口气，他长途跋涉，已经走了很久！

　　"你从哪儿来？"老先生问道。

　　"这么一大厚本，是什么书啊？"小王子问道，"您在这里干什么呢？"

　　"我是地理学家。"老先生答道。

　　"地理学家是干什么的？"

　　"是学者，知道海洋、江河的位置，知道城市、山脉和沙漠的位置。"

地理学家又大又厚的书。

"这倒很有意思，"小王子说道，"总算见到一种真正的职业！"

　　小王子四面望望，了解一下地理学家的这个星球。他所见到的星球，还没有一颗如此壮美。

　　"您这星球真美呀！这里有海洋吗？"

　　"我不得而知。"地理学家回答。

　　"啊！"小王子不免失望，又问道，"那么有山脉吗？"

　　"我不得而知。"地理学家同样回答。

　　"那么有城市，有河流，有沙漠吗？"

　　"我也不得而知。"地理学家还是照样回答。

　　"可您是地理学家呀！"

　　"一点不错，"地理学家答道，"但我不是探险家。我这里根本没有探险家，勘察统计那些城市、山川河流、海洋和沙漠，这不是地理学家该干的事儿。地理学家身份特别重要，不能到处乱跑。他不能离开办公室，而是在办公室里接见勘察者和探险者，询问各种情况，把他们的回忆记录下来。他们当中如果有哪个人的回忆，引起地理学家的兴趣，他还得考察那个人的品德。"

　　"为什么考察人家的品德呢？"

　　"因为，一名勘察者或者探险家说了谎，会给地理学家的书造成灾难性的后果。嗜酒贪杯的探险家，也同样如此。"

"这是为什么呀？"小王子问道。

"因为醉鬼看东西是双影的，而地理学家记录下他的陈述，就会把本来只有一座山的地方写成两座山了。"

"我认识一个人，"小王子说道，"要他勘察准会坏事。"

"那很有可能。因此，即使探险家的品德看来不错，那还得调查他的发现。"

"去实地考察吗？"

"不，那就太麻烦了。只是要求那个探险家提供证据。例如，他发现了一座大山，那就要求他带回大块岩石。"

说到这里，地理学家忽然兴奋起来。

"对了，你来自遥远的地方！你是探险家呀！你那颗星球，向我描述描述吧！"

地理学家随即打开笔记本，还削尖了铅笔。他总是先用铅笔，记录探险家们的口述，等他们提供了物证之后，他再用钢笔誊写出来。

"谈一谈吧？"地理学家说道。

"唔！我那星球，"小王子说道，"谈起来没有多大意思，就那么一点点大。我有三座火山：两座活火山和一座死火山。死火山还会不会喷发，很难说呀。"

"是很难说。"地理学家说道。

"我还有一朵花儿。"

"我们不记录花卉。"地理学家强调。

"为什么不记录呢！那可是最美的花儿！"

"因为花儿转瞬即逝。"

"'转瞬即逝'是什么意思？"

"地理学著作，是所有书籍中最严肃的书，永远也不会过时。一座高山，极少可能会移动位置。同样，一片海洋，也极少可能干涸了。我们记载的是永世长存的事物。"

"可是，死火山还可能苏醒过来呢，"小王子截口说道，"'转瞬即逝'究竟是什么意思啊？"

"火山，熄灭了也好，苏醒了也罢，在我们地理学家看来是一码事儿，"地理学家说道，"对我们来说，重要的是山，而山是不会移动位置的。"

"可是，'转瞬即逝'到底是什么意思啊？"小王子一再追问，他素来如此，一旦提出一个问题，就绝不放弃。

"这就意味着受到威胁，即将消逝。"

"我那朵花儿也受到威胁，即将消逝吗？"

"当然了。"

"我的花儿转瞬即逝，"小王子心中暗道，"她只有四根刺儿保护自己，对付外界！而我竟然把她独自丢在家里啦！"

这是他离开家园后，头一次萌生悔意。不过，他还是鼓起勇气，问那位老先生：

"请您指点一下，我该去访问哪里呢？"

"去访问地球吧，"地理学家回答，"那颗星球名声不错……"

小王子又上路了，心中惦念着他那朵花儿。

第十六章

第七颗星球便是地球。

地球可不是一颗寻常的星球！地球上计有一百一十一位国王（当然也没有遗漏黑人国王）、七千位地理学家、九十万个商人、七百五十万名酒鬼、三亿一千一百万个自负者，也就是说，成年人大约有二十亿。

为了让你们对地球的大小有个概念，我要告诉你们，在发明电灯之前，六大洲要保持路灯照明，共需要四十六万两千五百一十一名点灯人，构成一支真正的大军。

稍微拉开点距离眺望，那场面蔚为壮观。这支点灯大军动作协调一致，赛似歌剧院舞台上芭蕾舞的舞姿。首先登台的是新西兰和澳大利亚的点灯人队列，他们点亮路灯，然后就去睡觉。接着，中国和西伯利亚的点灯人上场了，舞罢同样退场，消失在幕后了。然后轮到俄国和印度的点灯人；接踵而来的是非洲与欧洲的点灯人、南美洲与北美洲的点灯人。一队接着一队，按顺序出场，没有丝毫差错，形成波澜壮阔的宏伟场景。

只有北极的点灯人和南极的点灯人，过着懒散无聊的生活：南北两极各有一盏路灯，每年只需点亮两次。

第十七章

　　一个人想要风趣点的时候，说话往往有点失真。我对你们讲点灯人如何如何，就不大实事求是，很可能让那些不了解我们地球的人产生误解。其实，人类在地球上只占用很小的空间。二十亿人居住在这个星球上，他们若是像群众集会那样，密集站在一起，一座长二十英里，宽二十英里的广场足能容得下。人类也可以全部聚在太平洋中最小的岛屿上。

　　当然了，那些大人是不会相信你们的。他们白以为占有很大地盘，自诩像猴面包树那样顶天立地，你们不妨建议他们算一笔账。他们非常崇拜数字，喜欢去跟数字打交道。不过，你们可不要把时间浪费在这种无聊的事情上。毫无意义。你们尽管相信我好了。

　　小王子一登陆地球，便十分惊讶，没有见到一个人。

"你这个动物的样子好怪……"

他已经开始担心走错了星球，恰巧这时，忽见一只淡黄色的环形动物在沙子上蠕动。

"晚上好。"小王子贸然说了一句。

"晚上好。"一条蛇应声答道。

"我这是落到哪颗星球上啦？"小王子问道。

"落到地球上，这里是非洲。"那条蛇回答。

"啊！……地球上怎么一个人也没有哇？"

"这里是沙漠，沙漠里渺无人迹。地球大着呢。"蛇说道。

小王子坐到一块石头上，仰望天空。

"我在琢磨，"小王子幽幽地说道，"那些星星闪闪发亮，大概就是为了让每个人，有一天都能找到自己的那一颗。瞧啊，我的那颗，正好在我们头上……不过，距离可真远啊！"

"你那颗星很美，"蛇说道，"你到这儿来干什么呀？"

"我是跟一朵花儿闹了别扭。"小王子回答。

"哦！"蛇随口应了一声。

他们俩都沉默下来。

"人都在哪儿呢？"小王子终于又开口问道，"在沙漠里，总感到有点孤独……"

"在人类那里也同样孤独。"蛇说道。

小王子凝视这条蛇，好一会儿，才终于对蛇说：

"你这个动物样子好怪，身子就跟手指头一般细……"

"我比一位国王的手指头力量可大得多。"蛇答道。

小王子微微一笑："你有什么力量，连腿脚都没有……甚至都不能去旅行……"

"嗳！我带着你去旅行，比一条船走得还要远。"蛇说道。

蛇往前一卷，就缠到小王子的脚脖子上，好像戴了一只金镯子。

"土生土长的人，让我能碰到，我就准能送他回土里去，"蛇又说道，"可是，你这么纯真，又来自一颗星星……"

小王子没有应声。蛇又接着说道：

"你真够让我可怜的，你这么弱小，来到这个花岗岩的地球上。等哪天，你特别想念自己那颗星球的话，我就可以帮你。我可以……"

"唔！我完全明白你的意思，"小王子接口说道，"可是你讲起话来，为什么总像打谜语似的？"

"所有谜语，我都能给道破。"蛇回答。

他们俩又沉默下来。

第十八章

　　小王子穿越沙漠，只遇见一株花儿。那朵花只有三片花瓣，是一朵很不起眼的小花儿。

　　"你好。"小王子说道。

　　"你好。"花儿回礼。

　　小王子非常有礼貌地问道：

　　"人都在哪里呢？"

从前，这朵花儿看到一支商旅经过，便答道：

"人吗？我以为，确实有那么六七个。好多年前，我见过他们。不过，天晓得去哪儿能找见他们。他们随风飘游，他们没有根，活得很累。"

"别了。"小王子说道。

"别了。"花儿也说道。

第十九章

　　小王子登上一座高山。有生以来他见过的山，只有他那星球上高不过膝的三座火山。其中那座死火山，他还用来当小凳坐。

　　"登上这样一座高山，"小王子不免想道，"整个星球和所有人，我就能一览无余了……"

　　不料，他什么也没有看到，满眼一片俊俏的山峰。

　　"你好。"他随意喊了一声。

　　"你好……你好……你好……"一连串回音响应。

　　"你是谁？"小王子问道。

　　"你是谁……你是谁……你是谁……"又是一连串回音。

　　"做我的朋友吧，我孤孤单单。"小王子又说道。

　　"我孤孤单单……我孤孤单单……我孤孤单单……"还是一连串回音。

"好古怪的星球，一片干旱，尽是尖尖的山峰，充满咸味。"

于是，小王子想道：

"好古怪的星球，一片干旱，尽是尖尖的山峰，充满咸味。人都缺乏想象力，只会重复别人对他们讲的话⋯⋯在我的家园，我好歹还有一朵花儿，她总是主动跟我说话⋯⋯"

第二十章

　　小王子穿越沙漠，越过岩山和雪原，经过长途跋涉，终于发现一条大道。要知道，条条大道都通向人的聚居地。

　　他来到一座鲜花盛开的玫瑰园，便问候一声：

　　"你们好！"

　　"你好！"玫瑰花纷纷回答。

小王子注视这片玫瑰花，觉得她们都像他那朵花儿。

"你们是谁？"小王子惊诧地问道。

"我们全是玫瑰花儿。"群芳回答。

"啊！"小王子只能发出这么一声感叹。

他感到自己非常不幸。他的花儿早先告诉他说，在整个宇宙中，她是花卉中独一无二的。哪承想仅仅在一座花园里，就有五千朵花儿，同她一模一样！

小王子心中暗道：

"眼前这样情景，我的花儿若是看到了，一定会气得要命，准要连声咳嗽个不停，也许还要寻死觅活，以免成为

笑柄。而我呢，我还不得不佯装关心照顾她，否则的话，她就有可能真死给我看，好让我感到终生遗憾……"

继而，小王子心中又想：

"我本来以为自己富甲天下，拥有世间独一无二的花儿，而其实，我仅仅拥有一朵普通的玫瑰花。我的全部财富，不过是我那朵花儿，加上三座高不过膝的火山，其中一座也许还永远熄灭了。我就这么一点家当，没法儿成为一个有名的大王子……"

小王子想到这里，扑倒在地，失声痛哭了。

第二十一章

恰好这时，出现一只狐狸。

"你好。"狐狸问候道。

"你好。"小王子有礼貌地回答。他回过身去，却什么也没有看见。

"我在这儿呢，"那声音说道，"就在苹果树下……"

"你是谁呀？"小王子问道，"你好漂亮……"

"我是狐狸。"狐狸回答。

"过来跟我玩玩吧，"小王子提议，"我现在特别伤心……"

"我不能和你一起玩耍，"狐狸回答，"我不是驯养的动物。"

"哦！对不起。"小王子说道。

不过，他想了一下，又问道：

"'驯养'是什么意思啊？"

"你不是本地人，"狐狸说道，"你来寻找什么？"

"我来寻找人，"小王子回答，"'驯养'是什么意思啊？"

"找人啊，"狐狸说道，"他们可有枪，经常打猎。这就造成很大麻烦！他们也饲养母鸡。这是他们所做的唯一有意

义的事。你找母鸡吗？”

“不是，”小王子回答，“我是寻找朋友。你说的‘驯养’究竟是什么意思？”

“这是一件早就被遗忘的事情，”狐狸解释道，“‘驯养’就意味‘建立关系’……”

“建立关系？”

“没错，”狐狸说道，“你对我而言，还只是个小男孩，同千万个小男孩完全一样。我不需要你，你也不需要我。同样，我对你而言，还只是一只狐狸，和千万只狐狸也没什么两样。但是，如果你驯化了我，我们之间就会有了彼此需要的关系了。你对我就是这世上唯一的了，我对你也是这世上唯一的了……”

“我开始明白了，”小王子说道，“有一朵花儿……想必她就驯养了我……”

“这很可能，”狐狸说道，“形形色色的事情，在地球上都能看到……”

“嗳！我跟花儿的事儿，不是发生在地球上。”小王子说明一句。

狐狸显得十分惊讶，问道：

“那是在另一颗星球上啦？”

“对。”

"你那星球上有猎人吗？"

"没有。"

"这可真太好了！有小鸡吗？"

"也没有。"

"就没有十全十美的事儿。"狐狸叹道。

这时，狐狸又回到自己的思路上来：

"我的生活非常单调乏味。我猎食小鸡，而人猎杀我。所有的鸡都一模一样，所有的人也都一模一样。我真的有点厌烦了。不过，如果你驯养了我，那么我的生活就会充满阳光。我就会熟悉一种与众不同的脚步声。我一听到其他人的脚步声，就赶紧钻回地洞里，而你的脚步声，犹如美妙的音乐，能把我从地洞里召唤出来。还有，你瞧！那边的麦田，你看见了吗？我不吃面包，小麦对我毫无用处。麦田不能让我想起任何东西。这还是挺可悲的！不过，你的头发是金黄色的，如果你驯化了我，那该有多美妙啊！小麦也是金黄色的，能让我想起你来。而且，我也会爱上那吹拂麦穗的风声……"

狐狸住了口，凝视小王子，许久才又说道：

"求求你了，驯养我吧！"

"我倒很乐意，"小王子回答，"但是我没有多少时间。我还要去发现朋友，去认识许多事物。"

"人只能认识自己驯养的东西，"狐狸说道，"人类再也没有时间去认识什么了，他们只是去商店购买所需的成品。由于世上根本不存在经商的朋友，人类也就再也没有朋友了。你若想交个朋友，那就驯养我吧！"

"要我怎样做呢？"

"要非常有耐心，"狐狸回答，"你先离开我远点，就像这样，坐在草地上。我斜着眼睛看你，而你一句话也不要讲，言语往往是误解的根源。不过，你坐的位置，每天都可以靠近我一些……"

第二天，小王子又来了。

"每天最好同一时间来赴约，"狐狸说道，"比如说，你下午四点钟前来，那么一到三点钟，我心里就开始喜悦，时间越临近，我就越欢喜。可是，到了四点钟，我就已经躁动不安了：我会发现获取幸福要付出代价！如果你来的时间一点准头也没有，我就始终不知道什么时候酝酿心情……必须遵守常规。"

"什么是常规呀？"小王子问道。

"这也是完全被人忘记的一件事，"狐狸答道，"按照常规，某一天就不同于其他日子，某一时刻就不同于其他时间。例如，那些捕杀我的猎人就有一种常规：每星期四，他们就在村子里同姑娘跳舞。这样一来，星期四就是个美好的

日子！我可以到处游荡，甚至跑到葡萄园里。假如猎人什么时候跳舞也没个准，那么天天都一个样了，我也就没有清闲的日子了。"

就这样，小王子驯化了狐狸。而小王子起程的时间迫近了，狐狸说道：

"唉！我会哭的……"

"那怪你自己，"小王子说道，"当初我丝毫没有让你伤心的意思，是你要求我驯养你的……"

"当然是我要求的了。"狐狸答道。

"那你还要哭！"小王子又说道。

"当然要哭了。"狐狸答道。

"那你可一无所获呀！"

"我还是有收获的，"狐狸说道，"看到麦子的金黄色，我就会有感触。"

紧接着，狐狸又补充道：

"你再去看看那些玫瑰花吧。你会明白，你那朵玫瑰花在世上就是独一无二的。然后，你再回来同我告别，到时候，我要把一个秘密当作礼物送给你。"

小王子又去看望那些玫瑰花，对她们说道：

"你们根本不像我的那朵玫瑰花，你们还算不上什么。谁也没有驯养过你们，而你们也没有驯养过任何人。你们就像认识我之前的那只狐狸，那时同世上千百万只狐狸毫无差异，但是跟我交上了朋友，现在就是世上独一无二的狐狸了。"

玫瑰花听了小王子的这番话，都显得非常尴尬。于是，小王子又继续说道：

"你们都非常美丽，但是你们很空虚，没有人能为你们舍命去死，至于我的那朵玫瑰，一个寻常的过路人见了，当然会认为她很像你们。然而，她单独一枝花，比你们所有花儿加在一起还胜出一筹，只因我给她浇过水，只因我用玻璃罩呵护她，只因我用屏风给她挡过风，只因我为她杀死过毛毛虫（只留两三条，容其化为蝴蝶），只因我听过她抱怨，听过她自我标榜，有时甚至倾听她的沉默。总之，就因为她是我的玫瑰。"

小王子又回来向狐狸道别，他说道：

"别了！"

"别了！"狐狸答道，"我的秘密告诉你，说起来非常简单：人只能用心去观察。本质的东西，眼睛是看不到的。"

"本质的东西，眼睛是看不到的。"小王子跟着重复一遍，以便牢记在心。

"为了你的那朵玫瑰花儿，你花费了时间和精力，她对你就变得非常重要了。"

"为了我的那朵玫瑰花儿，我花费了时间和精力……"小王子又重复一遍，以便牢记在心。

　　"人类已经忘记了这个真理，"狐狸说道，"你可不应该忘记。你经手驯养过的，就要永远负责。你要尽心尽责对待你那朵玫瑰……"

　　"我要尽心尽责对待我那朵玫瑰……"小王子又重复一遍，以便牢记在心。

第二十二章

"你好。"小王子说道。

"你好。"扳道工回应。

"你在这里干什么呢?"小王子问道。

"我正在调度大批大批的旅客,"扳道工回答,"一列列火车,我时而发往右边,时而发往左边。"

这时,一列灯火通明的快车疾驰而过,发出隆隆的雷鸣之声,震得扳道工的小木屋乱颤。

"他们这么匆忙赶路,去寻找什么呀?"小王子问诮。

"开火车的司机也不知道。"扳道工回答。

第二辆灯火通明的快车,又从相反方向呼啸而过。

"他们已经回来啦?"小王子问道。

"那不是同一列火车,"扳道工解释说,"那是对开的另一列火车。"

"他们不喜欢待在那个地方啦？"

"人待在哪里，也从来没有满意的时候。"扳道工答道。

这工夫，第三列灯火通明的快车，又雷鸣般隆隆驶过。

"他们是追赶第一列火车上的旅客吗？"小王子问道。

"他们什么也不追赶，"扳道工答道，"他们在车厢里，不是打哈欠就是睡觉。只有孩子们脸贴着车窗，挤扁了鼻子向外张望。"

"也只有孩子们才知道自己要寻找什么，"小王子说道，"他们为一个布娃娃花费了时间，这个布娃娃就变得非常重要，如果被人夺走，他们就会大哭起来……"

"孩子们真有福分啊。"扳道工感叹一声。

第二十三章

"你好。"小王子向人问候。

"你好。"商人回应。

这名商人推销一种精制的止渴丸。只要吞服一粒，一星期都不会感到口渴。

"你为什么卖这种东西呢？"小王子问道。

"为了大大节省时间啊，"商人回答，"专家计算过，每星期能节省出五十三分钟。"

　　"节省出五十三分钟做什么用呢？"

　　"想做什么就做什么呀……"

　　"这五十三分钟，"小王子说道，"如果给我用，那我就慢悠悠走向一个饮水池……"

第二十四章

到了飞机发生故障、我困在沙漠的第八天头上，我听着小王子讲述卖止渴丸的商人的故事，喝完了最后一滴所带的饮用水。

"哦！"我对小王子说，"你回忆的这些事都很动人。不过，我的飞机还没有修好，已经没有水喝了，若能慢悠悠走向一个饮水池，我也非常高兴啊！"

"我那狐狸朋友……"小王子又提起话头。

"我的小伙伴，现在不是讲那只狐狸的时候！"

"为什么？"

"因为人都要渴死了……"

他不明白我这种推理，便回答我说：

"人即使要死了，有个朋友终归是件好事。我呢，有过一个狐狸朋友，心里就挺知足……"

"他一点也没有危机意识，"我心中暗道，"他本身从来不饿也不渴，照见点阳光就能生存……"

然而，他瞧了我一眼，便针对我的想法回答：

"我也渴了……我们去找一口水井吧……"

我无可奈何地打了个手势：在茫茫沙漠中，漫无目标，就去寻找一口水井，实在荒唐可笑。不过，我们还是上路了。

我们默默无语，走了好几个小时，看看夜幕降临，天上的星星也开始闪烁了。我焦渴难耐，有点发烧，望见星星如临梦境。小王子的话语在我头脑里跳跃。

"怎么，你也会渴吗？"我问小王子。

然而，他并不回答我的问题，只是对我说：

"水对心灵可能同样有益……"

我不明白他的答话，就不作声了……我早就明白问他也是白问。

小王子走累了，坐了下来。我也坐到他身边。沉默片刻之后，小王子又说道：

"那些星星真美丽，就因为有一株我们看不见的花儿……"

我应了一声："当然了。"随即就无语了，眼睛凝望着月光下沙子的波纹。

"沙漠真美啊!"小王子又补充一句。

的确如此。我一直就喜爱沙漠。你坐在一座沙丘上,什么也看不见,什么也听不到。然而,总有什么东西在幽寂中闪闪发亮……

小王子又说道:

"沙漠显得这么美,正是在什么地方隐藏着一口水井……"

我惊讶不已,猛然领悟了这沙漠的神秘光辉。我小时候住在一座古老的宅子里,传说那宅子埋藏了一批财宝。当然,那批财宝,谁也没有发现,也许压根儿就没有人找过。但是,这种传说却给整个古宅罩上一层迷人的色彩。我的住宅深藏着一个秘密……

"是啊,"我对小王子说道,"无论房屋、星星还是沙漠,都是看不见的东西给增添了美色!"

"我很高兴,你能赞同我那狐狸朋友的看法。"小王子说道。

由于小王子睡着了,我就抱着他继续赶路。我心里挺激动,就觉得自己抱着一件容易毁损的宝物,甚至觉得这是世上最娇贵易碎的东西了。我借着月光端详这苍白的额头,紧闭的双眼,在微风中抖动的发绺,心中不禁想道:"我看到的不过是一个躯壳。最重要的成分却看不见……"

忽见小王子嘴唇微微张开,泛起一丝笑意,我不禁又想道：

"这个熟睡的小王子最让我感动的就是他忠于一朵花儿；而那朵玫瑰的形象，即使在他睡觉的时候，也如一盏明灯照亮他的心田……"

而我猜想他还要娇弱得多。油灯必须用心保护，一阵风就可能吹灭……

我就这样抱着小王子，边走边想，拂晓时分，终于发现那口水井。

第二十五章

　　"人啊，"小王子说道，"都挤进快速火车的车厢里，却不知道自己要追寻什么。因此，他们就躁动不安，在原地打转……"

　　接着，他又补充一句：

　　"实在不值得……"

　　我们找见的这口水井，根本不像撒哈拉沙漠上的井。撒哈拉沙漠中的井只是单纯在沙子中挖掘的深洞。这口井倒像村庄的水井。然而，这里没有一点村庄的影子，我真以为是在做梦。

　　"多奇怪呀，"我对小王子说，"什么都齐备：辘轳、水桶、井绳，应有尽有……"

　　小王子笑着，摸摸井绳，又转转辘轳。

　　辘轳吱吱呀呀作响，好似一个老风向标，在没风的天

小王子笑着，摸摸井绳，又转转辘轳。

沉睡了许久。

"你听见了，"小王子说道，"我们唤醒了这口水井，它就唱起来了……"

我不愿意让小王子出力累着。

"我来干吧，"我对他说，"这活儿太重，你受不了。"

我缓慢地把水桶摇到井沿儿，拉上来稳稳放到井台上。辘轳的歌声萦绕我的耳畔，在桶里颤动的水中，我看见颤动的太阳。

"我渴了，想喝这井水，"小王子说道，"给我喝吧……"

我明白了他寻求什么！

我拿起水桶，送到他嘴边。他闭上眼睛喝起来，像过节一般喝得那么甜美。这井水非寻常食物可比，这是我们在星光下长途跋涉之后，在辘轳的歌声中，由我双臂用力打上来的井水。这井水宛如一件礼物，能够滋润心田。同样，在我童年的岁月里，圣诞树的彩灯、午夜弥撒的音乐、亲人甜蜜的微笑，都使得我收到的圣诞礼物熠熠生辉。

"你这里的人，"小王子说道，"在一座院子里栽植了五千株玫瑰……而他们在那里，却找不到他们寻求的东西……"

"他们是找不到……"我附和道。

"其实他们所寻求的，很可能就在一朵玫瑰花上，或者在一点点水里……"

"当然了。"我又附和道。

小王子又补充一句：

"不过，眼睛是盲目的。必须用心去寻找。"

我喝足了水，呼吸畅快多了。在旭日的光辉中，沙漠呈现蜂蜜的颜色。我看到这蜂蜜的颜色，同样感到十分欣悦。我为什么非得着急上火呢……

"你得信守诺言啊。"小王子慢声细语，对我说道，他又挨着我坐下了。

"什么诺言？"

"你知道……就是给我的小绵羊画一个嘴套，我得负责保护那朵花儿！"

我从口袋里掏出我的绘画草图。小王子一看，便笑着对我说：

"你画这猴面包树，有点像卷心菜呀……"

"哦！"

我还那么得意，画出了猴面包树！

"瞧你画的狐狸……它的耳朵……有点像两只角……画得也太长啦！"

小王子又笑起来。

"你这么说不公平，小家伙，我本来就只会画蟒蛇的平面图和蟒蛇的透视图。"

"唔！这样也行，"小王子说道，"孩子们看得懂。"

于是，我用铅笔画了一个嘴套，递给他时，心里忽然一阵难受，便问道：

"你有什么打算，我还不知道吧……"

但是他没有回答我的问话，只是对我说道：

"要知道，我降落到地球上……到明天就是一周年了……"

接着，小王子沉吟了一下，又说道：

"当时，我就降落在这附近……"

说罢，他的脸就红了。

我却不知道为什么，又感到一种莫可名状的忧伤。这时，我头脑里又出现一个问题：

"这么说，八天前的那个早晨，我遇见你时，你独自一人，在远离人烟的沙漠上那样游荡，并不是偶然的啦！你那是正在返回当初的降落地点吧？"

小王子脸又红了一下。

我略微犹豫，又补充道：

"也许是因为，快到一周年了吧？……"

小王子再次脸红了，他从来不回答别人的问话，但是，一个人脸红了就意味默认"是的"，对不对？

"噢！"我对他说道，"我真担心……"

然而，小王子却截口说道：

"现在，你该去干活了。你应该回去修你的飞机。我在
这里等着你。明天晚上你再回来……"

可是，我心里并不踏实，想起了小王子同狐狸离别的
情景。如果跟谁亲近了，分手时难免要流泪伤心……

第二十六章

那口水井旁边，有一段坍塌的旧石墙。第二天傍晚，我修好飞机返回时，远远望见小王子坐在墙头上，双腿耷拉在半空。我还听见他在同谁说话：

"你怎么就不记得啦？不完全是这个地方！"

肯定另有一个声音回答了他，因为他又进行反驳：

"不对！不对！日子没错，但是地点，却不是这儿……"

我一直朝那堵石墙走去。同小王子对话的是谁，我既没有看见人影，也没有听见声音。可是小王子又反驳道：

"当然了。你会看到我在沙漠的足迹是从哪儿开始的。你只要在那儿等着我就行了，今天夜里我肯定去。"

离那堵墙还有二十米，我始终没有瞧见那个对话者的身影。

小王子沉吟了一下，又说道：

"你的毒液毒性很大吧？肯定不会让我遭罪太长时间吧？"

我停下脚步，只觉心如刀绞，但始终不明白是怎么回事儿。

"现在你走吧，"小王子说道，"我要下来了！"

这时，我垂下目光，移向墙根，不禁纵身一跳！墙根有一条黄色毒蛇，三十秒钟就能让人毙命。它正竖起脑袋对着小王子！我往前奔跑，一边从口袋里掏出手枪，而那毒蛇听见我的响动，便悄悄从沙地溜走，宛若消失在沙中的一小股喷泉，它不慌不忙钻进石缝中，发出轻微的金属般的声响。

我及时赶到石墙，张开双臂正好接住小王子，只见小家伙脸色跟雪一样煞白。

"你这是搞什么名堂啊？现在竟然跟毒蛇聊起天啦！"

我解开他一直围住脖颈的金色围巾，弄湿润一润他的太阳穴，还给他喝了点水。现在，我不敢再问他什么了。他一脸严肃，注视着我，两条胳臂搂住我的脖子。我感到他的心在剧烈跳动，好似中了枪弹要死去的小鸟。他对我说："我很高兴你排除了机器故障。你可以驾驶飞机回家了……"

"你是怎么知道的！"

本来我正想告诉他，我连想都不敢想，飞机一下子就修好了！

小王子根本不回答我的问话，而是补充一句：

"我也一样，今天要回家了……"

继而，他声调忧伤地说道：

"我回家的路远得多……也更加艰难……"

我明显感到，发生了一个非同寻常的事件。我像抱着婴儿那样紧紧搂住他，可是我觉得怎么也抱不住，他垂直滑向一个深渊……

他那严肃的目光，迷失在遥深的夜空。

"我有了你绘画的绵羊，还有圈羊的箱子，还有给羊戴的嘴套……"

小王子说着，忧伤地微微一笑。

我等了很久，才感到他的身子渐渐暖和过来了。

"小家伙，刚才你害怕了……"

他受惊了，毫无疑问！然而，他却轻轻笑起来。

"今天晚上，还有我更怕的呢……"

我再次感到不寒而栗，是一种无法挽回的感觉。而我当即明白，就连想一想再也听不到这种笑声，我都无法容忍。对我来说，这笑声好比沙漠中的一眼清泉。

"小家伙，我还愿意听见你的笑声……"

小王子却对我说：

"今天夜晚，就是一年了。我那颗星就要转到去年我降落的地点的正上方……"

"小家伙，关于什么蛇，什么约会，还有那颗星星，这场事儿，恐怕是一场噩梦吧，对不对？……"

小王子还是不回答我的问话，只是对我说：

"真正要紧的东西，眼睛是看不见的……"

"当然了……"

"就像我的那朵花儿那样，如果你爱上远在某个星球上的一朵花儿，那么到夜晚，你仰望夜空就会感到心里无比甜美：所有的星星都绽放了花朵。"

"当然了……"

"再比如说水吧。你给我喝的水，由于有了辘轳和井绳，就跟音乐一样美妙……你还记得吧……那水多甜美。"

"当然了……"

"以后每到夜晚，你就观望星空，我那颗星球太小了，我没法指给你看在哪儿。这样更好，在你看来，我那颗星就是繁星中的一颗，这样一来，你就爱看所有星星了……这些星星全都是你的朋友了。还有，我要送给你一个礼物……"

小王子又笑起来。

"嘿，小家伙，小家伙，我真爱听你这笑声！"

"这正是我要送给你的礼物……这也跟水一样……"

"你要说什么？"

"星星对每个人都不一样。在旅行者的眼里，星辰能指引方向。在其他人看来，星星不过是闪烁的微光。对那些学者来说，星球是研究的课题。而对于我遇见的那个商人，星星就是黄金。不过，对于所有这些人，所有星星都是沉默的。可是，你拥有的星星，跟别人的都不一样……"

"你要说什么？"

"以后你再遥望夜空的时候，由于我住在一颗星球上，由于我在那星球上发出笑声，那么在你看来，所有星星都满载笑意。你将拥有能欢笑的满天星星！"

小王子又咯咯地笑起来。

"还有，等你感到欣慰的时候（人迟早能够自我安慰），你就会因为认识了我而高兴。你永远都是我的朋友。你会乐意同我一起欢笑。你会时常打开窗户，就是为了这样寻开心……你望着星空哈哈大笑，让你的朋友见了都非常诧异。你就对他们说："不错，天上的星星总能逗我笑！"而你那些朋友就会以为你是神经病。这正是我给你策划的一个小小的恶作剧……"

小王子说着，又咯咯地笑起来。

"这样，我送给你的就不是满天星星，而是能发出笑声的无数小铃铛……"

　　小王子笑个不停。继而，他的表情才重新又严肃起来，说道：

　　"你也知道……今天夜里……你就别去了……"

　　"我绝不会离开你。"

　　"到时候，我的表情一定很痛苦……有几分要死的样子。离别就是这样。这种情景，你别去看了，实在没有必要……"

"我绝不会离开你。"

这时，小王子显得忧心忡忡。

"我对你这样讲……也是由于那条蛇的缘故。别让蛇咬了你……蛇，总是很凶的。可能拿咬人当乐子……"

"我绝不会离开你。"

小王子忽然想到什么事，便放下心来："真的，蛇再咬第二口的时候就没有毒液了……"

这天夜里，小王子上路时没让我看见，他悄无声息就溜走了。

我急忙追赶，终于追上时，他还毅然决然往前走，步子非常快，只对我说了这么一句：

"哦！你来了……"

小王子拉住我的手，但他还是过意不去：

"你真的不该来。你看了会难过的，我就像要死了的样子，可那不是真的……"

我一直沉默不语。

"你应该理解。路途太遥远了。这副躯壳太沉重了，我不可能带着上路。"

我依然不吭声。小王子又说道：

"要丢弃的就是一副旧躯壳，丢弃了就丢弃了，没什么可伤心的……"

我还是一言不发。

小王子有点泄气了，不过，他仍要力图劝我一下：

"要知道，这是一件让人心花怒放的事。我也一样，要观望星星。每颗星都将有水井，水井安着生了锈的辘轳，所有星星都能供水给我解渴……"

我就是不吭声。

"这样就太有趣啦！你能有五亿个小铃铛。而我也会有五亿口水井……"

小王子控制不住流泪了，也沉默下来……

"就是那儿，让我自己走两步吧。"

小王子一屁股坐下，他害怕了。不过，他还是说道：

"你也知道……我那朵花儿……我要为她负责啊！她那么娇弱，又那么天真。她有根本不顶事儿的四根刺，还以为能保护自身，对付外界……"

我也一屁股坐下，两条腿实在站不住了。

小王子最后说了一句：

"就是这样……到此为止吧……"

他还犹豫了一下，随即又站起来，迈出一步。而我，已经动弹不得了。

只见他脚踝旁边一道黄色闪光，一时间他僵立不动，但是没有叫喊，而是像一棵被砍伐的树那样，缓慢地倒下去。由于倒在沙地，甚至没有发出一点声响。

他像一棵被砍伐的树那样，
缓慢地倒下去

第二十七章

　　当然，现在说起来，已经是六年前的事儿了……小王子这个故事，我还从来没有向人讲述过。同事们见我安然无恙归来，都非常高兴。回来后我眉头不展，黯然神伤，但对同事们就说："把我累坏了……"

　　现在，我忧郁的心情稍有缓解，也就是说……还没有完全振作起来。我当然知道，小王子回到了他那星球，因为天亮时，我并没有发现他的遗体。按说，他那小小的躯体并不怎么重……每天夜晚，我都爱听繁星的笑声。满天星星，真像五亿个小铃铛……

　　然而，又出了一件事，说来非同小可。我给小王子画的那副羊嘴套，忘记加上皮索了！没有皮索，小王子就没法给他的羊戴嘴套。因此，我心里总是犯嘀咕：

　　"他那星球发生了什么情况？恐怕绵羊把那朵花儿

吃掉了……"

可是我转念又一想：

"肯定不会，小王子每天晚上都拿玻璃罩，将他那朵花罩起来，他也会看管好他那只羊……"这样一想，我就又高兴起来，再看所有星星都展露轻盈的笑容。

有时，我又想道：

"人总有那么一次半次疏忽大意，事情也就糟了！说不定哪天晚上，小王子忘了把花儿罩住，或者那只绵羊夜里偷偷溜出来……"

这样一想，所有那些小铃铛都化为眼泪了！……

这正是一个极大的奥秘。假如说不准在什么地方，有一只我们不认识的绵羊，它吃掉还是没有吃掉一朵玫瑰花，这在我看来，也在你们同样喜爱小王子的人看来，整个宇宙就大不一样了……

请你们仰望天空，发出疑问："那只绵羊吃掉还是没有吃掉那朵花儿呢？"你们就会看到，天地万物会随之变化……

然而，任何大人永远都理解不了，这个问题有多么重要！

这张图画，在我看来，画出了最美而又最凄凉的景色。这跟前一幅图画景物相同，但是我重又画了一幅，以便更好地向你们展示，小王子正是降临在这个地方，尔后又消失了。

仔细看一看这幅图景吧，以便日后去非洲旅行，来到这片沙漠，能有把握认出这个地点。还有，如果你恰巧经过这里，我就恳求你们，千万不要匆匆走过，务必在这颗星下等一等！假如有个小男孩朝你们走来，假如他一头金发，总是咯咯地笑，不回答别人的问话，那么你准能猜出来他是谁。果真如此，你们一定要想着我点儿，赶快写信告诉我，小王子回来了，不要让我这么苦苦思念了……

每天夜晚，我都爱听繁星的笑声

圣埃克苏佩里年表

1900 年 6 月 29 日，圣埃克苏佩里生于法国里昂市。

1904 年，圣埃克苏佩里第一次乘火车旅行即对机械产生浓厚兴趣，梦想有朝一日能飞上天空。

1909 年，圣埃克苏佩里进圣克鲁瓦教会中学读书。

1912 年夏，圣埃克苏佩里在飞行员魏德林的支持下，第一次飞上天空。

1921 年 4 月，圣埃克苏佩里应征入伍，被编入斯特拉斯堡第二飞行大队，任修理工。

1922 年 10 月，获军事飞行员合格证书。以少尉军衔编入第三十三飞行大队歼击机中队。

1925 年 1 月，在一次飞行事故中，圣埃克苏佩里头部负伤，因此退役。

1926 年 4 月，圣埃克苏佩里的短篇小说《飞行员》在

《银色之舟》杂志上发表。

1926 年 10 月，圣埃克苏佩里开始对写作和飞行产生双重的信心。

1927 年春，圣埃克苏佩里参与邮政航线的开辟，他由一个自由散漫的巴黎少年变成一个生活严整、热心事业的飞行家。

1927 年 10 月，在开拓航空事业艰苦危险的生活中，圣埃克苏佩里利用业余时间写成了他的第一部文学杰作《南线邮航》。

1928 年底，《南方邮航》由伽俐玛尔出版社出版。

1930 年 4 月 7 日，圣埃克苏佩里荣获法国荣誉团骑士称号。

1930 年 6 月 22 日，圣埃克苏佩里开始了《夜航》的创作。

1931 年 4 月，圣埃克苏佩里与康素爱罗·森琴结婚。

1931 年 12 月，《夜航》出版，并获"费米纳"文学奖。

1936 年，圣埃克苏佩里试图发明一种喷气式飞机。开始零星撰写《城堡》一书。

1937 年 4 月，圣埃克苏佩里作为《不妥协报》和《巴黎晚报》特派记者前往马德里等地采访西班牙内战。

1938 年 1 月，经空军部批准，圣埃克苏佩里得以实施

从纽约到火地岛 (在拉丁美洲南端) 的飞行计划。为此抵达纽约。

1938 年 3 月，创作小说《人的大地》。

1939 年 2 月，《人的大地》在法国出版，并获法兰西学士院小说大奖。6 月，《人的大地》英文本在美国出版，书名为《风、沙与星星》，并很快成为"畅销书"。

1939 年 11 月，圣埃克苏佩里以飞行员身份，开始在第三十三飞行大队第二中队执行空中战略侦察任务。 此间创作了哲理童话《小王子》。

1940 年 6 月，受到空军部的嘉奖，获十字军功章。8 月，圣埃克苏佩里退役，到瓦尔省的姐姐家中小住，写作《城堡》一书。

1942 年 2 月 20 日，《战斗飞行员》英文本在美国出版，书名为《飞向阿拉斯》。该书在美国占据"最佳畅销书"地位达半年之久。圣埃克苏佩里博得"飞翔的康拉德"的美称。同年，小说法文版在法国出版。

1943 年 2 月，《给一个人质的信》在纽约出版。4 月，《小王子》出版。

1944 年 7 月 31 日早 8 时 30 分，圣埃克苏佩里起飞执行他的第八次空中侦察任务，一去不复返。

译者简介

李玉民，黑龙江人。首都师范大学法语教授。

1958 年进入北京大学西方语言文学系法语专业，五年后，毕业进入研究班学习。1964 年，作为新中国首批公派留学生到法国留学两年。

1978 年进入教育界，主要在首都师范大学外语学院讲授法国文学、文学翻译课。课余，潜心翻译法国经典文学作品，至今四十余年。笔耕不断，约出版一百五十部译作，近三千万字。

译作有：《巴黎圣母院》《悲惨世界》《笑面人》《基督山伯爵》《三剑客》《茶花女》《幽谷百合》《一生》《漂亮朋友》《莫迫桑短篇小说精选》《埃梅短篇小说合集》《捉猫故事集》《拉封丹寓言全集》《法国喜剧经典》（三卷）《缪塞戏剧选》《科克托戏剧选》《青鸟》等。

主编了《纪德文集》(十卷)、《加缪文集》(六卷),出版了纪德、加缪、缪塞、阿波利奈尔、圣埃克苏佩里等名家的单行本和精选本。译作中有半数为首译。李玉民的翻译强调经典文学作品的文学性,译作应当最大限度地保持名著原生的生命力,让中国读者体会到名著的魅力和审美享受。李玉民所作译本序,从翻译和阅读两个角度点评,着重关注文本所呈现的亮点和给人的启示。

李玉民获得 2010 年度傅雷翻译奖,1991 年度法国诗社翻译奖和 1992 年度法国诗协友谊大奖。

创美版李玉民法国经典文学翻译专辑

◇ **已出版作品**

    《三个火枪手》《鼠疫》《局外人》《茶花女》《田园交响曲》《基督山伯爵》《西西弗神话》《最后一课》《羊脂球》《卡门》《人的大地》《夜航》《南方邮航》《战斗飞行员》《小王子》《背德者》《人间食粮》《窄门》《漂亮朋友》《一生》《悲惨世界》等。

◇ **即将出版作品**

    《纪德文集》（全十卷）

    《加缪文集》（全六卷）

    《法兰西之吻》（上下集）李玉民专著

    《米什莱经典散文》（《山》《海》《鸟》《虫》四卷）

李玉民新译专辑

纪德的《纪德谈话录》《梵蒂冈地窖》《没有缚住的普罗米修斯》

加缪的《婚礼集》(含《反与正》《夏天集》《瑞典演说》)

斯丹达尔的《帕尔马修道院》《意大利遗事》《爱情论》

译文说专辑

《加缪卷》《纪德卷》《斯丹达尔卷》

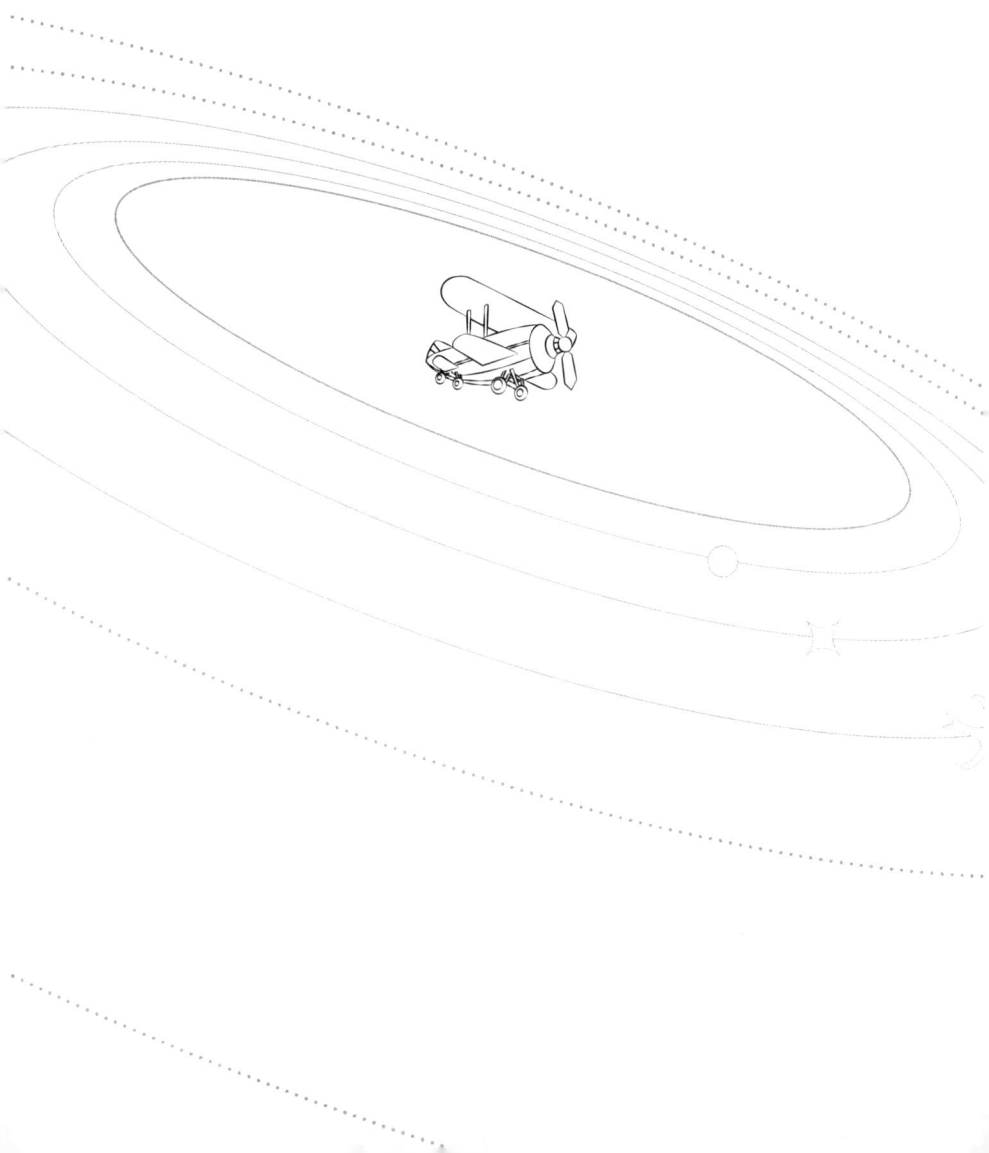

出品人：许 永
出版统筹：林园林
责任编辑：许宗华
特邀编辑：王佩佩
封面设计：李嘉木
印制总监：蒋 波
发行总监：田峰峥

发　　行：北京创美汇品图书有限公司
发行热线：010-59799930
投稿信箱：cmsdbj@163.com

官方微博

微信公众号